詩詞名句

從背誦到運用
讓古詩詞點亮你的文字！

可讀可背的寫作素材

張祥斌，閆哲美 編著

寫景×狀物×記人×敘事×抒情×說理×議論

【詩句・出處】＋【解析・應用】＋【寫作例句】

能背誦成百上千首詩詞，
古詩詞名句更是難以計數，
為什麼卻寫不出一篇好文章？
將詩詞「學以致用」，鞏固古詩詞名句知識，提高寫作能力！

目錄

第 3 章　記人

第 4 章　敘事

第 5 章　抒情

第 6 章　說理

第 7 章　議論

前言

「學以致用」是一個重要的教育理念，越來越受到重視的古詩詞，不應該只停留在背誦得滾瓜爛熟的層面，更應該與學習、生活、寫作結合起來，才能做到「學以致用」。那麼，該怎樣結合呢？詩詞可以稱為古人的小作文，語言精練，內容豐富。古詩詞名句是古典詩詞的精華，千古絕唱的名篇名句，讀之讓你受益終生。無論是在作文時還是在日常談吐中，古詩詞名句的引用頻率要遠遠高於整篇古詩詞。傳誦不衰的古詩詞名句已經融入到我們的文化性格裡，啟發著我們的心智，滋養著我們的心靈，豐富著我們的精神，陶冶著我們的人格，成為我們日常生活的一部分。可是很多人能背誦成百上千首詩詞，古詩詞名句更是難以計數，卻寫不出一篇好文章，為什麼呢？其根源就在於不知道如何把詩詞與寫文章結合起來。本書按照最常用的寫作手法，將古詩詞名句分為寫景、狀物、記人、敘事、抒情、說理和議論共七個章節。需要說明的是，很多古詩詞名句的內涵十分豐富，適用於多種寫作手法，本書所列舉、講解的，是其中最顯而易見的用法，並放入相應章節，如果從引申義角度考慮，還可以放入其他多個章節，讀者朋友們可以自己嘗試一下。本書採用表格形式進行講解，表格分兩列，共三個板塊，左列是三個板塊的名稱，分別是「詩句 · 出處」、「解析 · 應用」、「寫作例句」，右列是對應內容。這樣的表格簡潔明瞭、一目了然地告訴了讀者如何把詩詞與寫文章結合起來，便於閱讀、學習。「腹有詩書氣自華」，想要達到這種境界，只能滾瓜爛熟地背誦詩詞是遠遠不夠的，還要懂得如何運用詩詞。

本書透過寫作這個結合點，引導讀者把詩詞「學以致用」，以鞏固古詩詞名句知識，提高寫作能力。古典詩詞是傳統文化的特色，而古詩詞名句是特色中的精華，是文化遺產中極為珍貴的一部分。請跟隨本書走入古典詩詞美麗清新的世界，感受至美意境，體驗詩情人生吧！

第1章　寫景

第1節　四季情懷

春

詩句·出處	陽春布德澤，萬物生光輝。（〈長歌行〉漢樂府）
	陽春：溫暖的春天。布：傳布。德澤：恩惠，這裡指春天的陽光雨露。
解析·應用	春天向大地普施陽光雨露，萬物在陽光的照耀下，光彩煥發，生機勃勃。
	常用來形容春光明媚或陽光燦爛的景色，或用來讚美春天為大地帶來蓬勃生機。也用來比喻某種事物或人廣施恩惠，讓其他事物或人受益。
寫作例句	1.「陽春布德澤，萬物生光輝。」在陽光的照耀下，世界呈現出各種絢麗色彩。 2. 人們把思維成長的各種成果都比喻為春：科學的春天，教育的春天，文藝的春天……真是「陽春布德澤，萬物生光輝」。

詩句·出處	春風知別苦，不遣柳條青。（〈勞勞亭〉唐·李白）
	遣：使。柳條青：古人常於春天遠行，此時柳條發青，人們常有折柳送別的習俗。
解析·應用	春風知道別離之苦，便不讓柳枝吐青。
	常用來形容春天乍到，柳枝未青的景色，也用來說明青綠的柳條常引發人的離別依戀之情。
寫作例句	在無可奈何之中，我只好自欺自慰：沒有柳樹了，也罷，「春風知別苦，不遣柳條青」，古人不是因為不能折柳反而心裡好過些嗎？

詩句·出處	唯有門前鏡湖水，春風不改舊時波。（〈回鄉偶書·其二〉唐·賀知章）
解析·應用	唯有門前鏡湖的水，春風吹來時依舊綠波蕩漾。
	常用來形容離家年久，人事已變，而景物照舊。
寫作例句	「離別家鄉歲月多，近來人事半消磨。」賀知章的詩句常常令我感動，只是因為工作纏身，沒法抽身回歸故里，重溫鄉情。舊宅臨湖而建，不知是否「唯有門前鏡湖水，春風不改舊時波」呢？

詩句·出處	簾外雨潺潺，春意闌珊。（〈浪淘沙〉南唐·李煜） 潺潺：流水聲，這裡形容雨聲。闌珊：衰殘。
解析·應用	窗簾外小雨潺潺，春意已經衰殘了。 常用來形容小雨淅瀝，春意衰歇。
寫作例句	「簾外雨潺潺，春意闌珊。」她倚窗站著，望著窗外那一團雨霧。她最怕這暮春時節，也最怕這寒意襲人的清晨。

詩句·出處	風乍起，吹皺一池春水。（〈謁金門〉南唐·馮延巳）
解析·應用	風忽然颳起，吹皺了一池平靜的春水。 這是寫景名句，常用來形容三分鐘熱風起，水波蕩漾。可引用這兩句詞來比喻某種力量引起某一形勢的突然變化，也用來比喻某種現象忽然而至，使平靜的生活起了風波或使寧靜的心境有了波瀾。
寫作例句	1. 沿途樹木青蔥，其間有一湖，無風時水面如鏡，風起時波光粼粼，使人想起「風乍起，吹皺一池春水」。 2. 強烈的情感就像風，「風乍起，吹皺一池春水」。於是，有人回憶青春時，或長吁短嘆，或後悔不迭。 3. 正是這些過去從未有過的觀念、理想與要求觸動了久已封閉的文人的心靈，如同「風乍起，吹皺一池春水」一樣，攪動了這個時代，也產生了一批像徐渭這樣與當時傳統規範格格不入的「畸人」。

詩句．出處	竹外桃花三兩枝，春江水暖鴨先知。（〈惠崇春江晚景〉宋．蘇軾）
解析．應用	竹叢外有兩、三枝桃花開放，春天江水變暖，水中的鴨子最先知道。
	常用來形容春天桃花開放，鴨子浮水的景致。「春江水暖鴨先知」一句，很富有理趣。可引用這後一句詩來形容察覺事物的靈敏感；或常用來說明深入實際，才能體察到事物的發展變化，才能理解到事物的本質等。
寫作例句	1. 早春時節，桃花初綻，鴨兒浮水，好一幅「竹外桃花三兩枝，春江水暖鴨先知」的寫生畫。 2.「春江水暖鴨先知」，對於社會變革感覺最敏銳的人，莫過於知識分子了。

詩句．出處	春宵一刻值千金，花有清香月有陰。（〈春夜〉宋．蘇軾）
	月有陰：月光朦朧。
解析．應用	春夜裡短暫的一刻，價值千金，花兒散發著清香，月色朦朦朧朧。
	常用來形容花清香，月朦朧的醉人春夜，也用來說明春夜或春光的寶貴。

寫作例句	1.「春宵一刻值千金，花有清香月有陰。」值此春夜良宵，正是文人雅士持紅燭賞殘花之時，而龔自珍為什麼獨自「春夜傷心坐畫屏」呢？ 2.「春宵一刻值千金」。正當春回大地、萬木復甦的大好時光，讓我們盡情地投入大自然的懷抱，去觀賞大好河山的壯麗景色吧！ 3. 晚會上的一個鏡頭，直接受眾是十幾億的電視觀眾，其商業價值，絕對是「春宵一刻值千金」。

詩句・出處	春風又綠江南岸，明月何時照我還？（〈泊船瓜洲〉宋・王安石）
解析・應用	春風又吹綠了長江南岸，明月何時能照著我回到家中？
	常用來形容春回人間，綠染大地，使人產生對家鄉春天的嚮往或強烈的鄉思之情。也用來比喻時局轉好，人們歡欣鼓舞，充滿期待。可引用這兩句詩或只引前一句來描述春天已回到人間。
寫作例句	1. 握手言別時，我心中油然生起「春風又綠江南岸，明月何時照我還」這句詩。時光荏苒，今日重回家鄉，我怎能不感慨萬千呢？ 2. 推行反貪腐的政策後，清明的景象終於重現。「春風又綠江南岸，明月何時照我還？」王安石膾炙人口的詩句，正是此時李法官的心情寫照。

詩句‧出處	春風取花去，酬我以清陰。 （〈半山春晚即事〉宋‧王安石）
	酬：回報。
解析‧應用	春風帶走了花朵，回報給我清涼的樹蔭。
	常用來形容春去夏來，花落葉茂的景色。
寫作例句	再度經過這裡，已經是繁英落盡，綠樹成蔭了。闇誦著王安石「春風取花去，酬我以清陰」的詩句，一時竟抑制不住心頭的興奮。

詩句‧出處	平蕪盡處是春山，行人更在春山外。 （〈踏莎行〉宋‧歐陽脩）
	平蕪：平曠的草地。
解析‧應用	平曠的草地盡頭是春天的青山，遠行的人還在這春山之外。
	常用來形容與離人相去遙遠，難以相見。
寫作例句	她理智上清清楚楚地知道，視線已被青山遮斷，心上人是看不到的，正如歐陽脩在〈踏莎行〉中所說的那樣：「平蕪盡處是春山，行人更在春山外。」

詩句‧出處	春路雨添花，花動一山春色。 （〈好事近‧夢中作〉宋‧秦觀）
	添：指雨水增添了花開的數量。
解析‧應用	春天的小路上雨水催開了許多山花，花兒在風中搖動，裝點著一山春色。
	常用來形容雨後花開，春色絢爛明媚。也用來比喻事情有起色，景況變得美好。

寫作例句	1.「春路雨添花，花動一山春色。」在雨後花豔、春光滿目的時節，我撲進了青山綠水的懷抱。 2. 他被提拔了，由編輯室副主任提拔為編輯室主任，這當然是十分公正的。「春路雨添花，花動一山春色。」在他面前，是美好的春天。

詩句・出處	綠楊煙外曉寒輕，紅杏枝頭春意鬧。 （〈玉樓春〉宋・宋祁）
	曉寒：清晨的寒意。鬧：熱鬧，濃盛。
解析・應用	綠色楊柳籠罩在清晨微寒的薄霧中，淡如輕煙；紅豔的杏花在枝頭開放，春意濃盛。
	常用來形容花紅柳綠，春意盎然的景象。以「鬧」寫色，把春天絢爛的景色點染得極為生動，實在用得妙，可引用第二句來描繪絢麗多彩的春景。
寫作例句	1. 在我們生活的天地裡，眼下雖然沒有「綠楊煙外曉寒輕，紅杏枝頭春意鬧」的春景，也沒有盈眼的綠，但斑斑點點春意還是有的。 2. 古人多有詠春的詩作，「春城無處不飛花」、「紅杏枝頭春意鬧」歷來是描繪春景的名句，而李賀的「東方風來滿眼春」則更向人們展示了一派東風浩蕩、遍地新春的景象。 3.「紅杏枝頭春意鬧」。幾年來，我們的文苑，也像大自然一樣，百花競放，萬紫千紅，春意盎然。

詩句・出處	春色滿園關不住，一枝紅杏出牆來。 （〈遊園不值〉宋・葉紹翁）
解析・應用	滿園的春色終究關不住，一枝鮮紅的杏花已伸出牆來。
	「春色」和「紅杏」，「滿園」和「一枝」，「關不住」和「出牆來」，互相映襯，自然天成，構成了一幅極美的圖畫，而且畫外有音，使人想到：一切有生命力的新鮮事物，都是不可以禁錮住的。常用來形容春花滿園的美景，也用來形容花枝伸出牆外的景致。
寫作例句	1. 最引人注目的要數那開滿杏花的園子，正如古詩所云：「春色滿園關不住，一枝紅杏出牆來。」遠遠望去，使人陶醉在一片緋紅色的世界。 2. 古詩云：「春色滿園關不住，一枝紅杏出牆來。」老師經過長期的辛勤耕耘和細心澆灌，培育出來的將不是一枝出牆紅杏，而是「枝枝紅杏出牆來」的滿園春色！

詩句・出處	紅酥手，黃縢酒，滿城春色宮牆柳。 （〈釵頭鳳〉宋・陸游）
	黃縢酒：黃封酒。當時官釀的酒以黃紙封口。宮牆：寺廟的牆。
解析・應用	紅潤酥嫩的手，為我捧上一杯黃封酒，滿城都是春色，寺廟的院牆裡綠柳飄拂。
	常用來形容男女相偕遊賞風景，情意繾綣。
寫作例句	他經常回憶當年「紅酥手，黃縢酒，滿園春色宮牆柳」的美好時光，然而如今孤身一人，反而怕見喧鬧情景。

詩句・出處	惜春長怕花開早，何況落紅無數。 （〈摸魚兒〉宋・辛棄疾）
	落紅：落花。
解析・應用	憐惜春光，總怕花兒開得太早，更何況眼前已是落花無數。
	常用來形容惜春憐花之情或暮春落花滿地的景色。
寫作例句	記得古人有詞日：「惜春長怕花開早，何況落紅無數。」似乎古往今來的很多文人都會在春末時發出這樣的感嘆。確實，滿地的落花，踏上去腳下似乎還能感覺到一點微微的嘆息，抬起頭來還可偶見一、兩朵晚開的粉紅，難怪讓人心裡微痛。

詩句・出處	過春風十里，盡薺麥青青。（〈揚州慢〉宋・姜夔）
	春風十里：指曾經十分繁華的揚州城，杜牧〈贈別〉詩云：「春風十里揚州路，捲上珠簾總不如。」薺麥青青：形容戰後揚州城的荒涼。薺麥，野生的麥子，一說指薺菜和麥子。
解析・應用	經過曾被稱為「春風十里」的揚州城，只見到處是青青的野麥子。
	常用來形容原繁華之地如今野草叢生，十分荒涼。也用來形容春風處處，田野青青的景色。

寫作例句	1. 南宋著名詞人姜夔在金兵南侵後，寫過被譽為有「黍離」之悲的〈揚州慢〉，詞中記有「過春風十里，盡薺麥青青」。這首成為歷史有力見證的詞，告訴人們過去唐代杜牧筆下的「春風十里揚州路」，早已景物蕭然，面目全非。 2. 春風過處，寒冰與白雪消融，冷酷和凍結化解，呈現無限生機。詩人云：「過春風十里，盡薺麥青青。」看吧，春風已為高原明日豐收鋪上一層新綠。

夏

詩句·出處	漠漠水田飛白鷺，陰陰夏木囀黃鸝。 （〈積雨輞川莊作〉唐·王維）
	漠漠：蒼茫空闊。陰陰：樹木茂密，林中幽暗。囀：鳥婉轉地叫。
解析·應用	在廣漠的水田上，白鷺翩翩起飛；在夏天濃蔭的樹林裡，黃鸝婉轉啼叫。
	常用來形容田野廣闊，水霧迷茫，綠樹濃蔭，禽飛鳥鳴的景色。
寫作例句	遙望水田，唐代詩人王維的「漠漠水田飛白鷺，陰陰夏木囀黃鸝」是最生動的寫照。雖然天熱如蒸，但睹此美景，忘記了疲憊。

詩句·出處	莫言春度芳菲盡，別有中流採芰荷。 （〈採蓮曲〉唐·賀知章）
	度：過。芳菲：花草。芰：菱。荷：蓮。

解析·應用	不要說春天過去了，花草已落盡，在水流中央還可以採摘菱和蓮呢。
	常用來形容夏季菱蓮茂盛的景色或採摘菱蓮的情景，比喻一種事物或人消失了，而接著另一種事物或人又出現了。也用來說明不必為春去花落而嘆惜，夏天一樣有美麗的景致，不必為過去的或已失去的東西惋惜懊悔，不要失望，前面別有天地。
寫作例句	1.「莫言春度芳菲盡，別有中流採芰荷」，正是有了荷葉與蓮花，夏天才別有一番情趣。濃綠、蔥鬱的荷葉，帶給夏日的是無盡的清涼，超凡脫俗的蓮花用幽香與淡雅安撫著人們躁動的心靈。 2. 迷戀過去是不好的，因為這樣足以阻滯新生命的發展，也就是妨礙了下一個時期的生活，正所謂「莫言春度芳菲盡，別有中流採芰荷」。 3. 楊先生退休後仍從事許多工作，辛勤地傳播著文化和藝術，並且繼續從事創作和著述，生活充實愉快。賀知章有兩句詩「莫言春度芳菲盡，別有中流採芰荷」，正是他的生活寫照。

詩句·出處	狂風落盡深紅色，綠葉成陰子滿枝。（〈悵詩〉唐·杜牧）
	深紅色：指鮮紅的花朵。
解析·應用	狂風吹落了鮮花，紅芳褪盡，而今只見綠葉成蔭，果子掛滿枝頭。
	常用來形容春夏之交繁花落盡，果葉茂盛的景色。也用來比喻韶華不再，亮麗衰減，人已成家或生育，或比喻一處的衰退或失落轉化為另一處的興盛或獲取。

寫作例句	1.「狂風落盡深紅色，綠葉成陰子滿枝。」夏天，正是柿子樹生長的鼎盛時期。這時的柿子樹枝繁葉茂，果實纍纍，等待秋天的收穫。 2. 我和我的初戀情人在分手三十年後重逢。「狂風落盡深紅色，綠葉成陰子滿枝。」我們仍然是相對無言，惘然若有所失。 3. 可以帶著目的與孩子一起讀古詩，如「狂風落盡深紅色，綠葉成陰子滿枝」，從古詩中領悟到：凡事有失必有得，遇到挫折、失敗不必灰心喪氣，要看到有利的、積極的一面，看到未來的前景。

詩句·出處	荷風送香氣，竹露滴清響。（〈夏日南亭懷辛大〉唐·孟浩然）
解析·應用	荷塘上的風送來陣陣香氣，翠竹上的露珠滴落水面，發出清脆的音響。
	常用來形容荷塘竹林等地和風送花香，綠葉滴露珠的清美景色。
寫作例句	因此地天氣炎熱，所以家家都有幾張竹製涼床，夏日的傍晚，把涼床往河邊一放，點上幾支蚊香，睡在上面可真是涼快愜意。「荷風送香氣，竹露滴清響」，別有情趣。

詩句·出處	芳菲歇去何須恨，夏木陰陰正可人。（〈三月晦日偶題〉宋·秦觀）
	芳菲：芳香的花草。歇：停息，盡。何須：何必。恨：遺憾。可人：合人心意。

解析·應用	芳香的花草凋謝了何必遺憾，夏天樹木茂密幽暗正是合人心意。
	常用來形容夏天花褪紅殘，枝繁葉茂的景色；也用來說明不必留戀春天，夏季也有宜人的風景；或比喻不必留戀過去的光景，新的境況亦有它的長處。
寫作例句	「芳菲歇去何須恨，夏木陰陰正可人。」不明白古人為什麼總是要傷春。是的，也許春天是要離去了，然而接替它的夏季，不是更加蓬勃絢爛嗎？

詩句·出處	四月清和雨乍晴，南山當戶轉分明。更無柳絮因風起，唯有葵花向日傾。（〈客中初夏〉宋·司馬光）
	乍：初，剛。戶：人家，住戶。更：再。因：隨。
解析·應用	四月的天氣清爽暖和，雨後初晴，與房屋相對的南山漸漸分明了。再也沒有柳絮隨風飄舞了，只有葵花向著太陽生長。
	常用來形容春夏之際雨後初晴，天清氣暖，柳綿稀少，葵花向陽。後兩句常用來形容心無旁騖，只對某一事物或人的嚮往、傾慕或忠誠。
寫作例句	1.「四月清和雨乍晴，南山當戶轉分明。更無柳絮因風起，唯有葵花向日傾。」柳絮無聲地揭開長夏的序幕，輪到葵花在家家籬落與窗前佇立守望了。 2. 我低誦著：「更無柳絮因風起，唯有葵花向日傾。」我的靈魂伴隨著白雲，在希望的海洋中輕蕩，像葵花一樣，永遠追戀著太陽，永遠光明。

詩句．出處	葉上初陽乾宿雨，水面清圓，一一風荷舉。（〈蘇幕遮〉宋．周邦彥）	
	宿雨：昨夜的雨。	
解析．應用	荷葉上隔夜的雨珠被初升的太陽晒乾，水面上的荷葉清涼圓潤，在晨風中一一舒展搖曳。	
	常用來形容雨後天晴，荷花清綠潤澤，迎風招展。	
寫作例句	誦讀起宋人周邦彥的〈蘇幕遮〉中「葉上初陽乾宿雨，水面清圓，一一風荷舉」的時候，宛然見到清夏的初陽照到嫩綠的荷葉上，上面滾動著宿雨留下的晶瑩的水珠，晨風徐來，水面上荷葉低昂、搖曳生姿。綽約風姿、神清骨秀的荷花之美，給了我們多麼鮮明的美好的感受！	

詩句．出處	接天蓮葉無窮碧，映日荷花別樣紅。（〈曉出淨慈寺送林子方〉宋．楊萬里）
	別樣：特別。
解析．應用	遠接天邊的蓮葉無窮無盡，一片碧綠，陽光映照下的荷花顯得格外紅豔。
	常用來形容荷花連片，葉綠花紅的景色，也用來比喻興盛繁榮的景象。
寫作例句	每到盛夏，站在長廊裡只見蓮花港裡荷葉密密匝匝，朵朵蓮花點綴其間，微風吹過，空中傳播著一絲沁人肺腑的清香，常常使人聯想到「接天蓮葉無窮碧，映日荷花別樣紅」的詩句。

詩句．出處	日長睡起無情思，閒看兒童捉柳花。（〈閒居初夏午睡起二絕句．其一〉宋．楊萬里）	
	情思：情緒，心思。柳花：柳絮。	
解析．應用	白天漸長，午睡起來什麼情緒也沒有，閒坐著看兒童捕捉柳絮。	
	常用來形容剛睡醒之時慵懶無力、沒有心緒的樣子，也用來形容閒極無聊的情狀。	
寫作例句	1.「日長睡起無情思，閒看兒童捉柳花。」空暇這麼多，不睡，做什麼去？ 2.「日長睡起無情思，閒看兒童捉柳花」，田園詩人可以安之若素，但不久前還在文山會海中奮鬥的人就會不好過。	

詩句．出處	拚卻老紅一萬點，換將新綠百千重。（〈又和風雨．其二〉宋．楊萬里）
	拚：豁出去，不顧惜。卻：捨棄。老紅：開久將謝的花。換將：換取。
解析．應用	毫不顧惜地捨棄快要凋謝的萬片紅花，換來新生的綠葉千百重。
	常用來形容暮春紅花凋殘，綠葉茂盛的景色，比喻不遺餘力地扶持培育新人。或比喻為達到目的，不怕犧牲，勇於打拚，甘於奉獻。也用來比喻不惜捨棄舊有的事物或人，以促進新事物新人的成長壯大。

寫作例句	1. 夏天，紅花敗謝，代之以枝肥葉壯，一片深綠，正是「拚卻老紅一萬點，換將新綠百千重」。 2. 老年人在退位讓賢、扶持後輩方面，有著不可替代的作用。楊萬里的「拚卻老紅一萬點，換將新綠百千重」和鄭板橋的「新竹高於舊竹枝，全憑老幹為扶持」的詩句，對此作了頗為形象的描繪。 3. 這些榮譽描述了她向命運抗爭的打拚精神，展現出她播撒母愛的廣闊胸懷，映照著她回報社會的高尚情操，記載下她絢麗多彩的閃亮人生，「拚卻老紅一萬點，換將新綠百千重」正是她無私奉獻的貼切寫照。

詩句·出處	四月江南無矮樹，人家都在綠陰中。 （〈詩三首·其二〉宋·嚴中和）
解析·應用	四月的江南沒有矮小的樹木，家家都在綠蔭中。
	常用來形容江南等地夏天林木茂盛，綠蔭如蓋。
寫作例句	低頭走著，一首詩的斷句忽然浮上腦海來：「四月江南無矮樹，人家都在綠陰中。」何用苦憶是誰的著作，何用苦憶這詩的全文，只此已描畫盡了山下的人家！

詩句·出處	流光容易把人拋，紅了櫻桃，綠了芭蕉。（〈一剪梅·舟過吳江〉宋·蔣捷）

解析．應用	流逝的時光容易把人拋棄，一會櫻桃紅了，一會芭蕉又綠了。
	詞句以江南具體的夏天景物，說明時間過得太快，襯寫出客子愁思和歸鄉的急切心情。可引用這幾句詞來說明光陰迅速以反襯愁情等，後兩句常用來形容春末夏初果實漸熟，草葉更綠的景色。
寫作例句	1.「流光容易把人拋，紅了櫻桃，綠了芭蕉。」時光之舟順流而下，不肯停留片刻，轉眼間又到了新舊交替的碼頭。 2. 一直到了次年「紅了櫻桃，綠了芭蕉」的時節，結果心上人還沒有來，於是她才感到深深地失望了。

詩句．出處	稻花香裡說豐年，聽取蛙聲一片。（〈西江月．夜行黃沙道中〉宋．辛棄疾）
解析．應用	在濃重的稻花香中，人人暢說今年是個豐收之年，一片青蛙的歡叫聲，似乎也在為豐收而歡欣鼓舞。
	這是一首描寫農村夏夜幽美景色的詞，作者透過濃馥的稻香和喜人的蛙聲，表現出自己對豐收在望的喜悅心情。可引用這兩句詞來表達豐收的喜悅情懷，也來形容眼前莊稼茁壯，耳畔人聲笑語，群蛙齊鳴的夏夜景象。
寫作例句	1. 微風拂過，河面上的倒影顫動著。四野聲聲蛙鳴，涼臺上有人在納涼，偶爾傳來幾聲輕笑、幾聲低語，好一個「稻花香裡說豐年，聽取蛙聲一片」的良宵美景啊！ 2.「稻花香裡說豐年」。在那片田野上，土地曾經的貧瘠已成為歷史。金黃的稻浪，歌唱著農民的小康生活，歌唱著對土地的熱愛。

詩句·出處	赤日炎炎似火燒，野田禾稻半枯焦。（〈水滸·第十六回〉明·施耐庵）
解析·應用	赤紅的太陽熱得像火燒一樣，田野裡的禾苗一半都被烤焦了。炎炎：夏日陽光強烈。
	常用來形容驕陽似火，莊稼乾枯的景象。
寫作例句	太陽在人們看日出時可作為審美對象，而在「赤日炎炎似火燒，野田禾稻半枯焦」時，農民是不會把太陽作為審美對象的。

秋

詩句·出處	裊裊兮秋風，洞庭波兮木葉下。（〈九歌·湘夫人〉戰國·屈原）
	裊裊：微風吹拂貌。波：此為微波泛動之意。
解析·應用	秋風徐徐吹拂，洞庭湖泛起微波，樹木的枯葉飄落地下。
	常用來形容秋風蕭瑟，水波蕩漾，樹葉飄落的景色。
寫作例句	樹葉無聲地落到窗前，只輕輕地一觸便飄落在地，令人不禁想起屈原的「裊裊兮秋風，洞庭波兮木葉下」的詩句來。

詩句·出處	朝飲木蘭之墜露兮，夕餐秋菊之落英。（〈楚辭·離騷〉戰國·屈原）
	落英：落下來的花瓣。

解析·應用	春天的早上我飲用木蘭花上掉下的露珠，秋天到來我餐食著自己落下的菊花瓣。
	詩人以飲露餐花象徵自己高尚的節操。可引用這兩句詩來評讚菊花，或表示從文學作品中吸收營養。
寫作例句	1. 展室的擴音器裡播放著古箏伴奏的〈詠菊〉獨唱：「朝飲木蘭之墜露兮，夕餐秋菊之落英⋯⋯」我徘徊在上萬盆名菊面前，忽然想起了我曾經居住過偏僻的山村，山村旁沿坡而築的舊居小屋後一大片野菊花。 2. 我們擷取近期諸刊所載古典詩詞欣賞一百多篇，按時代先後為序，彙整合冊，奉獻給讀者，希望更多的古典詩詞愛好者能「朝飲木蘭之墜露兮，夕餐秋菊之落英」。 3. 秋菊首先孕育了詩人的靈感，「夕餐秋菊之落英」，偉大詩人屈原以菊花高風亮節自勉，憂國憂民的辭賦，成為自古以來詠菊最早的名句。

詩句·出處	秋風蕭瑟天氣涼，草木搖落露為霜。 （〈燕歌行〉三國·魏·曹丕）
	蕭瑟：風吹樹木的聲音。 搖落：形容花葉、草木凋殘、零落。
解析·應用	秋風蕭瑟，天氣變涼，草木凋零飄落，露水結為寒霜。
	常用來形容秋風蕭蕭，草木凋零，霜露清冷的景象。

寫作例句	「秋風蕭瑟天氣涼，草木搖落露為霜。」在一片秋色蕭蕭中，這朵最後盛開的牽牛花，竟依然如此充滿生命力，依然如此光豔照人。

詩句．出處	朔風動秋草，邊馬有歸心。（〈雜詩〉晉．王贊）
	朔風：北風。
解析．應用	北風吹動秋天的野草，邊地的戰馬也起了思歸的心。
	常用來說明動物或人都會觸景思歸，都具有懷想故土的本性。
寫作例句	尋找家園可以說是一切有靈生物的共有本性，「朔風動秋草，邊馬有歸心」，「人情懷舊鄉，客鳥思故林」……莫不說明往昔的可親可愛，它潛在的感染力和召喚力令人心馳神往。

詩句．出處	南湖秋水夜無煙，耐可乘流直上天？且就洞庭賒月色，將船買酒白雲邊。（〈陪族叔刑部侍郎曄及中書賈舍人至遊洞庭〉唐．李白）
	南湖：指洞庭湖。耐可：怎能，安得。將船：駕船。 買酒白雲邊：湖面壯闊，一直連到天上白雲，遙想那裡會有酒家。
解析．應用	洞庭湖的夜晚秋水澄澈，月色明亮，湖上沒有一絲煙霧，我怎樣才能乘船順流直上青天呢？且向洞庭湖賒點月色，駕小船駛去白雲邊買酒吧。
	常用來形容洞庭湖或其他河湖月夜上下澄澈，水天交接的景色。

寫作例句	洞庭秋水，景色之佳，筆墨難罄。詩仙李白有云：「南湖秋水夜無煙，耐可乘流直上天。且就洞庭賒月色，將船買酒白雲邊。」正是中秋深夜，天涼月朗，湖靜波平，大半遊人均已興酣酒足微醉歸去，只剩下三五扁舟明滅燈光，與天際殘星，相映成趣。

詩句・出處	西風殘照，漢家陵闕。（〈憶秦娥〉唐・李白）
	西風：秋風。殘照：指落日的餘光。陵闕：古代帝王陵墓前的建築物，類似皇宮前面兩邊的門樓。
解析・應用	秋風中，夕陽的餘暉灑在漢代帝王陵墓的門樓上。
	常用來形容秋風夕陽中古建築遺址蒼涼寂寥的景象，或用來懷古傷今時，抒發古今滄桑、盛衰興替的感慨。
寫作例句	1. 明故宮只是一片瓦礫場，在斜陽裡看，只感到李太白〈憶秦娥〉的「西風殘照，漢家陵闕」二語的妙。 2. 中國歷史上的赫赫有名的人物，如秦皇、漢武，還有唐太宗，想方設法求得長生不老，到頭來仍然是竹籃打水一場空，只落得黃土一抔，「西風殘照，漢家陵闕」。

詩句・出處	秋水才深四五尺，野航恰受兩三人。（〈南鄰〉唐・杜甫）
	野航：鄉村擺渡的小船。受：承載。
解析・應用	清清的秋水才有四、五尺深，鄉間的渡船剛能裝下兩、三個人。
	常用來形容河流清淺，小船輕載徐行的情景。

寫作例句	坐在精巧輕盈的獨木舟中，在茂密的花叢和藤蔓間逐步而行。「秋水才深四五尺，野航恰受兩三人」，林碧峰青，觸目成趣，胸中不禁激盪著對邊疆的無限摯愛之情。

詩句・出處	老去悲秋強自寬，興來今日盡君歡。 （〈九日藍田崔氏莊〉唐・杜甫）
	君：你。
解析・應用	人已老去，悲對秋景勉強寬慰自己，今天興致來了，要和你喝個痛快，盡情歡樂一番。
	常用來形容自知年老，卻強顏歡笑，姑盡一時之歡，或形容明知已老卻不以為悲，樂觀愉快地度過晚年。
寫作例句	人之百年，猶如一瞬，在生命進入「金秋時節」之後，豈不應該更加珍惜生命的價值嗎？「老去悲秋強自寬，興來今日盡君歡」，創造心理安寧，保持身心健康，順應自然規律，才是晚年求實的人生觀。

詩句・出處	空山新雨後，天氣晚來秋。（〈山居秋暝〉唐・王維）
解析・應用	空寂的山中在新雨過後，萬物清新，晚上的天氣使人感覺到涼爽的秋意。
	常用來形容山野雨後的清新明淨或山林的清冷景象。
寫作例句	雨停以後，青山一洗，原先在雲霧裡模糊了的山的輪廓，分外清晰、鮮明，身上、心裡也爽朗清涼了。這才懂得，王維在輞川山莊裡，為什麼會說「空山新雨後，天氣晚來秋」。

詩句·出處	寒山轉蒼翠，秋水日潺湲。（〈輞川閒居贈裴秀才迪〉唐·王維）
	潺湲：水慢慢流動的樣子。
解析·應用	黃昏時寒冷的山野變得更加蒼翠，秋天裡溪水日夜緩緩流淌。
	常用來形容山巒蒼翠，水流緩緩的秋景。
寫作例句	從古至今，山水總是失意人、煩惱人的最佳天堂……在「明月松間照，清泉石上流」、「寒山轉蒼翠，秋水日潺湲」的自然中尋覓一個閒適淡泊的環境，總比較容易。

詩句·出處	停車坐愛楓林晚，霜葉紅於二月花。（〈山行〉唐·杜牧）
	坐：因為。
解析·應用	停下車來，是因為喜愛傍晚時分的楓林，看那些經霜後的楓葉，比二月裡開放的春花還要紅。
	常用來形容深秋楓樹流丹溢金的景色，或表達對楓樹、楓葉的喜愛。
寫作例句	1. 我愛楓葉，就是因為她紅得深濃，紅得妍麗。多少年來，每每想到杜牧的詩句「停車坐愛楓林晚，霜葉紅於二月花」，就自然而然地縈迴於三秋景色。而對楓葉的不畏風霜侵陵，在蕭瑟的秋林中，愈見其紅，而且紅得那麼動人，就不能不使你心神嚮往。 2. 土山緩坡上有一條曲徑，雖露人工雕琢的痕跡，卻也能招人抒發「停車坐愛楓林晚」的情懷。

詩句·出處	樹樹皆秋色，山山唯落暉。（〈野望〉唐·王績）
解析·應用	每一棵樹都帶著深秋的枯黃色，每一座山都沐浴在落日的餘暉中。
	常用來形容秋天的山林夕照。
寫作例句	夕陽西下，我們不能在山上多停留，起身眺望，「樹樹皆秋色，山山唯落暉」。

詩句·出處	朔風吹海樹，蕭條邊已秋。（〈感遇·其三十四〉唐·陳子昂）
	朔風：北風。
解析·應用	北風吹著海邊的樹木，一片蕭條，邊塞已是深秋。
	常用來形容秋風蕭瑟，草木零落的景象。
寫作例句	每當「朔風吹海樹，蕭條邊已秋」的時節，山上百草枯萎，群芳衰謝，讓人感到淒涼。

詩句·出處	青山隱隱水迢迢，秋盡江南草未凋。（〈寄揚州韓綽判官〉唐·杜牧）
	迢迢：遙遠的樣子，此處形容江河源遠流長。
解析·應用	青山淡淡，綠水迢迢，深秋的江南草木還沒有完全凋落。
	常用來形容青山隱現，綠水長流，草木還沒有完全凋落的秋景。

寫作例句	樓上空無一人，窗外湖光山色，窗下水清見底，河底水草搖曳；風帆過處，群群野鴨驚飛，極目遠眺，有青山隱現。真可謂「青山隱隱水迢迢，秋盡江南草未凋」。

詩句・出處	自古逢秋悲寂寥，我言秋日勝春朝。 （〈秋詞〉唐・劉禹錫）
	春朝：指春天。
解析・應用	自古以來，每逢秋天人們都要為秋天的冷寂寥落而悲哀，但我卻要說秋天的日子勝過春天。
	常用來形容秋天比春天更美好，或表達不以秋為悲，喜愛秋天勝於春天。
寫作例句	我不禁想起「自古逢秋悲寂寥，我言秋日勝春朝」的詩句來。落葉、西風，並不是惶恐悲哀的輓歌，而是執著地採擷生命的霞光。秋天，比春天更成熟，比夏天更深邃、廣闊，蘊含著無限生機。

詩句・出處	秋風吹渭水，落葉滿長安。（〈憶江上吳處士〉唐・賈島）
	渭水：即渭河，發源於甘肅，東流橫貫陝西省渭河平原，在潼關縣流入黃河。
解析・應用	秋風吹著渭水，落葉鋪滿長安。
	常用來形容秋風起，落葉下的景致。
寫作例句	正是「秋風吹渭水，落葉滿長安」之時，我參觀了剛落成不久的歷史博物館新館。

詩句·出處	落日見秋草，暮年逢故人。 （〈江上喜逢司空文明〉唐·李端）
解析·應用	落日下，看到秋天的枯草，垂暮之年喜逢故友。
	常用來形容中老年人在秋季或其他時候與故人相逢，亦用前一句形容秋天落日斜照草地的景色。
寫作例句	等我打聽到你的準確下落，並真的去看望你的那個春天，恰恰是我們分別的第三十個春秋了，真所謂「落日見秋草，暮年逢故人」。

詩句·出處	紅樹醉秋色，碧溪彈夜弦。（〈題玉泉溪〉唐·湘驛女子）
解析·應用	紅楓滿樹，就像在秋色中喝醉了酒；碧澄的溪水潺潺流去，好似夜晚彈奏的琴聲。
	常用來形容秋天楓葉紅遍，碧水潺潺的景色。
寫作例句	峽風浸出的秋山是甜的，「紅樹醉秋色，碧溪彈夜弦」。

詩句·出處	萬影皆因月，千聲各為秋。（〈秋夜泛舟〉唐·劉方平）
解析·應用	夜間萬物的影子都來自月光的照射，風聲、草木聲、蟲鳥聲等各類聲音匯成一片秋聲。
	常用來形容秋季月夜山林等地萬物有影，千聲交織的景象。
寫作例句	月亮更靜秋色好，松林層層疊疊。「萬影皆因月，千聲各為秋。」溶溶月，淡淡風，月色柔和溫潤。

詩句·出處	芙蓉生在秋江上，不向東風怨未開。（〈下第後上永崇高侍郎〉唐·高蟾）
	芙蓉：指木芙蓉，秋天開放，喜溼潤，最宜栽植水邊。
解析·應用	木芙蓉生長在秋天江濱，不向春風抱怨未能在春天開放。
	常用來形容秋天木芙蓉水邊開放的景色，也用來形容夏季或初秋荷花綻放的景致。或比喻能接受和正確對待現實，不抱怨他人或埋怨客觀。
寫作例句	1. 唐代高蟾〈下第後上永崇高侍郎〉詩云：「天上碧桃和露種，日邊紅杏倚雲載。芙蓉生在秋江上，不向東風怨未開。」秋江上的芙蓉不可能是荷花，那時只有殘荷聽雨聲，與季節不合。秋江上的未開芙蓉，是木本芙蓉，我找到了她。靜靜的玉立在河邊斜坡上，紅紅白白，開得風光正好。 2. 一切要靠自己，不要倚賴他人，古詩「芙蓉生在秋江上，不向東風怨未開」說的就是這個道理。

詩句·出處	菡萏香銷翠葉殘，西風愁起綠波間。（〈攤破浣溪沙〉南唐·李璟）
	菡萏：荷花的別稱。西風：秋風。
解析·應用	荷花香氣消失，翠葉殘敗，秋風吹過綠波間，人的愁情隨之而起。
	常用來形容荷花凋殘，西風吹水的秋景，或形容因此景而生愁情。
寫作例句	滿池子的殘荷叫人看了心碎，忽聽池邊有人幽幽地嘆息了一聲，說道：「菡萏香銷翠葉殘，西風愁起綠波間。」

<table>
<tr><td>詩句·出處</td><td>春花秋月何時了，往事知多少。（〈虞美人〉南唐·李煜）</td></tr>
<tr><td rowspan="2">解析·應用</td><td>春花秋月年年不斷，何時有完？往事一件件湧上心頭，不知該有多少。</td></tr>
<tr><td>常用來形容季節往返，年復一年。也用來形容季節復返引起對悠悠往事的回想。</td></tr>
<tr><td>寫作例句</td><td>在這裡，我看過許多次桃李花紅白盛開，然後是落英遍地；也欣賞過黃葉滿林，西風蕭瑟。真是「春花秋月何時了，往事知多少」。</td></tr>
</table>

<table>
<tr><td>詩句·出處</td><td>碧雲天，黃葉地，秋色連波，波上寒煙翠。（〈蘇幕遮〉宋·范仲淹）</td></tr>
<tr><td rowspan="2">解析·應用</td><td>碧空飄著白雲，黃葉鋪滿大地，秋色連接到水波，波上寒冷的霧靄也如秋水一般翠綠。</td></tr>
<tr><td>常用來形容秋季天碧雲淡，黃葉遍地，煙籠寒水的景色。</td></tr>
<tr><td>寫作例句</td><td>秋山，秋水，那麼神祕，綺麗，那麼朦朧，哀怨。「碧雲天，黃葉地，秋色連波，波上寒煙翠。」這種意境，再加上少許淡淡無奈，該是一份怎樣的境界。</td></tr>
</table>

<table>
<tr><td rowspan="2">詩句·出處</td><td>雖慚老圃秋容淡，且看寒花晚節香。（〈九日水閣〉宋·韓琦）</td></tr>
<tr><td>老圃：秋天的園圃。容：景象。寒花：寒冷時節開放的花，多指菊花。晚節：季節的末期，亦比喻晚年的節操。</td></tr>
</table>

解析·應用	雖然慚愧秋天園圃中花色黯淡，卻能看到菊花在花季的晚期獨放清香。
	表現出詩人重視節操，尤重保持晚節的品格。常用來形容秋季花事已淡，而金菊獨放，清香沁人，也用來形容秋天樹林、田野等像菊花一樣金黃。可引用這兩句詩來讚揚能保持晚節的賢者，或勉勵人們應注意保持晚節。
寫作例句	1. 秋天的野菊花到處都是，清香四溢。這個時候，其他的花草早已凋謝枯萎，只有它還在傲然競放，這使我想起古詩「雖慚老圃秋容淡，且看寒花晚節香」。 2.「雖慚老圃秋容淡，且看寒花晚節香。」用這兩句古詩形容林老師晚年的敬業精神和晚節情操，是對他最公正的評價。 3. 歷代有骨氣、有操守之士，常以「雖慚老圃秋容淡，且看寒花晚節香」自勉，雖不能聞達，守拙於田園，過著慘淡的生涯，卻不以為愧，有如園圃中寂寞的菊花，卻能放出沁人的幽香。

詩句·出處	寧可抱香枝上老，不隨黃葉舞秋風。 （〈黃花〉宋·朱淑真）
	枝上老：菊花謝後一般在枝頭枯萎，不會落下。
解析·應用	菊花寧可抱守著香氣在枝頭上老死，也不隨枯黃的落葉在秋風中飄舞。
	常用來形容菊花抱枝而謝，不隨風墜落的物性，也用來比喻特立獨行或寧折不彎的品性。

寫作例句	1.「寧可抱香枝上老，不隨黃葉舞秋風。」我忽然想起了這樣的詩句。菊，不慕春光，獨開眾卉紛凋之時，孤標清傲，並以此獲得了世人的讚賞。 2. 經過反覆思考，哥白尼（Copernicus）決定不慕虛榮，在日心說還沒有充分理由時，謝絕參加曆法改革會議。真所謂「寧可抱香枝上老，不隨黃葉舞秋風」。

詩句·出處	江聲不盡英雄恨，天意無私草木秋。（〈黃州〉宋·陸游）
	天意：此指天地自然。無私：這裡是無情的意思。
解析·應用	江流的水聲嘩嘩不盡，就像那訴不完的英雄積恨，老天無情，不覺中又到了草木凋零的秋天。
	常用來形容英雄志士抱負未能實現，而歲月無情地流逝，以致心中遺恨無窮。
寫作例句	可惜，這隻辛勤的「春蠶」過早地吐盡了最後一根絲，他那已斷裂的生命之弦，再也彈撥不出用無窮神奇數字譜寫的美妙樂曲。「江聲不盡英雄恨，天意無私草木秋。」陸老師用畢生心血解開了一道世界數學難題，卻留下一道現實的社會難題讓我們去解。

詩句·出處	落葉西風時候，人共青山都瘦。（〈昭君怨〉宋·辛棄疾）
	西風：秋風。瘦：指山景蕭索，人形憔悴。
解析·應用	落葉飄下，西風吹起的時候，人和青山一樣清瘦。
	常用來形容風吹葉落，萬物蕭索的秋景，也用來形容秋天人消瘦或憔悴的情狀。

寫作例句	1. 秋風先行，但見「落葉西風時候，人共青山都瘦」。 2.「你比之前瘦了。」「『落葉西風時候，人共青山都瘦』嘛！」

詩句．出處	山僧不解數甲子，一葉落知天下秋。（〈句〉宋．強幼安）
	甲子：年月。古代計算年月用干支紀年法，六十組干支字輪一周叫一個甲子。
解析．應用	山中的僧人不懂計算年月的方法，但從一片樹葉的落下卻能知道天下已進入秋天。
	常用來說明從一片落葉可感知秋天的到來，也用來比喻從細小現象能推知事物或人發展變化的趨向、結果。
寫作例句	1.「山僧不解數甲子，一葉落知天下秋」，時間總是不停步向前走著，一步步地走向「落葉歸根」的秋天。隨著「一葉」的落下，這一代的葉也會相繼落盡。 2. 唐詩云：「山僧不解數甲子，一葉落知天下秋。」數理統計的中心任務，就是從分析子樣所遵循的規律入手，來推測母樣所遵循的規律。

詩句．出處	依然極浦生秋水，終古寒潮送夕陽。（〈秋日登滕王閣〉清．彭孫遹）
	極浦：極遠的水邊。浦，水邊。終古：久遠，永久。寒潮：指贛江上的晚潮。
解析．應用	遙遠的江邊依然漲起秋水，古今不變的晚潮伴送著夕陽西下。
	常用來形容夕陽下江湖浩茫，潮水漲落的景色。

寫作例句	我愛坐在垂柳飄蕩的岸邊，看湖上煙波浩渺，領略那份空濛與遼闊；愛斜倚欄外，欣賞「依然極浦生秋水，終古寒潮送夕陽」那種近於蒼涼的美麗。

詩句．出處	最是秋風管閒事，紅他楓葉白人頭。（〈野步〉清．趙翼）
	他：句中襯字，沒有實在意義。 亦解作指代楓葉，同「那個」。
解析．應用	就是秋風最愛管閒事，它把楓葉吹紅了，把人的頭髮吹白了。
	常用來形容秋天楓葉變紅的景色，也用來形容在四季交替中歲月流逝，人漸老去。
寫作例句	1. 趙翼〈野步〉詩中的「最是秋風管閒事，紅他楓葉白人頭」，倒是對「誰染楓林醉」較為科學的回答。在帶有寒意的秋風中，楓葉逐漸變紅。 2.「最是秋風管閒事，紅他楓葉白人頭」，雖已白髮上頭，但老王卻煥發了藝術青春。

冬

詩句．出處	悽悽歲暮風，翳翳經日雪。（〈癸卯歲十二月中作與從弟敬遠〉晉．陶淵明）
	悽悽：寒冷。暮：將盡，晚。翳翳：陰暗。經日：一天又一天。一說整日。

解析·應用	天氣淒寒，年終時颳著冷風；天色陰暗，天天下著大雪。
	常用來形容天色陰暗，風颳雪飄的冬景。
寫作例句	那一年的冬天，可謂「悽悽歲暮風，翳翳經日雪」。

詩句·出處	莫言草木委冬雪，會應蘇息遇陽春。（〈擬行路難〉南北朝·鮑照）
	委：通「萎」。會應：該當。蘇息：復甦。 陽春：溫暖的春天。
解析·應用	不要說草木會在冬天的冰雪裡枯萎，來年遇上溫暖的春天，它將又會復甦更生。
	常用來說明草木冬萎春榮的自然現象，也用來說明處於困境中的人或事物並非沒有希望，只要遇到適當時機，還可以東山再起。
寫作例句	辯證法給人的強大力量，就是讓人在「絕望」的時候能夠看到「希望」，並為「希望」而奮鬥。古人詩曰：「莫言草木委冬雪，會應蘇息遇陽春。」

詩句·出處	江南有丹橘，經冬猶綠林。豈伊地氣暖？自有歲寒心。（〈感遇·其七〉唐·張九齡）
	經：經歷。伊：那裡。歲寒心：耐寒的本性。

解析·應用	江南有一種丹橘，冬天仍是一片綠色。難道是那裡的地面氣候暖和嗎？不是，是橘樹本身有耐寒的本性。
	詩人託物喻志，頌橘實是頌人。張九齡是南方人，謫居楚地荊州，荊州盛產橘，故借橘抒慨。可引用這幾句詩來讚美橘樹或其他植物抗凍耐寒，經冬猶綠，藉以說明某人事業的成就，不全在於有利的客觀條件，而決定於他的主觀因素，也用來比喻人剛韌堅貞或持之以恆。
寫作例句	1.「江南有丹橘，經冬猶綠林。豈伊地氣暖？自有歲寒心。」這是一首我很喜歡的詩，但是我想植物學家感興趣的是適宜柑橘生長的地理環境，是緯度三十四度左右。 2. 他心裡裝著的只有國家和人民，而唯獨沒有他自己；國家和人民才是他崇高思想植根的最肥沃、最深厚的土壤。我們不禁想起了唐代著名詩人張九齡的詩句：「江南有丹橘，經冬猶綠林。豈伊地氣暖？自有歲寒心。」他不就是一株常綠的丹橘嗎？

詩句·出處	草枯鷹眼疾，雪盡馬蹄輕。（〈觀獵〉唐·王維）
	疾：銳利。
解析·應用	荒草枯萎，獵鷹的眼睛更顯得銳利；積雪化盡，馬跑起來格外輕捷。
	常用來形容冬季草木乾枯，積雪融盡的景色或形容其時打獵、追逐等情形。

寫作例句	「草枯鷹眼疾，雪盡馬蹄輕。」當第二天一早我跟一群年輕人和頑童，在山林中忘情地追逐兔子、野羊的時候，我又感到自己回到了那「少年不知愁滋味」的童年，美妙的生活又向我綻開了她質樸的笑顏。

詩句·出處	忽如一夜春風來，千樹萬樹梨花開。（〈白雪歌送武判官歸京〉唐·岑參）
解析·應用	雪花飄落樹枝上，像一夜之間春風忽然吹來，千萬棵梨樹上，梨花競相開放。
	常用來形容大地飛雪，一片銀白或雪天玉樹瓊枝的冬景，用來比喻一時間忽然湧現出許多令人感到新鮮、驚奇的事物或人。也用來形容梨花怒放，滿眼玉潔的景色，或形容突然間眾花綻放盛開的景致。
寫作例句	1. 地面上，只有叢生的紅柳和毛條探出頭，枝條上沾著毛鬆鬆的雪花，玲瓏冰晶恰似縷細的白玉雕刻，瓊花玉樹，傲然挺立，顯出不畏冰霜的獨特之美。「忽如一夜春風來，千樹萬樹梨花開」，不也可為此時此地的寫照嗎？ 2.「忽如一夜春風來，千樹萬樹梨花開」。兩、三年間，這個城市變化之快，使許多人瞠目咋舌，難以置信；也使更多的人心懷寬暢，喜上眉梢。 3. 岑參詩云：「忽如一夜春風來，千樹萬樹梨花開。」舉目四望，梨園座座，一望無際。滿樹梨花，雪白如玉，宛如萬里雪飄，銀色世界。

詩句·出處	孤舟蓑笠翁，獨釣寒江雪。（〈江雪〉唐·柳宗元）
	蓑：用棕或莎草編織成的雨具，即蓑衣。笠：斗笠。
解析·應用	孤舟上坐著一位身披蓑衣、頭戴斗笠的老漁翁，頂著風雪獨自在寒冷的江上垂釣。
	常用來形容孤身一人在冰雪天或其他時候垂釣的情形，也用來比喻遺世獨立或孤立無朋。
寫作例句	1. 有時，我也充當柳宗元筆下那「孤舟蓑笠翁」去「獨釣寒江雪」，有時，我也像張志和那樣，「青箬笠，綠蓑衣，斜風細雨不須歸」。 2. 隱逸這條路為古代士大夫知識分子在政治黑暗、世道汙濁的時候保持人格獨立提供了可能。他們常常像「孤舟蓑笠翁，獨釣寒江雪」，以「零落成泥碾作塵，只有香如故」自勉。

詩句·出處	六出飛花入戶時，坐看青竹變瓊枝。（〈對雪〉唐·高駢）
	六出：六個花瓣。雪花六角形，故稱。瓊枝：竹枝因雪覆蓋而變得像白玉做成的一般。瓊，白色的玉。
解析·應用	雪花飛入家門的時候，坐在家中看到青翠的竹子變成了瓊枝玉葉。
	常用來形容雪花紛飛，山野草木銀裝素裹的冬景。
寫作例句	雪像潔白的花瓣從天宇飄忽而下，意態從容，給予人恬靜之感。雪後的大地披上銀裝，宛如宏麗的水晶世界，景象萬千，又引起人們無限美好的想像。 雪，為人們帶來了歡樂和幸福。「六出飛花入戶時，坐看青竹變瓊枝。」

詩句·出處	數峰清苦，商略黃昏雨。（〈點絳唇·丁未冬過吳松作〉宋·姜夔）	
	清苦：形容寒山寥落荒涼。商略：商量醞釀。	
解析·應用	數座山峰清寂悽苦，低語醞釀著一場黃昏時的山雨。	
	詩句寫眼前的冬景，暗含自我之情感，創造了一種深山清幽的境界。可引用這兩句詞來描述深山景物，常用來形容山峰清寂，陰暗欲雨或雨霧朦朧的景象。	
寫作例句	在冬季陰晦的日子，看迷迷濛濛的遠山，真能體會到「數峰清苦，商略黃昏雨」的意境，而「山雨欲來風滿樓」更是這小樓的寫真。	

第 2 節　景物色彩

綠

詩句·出處	綠樹村邊合，青山郭外斜。（〈過故人莊〉唐·孟浩然）
	合：環繞。郭：外城，古代在城的外圍加築的一道城牆。斜：橫亙。
解析·應用	綠樹環繞村莊，青山橫臥在城郭的外面。
	常用來形容近處綠樹環繞，遠處青山相對的景色。
寫作例句	百里灕江，沒有超凡脫俗的仙境，到處是「綠樹村邊合，青山郭外斜」的田園美景或園林美景。

詩句・出處	濃綠萬枝紅一點，動人春色不須多。（〈句〉宋・王安石）
解析・應用	濃綠的繁枝茂葉中只露出一點紅花，就已使人感到春意盎然，動人的春色是不用太多渲染的。
	常用來形容萬綠叢中一點紅的美景，也用來比喻做事抓住了關鍵，就能收到以少勝多、事半功倍的效果，或形容襯映美或點綴美。
寫作例句	1.「濃綠萬枝紅一點，動人春色不須多。」既不要讓園圃冷落荒蕪，也不要讓眾花像趕集似的擠在一塊開放。 2. 就一個人的穿戴而言，一條花紗巾，一副白手套，一條色彩鮮豔的裙帶，一道色彩別致的袖邊，或者配上晶瑩透明的有機玻璃鈕扣或光彩斑斕的電化鋁鈕扣，都能發揮色彩的裝飾點綴作用。這就是美學上所說的：「濃綠萬枝紅一點，動人春色不須多。」

詩句・出處	山無重數周遭碧，花不知名分外嬌。（〈鷓鴣天・東陽道中〉宋・辛棄疾）
	周遭：四周。
解析・應用	無數山峰重重疊疊，四周群山碧綠，不知名的野花分外嬌嬈。
	常用來形容群山蔥鬱，野花嬌美的景色。
寫作例句	周圍則是群山環峙，托起一方湛藍天空……茅舍前的竹籬上開著無名卻淡雅的小花，葉與花瓣均剔透若洗，別是一番韻味。不禁憶起辛稼軒的那兩句：「山無重數周遭碧，花不知名分外嬌」。用作眼前寫照實在真切不過。

詩句・出處	便覺眼前生意滿，東風吹水綠參差。 （〈立春偶成〉宋・張栻）	
	生意：指萬物復甦，生機勃勃的景象。滿：滿眼都是。東風：春風。綠參差：形容碧波起伏。	
解析・應用	便覺得眼前一派萬物回春，生氣洋溢的景象，春風吹掠水面，碧波粼粼。	
	常用來形容春回大地，萬物欣欣向榮的景象或草木茂盛，微風拂波的景色，也用來比喻蓬勃興旺的好氣象。	
寫作例句	1. 這裡既不是起伏的丘陵，也不是光禿的山嶺，而是重巒疊嶂，連綿不斷，長滿茂密的樹林，是一片綠色的世界。頓時，我的腦海裡蹦出兩句古詩：「便覺眼前生意滿，東風吹水綠參差。」 2.「便覺眼前生意滿，東風吹水綠參差。」高科技匯成的春風，必將吹遍大江南北。	

詩句・出處	一把青秧趁手青，輕煙漠漠雨冥冥。東風染盡三千頃，白鷺飛來無處停。（〈橫溪堂春曉・其一〉宋・虞似良）
	趁手：隨手。漠漠：瀰漫無邊的樣子。冥冥：陰暗的樣子。三千頃：指面積大，非確指。無處停：指水田一片青綠，白鷺因顏色不同無法藏身。
解析・應用	一把把青青的秧苗隨手插下就成活了，輕煙細雨漠漠一片，天色陰暗。春風把千百頃秧苗全都染成了綠色，白鷺飛來都沒有地方落腳藏身了。
	常用來形容煙雨瀰漫，田野翠綠的景色，也用來形容煙雨中農民在綠色田野上插秧栽種的情景。

寫作例句	初春時節，長江兩岸、大河南北的水田裡，都先後忙起了布秧栽插的農事。宋人虞似良曾向我們展現了春雨澆綠，一望無垠的水田風光：「一把青秧趁手青，輕煙漠漠雨冥冥。東風染盡三千頃，白鷺飛來無處停。」

紅

詩句・出處	曉看紅溼處，花重錦官城。（〈春夜喜雨〉唐・杜甫）
	紅溼處：指樹頭的花被雨水澆得紅潤一片。花重：花因含有雨水而顯得飽滿沉重。錦官城：即今四川省成都市。
解析・應用	待到第二天清晨去看那紅豔溼潤的地方，只見沉甸甸的花朵開滿了錦官城。
	常用來形容雨後花朵潤澤飽滿或繁花似錦的景色，也用來比喻成績斐然，碩果纍纍。
寫作例句	1. 雨中的繁花很有些「曉看紅溼處，花重錦官城」的意味。它們黃的像錦、白的像雪、紅的像霞……晶瑩透亮的雨珠聚集在花瓣上。綠葉中，使鮮花更顯得嬌媚。 2. 若就刊物所發表的作品而言，也還說不上如火如荼或絢爛多彩，還遠遠達不到「曉看紅溼處，花重錦官城」的境界。

詩句・出處	一道殘陽鋪水中，半江瑟瑟半江紅。（〈暮江吟〉唐・白居易）
	瑟瑟：原指一種碧色寶石，這裡指未被夕陽照到的水面的顏色。

解析·應用	一道殘陽鋪映在江中，江水一半色碧如玉，另一半色紅如血。
	常用來形容夕陽下江河水面斑斕的景色。
寫作例句	夕陽像一把火染紅了西山的晚霞，湖水也一半是紅一半是藍，真是「一道殘陽鋪水中，半江瑟瑟半江紅」。

詩句·出處	林花謝了春紅，太匆匆，無奈朝來寒雨晚來風。（〈烏夜啼〉南唐·李煜）
	春紅：春天的花兒。
解析·應用	樹林中鮮紅的春花已經凋謝了，走得太匆忙。早有寒雨晚有冷風，花兒的凋零也是無可奈何。
	常用來形容春花在風雨中匆匆凋謝的景象，或表達惜花之情。也用來比喻激烈的社會動盪、政治鬥爭等使事物或人遭受摧殘破壞，過早地衰殘湮滅，讓人無奈而痛惜。前兩句常用來形容季候、歲月匆匆而去。
寫作例句	1. 江南花事，使人惆悵，使人心煩意亂。綿綿春雨中，不禁一次次吟哦一千餘年前那位江南國主李煜的詞句：「林花謝了春紅，太匆匆，無奈朝來寒雨晚來風。」也就不免怨恨那無端襲來的一陣陣春寒春雨。 2. 他像春天飛來的第一隻燕子，才帶來一絲不穩定的春色，便遇到了家庭變故。於是，他還未來得及寫出錦心繡口的文字，那「林花謝了春紅，太匆匆！無奈朝來寒雨晚來風」的落英繽紛，狼藉凋零的局面，便將他的才華徹底埋葬了。 3. 檢點半生，自己還算滿意，沒有什麼可愧可悔的。所遺憾的，只是如李後主詞所云：「林花謝了春紅，太匆匆。」

詩句·出處	煙中列岫青無數，雁背夕陽紅欲暮。（〈玉樓春〉宋·周邦彥）
	岫：山。
解析·應用	煙靄中聳列著無數的青山翠峰，飛雁的背上反射出夕陽的餘光，落日的火紅漸漸黯淡下去，天色將晚。
	用來描繪暮靄之中青峰矗立，夕陽火紅的景色。
寫作例句	「煙中列岫青無數，雁背夕陽紅欲暮。」西風、秋水、雁陣，銜著落日的遠山，交融在一起，更增添了遊客的無限興致。

詩句·出處	知否？知否？應是綠肥紅瘦。（〈如夢令〉宋·李清照）
	綠肥：綠葉肥壯。紅瘦：紅花稀落。
解析·應用	知道不知道，知道不知道？這正是綠葉肥紅花瘦的時節。
	常用來形容春末夏初花殘葉茂的景色。
寫作例句	開著滿樹的紫紅花朵，可是不多久，花兒就一朵朵地萎謝，謝到後來，就只見綠葉不見花了。這豈不是李清照的詞裡所說的「知否？知否？應是綠肥紅瘦」嗎？

詩句·出處	尋得桃源好避秦，桃紅又見一年春。（〈慶全庵桃花〉宋·謝枋得）
	避秦：喻指逃避元初戰亂。

解析・應用	找到桃花源好躲避秦末亂世，桃花紅了，又看見一年春天來到了。
	常用來形容尋訪桃花源或類似的地方，或形容桃花紅豔，春天來到。第一句常用來形容尋找安寧的處所躲避戰亂、暴政或其他不利情況。
寫作例句	1.「尋得桃源好避秦，桃紅又見一年春」。從桃源縣城出發，向西南十餘公里，就到了「人間仙境」桃花源。不覺春來晚，只看四月天。柳絲如煙，輕風拂面，碧波蕩漾，春意盎然到極致。 2. 古代傳奇小說裡曾經出現過不少「神仙洞府」，並不是完全沒有現實依據的。人們知道世界上確有這種可以避暑、避寒的所在。等到社會發生了大動亂，這樣的地方就更是理想避兵的好去處。「尋得桃源好避秦」，我們應該理解詩人的意思，其實也正是特定時代民眾的心意。

黃

詩句・出處	綠樹連村暗，黃花入麥稀。（〈獨望〉唐・司空圖）
	黃花：油菜花之類黃色小花。
解析・應用	綠樹連著村莊，濃蔭下光線很暗；黃花點綴在碧綠的麥田裡，稀稀落落的。
	常用來形容鄉村綠樹成蔭，青翠的田野裡散落幾點稀疏的黃花。
寫作例句	小時生活的鄉村，「綠樹連村暗，黃花入麥稀」以及「朝來庭樹有鳴禽，紅綠扶春上遠林」的景色還是能夠看到的。

詩句·出處	雨中黃葉樹，燈下白頭人。（〈喜外弟盧綸見宿〉唐·司空曙）
解析·應用	雨中，黃葉從樹上飄落，昏暗的燈光下坐著一位孤零零的白髮老人。
	常用來形容雨落葉黃，老人或其他人獨坐燈下的淒冷情景。
寫作例句	「雨中黃葉樹，燈下白頭人。」一千多年前的詩句，還可拿來為今天那些讀書人寫照。人未老，鬢已斑。江湖夜雨，又是十年寒燈一晃而過。

詩句·出處	一年好景君須記，最是橙黃橘綠時。（〈贈劉景文〉宋·蘇軾）
解析·應用	一年中最美好的景色你一定要記住，那就是橙子黃了，橘子綠了的時節。
	詩人寫自然景物，能抓住特徵，給予人生意盎然之感，藉以表達對友人的情意。可引用這兩句詩來囑咐他人要特別記住某一段最值得記憶的日子，或是景色最美好的時光。也常用來形容秋冬橙子金黃，橘子青綠的景象，或表達對橙橘的喜愛。

寫作例句	1.「一年好景君須記，最是橙黃橘綠時。」正當人們的心扉飽和了甜情蜜意，在認真選擇的時候，驀地，一位 50 歲開外的老華僑，也許抑制不了內心的激動，撫摸著一株垂枝的金桔，高亢激昂地吟誦起蘇東坡的詩句，招來了許多人的注目。 2.「一年好景君須記，最是橙黃橘綠時。」中年況味，正在奮鬥。 3.「一年好景君須記，最是橙黃橘綠時。」到了這時節，柑橘之鄉便成了各種會議活動的熱門選址，當地人戲稱之為「橘子會」。

詩句．出處	詩家清景在新春，綠柳才黃半未勻。若待上林花似錦，出門俱是看花人。（〈城東早春〉唐．楊巨源）
	上林：上林苑，建於秦代，漢武帝時加以擴充，為漢宮苑，遺址在今陝西省西安市西。這裡代指唐代京城長安。
解析．應用	詩人所喜愛的清新景色就在早春之中，這時柳樹剛吐出嫩黃的幼芽，顏色參差不齊。如果等到上林苑繁花似錦的時候，出門的都是去看花的人。
	常用來說明寫詩作文或做其他事情要感覺敏銳，善於發現或創新，如果反應遲鈍，則會流於平庸，落入俗套，亦說明最先發現或首創的難能可貴。前兩句常用來形容早春時節柳葉新發的景色，後兩句常用來形容花開時節，賞花者眾多。

寫作例句	1. 唐人楊巨源有詩：「詩家清景在新春，綠柳才黃半未勻。若待上林花似錦，出門俱是看花人。」說的是詩人要感覺敏銳，開風氣之先，發人所未發。這個道理對於理論研究工作者是同樣適用的。 2. 楊巨源的〈城東早春〉詩云：「詩家清景在新春，綠柳才黃半未勻。若待上林花似錦，出門俱是看花人。」發現人才也一樣。當「新春」、「半未勻」之際，出來為人才說話，方是真正的伯樂。「若待上林花似錦」，人才已經脫穎而出，為人承認，為世矚目，還用得著你來饒舌嗎？ 3. 我參加了一場牡丹花會，在此期間，中外遊客，雲集小城，男女老幼，傾城賞花，那真是：「若待上林花似錦，出門俱是看花人。」

紫

詩句・出處	草樹知春不久歸，百般紅紫鬥芳菲。（〈晚春〉唐・韓愈）
	百般：想盡各種辦法。芳菲：美麗芳香的花草。
解析・應用	草和樹木知道春天不久將要歸去，便想盡辦法綻紅吐豔，一時間繁花似錦，爭妍鬥麗。
	常用來形容群芳盛開，萬紫千紅的景色。也用來形容色彩紛呈，美如繁花。

寫作例句	1. 歸途上，我禁不住留戀地回頭望一眼這繁花似錦的聚芳園，感慨萬千：聚芳園啊，說你是「草樹知春不久歸，百般紅紫鬥芳菲」，卻又是「連山林綠真成海，遍地鮮花勝似春」。 2. 色彩之多猶如百花齊放，色彩之美真是奼紫嫣紅。「草樹知春不久歸，百般紅紫鬥芳菲。」願本書為大家的設計增光添彩。

詩句·出處	一去紫臺連朔漠，獨留青塚向黃昏。（〈詠懷古蹟·其三〉唐·杜甫）
	紫臺：即紫宮，皇帝的宮殿，這裡指漢代後宮。連：這裡指連姻。朔漠：北方沙漠，匈奴所居之地。
解析·應用	王昭君獨身一人離開漢宮，到北方大漠去嫁給匈奴單于，如今只剩下孤零零的青塚，黃昏後更顯得淒涼冷落。
	詩句極有概括力，雄渾蒼涼，寫盡昭君一生的悲劇。現在說到王昭君或昭君墓時，常常引用這兩句詩。
寫作例句	1.「一去紫臺連朔漠，獨留青塚向黃昏。」名喚昭君的絕代女子，放棄了綠柳夾河而列，長風攜雲朵蹁躚而來的長安，放棄了歌舞昇平的華麗後宮，擔負起維繫和平安定的重任，用一生的流年換取大漢百姓的安定，撐起大漢王朝的半邊天。 2. 不管昭君是自盡還是從胡俗，她畢竟始終未歸漢，而是「獨留青塚向黃昏」了。

詩句・出處	端州石工巧如神，踏天磨刀割紫雲。（〈楊生青花紫石硯歌〉唐・李賀）
	端州：今廣東肇慶市，境內有爛柯山，山石呈青紫色、深紫色等，端硯即用此山之石思索而成。 紫雲：喻紫色的山石。
解析・應用	端州石工靈巧如神，他們攀岩採取紫硯石，就像磨了刀到天上去割紫色的雲彩。
	常用來讚揚端州或其他地方的石工製硯手藝精巧，採石靈活勇敢，也用來讚頌端州石硯的優美精良。
寫作例句	1. 一千多年來，曾有多少詩人、文學家、書畫家撰文賦詩來讚美這端溪名硯啊！劉禹錫那「端州石硯人間重」的名句固然早已膾炙人口，李賀那「端州石工巧如神，踏天磨刀割紫雲」的詩句也早就為人們所傳頌。 2. 如果正值採石季節，你還會看到，那隱現於雲繞險崖之上的採石工人，是何等勇敢無畏、堅韌頑強，唐朝詩人李賀所描繪的「端州石工巧如神，踏天磨刀割紫雲」的動人畫面，彷彿重現在眼前。

詩句・出處	紫陌紅塵拂面來，無人不道看花回。（〈元和十年自朗州召至京戲贈看花諸君子〉唐・劉禹錫）
	紫陌：京城裡的大道。紅塵：鬧市的飛塵。
解析・應用	繁華的京城大道上塵土飛揚，拂面而來，路上沒有人不說是剛剛看花回來。
	常用來形容因觀花、遊覽或集會等，往返於某地的人絡繹不絕。

寫作例句	這幾天，天氣特別好，花開得也正好，看花的人也就最多。「紫陌紅塵拂面來，無人不道看花回」，辦公室裡，餐廳裡，晚會上，道路上，經常聽到有人問答：「你去看海棠沒有？」「我去過了。」或者說：「我正想去。」

詩句·出處	等閒識得東風面，萬紫千紅總是春。（〈春日〉宋·朱熹）
	等閒識得東風面：一釋為春天不知不覺地到來。等閒，輕易，平常。東風，春風。
解析·應用	我很容易地認出了春風那和煦的面容，大地百花盛開，萬紫千紅，到處春意盎然。
	常用來形容春風拂面，群芳吐豔的景色，也用來比喻繁榮興旺、生機勃勃的大好局面。
寫作例句	1. 春日的花園，爭芳鬥豔。黃色的迎春，紅色的杜鵑，紫色的丁香，白色的玉蘭……不禁讓人想起兩句宋詩：「等閒識得東風面，萬紫千紅總是春。」 2. 我們迎來了科技進步的春天，「等閒識得東風面，萬紫千紅總是春。」

詩句·出處	原來奼紫嫣紅開遍，似這般都付與斷井頹垣。良辰美景奈何天，賞心樂事誰家院。（〈牡丹亭·驚夢〉明·湯顯祖）
	付與：交給，隨著。頹：倒塌，衰敗。奈何：怎麼辦。賞心樂事：賞心，愉悅的心情。樂事，令人高興的事情。南北朝謝靈運〈擬魏太子鄴中集詩序〉：「天下良辰、美景、賞心、樂事，四者難并。」

解析．應用	原來院子裡奼紫嫣紅，鮮花開遍，但卻像這樣開在斷井頹垣處。面對如此良辰美景，我該怎麼辦呢，老天爺？也不知這賞心樂事會落到誰家去？
	常用來形容鮮花開在斷壁殘垣等荒僻清冷處，很少有人觀賞。也用來形容雖有良辰美景卻無心觀賞，無福消受，嘆惋這等好事不知何人落得享受。
寫作例句	1.「原來奼紫嫣紅開遍，似這般都付與斷井頹垣。良辰美景奈何天，賞心樂事誰家院。」 每年都去賞園，計劃今年初雪再往，一路顛簸而去，繞湖遊園，看柳岸殘荷自孑孑。 2. 在當今社會，我們面對的正是這樣的美好景象，可不要忘了，弄不好就會成為——「原來奼紫嫣紅開遍，似這般都付與斷井頹垣。良辰美景奈何天，賞心樂事誰家院？」雖然奼紫嫣紅開遍，雖然良辰美景猶在，但如果連生存的第一要素「吃」都無法安全、安心，那麼，「賞心樂事」真不知在「誰家院」了。

黑

詩句．出處	野徑雲俱黑，江船火獨明。（〈春夜喜雨〉唐．杜甫）
解析．應用	田野和小路都被烏雲覆蓋，黑沉沉的一片，只是江上的漁船裡還有明亮的燈火。
	常用來形容江岸等地，四周烏黑一片，只有燈火閃現，也用來形容映襯之美或說明襯托的作用。

寫作例句	1. 月黑之夜，波浪拍打著江岸。不遠處有漁火忽隱忽現，使人想起杜甫「野徑雲俱黑，江船火獨明」的詩句。 2. 這些小玩意，都應力求鮮豔奪目，「野徑雲俱黑，江船火獨明」，在深冷的底色上，都會發揮「萬綠叢中一點紅」的效果，把你裝扮得動人起來。

詩句・出處	天外黑風吹海立，浙東飛雨過江來。（〈有美堂暴雨〉宋・蘇軾）
	天外：指極高極遠的地方。黑風：形容狂風暴雨來時天昏地暗。浙東：指錢塘江以東地區。
解析・應用	天外吹來的黑風把海水掀立起來，浙東的大雨飛過錢塘江來了。
	常用來形容天黑風狂，暴雨突來的景象。
寫作例句	我們正在觀看這行雲的千變萬化，忽然雷聲大作，頓時滂沱大雨傾瀉，大自然的變化是多麼神速，真有蘇東坡在〈有美堂暴雨〉中的詩句所描寫的「天外黑風吹海立，浙東飛雨過江來」之勢。

詩句．出處	黑雲翻墨未遮山，白雨跳珠亂入船。捲地風來忽吹散，望湖樓下水如天。（〈六月二十七日望湖樓醉書．其一〉宋．蘇軾）
	捲地風：直捲到地面的大風。
解析．應用	黑雲滾滾如打翻的墨汁，但還沒有完全遮住天邊的遠山，霎時間白色的雨點好似顆顆珍珠，紛亂地跳入遊船。忽然一陣捲地風颳來把雨吹散，望湖樓下的湖水又清碧如天。
	常用來形容烏雲遮天，隨後大雨傾盆，然後風停雨住的驟雨景象。
寫作例句	黑雲不會布滿天空，也很少片段散綴，常是聚在天的一角或半邊天；靜止的時間也不會長久，不是雨，就是風，或者風雨齊至，頃刻消散。蘇東坡詩云:「黑雲翻墨未遮山，白雨跳珠亂入船。捲地風來忽吹散，望湖樓下水如天。」

白

詩句．出處	天上浮雲如白衣，斯須變幻如蒼狗。（〈可嘆〉唐．杜甫）
	斯須：一會。蒼狗：黑色的狗。
解析．應用	天上飄浮的雲像白色的衣衫，可是一會又變成一隻黑狗的模樣。
	常用來形容高天流雲的變幻多姿，也用來比喻變幻無常的現象。

寫作例句	1. 雲，變幻著，或朝霞，或暮靄，或白雲飄飄，或烏雲滾滾，或人或鬼，或牛或馬，「天上浮雲如白衣，斯須變幻如蒼狗。」 2. 杜工部〈可嘆〉詩有句曰：「天上浮雲如白衣，斯須變幻如蒼狗」，即以浮雲的無常變化，比喻人世間的變化無狀。這個比喻用在他的際遇上，最好不過了。

詩句．出處	北風捲地白草折，胡天八月即飛雪。（〈白雪歌送武判官歸京〉唐．岑參）
	白草：一種有韌性的草，經霜後變脆易折。胡天：這裡指中國西北地區。古代對中國西北少數民族地區稱為「胡」。
解析．應用	北風捲地而來吹斷白草，塞外八月已是漫天飛雪。
	常用來形容北方風高苦寒，冬天來得早。可引用這兩句詩來說明中國西北地區寒冬早到，氣候寒冷，或說明氣候變化異常。
寫作例句	1. 我們來工地採訪，正值八月，一日之內竟從炎夏進入隆冬。剛下過一場大雪，群山銀裝素裹，原來古人「北風捲地白草折，胡天八月即飛雪」的詩句，一點也不算誇張。 2. 由於長期過著「北風捲地白草折」、「風頭如刀面如割」的邊塞生活，他的皮膚已經夠黑的了，現在再加上泥炭土，就比非洲黑人還黑。

詩句．出處	綠遍山原白滿川，子規聲裡雨如煙。（〈鄉村四月〉宋．翁卷）
	川：河流。子規：即杜鵑鳥。

解析．應用	綠色染遍了山林原野，白茫茫的水漲滿了小河，在杜鵑鳥的啼叫聲中，細雨如煙。
	常用來形容春夏之季山野碧綠，雨水豐盈，鳥鳴聲聲，煙雨迷茫。
寫作例句	當北國的田野還是剛剛開始甦醒的時候，嬌媚的南方已是「綠遍山原白滿川，子規聲裡雨如煙」。

第 3 節　日月星辰

日

詩句．出處	日月忽其不淹兮，春與秋其代序。唯草木之零落兮，恐美人之遲暮。（〈離騷〉戰國．屈原）
	忽：快速的樣子。淹：停留。代：更遞。序：次序。代序即代謝、輪換的意思。唯：思念。零、落：都是掉下來的意思。美人：比喻自己。遲暮：指晚年。
解析．應用	日月匆匆不曾停留啊，春天與秋天反覆更替。想到草木已凋落啊，又擔心自己年紀大了。
	可引用這幾句詩來感嘆時序之代謝，好景之不常，或引用前兩句來形容流年似水一去不回，四季更替，循環往復。

寫作例句	1. 我覺得從〈春江花月夜〉的典雅旋律中還隱隱約約地露出了嘆時序之代謝、好景之不常和光景千留不住的惆悵情緒。這也還是屈原的深情太息：「日月忽其不淹兮，春與秋其代序。唯草木之零落兮，恐美人之遲暮。」 2. 四時運轉，冉冉光陰，誰能阻止它的流逝呢？「日月忽其不淹兮，春與秋其代序」，這是無可變移的規律，屈原早就理解到它的嚴肅性了。 3. 屈原是「香草美人」象徵的典型代表，他在詩中說自己「朝飲木蘭之墜露兮，夕餐秋菊之落英」，對高潔品格的追求展露無遺；又說自己「唯草木之零落兮，恐美人之遲暮」，對青春逝去、事業無成的恐懼躍然紙上。

詩句·出處	日之夕矣，羊牛下來。（《詩經·君子于役》）
解析·應用	太陽落山了，牛羊從山坡上下來。
	常用來形容太陽下山，農牧晚歸的鄉村生活圖景。
寫作例句	常見夕陽銜山的時候，一邊是縷縷炊煙從山頭裊裊上升，一邊是群群牛羊從山上緩緩循環。「日之夕矣，羊牛下來」，正好構成一幅靜靜的山野歸牧圖畫。

詩句·出處	清暉能娛人，遊子憺忘歸。（〈石壁精舍還湖中作〉南北朝·謝靈運）
	清暉：清麗的日光。娛：使人歡娛。遊子：遊人。憺：安適。
解析·應用	清麗的日光使人愉快，遊人安閒舒適，樂而忘歸。
	常用來說明日月山水等自然風光能使人愉快舒適，樂而忘返。

寫作例句	謝靈運有詩「清暉能娛人，遊子憺忘歸」，我現在再把巴黎娛人及使人忘歸的地方告訴諸位朋友，與你們分享。

詩句．出處	白日依山盡，黃河入海流。（〈登鸛雀樓〉唐．王之渙）
解析．應用	太陽依傍著西山落下，黃河奔騰著流入東海。
	常用來形容山銜落日，江河奔流的壯麗景色。
寫作例句	我在某天的黃昏登上一座山峰，遠處的伏牛山與近些的中條山各峙大河的南北，載著粼粼波光的黃河，靜臥在橘紅色的夕暉下，「白日依山盡，黃河入海流」的古詩意驀然入心。

詩句．出處	半壁見海日，空中聞天雞。 （〈夢遊天姥吟留別〉唐．李白）
	天雞：神話傳說中的雞。南朝梁代任昉的《述異記》卷下記載：「東南有桃都山，上有大樹，名日桃都，枝相去三千里。上有天雞，日初出照此木，天雞則鳴，天下雞皆隨之鳴。」
解析．應用	半山腰看到海上升起紅日，高空中聽見天雞的鳴叫聲。
	常用來形容高山、空中等處所看到的日出日落等冥茫瑰麗的景致，或形容身居高處產生的飄幻感覺。
寫作例句	右臂貼著絕壁懸崖，左邊是萬丈深壑，稍不留意，踏虛一腳，就會粉身碎骨成千古之恨。登上第四段山路，即有「半壁見海日，空中聞天雞」的幻覺。一覽眾山，宛如腳下泥丸，這時你會覺得飄然欲仙。

詩句．出處	海日生殘夜，江春入舊年。（〈次北固山下〉唐．王灣）	
解析．應用	殘夜還沒消退，海上已升起一輪紅日；舊歲尚未過去，江上的春意已經來臨。	
	常用來形容江海上紅日初升，春意呈露的景色。也用來比喻如日東升，勃然向上的勢態。	
寫作例句	1. 今年初春，我坐船去某地，意外地看到一次壯觀的日出。紅日把洶湧的海浪染成紅色，彷彿不是海浪在奔湧，而是烈火在燃燒，是熱血在沸騰。這時，我想起了「海日生殘夜，江春入舊年」的優美意境。 2. 唐朝剛建立時，採取了一系列政策，結束混戰，穩定中原，加強與少數民族與周邊國家的往來，國勢如一輪初升之紅日，無怪乎王灣的「海日生殘夜，江春入舊年」歷來為人們擊賞。	

詩句．出處	渡頭餘落日，墟里上孤煙。 （〈輞川閒居贈裴秀才迪〉唐．王維）
	渡頭：渡口。墟里：村落。
解析．應用	渡口一片寂靜，只剩下斜照的落日，村落裡升起一縷炊煙。
	常用來形容落日照河岸，遠村起炊煙的景色。

寫作例句	香菱笑道：「……還有『渡頭餘落日，墟里上孤煙。』這『餘』字合『上』字，難為他怎麼想來！我們那年上來，那日下晚便挽住船，岸上又沒有人，只有幾棵樹，遠遠的幾家人做晚飯，那個煙竟是青碧連雲。誰知我昨天晚上看了這兩句，倒像是我又到了那個地方去了。」

詩句・出處	日出江花紅勝火，春來江水綠如藍。（〈憶江南〉唐・白居易）
	江花：江邊的花。藍：靛藍，一種深藍色的染料，用蓼藍的葉子發酵製成。
解析・應用	太陽升起時，江邊上盛開的花被照得比火花還鮮豔好看；春天來到了，流動著的江水比藍草的顏色還要碧綠。
	「江水」是江南的典型景物，用紅日和火紅來襯寫、比喻江花之紅，用綠色和藍草來形容、比喻江水之綠。紅的火紅，綠的碧綠，旭日初照，金碧輝煌。強烈的對比，鮮豔的色澤，加倍地顯出江南風光的「好」來，把詩人對江南的愛和憶表現得很突出。可引用這兩句詞來形容讚美春光的美麗動人，也用來比喻面貌煥然一新，形勢大好。
寫作例句	1.「日出江花紅勝火，春來江水綠如藍。」春天的早晨，河面上飄蕩著白色的輕霧，不時有小魚兒打著水花，小燕兒掠水飛過。 2. 沒趕上「日出江花紅勝火，春來江水綠如藍」絢麗如畫的江南春光，我們來時，已是「柳添黃，萍減綠，紅蓮脫瓣，噴清香桂花初綻」的金秋時節。 3.「日出江花紅勝火，春來江水綠如藍。」這個新時代，是科技進步的春天。

詩句·出處	太陽初出光赫赫，千山萬山如火發。（〈詠初日〉宋·趙匡胤）
	赫赫：顯著盛大的樣子。
解析·應用	太陽初升，紅光赫赫，照得千山萬峰像噴火一樣。
	常用來形容太陽噴薄而出，紅光照耀群山的景色。
寫作例句	在國家級自然保護區雷公山觀日出，遇上晴天可謂「太陽初出光赫赫，千山萬山如火發」。

詩句·出處	嶺上晴雲披絮帽，樹頭初日掛銅鉦。（〈新城道中〉宋·蘇軾）
	絮帽：絲綿或棉絮做的帽子。銅鉦：古代的一種樂器，形狀像銅盤。
解析·應用	山嶺被日光下的雲霧籠罩，彷彿戴上一頂白色的絲綿帽，一輪初升紅日，像是樹梢上掛著一面又圓又亮的銅鉦。
	常用來形容晴天山林中白雲繚繞，紅日斜掛的景色。
寫作例句	山區公路盤旋曲折，先是順著山麓，繼而纏著山腰，向縱深的叢林裡延伸。只見前面白雲裊裊浮動，才從山腰騰起，又覆蓋住山頂，正如蘇軾所寫的「嶺上晴雲披絮帽，樹頭初日掛銅鉦」的情景。

詩句・出處	晴天搖動清江底，晚日浮沉急浪中。（〈十七日觀潮〉宋・陳師道）
解析・應用	晴天的倒影在清澈的江底搖動，落日映在水中，隨著急浪上下浮沉。
	常用來形容天空、太陽倒映在水中，隨著波浪翻滾搖盪。
寫作例句	傍晚，血紅的殘陽像一團火映在水中，隨著奔騰起伏的急浪在上下晃動。我不禁想起宋朝詩人陳師道的詩句：「晴天搖動清江底，晚日浮沉急浪中。」

詩句・出處	欲歸還小立，為愛夕陽紅。（〈東村〉宋・陸游）
	小立：暫立片刻。
解析・應用	本想返回，但又停留了一會，為的是喜愛這火紅的夕陽。
	常用來形容喜愛夕陽的紅豔或夕陽下的美景，也用來比喻熱愛美好的晚年生活。
寫作例句	1.「欲歸還小立，為愛夕陽紅。」佇立在高高的烽火臺上，大漠、長河、夕陽、藍天、白雲，這錦繡江山盡收眼底，美得讓人心醉。2. 我們的車迎著晚霞趕路，每每途經鄉村，我總會想起陸游誦晚霞的詩句：「欲歸還小立，為愛夕陽紅。」

詩句・出處	朝看水東流，暮看日西墜。（〈明日歌〉明・錢福）
解析・應用	早上看水向東流去，晚上看向西落去的紅日。
	極言時間如流水，一去不復返。可引用這兩句詩來說明日月如流水，光陰迅速。

寫作例句	這條分分秒秒不停流淌的小河，好像在用它獨有的語言告訴我一個哲理與永恆。我想起明代詩人錢福筆下的〈明日歌〉:「朝看水東流，暮看日西墜。」

月

詩句・出處	小時不識月，呼作白玉盤。又疑瑤臺鏡，飛在青雲端。 (〈古朗月行〉唐・李白)
	瑤臺：古人想像中神仙居住的地方。
解析・應用	小時候不知道月亮是什麼，把它叫做白玉盤。又懷疑是瑤臺裡的圓鏡，高飛在青雲的上端。
	常用來形容月亮銀白圓滿，高懸夜空，也用來形容月亮給人的美麗想像。
寫作例句	1.「小時不識月，呼作白玉盤。又疑瑤臺鏡，飛在青雲端。」眼前這輪明月，確如一只溫潤的「白玉盤」，或是一把閃亮的「瑤臺鏡」飛在當頭的夜空。2. 不唯詩人李白有「小時不識月，呼作白玉盤。又疑瑤臺鏡，飛在青雲端」的幻思，科學家富蘭克林 (Benjamin Franklin) 有放風箏時捕捉閃電的契機，就是普通的人，哪一個在童年缺少幻想呢？

詩句・出處	斫卻月中桂，清光應更多。 (〈一百五日夜對月〉唐・杜甫)
	斫:砍。月中桂:神話傳說中，月亮上有桂樹，高五百丈。

解析·應用	砍去月亮中的桂樹，清朗的月光將會更多。
	常用來形容月光皎潔清朗或表達對月光的喜愛，也用來比喻除去某種障礙，情形會變得更好。
寫作例句	1. 高空懸掛起一輪明月。這時的月看不見其中的紋影，似乎也積滿了雪一樣的凝重，儼然如微絲不染的冰輪。「斫卻月中桂，清光應更多。」 2. 消除了這些束縛，科技創新的力量，正像火山爆發一樣迸發出來。「斫卻月中桂，清光應更多。」

詩句·出處	四更山吐月，殘夜水明樓。（〈月〉唐·杜甫）
	山吐月：月亮從山頭上冒出。殘夜：夜將盡。
解析·應用	四更天，月亮從山頭冒出；殘夜時分，明月照水，映出樓臺的倒影。
	常用來形容靜夜月兒升高，水光明亮的景色。
寫作例句	住在這個旅館，可以目送飛鴻，遠眺湖光山色。尤其是夜闌人靜，一覺醒來，一鉤明月照在床頭，大有「四更山吐月，殘夜水明樓」之感。

詩句·出處	明月松間照，清泉石上流。（〈山居秋暝〉唐·王維）
解析·應用	明亮的月光映灑在松林間，清冽的泉水在山石上流淌。
	明朗的月光，照耀著寂靜的松林，清悠的泉水，淙淙作響，從山間石上流出。可引用這兩句詩來描繪恬靜安謐的山林景物，形容月灑林間，清泉潺潺的夜景。

寫作例句	1. 有月亮的晚上，你經過這裡，一定會不知不覺地唸出「明月松間照，清泉石上流」的詩句，而且理解那是怎樣一個情境。森林的旁邊有一灣溪水，這溪水永遠在潺潺地流著，經過深邃的森林，也經過粉紅色的房子。 2.「明月松間照」，照一片寧靜淡泊，「清泉石上流」，流一江春水細浪。你是否看到月光似水，在心間流動，你是否感到清泉如琴，在胸中奏響？ 3. 當然，淡泊名利並不是「寂寞沙洲冷般」的落寞，不是顧影自憐時的黯然，也不是沉浸虛幻中的飄渺，而是一種「明月松間照，清泉石上流」的平和心境，一種「壁立千仞，無欲則剛」的操守自持。

詩句·出處	深林人不知，明月來相照。（〈竹里館〉唐·王維）
解析·應用	獨坐在深密的竹林裡沒人知道，只有明月來相照。
	常用來形容月夜樹林的幽深靜謐。
寫作例句	西昌位於安寧河谷，南鄰邛海，山林多松林，自然景色秀麗。每當明月當空的夜晚，漫步在邛海湖邊，便有「深林人不知，明月來相照」的幽雅靜謐之感。

詩句·出處	行宮見月傷心色，夜雨聞鈴斷腸聲。（〈長恨歌〉唐·白居易）
	行宮：皇帝出巡時的臨時住地。
解析·應用	玄宗在行宮裡望見月亮，覺著是傷心的景色；夜雨中聽到鈴響，感到是令人斷腸的聲音。
	常用來形容因悲傷而感到周圍景物、聲響等都令人傷痛。

寫作例句	坐在車上的光緒形容枯槁，憂心忡忡。國破家亡，生民塗炭，早已使他心力交瘁，更何況心裡還時時念著留在京城禁宮中的珍貴人。一路上，真是「行宮見月傷心色，夜雨聞鈴斷腸聲」。

詩句．出處	月落烏啼霜滿天，江楓漁火對愁眠。（〈楓橋夜泊〉唐．張繼）
	霜滿天：霜生於地而非天降，作者這樣說是形容寒意瀰漫，侵肌砭骨的感受。
解析．應用	明月沉落，烏鴉啼叫，寒霜滿天，旅居的人對著江邊的楓樹和點點漁火，伴著縷縷輕愁，漸漸入眠。
	常用來形容夜晚水邊清寒冷寂，漁火點點的景象。
寫作例句	在那紙壁上看到掛著一幅畫，畫的是茫茫黑夜，高岸壁立，其下似乎未能掩蓋江流有聲，而高巖下幾艘並排下碇的漁船，有幾點橘色燈火在黑夜中粲然發光，彷彿四五知己，互以同情的眼神相凝視。這就是他以張繼詩「月落烏啼霜滿天，江楓漁火對愁眠」畫的一幅寫意畫。

詩句．出處	江天一色無纖塵，皎皎空中孤月輪。（〈春江花月夜〉）唐．張若虛
解析．應用	江水天空清澄一色，大地纖塵不染，一輪孤月懸掛夜空，皎潔明亮。
	常用來形容天清水澄，皓月當空的夜景。

寫作例句	望著皎潔的圓月，浪花奏起了悠揚的樂曲，海上的生靈好像在低聲吟唱，高高在上的星星得意地一個勁地用眼睛表達自己的心情，「江天一色無纖塵，皎皎空中孤月輪」。

詩句·出處	江畔何人初見月，江月何年初照人？（〈春江花月夜〉唐·張若虛）
解析·應用	江邊什麼人最先看到月亮，江上的月亮是哪一年初次光照人間的？
	用來感慨或遐想宇宙自然的永恆，人類歷史的悠遠，或表達對自然、人類追本溯源的願望。
寫作例句	1.「江畔何人初見月，江月何年初照人？」這輕輕一問，看似漫不經心，卻一下子把思想的觸角伸向了遠古洪荒，追問到了人類的源頭。 2. 午夜的鐘，敲完了一天裡最後的一記聲響便歸於沉寂。今晚無月，我獨影而行，「江畔何人初見月，江月何年初照人」這千古一問已成了人類永久的迷惑。

詩句·出處	人生代代無窮已，江月年年望相似。（〈春江花月夜〉唐·張若虛）
	窮已：窮盡。
解析·應用	人生代代相傳，永無窮盡，江水和月光年年看起來都是一樣的。
	常用來說明個人生命短暫，人類代代相傳，大自然永恆久遠。

寫作例句	1.「人生代代無窮已，江月年年望相似」。我知道，明月長存，而吾生須臾。今生今世，我是無法走出這片月了。 2. 這先人世而生的自然物，不正是人世滄桑的見證者嗎？它把我們引向幽遠的沉思。「江畔何人初見月，江月何年初照人？人生代代無窮已，江月年年望相似。」是啊，人情雖異，月色依然。

詩句·出處	暮雲收盡溢清寒，銀漢無聲轉玉盤。 （〈中秋月〉宋·蘇軾）
	銀漢：銀河。玉盤：圓月。
解析·應用	傍晚雲靄散盡，溢出清寒的月光，銀河無聲，轉出了一輪明月。
	常用來形容夜晚天清月明的景致。
寫作例句	一輪滿月正照在窗口，像一張女孩的笑臉，在偷看人間。月光最能引起人的清興，動人情思。我披著棉衣，來到小院，踏著那淡淡的和諧的月光，心頭湧出那些讚美月光的詩句：「舉頭望明月，低頭思故鄉。」、「暮雲收盡溢清寒，銀漢無聲轉玉盤。」

詩句·出處	此生此夜不長好，明月明年何處看？（〈陽關曲·中秋月〉宋·蘇軾）
解析·應用	我這一生，中秋夜常過得不好，明年的中秋，又將在哪裡仰望明月呢？
	常用來說明良辰美景不常在，應好好珍惜和享受，人生萍蹤不定，過了今日，明天又不知會怎麼樣。

寫作例句	普救寺裡，明月如霜，好風如水，所灑、所溢處，便都是情，便都是詩。倘要辜負了它，可真要教人發出「此生此夜不長好，明月明年何處看」的嘆惋了。

詩句·出處	明月幾時有？把酒問青天。不知天上宮闕，今夕是何年？（〈水調歌頭〉宋·蘇軾）
	把酒：端酒。宮闕：宮殿。
解析·應用	明月什麼時候有的？我端起酒詢問青天。不知天上的宮殿裡，今夜是哪一年？
	常用於月夜詠月抒懷，也用來表達對日月星辰或太空的久遠、奧祕充滿好奇、幻想或探索慾望。
寫作例句	1.「明月幾時有？把酒問青天。不知天上宮闕，今夕是何年？」又一個中秋之節姍姍來臨。中秋夜，含情脈脈，飄逸抒情，充滿溫馨；中秋月，圓滿明亮，撩人心弦，引人遐思。 2. 日寇占領東北，侵略者吞噬了他的家園，故鄉的月亮被天狗吃掉了。「誰謂含愁獨不見，更教明月照流黃」，兒時的他憂憤地斥問青天：「明月幾時有？」 3.「今夕是何年？」如果我們每個人都能用這詩句自問，是會有許多感慨的。少年會說，我又長高了；中年人會感到，時間過得真快；而老年人，則會產生更多的急迫感。

詩句·出處	春色惱人眠不得，月移花影上欄杆。 （〈夜直〉宋·王安石）
	惱人：撩撥人。

解析·應用	春夜的美景撩人心扉，讓人睡不著，月光漸漸把花影移上了欄杆。
	常用來形容春夜月色迷人，花影慢移的景色，也用來形容春夜心中煩惱，無法入眠。
寫作例句	只見蕊含濃露，花氣依人，月落參橫，不勝惆悵。她回想起夢中之事，恍然在目。反覆追思，終夜無眠。正是：「春色惱人眠不得，月移花影上欄杆。」

詩句·出處	月上柳梢頭，人約黃昏後。（〈生查子〉宋·歐陽脩）
解析·應用	月亮爬上柳樹枝頭，戀人相約在黃昏之後。
	常用來形容情人或其他人在夜晚約會。
寫作例句	1. 週末不屬於她，她沒有戀人，沒有約會。「月上柳梢頭，人約黃昏後」，那是什麼滋味？她從來沒有品嘗過。 2. 瞧，「月上柳梢頭，人約黃昏後。」那男男女女，老老少少，相繼三三兩兩來到江邊，散散步，聊聊天，吹吹清爽的江風，體會一下情意的溫馨，為這江邊夏夜又添了幾分幽美，幾分恬靜。

詩句·出處	年年今夜，月華如練，長是人千里。（〈御街行·秋日懷舊〉宋·范仲淹）
	月華：月光。練：白色的絲織品。
解析·應用	每年的這天夜晚，月光就像潔白的絲綢，但是親人總是在千里之外的地方。
	常用來形容長年與親友分離，或抒發思念之情。

寫作例句	我望著山，望著明月，十多年了，「年年今夜，月華如練，長是人千里。」

詩句・出處	素月分輝，明河共影，表裡俱澄澈。（〈念奴嬌・過洞庭〉）宋・張孝祥
	素：白色。明河：銀河。表裡：指天上地下。
解析・應用	銀白的月亮分灑著光輝，銀河與月亮的倒影都映入湖水中，天空和湖水上下一片澄澈。
	常用來形容月明水清，天地澄澈的夜景。
寫作例句	湖水如此清澈，難怪有人會把古代詩人「素月分輝，明河共影，表裡俱澄澈」的詞句，疑是專為陽澄湖的秋夜所寫了。

詩句・出處	月子彎彎照九州，幾家歡樂幾家愁？（〈月子彎彎照九州〉宋・無名氏）
	月子：月亮。九州：傳說中中國上古時中原地區的行政區劃，起於春秋、戰國時代，分為冀、兗、青、徐、揚等九個州。後以九州代指全中國。
解析・應用	月兒彎彎照著九州大地，月光下有幾家歡樂，又有幾家哀愁？
	常用來說明在同一時間內，人們有著苦樂不同的境遇。
寫作例句	愛月的人應是幸福快樂的人，憂離愁苦之輩是無緣的。「月子彎彎照九州，幾家歡樂幾家愁？」正是際遇不同、景同情異的說明。

星

詩句・出處	月明星稀，烏鵲南飛。（〈短歌行〉漢・曹操）
解析・應用	月光明亮，星星稀疏的夜晚，烏鴉、喜鵲向南飛去。
	常用來形容夜晚或清晨月明星疏，鳥兒飛翔的景色。
寫作例句	夜幕降臨，月明星稀，烏鵲南飛，宛如一幅寧靜的田園畫卷。

詩句・出處	日月之行，若出其中；星漢燦爛，若出其裡。（〈觀滄海〉漢・曹操）
	星漢：銀河。
解析・應用	日月運行，如同出自大海之中；銀河燦爛，好像產生於大海裡面。
	常用來形容大海的浩瀚無際，也用來形容星空燦爛，大海壯麗的景色，或形容事物的博大深邃。
寫作例句	1. 明月高懸在海空，像一盞明亮的大燈籠。夜空與海水一色，月光與星光灑在大海上面，真是「日月之行，若出其中；星漢燦爛，若出其裡」。 2.「日月之行，若出其中；星漢燦爛，若出其裡」，人類的空間意識和宇宙豪情，在這個時代得到了暢快淋漓的發揮。

詩句・出處	星垂平野闊，月湧大江流。（〈旅夜書懷〉唐・杜甫）

解析·應用	星星垂掛在夜幕上，平坦的原野廣闊無垠；月光隨著波濤湧動，大江日夜奔流不息。
	常用來形容江岸平坦開闊，江水奔湧不息的星月之夜。
寫作例句	滿天星斗倒映在水面上，像在絨面上灑滿晶瑩閃爍的珍珠。「星垂平野闊，月湧大江流」，多麼寧靜的秋江月夜。

詩句·出處	人生不相見，動如參與商。（〈贈衛八處士〉唐·杜甫）
	動:動輒，往往。參與商:兩個星辰的名稱。兩星一在西，一在東，相距約為180度，此出彼沒，從不同時出現。
解析·應用	人生常常分別後就不能相見，往往就像參星和商星永不相會一樣。
	常用來形容人生離別常有，重逢難得。
寫作例句	想不到一別之後，我和他相聚的機會更少了，「人生不相見，動如參與商」，大概就是這樣吧。

詩句·出處	曉月臨窗近，天河入戶低。（〈夜宿七盤嶺〉唐·沈佺期）
	天河：指銀河。
解析·應用	拂曉的殘月臨近窗戶，天上的銀河低瀉，流進房門。
	常用來形容月光等室外景物透進了門窗。
寫作例句	1. 她轉身，把目光對向星河灑滿的天際和那一輪明月，「曉月臨窗近，天河入戶低」，如此美景，實在難得。 2. 無意中朝微明的車窗外一望，但見峰巒撲面而來。沈佺期夜宿七盤嶺，有「曉月臨窗近，天河入戶低」的佳句，現在列車在叢山中行進，險峰陡壁時時刻刻都闖進車窗裡來了。

詩句·出處	參橫斗轉欲三更，苦雨終風也解晴。（〈六月二十日夜渡海〉宋·蘇軾）
	參橫斗轉：參星橫空，北斗星轉向，是夏季夜深的景象。苦雨：連綿不斷的雨。終風：整天颳的大風。解：知道，會。
解析·應用	參星橫空，北斗星轉向，天色已近三更，儘管雨還在下，風還在颳，但我知道天將放晴了。
	常用來形容雖然風颳雨下，但不久天將轉晴。也用來比喻艱難的日子即將過去，光明前景就要來到。
寫作例句	1. 平生罕有「好雨知時節，當春乃發生，隨風潛入夜，潤物細無聲」的歡慰、欣悅的心態，更多的是「參橫斗轉欲三更，苦雨終風也解晴」的祈待。雨，總是黯淡的記憶，苦悶的象徵。 2. 他們抒寫真理，面對光明，讓我們一同確信「參橫斗轉欲三更，苦雨終風也解晴」。

詩句·出處	七八個星天外，兩三點雨山前。（〈西江月·夜行黃沙道中〉宋·辛棄疾）
	天外：天的遠處。
解析·應用	天邊散落著七、八顆星星，山前飄下兩、三滴雨點。
	常用來形容夜間星疏雨稀的景色，也用來比喻事物的稀疏微小。

寫作例句	1. 夜幕降臨，我站在山巔，只見「七八個星天外，兩三點雨山前」，星辰稀疏點綴著蒼穹，細雨輕拂過靜謐的山林。 2. 在這繁忙都市的一隅，我彷彿感受到了「七八個星天外，兩三點雨山前」的寧靜，心靈在忙碌中尋得片刻的安寧，如同遙遠的星辰與輕柔的雨絲，給予我慰藉與希望。

詩句・出處	悄立市橋人不識，一星如月看多時。（〈癸巳除夕偶成・其一〉清・黃景仁）
解析・應用	我悄悄站在街市的一座橋上，別人都不認識我，我凝望著天上那顆像月亮一般明亮的星星，看了多時。
	常用來形容獨自一人靜觀景物，無人認識，無人理會，也用來形容孤獨寂寞的處境或心情。
寫作例句	我的心一下子變得空空蕩蕩的，那天晚上，走過街心，望著天邊，「悄立市橋人不識，一星如月看多時」，我又感覺寂寞了。

詩句・出處	似此星辰非昨夜，為誰風露立中宵？ （〈綺懷〉清・黃景仁）
	星辰：夜空中發光的天體，如月亮、星星等。昨夜：指當年的那個夜晚。中宵：半夜。
解析・應用	當年那個夜晚的星辰好似今夜一樣明亮，但畢竟不是昔日的夜晚了，我半夜裡佇立在冷風霜露之中，是為了等誰呢？
	常用來形容靜夜思人懷舊或佇立等人的情景，也用來形容始終不變的懷念之情。

寫作例句	天空中有時是薄薄的雲層，有時是淡淡的星月，有時飄著細雨。不同的夜晚，不論風雨陰晴，我總懷著同樣的心情，一天又一天。「似此星辰非昨夜，為誰風露立中宵。」這是她和我最愛讀的黃仲則的詩。

詩句．出處	二三星斗胸前落，十萬峰巒腳底青。（〈登泰山絕頂〉清．常建極）
解析．應用	兩、三顆星星從胸前沉落，腳下十萬座峰巒，一片青翠。
	常用來形容在峰巔極頂所看到的萬物匍匐腳下的景色。
寫作例句	站在這主峰絕頂之上，我不禁想起了兩句古詩：「二三星斗胸前落，十萬峰巒腳底青。」

第 4 節　自然氣象

雲

詩句．出處	白雲抱幽石，綠筱媚清漣。 （〈過始寧墅〉南北朝．謝靈運）
	幽：幽遠，隱祕。筱：嫩竹。清漣：清澈而有波紋的水。
解析．應用	白雲環繞著幽遠的山石，翠綠的嫩竹在清澈的水波旁，顯得嫵媚動人。
	常用來形容白雲霧靄環山，綠樹翠竹傍水的景色。

寫作例句	清晨踱上陽臺，但見層巒疊嶂，雲擁霧繞。待霧靄漸淡，極眼四周，精巧多姿的別墅掩映於青巒翠峰間，宛如萬頃碧波裡閃爍著顆顆寶石。置身於此，詠誦南朝詩人謝靈運「白雲抱幽石，綠筱媚清漣」的佳句，使人真正品味出回歸大自然的無窮妙趣。

詩句．出處	遠峰帶雲沒，流煙雜雨飄。（〈奉和往虎窟山寺〉南北朝．鮑至）
	流煙：浮動的雲霧。
解析．應用	遠峰挾帶著雲氣隱沒了，流動的雲霧夾雜著細雨在飄浮。
	常用來形容雲霧浮動，細雨飄灑，山巒林野隱隱約約。
寫作例句	山的吐納，水的呼吸，幻為一片浮嵐流霧，深戀著晨夕的武夷山。借鮑至詩句「遠峰帶雲沒，流煙雜雨飄」，可狀其彷彿。

詩句．出處	明月出天山，蒼茫雲海間。（〈關山月〉唐．李白）
	天山：指今甘肅省西北的祁連山。
解析．應用	一輪明月從天山上升起，懸浮在蒼茫無際的雲海間。
	常用來形容明月出山，雲煙茫茫的景色。
寫作例句	一輪皓月，掛在西邊的天上。遠處的祁連雪峰，隱隱可見；近處的馬鬃山，山色若黛。茫茫大戈壁灘，好像罩上了一層薄薄的柔紗。這時李白的有氣魄的佳句，從我的胸中湧出：「明月出天山，蒼茫雲海間。長風幾萬里，吹度玉門關……」

詩句·出處	山從人面起，雲傍馬頭生。（〈送友人入蜀〉唐·李白）
	傍：靠，靠近。
解析·應用	山似乎貼著人的臉陡然升起，雲彷彿挨著馬的頭突然湧出。
	常用來形容山勢陡峻，雲霧繚繞的景色。
寫作例句	一路上山迴路轉，使我想起了古人的名句：「山從人面起，雲傍馬頭生。」因為山陡，所以在山路轉折的時候，彷彿眼前的山壁迎面壓來；因為山高，所以雲霧都在馬前車前擁來擁去。沒有在高山上旅行過的人，是很難體會出這兩句詩的妙處的。

詩句·出處	蕩胸生層雲，決眥入歸鳥。（〈望嶽〉唐·杜甫）
	決眥：極力張大眼眶，形容極目遠眺或凝望。決，裂開。眥，眼眶。
解析·應用	山上雲氣層出疊起，令人心胸激盪，我極目遠望，目送飛鳥歸林。
	常用來形容山上雲霧層出疊起，遊人心襟開闊，極目遠望的情景。
寫作例句	正午的陽光特別絢麗，為俊秀的青峰、蓊鬱的綠樹披上了金色的輕紗，又把山谷裡初升的薄霧染成紫黛，漸遠漸淡，終於與山色融成一片。此時，心中默誦杜甫的「蕩胸生層雲，決眥入歸鳥」的詩句，不由發出會心的讚嘆。

詩句·出處	白雲回望合，青靄入看無。（〈終南山〉唐·王維）
	青靄：山上青青的雲霧。

解析·應用	回頭望去，白雲悠悠，與天際合在一處；遠遠看到青色雲霧，走到跟前又看不見了。
	常用來形容白雲飄繞，霧氣氤氳的景色，也用來寫虛幻變化的景物。
寫作例句	1. 陽明山也因為有了多變的雲而活潑起來了，還用唐詩來形容，王維的〈終南山〉最合適：「白雲回望合，青靄入看無。」 2. 衛星和太空梭上高解析度的攝影機，天天都在窺視搜查地球，但捕捉到的也只是些表象。誠如唐朝王維的詩句：「白雲回望合，青靄入看無。」

詩句·出處	千形永珍竟還空，映水藏山片復重。（〈雲〉唐·來鵠）
	竟：終於。
解析·應用	雲變幻出千萬種形象，最後化為烏有，它一會倒映水中，一會藏在山後，忽而雲朵片片，忽而重重疊疊。
	常用來形容雲彩變幻多姿，飄浮不定。
寫作例句	「千形永珍竟還空，映水藏山片復重。」晚唐詩人來鵠對雲的描寫，可謂生動具體。那游離多變的雲彩，時而如片片輕羽，覆蓋在蔥綠的山巔，時而又重重疊疊，倒映在清波碧水之間，使人悠然神往。

風

詩句·出處	雲想衣裳花想容，春風拂檻露華濃。（〈清平調·其一〉唐·李白）
	檻：欄杆。 露華濃：牡丹花沾著晶瑩的露珠更顯得顏色美麗。
解析·應用	看到雲彩便想到楊貴妃飄逸的裙衫，見到牡丹花便想到她嬌美的容貌，尤其是春風滴露之時的牡丹花，更加鮮豔美麗。
	以雲和花來比喻楊貴妃衣裳容貌，再以牡丹的豔麗來襯托貴妃的美麗動人。可引用前一句詩來形容美麗的服飾和容顏，也比喻美好的景物。
寫作例句	1.「雲想衣裳花想容，春風拂檻露華濃。」隨著古箏甜美而略帶憂鬱的旋律，唐朝美人楊玉環從牡丹花叢中露出真容。 2.「雲想衣裳花想容」，相對於偏於穩重單調的男士著裝，女士們的著裝則亮麗豐富得多。 3. 只要條件許可，個人生活盡可能安排得舒適安逸些，當然是無可指責的。「雲想衣裳花想容」，人們總是嚮往美好的生活的。

詩句·出處	一片花飛減卻春，風飄萬點正愁人。（〈曲江〉唐·杜甫）

解析・應用	第一片落花飛下來時，就減少了春色，待到風飄萬點的光景，就更愁煞惜春的人了。	
	常用來形容暮春殘花紛落的景色或抒發由此產生的傷春情感。	
寫作例句	漫步於花徑之間，只見一片花瓣隨風飄落，悄然減卻了春日的幾分嬌豔。此情此景，不禁讓人想起杜甫的名句：「一片花飛減卻春，風飄萬點正愁人。」這輕輕飄落的花瓣，似乎也在訴說著春天的短暫與美好。	

詩句・出處	颯颯東風細雨來，芙蓉塘外有輕雷。 （〈無題〉唐・李商隱）
	颯颯：形容風聲或雨聲。東風：春風。
解析・應用	颯颯的春風中細雨飄來，荷花塘外傳來輕輕的雷聲。
	常用來形容風和雨細，輕雷陣陣。
寫作例句	暮雨煙村，常常是傾耳靜聽雨腳著地的聲音，有時也東起傘，任憑春的消息撲面而來，驅走心底綿延的愁緒。而後，默唸「颯颯東風細雨來，芙蓉塘外有輕雷」，感慨春意闌珊。

詩句・出處	好風憑藉力，送我上青雲。（〈紅樓夢・第七十回〉清・曹雪芹）
解析・應用	憑藉著好風的力量，送我直上青天白雲。
	原是借詠柳絮，以刻劃薛寶釵的人物性格。常用來形容乘風而上的自然現象，也比喻藉助外力而飛黃騰達，或發生大幅度的變化。

寫作例句	1. 風箏的高飛，當然要藉助風勢，「好風憑藉力，送我上青雲」。 2. 這類人夢寐以求的是「好風憑藉力，送我上青雲」，隨風搖來擺去，無非是保烏紗帽，撈烏紗帽，爭戴大烏紗帽。 3.「好風憑藉力，送我上青雲。」大學生自主創業的夢想，在一系列政策扶持下，定能披上有力的翅膀，達到理想的彼岸。

雨

詩句·出處	好雨知時節，當春乃發生。（〈春夜喜雨〉唐·杜甫）
	乃：即，就。發生：指下雨。
解析·應用	好雨知道農時和節令，春天一到就下了起來。
	用擬人的手法，描寫春雨之及時。常用來形容雨水的及時或表達由此產生的歡喜心情，或比喻某一事物發生的及時。也用來比喻切合時宜，可應急需的事物或人物。
寫作例句	1. 杜甫詩云：「好雨知時節，當春乃發生。」這場春雨，真好像知道時節，知道我們的大好時節，它來得正是時候。 2. 這是一張二萬元的匯票，正是他所盼望的，怎能不高興呢。他舒展秀眉，唸出了一句唐詩：「好雨知時節，當春乃發生。」 3. 陽臺上栽的玫瑰、蝴蝶蘭、海棠，還有那幾棵金銀花，在瀟瀟細雨中精神抖擻，顯得分外嫩綠、光鮮。真是「好雨知時節」、「潤物細無聲」啊。

詩句．出處	隨風潛入夜，潤物細無聲。（〈春夜喜雨〉唐．杜甫）
	潛：靜悄悄地、暗暗地。
解析．應用	小雨隨著微風在夜間悄悄降落，滋潤著萬物，纖細無聲。
	常用來形容細雨滋潤萬物，悄無聲息的情景，也用來比喻潛移默化的影響或耐心仔細的教育工作。
寫作例句	1. 今年一入春，雨水就密。清明前後，總是那麼如絲如霧的。難怪早晨推開窗子那陣子，讓人想起杜甫那句詩：「隨風潛入夜，潤物細無聲。」 2. 封建意識的塵埃，也如春雨一樣，是「隨風潛入夜，潤物細無聲」的，隨時隨地需要努力清除。 3.「好雨知時節，當春乃發生。隨風潛入夜，潤物細無聲。」綿綿春雨隨著輕柔的春風在夜裡落下，悄然無聲地滋潤著大地萬物。這好似學生在潛移默化中受教育，受薰陶。

詩句．出處	聽雨寒更徹，開門落葉深。（〈秋寄從兄賈島〉唐．無可）
	徹：通夜。謂一直到天明。
解析．應用	在寒夜裡聽秋雨瀟瀟，直到天明，早上開門一看，不見雨水，但見一層厚厚的落葉。
	常用來形容冷雨瀟瀟，落葉滿地的秋冬景致。
寫作例句	「聽雨寒更徹，開門落葉深」，露重霜濃，冬天很輕快地到來，夏天暈染綠蔭的日子怎不令人懷想呢？

詩句・出處	溪雲初起日沉閣，山雨欲來風滿樓。 （〈咸陽城東樓〉唐・許渾）	
	溪、閣：詩人在句下自注，咸陽城「南近磻溪，西對慈福寺閣」。	
解析・應用	磻溪那邊的雲剛剛升起，夕陽已經沉下西邊的寺閣，山雨就要來臨，大風狂吹，灌滿城樓。	
	常用來形容雲起日隱，大雨將至，大風猛灌屋內的景象。也用來比喻社會醞釀變革或時局將發生變化之際，蓄勢待發，徵兆顯現的情形，亦形容這期間轟轟烈烈、動盪不安或緊張恐怖的氣氛。後一句用來比喻心潮起伏，思緒煩亂。	
寫作例句	1. 傍晚時分，狂風大作。仔細觀之，似有「溪雲初起日沉閣，山雨欲來風滿樓」之勢。原本打算出去走走，可卻因天氣突然由晴變陰，只好作罷。 2. 杜牧所處的晚唐，是個內憂外患日趨嚴重的時代，各種社會矛盾都急遽發展。宦官專權，藩鎮割據，吐蕃、回鶻不斷侵凌，國勢日蹙，民不聊生，整個大唐帝國一天天走下坡路。正是「溪雲初起日沉閣，山雨欲來風滿樓」。 3. 這裡的自然環境是幽靜而安閒的，可是我們的心裡卻已是「山雨欲來風滿樓」了。	

詩句・出處	自在飛花輕似夢，無邊絲雨細如愁。 （〈浣溪沙〉宋・秦觀）

解析・應用	自在飄忽的飛花像夢一樣輕柔，無邊無際的雨絲像愁緒一樣纖細。
	常用來形容落花輕颺，細雨迷濛的景致。也用來形容夢境飄忽虛幻，或形容愁思無邊或不絕如縷。
寫作例句	1. 依然是飄忽的楊花，飛來窗外；迷濛的雨幕，罩在屋前。我倚窗遠眺，一聯熟悉的詞句跳上心頭：「自在飛花輕似夢，無邊絲雨細如愁。」 2. 秦少游詩曰：「自在飛花輕似夢，無邊絲雨細如愁。」愁，就像那無邊的雨絲一樣，連綿不斷。

詩句・出處	雨橫風狂三月暮，門掩黃昏，無計留春住。（〈蝶戀花〉宋・歐陽脩）
解析・應用	大雨橫灑，狂風猛吹，這是暮春三月的時節，黃昏來臨，關門掩戶，卻無法將春天留住。
	常用來形容暮春時節狂風大雨的天氣或表達惜春惜時之情。
寫作例句	丁香雖然還在盛開，燦爛滿園，春飄十里，但已顯出疲憊的樣子。這裡的春天本來就是短的，「雨橫風狂三月暮，門掩黃昏，無計留春住。」看來春天就要歸去了。

詩句・出處	清風破暑連三日，好雨依時抵萬金。（〈過沙溝店〉元・王惲）
解析・應用	清涼的風連吹三日，驅趕走悶人的暑氣，一場好雨依時而下，真抵得上萬兩黃金。
	常用來形容酷暑中的清風和甘霖來得及時，彌足珍貴，讓人喜愛和暢快。也用來比喻應需而來，排憂解難的事物或人。

寫作例句	1. 夏天的雨淋漓豪爽，它是酷暑中人們心心意意盼著的嬌客，「清風破暑連三日，好雨依時抵萬金」。 2. 在這個轉捩點上，「清風破暑連三日，好雨依時抵萬金」。我們要借新時代的好風，盡洗迄今為止還存留的歪風邪氣。

風雨

詩句．出處	風雨如晦，雞鳴不已。（《詩經．風雨》）
	晦：昏暗。已：停止。
解析．應用	風雨交加，天色昏暗，雄雞仍舊啼叫不停。
	常用來形容天色陰暗，颳風下雨，禽畜鳴叫不已的情景，比喻仁人志士即使在黑暗的環境中，依然恪守職責、奮鬥不息。也用來比喻政治黑暗，動盪不安的日子。或比喻頑強地反抗黑暗統治或不懼艱難，執著地從事某種活動、事業。
寫作例句	1.「風雨如晦，雞鳴不已。」雞鳴聲從一開始就伴著悽悽風雨。陰沉灰暗風雨交侵之時，雞鳴聲持續傳來，這種氛圍真有催人淚下的力量。 2. 我們多災多難的國家啊，「風雨如晦，雞鳴不已」！望蒼天，長空不語；望大地，萬木無聲。3. 依仁蹈義，捨命不渝，「風雨如晦，雞鳴不已」。

詩句．出處	朔風吹飛雨，蕭條江上來。（〈觀朝雨〉南北朝．謝朓）
	朔風：北風。蕭條：指淒涼冷落的氣氛。

解析·應用	北風吹著飛灑的寒雨，淒冷的氣氛從江上侵襲過來。
	常用來形容寒風冷雨，萬物蕭條的景象。也用來比喻受某種動盪或變亂的衝擊，百業蕭條。
寫作例句	1. 北風，自古至今，著實讓人說不出什麼好的印象來。「朔風吹飛雨，蕭條江上來」，這江上的蕭條也是因為北風吹的；「北風雪花大如掌，河橋路斷流澌響」，這河橋路斷，更是因為北風吹的。 2. 動亂年代的歪風，可謂「朔風吹飛雨，蕭條江上來」。

詩句·出處	驚風亂颭芙蓉水，密雨斜侵薜荔牆。（〈登柳州城樓寄漳汀封連四州刺史〉唐·柳宗元）
	驚風：狂風。颭：吹動。芙蓉：荷花。薜荔：一種常綠的蔓生植物，常緣壁而生。
解析·應用	大風狂吹荷花挺出的水面，密雨斜打著薜荔覆蓋的城牆。
	常用來形容狂風暴雨勁吹猛打的景象，也用來比喻歲月風雨動盪。
寫作例句	1. 我不知道他有沒有讀過柳河東的「驚風亂颭芙蓉水，密雨斜侵薜荔牆」的名句，但他的答案是對的，即這一帶的民居往往不使用磚瓦、玻璃、水泥等材料，所以為了避免「密雨斜侵」，只能把屋簷盡可能地造大了。 2. 戰爭陰謀確定之後，大地便進入了「驚風亂颭芙蓉水，密雨斜侵薜荔牆」的歲月。

詩句·出處	回首向來蕭瑟處，歸去，也無風雨也無晴。（〈定風波〉宋·蘇軾）

解析・應用	回頭看那剛剛走過來的風雨蕭蕭的地方，回去吧，既沒有風雨，也不是晴天。
	「也無風雨也無晴」一句充滿禪趣，含有作者不計較名位得失，禁得起政治風雨的暗示，透露出對人生的徹悟及超脫曠達的態度。可引用這幾句詞來表達同樣的心境，或說明某種事物的穩定性。
寫作例句	1. 當我們心靜了，就會發現，我們隨時可以感悟「晴空一鶴排雲上，便引詩情到碧霄」的自然意境，我們隨時可以擁有「行到水窮處，坐看雲起時」的優雅閒趣，我們隨時可以達到「回首向來蕭瑟處，歸去，也無風雨也無晴」的超然境界。 2.「回首向來蕭瑟處，歸去，也無風雨也無晴。」無論我們的工業技術發展曾經有多麼難以突破的藩籬，無論我們的工業製造曾經或當前的利潤有多麼微薄，這都是恆久的發展根本。 3. 但願相關部門的政策能保持「也無風雨也無晴」的穩定，這樣公司的前景就值得憧憬了。

詩句・出處	已是黃昏獨自愁，更著風和雨。 （〈卜算子・詠梅〉宋・陸游）
	更著：又加上。著，附著。
解析・應用	天色黃昏，孤梅已是愁苦不堪，卻又遭到寒風冷雨的吹打。
	常用來形容梅花或其他花木備受冷落且又遭到風雨的摧殘，也用來比喻愁中添愁，苦上加苦的境遇。

寫作例句	1. 你聽，「已是黃昏獨自愁，更著風和雨」，寒梅獨開，加以風雨交襲，實在是愁上加愁，憐花之情溢於言表。 2. 霎時，我像站在茫茫荒原上被人遺棄的孩子，周身感到孤零零的，內心空虛得可怕。我想著陸游的詩：「已是黃昏獨自愁，更著風和雨。」覺得自己命運的悲哀與不幸。

詩句·出處	一春常是雨和風，風雨晴時春已空。 （〈豆葉黃〉宋·陸游）
解析·應用	一個春天常是颳風下雨，等到風停雨住，天氣放晴，春天已經過去了。
	常用來形容春天風雨連綿。也用來比喻常年不順，等到境遇好轉時，好年華已經過去。
寫作例句	1. 窗外仍細雨濛濛，我理了理蓬亂的頭髮。「一春常是雨和風，風雨晴時春已空」，詩人的詩句在耳畔響起。 2. 這場變故讓她失去很多，包括婚姻。有一天，她讀到一句詩：「一春常是雨和風，風雨晴時春已空。」她雙手蒙著臉痛哭起來。二十年來她就哭過一次。她要在工作中找回自己生命的春天。

詩句·出處	無端風雨，未肯收盡餘寒。（〈漢宮春·立春日〉宋·辛棄疾）
	無端：沒來由的，料不到的。

解析·應用	偶有一陣寒風冷雨，冬天還不肯收盡殘餘的寒氣。
	常用來形容冬末初春的風雨天氣乍暖還寒，比喻整體很好，但仍然殘存著消極因素或陰暗面。也用來比喻落後勢力不甘心失敗，還想垂死掙扎。
寫作例句	1.「無端風雨，未肯收盡餘寒。」但是，春天的腳步已經悄無聲息地落在柳樹枝頭。我掐斷路邊一枝垂柳，發現從微微發青的皮層裡爆出一粒粒米粒般大小的芽嘴。 2. 近年來，經過宣布一系列舉措，市場環境有了很大的好轉，但「無端風雨，未肯收盡餘寒」，目前還遺留不少問題。

詩句·出處	更能消、幾番風雨，匆匆春又歸去。（〈摸魚兒〉宋·辛棄疾）
	消：承受得住。
解析·應用	還能禁得住幾番風吹雨打，春天又要匆匆離去。
	常用來形容風雨過後，春意闌珊，或抒發惜春之情。也用來比喻經歷動盪或變故後，原有的事物消失了。
寫作例句	1. 昨夜的一場春雨，使我想起一句辛詞：「更能消、幾番風雨，匆匆春又歸去。」 2. 舉目四望越來越深的春意在這個城市瀰漫開來，你同時愈來愈真切地看到有那麼一些痛在隨風飛揚。默唸起「更能消、幾番風雨，匆匆春又歸去」的詞句，風中有沙吹入眼中，你的淚水禁不住一下子湧了出來。 3.「更能消、幾番風雨，匆匆春又歸去。」皇宮頂上的那顆星，二十年來漸漸黯淡了。

雪

詩句·出處	燕山雪花大如席，片片吹落軒轅臺。（〈北風行〉唐·李白）
	燕山：在今河北省玉田縣西北。軒轅臺：相傳遺址在今河北省懷來縣喬山上。軒轅，即傳說中的黃帝，相傳軒轅臺為黃帝擒蚩尤之處。
解析·應用	燕山的雪花大得像竹蓆一樣，一片片吹落在軒轅臺上。
	詩句寫環境險惡，極盡誇張渲染之能事，為下面詩中主角的出場鋪寫具有典型性的環境，以襯寫戰士之苦，揭示思婦之痛。可引用前一句詩來形容燕山或其他地方冬天的雪下得非常大。
寫作例句	1. 浩浩冬日，不光有「燕山雪花大如席，片片吹落軒轅臺」的壯闊景象，也有「長安雪後似春歸，積素凝華連曙輝」的天國勝景。 2. 奇特的誇張，往往能在出人不意之中，發揮令人拍案叫絕的強烈感染效果。所以中國古代詩人李白，狀摹北方冬日之飛雪，便出口呼曰：「燕山雪花大如席，片片吹落軒轅臺！」 3. 赫赫有名的西伯利亞寒流常經過這個城市而南下，它也首先經歷風雪的洗禮與寒流的考驗，所以古時即有「燕山雪花大如席」的誇張形容。

<table>
<tr><td rowspan="2">詩句·出處</td><td>亂雲低薄暮，急雪舞迴風。（〈對雪〉唐·杜甫）</td></tr>
<tr><td>薄暮：傍晚。急雪：雪下得很急，即驟雪。迴風：旋風。</td></tr>
<tr><td rowspan="2">解析·應用</td><td>傍晚時分亂雲低垂，驟雪在旋風中飛舞。</td></tr>
<tr><td>常用來形容天暗雲低，風吹雪舞的景色。</td></tr>
<tr><td>寫作例句</td><td>風交織了，雪也交織了，好像一根根透明的絲線，牽著一片片冰雪，在你的眼前呼嘯表演。「亂雲低薄暮，急雪舞迴風。」</td></tr>
</table>

<table>
<tr><td rowspan="2">詩句·出處</td><td>侵陵雪色還萱草，漏洩春光有柳條。（〈臘日〉唐·杜甫）</td></tr>
<tr><td>侵陵：侵逼進入，使積雪範圍縮小。萱草：一種可供觀賞的草，古人認為這種草可以令人忘憂。</td></tr>
<tr><td rowspan="2">解析·應用</td><td>侵陵積雪的是破土萌芽，返還大地的萱草，漏洩春光的還有新柳的枝條。</td></tr>
<tr><td>常用來形容初春積雪消融，乍顯新綠的景色。</td></tr>
<tr><td>寫作例句</td><td>孟春，積雪融化，小草破土而出，陽光溫暖，柳枝重泛新綠，唐代杜甫有詩為證：「侵陵雪色還萱草，漏洩春光有柳條。」</td></tr>
</table>

<table>
<tr><td>詩句·出處</td><td>白雪卻嫌春色晚，故穿庭樹作飛花。（〈春雪〉唐·韓愈）</td></tr>
<tr><td rowspan="2">解析·應用</td><td>白雪卻嫌春色來得太晚，故意穿過庭院中的樹木，扮作飛花，裝點春色。</td></tr>
<tr><td>常用來形容雪花漫天飛舞的景色。</td></tr>
</table>

寫作例句	源源下墜的巨幅瓊花錦緞不見首尾，切入大樹的瞬間迅即消融，消融得槐樹與柳樹便全都溼漉漉的，似青似綠，非綠又非黃，近似於鵝黃 ——「白雪卻嫌春色晚，故穿庭樹作飛花」，浩大、瑰麗的春天就是這樣走來的嗎？

詩句・出處	殘雪壓枝猶有橘，凍雷驚筍欲抽芽。（〈戲答元珍〉宋・歐陽脩）
	凍雷：冷天的雷。抽芽：植物長出芽來。
解析・應用	殘雪壓蓋著樹枝，枝上還掛著橘子，冬天的雷聲驚動了竹筍，它們都想破土抽芽呢。
	常用來形容初春雪蓋橘林，竹筍冒尖的景致。
寫作例句	村寨旁積著薄雪的山坡上是一片綠色的橘子林，經過一冬的風霜雨雪，橘子紅了，星星點點，散落在萬綠叢中。走進村子，看到村裡人家的房前屋後都有幾蓬竹子，高大蓊鬱。我進竹叢中去，發現地上冒出一些似白似黃的小尖尖，這是竹筍，新生的竹子。「殘雪壓枝猶有橘，凍雷驚筍欲抽芽。」這不就是眼前之景嗎？

詩句・出處	雪消門外千山綠，花發江邊二月晴。（〈春日西湖寄謝法曹歌〉宋・歐陽脩）
解析・應用	門外冬雪消融，千山碧綠，江邊花兒開放，早春二月天氣晴朗。
	常用來形容天空晴朗，冰雪融化，草樹吐翠綻紅的春景；也用來形容春回人間。或比喻艱難的日子已經過去，出現了新的轉機或好的局面。

寫作例句	1. 眼下正值「雪消門外千山綠，花發江邊二月晴」的季節，這裡生機盎然：左側，是秀色可餐的滿目翠林；右側，是滾滾南去的一川碧水。散步間，寵柳嬌花目不暇給，而那撲鼻而來的草木清香，早已使我入醉三分了。2.「雪消門外千山綠，花發江邊二月晴。」新生行業，生機勃勃。3. 他經過不懈努力，爭取來了新的希望。「雪消門外千山綠，花發江邊二月晴。」

詩句·出處	戰退玉龍三百萬，敗鱗殘甲滿空飛。（〈詠雪〉宋·張元）
解析·應用	漫天飛雪就像戰退了三百萬條白玉似的龍，打得敗鱗殘甲滿天飛舞。
	常用來形容大雪紛飛。
寫作例句	不料，過了一會竟飄起大雪來了。鵝毛似的雪片，紛紛揚揚，頗有「戰退玉龍三百萬，敗鱗殘甲滿空飛」的味道。

霜

詩句·出處	心隨朗日高，志與秋霜潔。 （〈經破薛舉戰地〉唐·李世民）
解析·應用	雄心和朗照的太陽一般高，志向跟秋天的白霜一樣純潔。
	常用來形容志向高遠、純正或品性清高純潔。
寫作例句	我不甘落後，更不依賴高大之物生存，矮小而不自卑，昂首挺胸顯示著自尊、自信、自立的品格。正是：「心隨朗日高，志與秋霜潔。」

詩句・出處	雞聲茅店月，人跡板橋霜。（〈商山早行〉唐・溫庭筠）
	茅店：屋頂用茅草搭蓋的小客店。
解析・應用	雞鳴報曉，荒村野店的上空還亮著一片殘月，早起的行人已在鋪滿白霜的木板橋上印下了足跡。
	詩句不僅有景有情，而且還有動態的敘述，卻又妙在不用一個動詞，而是只用了幾個名詞就在讀者的腦中構成一幅鄉村破曉的風景畫，把題目中的「早行」表現得十分明晰。可引用這兩句詩來描述旅途的辛苦，也用來形容雞鳴月淡、人稀霜白的晨景或清晨的早行場景。
寫作例句	1. 我無從問路，只好提著行李穿街入巷，信步而去，有雞聲喔喔，從深巷傳來。沿途路柳牆花，石橋荒坡，才初秋時分，已淺著輕霜。我再一次體會了「雞聲茅店月，人跡板橋霜」的旅人滋味！ 2. 一聽到那雞叫聲，我便想起唐人溫庭筠的名句「雞聲茅店月，人跡板橋霜」，想起家鄉農村那些有雞鳴為鐘的歲月。3.「雞聲茅店月，人跡板橋霜。」在冬天，揹著書包的我走過小石橋之後，田野那邊寺廟中的上課鐘聲響了起來，我小跑起來，甚至來不及回頭看一下鋪滿白霜的小石橋上自己的腳印。

詩句・出處	秋陰不散霜飛晚，留得枯荷聽雨聲。（〈宿駱氏亭寄懷崔雍崔袞〉唐・李商隱）
	霜飛晚：霜期來得晚。

解析．應用	秋空上陰雲連日不散，落霜較晚，所以到了深秋還留得一池凋殘的荷葉，可讓我聽到雨打枯葉的聲音。
	常用來形容秋風冷雨中枯荷的悽美景致。
寫作例句	在秋風中孤寂地搖曳的枯荷瑟瑟作響，宛如瀟瀟秋雨淅瀝。我想起李義山兩句詩：「秋陰不散霜飛晚，留得枯荷聽雨聲。」悽清悲涼之極。

冰

詩句．出處	欲渡黃河冰塞川，將登太行雪滿山。 （〈行路難．其一〉唐．李白）
解析．應用	我要渡過黃河，有堅冰塞滿河道；將要登上太行，有大雪積滿山路。
	詩人以客觀的具體景物比喻人生途中的事與願違，語意雙關，耐人尋味。李白具有遠大的政治抱負，熱心於建立功業，受詔入京後，卻因小人讒阻而未能受到皇帝任用，反被「賜金還山」、變相趕出長安，故有此嘆。常用來形容旅途遭遇種種險阻，難以前行。也比喻生活中總碰到各種困難和挫折，事與願違。

寫作例句	1. 我原本很想到全國各地走一走，了解一些實際情況。但當時出不去，在家待著，也沒有什麼可做的。當時真是有一點「欲渡黃河冰塞川，將登太行雪滿山」，「拔劍四顧心茫然」的感覺啊。 2. 希望你的未來多一些「春風得意馬蹄疾」、「輕舟已過萬重山」的順暢，少一些「欲渡黃河冰塞川，將登太行雪滿山」的艱難。

詩句·出處	瀚海闌干百丈冰，愁雲慘淡萬里凝。（〈白雪歌送武判官歸京〉唐·岑參）
解析·應用	大沙漠上縱橫交錯著百丈厚的堅冰，愁雲黯淡無光，在萬里長空凝聚著。
	詩人用浪漫誇張的手法氣勢磅礴地勾出瑰奇壯麗的大漠雪景，又為「武判官歸京」安排了一個典型的送別環境，烘托出詩人的離愁別緒。常用於描繪雪中天地的整體形象，渲染離別氣氛。
寫作例句	自古及今，塞外、邊疆在詩人的吟詠中，早已凝成「瀚海闌干百丈冰，愁雲慘淡萬里凝」的景象，演出著「一去紫臺連朔漠，獨留青塚向黃昏」的傳說。

詩句·出處	律回歲晚冰霜少，春到人間草木知。 （〈立春偶成〉宋·張栻）
	律回：指月令節氣已循環一周。

解析·應用	月令節氣已轉過一輪，今年立春偏晚，冰霜少，春天一到人間，草木就知道了。
	常用來形容草木對春天的敏感，春一來臨，便返青泛綠。也用來比喻好的現象已為事物或人所感知。
寫作例句	1. 我家窗前的這幾棵樹，春天從冬眠中醒來，通身泛起盈盈的綠意，在曠闊的樓房空地，顯得比什麼都更顯眼。「律回歲晚冰霜少，春到人間草木知。」的確，這幾棵樹敏銳地感應春天，又最先告訴我們春天的消息。 2. 城鄉人民生活比之過去又有新的提高，窮苦落後地區也基本解決了溫飽問題。「律回歲晚冰霜少，春到人間草木知。」這一切，正具體地顯示出春已早到人間。

露

詩句·出處	道狹草木長，夕露沾我衣。（〈歸園田居〉晉·陶淵明）
解析·應用	道路狹窄，草長樹高，傍晚的露水沾溼了我的衣裳。
	常用來形容山林、鄉間草木茂盛，露水濃重的景色。
寫作例句	那些圓圓的、亮亮的、潤潤的露珠像散落的珍珠，像滿天星斗，掛在樹枝、草葉上，閃閃爍爍，熠熠放光。沒走多遠，我的衣襟已溼漉漉的了，真可謂「道狹草木長，夕露沾我衣」呀！

詩句·出處	玉階生白露，夜久侵羅襪。卻下水晶簾，玲瓏望秋月。（〈玉階怨〉唐·李白）
	玉階：白石臺階。白露：指秋天的露水。羅襪：絲襪。水晶簾：用琉璃珠子做成的簾子。玲瓏：月光明亮的樣子。
解析·應用	白石階前生出白露，夜裡站久了，露水已沾溼了女子的絲襪。她回到屋裡放下水晶簾，仍透過簾子望著明亮的秋月。
	常用來形容久佇望月，心有所思的情態。
寫作例句	天涯海角的人都在共此明月。「玉階生白露，夜久侵羅襪，卻下水晶簾，玲瓏望秋月。」詩人在月光下闔目微吟著，其神思在李白的月夜裡飛翔著，朝向古典又現代的國度飛去。

詩句·出處	可憐九月初三夜，露似真珠月似弓。（〈暮江吟〉唐·白居易）
	可憐：可愛。真珠：即珍珠。
解析·應用	可愛的九月初三的夜晚，露水像珍珠，新月似彎弓。
	常用來形容夜晚露水似珠，彎月高懸的景色。
寫作例句	九月初三日，晚，見到月亮，我忽然記起白居易的詩〈暮江吟〉云：「可憐九月初三夜，露似真珠月似弓。」看來這是記述秋夜和新月的情景、情懷的。

霧

詩句·出處	春水船如天上坐，老年花似霧中看。（〈小寒食舟中作〉唐·杜甫）
解析·應用	春水高漲，坐在浮蕩的船裡猶如駕雲在天上；年老眼花，看花好似隔著一層薄霧。
	第一句常用來形容水漲船高，坐船猶如飄浮雲天，也用來比喻事物或人隨著所憑藉的基礎提高而提高；第二句常用來形容老眼昏花，看不真切，也用來比喻對問題、現象看不明白，弄不清楚道理。
寫作例句	1.「春水船如天上坐，老年花似霧中看。」這是重病纏身的偉大詩人的自我寫照，老了，頭暈眼花。 2. 由於江面很遼闊，水的流速很慢，船行十分平穩，又大有「春水船如天上坐」的奇異感受。 3.「老年花似霧中看」，在歷史的洪流中，那些古老的傳說和故事，如同霧中的花朵，雖不甚清晰，卻更添了幾分神祕與遐想。

詩句·出處	花非花，霧非霧，夜半來，天明去。來如春夢幾多時，去似朝雲無覓處。（〈花非花〉唐·白居易）
	幾多時：有多少時間，這裡是沒有多久的意思。覓：尋。

解析・應用	說花不是花，說霧又不是霧。深夜才來，天明就去。來的時候像春夜的夢一樣短暫，去的時候好似早晨的雲一樣四處飄散，無處可尋。	
	常用來形容雲霧煙塵等朦朧飄幻，來去無蹤。也用來比喻事物或人飄渺、模糊，來去匆匆，難以追尋捉摸。	
寫作例句	1. 一直到太陽照得好高，霧色還是悽迷，陽光灑在霧上反射出迷人的七彩，我漫步林間，像是著了一件輕紗，兀自在古樹下輕盈的舞躍，不禁想起「夜半來，天明去，來如春夢幾多時，去似朝雲無覓處」這闋詞，來自空靈的復歸空靈，來自平靜的復歸平靜，只是霧色總是美在「雲深不知處」呀！ 2. 我這樣清醒地離開你了，隔著一座座飛落的車站，這原是大站飛過，小站不停的快車，隔著幾千重不知名的山和水，以及一段很陌生的旅程。我想起白居易的詩：「花非花，霧非霧，夜半來，天明去，來如春夢幾多時，去似朝雲無覓處。」	

詩句・出處	早霧濃於雨，田深黍稻低。（〈早發〉唐・韋莊）
解析・應用	早晨的霧重，像是小雨如酥，田裡的黍米和稻子都被霧氣壓得沉甸甸的。
	這是一句寫景的詩，一般形容更深露重、大霧迷濛的景色。
寫作例句	今天，一起床看到外面開始霧氣氤氳，春城昨晚更深露濃，頗有些「早霧濃於雨，田深黍稻低」的感覺。

詩句．出處	天接雲濤連曉霧，星河欲轉千帆舞。（〈漁家傲〉宋．李清照）	
	星河：銀河。	
解析．應用	白雲如滾滾波濤連接著早晨的霧氣，布滿天空，銀河像在旋轉，空中好似有千百艘帆船在風浪中舞動。	
	常用來形容瀰漫的雲霧翻滾奔湧的景色。	
寫作例句	清晨的海面，「天接雲濤連曉霧，星河欲轉千帆舞」，海天一色，霧氣繚繞，彷彿仙境一般。而那點點帆船在波濤中搖曳生姿，如同星河中的繁星在舞動。	

霞

詩句．出處	餘霞散成綺，澄江靜如練。（〈晚登三山還望京邑〉南北朝．謝朓）
	餘霞：晚霞。綺：錦緞。練：白綢子。
解析．應用	晚霞鋪散在天空中，像一幅錦緞；澄清的江水靜靜地流去，宛如一條白綢子。
	常用來形容晚霞滿天，碧水沉靜的景色。
寫作例句	南望隔江的越中群山，也都秀麗可愛。晴天傍晚遠眺錢塘江，更能見到「餘霞散成綺，澄江靜如練」的景致。

詩句・出處	莫道桑榆晚，為霞尚滿天。 （〈酬樂天詠老見示〉唐・劉禹錫）
	桑榆：桑、榆，二星名，位於西方，故人們常用「日落桑榆」代指天色將晚，亦比喻人到晚年。
解析・應用	不要說夕陽快要落山了，你看豔麗的彩霞還能布滿天空呢。
	常用來形容晚霞的美麗。也用來比喻老人晚景美好或老有所為。
寫作例句	1. 夕陽西下，天邊晚霞絢爛，「莫道桑榆晚，為霞尚滿天」，這美景讓人忘卻了時間的流逝。 2. 面對人生的晚年，我們不應有絲毫的頹廢，正如「莫道桑榆晚，為霞尚滿天」，只要心態年輕，依然可以綻放出生命的光彩。

詩句・出處	微風萬頃靴文細，斷霞半空魚尾赤。 （〈遊金山寺〉宋・蘇軾）
	萬頃：指江面廣闊。靴文：皮靴上的皺紋。斷霞：一片片晚霞。
解析・應用	微風輕拂萬頃江面，吹起靴文般的細波，半天裡一片片晚霞像魚尾似的赤紅。
	常用來形容微風吹過，水泛漣漪，夕陽晚照，紅霞片片。
寫作例句	湖光、山色、鳥鳴、垂柳，「微風萬頃靴文細，斷霞半空魚尾赤」。大自然的美，化為音符，在我腦海中翻騰著。

第 5 節　天地山水

天

<table>
<tr><td rowspan="2">詩句．出處</td><td>清氣澄餘滓，杳然天界高。
（〈乙酉歲九月九日〉晉．陶淵明）</td></tr>
<tr><td>餘滓：殘餘的渣滓，指塵埃。杳然：深遠高大的樣子。
天界：天際。</td></tr>
<tr><td rowspan="2">解析．應用</td><td>清爽的空氣澄清了空中殘餘的塵埃，天空遼遠高大。</td></tr>
<tr><td>常用來形容天高氣爽的景色，也用來形容人清明純淨，胸襟開闊，眼光遠大，或比喻激濁揚清、政治清明的局面。</td></tr>
<tr><td>寫作例句</td><td>1. 峽中白霧升騰，藉陽光幻化成滿目虹彩。身臨其境，頓覺心靈受到了滌蕩，一洗塵俗煩憂，竟也生發了些「清氣澄餘滓，杳然天界高」的感慨。
2.「清氣澄餘滓，杳然天界高。」當前，科技創新的洪流震盪著一切領域，就教育部門而言，我們也要高科技助力。</td></tr>
</table>

<table>
<tr><td rowspan="2">詩句．出處</td><td>天似穹廬，籠蓋四野。（〈敕勒歌〉北朝民歌）</td></tr>
<tr><td>穹廬：氈帳篷，今俗稱蒙古包。</td></tr>
<tr><td rowspan="2">解析．應用</td><td>天像蒙古包一樣，籠蓋著四方原野。</td></tr>
<tr><td>常用來形容草原、荒漠等地天高地廣的蒼茫風光。</td></tr>
<tr><td>寫作例句</td><td>初到張北，不僅「天似穹廬，籠蓋四野」，蒼茫的碧波之上還有如刀似箭的風，吹得你站不住腳跟。</td></tr>
</table>

詩句・出處	流水落花春去也，天上人間。（〈浪淘沙〉南唐・李煜）
解析・應用	流水帶走了落花，春天過去了，往日情景猶如在天上，人間再難尋覓。
	常用來形容花落春歸，並抒發惋惜之情。也用來比喻過去的美好時日一去不返，與如今相比，有天壤之別，或形容事物消失得無影無蹤。
寫作例句	1.「落花時節」也暗示了當年的開元盛世，以及兩人往日得意時光都將一去不復返了。用李煜的一句詞來詮釋，就是：「流水落花春去也，天上人間。」 2. 落英繽紛固然具有一種獨特的魅力，但是它會給人帶來一種「流水落花春去也」的惆悵思緒；相反地，看到一行行蓓蕾滿枝，間有一枝先發的櫻花林，加上片片先開幾日的梅花林，卻會給人帶來一種生氣勃勃和前景無限的感覺。

詩句・出處	人散後，一鉤淡月天如水。（〈千秋歲〉宋・謝逸）
解析・應用	人散去後，只有一鉤淡淡的彎月掛在清涼如水的夜空。
	常用來形容人離去後的清靜寥落。後一句常用來形容夜空彎月淡淡，清涼如水的景色。

寫作例句	1. 淪陷期中的城市是寂寞的，熱鬧場中沒有我們的分，朋友陸續走向他鄉，留下來的屈指可數，大有「人散後，一鉤淡月天如水」的情境。 2.「一鉤淡月天如水」的秋夜，音樂寧靜、澹遠，宛若山澗清泉，細語淙淙，潺湲流瀉。

詩句·出處	石頭城上，望天低吳楚，眼空無物。（〈念奴嬌·登石頭城〉元·薩都剌）
	石頭城：古城名，故址在今江蘇省南京市清涼山。吳楚：這裡泛指長江中下游地區。
解析·應用	石頭城上，眺望古時候的吳楚一帶，只見天空低沉沉的，眼裡空無一物。
	常用來形容放眼處遼遠空曠或蕭索荒蕪的景象，也用來形容眼裡一片空茫，什麼也看不到，或比喻目空一切。
寫作例句	1.「石頭城上，望天低吳楚，眼空無物。」這一刻，我感受到了歷史的厚重與蒼茫，眼中所見盡是這廣袤無垠的天地，彷彿能包容世間萬物。 2. 他雖然久居某地，見多識廣，卻不是「石頭城上，望天低吳楚，眼空無物」，沒有一點傲氣。

地

詩句·出處	大聲吹地轉，高浪蹴天浮。（〈江漲〉唐·杜甫）
	大聲：指狂風呼嘯。蹴：踢。

解析·應用	怒吼的大風吹得大地轉動起來，高聳的波浪踢得藍天浮蕩晃動。
	常用來形容狂風怒吼，波濤洶湧的景致，也用來比喻局勢風雲激盪或社會潮流洶湧澎湃。
寫作例句	1. 假如碰上大風，或狂風，那就會風呼海翻轉，浪嘯蹴天懸。唐朝大詩人杜甫在〈江漲〉詩中描繪江浪時說：「大聲吹地轉，高浪蹴天浮。」 2.「大聲吹地轉，高浪蹴天浮。」當今世界正處於大變革、大轉折、大發展的過程中，世界要和平、國家要發展、社會要進步，是不可阻擋的時代潮流。

詩句·出處	江間波浪兼天湧，塞上風雲接地陰。（〈秋興·其一〉唐·杜甫）
	江間：指巫峽。兼天：連天。塞上：此指巫山。接地陰：低垂於地面。
解析·應用	巫峽中江水波浪滔天，巫山上風雲捲動，黑壓壓地籠罩著大地。
	常用來形容波濤洶湧，風雲翻滾，天地昏暗蕭森。
寫作例句	我懷著一絲惆悵之情，久久地朝著大江的上游翹首而立，極目遠盼。但只見，「江間波浪兼天湧，塞上風雲接地陰」，「川途去無限，客思坐何窮。」

詩句·出處	吾不識青天高，黃地厚，唯見月寒日暖，來煎人壽。（〈苦晝短〉唐·李賀）
	煎：煎熬，折磨。

解析・應用	我不知道藍天有多高，黃土地有多厚，只見月亮清寒，太陽溫暖，晝夜寒暑煎熬著人的壽命。
	常用來形容人生短促，或形容在時序交替中人的生命漸漸銷蝕。也用來形容受盡煎熬，日子難過。
寫作例句	1. 年屆不惑，猛然感到了人生的短暫。十幾歲當兵時的情景，恍如昨日。紅顏與白絲，原本相去不過咫尺。憑窗遠眺，不由吟出唐人李賀的詩句：「吾不識青天高，黃地厚，唯見月寒日暖，來煎人壽。」 2. 內外交困，憂心忡忡。他的苦難，如同唐朝詩人李賀在〈苦晝短〉一詩中所寫的那樣：「吾不識青天高，黃地厚，唯見月寒日暖，來煎人壽。」

詩句・出處	楚地闊無邊，蒼茫萬頃連。（〈荊州・其三〉宋・蘇軾）
	楚地：即今湖北省長江中游一帶。萬頃連：一說指平原田疇萬頃相連。萬頃，形容其廣，非實指。
解析・應用	楚地廣闊無邊，蒼茫的江水萬頃相連。
	常用來形容長江中游或其他地方原野開闊，江河浩茫的景色。
寫作例句	早晨，一片通紅的陽光，把平靜的江水照得像玻璃一樣發亮。長江三日，千姿萬態，現在已不是前天那樣大霧迷濛，也不是昨天「巫山巫峽色蕭森」，而是「楚地闊無邊，蒼茫萬頃連」了。

山

詩句．出處	百川沸騰，山塚崒崩。高岸為谷，深谷為陵。（《詩經．十月之交》）	
	塚：山頂。崒：高峻而危險。一說同「碎」或「猝」。	
解析．應用	千百條江河沸騰奔湧，山頂從高處崩塌下來。高高的河岸陷落為深谷，深谷隆起為高大的山陵。	
	常用來形容地震引起的地貌劇變，也用來比喻事物發生巨大變化或矛盾對立面的相互轉化。	
寫作例句	1. 在野外山崖上找到一塊有螺殼的化石，好奇地看來看去，不由想像著千萬年前的滄海桑田，這裡可真的可能是經過了「百川沸騰，山塚崒崩。高岸為谷，深谷為陵」。 2.「百川沸騰，山塚崒崩。高岸為谷，深谷為陵。」矛盾著的雙方相互爭鬥的結果，無不在一定條件下互相轉化，這是自然界變化的規律，也是人類歷史發展的規律。	

詩句．出處	兩岸青山相對出，孤帆一片日邊來。（〈望天門山〉唐．李白）
	日邊來：孤舟從水天相接處駛來，猶如來自太陽升起處。
解析．應用	兩岸青山對峙，相繼出迎，我乘一片孤帆從日出的地方駛來。
	常用來形容船行水上，兩岸青山夾峙的景色。

寫作例句	站在江邊，我彷彿能感受到「兩岸青山相對出，孤帆一片日邊來」的意境，那青山如翠屏般展開，孤帆在夕陽的映照下緩緩駛來，構成一幅動人的畫面。

詩句．出處	連峰去天不盈尺，枯松倒掛倚絕壁。 （〈蜀道難〉唐．李白）
	盈：滿。倚：靠著。
解析．應用	連綿的山峰離天不到一尺，枯瘦的松樹倒掛在懸崖絕壁上。
	常用來形容險峰絕壁上樹木倚掛的奇絕風光。
寫作例句	著名的巫山十二峰，便分布在大江的南北兩岸。「連峰去天不盈尺，枯松倒掛倚絕壁」，正是這地方的寫照。

詩句．出處	忽聞海上有仙山，山在虛無縹緲間。 （〈長恨歌〉唐．白居易）
	虛無：虛幻渺茫。飄渺：隱隱約約，若有若無的樣子。
解析．應用	忽然聽說海上有座仙山，山在虛幻飄渺的煙波中。
	常用來形容大海或沙漠中海市蜃樓的現象，也用來形容遠山或小島雲裡霧裡，隱約可見的景致，或形容海島、沙洲等地幽雅清靜，彷彿遠離塵世的仙境。可引用這兩句詩藉以描述虛幻美妙的境界，或說明事物的虛幻不實。

寫作例句	1. 蓬萊，中國「東方神話之都」，從秦皇東巡求藥到漢武御駕訪仙，從白居易筆下的「忽聞海上有仙山，山在虛無縹緲間」到蘇東坡的「東方雲海空復空，群仙出沒空明中」，加之「八仙過海」傳說與「海市蜃樓」奇觀，唯妙唯肖地描繪出一個令人神往的神仙世界，使蓬萊以「人間仙境」著稱於世。 2. 前方茫茫水域中隱隱約約出現了瀏洲島，腦子裡就立刻冒出那兩句詩：「忽聞海上有仙山，山在虛無縹緲間。」怪不得譽稱「蓬萊」呢！ 3. 所謂「鮮明」，首先是觀眾聽後，就知道你講的主題是什麼，而不是讓他們感到「忽聞海上有仙山，山在虛無縹緲間」。

詩句・出處	空山不見人，但聞人語響。（〈鹿柴〉唐・王維）
解析・應用	空山裡見不到人，卻聽到有人說話的聲響。
	常用來形容山林茂密幽靜，偶聞人聲，或形容其他場合不見其人但聞其聲的情景。也用來比喻似無卻有的情形。
寫作例句	1. 滿山的松柏綠茵茵的，樹叢中的道觀隱深深，遠山的景物迷迷濛濛的，不知何處偶爾傳來了遊人聲，我們如入「空山不見人，但聞人語響」的意境。 2. 墨色有時淡得接近於無，是一種省略的藝術。可表面的無，並不等於觀眾眼中的無，作者心中的無，那大片大片的白，其實是為你留下的想像空間。「空山不見人，但聞人語響。」

詩句．出處	萬壑樹參天，千山響杜鵑。（〈送梓州李使君〉唐．王維）
	壑：山谷，一說此指山嶺。
解析．應用	千山萬壑樹木參天，到處響起杜鵑的叫聲。
	常用來形容山林樹木參天，處處鳥鳴的景象。
寫作例句	遊累了，枕一堆落葉，賞「萬壑樹參天」，聽「千山響杜鵑」，覽「兩邊山木合」，品「終日子規啼」，一種亙古永恆博大精深之血液在大自然的生命體裡湧流，循環往復，榮枯交替，四季如歌。

詩句．出處	澗戶寂無人，紛紛開且落。（〈辛夷塢〉唐．王維）
	澗：山間流水的溝。戶：出入口。
解析．應用	山澗口空寂無人，花兒獨自紛紛開放，又相繼凋落。
	常用來形容山間野外無人跡，花草自生自滅。
寫作例句	幽壑中有一片紅紅豔豔的山花，遠遠望去，爛漫至極。我又想起了王維寫的〈辛夷塢〉的詩句：「澗戶寂無人，紛紛開且落。」這詩句使人於此時此地身世兩忘，萬念俱寂。花開花落，既沒有人讚美它，也沒有人為花的凋零而悲傷。

詩句．出處	只在此山中，雲深不知處。（〈尋隱者不遇〉唐．賈島）

解析・應用	只知道就在這座山中，但雲霧重重，不知他在哪一處。
	詩句寫出了隱者的閒逸疏野，如白雲野鶴，無掛無礙，悠然自得，不遇隱者而隱者可見。常用來形容山深林密，雲霧瀰漫，不知人或事物竟在何處。可引用這兩句詩或只引後一句來描述某人某物的難於尋找，或幽深隱僻的境界。也用來比喻只知人或事物的大概範圍，不知其具體位置。
寫作例句	1. 我們去的那日，天公不作美，車子在山路上盤旋，越往裡走，霧氣越重，兩邊的山巒已經籠罩在一片白茫茫中。「只在此山中，雲深不知處。」賈島的〈尋隱者不遇〉寫的就是這般境界吧。 2. 只有當偶然看見風箏飄在天空的時候，才想起這個我童年時代放風箏的夥伴來。然而，「只在此山中，雲深不知處。」在這幾百萬人口的大城市裡，車聲嚷嚷，人海茫茫，我到哪裡去尋找他呢？

詩句・出處	山色不厭遠，我行隨處深。（〈遊輞川至南山寄谷口王十六〉唐・錢起）
	厭：厭煩。隨：沿。
解析・應用	山色迷人，不厭路遠，我沿路而行，不覺來到了山林深處。
	常用來形容山林幽深，山色優美，令人行遠不倦。
寫作例句	縱目是望不斷的清瘦山峰和翠黛杉林，深遠的峽谷間是珍禽嬉戲的鳴叫，只可惜看不到那些活潑生靈的影子。「山色不厭遠，我行隨處深」，遊輞川的錢起也有如我此刻的感受吧！

詩句．出處	山花照塢復燒溪，樹樹枝枝盡可迷。（〈山花〉唐．錢起）
	塢：指山間平地。復：又。
解析．應用	火紅的山花照在山塢上，又映在溪水中，好似燃燒一樣，一棵棵樹，一枝枝花都美得讓人著迷。
	常用來形容遍布山野樹林的鮮花火紅燦爛或絢麗多彩。
寫作例句	「山花照塢復燒溪，樹樹枝枝盡可迷。」看著這遍山遍坡的杜鵑，大有火燒山一般。

詩句．出處	萬壑有聲含晚籟，數峰無語立斜陽。（〈村行〉宋．王禹偁）
	晚籟：傍晚時分的自然聲音。
解析．應用	眾多山谷中發出的各種聲音構成傍晚天然的美妙聲音，數座山峰沉默不語，矗立在斜陽夕光之中。
	常用來形容夕陽斜照，數峰矗立，自然界各種聲音交織共鳴。
寫作例句	登上塔頂，憑欄遠眺，整個風景區一覽無遺，使人沉浸在「萬壑有聲含晚籟，數峰無語立斜陽」的詩情畫意之中。

詩句．出處	我見青山多嫵媚，料青山見我應如是。情與貌，略相似。（〈賀新郎〉宋．辛棄疾）
	嫵媚：姿態美好可愛。如是：如此。
解析．應用	我看到青山，覺得它是那麼嫵媚動人，料想青山看我也有這樣的感覺吧。我倆的情和貌，都大致相似。
	常用來形容深愛美好的景物，以至進入物我兩融的境界。也用來形容人與人彼此傾慕，情投意合。

寫作例句	1. 觀奔泉飛瀑，賞日出日落，固然令人激動，但我更喜歡選一賞心悅目處默坐，像讀一部鉅著那樣，一個字一個字地去讀山水雲嵐，讀得越細，美感越醇，所悟也越多。那時你會感到已入與山水神交的境界，也就是辛棄疾所謂「我見青山多嫵媚，料青山見我應如是。情與貌，略相似」的境界。 2.「我見青山多嫵媚，料青山見我應如是。情與貌，略相似。」二人在想法感情上更接近了，他們幾乎融為一體了。

詩句·出處	莫言下嶺便無難，賺得行人錯喜歡。政入萬山圈子裡，一山放出一山攔。（〈過松源晨炊漆公店〉宋·楊萬里）
	下嶺：下山。賺：騙。政：通「正」。
解析·應用	不要說下山路就不難走，騙得行人空歡喜一場。其實，正進入千萬座山的圈子裡，一座山剛剛放行人過去，另一座山又阻攔在面前。
	常用來形容山路蜿蜒於層巒疊嶂之中，走完一座又來一座。也用來說明獲得一點成績不要以為就一帆風順，前進道路上還有重重困難。
寫作例句	1. 當我們的汽車像個老頭嗡嗡地哼著爬到山峰上時，前面又有更高的山峰攔著。我們忍不住低聲唸著楊萬里的詩：「莫言下嶺便無難，賺得行人錯喜歡。政入萬山圈子裡，一山放出一山攔。」 2.「莫言下嶺便無難，賺得行人錯喜歡。政入萬山圈子裡，一山放出一山攔。」登山越巔，峰峰相連，嶺嶺相接，障礙不斷，困難連綿，小有勝利便沾沾自喜，必然難以突破更多的艱險，獲得進一步的成功。

詩句．出處	好山萬皺無人見，都被斜陽拈出來。（〈舟過謝潭．其三〉宋．楊萬里）
解析．應用	好山的萬重褶皺平時沒人看得到，此刻都被斜陽拈了出來。
	常用來形容斜陽下山巒褶皺重疊，層次分明的景色，也用來比喻事物或人揭示了人所未見、未知的東西。
寫作例句	1. 最讓人感動和嘆絕的是西望賀蘭山，在暮靄夕照下，遠近高低重巒疊嶂竟然一下子顯出了十多個濃淡分明、級差清晰的山體層次。那最遠的山影，只如同用極淡極淡的墨在宣紙上染出一點影子罷了。愈近則墨色愈濃山影愈真。及到近層起伏山包，亮處極明，陰處極暗，顯出強烈的立體感。我腦海中驀然浮出一句古詩：「好山萬皺無人見，都被斜陽拈出來。」比附眼前景象真是太貼切不過了。 2. 在浮躁瀰漫的空氣中，居然有這樣的出版社尊重這些文字的文獻價值，肯出這樣的全集，也著實令人肅然。正如楊萬里的詩：「好山萬皺無人見，都被斜陽拈出來。」

詩句．出處	四圍山色中，一鞭殘照裡。（《西廂記．第四本第三折》元．王實甫）
解析．應用	在四面山色的圍繞中，在夕陽的殘照裡，張生揚鞭打馬而去。
	常用來形容群山環繞，夕陽殘照的景色。
寫作例句	我們到達那村莊時，正是「四圍山色中，一鞭殘照裡」，老百姓這裡那裡到處在打場，我不是畫家，卻也被這幅辛勤、生動的景色所感動，使我聯想起米蘭的油畫〈秋收〉。

名山

詩句．出處	相看兩不厭，只有敬亭山。（〈獨坐敬亭山〉唐．李白）
	敬亭山：在今安徽省宣城市宣州區北，古名昭亭山。
解析．應用	彼此相看從不生厭，只有我和敬亭山才能如此。
	常用來形容因對自然景觀或其他事物的酷愛，以致感到景物對自己也飽含深情，於是達到天人合一、物我兩忘的境界。
寫作例句	1. 這老翁，可能已在半島上坐了大半天，或者甚至一整天。因為這裡的景色，給了他一種平靜的、柔和的、超塵脫俗的心境，使他什麼都不去想，甚至也不去回憶，彷彿他的靈魂和肉體，和這些景物糅合了，飄飄然的，渾渾然的，遺忘了自己，遺忘了半島以外的世界。這使我頓然領悟「相看兩不厭，只有敬亭山」詩中的意境所在。 2. 吾愛吾師吾友，故吾愛吾師之墨跡。我能從字上見其為人，想見其為文。有時候久久凝視、揣摩、玩味師友的墨寶，真如李白詩云：「相看兩不厭，只有敬亭山」，進入一種纖塵俱無、至靜至和至美的享樂與體悟境界中。

詩句．出處	憑崖攬八極，目盡長空閒。（〈遊泰山．其三〉唐．李白）
	憑：倚靠。八極：指最遠的地方。
解析．應用	在泰山頂上，憑靠在石崖旁可以收覽極遠極遠的地方，舉目四望，萬里長空，空曠廣漠，盡在眼底。
	極寫泰山之高，登上日觀峰可以盡收天下景觀。可引用這兩句詩來描述登泰山或登其他高山時的感受。

寫作例句	1. 泰山，踞山東，臨滄海，巍峨，雄偉，自古被尊為五嶽之首。東方朔的「吞西華，壓南衡，駕中嵩，軼北恆」，李白的「憑崖攬八極，目盡長空閒」，杜甫的「會當凌絕頂，一覽眾山小」無不極道泰山之高、之極、之壯、之赫。 2. 仰視可以欣賞到「天似穹廬籠蓋四野」、「憑崖攬八極，目盡長空閒」的景致；俯視則可以領略到「天門一長嘯，萬里清風來」、「蝶衣晒粉花枝舞，蛛網添絲屋角晴」的風采。

詩句．出處	峨眉山月半輪秋，影入平羌江水流。 （〈峨眉山月歌〉唐．李白）
	半輪：形容上弦或下弦半圓的月。平羌：即青衣江，在四川峨眉山東北。
解析．應用	峨眉山上高懸著半輪秋月，月影映入平羌江，順江水流去。
	常用來形容青山吐月，銀輝映水的夜景。
寫作例句	江流東去，濤聲汩汩。而江中的明月，似乎也在濤聲中翩翩起舞。「峨眉山月半輪秋，影入平羌江水流」，我想起了李白的詩句。據說，這首詩就是在隱蒙山下這段青衣江上月夜泛舟時所寫下的。

詩句．出處	廬山東南五老峰，青天削出金芙蓉。（〈望廬山五老峰〉唐．李白）
	五老峰：廬山著名山峰，位於廬山的東南側，上頂蒼穹，下壓鄱陽湖，削壁千仞，綿延數里，五座既相互分割又彼此相連的峰嶺宛如五個老人並坐，故名五老峰。芙蓉：荷花。

解析・應用	廬山東南的五老峰，陡峭秀麗，像是藍天裡削出來的一朵金芙蓉。
	常用來形容廬山五老峰或其他山峰的陡峻秀麗。
寫作例句	仰視拔地撐天的峭壁，彷彿天旋地轉，撲面倒來，令人驚心動魄。這壁立的峰巖，似乎是自然之神於盛怒之下，依天揮劍，力劈而成。劈下的一半飛去天外，留下的一半恰如畫屏，張開在潯陽江與鄱陽湖之間。李白詩云：「廬山東南五老峰，青天削出金芙蓉。」

詩句・出處	西嶽崢嶸何壯哉，黃河如絲天際來。（〈西嶽雲臺歌送丹丘子〉唐・李白）
	西嶽：指華山。崢嶸：山勢高峻。
解析・應用	西嶽華山巍峨高峻，何等雄壯！山頂遠眺，只見黃河細如絲帶，從天邊流來。
	常用來形容華山或其他山嶺險峻雄奇，登頂遠眺，江河細流如絲。
寫作例句	李白詩云：「西嶽崢嶸何壯哉，黃河如絲天際來。」它以高度簡潔的筆法描繪了華山的周邊環境。攀登上華山之巔，能窮千里之目，看到滔滔的黃河就像絲線一樣從天際飄來，三秦大地一片蒼茫，這是何等壯觀的景色啊！

詩句・出處	西嶽崚嶒竦處尊，諸峰羅立如兒孫。（〈望嶽〉唐・杜甫）
	西嶽：即華山。崚嶒：山勢高峻的樣子。竦：聳立。尊：地位最高。羅：分布。

解析．應用	西嶽山勢險峻，那高聳處是它的最高峰，大大小小的山峰羅立在它的周圍，就像是它的兒孫一樣。
	常用來形容華山等山岳群峰矗立，一峰獨尊的景色。也用來形容身處絕頂，俯瞰四周而產生的唯我獨尊的感覺。
寫作例句	我們來到了山頂，幾百里苗嶺，這時都在我們的腳下，向四處瞭望，群山起伏，蜿蜒如龍蛇飛舞，來時轉過的一個一個高峰，這裡看去都成了大大小小的饅頭，頗有杜甫登華山時的感覺：「西嶽崚嶒竦處尊，諸峰羅立如兒孫。」

詩句．出處	造化鍾神秀，陰陽割昏曉。（〈望嶽〉唐．杜甫）
	造化：指天地或大自然。鍾：聚集，專注。陰陽：指山背陽和向陽的兩面。曉：因日光照射而明亮。
解析．應用	大自然把神奇秀麗的山色都賦予了泰山，背著太陽的一面昏暗，向陽的一面明亮，兩面判若刀割。
	常用來形容晴空下山林等地陰陽分明的奇麗景色。
寫作例句	一道寬平、有鋼鐵欄杆、可同時行駛數輛汽車的大橋，架於陡峭峽谷深澗之上，兩岸山岩叢樹簇擁，紅翠交輝，往橋下看呢，流泉飛瀑，幽深、晦暗。這樣的景色正應了「造化鍾神秀，陰陽割昏曉」的古詩。

詩句．出處	會當凌絕頂，一覽眾山小。（〈望嶽〉唐．杜甫）
	會當：應當，一定要。凌：凌駕，登上。 絕頂：山的最高峰。

解析·應用	一定要登上泰山的最高峰，環視群山是多麼矮小。
	詩句寫出了泰山的巍然高聳，超拔群峰的氣勢，也表達出詩人的雄心壯志。常用來形容位居峰巔等極高之處，鳥瞰四周，頓覺萬物低矮渺小。後人不僅遊泰山或其他名山時常引用這兩句詩來抒發豪情，而且透過深廣的聯想，也常藉以比喻自己或他人的事業將來會攀上高峰，超越前人或同輩，或常用來說明站得高看得遠的道理。也用來比喻獲得最高成就或殊榮，傲視一切。
寫作例句	1. 我們終於登上了頂峰！正逢萬里無雲，舉目四望，群山盡收眼底，正是「會當凌絕頂，一覽眾山小」詩意的寫照。 2.「會當凌絕頂，一覽眾山小」無疑是敲響在泰山絕頂上的洪鐘大呂，是蔑視一切困難之抱負、雄心的豪情禮讚。 3. 小將們把眼睛緊緊盯著球壇的「聖母峰」，渴望自己「會當凌絕頂，一覽眾山小」。

詩句·出處	南山塞天地，日月石上生。（〈遊終南山〉唐·孟郊）
	南山：終南山，在今陝西省西安市南。
解析·應用	終南山充塞於天地之間，日月好像是從山石上升起。
	常用來形容山巒高大，日月從背後升起的景色。
寫作例句	山真高，月亮緩緩地向上爬，先是一片乳色，然後月色勾出大山的輪廓，剎那間，一輪明月跳出山來，給人的喜悅真如孟郊的詩：「南山塞天地，日月石上生。」

詩句．出處	雲橫秦嶺家何在？雪擁藍關馬不前。（〈左遷至藍關示姪孫湘〉唐．韓愈）
	橫：充塞，布滿。秦嶺：指陝西境內的終南山。藍關：藍田關，在秦嶺上。
解析．應用	秦嶺陰雲密布，回望家鄉不知竟在何處？大雪擁塞藍關，馬停步不前。
	詩句寫出了道途的艱辛，也寫出了政治上的失意。借景以抒情，於蒼茫雄闊的景色中見出詩人失落的形象，沉鬱感人。可引用這兩句詩來抒發「英雄失路」之感，或常用來形容冰天雪地，路途難行，比喻艱難困惑的處境。
寫作例句	1. 山高坡陡，地溼路滑，卡車顛顛簸簸地艱難行進著，那一天黯然傷神的行程啊，真有點像當年韓愈被貶潮州行至秦嶺山中遇雪的情景：「雲橫秦嶺家何在？雪擁藍關馬不前」，在我們只不過是「雪漫山原車不前」罷了。 2. 半個世紀以來，每逢困惑或迷惑，每逢希望化為絕望，我就欣羨韓愈有著這樣一個神化的姪孫來度他，我就哦吟「雲橫秦嶺家何在？雪擁藍關馬不前」的名句而自遣。 3. 透過網際網路進行交流互動，不再給予人「雲橫秦嶺家何在，雪擁藍關馬不前」的感覺。

詩句．出處	終南陰嶺秀，積雪浮雲端。林表明霽色，城中增暮寒。（〈終南望餘雪〉唐．祖詠）
	終南：長安南邊的終南山，在今陝西省西安市南。陰嶺：山嶺的北面或背陽面。浮雲端：山峰高聳入雲，峰頂的積雪像浮在雲上一樣。林表：山林的表層。霽色：雪停後出現的晴朗天氣或陽光。

解析·應用	遠望終南山的北面，景色秀麗，山峰上的積雪好像浮在雲端。山林上已露出雪後的晴色，雪開始化了，傍晚的長安城裡卻增添了寒意。
	常用來形容山林雪景或雪霽初晴的景色。
寫作例句	不到十月便是玉龍橫空，寒氣沖天了。早晚看那山上雪，頓覺涼氣襲人，我想祖詠的詩句「終南陰嶺秀，積雪浮雲端，林表明霽色，城中增暮寒」，寫的便是此情此景了。

詩句·出處	橫看成嶺側成峰，遠近高低各不同。（〈題西林壁〉宋·蘇軾）
解析·應用	橫看是平緩綿延的山嶺，側看是高聳峻峭的山峰，遠看近看，從高處或低處看，山的面貌都不相同。
	詩人從廬山移步換形，寫出了廬山變化多端，令人目迷神奇、不可辨認的多種姿態。常用來形容從不同的角度看，山峰的形狀各有不同。也用來說明某一事物或人，從不同角度看，會給予人不同的印象；或說明由於各人的情況不同，對某一事物或人的看法就會有所不同。

寫作例句	1. 一路行來，最有趣的，就是一邊看山，一邊賦予它不同的形象。你可以任意施展想像領會蘇軾「橫看成嶺側成峰，遠近高低各不同」的詩句的奧妙。 2. 科學研究工作者由於科學素養、研究角度、研究方法、掌握的資料等等不同，常會出現「橫看成嶺側成峰，遠近高低各不同」的情況，以致引起學術上的論爭。 3. 客觀事物是極為複雜生動的，它本身就往往包含著多方面豐富的含義。因而，對同一個事物，人們可以表現出不同的認知和看法。正如北宋詩人蘇軾所言：「橫看成嶺側成峰，遠近高低各不同。」

詩句・出處	吳山青，越山青，兩岸青山相送迎。 (〈長相思〉宋・林逋)
	吳山：在今浙江省杭州市錢塘江北岸，春秋時為吳國南界。越山：指錢塘江南岸的山，春秋時越國在以紹興為中心的杭州以南一帶地方。
解析・應用	吳山青翠，越山蔥綠，兩岸青山相對，迎送著江上來往的行人。
	常用來形容江河兩岸或道路兩旁，青山對峙。
寫作例句	在車上領略了「吳山青，越山青，兩岸青山相送迎」的詞意，雖然是乘車匆匆而過，過眼繁花，未見的確，但總算是補上這一課了。

詩句·出處	底事崑崙傾砥柱，九地黃流亂注？（〈賀新郎·送胡邦衡待制赴新州〉宋·張元幹）
	底事：何事，為什麼。崑崙：古人認為黃河源出崑崙山。砥柱：黃河中流有砥柱山。九地：九州之地，指中原地區。一說「九地」指遍地。黃流：混濁的黃河水。注：灌。
解析·應用	為什麼發源於崑崙山的黃河中的砥柱山會突然傾倒，使得九州大地上渾黃的河水到處氾濫？
	這兩句詞以洪水氾濫暗喻北宋王朝崩潰，金兵大舉入侵，人民災難深重。常用來形容洪水氾濫成災，也比喻外敵大舉入侵或政權崩潰，國家大亂。
寫作例句	1. 洪水讓今天的人想見禹、想見長髮披散竟自與洪水奪路的先民，以及「底事崑崙傾砥柱，九地黃流亂注」的奇詭詩句。 2. 那年代，正是大廈將傾，人民受難之時。這音樂好像是把亂世人民的憂憤濃縮了，發而為深沉的浩嘆，讓人聯想到：一方面是「底事崑崙傾砥柱，九地黃流亂注」，一方面又是「西湖歌舞幾時休」、「直把杭州作汴州」，構成了歷史鏡頭的蒙太奇。

江山

詩句·出處	江山留勝跡，我輩復登臨。（〈與諸子登峴山〉唐·孟浩然）
	勝跡：風景優美的古蹟。我輩：我等。復：又。登臨：登山臨水，此指登山遊覽。

解析·應用	前人為江山留下了優美的古蹟，今天我們這些人又來登臨憑弔。
	常用來形容今天的人又來到歷史悠久的名勝古蹟遊覽或憑弔。
寫作例句	1. 只見瀑布從峭壁頂端傾瀉直下，垂練飛空，水柱撞擊在岩石上，飛濺紛揚，隨風飄灑如霧如煙，氣勢浩大，景色壯觀。於是，我想起古人詩句「江山留勝跡，我輩復登臨」。 2. 唐蕃石堡城爭奪戰已經過去了十二個世紀。「江山留勝跡，我輩復登臨。」如今我們登上石堡城頭，環顧茫茫四野，唯有赤土白草。

詩句·出處	江流天地外，山色有無中。（〈漢江臨泛〉唐·王維）
解析·應用	江水浩蕩，好像一直流到天地之外；遠山在雲霧中若隱若現，在似有似無之中。
	常用來形容江流滔滔遠去，山色迷濛隱約的景致。
寫作例句	長江水在太陽下一練亮白，毫不客氣地向遠處延伸去，一直到了和天相交的地方。我忽然想起了一句詩：「江流天地外，山色有無中。」再向遠處望了一眼，看見朦朧的一些小山的淡青的影子，貼在天的一角，似乎一場薄霧就能擋住。

詩句．出處	江作青羅帶，山如碧玉篸。（〈送桂州嚴大夫同用南字〉唐．韓愈）
	羅帶：絲織的帶子。篸：古人別住髮髻的條狀物，用金屬、玉石或骨頭等製成。
解析．應用	澄清的江水像青綠的絲帶，獨立的山峰像一根根碧玉做成的髮篸。
	這兩句詩運用具體的比喻，描繪了灕江山水之美，常用來形容桂林或其他地方青山綠水的景色。
寫作例句	1. 古往今來，吟詠桂林山水者，不乏名篇佳句。我卻覺得，應推「江作青羅帶，山如碧玉篸」為最。 2.「江作青羅帶，山如碧玉篸。」當地的喀斯特峰林景觀，自古至今披滿了文人騷客的溢美之詞。

詩句．出處	山隨平野盡，江入大荒流。（〈渡荊門送別〉唐．李白）
	大荒：遼闊的原野。
解析．應用	山巒隨著平原郊野的伸展而漸漸消失，江水滔滔，流入廣闊的原野。
	常用來形容山巒低緩或逐漸消失，代之以寬廣的平野，江水在平原上壯闊奔流。
寫作例句	船出了西陵峽，山勢慢慢地平衍下去，到了南津關，天地忽然開朗，險要的山勢突然消失。李白詩云：「山隨平野盡，江入大荒流」，是形容得再好不過了。

水

詩句‧出處	滄浪之水清兮，可以濯吾纓；滄浪之水濁兮，可以濯吾足。（〈漁父〉戰國‧屈原）
	滄浪：水名。濯：洗。纓：古人帽子上的繫帶，繫於頷下。
解析‧應用	滄浪的水清澈啊，可以洗我帽子上的繫帶；滄浪的水混濁啊，可以洗我的雙腳。
	意思是說人們的榮辱也都是由自己獲得的。《楚辭》中用來比喻人們應該順應時勢，隨遇而安，是作者借漁父之口，揭示社會上的一種庸俗之見。常用來形容水的可愛或說明水無論清濁都有用途，也用來比喻順時而變，隨遇而安的處世態度。
寫作例句	1. 那溪水日甚一日地渾濁惡臭起來。「滄浪之水清兮，可以濯吾纓；滄浪之水濁兮，可以濯吾足」，但溪水如果濁到不堪濯足的程度，你又奈何呢？ 2. 理想總在現實的曲折中顛蕩，意志老在是非的迷茫中折騰，稍有退步意念萌生，孔夫子那些說教「天下有道，則仕，無道，則隱」，或屈原的「滄浪之水清兮，可以濯吾纓，滄浪之水濁兮，可以濯吾足」便成為座右銘了。

詩句‧出處	行到水窮處，坐看雲起時。（〈終南別業〉唐‧王維）

解析·應用	走到水流的盡頭，坐下來看雲霧冉冉升起。
	常用來形容走到某處，坐下來觀看景物，身心閒靜。也用來形容遊山歷水，探幽覽勝。也用來比喻身陷困境時靜觀變化，等待轉機，或比喻事物或人一方衰落，一方興起。
寫作例句	1. 你可以直接走到瀑布的下面，任飛來的水霧輕揉你的臉頰；你也可以隨意走到哪一塊大石頭上，或臥或坐，傾聽大自然的聲音，進入王維那種「行到水窮處，坐看雲起時」的境界。 2. 天下之事，一興一衰，唐才子王維也曾有詩：「行到水窮處，坐看雲起時。」關中正是如此，自周秦漢唐以後，這裡便每況愈下，一座莊嚴的保存完整的世界獨一無二的古城，便漸漸失落了它的風采，結果，封建王朝就東遷北移，從此留給這裡的是一群天龍地鳳的陵墓，和一種民眾強悍的遺風。

詩句·出處	春來遍是桃花水，不辨仙源何處尋。 （〈桃源行〉唐·王維）
	桃花水：春天桃花開時，冰化雨盛，水勢壯闊，故稱桃花水。辨：辨識。仙源：指晉代陶淵明在〈桃花源記〉中描繪的理想樂園桃花源。那裡與世隔絕，不遭禍亂，景色優美，百姓純樸熱情，生活安樂恬靜。

解析·應用	春天來了，遍地都是桃花水，不知到哪裡去尋找當年的桃源仙境。
	常用來形容春夏雨水充盈或到處是水的景象，或說明行蹤、痕跡已被淹沒，所謂桃花源或其他事物、人物已難以尋找。也用來形容春天桃花遍開的景象。
寫作例句	1. 雨後，四周一片汪洋，真可謂「春來遍是桃花水，不辨仙源何處尋」。 2. 所謂有碧雲紅霞，皆瞬息可變之景。莫說劉郎一去不必重到，即使果然再至，怕也會有「春來遍是桃花水，不辨仙源何處尋」的迷惘呢。 3.「春來遍是桃花水，不辨仙源何處尋。」徜徉在花的海洋中，享受桃林散發的天然芬芳，真讓人心曠神怡，浮想聯翩。

詩句·出處	春水碧於天，畫船聽雨眠。（〈菩薩蠻〉唐·韋莊）
	畫船：飾有彩畫的船。
解析·應用	春天的江水碧藍如天，躺在飾有彩畫的遊船中，聽小雨淅瀝而下，不知不覺進入夢鄉。
	常用來形容泛舟碧波，船中聽雨的情景。
寫作例句	「春水碧於天，畫船聽雨眠」的情趣，是不可言表的。你只覺得，彷彿身在太虛幻境，頓時湖上霧瀰漫，絲絲雨聲，宛若弦凝而餘音裊裊，漂在水面。

泉

詩句·出處	在山泉水清，出山泉水濁。（〈佳人〉唐·杜甫）
解析·應用	山中的泉水清澈，出山後就變得混濁了。
	常用來形容蒼山密林等自然生態良好的地方水流清冽，流出去後逐漸變得混濁。也用來說明事物或人由於環境、處所的改變，其外觀、品性、作用等也會隨之改變。
寫作例句	1. 嘉陵江水以清秀聞名，它水質清冽，綠如翡翠，美於碧玉，站在重慶的朝天門碼頭上，看嘉陵江同長江的顏色，是很容易分辨的。「在山泉水清，出山泉水濁」，它在沒有匯入長江之前，像一條碧玉的緞帶，飄向長江。 2. 同是一樣東西，每每因為變換一個空間，便可以改變它的作用和效率。正如泉水一樣，「在山泉水清，出山泉水濁。」即就最淺顯的例子來說，一頂帽子戴在頭上和拿在手裡，其效用固然大不相同；就是戴在頭上，只要把帽簷戴高一點或低一點，便可以表現迥然不同的個性。

詩句·出處	泉聲咽危石，日色冷青松。（〈過香積寺〉唐·王維）
	咽：流水聲音低微。危石：高聳的石頭。
解析·應用	泉水流過高聳的山石，發出幽咽的聲響；夕陽照在青綠的松林上，發出清冷的光色。
	常用來形容泉流石上，光瀉林間的景色。

寫作例句	四月，山中的太陽本已經暖和了，但它從松林枝葉間篩下來，滲進了綠色，變得涼悠悠的。溪水在路邊的石渠裡奔瀉，時時被亂石阻攔、堵塞，它迴旋、撞擊、翻捲、滑跌，發出抑揚頓挫的聲響，使人親身領略一番「泉聲咽危石，日色冷青松」的韻味。

詩句・出處	泉眼無聲惜細流，樹陰照水愛晴柔。 （〈小池〉宋・楊萬里）
	泉眼：流出泉水的小洞。惜：捨不得，吝惜。
解析・應用	泉水無聲地細細流淌，好像泉眼捨不得讓它們暢流；樹蔭倒映在水中，它們喜愛晴天的柔和風光。
	常用來形容小溪默默流淌，綠樹倒映水中的景色。
寫作例句	山裡非常安靜，能聽到小溪流水的響聲，微風吹起，吹過小溪旁的柳樹，狹長的葉子飄飄蕩蕩，落在水裡，像一條彎彎的小船。「泉眼無聲惜細流，樹陰照水愛晴柔」，這句詩說得多麼好啊！

潭

詩句・出處	桃花潭水深千尺，不及汪倫送我情。 （〈贈汪倫〉唐・李白）
	桃花潭：在今安徽省涇縣西南。汪倫：李白遊桃花潭，村人汪倫常以美酒相待，離去時又到船邊送行，所以李白特賦詩贈別。

解析．應用	桃花潭的水即使有千尺深，也不如汪倫為我送別的那片情意深。
	常用來形容送行人的盛情厚意，也用來形容友情深厚。
寫作例句	坐船回城時，我看見他們在遠遠的岸上殷勤揮手的身影，心裡便湧出「桃花潭水深千尺，不及汪倫送我情」的詩句。

詩句．出處	閒雲潭影日悠悠，物換星移幾度秋。 （〈滕王閣詩〉唐．王勃）
	閒雲：指閒散、飄忽的白雲。幾度秋：猶言多少年。
解析．應用	閒散的白雲倒映在潭水中，天天悠閒地飄浮著，四季景物變換，天上星辰運行，不知已過了多少年。
	常用來形容時序推移，風物替換。
寫作例句	「閒雲潭影日悠悠，物換星移幾度秋。」在愁悶中似乎度日如年，偶一顧盼，卻又驚詫於西風已在不知不覺間吹黃了翠柳。

詩句．出處	山光悅鳥性，潭影空人心。 （〈題破山寺後禪院〉唐．常建）
	空人心：使人心中的雜念憂煩消除淨盡。
解析．應用	山色風光使小鳥性情歡悅，潭水平靜的倒影使人的心靈空明潔淨。
	常用來說明湖光山色等自然風景能使鳥獸怡情悅性，使人心曠神怡，超然物外。

寫作例句	人工築成的小堤壩，緊依在南朗山下，亮澈的水流沖溢而過，織成了一幅連綿不斷的白色絲簾，落水淙淙作響，周圍更植各種奇花異卉。水禽在湖泊中嬉戲，鴛鴦相隨，塘鵝潛游，灰鶴展翅欲飛，頗富詩意。飽覽這裡的一切，我不由得記起了兩句詩：「山光悅鳥性，潭影空人心。」

塘

詩句・出處	野渡花爭發，春塘水亂流。（〈送王牧往吉州謁王使君叔〉唐・李嘉祐）
解析・應用	野外的渡口山花競發，春天的河塘春水亂流。
	常用來形容野外百花爭放，水流漫溢的景色。
寫作例句	瀑布跌水時現，古樹喬木成蔭，花草藤蘿星布，散發出「野渡花爭發，春塘水亂流」的韻味。

詩句・出處	黃梅時節家家雨，青草池塘處處蛙。 （〈約客〉宋・趙師秀）
	黃梅時節：指春末夏初梅子黃熟時，江南多雨的季節，亦稱梅雨季節。
解析・應用	黃梅時節家家都被細雨籠罩，長滿青草的池塘處處都有蛙叫。
	常用來形容雨天或雨季處處下雨，處處漲潮的景象。

寫作例句	「黃梅時節家家雨，青草池塘處處蛙。」住在長江中下游一帶的人，每到春末夏初，常常生活在陰雨連綿的天氣中，有時還夾著一陣陣的雷雨和暴雨，時晴時下，溫度增高緩慢，前後可以延續一、二十天甚至一個多月，天氣才放晴轉熱。

詩句·出處	半畝方塘一鑑開，天光雲影共徘徊。（〈觀書有感·其一〉宋·朱熹）
	鑑：鏡子。徘徊：來回晃動。
解析·應用	半畝見方的一個池塘像一面打開的鏡子，藍天白雲的光影一齊映入清澈的塘水，閃耀浮動。
	常用來形容池塘、水窪等處水平如鏡，倒影顯現。
寫作例句	樓前有清塘數畝。記得三十多年前初搬來時，池塘裡好像是有荷花的，我的記憶裡還殘留著一些綠葉紅花的碎影。後來時移事遷，歲月流逝，池塘裡卻變得「半畝方塘一鑑開，天光雲影共徘徊」，再也不見什麼荷花了。

湖

詩句·出處	氣蒸雲夢澤，波撼岳陽城。（〈望洞庭湖贈張丞相〉唐·孟浩然）
	雲夢澤：本為古代低窪積水的兩處地方，在今湖北省大江南北，江南為夢，江北為雲，後世大部分淤為陸地。岳陽城：即今湖南省岳陽市，在洞庭湖東岸。

解析·應用	水氣蒸騰，籠罩著雲夢澤；波濤洶湧，搖撼著岳陽城。
	常用來形容洞庭湖或其他江湖水霧蒸騰，浪濤洶湧的磅礴氣勢。
寫作例句	我曾登上岳陽樓，飽覽洞庭湖煙波浩渺，銜遠山，吞長江，「氣蒸雲夢澤，波撼岳陽城」的壯闊景色。

詩句·出處	遙望洞庭山水翠，白銀盤裡一青螺。 （〈望洞庭〉唐·劉禹錫）
	洞庭：指洞庭湖。山：指洞庭湖中的君山。翠：一作「色」。
解析·應用	遙望洞庭湖，山水翠綠，湖中的君山就像白銀盤裡一顆挺立的青螺。
	詩人將洞庭湖比作白銀盤，將君山比作青螺杯，互相襯托，更顯其美。常用來描繪山翠水清、君山挺立的洞庭美景，也用來形容綠島矗立水中的景色。
寫作例句	1. 由大小七十二個山頭組成的君山，坐落在東洞庭湖中，綠影一堆，疊翠湖中，「遙望洞庭山水翠，白銀盤裡一青螺」，生動地描摹了眼前的景色。 2. 忽兒船頭一轉，面前驀然挺起了一個小島。突兀聳峙，青翠碧綠，映在波光水影裡，讓人倏然想起劉禹錫的詩句：「遙望洞庭山水翠，白銀盤裡一青螺。」大海無邊壯闊的波濤，承托著玲瓏剔透的小島。

詩句·出處	未能拋得杭州去，一半勾留是此湖。（〈春題湖上〉唐·白居易）
	勾留：留戀不去。此湖：指西湖。

解析．應用	沒有拋下杭州到別處去，一半原因是留戀這西湖。
	常用來形容杭州西湖或其他名勝景色太美，使人不想離開它所在的城市或地區。
寫作例句	西湖佳景美不勝收，令人看不厭，遊不盡，好留戀！難怪白居易在此留下了「未能拋得杭州去，一半勾留是此湖」的佳句！

詩句．出處	最愛湖東行不足，綠楊陰裡白沙堤。（〈錢塘湖春行〉唐．白居易）
	湖：指杭州西湖。綠楊：綠柳。白沙堤：今稱白堤，亦稱斷橋堤。
解析．應用	最令人喜愛的是湖東一帶，在綠柳樹蔭裡的白沙堤上散步，怎麼走也走不夠。
	常用來形容西湖白堤或其他湖堤河畔草木盈岸，綠樹成蔭，令人流連忘返。
寫作例句	左顧右盼，為白堤所隔斷的西湖竟是如此的不同：外湖寬闊，波光躍動；內湖小巧，波光粼粼；南有淡蕩的煙霞，北峙參差的樓宇；綠柳與紅桃亭亭相間。那看不厭的風光，行不完的道路，都使人無限依戀。正是「最愛湖東行不足，綠楊陰裡白沙堤」。

詩句．出處	水光瀲灩晴方好，山色空濛雨亦奇。欲把西湖比西子，淡妝濃抹總相宜。（〈飲湖上初晴後雨．其一〉宋．蘇軾）
	瀲灩：水光閃動的樣子。 空濛：雨霧迷茫，聚散變幻的樣子。

解析．應用	西湖的波光動盪搖晃，天晴之時，最是美麗動人，即使在雨霧之中，山色迷茫變幻，也顯得秀麗新奇。我要把西湖比做西施那樣的美女，不論是淡雅的梳妝還是濃豔的打扮，總是那麼漂亮動人。
	常用來形容杭州西湖或其他風景名勝秀麗宜人，晴雨皆美。也用來說明具有本質美的事物或人在不同情況下可以表現出不同的美。或比喻無論何種情形均能適應，無論處於哪種情形，皆有其長。
寫作例句	1. 湖的四周便是若隱若現的山巒，南北兩座山峰依稀只能看見輪廓。南屏晚鐘也已失去了光彩，朦朦朧朧，美得別具一格。這時我真正領會到了蘇東坡的詩句：「水光瀲灩晴方好，山色空濛雨亦奇。欲把西湖比西子，淡妝濃抹總相宜。」 2. 風度的美，可以說是形形色色。在這形形色色的美的背後，有沒有某些共同的本質的東西呢？因為具備了這種東西，在不同的情況下就表現出不同的美來。我以為是有的。「若把西湖比西子，淡妝濃抹總相宜。」陰晴雨雪，不同的天氣中表現出來的千姿百態，難道不都是那共同的美的本質的反映？ 3. 我們先來看蘇東坡的一句詩：「水光瀲灩晴方好，山色空濛雨亦奇。」如果我們真正地能用這種態度來對待人生，我們就能達到飄逸與豁達的境界，無論晴天也好，雨天也好，順境也好，逆境也好，都能以欣賞的態度來對待，在真如的心情中得到解脫。

詩句·出處	我本無家更安往？故鄉無此好湖山。（〈六月二十七日望湖樓醉書·其五〉宋·蘇軾）
	無家：作者二十多歲離蜀，後因父母之喪兩次短期返蜀，其餘時間均在外地，故說「無家」。安：哪裡。
解析·應用	我原本就沒有家，又能往哪裡去？再說故鄉也沒有這麼好的湖光山色。
	常用來形容客居外地，無家可回，便隨遇而安或以有勝景相伴來自慰。也用來讚嘆外地的山水風物勝於家鄉。
寫作例句	坡公有朝雲相伴，當是非常地愜意了，所以高興地說，「我本無家更安往，故鄉無此好湖山。」想想也是，有西湖，有無主荷花，有朝雲，有清茶，是我也不想走了。

詩句·出處	重湖疊巘清嘉，有三秋桂子，十里荷花。 （〈望海潮〉宋·柳永）
	重湖：西湖中的白堤將湖分成裡湖和外湖。疊巘：指西湖周圍的靈隱山、南屏山等山嶺重重疊疊。巘，山峰，山頂。清嘉：清秀。三秋：此指秋季。秋季有三個月，故稱。一說指秋季的第三個月，即農曆九月。桂子：桂花。
解析·應用	西湖的裡湖、外湖和四周重疊的山峰清雅秀麗。秋天有桂花飄香，夏天有十里荷花盛開。
	常用來形容西湖或其他風景區山水秀麗，花盛香濃。後兩句常用來描繪江南風光之秀美動人。

寫作例句	1. 當我們欣賞著「重湖疊巘清嘉，有三秋桂子，十里荷花」的時候，當我們在這如詩如畫般的環境品味生活、構築人生的時候，是否也應該為替我們帶來無限美意的西湖做點什麼呢？ 2. 江南，這塊風景秀麗、土地豐腴的地方，古人就用過生色生輝的字眼形容過它，稱頌過它，「暮春三月，鶯飛草長，雜花生樹」呵，「三秋桂子，十里荷花」呵……我坐在車上，重見車窗外的它的原野、河流、池塘、村舍、綠樹時，心兒怦怦跳，不，是在亢奮地顫動，是如痴如醉。

詩句・出處	山外青山樓外樓，西湖歌舞幾時休？ （〈題臨安邸〉宋・林升）
解析・應用	青山之外還有青山，高樓之外還有高樓，西湖上的歌舞幾時才能休止？
	詩句既寫出了西湖一帶美麗的景物，也寓有詩人的無限感慨。一句「幾時休」的詰問，表達出詩人對「朱門酒肉臭」的南宋統治者們的無比忿恨之情。常用來形容市容繁華，歌舞昇平。可引用第一句常用來形容山巒重疊、樓閣櫛比的景色，描繪美好的景物，或藉以表示美景之外更有美景，佳境之外更有佳境。

寫作例句	1. 金秋的十月，「山外青山樓外樓，西湖歌舞幾時休」的一派旖旎繁華的風物重又在這座南宋的故都上演，而時過境遷，唯此時遊人臉上洋溢的笑臉已取代 800 年前南宋文人的麥秀黍離之詞。 2. 四圍雲山臥翠，彩色樓房浮沉在浪峰浪谷裡。華燈初上，點點星火，明明滅滅，閃閃爍爍，幽靜裡透著繁華，不由使人想起「山外青山樓外樓」的詩句了。 3. 書法有藏鋒，藏鋒讓人覺得圓潤而自然流暢；文學有含蓄，言有盡而意無窮給人留下回味想像的餘地；繪畫有「成竹」，靜觀默察爛熟於心，靈感來襲一揮而就；大師有「藏拙」，「山外青山樓外樓」，不顯山不露水大智若愚乃真名流。

溪

詩句．出處	涇溪石險人兢慎，終歲不聞傾覆人。卻是平流無石處，時時聞說有沉淪。（〈涇溪〉唐．杜荀鶴）
	涇：河溝。
解析．應用	涇溪中石頭多，水流急，十分危險，過往的人戰戰兢兢，小心謹慎，所以一年到頭也沒聽說有誰落水。倒是那水流平穩，沒有石頭的地方，常常聽說有人溺水。
	常用來說明險路令人不敢大意，所以平安無事，坦途往往使人掉以輕心，反而出事。常用來比喻逆境險情迫使人審慎小心，因而能轉危為安，而順境反而使人放鬆警惕，導致挫折或失敗。

寫作例句	唐朝詩人杜荀鶴在〈涇溪〉詩中寫道：「涇溪石險人兢慎，終年不聞傾覆人；卻是平流無石處，時時聞說有沉淪。」這首富有哲理的詩說明，特殊的或險惡的環境，會使人比較謹慎，一旦進入順境，便容易失之不慎。所以，在大事或小事上，我們都應盡力做到三思而後行。

詩句．出處	可惜一溪風月，莫教踏碎瓊瑤。（〈西江月〉宋．蘇軾）
	可惜：可愛。瓊瑤：美玉，喻水上月色。
解析．應用	溪水上的清風明月真是可愛，切莫讓馬兒踏碎這美玉啊！
	常用來形容皎潔的水上月色或清風明月的景色。
寫作例句	溶溶月，淡淡風，月色柔和溫潤。蘇軾驚嘆：「可惜一溪風月，莫教踏碎瓊瑤。」

詩句．出處	萬山不許一溪奔，攔得溪聲日夜喧。到得前頭山腳盡，堂堂溪水出前村。（〈桂源鋪〉宋．楊萬里）
	堂堂：壯大的樣子。
解析．應用	萬重山嶺阻攔小溪，不許它往前奔流，一路崎嶇攔得小溪水聲潺潺，日夜喧鬧。等來到前頭山腳下山路的盡頭，匯成小河的浩蕩溪水已經流出了前邊的村莊。
	常用來形容溪流蜿蜒穿過山林，流出村莊。也用來比喻想阻止某一事物的發生、發展，但卻阻擋不了。

寫作例句	1. 有一千多年歷史的上莊，群山環抱，清溪常流，風景秀麗，可謂物華天寶，人傑地靈。胡適曾借詩人楊萬里的絕句，讚美家鄉美景：「萬山不許一溪奔，攔得溪聲日夜喧。到得前頭山腳盡，堂堂溪水出前村。」 2. 用今日某些人合情又合理的標準，胡適完全可以袖手旁觀，指責雷震犯了「激進主義」病症。誰也沒有想到，當被問及對此事的反映，胡適竟然那樣動了感情。他當然以宋人楊萬里的詩作答：「萬山不許一溪奔，攔得溪聲日夜喧。到得前頭山腳盡，堂堂溪水出前村。」

洲

詩句・出處	三山半落青天外，二水中分白鷺洲。（〈登金陵鳳凰臺〉唐・李白）
	三山：山名，在今江蘇省南京市西南，三峰並立，南北相連，故名。二水：指秦淮河橫貫南京城內，西流入長江，被橫截其間的白鷺洲分為二支。白鷺洲：古代長江中的沙洲名，在今南京市西南，因多聚白鷺而得名。
解析・應用	遠望巍峨的三山，雲遮霧罩，好似一半落在青天之外，秦淮河二水分流，白鷺洲橫截其間。
	詩句用詞精練，畫面開闊，層次分明。可引用這兩句詩來描述山水佳境，形容遠山隱隱綽綽或山高入雲，江河二水分流。

寫作例句	1. 河水在這裡分叉，河中間有一個林木葳蕤的小島，我們猛然想起李白的詩句「三山半落青天外，二水中分白鷺洲」，眼前這山光水影也頗有幾分神似。 2. 青山之外是藍色的群山，藍山之外是悠然自得的白雲，給人一種「三山半落青天外」的飄渺空靈之感。

詩句・出處	晴川歷歷漢陽樹，芳草萋萋鸚鵡洲。 （〈黃鶴樓〉唐・崔顥）
	漢陽：武昌西北，與黃鶴樓隔江相望。鸚鵡洲：唐朝時在漢陽西南長江中，後漸被江水淹沒。
解析・應用	晴空下一馬平川，漢陽的樹木歷歷在目，還能望到芳草萋萋的鸚鵡洲。
	常用來形容武昌、漢陽一帶或其他地方晴川萬里，草樹茂盛的景色。
寫作例句	上高樓，登絕頂，極目遠眺，楚天一色。這時，我情不自禁地低吟起崔顥的「晴川歷歷漢陽樹，芳草萋萋鸚鵡洲」來。

詩句・出處	過盡千帆皆不是，斜暉脈脈水悠悠，腸斷白蘋洲。（〈憶江南〉唐・溫庭筠）
	脈脈：默默相對的樣子。悠悠：嫻靜的樣子。腸斷：極為傷心。白蘋洲：開滿白色蘋花的洲渚，古詩詞中常用白蘋洲代指分手的地方。蘋，多年生水草，花白色。

解析‧應用	過了千百艘帆船都沒有自己所等待的人，只見斜陽的餘暉默默相對，江水悠悠而去，眺望遠處的白蘋洲，傷心至極。
	常用來比喻久等想見的人或事物卻一再失望，因而焦灼、愁苦。可引用「過盡千帆皆不是」一句詞來表示盼望親人而不見歸來的惆悵之情，或引用「斜暉脈脈水悠悠」來表示綿長的相思之意。
寫作例句	1. 她有時埋頭走針，似乎不知身外的世界，有時停針凝思，似在看那峽谷裡遠去的小船。其情其景，令人想起溫庭筠的一首詞：「梳洗罷，獨倚望江樓。過盡千帆皆不是，斜暉脈脈水悠悠，腸斷白蘋洲。」 2. 有首小詞云:「梳洗罷，獨倚望江樓。過盡千帆皆不是，斜暉脈脈水悠悠，腸斷白蘋洲。」看那些候車者，有跑到馬路當中翹首西望的，有在路邊像熱鍋上的螞蟻團團打轉的，有低垂著臉沉思不語的，有破口罵髒話、怨聲載道的。 3. 列車終於駛進了車站，他興沖沖地提著行李走出月臺，東張西望，尋找王虹。一個個女孩從他身邊走過，「過盡千帆皆不是」。他悻悻地提起東西，去找王虹住的旅館。

詩句‧出處	揀盡寒枝不肯棲，寂寞沙洲冷。（〈卜算子‧黃州定惠院寓居作〉宋‧蘇軾）
	不肯棲：雁足為蹼，本不棲宿樹枝。作者以雁這一習性，暗喻自己不苟合於世，潔身自愛。沙洲：江河裡由泥沙淤積成的陸地。

解析．應用	孤雁把寒冷的樹枝挑揀個遍，還是不肯棲在枝上，最後落宿在寂寞荒冷的沙洲上。
	常用來形容鴻雁等飛鳥空中徘徊，落棲沙洲的景象。也用來比喻某人反覆抉擇，不肯將就屈從，遭致困頓淒冷。
寫作例句	1. 她繼續把曲子唱完：「揀盡寒枝不肯棲，寂寞沙洲冷。」這支淒涼的曲子，師師又唱得這樣迴腸蕩氣，唱到最後一個節拍時，在他們兩人的感覺中，都彷彿真有一隻無依無靠的孤雁，在寂寞的沙洲上徘徊，卻珍重地不願隨隨便便飛在哪根樹枝上去棲身。 2. 她自尊心太強，太敏感，太相信完美，以致瞻前顧後千挑百選，將自己高置於「揀盡寒枝不肯棲，寂寞沙洲冷」的境界。固然高潔，固然絕塵，但也拒絕了所有的溫情。

江

詩句．出處	日落江湖白，潮來天地青。（〈送邢桂州〉唐．王維）
	青：藍色或綠色。
解析．應用	日落時分，江湖上泛著耀眼的白光；潮水湧來，藍天碧波一片青色。
	常用來形容日落江湖，水面銀白；潮水湧動，水天一色。
寫作例句	落日徐下，寬闊的江上潮湧波興，藍天碧水融為一體。這就是唐代詩人王維詩中的意境：「日落江湖白，潮來天地青。」

<table>
<tr><td>詩句・出處</td><td>嶺樹重遮千里目，江流曲似九迴腸。（〈登柳州城樓寄漳汀封連四州刺史〉唐・柳宗元）</td></tr>
<tr><td rowspan="2">解析・應用</td><td>重嶺密樹遮住了遙望千里的眼睛，江流彎曲迂迴好像九轉迴腸。</td></tr>
<tr><td>常用來形容山重樹密，江流蜿蜒的景致。</td></tr>
<tr><td>寫作例句</td><td>黃河之曲之彎，這是大自然的造化，不以人們的意志為轉移。……普天下之河流，莫不如此。柳宗元在〈登柳州城樓〉一詩中，就有「嶺樹重遮千里目，江流曲似九迴腸」之說。</td></tr>
</table>

<table>
<tr><td rowspan="2">詩句・出處</td><td>落木千山天遠大，澄江一道月分明。（〈登快閣〉宋・黃庭堅）</td></tr>
<tr><td>澄江一道月分明：一釋為一道月光照在清澄的江上，分外明亮。</td></tr>
<tr><td rowspan="2">解析・應用</td><td>群山上萬木凋零，天更顯得高遠空闊；一道清澄的江水映出月亮，格外分明。</td></tr>
<tr><td>常用來形容草木蕭疏，天地寥廓，水澄月明的秋冬之景。</td></tr>
<tr><td>寫作例句</td><td>冬天是透明的，藍天澄明高爽，白雲淺淡悠閒，「落木千山天遠大，澄江一道月分明。」</td></tr>
</table>

河

詩句‧出處	關關雎鳩，在河之洲。（《詩經‧關雎》）
	關關：雌雄二鳥相互應和的鳴叫聲。雎鳩：水鳥名，即魚鷹。洲：水中陸地。
解析‧應用	在河中的小洲上，雌雄水鳥相互應和，「關關」地鳴叫。
	常用來形容岸邊或水中鳥禽歡叫的景象。
寫作例句	有趣的是湖中小洲，青葦亭亭，忽而騰起一群野鴨、水鳥，啾啁爭鳴，大有「關關雎鳩，在河之洲」的意境。

詩句‧出處	河清不可俟，人命不可延。（〈秦客詩〉漢‧趙一）
	河：黃河。俟：等待。
解析‧應用	黃河水清不可等待，因為人的壽命不能延長。
	常用來形容黃河或其他河流渾濁難清，長久不變，比喻要等某事完成，一生也等不到。亦用後一句說明人壽有限。
寫作例句	1. 黃河這條流貫萬里穿越九省的大河，不捨晝夜，挾帶著風色、濤聲與豪笑，奔流了億萬斯年，早在東漢趙一的詩中就有這樣的詩句：「河清不可俟，人命不可延。」詩人面對黃河，感慨生命的長度是有限的。 2. 還要等待多久呢？那就不得而知了。這一代人，兩代人。可嘆啊，古人趙一說得好啊：「河清不可俟，人命不可延。」、「賢者雖獨悟，所困在群愚。」

詩句‧出處	風如拔山怒，雨如決河傾。（〈大風雨中作〉宋‧陸游）

解析·應用	大風拔山摧峰似的怒吼著，暴雨像決堤的河水傾瀉大地。
	常用來形容風狂雨暴的景象。
寫作例句	「風如拔山怒，雨如決河傾。」風雹一來，雷雨即到。

詩句·出處	三萬里河東入海，五千仞嶽上摩天。（〈秋夜將曉出籬門迎涼有感·其二〉宋·陸游）
	三萬里：形容其長，非實指。河：黃河。五千仞：形容極高，非實指。仞，古時七尺或八尺為一仞。嶽：指華山。摩：接。
解析·應用	三萬里長的黃河奔騰而來，向東流入大海；五千仞的華山高高聳立，頂峰幾乎上接青天。
	詩句寫出了山河的無比壯觀，表達了作者對山河的熱愛之情。常用來形容山高水長或山河壯美，來讚美河山的壯麗，也用來形容氣概像高山大河那樣雄壯豪邁。
寫作例句	1. 陸游的「三萬里河東入海，五千仞嶽上摩天」這一由概數組合而成的詩句劈空而來，意境悲闊，使人更感傷於河山的淪陷，家國的破滅。 2. 陸放翁的詩句「三萬里河東入海，五千仞嶽上摩天」，足以代表我們頂天立地的氣概。 3. 曹操曾說「東臨碣石，以觀滄海」，李白感嘆「君不見黃河之水天上來，奔流到海不復回」，陸游抒懷「三萬里河東入海，五千仞嶽上摩天」。大海既是偉大的又是平凡的。以「大海心態」對待工作，就是要學習海之低，海之平。

長江

詩句·出處	漢之廣矣，不可泳思；江之永矣，不可方思。（《詩經·漢廣》）
	漢：漢水，長江最長的支流，流經陝西、湖北，在武漢匯入長江。矣：助詞，相當於現在的「啊」。一說作「了」解，也通。泳：游水。思：助詞，無實義，修飾語氣，相當於現在的「啊」。江：長江。永：水流長。方：以竹木編排成筏子，引申為乘木筏渡江。
解析·應用	漢水廣闊啊，不可游過。長江悠長啊，不能渡過。
	常用來形容江河寬廣悠長。
寫作例句	我很喜歡古人褰裳以涉的大水，其無津涯，心也無羈。躲開牽絆，也就得其所哉了。為加強論說的力量，還可以徵引「漢之廣矣，不可泳思；江之永矣，不可方思」。

詩句·出處	孤帆遠影碧空盡，唯見長江天際流。（〈黃鶴樓送孟浩然之廣陵〉唐·李白）
	天際：天邊。
解析·應用	孤帆遠去，帆影漸漸消失在藍天的盡頭，這時只見滾滾長江向天邊流去。
	常用來形容江流浩蕩，船影消失於水天一線的景觀，也用來形容在水邊目送離船遠去的惜別情景。

寫作例句	站立在荊江大堤上，遙望「九曲迴腸」的江流，浩浩蕩蕩，煙波茫茫。那兩岸的原野在天邊平伏，那遠去的風帆在水天之間迷離閃光。觸景生情，我們油然想起了唐代大詩人李白〈送孟浩然之廣陵〉的名句：「孤帆遠影碧空盡，唯見長江天際流。」

詩句·出處	無邊落木蕭蕭下，不盡長江滾滾來。（〈登高〉唐·杜甫）
	落木：落葉。蕭蕭：落葉聲。
解析·應用	無邊無際的落葉蕭蕭而下，奔流不盡的長江滾滾而來。
	詩句描繪秋日登高所見所聞的大自然景象，有聲有色，同時也流露出詩人的悲愁之感。可單獨引用，來形容樹木葉落紛紛或江水奔騰不息，或比喻舊事物衰敗死亡，新事物壯大成長。
寫作例句	1. 伴著秋蟲的鳴聲，老槐樹上一些枯黃的葉子飄落下來，鋪滿了山路，有的還掉在湖面上，隨著徐徐流動的湖水浮游開去。我忽然想起杜甫「無邊落木蕭蕭下」的詩句，多少傳出了一種悲涼的心境。 2. 站在長江之畔，我深深感受到那「不盡長江滾滾來」的磅礴氣勢，江水彷彿永不停息地向前奔流，帶著歷史的厚重與自然的壯美。 3. 國外有人統計：1965 年的大學畢業生經過 10 年，他所學的專業知識已經有 70%老化了，1976 年的大學畢業生到 1980 年就有 50%的專業知識過時了。有人借用唐代詩人杜甫的名句「無邊落木蕭蕭下，不盡長江滾滾來」，描繪知識的這種旺盛的新陳代謝。

詩句・出處	眾水會涪萬，瞿塘爭一門。（〈長江〉唐・杜甫）	
	涪萬：即涪陵、萬州，萬州原名萬縣。瞿塘：指瞿塘峽，長江三峽之一，西起重慶市奉節縣白帝城，東至巫山縣大寧河口。門：指夔門，瞿塘峽的入口處。	
解析・應用	眾多江流會聚於涪陵、萬州，爭相通過瞿塘峽的夔門。	
	常用來形容長江三峽或其他山峽水道狹窄，眾水匯流，水勢湍急。	
寫作例句	1. 杜甫詩云：「眾水會涪萬，瞿塘爭一門。」、「三峽傳何處，雙崖壯此門。」浩浩長江，在瞿塘入口卻只有幾十公尺寬，恰似「一門」。一進「門」，左有「風箱峽」，右有「孟良梯」，峭壁千仞，鬼斧神工，風激浪湧，山鳴谷應，真是氣象萬千，懾人心魄。 2. 洪濤從鎖泉橋底急速湧下，急起驟伏，倏忽萬變，轟然有聲，跌宕多姿，如驚雷擊頂，如雲海怒卷，不亞於「眾水會涪萬，瞿塘爭一門」的赫然聲勢。	

詩句・出處	大江東去，浪淘盡、千古風流人物。（〈念奴嬌・赤壁懷古〉宋・蘇軾）
解析・應用	浩浩蕩蕩的長江之水一直向東滾滾奔流而去，古往今來，淘洗盡無數傑出的英雄人物。
	常用來形容江河浩蕩，波浪翻滾的景色。也用來抒發面對江河產生的懷古之情，或來讚嘆古往今來產生過無數英雄豪傑、能人才士。

寫作例句	1. 晚上，漫步長江橋頭，望著蕩蕩的江水，心潮也如江水奔騰，吟詠著蘇東坡的「大江東去，浪淘盡，千古風流人物……」 2. 站在亭中縱覽長江，把人們的遊興和懷古之情推向高潮，你會情不自禁地想起古往今來的許多人、許多事，真是「大江東去，浪淘盡、千古風流人物」。

詩句·出處	亂石穿空，驚濤拍岸，捲起千堆雪。（〈念奴嬌·赤壁懷古〉宋·蘇軾）
解析·應用	陡峭不平的石壁插入天空，動人心魄的巨浪拍打崖岸，浪花飛捲，如千堆白雪。
	詩句描繪出赤壁雄奇的景色，以襯寫「千古風流人物」。常用來形容岸邊石壁聳立，洶湧的江流撞擊石岸，捲起浪花。可引用這幾句詞來描繪山形之壯，水勢之大，也用來比喻激烈紛亂的場面，或心潮激盪。
寫作例句	1.「飛流直下三千尺，疑是銀河落九天。」這是一幅多麼壯美的圖畫，而「亂石穿空，驚濤拍岸，捲起千堆雪」更寫出了水的恢宏氣勢。 2. 水看起來很平常，無色無味無形態，但若在大江大海，水則顯得無際浩淼；若在激流險灘，則「驚濤拍岸，捲起千堆雪」。 3. 這平素耳熟能詳的歌詞，此刻在我的內心竟如「驚濤拍岸，捲起千堆雪」。

黃河

詩句．出處	黃河遠上白雲間，一片孤城萬仞山。 （〈涼州詞〉唐．王之渙）
	仞：古代七尺或八尺為一仞。「萬仞」形容其高，非確指。
解析．應用	遙望黃河如帶，遠遠地流上白雲間，一座孤零零的小城，依傍著萬仞高山。
	用來形容黃河或其他江河遠流天邊，群山簇擁孤城的景色。
寫作例句	永靖縣城坐落在萬山叢中，黃河從它的身旁流過。在這裡不禁使人想起唐代詩人王之渙的名句：「黃河遠上白雲間，一片孤城萬仞山。」

詩句．出處	君不見黃河之水天上來，奔流到海不復回。 （〈將進酒〉唐．李白）
解析．應用	你沒看見嗎，黃河的水從天上而來，一直奔流到海，永不復回。
	常用來形容黃河或其他河流咆哮萬里，奔瀉大海的雄偉氣勢，也用來比喻時間、歷史等的不可逆轉。
寫作例句	1.「君不見黃河之水天上來，奔流到海不復回」，黃河奔流著，洶湧、澎湃、咆哮、轟鳴著，滔滔不息。 2. 所謂不可逆轉性，是說歷史如長河之水，即使永無枯竭時，也絕不能發生逆轉。「君不見黃河之水天上來，奔流到海不復回。」

詩句．出處	黃河西來決崑崙，咆哮萬里觸龍門。 （〈公無渡河〉唐．李白）
	崑崙：崑崙山，西起帕米爾高原東部，橫貫中國新疆、西藏，東延入青海境內，為巴顏喀拉山，黃河發源於此。 觸：撞擊。龍門：在今山西省河津市西北和陝西省韓城市東北。黃河至此，兩岸峭壁對峙，高聳雲天，望去像門一樣，故名。
解析．應用	黃河從西邊過來，衝出了崑崙山，咆哮萬里直撞龍門。
	常用來形容黃河或其他江河奔流浩蕩，一路穿山過隘的雄壯氣勢。
寫作例句	「黃河西來決崑崙，咆哮萬里觸龍門。」它從巴顏喀拉山發源以來，一路闖山破隘，在這邙山餘脈嶽嶺處豁然為之一闊。

詩句．出處	黃河萬里觸山動，盤渦轂轉秦地雷。（〈西嶽雲臺歌送丹丘子〉唐．李白）
	盤渦：急流形成的漩渦。轂：車輪中心做軸的圓木，喻車輪。秦地：指西嶽華山一帶。
解析．應用	黃河萬里而來，撞擊搖撼著山岳，水流的漩渦像車輪飛轉，咆哮的水聲猶如秦地雷鳴。
	用來形容黃河奔湧萬里，濁浪滾滾，聲震如雷的雄渾氣勢。
寫作例句	黃河的浪花，宛如千軍萬馬，排山倒海，滾滾而來，氣吞山河。你的威力無窮無盡，唐代的詩人曾把你如此描繪：「黃河萬里觸山動，盤渦轂轉秦地雷。」

詩句·出處	黃河落天走東海，萬里寫入胸懷間。 （〈贈裴十四〉唐·李白）
	寫入胸懷間：形容裴十四胸襟開闊。寫，通「瀉」。
解析·應用	黃河之水從天而落，直奔東海，從萬里之外瀉入你的胸懷間。
	常用來形容黃河自高而下，萬里奔騰的磅礡氣勢。也用來形容人胸襟開闊，心懷寬廣。
寫作例句	1. 我把視野轉向黃河，只見黃河波濤洶湧，狂瀾奔騰。這磅礡氣勢，使我情不自禁地吟詠起李白的詩句來：「黃河落天走東海，萬里寫入胸懷間。」 2. 她信奉「苟無濟代心，獨善亦何益」的處世原則，她欣賞「人不知而不慍，不亦君子乎」的人生哲學，她更有著「黃河落天走東海，萬里寫入胸懷間」的崇高境界。

詩句·出處	九曲黃河萬里沙，浪淘風簸自天涯。（〈浪淘沙·其一〉唐·劉禹錫）
	九曲：古代傳說黃河自源頭到入海共有九曲，亦可理解為河曲很多，非實指。
解析·應用	九曲十折的黃河奔流萬里，挾帶著浪淘風簸的黃沙，來自遙遠的天涯。
	常用來形容黃河蜿蜒曲折，泥沙滾滾，濁浪滔滔。
寫作例句	黃河宛如巨龍，吮吸著億萬年歲月的滄桑，再吐出滔滔濁浪，彷彿要吸乾企圖征服它的生靈血液。黃河斗水，其沙居六。劉禹錫〈浪淘沙〉詩曰：「九曲黃河萬里沙，浪淘風簸自天涯。」

瀑布

詩句・出處	日照香爐生紫煙，遙看瀑布掛前川。 （〈望廬山瀑布〉唐・李白）
	香爐：山峰名。紫煙：日光穿過雲霧，遠望顯紫色煙狀。掛前川：瀑布跌落，下與河水相連，看去如懸在河面上。
解析・應用	太陽照射在香爐峰上，好像有紫色煙霧升起；遠看瀑布，從山前跌落入河，就如懸掛在河面上方的一大塊白布，壯麗無比。
	蘇軾曾盛讚此詩曰：「帝遣銀河一脈垂，古來唯有謫仙詞。」可引用李白這兩句詩來描繪廬山的壯麗景象。
寫作例句	1.「日照香爐生紫煙，遙看瀑布掛前川。」這幅山水畫中，陽光照耀下的香爐峰彷彿真的升起了裊裊紫煙，而遠處的瀑布則如白練般懸掛在山前，生動再現了廬山的壯美景色。 2. 兩塊碩大的石巖奇妙地擁抱在一起，像是一只碩大無比的香爐！團團霧氣蒸騰纏繞，被滿山紅葉映成紫紅色的雲霞，與那「日照香爐生紫煙」的廬山香爐峰渾脫相似。

詩句・出處	飛流直下三千尺，疑是銀河落九天。（〈望廬山瀑布〉唐・李白）
解析・應用	飛瀉的流水直落三千尺，真讓人懷疑是銀河從九天上墜落下來。
	詩人用浪漫主義手法，發揮了豐富的想像，創造了生動的形象，寫出了廬山瀑布的特色，熱情地歌頌了大好河山。可引用這兩句詩或其中的一句來描繪瀑布從高山上飛瀉而下的奇觀，或類似的壯觀景象。
寫作例句	1. 廬山瀑布因李白的「飛流直下三千尺，疑是銀河落九天」而令人神往，西湖風光因蘇軾的「欲把西湖比西子，淡妝濃抹總相宜」而更加誘人，寒山寺因張繼的「姑蘇城外寒山寺，夜半鐘聲到客船」而吸引了無數遊客。 2. 凸凹而高高立起的山岩上，三公尺多高的水流傾瀉而下，雖無「飛流直下三千尺」的氣勢，卻也有飛珠濺玉的美麗；雖無「疑是銀河落九天」的境界，卻也有令人蕩氣迴腸的力量。 3. 水流經之處，萬物得以繁衍生長，這是君子的仁義；淺處流動不息，深處淵然不測，這是君子的智慧；「飛流直下三千尺」時毫不遲疑，這是君子的果敢；汙濁之物融入水中，出來時光鮮潔淨，這是君子的包容；水遇滿則止，這是君子的原則與節制。

詩句・出處	初驚河漢落，半灑雲天裡。（〈望廬山瀑布水・其二〉唐・李白）
	河漢：銀河。

解析·應用	剛看到瀑布，驚奇萬分，彷彿銀河從天而落，一半灑在了雲天裡。
	常用來形容瀑布噴瀉而下的景色。
寫作例句	我游過瀑布，領略過那「初驚河漢落，半灑雲天裡」的氣勢和那「千仞瀉聯珠，一潭噴飛霞」的景象。

詩句·出處	海風吹不斷，江月照還空。（〈望廬山瀑布水·其二〉唐·李白）
解析·應用	海風也吹不斷這懸空的瀑布，在江上月光的映照下，顯得一片空濛。
	常用來形容瀑布水流飛瀉，水霧瀰漫的景象。
寫作例句	瀑布直瀉而下，好像離開了山崖，從空中降下來一般。「海風吹不斷，江月照還空。」這是飛瀑巖。

詩句·出處	野竹分青靄，飛泉掛碧峰。（〈訪戴天山道士不遇〉唐·李白）
	青靄：青色的霧氣。
解析·應用	野生的叢竹分開飄來的青靄，飛瀉的泉水掛在碧綠的山峰上。
	常用來形容野林繞薄霧，青峰掛飛瀑的景色。
寫作例句	這裡峽谷幽深，翠竹藏秀，一條歡快的小河在輕輕靜靜地流淌著。在其中的一段四公里長的河段上，均勻地分布著四個形態各異的瀑布，與那兩岸三十多個嬌姿多彩的瀑布跌水，交相輝映，形成一個奇妙的瀑布群。真是：「野竹分青靄，飛泉掛碧峰。」

詩句．出處	山中一夜雨，樹杪百重泉。（〈送梓州李使君〉唐．王維）	
	杪：樹梢。	
解析．應用	山中一場夜雨，山崖石壁間飛泉百道，遠遠望去就像掛在樹梢上一樣。	
	常用來形容山中流泉飛瀑的景色。	
寫作例句	車身緊貼巉屼危崖駛過，遙見前面一道白練般的小瀑布從崖頂直瀉而下，向崖壁腰間的綠樹拋灑開去，那枝枝葉葉便盡情地傾珠瀉玉了。「山中一夜雨，樹杪百重泉」的畫境剛剛穿過，一群穿紅戴綠的村姑笑吟吟地迎面而來，隨著飄過一股清幽幽的香氣。	

海洋

詩句．出處	山不厭高，海不厭深。（〈短歌行〉漢．曹操）
	厭：厭惡，嫌。
解析．應用	山永不會嫌其高，海永不會嫌其深。
	常用來說明高山大海等龐大事物是不斷包容、積聚的結果。常用來比喻不滿足於已有的，願多多益善。
寫作例句	1.〈短歌行〉的主題是求賢，以「山不厭高，海不厭深。周公吐哺，天下歸心」等詩句，來抒發求賢若渴、廣納人才，以及成其大業的心情。 2.「山不厭高」，故成其大；「海不厭深，故納百川」，不斷地超越才能不斷地升騰。

詩句・出處	海上生明月，天涯共此時。（〈望月懷遠〉唐・張九齡）
解析・應用	大海上升起一輪明月，遠在天涯的親人此時想必和我一樣，仰望著皎潔的月亮。
	常用來形容明月出江海，清輝萬里的景色。也用來形容明月高掛，天涯海角均能共享，或形容望月懷遠。
寫作例句	1. 他走回前廊，伸長脖子，看了一下海，只見一片素雅的銀光，這是他從來沒有看到過的，哦，今夜有怎樣團圞的明月！「海上生明月，天涯共此時。」 2.「海上生明月，天涯共此時。」海上的月光是小軒窗低綺戶所無法比擬的。在床前望月思鄉的遊子，當你來到月光下的海灘，又該是一番什麼心情呢？

詩句・出處	春江潮水連海平，海上明月共潮生。（〈春江花月夜〉唐・張若虛）
解析・應用	春天的長江潮水高漲，與大海連成一片，海上的明月像從浪潮中升起一樣。
	常用來形容江海浩蕩，浪潮奔湧，日月沉浮其中的景觀。
寫作例句	我見過長江口滿月時的春潮：「春江潮水連海平，海上明月共潮生。」滾滾潮水，浩瀚無限，一輪明月，隨潮湧出。

詩句・出處	滄海月明珠有淚，藍田日暖玉生煙。 (〈錦瑟〉唐・李商隱)
解析・應用	想著昔日的悲痛，內心酸楚，彷彿那滄海的鮫人在月下流泣著珍珠般的眼淚；追憶已過去的歡樂，心情愉快，有如煦暖的藍田山，美玉生出了縷縷輕煙。
	可引用這兩句詩藉以抒發悠遠的情思。
寫作例句	1. 詩人普希金 (Pushkin) 說：那逝去的一切，都將會變成美好的記憶；詩人華茲渥斯 (Wordsworth) 說：詩是在沉靜中回憶過來的情緒；詩人李商隱說：「滄海月明珠有淚，藍田日暖玉生煙」，這是在回憶；詩人白居易說：「天長地久有時盡，此恨綿綿無絕期」，這依然是在回憶。 2. 寫玉的詩，我最喜歡的一句是李商隱的「藍田日暖玉生煙」。這句詩，把玉的絕望、傷感、輕煙似霧，以及那種不食人間煙火的隔絕與薄涼寫出來了。

詩句・出處	大海從魚躍，長空任鳥飛。(〈題竹〉唐・玄覽)
解析・應用	大海廣闊，任從魚兒騰躍；天空高遠，任隨鳥兒飛翔。
	這兩句詩是諺語「海闊憑魚躍，天高任鳥飛」的來源，常用來形容天地自然廣闊無比，魚蟲鳥獸或人自由自在地生活於其間。也用來比喻生活道路、思想領域、創作空間等寬闊無邊，可任人展露才思，大顯身手。或比喻人胸襟開闊，氣度寬宏。

寫作例句	1. 環湖四周花紅草綠，鬱鬱青青，將青海湖裝飾得更加遼闊、雄壯、嫵媚、恬靜。那藍天上飛翔的群鳥，碧湖中游動的魚兒，增添了「大海從魚躍，長空任鳥飛」的詩情畫意。 2.「大海從魚躍，長空任鳥飛。」創作的園地是寬廣的，問題是怎樣在生活的土壤上，用辛勤的努力使文學的種子生根發芽，這就涉及到今後的創作路途。 3. 我們的胸襟不應當是古詩所說的「大海從魚躍，長空任鳥飛」嗎？

潮汐

詩句・出處	潮平兩岸闊，風正一帆懸。（〈次北固山下〉唐・王灣）
	正：指風順而柔和。
解析・應用	潮水上漲與兩岸連平，江面顯得更加寬闊，和風順吹，船高懸一面白帆，輕疾向前。
	常用來形容水闊風順，航船疾駛的情景。也用來比喻在境遇順暢，前景廣闊的情形下乘勝前進。

寫作例句	1. 這時已是半天彩霞，一輪紅日冉冉升起，滿潮的河面上金波粼粼。「潮平兩岸闊，風正一帆懸。」洪亮的汽笛一聲長鳴，鄉渡迎著朝陽，沿著金色的航線，飛馳向前，向前！ 2. 文學的進展應當說還是順利與幸運的。但願載動此時文學風帆的一江春水，能夠繼續浩蕩而雍容地奔瀉流淌。就我個人的感受而言，眼下恰是「潮平兩岸闊，風正一帆懸」。我有信心，順著越來越開闊的河道，駛到那浩渺雄渾的海洋中去！

詩句·出處	春潮帶雨晚來急，野渡無人舟自橫。（〈滁州西澗〉唐·韋應物）
	野渡：郊外的渡口。
解析·應用	春天的潮水與暮雨一齊急迫地襲來，郊外的渡口無人擺渡，只有小船在岸邊橫斜著，飄蕩著。
	常用來形容雨中船泊野渡的清寂景象。可引用前一句用來比喻急遽變化的形勢或難以阻擋的社會潮流，引用後一句詩來描寫孤舟停繫在岸邊的景象。

寫作例句	1. 雨點急急地傾打在水面上，將水上的空濛拉得更深更近。那草野的岸邊小舟，在雨的急切中，緩緩飄蕩開來，讓你不經意間，領略一番「春潮帶雨晚來急，野渡無人舟自橫」的春意。 2. 資訊時代，從城市、鄉村都能深切地感受到社會處於變革時那蜂擁而來的逼人氣息。「春潮帶雨晚來急」，當一些人還在驚訝、愕然之際，他們已經被捲進了這湍急的時代潮流中。 3. 船到十里老虎灘，如果沒有縴夫，光靠哼唱李白那個「輕舟已過萬重山」的詩篇，船舶照樣不會逆水而上，只能是落得個詩人自寫狀：「野渡無人舟自橫」。

詩句・出處	欲識潮頭高幾許，越山渾在浪花中。（〈八月十五日看潮五絕・其二〉宋・蘇軾）
	幾許：多少。越山：此指錢塘江附近的山峰。渾：全。
解析・應用	要知道潮頭有多高，看那越山完全淹沒在浪花中就知道了。
	常用來形容潮水潮流洶湧滔天，也用來比喻社會潮流的極大湧動。

寫作例句	1. 由於江岸越來越狹窄，湧入的海水受到擠壓，便形成一堵壁立高達數公尺的水牆，數十里外可聞其隆隆之聲。那排山倒海之勢，令人嘆為觀止。宋代大詩人蘇東坡曾這樣描寫錢塘大潮：「欲識潮頭高幾許，越山渾在浪花中。」 2. 那時以來，文學創作以前所未有的態勢，追逐著生活的腳步蓬勃前進。如今，簡直是「欲識潮頭高幾許，越山渾在浪花中」。與這重重浪潮同時波湧而來的，是一批又一批的才思敏捷、智勇兼備的文學新人。

詩句·出處	來疑滄海盡成空，萬面鼓聲中。（〈酒泉子〉宋·潘閬）
解析·應用	江潮來時洶湧澎湃，讓人懷疑大海的水已被傾倒一空，潮水強大的轟隆聲，使人好像置身於萬面戰鼓同時擂打所發出的聲響之中。
	常用來形容江海漲潮時排山倒海、雷霆萬鈞的聲勢，也用來比喻社會潮流的壯闊迅速。
寫作例句	1. 我沒到過錢塘江，無緣領略「來疑滄海盡成空，萬面鼓聲中」的壯觀場景。可這裡的潮，牽動了我想像的翅膀。 2. 如果人人都是大潮中勇敢的衝浪手，那麼，這股大潮將是一種什麼樣的氣勢？「來疑滄海盡成空，萬面鼓聲中。」不要怕浪潮中泥沙夾下，尖石刺人，就讓我們一齊努力吧！

詩句．出處	跟風者向濤頭立，手把紅旗旗不溼。 （〈酒泉子〉宋．潘閬）	
	跟風者：古代錢塘風俗，八月觀潮時，幾十上百個水性好的年輕人，手執彩旗出沒於波浪中，謂之跟風者。	
解析．應用	弄潮的健兒們躍立在濤尖潮流，手舉著紅旗出沒於驚濤駭浪中，紅旗一點都沒有沾溼。	
	常用來形容游泳好手水中搏擊，弄潮戲浪的英姿，讚賞其無畏精神和高超水性。也用來比喻在社會生活的大潮中，不畏艱難，勇於打拚，身手不凡。	
寫作例句	1. 幾百名游泳好手魚躍江中，向洶湧澎湃的潮頭游去；他們有的手擎大幅彩旗，有的撐著紅綠小傘，也有腳踏滾木和玩水傀儡戲的，一個個逗波戲浪，各顯神通。「跟風者向濤頭立，手把紅旗旗不溼。」 2. 我們這一代的歷史使命，就是要振興文化。「跟風者向濤頭立，手把紅旗旗不溼。」讓我們滿懷信心地前進吧！	

詩句．出處	聲驅千騎疾，氣捲萬山來。（〈錢塘觀潮〉清．施閏章）
解析．應用	錢塘潮的聲威就像上千人騎著快馬驅馳疾趕，氣勢恰如席捲萬座大山奔騰而來。
	常用來形容潮水、爆破等聲響氣勢威雄壯闊。

寫作例句	1. 每當潮水湧來，流速每小時可達 25 公里，潮頭高達七、八公尺，方圓 26 公里以內都能聽到潮水波濤洶湧的聲音。清代詩人施閏章在〈錢塘觀潮〉一詩中這樣形容潮水的氣勢：「聲驅千騎疾，氣捲萬山來。」 2. 這瞬間，我忽然想起清初詩人施閏章的〈觀潮〉詩，借用「聲驅千騎疾，氣捲萬山來」兩句，狀繪煤海爆破的音響和氣勢，再好不過了。

山水

詩句・出處	水何澹澹，山島竦峙。（〈觀滄海〉漢・曹操）
	何：多麼。澹澹：水波蕩漾的樣子。竦：高聳。
解析・應用	海水波浪起伏，山一樣的小島高高聳立。
	常用來形容水波起伏，島嶼挺立的景色。
寫作例句	島的高處有一座舊屋，空的，四面石牆撐著斜出荒草的簷頂。在此縱目，無遮無攔。海面被霧氣漫著，望不透。真是萬里煙波。人在島嶼，如孤棲蓮瓣上。島雖小，卻占盡海天的蒼茫氣象。曹孟德「水何澹澹，山島竦峙」，雖為漢魏的舊句，說起它的力量來，仍能以建安風骨撼人，故還值得借用。

詩句・出處	煙銷日出不見人，欸乃一聲山水綠。 （〈漁翁〉唐・柳宗元）
	欸乃：搖櫓划槳時發出的戛軋聲。一說指漁歌，唐代漁歌有〈欸乃曲〉。

解析·應用	煙霧消散，太陽出來，四處不見人，忽然聽到欸乃聲，漁翁搖著小船，出現在青山綠水間。
	常用來形容天明日朗，周遭靜寂，青山綠水間欸乃聲聲。
寫作例句	「煙銷日出不見人，欸乃一聲山水綠。」——木槳輕輕划過水波，山水為之一變。奇趣的造語，勾勒出悅耳怡情的神祕境界。

詩句·出處	青山看不厭，流水趣何長。（〈陪考功王員外城東池亭宴〉唐·錢起）
解析·應用	青山讓人看不厭，流水的意趣品味起來也如此悠長。
	常用來形容青山秀水趣味悠長，令人品玩不厭。
寫作例句	人行其中，山色水色秀相映，青山疊翠照眼明。我且行且看，一路上，「青山看不厭，流水趣何長」，極盡遊目馳騁之樂。

詩句·出處	一水護田將綠繞，兩山排闥送青來。（〈書湖陰先生壁〉宋·王安石）
	闥：門。
解析·應用	一條小河圍繞著碧綠的水田，兩座大山推門直入，送來了青翠的山色。
	常用來形容河流環繞，青山相對的田園風光。
寫作例句	花園面臨一條小河流，有石階可以上下。開起花園門，近有翻浪的麥田，遠有堆黛的青山，王安石「一水護田將綠繞，兩山排闥送青來」的詩句，可作我家小花園的寫照。

詩句．出處	水是眼波橫，山是眉峰聚。（〈卜算子．送鮑浩然之浙東〉宋．王觀）
	眉峰：指眉毛。
解析．應用	水像是美人的眼波流盼，山像是美女的眉峰緊蹙。
	常用來形容山水像美女的眉眼一樣秀美，也用來形容水波流蕩，山峰聳立或重疊的景色。
寫作例句	1. 宋詞中有句云：「水是眼波橫，山是眉峰聚。」這知春亭是在頤和園眉眼盈盈顧盼的焦點上。 2. 你看，天臺、仙居二水別流至三江口而合為靈江，一水橫流；大固山與巾子山對峙，攢綠聚翠，真是「水是眼波橫，山是眉峰聚」的絕妙寫照。

詩句．出處	山映斜陽天接水，芳草無情，更在斜陽外。（〈蘇幕遮〉宋．范仲淹）
	無情：指芳草漫生，遠接斜陽外的故鄉，觸發了客子的鄉情竟無所顧忌。
解析．應用	斜陽映照著山巒，遠處水天相接，芳草無情，一直延伸到斜陽照不到的遠方。
	常用來形容山沐夕陽，水天相接，芳草漫漫的景致。
寫作例句	走在夏日的芳草地，正當青山夕陽，想起「山映斜陽天接水，芳草無情，更在斜陽外」的句子，感到一種芳草斜陽的悽美。

詩句．出處	山重水複疑無路，柳暗花明又一村。 （〈遊山西村〉宋．陸游）

解析·應用	一重重山、一道道水擋在面前，使人懷疑前無去路，但峰迴路轉，突然發現綠柳濃蔭，鮮花明麗，不遠處又有一個村莊。
	詩人描寫江南山村景色，生動真實，讀者彷彿身歷其境。流水對自然工整，不著痕跡，膾炙人口。可引用這兩句詩來形容幾經間阻，忽又進入一個別有天地的境界；或比喻似無卻有、絕路逢生的境況，鼓勵人在困境中只要不灰心喪氣，能夠堅持下去，就會迎來新的希望。
寫作例句	1. 人坐在車裡，沿「迴廊」前進，只見溪谷時現時隱，光線忽明忽暗，去路或通或阻，饒有「山窮水複疑無路，柳暗花明又一村」之趣。 2. 文學作品要想引人入勝，就要懸念叢生，讓讀者既有「山重水複疑無路」的困惑，又為「柳暗花明又一村」感到喜悅，從而扣動讀者的心弦。 3. 自然界會雨過天晴，人生旅途中也會度過坎坷，迎來康衢。陸游「山重水複疑無路，柳暗花明又一村」的名句，久已家傳戶誦，讓人神會。

詩句·出處	水光山色與人親，說不盡，無窮好。（〈怨王孫〉宋·李清照）
	與人親：用擬人手法形容人們喜愛山水。
解析·應用	水光山色對人很親熱，真是說不盡它的無窮妙處。
	常用來形容水光山色美妙無窮，引人親近。

寫作例句	我們陶醉於百丈湖周的山，沉醉於百丈湖的水。我情不自禁地想起宋朝著名女文學家李清照詞中的名句：「水光山色與人親，說不盡，無窮好。」

詩句·出處	青山遮不住，畢竟東流去。（〈菩薩蠻·書江西造口壁〉宋·辛棄疾）
	畢竟：到底。
解析·應用	青山雖然能遮斷人們北望長安的視線，卻遮不住浩蕩的長江之水，江水到底要向東奔流而去。
	詞句不僅寫出了青山屹立、大江東去的壯麗景色，而且景中含情，情景交融，表現了詩人收復河山、統一國土的必勝信念，蘊含著客觀趨勢不可抗阻的哲理。常用來形容江河穿越山峽，浩浩向前的景致，比喻歷史發展的必然規律是任何力量都阻擋不了的。也用來比喻某一現象具有必然性，是大勢所趨，任何力量都無法阻擋或改變。
寫作例句	1. 這裡真像一個巨大無匹的、沒有門板的大門，兩岸的氣象蕭森的白鹽山和赤甲山，高聳千仞，兩相對峙，長江就從這狹窄的門框中，劈門而去，「青山遮不住，畢竟東流去」。 2. 這就好比水向東流，雖然會經歷蜿蜒曲折，高低起伏，甚至不乏山擋道、溝斷路，但最終都會「青山遮不住，畢竟東流去」。 3. 歷史常常是於無字處見精神的，它從遙遠的過去走來，又向遙遠的未來走去，它的軌跡曲折跌宕，但是「青山遮不住，畢竟東流去」，它的朝向永遠是指著前方的。

詩句·出處	閒上山來看野水，忽於水底見青山。（〈野望〉宋·翁卷）
解析·應用	空閒時上山來看野外的秋水，忽然在水裡看到了青山的倒影。
	常用來形容山中湖泊倒映青山綠林的景致。
寫作例句	數點青嶂的缺處，忽然閃出一片水，可算山上的湖泊。這樣的水景，在西樵山有多處。宋人詩云：「閒上山來看野水，忽於水底見青山。」多水的南方，連這幽僻的山間也為湖波所映，是叫我這燕趙之人羨慕的。

第 6 節　地域風光

城鎮

詩句·出處	故人西辭黃鶴樓，煙花三月下揚州。（〈黃鶴樓送孟浩然之廣陵〉唐·李白）
解析·應用	老朋友辭別了西邊的黃鶴樓，在煙花美景春光明媚的三月間，順流東下，到揚州去。
	常用於泛泛地描述春景，也可引用「煙花三月下揚州」一句來描述去揚州旅行的情景。

寫作例句	1. 享有「富甲天下，揚一益二」美譽的揚州，自古就是長江、黃河、淮河三大流域經濟、文化發展和交流的中心，更有李白的詩句「故人西辭黃鶴樓，煙花三月下揚州」，為這個城市抹上了一縷朦朧的春意。 2.「煙花三月下揚州」，人們一到揚州，總要去遊覽瘦西湖，參觀平山堂，到大明寺拜謁鑑真大師像，去梅花嶺憑弔史可法墓，而我，因為讀了羅隱的兩句詩「君王忍把平陳業，只博雷塘數畝田」，才知道隋煬帝葬在揚州。於是，在煙花迷離的春天，我來到了隋煬帝陵。

詩句·出處	朝辭白帝彩雲間，千里江陵一日還。 （〈早發白帝城〉唐·李白）
	白帝：即白帝城，位於今重慶市奉節縣東的白帝山上。江陵：今湖北省江陵縣。
解析·應用	早晨我辭別了高入彩雲的白帝城，一天就回到了千里之外的江陵。
	這兩句詩寫出了乘舟順江而下的迅速，一日千里，若有神助。常用來形容航船等交通工具速度快，朝發夕至。亦形容旅行的快速。
寫作例句	1.「朝辭白帝彩雲間，千里江陵一日還。」李太白的詩句還在我的耳邊迴響，客輪已在汽笛長鳴聲中起航了。我要從古代的夔子國都白帝城，到現代化的葛洲壩去，這中間，要走過四百里險峻而又壯麗的三峽航道。 2. 重慶到宜昌，只需一天一夜，「朝辭白帝彩雲間，千里江陵一日還」，現在才真正實現。

詩句．出處	三月三日天氣新，長安水邊多麗人。（〈麗人行〉唐．杜甫）
	三月三日：農曆三月初三為上巳日。古代習俗，這天要到水邊祭祀以除不祥，後來變成到水邊宴飲、遊春的節日。
解析．應用	三月三日上巳節這一天，天氣清新，長安東南的曲江一帶踏青的麗人十分眾多。
	詩句寫了曲江春遊盛況，意在諷刺楊國忠兄妹的驕奢淫逸。可引用這兩句詩來描繪人們踏青春遊的盛景等，常用來形容天朗氣清，水邊美女如雲。
寫作例句	1.「一觴一詠」、「暢敘幽情」，書聖王羲之「婉若遊龍，翩若驚鴻」的〈蘭亭集序〉展現了「流觴曲水，列坐其次」的上巳宴飲吟詠圖景；「三月三日天氣新，長安水邊多麗人。」詩聖杜甫清新明快、隱含憂鬱的詩作傳達了當年太平盛世的繁華氣象與朝野君臣的勝時遊賞。這是歷史，歲月深處，上巳節的風采令人追慕。 2. 元代詩人楊鐵崖把西湖春日的晴晝比作「天氣渾如曲江節，野客正是杜陵翁」（〈錢塘湖上〉）。原來唐代京城長安有曲江，是著名的風景區，每逢三月三日，京都人士，傾城出遊，這就是杜詩所謂「三月三日天氣新，長安水邊多麗人」，因此命名這一天為「曲江節」。

詩句．出處	渭城朝雨浥輕塵，客舍青青柳色新。（〈送元二使安西〉唐．王維）
	渭城：秦代的咸陽，漢改稱渭城。浥：沾溼。

解析．應用	渭城清晨的細雨沾溼了輕輕的路塵，客舍周圍一片青綠，雨後的柳色更見清新翠綠。
	常用來形容細雨滌塵，草樹更青的景色。
寫作例句	凌晨時光，細雨霏霏，煙籠柳林，在西安市東約十二里處，我與它，灞橋，就這樣長久地默立對望，暗暗無語地相認相識了。這該是「渭城朝雨浥輕塵，客舍青青柳色新」的意境了吧？

詩句．出處	長安陌上無窮樹，唯有垂楊管別離。（〈楊柳枝詞〉唐．劉禹錫）
	陌：街道。垂楊：即垂柳。管別離：古人有折柳贈別的習俗，「柳」與「留」諧音，折柳即有留戀、惜別之意。
解析．應用	長安城街道上有無數的樹木，但只有垂柳才管人間的別離。
	常用來形容垂柳千絲萬縷，輕拂曼繞，似依依不捨，像情意綿綿。也用來說明因為楊柳的形態和典故，所以人們常把它與離別連繫起來，感到它的惜別之意。
寫作例句	誰說草木無情，楊柳就是多情種！那依依之情，戚戚之態，牽衣拂面之舉，惹起了多少遊子行人的離愁別恨！「長安陌上無窮樹，唯有垂楊管別離。」

<table>
<tr><td rowspan="2">詩句・出處</td><td>天下三分明月夜，二分無賴是揚州。
（〈憶揚州〉唐・徐凝）</td></tr>
<tr><td>無賴：原意是無奈。詩人見明月而思念意中人，但又不得見，故有抱怨明月之意。但後人離開了作者原意，把這句詩截下來作為描寫揚州月夜美景的傳神佳句來欣賞，「無賴」即含有了嬌美媚人的意思。</td></tr>
<tr><td rowspan="2">解析・應用</td><td>如把天下的明月之夜分成三份，揚州就占了其中最嬌媚的兩份。</td></tr>
<tr><td>常用來形容揚州月夜的美好，也用來讚美揚州的綺麗繁盛。</td></tr>
<tr><td>寫作例句</td><td>1. 園中還有欣月樓，東半樓觀日出，西半樓觀日落。唐人詩中有云：「天下三分明月夜，二分無賴是揚州。」揚州的月亮，看來是特別出色的呢，只可惜我們匆匆過境，沒有來得及欣賞。
2. 揚州俏麗，一如美女。早歲曾讀徐凝之詩：「天下三分明月夜，二分無賴是揚州。」讀畢即做「騎鶴上揚州」之夢矣！</td></tr>
</table>

<table>
<tr><td rowspan="2">詩句・出處</td><td>曾是洛陽花下客，野芳雖晚不須嗟。（〈戲答元珍〉宋・歐陽脩）</td></tr>
<tr><td>嗟：嘆息。</td></tr>
<tr><td rowspan="2">解析・應用</td><td>我曾做客於洛陽，在那裡度過繁花似錦的春天；如今在這山城，野花雖然開得晚些，但總會開放，不必嗟嘆。</td></tr>
<tr><td>常用來說明某些事物雖然來得晚也不必嘆息悲愁，該出現的遲早總會出現。</td></tr>
</table>

寫作例句	只要我這輩子還愛著畫，只要我有空還常去畫畫，成不成功又何關宏旨！北宋詩人歐陽脩有過這樣一句詩：「曾是洛陽花下客，野芳雖晚不須嗟。」執著地愛，不關乎遲早。

詩句・出處	鬱孤臺下清江水，中間多少行人淚。西北望長安，可憐無數山。（〈菩薩蠻・書江西造口壁〉宋・辛棄疾）
	鬱孤臺：古臺名，在今江西省贛州市西北的賀蘭山上。清江：指贛江。長安：漢、唐時的京城，此處代指北宋京城汴京。可憐：這裡是可惜的意思。
解析・應用	鬱孤臺下流著清江水，水中有多少流民的眼淚啊。向西北遙望長安，可惜又被無數的山峰遮住。
	常用來形容山河破碎，百姓流離，人們懷念家國故土，也用來形容鄉愁之深。
寫作例句	1. 這樣的遊賞勝地，在辛棄疾的筆下卻是「鬱孤臺下清江水，中間多少行人淚」。辛棄疾不但是愛國詩人，還是抗金的將領。可嘆朝廷腐敗，致使中原大片國土受到金人侵占，「西北望長安，可憐無數山。」 2. 阿慧從國外來信，附上一首辛棄疾的詞：「鬱孤臺下清江水，中間多少行人淚。西北望長安，可憐無數山。」文中對她訴說著鄉愁。

江南

<table>
<tr><td rowspan="2">詩句・出處</td><td>折花逢驛使，寄與隴頭人。江南無所有，聊贈一枝春。（〈贈范曄〉南北朝・陸凱）</td></tr>
<tr><td>驛使：古時傳送公文的人。隴：指隴山，在今陝西省隴縣西北。聊：姑且。</td></tr>
<tr><td rowspan="2">解析・應用</td><td>折梅花時碰見驛使，就請他寄花給隴頭那邊的友人。江南沒有什麼東西可送，姑且贈給他一枝早春的梅花吧。</td></tr>
<tr><td>常用來形容送花給人，以示友好或問候。</td></tr>
<tr><td>寫作例句</td><td>「這是我媽媽生前培養的梅花，前些年死了，今年新發出一枝，現在折下送你，留個紀念吧！」接著，她便略帶羞怯地唸道：「折花逢驛使，寄與隴頭人。江南無所有，聊贈一枝春。」</td></tr>
</table>

<table>
<tr><td rowspan="2">詩句・出處</td><td>吳楚東南坼，乾坤日夜浮。（〈登岳陽樓〉唐・杜甫）</td></tr>
<tr><td>吳楚：指春秋戰國時吳、楚兩國的地域，在中國東南一帶，即今江、浙、皖、贛、湘、鄂等地。坼：分裂。乾坤：天地。</td></tr>
<tr><td rowspan="2">解析・應用</td><td>東南的吳地和楚地被洞庭湖劃分開來，整個天地好像日夜漂浮在湖水上。</td></tr>
<tr><td>常用來形容洞庭湖或其他湖泊江河水勢浩瀚無邊。</td></tr>
<tr><td>寫作例句</td><td>長江流域土地遼闊，有「吳楚東南坼，乾坤日夜浮」的大澤和洪湖，還有拔地拄天的五嶽和極目難窮的沃野。</td></tr>
</table>

詩句·出處	渭北春天樹，江東日暮雲。（〈春日憶李白〉唐·杜甫）
	渭北：指杜甫所在的長安。江東：指李白所在的江南。
解析·應用	我在渭北，看到春天的綠樹便會想念你，遙想你在江東，見到日暮時的浮雲也會思念我吧。
	常用來形容遠隔兩地的人相互思念，也用來形容親友天各一方，相距遙遠。
寫作例句	全班三十多位同學，像一捧被礁石撞碎的水珠，散在了天南地北。「渭北春天樹，江東日暮雲。」平常聯絡極少，相逢更難。有一些，則是長久失去了消息。

詩句·出處	千里鶯啼綠映紅，水村山郭酒旗風。（〈江南春絕句〉唐·杜牧）
	郭：外城，此指城鎮。
解析·應用	千里江南，鶯鳥啼鳴，綠樹紅花交相輝映，不論是傍水的村莊還是依山的城郭，都能看到酒幌迎風招展。
	詩人為讀者繪出了一幅景色明媚、生活和樂的畫圖，可引用這兩句詩或只引前一句來描繪江南春色之美，也常用來形容春天鶯歌燕舞，綠樹紅花的景色和城鄉富庶繁榮的景象。

寫作例句	1. 曼谷曾經是水之鄉，是河的夢土，是小橋的市集。她的確比美「水市初繁窺影亂，重樓深處有舟行」的威尼斯，也近似「千里鶯啼綠映紅，水村山郭酒旗風」的江南水鄉蘇州。 2. 自古詩人多悲秋，然而劉禹錫這首卻迥然。「豈如春色嗾人狂」，可見他愛秋天，甚至忘記了「千里鶯啼綠映紅」的春天。全詩意境清新，熱情昂揚。

詩句．出處	若到江南趕上春，千萬和春住。（〈卜算子．送鮑浩然之浙東〉宋．王觀）
	住：停留。
解析．應用	假若到了江南還能趕上春天，你可千萬要和春天在一塊啊。
	常用來說明江南春天美好，應好好享受，不可輕易放過。也用來表達對江南春天的嚮往、留戀，比喻要珍惜美好時光或青春。
寫作例句	1. 江南的昨天使人依戀，江南的今天使人神往，江南的明天更呼喚人們去執著地追求。在我們面前，不是會有一個繁花似錦、明豔欲流的江南嗎？我最喜愛宋人王觀那質樸無華、情深意切的詞句：「若到江南趕上春，千萬和春住。」 2. 歲月如流，人生短暫，鮮花與春天，更是彩霞一現。「若到江南趕上春，千萬和春住。」

邊塞

詩句·出處	疾風衝塞起，沙礫自飄揚。（〈代出自薊北門行〉南北朝·鮑照）
	礫：碎石。
解析·應用	狂風自邊塞直衝而起，沙土石礫漫自飄揚。
	常用來形容疾風突起，沙石飛揚的景象。
寫作例句	春季、秋季，大風一起，沙土飛揚，天地玄黃。當年春秋兩季裡，騎腳踏車從北影門前駛過的女士，臉面常罩紗巾。雖身在京都一隅，卻能使人不禁的聯想到鮑照的詩句「疾風衝塞起，沙礫自飄揚」。

詩句·出處	大漠孤煙直，長河落日圓。（〈使至塞上〉唐·王維）
解析·應用	廣闊無際的沙漠地帶，烽火的濃煙聚集直上高天，長長的黃河流處，夕陽漸落，更顯得又紅又圓。
	寫詩人出使邊塞後所見到的塞外奇景，畫面開闊，意境雄渾。可引用這兩句詩來描繪塞外風光，也常用來形容沙漠、江岸等地煙塵徐上、夕陽西下的景色。

寫作例句	1. 從上萬公尺的高空，俯看這遼遠、死寂的荒漠地帶，我才開始感覺出「大漠孤煙直，長河落日圓」的妙意，理解了古往今來的詩人們描寫沙漠荒原時那種可怕的筆調，那種神祕的滋味。 2. 已是黃昏，西方的地平線上，一輪如血的紅球正慢慢下沉。遠處，煙塵一股股隨風而上，「大漠孤煙直，長河落日圓」的詩句，想來就是這眼前奇景的寫照。

詩句・出處	大漠沙如雪，燕山月似鉤。（〈馬詩〉唐・李賀）
	燕山：此指燕然山，即今蒙古國境內的杭愛山。 大漠：沙漠。
解析・應用	月光下，大漠沙白如雪；燕山上，殘月似鉤。
	常用來形容大漠等地沙白如雪，彎月似鉤的夜景。
寫作例句	我們就是樂於在沙漠上多停留幾個鐘頭，以便細細體會「黃沙幕南起，白日隱西隅」以及「大漠沙如雪，燕山月似鉤」的況味呢！

詩句・出處	大漠風塵日色昏，紅旗半捲出轅門。（〈從軍行・其五〉唐・王昌齡）
	紅旗半捲：這是為減少風的阻力。轅門：軍營的門。
解析・應用	沙漠上風沙瀰漫，天色昏暗，將士們半捲著紅旗出轅門去作戰。
	常用來形容在沙漠等地風沙漫天的天氣下，軍人出征或行人出發的情形。

寫作例句	汽車把沙塵顛簸於天地間，在萬物發抖之際，就像驚濤駭浪中的一葉小舟，隨時都有傾覆的危險，「大漠風塵日色昏，紅旗半捲出轅門」的詩句湧入我的腦海。當我睜開睡眼面對古詩中風勁沙猛的畫面，又還原在活生生的現實中時，我才感到，古人的詩句絕不是誇張。

詩句・出處	君不見走馬川行雪海邊，平沙莽莽黃入天。（〈走馬川行奉送出師西征〉唐・岑參）
	君：你。走馬川：即今新疆維吾爾自治區境內的車爾成河。雪海：地名，當在今新疆維吾爾自治區別迭里山西北，以經年雨雪苦寒著稱。一說泛指西域一帶。 平沙：沙漠。
解析・應用	你沒看見在那走馬川，雪海邊，黃沙茫茫與天相接。
	常用來形容沙漠、黃土高原等地黃沙、黃土漫無邊際或黃塵飛揚，鋪天蓋地。
寫作例句	我騎著馬，橫穿鄂爾多斯的庫布其沙漠，沿著黃河的小支流罕臺川向北跋涉。沿途一派大漠情調，正像唐代詩人岑參寫的「君不見走馬川行雪海邊，平沙莽莽黃入天」。

詩句・出處	一川碎石大如斗，隨風滿地石亂走。（〈走馬川行奉送出師西征〉唐・岑參）
	川：此指乾涸的舊河床。

解析・應用	乾涸的河床裡全是巨大如斗的碎石，狂風一起，石頭隨風遍地亂滾。
	詩句描寫了走馬川一帶環境的艱險，用誇張的手法，透過風吼石走，渲染出征前所面臨的險惡氣候，以襯寫將軍的堅毅。常用來形容戈壁沙漠等地狂風呼嘯，飛沙走石的景象。可引用這兩句詩來描述新疆戈壁一帶自然環境的險惡。
寫作例句	1. 山上山下，沙礫旋舞，石磧橫飛。我不禁記起了唐代邊塞詩人岑參的詩句：「一川碎石大如斗，隨風滿地石亂走」。而王維的「大漠孤煙直」在這裡也有了新注腳：原來大漠中的「孤煙」也可以是龍捲風颳起的沙柱。 2. 狂風肆虐，星月無輝，戈壁灘多麼像一個古戰場。「一川碎石大如斗，隨風滿地石亂走。」

詩句・出處	黃沙磧裡客行迷，四望雲天直下低。（〈過磧〉唐・岑參）
	磧：沙漠。
解析・應用	黃沙漫漫的大沙漠裡，旅客的行途迷茫，四下張望，見天空一直低垂到地上。
	常用來形容沙漠等地天地相連，蒼茫遼闊或黃沙茫茫，陰空低垂的景色。
寫作例句	我側臥沙丘上，看天上的捲捲黃雲從頭上飄過，那不是古代軍旅詩人為我們描繪的「黃沙磧裡客行迷，四望雲天直下低」的壯麗詩境嗎？

<table>
<tr><td rowspan="2">詩句．出處</td><td>今夜未知何處宿，平沙萬里絕人煙。
（〈磧中作〉唐．岑參）</td></tr>
<tr><td>平沙：沙漠。</td></tr>
<tr><td rowspan="2">解析．應用</td><td>今夜不知在哪裡住宿，只見黃沙萬里，沒有一點人煙。</td></tr>
<tr><td>常用來形容沙漠黃沙莽莽，荒無人煙。</td></tr>
<tr><td>寫作例句</td><td>天蒼蒼，野茫茫，風吹沙瀰漫。碧空照著駝影，我欽佩征服沙漠的英雄。岑參曾經感嘆：「今夜未知何處宿，平沙萬里絕人煙。」</td></tr>
</table>

<table>
<tr><td rowspan="2">詩句．出處</td><td>火雲滿山凝未開，飛鳥千里不敢來。（〈火山雲歌送別〉唐．岑參）</td></tr>
<tr><td>火雲滿山：此處所寫的山又叫火焰山，在新疆維吾爾自治區境內，由吐魯番市向東斷續延伸至鄯善縣以南。山係紅砂岩構成，加上其地氣候乾熱，故名。火雲，在火山紅岩的映照下和熱氣燻烤下，赤熱得像燃燒一般的雲層。</td></tr>
<tr><td rowspan="2">解析．應用</td><td>滿山都是火一樣的雲團，凝結未開，飛鳥都在千里之外，不敢過來。</td></tr>
<tr><td>常用來形容新疆火焰山或火山、沙漠等地氣候異常乾燥炎熱。</td></tr>
<tr><td>寫作例句</td><td>1. 我從車窗往外眺望那被唐代詩人岑參形容為「火雲滿山凝未開，飛鳥千里不敢來」的紅火閃爍的火焰山，心裡不由想起熱浪滾滾的塔克拉瑪干大沙漠，險峻的帕米爾高原。它們幾千年來似乎都極少變化。
2.「火雲滿山凝未開，飛鳥千里不敢來。」穿行峽谷，熱浪逼人，使人恍如置身火焰的世界。</td></tr>
</table>

詩句・出處	青海戍頭空有月，黃沙磧裡本無春。（〈涼州曲〉唐・柳中庸）	
	戍頭：駐守的邊地。磧：沙漠。	
解析・應用	青海邊塞之地空有月亮，一片黃沙的大漠裡本來就沒有春天。	
	常用來形容過去的青海或其他北方邊塞的荒涼寒冷。	
寫作例句	1.「青海戍頭空有月，黃沙磧裡本無春。」古人這樣感嘆。他們沒有說錯，歷史上的青海，確實荒涼得令人恐怖。 2. 談起那裡，很多人總會想起古代詩人「青海戍頭空有月，黃沙磧裡本無春」的描繪，似乎連一點春的影子都沒有。	

第2章　狀物

第1節　動物世界

燕

詩句·出處	泥融飛燕子，沙暖睡鴛鴦。（〈絕句二首·其一〉唐·杜甫）	
	融：指泥土柔軟發黏。	
解析·應用	泥土黏軟，燕子飛來飛去，啣泥築巢；沙洲暖和，成對的鴛鴦睡在上面。	
	常用來形容天晴日暖，禽鳥活躍自在的景象。	
寫作例句	我順著那股清泉望去，那裡地勢險峻，茂林修竹，山泉澄碧，花紅歌甜。在這深山密林，竟有這樣的勝景，不由使我想起唐代大詩人杜甫「泥融飛燕子，沙暖睡鴛鴦」的詩句。	

詩句·出處	細雨魚兒出，微風燕子斜。（〈水檻遣心·其一〉唐·杜甫）
解析·應用	細雨濛濛，魚兒浮出水面；微風輕拂，燕子在空中斜斜地飛翔。
	常用來形容微風細雨、魚游燕飛的景致。

寫作例句	1. 這裡的自然植被蔥鬱，有大量野生鳥類、禽類繁衍生息，與溼地原生態共同呈現「細雨魚兒出，微風燕子斜」的美景。 2. 綿綿細雨又會把人帶進「黃梅時節家家雨，青草池塘處處蛙」、「細雨魚兒出，微風燕子斜」的意境中，於是，天地間的一山一水，一草一木，無不在濃妝淡抹中如詩如畫，給人一種野曠天低、江清月近、滿目青山、心如處子的安適和山長水闊、天高地遠的豁朗。

詩句·出處	舊時王謝堂前燕，飛入尋常百姓家。（〈烏衣巷〉唐·劉禹錫）
	王謝：指東晉時王導、謝安兩大豪門世族，當時都住在烏衣巷。
解析·應用	從前在王導、謝安廳堂前飛舞的燕子，如今已飛進普通百姓家裡去了。
	透過燕子「更換主人」，告訴人們，那些一時炙手可熱的封建豪門，只不過是歷史上的過客而已，含蓄地對統治者進行辛辣的諷刺，寓寫出人世滄桑變化的規律。常用來形容舊日繁華之地今已破敗衰落，說明舊事物的易主，或某事物的屈高就低，也用來比喻過去高等、高雅或高貴的事物或人物現已變得平常普通。

寫作例句	1. 這等朱門，哪一家哪一戶不期望子孫傳承、流祚無疆呢？實際上大大不然，就像遊戲中的「擊鼓傳花」一樣，兒孫手裡沒傳上幾茬，就空際雲煙似的，敗亡散沒了。路人再過「朱門」，唯見「舊時王謝堂前燕，飛入尋常百姓家」了。 2. 一直到了盛唐之際，因為邢州白瓷生產的發展與廣泛使用，飲茶才像「舊時王謝堂前燕，飛入尋常百姓家」，一下子由上層人物宴客而普及到芸芸黎庶眾生之中，飲茶風習才瀰漫全國，傳遍世界。

詩句·出處	落花人獨立，微雨燕雙飛。（〈臨江仙〉宋·晏幾道）
解析·應用	落花紛紛，一人獨立，望見微微春雨中一雙燕子穿飛其間。
	常用來形容春殘花落，斯人獨立，細雨霏霏，禽鳥歡飛。
寫作例句	每次讀到「落花人獨立，微雨燕雙飛」的詩句時，常情不自禁地被帶到詩的悽美的意境中去。總愛想像，細雨微風裡，曾經有一位美麗而憂傷的女子，獨立在花樹下。花瓣紛紛飄落，如雨，溼了她的衣肩，一對雨燕從她的眼前飛過。

詩句·出處	秦樓東風裡，燕子還來尋舊壘。 （〈魚游春水〉宋·無名氏）
	秦樓：指女子居住的閣樓。舊壘：過去壘的巢。
解析·應用	閨樓沐浴在春風裡，燕子從南方回來，尋找舊巢。
	常用來形容春暖風和，燕子回歸或說明燕子戀舊的習性。

寫作例句	但到了來年春暖夏至，燕子便會重返舊地，許多還會重歸舊居。「翩翩堂前燕，冬藏夏來見。」、「秦樓東風裡，燕子還來尋舊壘。」

雁

詩句．出處	長風萬里送秋雁，對此可以酣高樓。（〈宣州謝朓樓餞別校書叔雲〉唐．李白）
	酣：暢飲。
解析．應用	萬里長風吹送著秋天南歸的大雁，面對一片澄明秋空，真可以在高樓上盡情地飲酒。
	常用來形容或讚美天高風爽，大雁南歸的秋景。
寫作例句	其實秋天未必像人們想像的那般脆弱，春季的喧譁她享受過，夏季的風流她經歷過，天下沒有不散的筵席，落花隨流水而去就讓它去，大雁趨驕陽而歸就讓牠歸，不抱怨人情冷暖，也不詛咒世態炎涼，她以更大的胸懷包容著一切，「長風萬里送秋雁，對此可以酣高樓」！

詩句．出處	雁引愁心去，山銜好月來。（〈與夏十二登岳陽樓〉唐．李白）
	山：指洞庭湖中的君山。
解析．應用	大雁帶引愁苦之心而去，君山銜取美好圓月而來。
	常用來形容雁飛高天或山銜明月的景色，也用來比喻苦盡甘來，愁去喜到。

寫作例句	1. 及至三樓，長煙一空，憑欄遠眺，一陣雁鳴，李太白「雁引愁心去，山銜好月來」的詩句正合此景。 2. 移步換形，三步一景，一峰一石幻化無常且景景相扣，月色朦朧中彷彿一幅畫，一曲民謠，又如一段故事。「雁引愁心去，山銜好月來」，如痴如醉，今宵銷魂已矣。 3. 好在如今危機已過，已是「雁引愁心去，山銜好月來」，一切有了希望。

詩句・出處	鴻雁幾時到，江湖秋水多。（〈天末懷李白〉唐・杜甫）
	鴻雁：古代有鴻雁傳書的傳說，後用鴻雁代指書信、音信。江湖：當時李白遇赦，放還至湖南，流寓江湘，故云。
解析・應用	什麼時候才能得到你的消息，江湖上秋水茫茫，風凶浪險。
	常用來形容盼望親友音信，為其境況擔憂。
寫作例句	「鴻雁幾時到，江湖秋水多。」在那十年間，不斷傳來關於他的種種消息、種種傳聞，忽而說他早就自殺，忽而說他每天在某處掃地，忽而說他病重，忽而又消息沉沉，誰也傳遞不出確切的音信。

詩句・出處	困倚危樓，過盡飛鴻字字愁。（〈減字木蘭花〉宋・秦觀）
	危：高。飛鴻：高飛的大雁。字字：大雁飛時常排成「一」字或「人」字形。
解析・應用	睏倦地倚靠在高樓上，行行大雁從眼前飛過，望著大雁排成的字形，更增添了我的愁情。
	常用來形容屋內的人鬱悶、失望，看著屋外景物，滿目皆愁。

寫作例句	他，孤雁一隻，滿目淒涼，「愁多知夜長」，向誰訴？向誰吐？真個是「困倚危樓，過盡飛鴻字字愁」！一向豁達、開朗的他，跌入寂寞的深淵。

詩句．出處	雲中誰寄錦書來？雁字回時，月滿西樓。（〈一剪梅〉宋．李清照）
	錦書：前秦時，竇滔妻蘇氏曾用錦織成迴文詩贈其夫，後人便以錦書指妻寄夫的書信或夫妻間的書信。雁字：雁群飛時排成「一」字或「人」字，所以叫做「雁字」。
解析．應用	有誰託大雁從雲中捎來書信？大雁飛回時，月光正灑滿西樓。
	常用來形容對親人、朋友的書信的渴盼。
寫作例句	古人有「雲中誰寄錦書來，雁字回時，月滿西樓」之感，其實世間任何一種真摯的感情不是如此？有信可盼，雖是焦急，卻也幸運。至於收信，一紙寄來書，從頭讀，迫不及待，一睹為快。

鶴

詩句．出處	別鶴聲聲遠，愁雲處處同。 （〈別袁昌州．其二〉南北朝．江總）
解析．應用	離去的飛鶴在一聲聲哀唳中漸漸遠去，天空中陰雲處處，透出濃重的愁緒。
	常用來形容鶴鳥遠去，陰雲處處的景色。也用來形容顛沛流離，愁雲慘霧般的生活或悲愁的離別氣氛或心緒。

寫作例句	1. 在那個離別的黃昏，他望著遠去的鶴影，心中湧起無盡的哀愁，口中喃喃自語：「別鶴聲聲遠，愁雲處處同。」 2. 每當夜深人靜，他獨自一人坐在書房，思緒如同那遠去的鶴鳴，迴盪在空曠的心間。而窗外的陰雲彷彿也讀懂了他的憂鬱，低聲回應：「別鶴聲聲遠，愁雲處處同。」

詩句・出處	腰纏十萬貫，騎鶴上揚州。 （《殷芸小說・吳蜀人》南北朝・殷芸）
解析・應用	腰間帶上十萬貫金錢，騎著仙鶴上升，飛到繁華的揚州去做官。
	可引用這兩句詩語來說明享樂主義者的妄想等。
寫作例句	這類人的形象，最好是金面金身，從鬍鬚到指甲，渾然一色。腰間還繫上個鼓鼓的金兜囊，再騎上一隻大金鶴，顯出「腰纏十萬貫，騎鶴上揚州」之態，那就絕妙至極了。金者，乃「孔方兄」之母也。

詩句・出處	晴空一鶴排雲上，便引詩情到碧霄。（〈秋詞・其二〉唐・劉禹錫）
	排：推開。碧霄：深藍色的天空。
解析・應用	秋日的晴空裡，一隻白鶴排雲而上，這便把我胸中的詩情引上了藍天。
	古人多悲秋，但劉禹錫卻表現出與眾不同的感受，唱出了高昂而令人鼓舞的強烈情感。可引用這兩句詩來形容晴空萬里，禽鳥高飛的景色，表述奮發向上的激昂情緒。或比喻一旦出現某種條件，便會產生某種結果。

寫作例句	1. 秋日的天空湛藍如洗，一隻孤鶴振翅高飛，排開層雲，直衝雲霄。我望著這一幕，心中詩意盎然，不禁吟詠：「晴空一鶴排雲上，便引詩情到碧霄。」 2.「晴空一鶴排雲上，便引詩情到碧霄」，平日孜孜不倦地看書學習，有了廣博的知識，一旦飛來「一鶴」，便能引出噴泉一般的「詩情」，直上「碧霄」。

鵲

詩句・出處	維鵲有巢，維鳩居之。（《詩經・鵲巢》）
	維：句首助詞，無實義。
解析・應用	喜鵲築好巢，斑鳩飛來居住。
	常用來形容甲鳥占了乙鳥的鳥巢，也用來比喻本該屬於某人的房屋或其他權利被別人侵占。
寫作例句	1. 紅腳隼往往要與喜鵲爭噪數日，才能把巢占住。《詩經》中有「維鵲有巢，維鳩居之」的詩句，這種「鵲巢鳩占」現象中所指的「鳩」就是紅腳隼。 2. 在商界，他如同那隻勤勞的喜鵲，一點一滴地累積財富，建立了屬於自己的商業帝國。然而，競爭對手卻試圖不勞而獲，想要坐享其成，這不禁讓人想起那句古語：「維鵲有巢，維鳩居之」，警示著人們要珍惜自己的努力成果，防止他人的侵占。

詩句．出處	柔情似水，佳期如夢，忍顧鵲橋歸路。（〈鵲橋仙〉宋．秦觀）
	佳期：指相愛的男女幽會的日期。鵲橋：傳說中，每年農曆七月初七，喜鵲架成長橋，讓牛郎、織女渡銀河相聚。
解析．應用	柔情像水一樣纏綿不斷，相會的日子如夢一樣美好又短暫，真不忍心回頭去看那鵲橋歸路。
	常用來形容情侶、夫妻間的相聚甜蜜而短暫，雙方不忍分別。
寫作例句	當多少家人團聚，享受著天倫之樂時，和他們有同等權利的軍人卻遠離父母妻子，在風天雪地站崗巡邏，在泥水中摸爬滾打，過著夫妻遙遙相盼，長期兩地分居的生活。「柔情似水，佳期如夢，忍顧鵲橋歸路。」秦少游的詞章裡凝聚著牛郎織女們多少思念和渴盼啊！

詩句．出處	明月別枝驚鵲，清風半夜鳴蟬。（〈西江月．夜行黃沙道中〉宋．辛棄疾）
	別枝：斜出的樹枝。
解析．應用	明亮的月光驚醒了斜枝上棲息的喜鵲，半夜裡吹來涼爽的清風，蟬也鳴叫起來。
	常用來形容鄉野明月高照，清風徐徐，鳥鳴蟲叫的夜景。
寫作例句	記得孩提時從鄰村看完電影夜歸。「明月別枝驚鵲，清風半夜鳴蟬」，螢火蟲殷勤地打著燈籠，稻梗下的青蛙也不時地鼓譟幾聲，赤腳走在窄窄的田埂上，可以聽得出遠處桑葉發出的最細碎的聲音。

鶯

詩句·出處	留連戲蝶時時舞，自在嬌鶯恰恰啼。（〈江畔獨步尋花〉唐·杜甫）	
	恰恰：鶯鳴聲。	
解析·應用	留連不去的蝴蝶在花中時時嬉戲飛舞，自由自在的黃鶯在樹上嬌柔地恰恰啼叫。	
	常用來形容鳥鳴蝶舞的景色。	
寫作例句	春日的花園裡，五彩斑斕的蝴蝶在花間嬉戲，翩翩起舞，而那嬌小的黃鶯也在枝頭自由自在地歌唱，構成了一幅生動的畫面：「留連戲蝶時時舞，自在嬌鶯恰恰啼。」	

詩句·出處	黃鶯久住渾相識，欲別頻啼四五聲。（〈移家別湖上亭〉唐·戎昱）
	渾：完全。
解析·應用	住久了，黃鶯跟我也成了老相識，我要搬走了，牠好像依依不捨，頻頻叫了四、五聲。
	常用來形容在某地住久了，會與周圍的人甚至事物產生感情，分別時戀戀不捨。
寫作例句	在某地生活的這些年，威廉與當地文化漸漸融為一體，當離別的時刻來臨，心中充滿了不捨，就像那熟悉的黃鶯，在告別之際，用牠那悠揚的歌聲表達著留戀：「黃鶯久住渾相識，欲別頻啼四五聲。」

詩句·出處	留春不住，費盡鶯兒語。（〈清平樂·春晚〉宋·王安國）
解析·應用	儘管黃鶯叫個不停，也留不住美麗的春天。
	寫鶯語的「費盡」，實是襯托出詞人的失落感，因為花開花謝，春去秋來，是自然規律，與鶯兒無關。妙在詞人賦予禽鳥以人的感情，不直說自己無計留春之苦，而是借鶯兒之口吐露此情，手法新巧而又饒有韻味。常用於惜春感懷的語境中。
寫作例句	1. 春光易逝，無論黃鶯如何婉轉歌唱，試圖挽留，春天終究還是悄然離去，正如詩句所言：「留春不住，費盡鶯兒語。」 2. 在人生的某個階段，我們或許會遇到無法挽回的失去，就像那黃鶯竭盡全力也無法留住春天的腳步，我們只能無奈地接受現實，感慨：「留春不住，費盡鶯兒語。」

鷗

詩句·出處	飄飄何所似？天地一沙鷗。（〈旅夜書懷〉唐·杜甫）
	沙鷗：一種棲息於沙洲，常飛翔於江海之上的水鳥。
解析·應用	飄然一身像什麼呢？就像天地間一隻獨飛的沙鷗。
	常用來形容禽鳥或人在空中、水上等處飄浮遊蕩，也用來形容四處漂泊的生活或孤獨無依的心境。

寫作例句	1. 躺仰在海面上時是最愜意了，仰望天空雲朵，悠然忘機，天海之間，渾茫相接。這該是何等的大快樂啊，真「飄飄何所似，天地一沙鷗」是也。 2. 隻身遠遊，泊船江中，難免有「飄飄何所似，天地一沙鷗」之感。孤寂的情懷與敗蘆深處的黯淡燈光相互襯托，以景襯情，加重了這份孤獨感的分量。

詩句・出處	爭渡，爭渡，驚起一灘鷗鷺。（〈如夢令〉宋・李清照）
	爭渡：競渡，指小船在荷花叢中左衝右突，奪路而行。鷗鷺：沙鷗和鷺鷥，泛指水鳥。
解析・應用	划著小船在荷花叢中奪路疾行，奪路疾行，驚飛了河灘上棲息的水鳥。
	常用來形容無意的舉動驚動了水邊或林中的鳥獸。
寫作例句	摘了兩片荷葉套在草帽上，又到荷塘裡抽了根肥長的藕條給妹妹，正打算坐下來舒展舒展痠痛的腰腿，突地，荷塘中竄起一群野鳥。「爭渡，爭渡，驚起一灘鷗鷺。」

詩句・出處	富貴非吾事，歸與白鷗盟。（〈水調歌頭・王子三山被召陳端仁給事飲餞席上作〉宋・辛棄疾）
	白鷗盟：據《列子・黃帝》載，相傳海上有位喜愛鷗鳥的人，每天早晨必在海上與鷗鳥相遊，後來就以與鷗鳥為友比喻隱居於雲水之間。盟，結交。
解析・應用	富貴不是我心中所想，我想歸隱山水間，與白鷗結伴。
	常用來形容無心追求富貴名利，安於平淡清閒的生活。

寫作例句	「富貴非吾事，歸與白鷗盟」，「我本是，臥龍岡，散淡的人」，這樣清拔俊秀的人格，在當今功利社會是難得一見了。

杜鵑

詩句·出處	胡蝶夢中家萬里，子規枝上月三更。（〈春夕〉唐·崔塗）
	胡蝶：即蝴蝶。胡蝶夢：《莊子·齊物論》說：「昔者莊周夢為胡蝶，栩栩然胡蝶也。」後人故稱夢為「蝴蝶夢」。子規：杜鵑鳥，啼聲哀切，深夜鳴叫。
解析·應用	夢中曾回到萬里之外的家鄉，誰知醒來後只聽到杜鵑在枝頭上淒哀地啼喚，還是月光明亮的三更半夜呢！
	常用來形容思家盼歸或熱切嚮往某事，以致夢中成真，亦形容夢醒後感到失落或略感欣慰。
寫作例句	在異鄉的夜晚，他夢見自己化作一隻蝴蝶，飛越千山萬水，回到遙遠的家鄉。醒來時，只見窗外杜鵑花枝上，月光清冷，正是三更時分。這情景恰似詩句所描繪：「胡蝶夢中家萬里，子規枝上月三更。」

詩句·出處	子規夜半猶啼血，不信東風喚不回。（〈送春〉宋·王令）
	子規：杜鵑鳥，據傳啼叫時口中帶血。東風：春風。
解析·應用	杜鵑鳥半夜時分還在帶血啼叫，牠不相信春風喚不回來。
	常用來形容杜鵑或其他鳥兒不住地啼鳴，也用來比喻堅毅地去做某一件事，並相信一定能夠成功。

寫作例句	1. 一覺醒來，屋簷下燕聲大作，直似「子規夜半猶啼血，不信東風喚不回」。 2. 他曾在囚室的粉牆上，用小刀刻下了一句話：「你必須成為強者。」在旁邊，他又寫下了宋朝王逢原的詩句：「子規夜半猶啼血，不信東風喚不回。」

詩句・出處	從今別卻江南路，化作啼鵑帶血歸。（〈金陵驛〉宋・文天祥）
	別卻江南路：宋帝昺祥興二年（西元 1279 年），文天祥被從廣東押解到元朝都城燕京，路過金陵（今江蘇省南京市），故說別卻江南路。啼鵑：傳說周代末年古代蜀王杜宇在蜀稱帝，號曰望帝。他死後魂化為杜鵑，啼聲悲苦，常帶血。
解析・應用	從今以後我就要告別這江南古路了，但我即使死了，也要化作一隻啼鵑帶血而歸。
	常用來形容雖告別了國家或家鄉，但仍強烈地熱愛、依戀著她。
寫作例句	她再一次地看了一眼故土的山川樹木，終於掩淚走進船艙。「從今別卻江南路，化作啼鵑帶血歸。」文天祥〈金陵驛〉中的句子，可算是她此時的心情了，只是她已無法再化作啼鵑帶血歸來了。

飛禽

詩句・出處	孔雀東南飛，五里一徘徊。（〈孔雀東南飛〉漢樂府）

解析．應用	孔雀往東南方飛去，飛上五里就徘徊一下。
	常用來形容孔雀或其他禽鳥飛翔盤旋，也用來形容離去的人不時回顧的情景或離人依依不捨的情狀，或比喻人們往東南沿海一帶流動的情形。
寫作例句	1. 夕陽斜照，那片翠綠的竹林間，一對孔雀悠然自得地展翅飛翔，正是「孔雀東南飛，五里一徘徊」。牠們的身影在金色餘暉中顯得如此優雅，彷彿是大自然最美麗的舞者。 2.「孔雀東南飛，五里一徘徊。」第一次離家外出謀生的人，在心裡總是不斷地掙扎：如果家鄉還有出路，有誰願意離鄉背井，到異地「每逢佳節倍思親」？

詩句．出處	山氣日夕佳，飛鳥相與還。（〈飲酒〉晉．陶淵明）
	山氣：山間雲氣。相與：結伴。
解析．應用	山間的雲氣日落時最好看，飛鳥結伴歸林。
	常用來形容夕照山嵐，飛鳥還林的景色。
寫作例句	「山氣日夕佳，飛鳥相與還。」每至夕陽灑輝的時候，總可見一群群白鷺如片片飛雪飄落在山林之中，構成了一幅人鳥和諧相處的美景。

詩句．出處	楚人不識鳳，重價求山雞。（〈贈從弟冽〉唐．李白）
	楚人：據三國魏邯鄲淳《笑林》記載，從前楚國有個人，看見別人挑著山雞，以為是鳳凰，就高價買下，想獻給楚王。

解析·應用	楚國人不認識鳳凰，高價買了隻山雞。
	常用來形容不識真假，上當吃虧。
寫作例句	魚目混珠，難免「楚人不識鳳，重價求山雞」，消費者對於假冒偽劣向來深惡痛絕。

詩句·出處	宮女如花滿春殿，只今唯有鷓鴣飛。 （〈越中覽古〉唐·李白）
解析·應用	當初嬌豔如花的宮女，站滿了春光洋溢的宮殿，而如今只剩下鷓鴣在這裡飛來飛去。
	常用來形容王府宮殿等古建築遺址的頹廢荒涼，也用來表達昔盛今衰，不堪回首的感慨。
寫作例句	往事已矣，那些輕歌曼舞的宮廷盛況，如今彷彿都已幽閉在潺潺碧流和曖曖翠嵐之中，真如李白所說：「宮女如花滿春殿，只今唯有鷓鴣飛。」

詩句·出處	綠陰不減來時路，添得黃鸝四五聲。 （〈三衢道中〉宋·曾幾）
解析·應用	樹的綠蔭還像來時的路上一樣濃，只是多了四、五聲黃鸝的叫聲。
	常用來形容山林綠蔭遮蓋，鳥兒時鳴的景色。
寫作例句	路兩旁長滿了翠綠色的樹，棵棵高大粗壯，真像一群「綠巨人」屹立在那裡。樹上小鳥飛來飛去，不時傳來清脆的鳥叫聲。看著眼前這幅情景，使我不由得想起了一句詩：「綠陰不減來時路，添得黃鸝四五聲。」

詩句．出處	意行偶到無人處，驚起山禽我亦驚。（〈檜徑曉步．其二〉宋．楊萬里）
	意行：隨意散步。
解析．應用	隨意漫步，偶然走到無人的地方，驚飛了棲息的山鳥，我也被牠嚇了一跳。
	常用來形容在寂靜處無意中驚嚇了毫無防備的人或動物，或是不小心碰撞了某種東西，自己也被嚇了一跳。
寫作例句	我記得他說有一次獨自走到一個古塔的頂上，那裡面飛出一隻喜鵲來，他說：「你被我嚇了一嚇，我也被你嚇了一嚇！」宋代楊萬里詩云：「意行偶到無人處，驚起山禽我亦驚。」豈不就是這種體驗嗎？

詩句．出處	孔雀雖有毒，不能掩文章。（〈袁江流鈐山岡當廬江小婦行〉明．王世貞）
	有毒：傳說孔雀的羽毛和膽有毒。這兩句以孔雀作喻，說明代權奸嚴嵩心毒手辣，作惡多端，但他的一些詩作還是很有文采的，不能因人廢言。文章：錯綜華美的色彩或花紋。
解析．應用	孔雀雖然有毒，但卻不能掩蓋它身上羽毛的美麗色彩和花紋。
	常用來說明儘管事物有缺陷或人有缺點錯誤甚至罪大惡極，但其某些好的方面也不應一概抹殺。
寫作例句	孫覿的為人，實在是難以恭維。明代王世貞說過：「孔雀雖有毒，不能掩文章。」就他的這首詩來說，文采斐然，富有情趣，頗類荊公晚年絕句，不應以人廢言。

鼠

詩句・出處	碩鼠碩鼠，無食我黍。（《詩經・碩鼠》）
	碩鼠：大田鼠。碩，大。無：同「勿」，不要。黍：糧食作物之一，這裡用作一般糧食的代稱。
解析・應用	大田鼠啊大田鼠，不要偷吃我的穀物。
	常用來形容人們對偷吃糧食的老鼠的痛恨或無奈，也用來表達對榨取民脂民膏的貪官汙吏或侵占別人勞力果實者的痛恨、厭惡或哀求。
寫作例句	1. 從《詩經》裡的「碩鼠碩鼠，無食我黍」算起，人們吃這小動物的苦頭，最少也有幾千年了。 2. 有的官員為所欲為，已成巨貪，卻趾高氣揚，逍遙法外。而小老百姓這稅那款，不可聊生，在「碩鼠碩鼠，無食我黍」的呼聲中常出現些「吏呼一何怒，婦啼一何苦」的情景，天理何在！

詩句・出處	相鼠有皮，人而無儀。人而無儀，不死何為？（《詩經・相鼠》）
	相：看。
解析・應用	看那老鼠都有皮，人卻沒有威儀。人沒有威儀，不死還做什麼呢？
	常用來說明人在社會生活中須具有莊重的儀表、端正的行為和懂得禮貌。也用來形容舉止猥瑣、行為齷齪的人遭人鄙棄。

寫作例句	今年是鼠年，我不由想起《詩經·相鼠》，詩云：「相鼠有皮，人而無儀。人而無儀，不死何為？」那些長著人形而寡廉鮮恥的醜聞明星真的連老鼠也不如，老鼠還知道害羞，你已經臭名遠颺，到了人人喊打的時候了，怎麼還那麼厚顏無恥地不肯「謝幕」呢？

詩句·出處	為鼠常留飯，憐蛾不點燈。（〈次韻定慧欽長老見寄八首並引·其一〉宋·蘇軾）
解析·應用	為餵老鼠，常常替牠留飯；憐惜飛蛾，乾脆不點燈燭。
	常用來形容極為慈悲，對動物也憐愛有加。
寫作例句	我的一位捨城居鄉的朋友，本著「為鼠常留飯，憐蛾不點燈」的襟懷，買來大包鳥食撒遍住宅周圍。依他的想法，這些鳥食由專家配製，營養之外還考慮到色香味，鳥兒飽餐之後也許肯饒小蟲一命。

詩句·出處	官倉老鼠大如斗，見人開倉亦不走。健兒無糧百姓飢，誰遣朝朝入君口？（〈官倉鼠〉唐·曹鄴）
	健兒：保衛國土的將士。朝：天。君：你。
解析·應用	官府糧倉中的老鼠碩大如斗，見人打開倉門牠都不逃走。守衛邊疆的將士沒有糧吃，後方的百姓也在挨餓，是誰把糧食天天送到你的嘴裡去的？
	常用來形容老鼠偷吃糧食並表達對老鼠的痛恨，常用於刻劃和揭露吮吸人民血汗的貪官汙吏的無恥嘴臉和醜惡行徑。

寫作例句	唐人曹鄴有一首著名的〈官倉鼠〉詩：「官倉老鼠大如斗，見人開倉亦不走。健兒無糧百姓飢，誰遣朝朝入君口！」這種肥了老鼠飢了百姓的現象，不正是文章所要揭露的嗎？這裡所說的「鼠」，是實指，也是虛指，那些吮吸民脂民膏的統治者與貪婪害人的老鼠何異！

猿

詩句．出處	仰手接飛猱，俯身散馬蹄。（〈白馬篇〉三國．魏．曹植）
	接：對飛馳的東西迎上前去射擊。猱：猿猴的一種，體矮小，攀援輕捷如飛。散：使之碎裂。馬蹄：一種黑色箭靶。
解析．應用	揚手向前射中了飛跑的猿猴，俯身向下射裂了箭靶。
	常用來形容射手的射術高超。
寫作例句	那種感情，是凱旋的騎士對戰馬的感情，是「仰手接飛猱，俯身散馬蹄」的射手對良弓的感情。

詩句．出處	兩岸猿聲啼不住，輕舟已過萬重山。 （〈早發白帝城〉唐．李白）
解析．應用	兩岸的猿猴不停地啼叫，輕快的小船順流而下，已穿過了萬重青山。
	常用來形容舟船在江峽中疾行的情景，也用來比喻事物或人發展變化之迅速，或比喻事物或人的發展變化不可阻擋。

寫作例句	1. 從「關關雎鳩，在河之洲」的水墨之美，到「晨興理荒穢，帶月荷鋤歸」的田園之美，到「兩岸猿聲啼不住，輕舟已過萬重山」的旅途之美，再到「大漠孤煙直，長河落日圓」的邊塞之美，美麗浸潤著一代又一代人的心。 2. 回首這十來年，禁不住感慨萬千。真是「兩岸猿聲啼不住，輕舟已過萬重山」。文學運動的發展速度之快、變幻衍化之奇、新陳嬗遞之猛，恐怕都是空前的。 3. 歷史總是按照它自己的規律前進，你躲在邊上唉聲嘆氣不行，你站出來大喝一聲也不行。這叫做「兩岸猿聲啼不住，輕舟已過萬重山」。

詩句・出處	黃鶴之飛尚不得過，猿猱欲度愁攀援。（〈蜀道難〉唐・李白）
	猱：猿的一種。度：過。攀援：抓住東西往上爬。
解析・應用	黃鶴善飛，尚且不能飛過，輕捷的猿猱想通過這裡，也為無法攀援而發愁。
	常用來形容高山深壑、懸崖絕壁等處地勢奇險，絕難通行。
寫作例句	這裡斷壁懸崖，地勢險要，下山的路只有一條，「黃鶴之飛尚不得過，猿猱欲度愁攀緣」。

走獸

詩句・出處	鳥飛反故鄉兮，狐死必首丘。（《九章・哀郢》戰國・屈原）
	反：同「返」。首丘：頭朝向山丘。

解析·應用	鳥飛再遠，也會返回故鄉；狐狸死的時候，總要把頭朝向自己出生的山丘。
	常用來說明動物或人對故土的依戀。
寫作例句	大詩人屈原曾以讚頌的口吻提到動物對土地的依附性:「鳥飛反故鄉兮，狐死必首丘。」其實他是在描繪人性呢。故土的力量，遠遠大於自由遷徙的力量。

詩句·出處	狐死歸首丘，故鄉安可忘？（〈卻東西門行〉漢·曹操）
	首：頭向著。丘：指狐狸的窟穴所在的山丘。
解析·應用	狐狸死的時候都會把頭朝著自己窟穴所在的山丘，人對故鄉又怎能忘記呢？
	常用來說明動物尚戀故土，人更不該忘記故鄉，或形容故鄉令人難忘。
寫作例句	連殺人如麻、橫行天下的曹孟德也問自己:「冉冉老將至，何時返故鄉？」、「狐死歸首丘，故鄉安可忘？」可見白髮懷鄉，就是鐵石心腸的英雄，都是難免的。

詩句·出處	神龜雖壽，猶有竟時。騰蛇乘霧，終為土灰。(〈龜雖壽〉漢·曹操)
	神龜：傳說中壽命最長的龜。竟：終了。騰蛇：傳說中像龍一樣的神蛇。〈韓非子·難勢〉中說，騰蛇可騰雲駕霧以升天，不過一旦失去雲霧，也和蒼蠅、螞蟻一樣，不免要死掉化為塵土。

解析・應用	神龜雖然長壽，也有死的時候。騰蛇儘管能乘霧上天，但最終要落地化為土灰。
	常用來說明動物或人壽命再長也終有一死，也用來說明再強大的事物或人也終有衰亡的一天。
寫作例句	曹操在〈龜雖壽〉一詩中寫道：「神龜雖壽，猶有竟時。騰蛇乘霧，終為土灰。」龜壽號稱千年，可謂之「神」；騰蛇（龍）乘霧上升，傳說為「靈」。然而，一個難免一死，一個終究成灰。人世間的一切何嘗不是如此呢？

詩句・出處	斜光照墟落，窮巷牛羊歸。（〈渭川田家〉唐・王維）
	斜光：斜陽的餘暉。墟落：村落。 窮巷：陋巷，狹小的巷子。
解析・應用	斜日的餘暉照著村落，小巷裡，放牧的牛羊歸來了。
	常用來形容村落夕照，人畜晚歸的景致。
寫作例句	我們來到了最偏遠的小山村，此時，「斜光照墟落，窮巷牛羊歸」，裊裊炊煙，扇扇荊扉，引遊人投宿田家。

昆蟲

詩句・出處	雨中山果落，燈下草蟲鳴。（〈秋夜獨坐〉唐・王維）
解析・應用	秋雨中，山裡的野果從樹上落下；燈燭下，聽見草叢裡爬來的小蟲在屋裡鳴叫。
	常用來形容雨夜果葉垂落，小蟲鳴叫的景致。

寫作例句	有時就是靜靜地坐著，聽風雨搖窗外泡桐，雨叩窗櫳，體會「雨中山果落，燈下草蟲鳴」的意境。

詩句·出處	露重飛難進，風多響易沉。（〈在獄詠蟬〉唐·駱賓王）
解析·應用	露水濃重，沾溼了蟬的羽翼，難以向前飛；大風呼號，蟬的叫聲容易沉沒。
	常用來說明困難大或困難多，做成一件事很不容易。
寫作例句	科學的創見被視為「離經叛道」，這是科學攀登者步履艱難的重要原因。「露重飛難進，風多響易沉。」

詩句·出處	居高聲自遠，非是藉秋風。（〈蟬〉唐·虞世南）
	居：在，停留。藉：憑藉。
解析·應用	蟬停在高處，叫聲自然傳得遠，這不是憑藉秋風的傳送。
	常用來說明位勢優越或實力強盛的事物或人自有其強大的影響力，不用靠外界的幫助。也用來比喻品格高潔的人不用他人吹捧自能聲名遠播。
寫作例句	1. 關鍵是什麼？實力。「居高聲自遠，非是藉秋風。」這次我們將「申奧」變成「辦奧」，靠的是實力和真本事。 2. 棲守道德者，未必會落個孤家寡人、向隅而泣的境地。他也能左右逢源、人脈豐沛，也能「居高聲自遠，非是藉秋風」。

詩句·出處	蚍蜉撼大樹，可笑不自量。（〈調張籍〉唐·韓愈）
	蚍蜉：一種大螞蟻，常在松樹的根部做巢。撼：搖動。

解析・應用	蚍蜉竟想搖動大樹，可笑牠太不自量了。
	常用來譏笑能力弱小者妄想戰勝勢力強大的事物或人，自不量力。
寫作例句	面對強大的競爭對手，他竟然妄想以一己之力扭轉乾坤，這種行為可謂「蚍蜉撼大樹，可笑不自量」。在眾人眼中，他的計畫是如此不切實際，徒增笑料。

詩句・出處	今夜偏知春氣暖，蟲聲新透綠窗紗。 (〈夜月〉唐・劉方平)
	偏知：猶言方知。新：初、剛。
解析・應用	今夜小蟲開始感受到春天暖和的氣息，牠們的叫聲初次透進綠色的窗紗。
	常用來形容春夏之夜屋外蟲聲唧唧的情景。
寫作例句	朦朧中，感覺雨住了，代替它的卻是窗外唧唧的蟲聲，似遠似近，如唱如吟。這使我想起了唐代詩人劉方平的「今夜偏知春氣暖，蟲聲新透綠窗紗」的佳句，感到春天的確來了。

詩句・出處	蜂蝶紛紛過牆去，卻疑春色在鄰家。(〈雨晴〉唐・王駕)
解析・應用	蜜蜂、蝴蝶紛紛飛過牆去，讓人疑心春色只在隔壁的鄰家。
	常用來形容蜂蝶飛舞追逐的情景或惜春、尋春的情態。也用來比喻受某種現象誤導，只看到別人的優勢，而對自己認識不足，導致盲目崇外或自慚。

寫作例句	1. 仲春時節，百花盛開，萬紫千紅，引得蜜蜂、蝴蝶追逐纏繞，四周飛舞，忙著採蜜授粉。唐詩說得好：「蜂蝶紛紛過牆去，卻疑春色在鄰家。」 2. 這裡是世界心理學思想最早的重要策源地之一。可是，長期以來，「蜂蝶紛紛過牆去，卻疑春色在鄰家。」對於這裡寫成的心理學史，卻很少有人問津。 3. 一個人，一家公司，在物競天擇的時代，不僅要有「東家昨夜梅花發，愧我分他一半香」的自知之明態度，而且克服要「蜂蝶紛紛過牆去，卻疑春色在鄰家」的盲目自慚心理。

魚

詩句·出處	羈鳥戀舊林，池魚思故淵。（〈歸園田居·其一〉晉·陶淵明）
	羈鳥：關在籠中的鳥。
解析·應用	籠中的鳥依戀舊日的樹林，池中的魚思念過去的深潭。
	詩人以羈鳥和池魚作比喻，寫自己在仕途中思戀田園生活的心情。常用來說明動物或人對故土都有一份眷戀，也都嚮往自由。
寫作例句	1. 當我回到早已在夢中回了多少次的故鄉時，那種「羈鳥戀舊林，池魚思故淵」的濃濃眷戀之情，便如窖中貯存的老酒，愈來愈濃。 2.「羈鳥戀舊林，池魚思故淵」，這是我現在心情的真實寫照。人一旦失去人身自由，才知道自由的寶貴。

詩句・出處	坐觀垂釣者，徒有羨魚情。（〈望洞庭湖贈張丞相〉唐・孟浩然）
解析・應用	坐著看那些垂釣的人，我沒有釣竿，只是心裡羨慕釣魚者而已。
	常用來形容沒有希望做某事，徒有羨慕之心，或形容只是袖手旁觀別人做事，並不想參與其中。
寫作例句	有些人面對大好形勢，雖有動於衷，嘖嘖稱讚，但只聞讚美，不見行動，在躍進聲中立刻踟躕，盼顧不前，頗類似唐詩寫的那種人：「坐觀垂釣者，徒有羨魚情。」

詩句・出處	西塞山前白鷺飛，桃花流水鱖魚肥。（〈漁歌子〉唐・張志和）
	西塞山：在今浙江省湖州市吳興區西。鱖魚：俗稱桂魚，一種大口細鱗，味道鮮美的淡水魚。
解析・應用	西塞山前白鷺鷥翩翩飛翔，桃花怒放，春水暢流，這正是鱖魚肥美的時節。
	常用來形容花開水流，禽飛魚游的景色。
寫作例句	「西塞山前白鷺飛，桃花流水鱖魚肥。」我的家鄉便產那種名貴的鱖魚。一到春天，南嶺杜鵑似火，北巖桃花如雲，火舞雲飛，夾著碧水似染，偶見鸛鳥飛起，時見銀魚跳波。這不也是一首〈漁歌子〉嗎？

詩句・出處	水清石出魚可數，林深無人鳥相呼。（〈臘日遊孤山訪惠勤惠思二僧〉宋・蘇軾）

解析·應用	溪水清澄透見石頭，游魚歷歷可數；林間深寂無人，只聽見鳥兒互相呼叫。
	常用來形容魚潛清流，鳥鳴幽林的景色。
寫作例句	沿著一條清淺的溪流，初訪林場附近一帶的群山。「水清石出魚可數，林深無人鳥相呼」，東坡詩句中所描繪的景色在平時是足以誘人的。但此時此刻，我們迫不及待地要去領略的卻是山，山，山！

詩句·出處	園翁莫把秋荷折，留與游魚蓋夕陽。（〈西塍廢圃〉宋·周密）
解析·應用	管園老人別把秋天的荷葉折去，留給游動的魚兒遮擋夕陽吧。
	常用來形容夕照荷葉，魚游荷下的景色。也用來說明不要做某事，以給某事物或人行方便。
寫作例句	1. 踏著夕陽的餘暉，我來到了昔日荷花盛開的荷塘。忽而，有幾條小魚正在荷葉下游來游去，時而發出「吃吃」的吮水聲，給人一種悠哉遊哉的愜意，難怪宋代周密會在〈西塍廢圃〉詩中誦道：「園翁莫把秋荷折，留與游魚蓋夕陽。」 2.「園翁莫把秋荷折，留與游魚蓋夕陽。」在做事時，也要考慮到他人的方便，就像那荷葉雖已凋零，卻依舊能為游魚遮擋夕陽的餘暉，不能隨意折掉。

詩句·出處	海水藏蛟龍，不拒蝦與魚。（〈寄題汪於鼎文冶始信峰草堂〉清·吳嘉紀）

解析·應用	海水既能藏得下蛟龍，又不拒絕小蝦小魚。
	指胸懷博大的人能夠包容一切。
寫作例句	古詩說得好：「海水藏蛟龍，不拒蝦與魚。」處人也是這樣，既不能像「武大郎開店 —— 比我高的不要」，也不能嫌棄識淺才小的人。

第 2 節　植物園地

草

詩句·出處	離離原上草，一歲一枯榮。（〈賦得古原草送別〉唐·白居易）
	離離：野草繁盛的樣子。榮：茂盛。
解析·應用	古老原野上的草繁盛茂密，一年之中，一度枯萎，又再次繁榮。
	常用來形容野草茂盛或枯榮交替，也用來形容生物的興衰循環。
寫作例句	1. 但那漫山遍野的野草，卻使我心曠神怡，如痴如迷。這不僅是因自小熟讀過白居易的那首膾炙人口的「離離原上草，一歲一枯榮」的詩句讓我留下深刻的印象，草的奮發，有所求又無所求的精神惹得我注意上了草，愛上了草。 2. 花開花謝，「離離原上草，一歲一枯榮」，動植物各自完成自身的生命循環圈，本無所謂憂傷，也無所謂悲哀。

詩句·出處	野火燒不盡，春風吹又生。（〈賦得古原草送別〉唐·白居易）
解析·應用	野火燒不盡草原上的野草，春風一吹，它又蓬勃地生長起來。
	常用來形容草或其他生物死而復生，讚美其生命力頑強。也用來比喻事物或人堅韌頑強，難以磨滅，一有時機，便又東山再起，興旺發達。或比喻醜惡、消極的事物十分頑固，一遇機會又死灰復燃；人屢教不改，故態復萌。
寫作例句	1. 放火的做法毀了多少這樣的有用之材，可現在新的一代森林又成長起來了。「野火燒不盡，春風吹又生。」 2. 我們的文化與我們的土地和人民永遠存在。正如唐詩所說：「野火燒不盡，春風吹又生」，我們的文化也是燒不盡的。 3. 可惜責備過後，只當耳邊風，故態馬上復萌。這真可謂「野火燒不盡，春風吹又生」啊！

詩句·出處	天意憐幽草，人間重晚晴。（〈晚晴〉唐·李商隱）
	天意：老天的意願。憐：愛惜。幽草：生長在幽暗處的草。重：看重，珍惜。
解析·應用	老天愛憐幽暗處的小草，人間珍重傍晚的晴天。
	常用來形容傍晚天氣放晴，草木沐浴在斜照之中的景色。可引用這兩句詩，或說明對小草的珍愛，或說明對晚境的珍惜，也用來比喻珍惜晚年，老有所為。

寫作例句	1. 人們常常吟誦、常常品味唐代李商隱的著名詩句：「天意憐幽草，人間重晚晴。」幽草企盼晚晴，晚晴活化幽草。傍晚，雨後放晴，斜輝映照著山谷中一片生機勃勃的芳草地，這是一個多麼美好的環境啊！ 2. 他的話像一縷縷陽光，照亮了我的晚年，讓我在「天意憐幽草，人間重晚晴」的詩意人生中，享受著一個向「晚」的日子。3. 新的生活帶來新的力量、新的使命，它心神大振，以深沉的熱情昭示我，「天意憐幽草，人間重晚晴」；督促我爭分奪秒，抓緊大好時日，努力寫作，把失去的二十餘年韶華贏回來。

詩句．出處	天街小雨潤如酥，草色遙看近卻無。最是一年春好處，絕勝煙柳滿皇都。（〈早春呈張水部十八員外．其一〉唐．韓愈）
	天街：京城中的街道。酥：酥油，動物乳汁製成。
解析．應用	京城街上的小雨像酥油一樣滋潤，春草淡淡的新綠遠處可以朦朦朧朧地看到，走近跟前卻又看不出什麼顏色了。這是一年中春天最好的時候，皇城裡柳色含煙，景物最為優美。
	此詩寫景細膩入微，造語精煉，逼真地寫出了長安城中早春微雨的優美動人景色。可引用這首詩或其中的句子來形容、讚美春色。後兩句常用來形容細雨潤澤，小草柔嫩的景色。

寫作例句	1. 清明是「天街小雨潤如酥」、「最是一年春好處」的季節，清人鄭板橋用「小樓忽灑夜窗聲，臥聽瀟瀟還淅淅，溼了清明」的佳句來描繪它，一個「溼」字可謂傳神。 2. 早春剛過，在「草色遙看近卻無」的時節，是柳躍於桃李之首，羞怯地綻開一團團小小的絨蕾，沐浴著春光的撫愛，莊重地向人間報告著春的消息。 3. 我望著遠處的土坡，那裡出現淡淡的一層鵝黃色。但走到跟前，這草色卻又消失了，這使人想到唐朝詩人韓愈那「天街小雨潤如酥，草色遙看近卻無」的名句是多麼恰切了。

詩句・出處	細數落花因坐久，緩尋芳草得歸遲。 （〈北山〉宋・王安石）
解析・應用	我細細數點落花，因而坐了許久；我慢慢尋找芳草的蹤跡，所以回家得晚。
	常用來形容賞玩花草，閒適自在或樂而忘返。
寫作例句	王安石在鍾山隨意出遊，放懷自適，雖然對世事並不完全忘懷，但自然環境畢竟令他怡然安於吟詠：「細數落花因坐久，緩尋芳草得歸遲」，反映了閒適的樂趣。

詩句・出處	夕陽芳草本無恨，才子佳人空自悲。（〈鷓鴣天〉宋・晁補之）

解析·應用	夕陽、芳草本不會有什麼愁和恨，只是才子佳人詠物寄情，徒自悲嘆罷了。
	常用來說明自然景物本無情感，也不會受人的情感影響而變化，要說它與人的喜怒哀樂有關，那是人觸景生情或移情於物的緣故。
寫作例句	逢著友朋離別、世路艱辛、流離顛沛等複雜感情宣洩的機會，自然要遷景於情，產生悲涼之感了。北宋詞人晁無咎說得直白：「夕陽芳草本無恨，才子佳人空自悲。」

樹

詩句·出處	高江急峽雷霆鬥，古木蒼藤日月昏。（〈白帝〉唐·杜甫）
	日月：此指日光，偏義複詞。
解析·應用	自高而下的江水在山峽中急遽奔騰，聲震如雷霆撞擊，濃雲密霧籠罩著古木蒼藤，日光昏暗不明。
	常用來形容山峽雲罩霧蓋，江水激流奔湧的景色。
寫作例句	我冒雨站在甲板上仰頭觀望，只見那輕雲籠罩的兩岸，奇峰挺拔，絕崖壁立，一條條喧聲如雷的懸泉飛瀑，從萬仞峰頂上向巫峽傾瀉而下，江面越狹窄險曲，水勢越峻急奔暴，使人感到森嚴壯觀之外，又有幾分神祕而幽深的氣氛。這使我想起杜甫那氣勢雄渾的詩句：「高江急峽雷霆鬥，古木蒼藤日月昏。」

詩句．出處	桑葉隱村戶，蘆花映釣船。（〈尋鞏縣南李處士別業〉唐．岑參）	
	蘆花：蘆葦花軸上密生的白毛。	
解析．應用	濃密的桑葉遮蓋著村莊人家，高高的蘆花掩映著釣魚船。	
	常用來形容村莊掩蔽在樹蔭下，小船隱沒於蘆葦叢中的景致。	
寫作例句	我沿著楠溪江漫溯，灘林應季而綠，而草色卻還黃著。疏疏的細雨落下來，湮潤著岸野和遠近的青嶂。江身不開闊，碧水流動得曲折有致。唐人以「桑葉隱村戶，蘆花映釣船」之句寫江村小景，這是我夢中的一幅畫。	

詩句．出處	落葉他鄉樹，寒燈獨夜人。（〈灞上秋居〉唐．馬戴）
解析．應用	他鄉的樹木落葉紛紛，寒夜裡孤身一人，只有青燈相伴。
	常用來形容秋冬葉落燈寒之夜，獨處他鄉的孤悽況味。
寫作例句	我曾停步於那些神像的當中，那裡比白天更安靜。只是殿外寺院中仍然傳來一陣陣風雨聲，偶爾三分鐘熱風吹來一片落葉，畢竟秋還是已經很深了。這使我想起古代詩人寫的「落葉他鄉樹，寒燈獨夜人」，使我打從心底生起一份比恐怖更沉重的情感 —— 蒼涼無比的情感。

詩句．出處	歲老根彌壯，陽驕葉更陰。（〈孤桐〉宋．王安石）
	彌：更加。陽驕：日光暴烈。

解析·應用	年歲越老，樹根越粗壯；陽光越強烈，枝葉越繁茂。
	常用來形容樹木年老根深，濃蔭如蓋。也用來比喻人老當益壯或知難而上、堅韌不拔的意志。
寫作例句	1. 乍一見這原始森林，你可能眼睛一亮，再看，你可能腦際又會一閃，想起王安石吟頌的孤桐：「歲老根彌壯，陽驕葉更陰。」 2. 從那封信的字裡行間可以看出，他對於無知的偏見是深惡痛絕的。但是，我堅信，他絕不會退卻，而一定會像詩裡說的以「歲老根彌壯，陽驕葉更陰」的精神來進行挑戰的。

楊

詩句·出處	白楊多悲風，蕭蕭愁煞人。 （《古詩十九首·去者日以疏》漢）
	白楊：即毛白楊，古人多種植於墓地。蕭蕭：風聲。愁煞人：使人悲愁不堪。
解析·應用	陣陣大風颳著白楊樹，發出蕭蕭的聲音，令人悲愁不已。
	常用來形容墓地墳場等地風颳樹木，蕭蕭作響的肅殺淒涼的景象。

寫作例句	被風吹斜了的樹，比筆直不動的樹冠更富有一種深沉憂鬱的情調。再者便是在幾株樹的後面有個鄉村墓地，五、六個十字架在畫布上的左下角隱約可見，其中有一個還是歪歪斜斜的，說明年代已久遠。〈長眠〉這幅畫的意境，總是使我情不自禁地想起兩句古詩：「白楊多悲風，蕭蕭愁煞人。」

詩句·出處	楊花榆莢無才思，唯解漫天作雪飛。（〈晚春〉唐·韓愈）
	楊花：楊絮和柳絮。榆莢：榆樹的果實，即榆錢。榆樹未生葉時，先在枝條間生榆莢，榆莢老時呈白色，隨風飄落。無才思：指楊花、榆莢缺乏美色香味，不屬於爛漫馥郁的花卉，好比人沒有才思，寫不出華美的文章。唯解：只懂得。
解析·應用	楊花、榆莢色澤單調又無香味，就像毫無才思的文人，只知道像雪花一樣漫天飛舞。
	常用來形容楊柳絮、榆莢等花絮漫天飛舞的景致。也用來比喻不揣淺陋，勇於表現的精神或不知高低，班門弄斧的行為。
寫作例句	收集在這裡的零零散散的文字，是我自大學三年級以來十年學耕的幾乎全部的收穫。韓愈〈晚春〉詩云：「草樹知春不久歸，百般紅紫鬥芳菲。楊花榆莢無才思，唯解漫天作雪飛。」楊花榆莢既沒有芳香，也沒什麼色澤，偏偏還趕在花事最忙的晚春季節，可它卻沒因才思低下而自慚形穢。你看它縱情曼舞，盡興飄飛，在百般紅紫的晚春圖上也添上了一段熱鬧。楊花非花，願以楊花自勉。

詩句・出處	春風不解禁楊花，濛濛亂撲行人面。 （〈踏莎行〉宋・晏殊）
	不解：不懂。濛濛：形容楊柳絮紛紛如細雨。
解析・應用	春風不懂得怎樣制止柳絮的飛舞，於是濛濛柳絮紛紛撲打著行人的臉。
	常用來形容楊柳絮或其他花絮紛揚飄舞的景色。
寫作例句	我迎著林外飄來的楊花輕輕走去。濛濛楊花撲面，賦予我一個潔白的啟迪。是啊，那位千年前的詞家不正是把心底淌出的喜悅傾在筆尖，流向素白的詩箋嗎？「春風不解禁楊花，濛濛亂撲行人面。」

詩句・出處	春色三分，二分塵土，一分流水。細看來，不是楊花，點點是離人淚。（〈水龍吟・次韻章質夫楊花詞〉宋・蘇軾）
解析・應用	春色中的楊花三分之二飄落路旁化作塵土，一份飄入水中順水流去。細細看來，那不是楊花，點點都是離人的淚花。
	常用來形容暮春花絮紛紛飄落的景色。也用來表達傷春情懷或離愁別緒。
寫作例句	那春花競放的動人圖景已不復存在，眼前只有枝頭春褪的衰敗景象。此時此刻，古人的一道幽怨之詞油然湧上她的心頭：「春色三分，二分塵土，一分流水。細看來，不是楊花，點點是離人淚。」

柳

詩句．出處	碧玉妝成一樹高，萬條垂下綠絲絛。不知細葉誰裁出，二月春風似剪刀。（〈詠柳〉唐．賀知章）	
	絲絛：用絲編成的帶子。	
解析．應用	高高的柳樹就像用翠綠的碧玉妝成，千萬條柳枝垂下，恰似綠色的絲帶。不知細長的柳葉是誰裁剪的，哦，原來二月的春風就像剪刀一樣。	
	詩寫早春二月的嫩柳，先概括全貌，後細繪枝條，提問鋪陳，比喻絕妙，形象新奇，引人聯想。常用來形容春天垂柳碧綠如玉，枝葉茂密細長，隨風披拂。	
寫作例句	1.「碧玉妝成一樹高，萬條垂下綠絲絛。不知細葉誰裁出，二月春風似剪刀。」春天來了，詩人看見柳條吐出新綠，像少女的一頭長長的秀髮，迎風擺舞，這眼前的美麗景色，觸發了他對春天的喜悅心情，他盡情地歌唱春風的奇妙力量。 2. 當「柳絲裊裊風繅出，草縷茸茸雨剪齊」，或者「一樹春風千萬枝，嫩於金色軟於絲」，甚至「碧玉妝成一樹高，萬條垂下綠絲絛」時，你能不全身心感受到春的悄然降臨嗎？	

詩句．出處	楊柳又如絲，驛橋春雨時。（〈菩薩蠻〉唐．溫庭筠）

解析．應用	楊柳又是纖纖如絲，令人想起昔日驛外橋邊那春雨瀟瀟的惜別時刻。
	常用來形容橋邊等地柳枝如絲，春雨飄灑的景色。也用來形容看到柳樹，想起了以往的情景。
寫作例句	我在小酒館中喝了點酒，看看雨意漸歇，便帶著薄醉微醺的情懷，且走且拂拭著外面的雨絲。走上了小橋頭，看溶溶春水在一絲絲的楊柳下輕輕地流過，想到了「楊柳又如絲，驛橋春雨時」的詩句。

詩句．出處	何處生春早？春生柳眼中。（〈生春〉唐．元稹）
	柳眼：早春時初生的柳葉細長，好像人睡眼初開。
解析．應用	什麼地方春天來得早？早春來自新柳嫩黃的枝葉中。
	常用來形容初春綠柳新發的景色，或說明柳樹早綠是春天的徵候。
寫作例句	每年冬盡春來，柳樹最先抽芽。「何處生春早？春生柳眼中。」好像是她迎來了春天。

詩句．出處	芳蹊密影成花洞，柳結濃煙花帶重。 （〈春懷引〉唐．李賀）
	芳蹊：開滿花的小徑。影：隱藏，遮蔽。花帶：指帶著盛開鮮花的枝條。
解析．應用	小路兩旁鮮花密集，相互遮掩，看上去就像花洞一般；茂密的柳條交結變重，在瀰漫的煙霧中，帶著盛開鮮花的枝條沉甸甸地往下墜。
	常用來形容繁花簇擁，枝葉茂密的景色。

寫作例句	由花徑而入錦繡谷中，人若行山陰道上，醉飲紅翠，目不能歇。真如李賀詠春之句：「芳蹊密影成花洞，柳結濃煙花帶重。」

詩句．出處	枝上柳綿吹又少，天涯何處無芳草。 （〈蝶戀花〉宋．蘇軾）
	柳綿：柳絮。
解析．應用	枝上的柳絮被風越吹越少，就是走到天涯，無處不見遍生的芳草。
	常用來形容柳絮吹落或草樹漫生的景色，用來說明生活中雖有不如意，但世上處處都有美好的事物或人。
寫作例句	1. 飛絮無蹤，我幼年的印象裡，它總是隨風而西行。柳樹生命力極強，能生長於關中，也敢赴遠塞；性喜潮潤，又不畏亢旱。「枝上柳綿吹又少，天涯何處無芳草」，千山萬水，大漠戈壁，駐足哪裡，就在哪裡生根、萌芽。 2. 誰都不免會經歷坎坷和挫折，誰都難免會有意志消沉，痛不欲生之時，然而蘇東坡曾說：「枝上柳綿吹又少，天涯何處無芳草。」世間有許許多多的美好，即使在經歷苦難之時，也應看到世上美好的事物。

詩句．出處	一樹春風千萬枝，嫩於金色軟於絲。（〈楊柳枝詞〉唐．白居易）
解析．應用	一株柳樹在春風的吹拂下，千枝萬條隨風起舞，柳枝淡黃的細芽比金色更嫩，比絲線更軟。
	常用來形容早春柳枝柔嫩，風中飄拂的景色，也用來形容草木綠葉新發的景色。

寫作例句	1.「一樹春風千萬枝，嫩於金色軟於絲。」每次看到風前柳態，都有一種久違的親切。 2.「一樹春風千萬枝，嫩於金色軟如絲」的綠色，是生命的綠色，是生命旺盛的象徵，它使人想起勃發的生機和萬紫千紅的美好的希望。農村的綠色，就給人這樣親切的感受。

詩句・出處	新栽楊柳三千里，引得春風度玉關。（〈贈左宗棠〉清・楊昌濬）
解析・應用	沿途隨手新栽的楊柳樹長達三千多里，引來春風吹過玉門關。
	後人在談到楊柳或介紹左宗棠時，常引用這兩句詩。
寫作例句	1.「裊裊古堤邊，輕輕一樹煙」，美妙得讓人窒息的溫柔啊；「絲絲愁緒隨風亂，濯濯風姿著雨妍」，愁緒在細雨新柳拂風的境界裡只好欲說還休；「新栽楊柳三千里，引得春風度玉關」，有柳的陽關，離別便不再那麼天愁地慘；「古渡欲牽遊子棹，離亭留贈旅人鞭」，還有比柳更能羈絆遊人腳步的物事嗎？ 2. 清朝左宗棠在新疆戍邊時，令兵士自玉門關至烏魯木齊、阿克蘇沿途植樹，「新栽楊柳三千里，引得春風度玉關」，傳為美談，至今這一帶還可以看到一些飽經一百多年風霜的「左公柳」，老樹新枝，鬱鬱蔥蔥。

松

詩句·出處	鬱鬱澗底松，離離山上苗。以彼徑寸莖，蔭此百尺條。地勢使之然，由來非一朝。（〈詠史·其二〉晉·左思）
	鬱鬱：樹木濃綠。澗底松：喻有才而屈居下位的人。澗，山間流水溝。離離：枝葉下垂或茂盛的樣子。山上苗：喻無才而有權勢的人。徑：直徑。莖：樹幹。蔭：遮蔽。條：樹木細長的枝條。此指高大的松樹樹幹。
解析·應用	澗底的松樹鬱鬱蔥蔥，山上的樹苗枝葉下垂，小樹苗以那寸許粗的樹幹竟能遮蓋澗底百尺高的松樹。地勢是導致這種現象的原因，並非一朝一夕形成的。
	常用來形容由於自然的、歷史的等原因，形成事物或人地位優劣不等，或比喻不平等的現象。前兩句常用來形容山上山下林木蒼翠茂密的景色。
寫作例句	1. 左思〈詠史·其二〉說：「鬱鬱澗底松，離離山上苗。以彼徑寸莖，蔭此百尺條。地勢使之然，由來非一朝。」普通高中未必是「松」，明星高中也未必是「苗」，但一在「澗」底，一在「山」上，地位不平等，卻是不差的。 2. 山，滿目蒼翠，松樹遍坡，讓人有世事蒼茫之感。左思〈詠史·其二〉中有「鬱鬱澗底松」的慨嘆，對比「離離山上苗」，總覺得心意難平。其實，心中若有山，又何必分岡上與澗底。 3.「鬱鬱澗底松，離離山上苗」，這句詩生動地描繪了山谷中松樹茂盛，山頂上幼苗稀疏的自然景象。

詩句・出處	新松恨不高千尺，惡竹應須斬萬竿。（〈將赴成都草堂途中有作先寄嚴鄭公・其四〉唐・杜甫）
	惡竹：妨礙松樹生長的雜竹。
解析・應用	新栽的松樹恨不得它高達千尺，蔓蕪的雜竹就是斬掉一萬竿，也是應該的。
	表達了詩人愛憎分明的人格，很顯然富有寓意，當是以松竹暗喻美好和醜惡的事物。可引用這兩句詩來表達好惡之情，常用來說明對新生美好的事物或人應無比熱愛，竭力扶助；而對邪惡腐朽的事物或人應切齒痛恨，無情摒除；也用來形容親善嫉惡、愛憎分明的態度或性格。
寫作例句	1. 杜甫非常憎惡人世間醜惡的事物，對人民充滿同情的憐愛。「新松恨不高千尺，惡竹應須斬萬竿」，就是代表他這種感情。 2.「新松恨不高千尺，惡竹應須斬萬竿。」扶正袪邪，除惡務盡。今天，要確保經濟社會良性發展，就必須剷除一切害群之馬。 3. 老師、家長總是怕孩子不讀書，總嫌孩子不努力，「新松恨不高千尺」。其實，你不要急，也不必「恨」，更不要那麼「狠」，搞得孩子們眉頭長皺，心存壓力。

詩句・出處	松月生夜涼，風泉滿清聽。（〈宿業師山房期丁大不至〉唐・孟浩然）
	生：生發，產生。

解析·應用	松林間明月朗照，生出夜晚的涼意，松風和泉水清幽的聲音全能聽到。
	常用來形容山林月夜涼爽幽靜，風聲水聲等交響悅耳。
寫作例句	四周群山如墨，近處松濤、竹韻、水聲隱約可聞。「松月生夜涼，風泉滿清聽」，正是今夜月色的寫照。

柏

詩句·出處	冰霜正慘淒，終歲常端正。豈不罹凝寒？松柏有本性。（〈贈從弟〉三國·魏·劉楨）
	慘淒：寒冷、凋零。終歲：即年末。端正：指松柏端然挺立，蒼翠如故。罹：遭受。凝寒：嚴寒。
解析·應用	冰霜凝結，正是淒寒的嚴冬，而松柏在這歲末之時卻依然端直挺立，青翠如故。難道它沒有遭到嚴寒的侵凌？不是的，之所以能這樣，是松柏的本性決定的。
	常用來形容松柏不畏嚴寒，傲立冰雪，或說明松柏之所以能這樣，是因為它有耐寒的本性。也用來比喻人有著堅強剛毅的性格，身處困境，無所畏懼。

寫作例句	1. 看了這幅天然卵石畫，使我想起了「建安七子」之一的劉楨所寫的〈贈從弟〉中的「亭亭山上松，瑟瑟谷中風。風聲一何盛，松枝一何勁。冰霜正慘淒，終歲常端正。豈不罹凝寒，松柏有本性。」亭亭而立的山松，在慘淒的滾滾寒流、肅殺的冰霜中挺勁屹立，終歲端正。 2. 何時才會有好消息呢？「冰霜正慘淒，終歲常端正；豈不罹凝寒？松柏有本性。」堅持奮鬥，就能前進，就會勝利。

詩句・出處	松柏本孤直，難為桃李顏。（〈古風・其十二〉唐・李白）
解析・應用	松柏本來就是孤高直挺的，難以做出桃李那般媚人的容顏。
	常用來讚美松柏挺拔兀立，孤高遒勁的形象和本性。也用來比喻人正派剛直，沒有奴顏媚骨或比喻性格孤傲耿直，不圓滑逢迎。
寫作例句	1. 看著這些古柏，不由得記起李白那「松柏本孤直，難為桃李顏」的詩句，你看，它們雖然已經枯亡，但骨頭仍然昂然直指蒼穹，哪裡有半點桃李那種俯仰隨人的可憐態？ 2. 我還是頭一回見到這麼穩重而不苟言笑的男人，對初識的異性既不故作深沉，也不大獻殷勤。「松柏本孤直，難為桃李顏」，我心目中的男人就應該是這個樣子。

詩句·出處	霜皮溜雨四十圍，黛色參天二千尺。 （〈古柏行〉唐·杜甫）
	霜皮：樹皮像霜一般白。溜雨：樹幹光滑。四十圍：四十人合抱。黛色：青黑色。參天：高與天齊。二千尺：形容其高，非實指。
解析·應用	古柏的樹幹色白而又光滑，有四十人合圍那麼粗，樹葉茂密，一色青黑，往上望去，樹有兩千尺那麼高，與雲天相接。
	常用來形容樹木粗壯高大，枝葉濃密。
寫作例句	最使人留戀的是洞外王陽明手植的那兩株柯如青銅的古柏，軀幹不僅粗壯，而且挺拔，虯結蒼秀的枝葉遮蔽了高高的雲天，不由人想起了杜甫〈古柏行〉裡那兩句詩來：「霜皮溜雨四十圍，黛色參天二千尺」，覺得它們頗有相似之處。

竹

詩句·出處	嫩竹猶含粉，初荷未聚塵。（〈侍宴〉南北朝·徐陵）
解析·應用	嬌嫩的竹子仍裹著霜一樣的白粉，初生的荷葉上還沒有塵埃聚集。
	常用來形容新竹嬌嫩，初荷清新的春夏景色，也用來比喻事物或人稚嫩清純。

寫作例句	1. 初生的葉片不是很大，翠綠色，絨絨的，有的掛著幾顆水珠，靜靜地閃爍著，自然地流動著。淺綠的小荷苞這裡冒一枝，那裡抽一朵，尖尖的，嫩嫩的，就像頑皮的幼童。聯想起先前竹林裡看到的粉嫩的竹筍，我腦海裡冒出兩句古詩：「嫩竹猶含粉，初荷未聚塵。」 2. 不遠處傳來歡聲笑語，原來是一群孩子，老師帶著，蹦蹦跳跳，嘻嘻鬧鬧，也是來賞荷景的吧。看他們一個個歡快活潑，天真爛漫，我想，用「嫩竹猶含粉，初荷未聚塵」來形容他們，不也很貼切嗎？

詩句．出處	綠竹入幽徑，青蘿拂行衣。 （〈下終南山過斛斯山人宿置酒〉唐．李白）
	青蘿：又名女蘿或松蘿，寄生在樹木上，常從樹梢上掛下來，狀如絲帶。
解析．應用	幽深的小徑通入綠竹叢中，青翠的松蘿垂掛樹上，輕拂著行人的衣裳。
	常用來形容山林小徑綠蔭濃郁，枝蔓纏掛。
寫作例句	山坳谷坪，竹茂，雜樹也多，曲折的磴道隱顯在楓樟楠柏的陰影中間。朝山裡走，望景，始覺李太白「綠竹入幽徑，青蘿拂行衣」真是一聯好詩。

詩句．出處	竹憐新雨後，山愛夕陽時。 （〈谷口書齋寄楊補闕〉唐．錢起）
	憐：可愛。愛：惹人愛。
解析．應用	新雨後的翠竹十分可愛，夕陽下的山峰最為動人。
	常用來形容雨後綠竹，蒼翠欲滴或山峰夕照，披彩流金。

寫作例句	1. 只見片片竹林鬱鬱蔥蔥，重重疊疊，在輕風吹拂下，泛起陣陣綠色的波浪。「竹憐新雨後，山愛夕陽時」，特別是雨後的竹林，更顯得生氣盎然，蒼翠欲滴，把這座群山環抱的小城點綴得更加婀娜多姿。 2.「竹憐新雨後，山愛夕陽時。」夕陽斜照時來到依山傍水的這個小鎮，你就會覺得它整個籠罩在無比美妙的光圈中。

詩句・出處	寧可食無肉，不可居無竹。無肉令人瘦，無竹令人俗。 (〈於潛僧綠筠軒〉宋・蘇軾)
解析・應用	寧可叫我吃飯沒有肉，但不能讓我住的地方沒有竹子。沒有肉吃只使人消瘦，而沒有竹子卻使人俗氣。
	用來讚美竹子的清秀高雅或表達對竹子的深愛。
寫作例句	房前屋後，幾叢瘦竹，數枝疏梅，環境是何等清幽。傳說晉高士王徽之酷愛青竹，蘇東坡亦云：「寧可食無肉，不可居無竹。無肉令人瘦，無竹令人俗。」

詩句・出處	海壓竹枝低復舉，風吹山角晦還明。 (〈觀雨〉宋・陳與義)
	海：指大雨，形容其如翻江倒海。晦：昏暗。
解析・應用	大雨傾瀉，竹枝時低時高；風吹山角，山色乍明乍暗。
	常用來形容風雨來臨時草樹俯仰搖擺，天色忽明忽暗的景象。也用來比喻形勢由壞轉好，或比喻不利情形下仍堅持抗爭。

寫作例句	1.「前江後嶺通雲氣，萬壑千林送雨聲。海壓竹枝低復舉，風吹山角晦還明。」颱風，是橡膠樹的天敵。橡膠樹幹很脆，抗風能力極差。颱風一來，膠園的橡膠樹，經常被颱風吹得東倒西歪，被颱風吹斷的也很多。這時候，我們必須冒著大風雨去鋸斷橡膠樹的殘枝，扶植起橡膠樹，打掃戰場。 2.「海壓竹枝低復舉，風吹山角晦還明」，經歷過風風雨雨，我們現在對真理標準問題的討論和認知已經「低復舉」、「晦還明」了。

詩句・出處	咬定青山不放鬆，立根原在破巖中。千磨萬擊還堅勁，任爾東西南北風。（〈竹石〉清・鄭板橋）
解析・應用	竹子緊緊咬住青山，一點也不放鬆，它的根一直扎在有縫隙的岩石中。經歷了無數的磨難打擊，仍然堅韌剛勁，任你東南西北方的風怎樣吹襲，都毫不懼怕。
	此詩寫竹亦寫人，作者藉寫這竿堅定地扎根於破巖中而不畏狂風吹折，傲然挺立的巖竹形象，表白了自己的剛勁風骨，寓寫出自己的思想品格。可引用這首詩或部分詩句來讚美如巖竹一樣的特質，比喻意志堅強的人在各種險惡的環境中，都立場堅定，毫不動搖。

寫作例句	1. 竹，經冬不凋，四季常青，堅貞不屈，高潔挺拔，清幽一身，為人們所喜愛。竹，虛懷若谷，剛正不阿，為人們所稱頌，故以竹子的特性喻賢者高尚品格，清代揚州八怪之一的鄭板橋吟道：「咬定青山不放鬆，立根原在破巖中。千磨萬擊還堅勁，任爾東西南北風。」 2. 一個問題在解決之前，應採取慎重態度。一旦看準並決定之後，就要「咬定青山不放鬆」，切不可見異思遷，見好就收。如果十件事都做半截，就不如把一件事做到底。 3.「千磨萬擊還堅勁，任爾東西南北風。」作為一個工作中的創新者，首先要有一個堅定的立場，要有一個明確的奮鬥目標，這樣，就能承受得住各種磨練。

詩句．出處	新竹高於舊竹枝，全憑老幹為扶持。明年再有新生者，十丈龍孫繞鳳池。（〈題畫竹詩〉清．鄭板橋）
	十丈：形容其多，非確指。龍孫：筍的別稱。鳳池：即鳳凰池，原指皇帝禁苑中的池沼，這裡指庭院。
解析．應用	新生的竹子比舊有的竹子長得高，全憑著老竹子的扶持。明年還會有新生長的嫩竹，到那時，眾多的竹子將環繞庭院。
	此詩寓意深長，富於哲理，具體地表達了新竹（後輩）和老幹（前輩）的關係，揭示出後來居上的客觀規律。常用來形容竹子新老交替，茁壯茂盛的景象，也用來說明新的一代（生物或人）的成長壯大離不開老一代的培育、幫助。

寫作例句	1. 清代鄭板橋喜畫竹，不僅留有許多絕妙的翠竹圖，還留下〈題畫竹六十九則〉。他稱竹「竹君子，石大人，千歲友，四時春」；他讚竹「不是春風，不是秋風，新篁初放，在夏月中，能驅吾暑，能豁吾胸；君子之德，大王之雄」；他歌竹「咬定青山不放鬆，立根原在破巖中。千磨萬擊還堅韌，任爾東西南北風」的堅強不屈的性格，以及「新竹高於舊竹枝，全憑老幹為扶持。明年再有新生者，十丈龍孫繞鳳池」的老竹用新篁的精神。 2. 你看那老竹，穿石破土地養育了新竹，循循善誘地為新竹指路，又心甘情願地讓新竹超過自己，而毫無怨尤。這是多麼崇高的品格啊！難怪清代著名的書畫家、文學家鄭板橋深有感觸地讚頌道：「新竹高於舊竹枝，全憑老幹為扶持。明年再有新生者，十丈龍孫繞鳳池。」正是由於上一代自覺自願地為下一代作出犧牲，而且代代如此，所以，才會有一代勝過一代的繁榮景象。

詩句・出處	一節復一節，千枝攢萬葉。我自不開花，免撩蜂與蝶。（〈題畫竹詩〉清・鄭板橋）
	攢：聚集。撩：撩撥，招惹。
解析・應用	竹子的莖一節連一節，竹子的千枝萬葉簇擁在一塊。我自己不開花，免得撩撥蜜蜂和蝴蝶纏繞不休。
	常用來形容竹子節節相連，枝葉茂盛的外觀和清純的特質，或說明竹子一般不開花的習性。常用來比喻人端方自重，不招惹是非。

寫作例句	1. 竹樸素，不為人們所注意，在姹紫嫣紅的春天，則更引不起人們的青睞。著名的「揚州八怪」之一的鄭板橋不僅擅長畫竹，生活中還把自己與竹相比，他曾在〈竹〉一詩中寫道：「一節復一節，千枝攢萬葉。我自不開花，免撩蜂與蝶。」在這首詩中，鄭板橋巧妙地抓住竹不開花這一特點，表白自己寧願保持本色，也不願鑽營取寵的態度，這也是竹的特質的寫照。 2. 我的母親是十分美麗的，但她樸素端莊，這就更顯出她的瀟灑和典雅。她曾教我讀過一首鄭板橋的詩：「一節復一節，千枝攢萬葉。我自不開花，免撩蜂與蝶。」幼年時，我把這首詩當作兒歌唱著玩；長大成人後，我從中領悟到母親的品格和她對我的期望。

梧桐

詩句．出處	梧桐樹，三更雨，不道離情正苦。一葉葉，一聲聲，空階滴到明。（〈更漏子〉唐．溫庭筠）
	不道：不管，不顧。
解析．應用	三更半夜，雨點滴在梧桐樹上，全不顧離人的愁苦心情。一片片梧桐葉，任憑雨點一聲聲滴答著，在空冷的石階前一直滴到天亮。
	常用來形容雨打樹葉，久下不停，也用來形容雨夜清冷落寞的情景或孤獨苦愁的心境。

<table>
<tr><td>寫作
例句</td><td>差不多白天與夜晚，均下著雨。「梧桐樹，三更雨，不道離情正苦。一葉葉，一聲聲，空階滴到明。」那雨聲微微的、柔柔的、甜甜的，不知是滑落在蔥翠的蕉葉上，還是滴淌在我的心中。</td></tr>
</table>

<table>
<tr><td>詩句．
出處</td><td>梧桐更兼細雨，到黃昏，點點滴滴。（〈聲聲慢〉宋．李清照）</td></tr>
<tr><td rowspan="2">解析．
應用</td><td>更有細雨滴落在梧桐葉上，到黃昏時仍點點滴滴下個不停。</td></tr>
<tr><td>常用來形容小雨淅瀝不停，滴滴答答。</td></tr>
<tr><td>寫作
例句</td><td>窗外正在下雨，想起一句宋詞：「梧桐更兼細雨，到黃昏，點點滴滴。」那淅淅瀝瀝的雨聲，敲打到我的心上。</td></tr>
</table>

<table>
<tr><td rowspan="2">詩句．
出處</td><td>一聲梧葉一聲秋，一點芭蕉一點愁，三更歸夢三更後。（〈水仙子．夜雨〉元．徐再思）</td></tr>
<tr><td>一聲梧葉：雨點滴在梧桐葉上，一說指梧桐葉飄落之聲。一點芭蕉：雨點打在芭蕉葉上。歸夢：回歸之夢。</td></tr>
<tr><td rowspan="2">解析．
應用</td><td>一聲聲雨滴梧葉帶來一聲聲淒涼的秋意，一點點雨打芭蕉引起心中一點點的愁思，夜半三更夢迴故鄉，不久後又醒了。</td></tr>
<tr><td>常用來形容秋天雨夜愁苦難眠的情景，也用來形容淒冷的秋雨秋景催發人的愁情。</td></tr>
</table>

寫作例句	漫長的炎夏終於被這一陣秋風吹得全無蹤影。已至寂靜深夜，窗外又有雨聲滴答，突然就想起古人的「一聲梧葉一聲秋，一點芭蕉一點愁，三更歸夢三更後」。時光倒轉十五年，或者我也會「秋夜香閨思寂寥」，也不排除「燈前淚共階前雨，隔個窗兒滴到明」。

第 3 節　花卉展覽

牡丹

詩句・出處	國色朝酣酒，天香夜染衣。（〈賞牡丹〉唐・李正封）
	國色：一國之中最美的人或物。朝：早晨。酣：飲酒盡興。天香：上天賦予的特異香味。
解析・應用	牡丹的顏色可謂國色，像早晨醉美人的臉一樣嬌豔；牡丹的香味堪稱天香，夜裡能浸染衣裳。
	常用來形容牡丹香濃色美，為花中之首。
寫作例句	牡丹花朵之大、之美，花色品種之多，確實使我驚詫不已。我覺得，唐人詠牡丹的名句「國色朝酣酒，天香夜染衣」約略可以概括。牡丹被尊為花中之王，是當之無愧的。

詩句・出處	唯有牡丹真國色，花開時節動京城。（〈賞牡丹〉唐・劉禹錫）
解析・應用	只有牡丹才是真正的國色，花開的時節轟動了整個京城。
	常用來讚美牡丹花美色豔，為群芳之冠。也用來形容牡丹盛開時節，人們爭相觀賞。

寫作例句	1. 唐代大詩人劉禹錫題詠道：「唯有牡丹真國色，花開時節動京城。」花大色豔，雍容華貴的牡丹，歷來被人們視為幸福繁榮的象徵，有「萬花一品」之稱。 2. 所以我走遍了這裡所有種植牡丹的地方，每一個觀賞地，人都很多，雖有小雨，人們依然興趣盎然。這不禁使我想起了劉禹錫的名句：「唯有牡丹真國色，花開時節動京城。」

詩句．出處	有此傾城好顏色，天教晚發賽諸花。（〈思黯南墅賞牡丹〉唐．劉禹錫）
	傾城：傾倒一城的人，形容城中最好的。教：讓。晚發：牡丹一般在晚春或初夏開放。
解析．應用	牡丹有全城中最好的顏色，老天讓它晚開是為了賽過所有的花。
	常用來讚美牡丹的美麗或形容好花晚開，也比喻老來晚景更好或更有作為。
寫作例句	1. 牡丹盛開之時，那傾城傾國的好顏色，彷彿是上天特意安排，讓它晚些開放，以賽過其他花朵。「有此傾城好顏色，天教晚發賽諸花」，便是牡丹的魅力所在。 2. 牡丹國色天香，雍容華貴。「有此傾城好顏色，天教晚發賽諸花。」我慶幸自己年過花甲，尚能與牡丹為友，使自己擁有一份平和，一份幸福，一份滿足。 3. 在激烈的職場競爭中，她憑藉深厚的學識和獨到的見解，始終保持著低調。然而，當專案進入關鍵階段，她一鳴驚人，以出色的表現贏得了所有人的讚譽。這正如古詩所言：「有此傾城好顏色，天教晚發賽諸花。」她的才華與實力，在關鍵時刻綻放出耀眼的光芒，超越了所有人。

詩句·出處	一叢深色花，十戶中人賦。（〈買花〉唐·白居易）
	深色花：當時牡丹以深紅色或紫色的最為貴重。中人賦：中等人家所交的賦稅。唐代賦稅制度按百姓家產多少分為上戶、中戶和下戶。
解析·應用	一叢深色的牡丹花，價錢相當於十戶中等人家所交的賦稅。
	常用來形容花卉或其他物品的珍奇昂貴。也用來形容一些看來不起眼的物品或花費，對於另一些人來說，則是一種奢侈品或一筆大開銷。
寫作例句	1. 花房裡的花鮮豔奪目，但昂貴得驚人，一盆不算太大的玫瑰要幾千元。我買不起，只好感嘆著：「一叢深色花，十戶中人賦。」 2.「一叢深色花，十戶中人賦」，這是唐代人的感嘆。我們這個檢查組一天的開銷，恐怕要相當貧困地區一個農民一年的生活費了。

桃花

詩句·出處	桃之夭夭，灼灼其華。（《詩經·桃夭》）
	夭夭：草木茂盛的樣子。灼灼：鮮明的樣子。華：同「花」。
解析·應用	桃樹枝繁葉茂，桃花鮮紅豔麗。
	常用來形容春天桃樹枝壯花盛的景象。
寫作例句	「桃之夭夭，灼灼其華」，這是詩經中的名句。每逢陽春三月，見了那爛爛漫漫的一樹紅霞，就不由得要想起這八個字來，花枝的強勁，花朵的茂美，就活現在眼前了。

詩句・出處	桃花流水窅然去，別有天地非人間。 (〈山中問答〉唐・李白)
	窅然：遠去的樣子。
解析・應用	桃花隨著流水飄然遠去，那裡別有一個天地，不同於尋常的人間。
	詩句有虛有實，意境幽雅，富於感染力，常用來形容花開花落，流水潺潺，景致美麗而寧靜，猶如世外桃源，也用來比喻淡泊幽遠，超然世外的心境。可引用前一句來比喻美好事物的離去，或引用後一句來描繪某種不同尋常的境地。
寫作例句	1. 山越深，林越密，水越秀，景越幽。……小河仍然像導遊一樣陪伴在我們的身邊，默默地流著，不時有幾片濃豔的花瓣輕輕飄落在小河中，順流而下。這真是「桃花流水窅然去，別有天地非人間」。 2. 桃花在人們心中多為嬌豔、嫵媚之意，事實上在唐詩中，桃花被賦予了多姿多彩的感情內涵。她是自由隱逸之花，如李白的「問余何意棲碧山，笑而不答心自閒。桃花流水窅然去，別有天地非人間」，抒發了詩人高蹈塵外、醉心山林的隱逸情懷。 3. 清風徐來，萬慮俱消，令人頓感「別有天地非人間」而飄飄欲仙。

詩句・出處	桃花盡日隨流水，洞在清溪何處邊？ (〈桃花溪〉唐・張旭)
	何處邊：哪一邊。

解析·應用	桃花整天隨水漂流，進入桃花源的洞在清清溪水的哪一邊呢？
	常用來形容落花流水，幽洞清溪的景色。也用來形容看到桃花流水之景，便引起對世外桃源等幽美境界的遐想。
寫作例句	洞上花木扶疏，洞下清溪一脈，漁舟一葉，緩緩駛近洞口，欸乃之聲可聞。遙望洞內，卻有一抹遠山，擋住視線，令人對山後世界遐想不已。面對此景，似聞唐人張旭詩句：「桃花盡日隨流水，洞在清溪何處邊？」

詩句·出處	結交莫學三春桃，因風吐豔隨風飄。（〈結交行〉清·夏九敘）
	三春：春季三個月。
解析·應用	結交朋友，不要學春季的桃花，憑藉東風噴芳吐豔，又隨東風四散飄蕩。
	指交友要真誠、持久，不可輕薄、勢利。
寫作例句	俗話說：易漲易落山溪水，反覆無常小人心。古詩也告誡人們：「結交莫學三春桃，因風吐豔隨風飄。」這都是強調為人要真誠，交際往來要長久。

李花

詩句·出處	江南楊柳樹，江北李花榮。楊柳飛綿何處去，李花結果自然成。（〈唐受命讖·其六〉隋·無名氏）
	楊柳樹：影射隋煬帝楊廣。李花榮：影射唐高祖李淵。

解析·應用	江南的楊柳繁茂，但江北的李樹正是榮花盛開之時，楊柳飛綿之後不知所蹤，李樹開花結果就是必然之事。
	常用於講述李淵起兵反隋、建立唐王朝的歷史。
寫作例句	在隋朝末年，就有首童謠已經傳出：「江南楊柳樹，江北李花榮。楊柳飛綿何處去，李花結果自然成。」實際上是在說楊廣南下巡江都，李淵起兵太原，最後楊廣死在了江都，李家將要獲得天下，即李唐攻伐隋楊天下之事。當然，這些讖語之類的預言，其實多半是後來的皇帝為了證明自己受命於天而編造的。

詩句·出處	城中桃李須臾盡，爭似垂楊無限時。（〈楊柳枝詞·其四〉唐·劉禹錫）
	爭：怎。垂楊：即垂柳。無限：耐久的意思。
解析·應用	城裡的桃花、李花很快就凋零了，怎像垂柳那樣長久青綠。
	這是詩人對勢利小人的諷刺，說他們不過是過眼桃花，只能爭豔一時而已，不會長久的。可引用這兩句詩來說明桃李雖豔而不長久，從而對楊柳加以讚美。常用來形容繁花已謝，垂柳青綠的景色或讚揚柳樹易活耐久的柔韌習性。也用來比喻一些事物或人轉瞬即逝，另一些則能持久不衰。

寫作例句	1. 劉禹錫〈楊柳枝〉有這麼一句：「城中桃李須臾盡，爭似垂楊無限時。」桃紅李白，春意盎然，卻是風頭一出也就完了。好花不常開，柳樹反倒更值得咀嚼玩味。 2. 在一般人心目中，穠李夭桃自是佳麗無比的春色。可是，那位寫過〈陋室銘〉的很有些辯證思想的劉禹錫，卻說：「城中桃李須臾盡，爭似垂楊無限時。」在詩人的筆下，柳色是十分秀美的。

詩句·出處	山上層層桃李花，雲間煙火是人家。（〈竹枝詞〉唐·劉禹錫）
解析·應用	山上一層層都是盛開的桃花和李花，在雲中煙火升起處，便是人家。
	常用來形容人家坐落在層層花樹，雲霧繚繞的山間。
寫作例句	「山上層層桃李花，雲間煙火是人家。」四周山色中，良田迴環，果樹掩映，青磚粉牆和竹籬茅舍散落其間。

詩句·出處	小園幾許，收盡春光，有桃花紅、李花白、菜花黃。（〈行香子〉宋·秦觀）
	幾許：多少，若干。
解析·應用	這些小小的院子卻收盡春光，桃花正紅，李花雪白，菜花金黃。
	鮮明的色彩，濃郁的香味，組成一幅春滿小園的圖畫，顯出絢麗多采而又充滿生機。常用於形容色彩繽紛、春意盎然的小園。

寫作例句	「小園幾許，收盡春光，有桃花紅、李花白、菜花黃。」這個菜園彷彿是春天的調色盤，每一抹色彩都在訴說著生命的絢爛。

詩句．出處	城中桃李愁風雨，春在溪頭薺菜花。（〈鷓鴣天‧代人賦〉宋‧辛棄疾）
	薺菜：一種野生草本植物，花白色，嫩葉可以吃。
解析．應用	城中的桃花、李花愁風怕雨，郊外小溪旁的薺菜花卻迎著風雨開放，原來春天留駐在那裡呢。
	常用來形容風雨中，城內鮮花衰颯，春意闌珊，而郊外野花競放，春意盎然，表達了對田野春光的偏愛。也用來形容城內桃李等花木愁風怕雨，嬌弱不堪，而郊外的野花野草迎風沐雨，蓬勃生長。或比喻有的事物或人弱不禁風，蕭索衰微；有的卻堅韌頑強，蓬勃興盛。
寫作例句	1.「城中桃李愁風雨，春在溪頭薺菜花。」在城裡，人們為花開花落而愁風怨雨時，村邊溪頭的菜花卻自在地沐浴著春光，這也告訴人們，真正的春天在自然的田野裡，而不是在城苑中被眾人踩出蹊徑來的桃李樹下。 2.「城中桃李愁風雨，春在溪頭薺菜花。」城中的風雨其實未必比鄉下厲害，只是城裡人種的觀賞花木比較嬌氣，所以一見風雨就犯愁，不像鄉下的野薺菜禁得起風吹雨打。3.「城中桃李愁風雨，春在溪頭薺菜花。」和國家隊相比，俱樂部開始領先。

梨花

詩句·出處	梨花院落溶溶月，柳絮池塘淡淡風。（〈寓意〉宋·晏殊）
	溶溶：水流動的樣子，形容月華似水。
解析·應用	梨花盛開的院落裡月色溶溶，柳絮飄拂的池塘邊夜風淡淡。
	常用來形容庭院、池塘等地有花有樹，月柔風輕的景致。
寫作例句	院子是晾晒衣物、散步遊戲、乘涼賞月、談心憶舊的好地方。「梨花院落溶溶月，柳絮池塘淡淡風。」如果在其中栽花植樹，經營成一個小花園，這個家就更加美好了。

詩句·出處	落盡梨花春又了，滿地殘陽，翠色和煙老。（〈蘇幕遮·草〉宋·梅堯臣）
解析·應用	眼見得梨花落盡，春天又快過去了；夕陽殘照，暮靄沉沉，那翠綠的春草，也好像變得蒼老。
	以自然界春色的匆匆歸去，暗示自己仕途上的春天正消逝，同時渲染了殘春的遲暮景象。常用於抒發惜草、惜春的情懷，同時有寄寓個人的身世之感。
寫作例句	1.「落盡梨花春又了，滿地殘陽，翠色和煙老。」歲月如梭，春天又過，酷夏將至，他不禁發出了感慨與嘆息。 2. 歲月匆匆，「落盡梨花春又了，滿地殘陽，翠色和煙老」，如同我們的青春，在不經意間悄然逝去，留下的只有那淡淡的回憶和歲月的痕跡。

詩句·出處	欲黃昏，雨打梨花深閉門。（〈憶王孫·春詞〉宋·李重元）

解析·應用	天將要黑下來了，任雨點打落了梨花，高樓上的閨門已經關閉。
	可引用這兩句詞來描述春思孤寂的情境。
寫作例句	1. 戴望舒的名作〈雨巷〉，與宋人李重元的「欲黃昏，雨打梨花深閉門」有異曲同工之妙。讀者明顯地感受到詩中哀怨的頹廢情愫，但又不能不接受特定意境的藝術感染。 2. 走上十幾級陡峭的木梯，我看到了當年的閨房。我體會到了什麼叫「足不出戶」，什麼叫「宮花寂寞紅」、「雨打梨花深閉門」。可憐無數世代的女兒們就只能廝守在這樣的深閨，「遲遲鐘鼓初長夜，耿耿星河欲曙天。」只能靠一扇小窗，一方狹窄的天空，去感知「春風桃李花開日，秋雨梧桐葉落時」。

蘭花

詩句·出處	蘭秋香風遠，松寒不改容。（〈於五松山贈南陵常贊府〉唐·李白）
解析·應用	秋天的蘭花雖然生長在幽谷，但它的清香卻隨風遠飄；松樹雖然承受著寒霜，但它從不改變青翠的本色。
	常用於形容蘭、松等物的高風亮節，託物寓意，以表示自己峻潔孤高的心跡和晚節。

寫作例句	1. 在幽深的古寺之中，「蘭秋香風遠，松寒不改容。」那蘭花在秋風中散發著淡淡的香氣，飄向遠方；而松樹則不畏嚴寒，依舊保持著它的蒼翠容顏，彷彿在訴說著歲月的靜好。 2. 在人生的道路上，我們應如「蘭秋香風遠，松寒不改容」，無論環境如何變遷，都要保持內心的芬芳與堅定，不被外界所動搖，始終保持自己的本色。

詩句・出處	馨香歲欲晚，感嘆情何極。（〈感遇・其十〉唐・張九齡）
	馨香：芳香。何極：無窮。
解析・應用	蘭草芳香宜人，但秋天將至，花季已晚，芬芳就要消失，令人嘆惋無窮。
	用以表達惜春惋花之情。亦用以表達人事雖好，歲月已晚的遺憾或感嘆。
寫作例句	如今我們情誼依舊，卻都垂垂老矣！回首舊日，更不禁感慨萬端。唐代詩人張九齡的詩句「馨香歲欲晚，感嘆情何極」，也霎時在我心上躍動。

詩句・出處	衰蘭送客咸陽道，天若有情天亦老。（〈金銅仙人辭漢歌〉唐・李賀）
	衰蘭：將要凋謝的蘭花。客：指銅人。魏明帝曹叡準備將漢宮的金銅仙人從長安搬遷到洛陽。咸陽道：指由京城長安東去的道路。咸陽喻長安，咸陽本來是秦國都城，漢改名渭城，離長安不遠。

解析·應用	枯衰的蘭花在咸陽道旁送別銅人，老天若是有感情的話，看到金銅仙人泣別漢宮的情形，也會為之悲傷而衰老。
	本是銅人離別漢宮的花木而去，卻說是「衰蘭送客」；又說老天有情也會衰老，正是以不老的天，襯托人事有代謝，草木有盛衰。用衰蘭的愁映襯金銅人的愁，也就是詩人自身的愁，婉曲而新奇。常用來形容某事竟能讓上蒼動容，即形容足以讓人深深感動或悲痛欲絕。可引用「天若有情天亦老」一句詩來抒發感嘆盛衰之情。
寫作例句	1. 他再也不會回到這斗室了，永遠不再回了……斗室啊，斗室，「衰蘭送客咸陽道，天若有情天亦老。」 2.「天若有情天亦老」，人世塵寰，又是春風浩蕩，奼紫嫣紅。

海棠

詩句·出處	只恐夜深花睡去，故燒高燭照紅妝。（〈海棠〉宋·蘇軾）
	高燭：較長較粗的蠟燭。紅妝：婦女的豔麗裝束，喻海棠花美豔。
解析·應用	只怕夜深了花兒會睡去，所以點燃高大的蠟燭照著美豔的海棠花。
	常用來形容點上燈火觀照、欣賞花的情景，或表達愛花惜花之情，也用來形容夜晚燈火與花交相輝映的景致。

寫作例句	1. 平時不愛花的妻，今天也格外湊趣，在我身邊坐著，看著我笑。她顯然是為我之樂而樂，「只恐夜深花睡去，故燒高燭照紅妝」。 2. 在繁華的議會大街北端，花店更多。入夜，霓虹燈下，繁花秀木，競吐芳華。行人過此，無不佇步讚嘆。每當此時，我總想起蘇東坡的名句：「只恐夜深花睡去，故燒高燭照紅妝。」

詩句．出處	海棠不惜胭脂色，獨立濛濛細雨中。 （〈春寒〉宋．陳與義）
解析．應用	海棠不顧惜自己胭脂般的紅豔花色，獨自傲立於濛濛細雨中。
	常用來形容海棠或其他花卉在雨中傲然挺立的姿態，也用來比喻無畏無懼的性格或堅定不移的意志。
寫作例句	1. 春日清晨，公園裡的海棠花不畏風雨，傲然綻放。它們競相吐露芬芳，猶如少女臉上的胭脂色，鮮豔而生動。那「海棠不惜胭脂色，獨立濛濛細雨中」的景致，讓人不禁駐足欣賞，感受大自然的奇妙與美麗。 2. 在人生的道路上，她始終保持著那份堅韌與獨立。面對困難和挑戰，她從不退縮，猶如那「海棠不惜胭脂色，獨立濛濛細雨中」的堅強。她的精神感染著身邊的每一個人，成為我們前行的動力與榜樣。

詩句·出處	一片暈紅才著雨，幾絲柔綠乍和煙。（〈浣溪沙·西郊馮氏園看海棠因憶香嚴詞有感〉清·納蘭性德）
	暈紅：形容海棠飽含雨水，色澤模糊。 乍：剛剛。著：附著。
解析·應用	海棠一片暈紅，才注滿了雨水，幾縷柔軟的綠色剛剛融入飄忽的輕煙。
	常用來形容雨後或夕陽下花紅柳綠，輕煙飄忽的景色。
寫作例句	春日的午後，微風輕拂，庭園中的海棠花一片暈紅，彷彿剛被細雨輕吻過，嬌嫩欲滴。幾絲嫩綠的柳條在煙霧中若隱若現，宛如畫中景致。此刻，我望著這「一片暈紅才著雨，幾絲柔綠乍和煙」的美景，心中湧起一股寧靜與和諧。

荷蓮

詩句·出處	江南可採蓮，蓮葉何田田。魚戲蓮葉間。（〈江南〉漢樂府）
	蓮：生於水中一種植物，亦稱荷。何：何等。田田：荷葉勁秀相連的樣子。
解析·應用	江南可以採蓮了，蓮葉是多麼茂盛啊。魚兒在蓮葉間嬉戲遊玩。
	常用來形容荷葉茂壯，魚兒嬉遊其間的景致。

寫作例句	夏日的蓮塘，茂密的枝葉覆蓋著水面，為潛游水中的魚兒提供了一個安然嬉戲的天地，正如樂府詩所歌詠的：「江南可採蓮，蓮葉何田田。魚戲蓮葉間。」

詩句·出處	清水出芙蓉，天然去雕飾。（〈經亂離後，天恩流夜郎，憶舊遊書懷贈江夏韋太守良宰〉唐·李白）
	芙蓉：荷花。
解析·應用	韋太守的文章清新自然，像清水裡長出的荷花，天然明麗，沒有任何雕琢和修飾。
	常用來形容荷花清麗、聖潔的天然之美，也用來形容文藝作品或山川風物、裝束打扮等清新自然，不事雕琢。
寫作例句	1. 那亭亭玉立的荷花，碧綠如蓋的荷葉，中通外直的荷柄，這都反映出荷花的第一審美特徵。「清水出芙蓉，天然去雕飾。」唐代詩仙李白的這首千古絕唱，既樸實且客觀地描寫了荷花的自然美。 2. 作者抨擊時弊，憶念師友，語言無不明麗清新，即使描述山川風物，也難得敷色，「清水出芙蓉，天然去雕飾。」 3. 樸素的打扮和裝束，不喧賓奪主，相反卻能更好地顯示出人的自然美。「清水出芙蓉，天然去雕飾」，透出了一種青春的充滿活力的美。

詩句·出處	荷盡已無擎雨蓋，菊殘猶有傲霜枝。（〈贈劉景文〉宋·蘇軾）
	擎雨蓋：荷葉像擎蓋遮雨的傘。擎，舉。傲霜：在寒霜中傲然挺立。

解析·應用	荷花落盡，連雨傘似的荷葉也沒有了，菊花雖也凋殘，但還有傲霜的枯枝。
	常用來形容秋末冬初荷盡菊殘的景色，或形容殘菊凌寒傲立。也用來比喻事物或人有的已衰亡，有的還健在。或比喻事物或人雖然身衰體殘，但仍保持著好的品性、精神。
寫作例句	1.「荷盡已無擎雨蓋，殘菊猶有傲霜枝。」金秋時節，漫步於公園之中，池塘中的荷葉已經凋謝，不再擁有往日托起雨滴的翠綠蓋頭；而那些經歷了風霜的菊花，雖然花瓣已有些許殘損，但枝頭依然傲立，展現著不屈的精神。2. 在人生的旅途中，我們時常會經歷各種風雨。「荷盡已無擎雨蓋」，就像我們曾經擁有的青春與夢想，隨著時間流逝而逐漸遠去；但「殘菊猶有傲霜枝」，只要我們內心堅強，即使面對困境與挑戰，也能保持那份不屈不撓的鬥志，迎接每一個新的挑戰。3. 這位歷經世紀風雲的老人，本身不就是一首詩嗎？「荷盡已無擎雨蓋，菊殘猶有傲霜枝。」

詩句．出處	當年不肯嫁春風，無端卻被秋風誤。（〈踏莎行〉宋．賀鑄）	
	無端：平白無故。秋風誤：指秋風一起，荷花凋零。誤，損害，妨害。	
解析．應用	當年荷花不肯在春風中開放，如今卻無故地被秋風摧殘。	
	常用來形容荷花不在春天開放而孤單冷落，或形容荷花在秋風中萎謝零落的景象。也用來比喻不願趨時附俗，而致遭際艱危。或比喻當初錯失機會，以致後來遭受挫折和痛楚。	
寫作例句	1. 蓮長於偏僻柳塘，無人知道，無蜂蝶採摘，它的「芳」就在於孤芳自賞，自嗟自嘆，所謂「心比天高，命比紙薄」。「當年不肯嫁東風」，蓮花高潔，不肯嫁春風，實是賀鑄不肯阿諛權貴的寫照。最後蓮之「無端卻被秋風誤」，與賀之不為世所容，鬱鬱終生也是吻合的。 2. 辭別父母，我毅然來校補課。中途插入，前不知所講，後不知所學，有種心被掏空的感覺，真恨「當年不肯嫁春風」，落得今日「無端卻被秋風誤」。	

桂花

詩句．出處	人間桂花落，夜靜春山空。（〈鳥鳴澗〉唐．王維）
	桂花：桂花有春花、秋花、四季花等不同種類，此指春天開花的一種。

解析·應用	人間來無事，看桂花飄落，夜晚靜謐無聲，春天的山林一片空寂。
	常用來形容山林的夜晚花葉自落，幽靜空寂。
寫作例句	森壁爭霞，孤峰限日，幽岫含雲，深溪蓄翠，「人間桂花落，夜靜春山空」，這種大自然的幽靜，可以叫做身外之寧靜。

詩句·出處	桂子月中落，天香雲外飄。（〈靈隱寺〉唐·宋之問）
	桂子月中落：傳說月宮中有桂樹，每到秋天八月，常有似豆的顆粒從月宮飄落杭州靈隱寺。天香：奇異的香味。
解析·應用	桂子從月宮中灑落下來，奇異的香味飄散九霄雲外。
	常用來形容桂花盛放，香氣四溢。
寫作例句	中秋前後，正是桂花盛開的時節。金風送爽，十里飄香，天芬仙馥，沁人心脾，不禁使人想起唐人宋之問的詩句：「桂子月中落，天香雲外飄。」

詩句·出處	何須淺碧深紅色，自是花中第一流。（〈鷓鴣天·桂花〉宋·李清照）
	何須：何必，何用。自是：自然是。
解析·應用	無須用淺綠或大紅的色相去招搖炫弄，它本來就是花中的第一流。
	花自以紅為美，而碧牡丹、綠萼梅尤名貴，這是一般人的審美觀點。而詞人卻認為品格的美、內在的美尤為重要，「何須」二字，把僅以「色」美取勝的群花一筆宕開，而推出色淡香濃、跡遠品高的桂花，許為「自是花中第一流」，生動地表現了詞人的美學觀點，也正是詞人傲視塵俗，亂世挺拔的正直性格的寫照。這是描寫桂花的名句，被後世頻繁引用。
寫作例句	「何須淺碧深紅色，自是花中第一流。」詞人認為，淺碧、深紅在諸顏色中堪稱美妙，然而，這些美妙的顏色，對於桂花來說，卻是無須新增的。

菊花

詩句·出處	採菊東籬下，悠然見南山。（〈飲酒·其五〉晉·陶淵明）
	悠然：悠閒自得的樣子。南山：作者居所南面的廬山。
解析·應用	在東邊的籬笆下採摘菊花，悠然自在，無意中望見南山。
	寫出了詩人無所羈絆、怡然自得之態，和超塵脫俗、清高恬淡的生活情趣。常用來形容在田園山野採花摘草，眺望遠山的悠然情景，也用來形容悠閒恬淡的田園生活或歸隱生活。

寫作例句	1.「採菊東籬下，悠然見南山。」東晉陶淵明在一千多年前用詩詞表達了自己嚮往田園生活的心情。現如今，在快節奏的社會生活中，出現了這樣一群都市人，他們為了逃離城市的喧囂，竟到市郊另闢天地開創出「懶人部落」，過上了「世外桃源」般的生活。 2.「閒」有種種，陶淵明「不為五斗米折腰」，辭官歸鄉，「採菊東籬下，悠然見南山」，甚至憧憬著與世隔絕的桃花源生活，也是一種「閒」。

詩句．出處	不是花中偏愛菊，此花開盡更無花。（〈菊花〉唐．元稹）
解析．應用	我不是百花中最偏愛菊花，是因為這花開過以後再沒有別的花了。
	常用來說明菊花獨放於百花凋零後的深秋，所以令人厚愛，或讚頌其頂寒傲霜的英姿或品格。
寫作例句	「不是花中更愛菊，此花開盡更無花。」時到深秋之際，百花害怕嚴寒，紛紛凋謝，而獨有菊花傲霜挺立，仍留給人們千姿百態。人們喜愛菊花，更偏重於菊花的品德。

詩句．出處	待到秋來九月八，我花開後百花殺。衝天香陣透長安，滿城盡帶黃金甲。（〈不第後賦菊〉唐．黃巢）
	九月八：指農曆九月初九的重陽節。古代有這一天登高賞菊的習俗。說成「九月八」是為了跟「殺、甲」押韻。殺：凋謝。

解析・應用	等到秋天的「九九」重陽節，唯菊花獨放，而眾花都已凋謝。濃郁的香氣直衝雲天，浸透整個長安城，城裡到處都是金黃色盔甲般的菊花。
	常用來形容秋天菊花盛放，香氣馥馥，金黃耀眼，也用來形容身著黃色服裝的人群熙攘浩蕩。
寫作例句	1. 看到開滿山崖的野菊花，傲然獨放在秋風中，我情不自禁地吟起唐詩佳句：「待到秋來九月八，我花開後百花殺。衝天香陣透長安，滿城盡帶黃金甲。」 2. 唐朝的黃巢有首小詩：「待到秋來九月八，我花開後百花殺。衝天香氣透長安，滿城盡帶黃金甲。」這種意境我們只能靠悟性去揣摩。而勇士們卻有親身的經歷：在金色的陽光之下，槍刺如林，鋼盔滾動，軍旗獵獵，首長們騎駿馬，挎手槍，率領勝利的鐵流，在歡騰的人群中緩緩向前。

詩句・出處	颯颯西風滿院栽，蕊寒香冷蝶難來。他年我若為青帝，報與桃花一處開。（〈題菊花〉唐・黃巢）
	颯颯：風聲。西風：秋風。青帝：古代神話中掌管春天的神。報：告知。
解析・應用	颯颯秋風中，栽滿庭院的菊花盛開著，它花蕊清寒，香氣幽冷，蝴蝶也難得飛來。哪年我若當春神，就叫它與桃花一起開放。
	常用來形容寒秋菊花獨放的景色或表達憐菊之情。也用來表達不滿現實，想扭轉乾坤，君臨天下的抱負或野心。

寫作例句	1. 黃花名貴，卻命苦，生不逢時。老天偏偏要安排它到萬物凋零的季節來開。連唐朝末期農民起義領袖黃巢都同情，題詩曰：「颯颯西風滿院栽，蕊寒香冷蝶難來。他年我若為青帝，報與桃花一處開。」 2. 我欣賞的菊花詩，倒不是詩人作的，卻是黃巢作的：「颯颯西風滿院栽，蕊寒香冷蝶難來。他年我若為青帝，報與桃花一處開。」這真如趙匡胤的詠日詩「未離海底千山墨，才到中天萬國明」一樣的風格。看來能作出一番作為的人，氣度畢竟不凡，絕不是弄筆書生所能望其項背的。

詩句．出處	莫道不銷魂，簾捲西風，人比黃花瘦。（〈醉花陰〉宋．李清照）
	銷魂：魂魄離開肉體，形容極度的悲苦或歡樂使人好像掉了魂。西風：秋風。黃花：菊花。
解析．應用	不要說愁情不傷神，秋風吹來，捲起簾幕，才發現人比那菊花還消瘦。
	以新穎、奇特的比擬，吟出了女詞人獨居的曠苦心情。可引用這幾句詞來說明相思的苦情，也常用來形容極度悲愁而致憔悴消瘦。
寫作例句	「莫道不銷魂，簾捲西風，人比黃花瘦。」丈夫被貶、被逐、被冤屈，使她連夜失眠，全改了舊日豐滿的模樣。

詩句．出處	花開不並百花叢，獨立疏籬趣未窮。寧可枝頭抱香死，何曾吹落北風中。（〈畫菊〉宋．鄭思肖）

	菊花是不與百花同時開放的，它獨立在疏籬旁有無窮的韻味。寧可枯乾在枝頭上守著香氣死去，從不被北風吹落過。
解析·應用	詩人鄭思肖也是畫家，宋亡後隱居蘇州。為記亡國之恨，他不畫土、根。後兩句是借菊花枯死不離其枝的形象，比喻自己不忘故國的忠貞之情，表現了作者高尚的愛國情操。現在常引用這首詩或只引後兩句來比喻高尚的節操，後兩句常用來形容菊花枯死枝頭，不萎落於地的特性，或比喻恪守不渝或寧死不屈的品行。
寫作例句	1. 我們訪問他時，正是金秋時節，客廳裡放著幾盆美麗的菊花，有潔白的，有金黃的，也有紫紅色的。一張條幅上寫著宋人鄭思肖的〈菊頌〉：「花開不並百花叢，獨立疏籬趣未窮。寧可枝頭抱香死，何曾吹落北風中。」人與景，花與詩，都透著一種峭拔不俗、桀驁不馴的風格。 2. 菊花具有傲霜鬥雪的特點，即使枯萎，卻清香如故，花朵也不散落於地。南宋鄭所南畫菊花題詩曰：「寧可枝頭抱香死，何曾吹落北風中。」既歌頌了菊花這一自然特點，也表示了自己絕不屈服於異族侵占的民族氣節。

梅花

詩句·出處	聞說梅花早，何如北地春？（〈洛中訪袁拾遺不遇〉唐·孟浩然）

解析・應用	聽說那裡梅花開得早，可是哪裡比得上北方的春天啊？
	常用來說明北方的春天比南方更美，或表達對北方故鄉的熱愛和思念。也用來說明南不如北的其他情況。
寫作例句	我對那個城市嚮往已久，越走越溼暖，本是賞心悅目之事，但工作艱難坎坷不可預知，路途顛簸風雨難測，「聞說梅花早，何如北地春」啊！

詩句・出處	遙知不是雪，為有暗香來。（〈梅花〉宋・王安石）
	暗香：幽細的香氣。
解析・應用	老遠就知道那不是白雪，因為有陣陣幽香撲鼻而來。
	常用來形容雪白的梅花散發著陣陣清香，或形容其他的白色花朵幽香縷縷。
寫作例句	1. 沒走多遠，就看到了疏疏落落的梅樹，開著白色的花，被陽光照著，簡直像雪一樣耀眼，不由得想到了王安石的兩句詩：「遙知不是雪，為有暗香來。」 2. 待到太陽揭開霧帳，島上便現出白瑩瑩的一片。疑惑間，輕風飄過：「遙知不是雪，為有暗香來」——原來那是一叢叢既可觀賞又能藥用的白菊花。

詩句・出處	眾芳搖落獨暄妍，占盡風情向小園。（〈山園小梅〉宋・林逋）
	暄妍：明媚豔麗的樣子。
解析・應用	百花都飄搖敗落了，只有梅花開放，明麗鮮豔，占盡了小園的風光和情韻。
	常用來形容嚴冬寒梅盛開，獨領風騷。

寫作例句	一陣香味撲來，是老人種的那株梅花發出的。「眾芳搖落獨暄妍，占盡風情向小園。」我覺得，這小園更美了。

詩句・出處	疏影橫斜水清淺，暗香浮動月黃昏。（〈山園小梅〉宋・林逋）
	暗香：清淡的香氣。黃昏：指月色朦朧。
解析・應用	稀疏的梅花影子，東橫西斜，倒映在清淺的水裡，淡淡的幽香在朦朧的月色中飄浮。
	常用來形容梅樹或其他樹木樹影映水，花香縷縷。
寫作例句	1. 靠近湖邊的梅樹，把它那蒼勁傲岸的樹影，倒映在碧藍的湖水上。微風起處，水波蕩漾，樹影搖曳，更為這風景區平添了幾分詩意，不由我想起了古代詩人的詠梅詩句：「疏影橫斜水清淺，暗香浮動月黃昏。」 2. 梅花在北宋林和靖的那一句「疏影橫斜水清淺，暗香浮動月黃昏」之下已成了絕唱，梅花亦成了隱士的代名詞；周敦頤在〈愛蓮說〉中將蓮花也寫成了絕筆，「出淤泥而不染，濯清漣而不妖」，那亭亭玉立的蓮花儼然已成了君子的同義詞；而與俏臉相映紅的桃花在唐人崔護的七絕中，儼然成了愛情的代表。

詩句・出處	盡日尋春不見春，杖藜踏破幾山雲。歸來試把梅花看，春在梅梢已十分。（〈尋春〉宋・陳豐）
	杖黎：拄著手杖行走。

解析・應用	整天尋找春天都找不到，拄著手杖踏遍了山頂上有雲霧的地方。回來時試著看了看梅花，才知道春意已經洋溢在梅樹的枝頭了。
	常用來形容到處尋找春天，看到梅花開放才知春已來臨。也用來說明早春不易察覺，也用來比喻苦苦尋求無所得，忽受某事啟示，發現了事物或悟出了道理。
寫作例句	1. 耐不住長長的寂寞，我也會出外賞看冬日的景致，再探訪春的氣息。總有一天，在不經意間，在農莊籬笆牆旁的枝頭上，會發現帶雪含笑的幾株梅花，幾顆含苞欲發的花蕾，讓我真正體會到古人的「盡日尋春不見春，杖藜踏破幾山雲。歸來試把梅花看，春在梅梢已十分」的詩情和禪味了。 2. 如果一個人在自己的心中都找不到美，還能在何處發現美的蹤跡？「盡日尋春不見春，杖藜踏破幾山雲。歸來試把梅花看，春在梅梢已十分」，正所謂「道不遠人」。

詩句・出處	一朵忽先變，百花皆後香。欲傳春信息，不怕雪埋藏。（〈梅花〉宋・陳亮）
解析・應用	一朵梅花在寒冬裡忽然率先開放，然後才有後來的百花飄香。梅花要傳遞春天的消息，毫不害怕冰雪埋藏。
	常用來讚賞梅花在冬天傲雪凌霜，頂寒盛開的可貴秉性。前兩句常用來比喻一個新的事物或人出現後，跟著便湧現出許多；後兩句常用來比喻為達到某種目標不畏艱險，不怕犧牲。

寫作例句	1. 梅花是百花凋謝後，霜雪交加時，衝寒冒凍開花的。梅花開了，冬天就過去了，它是報春花。曾記得有人稱讚陳亮詠梅詩的四句：「一朵忽先變，百花皆後香。欲傳春信息，不怕雪埋藏。」這四句詩將梅花的特徵都寫出來了。 2.1978 年，當地建成第二座橫跨車流人流的立體交叉橋。「一朵忽先變，百花皆後香」，之後，一座又一座交流道，猶如雨後春筍。 3.「欲傳春信息，不怕雪埋藏」，這句詩可以移贈給對放療存有顧慮的患者。瑞雪能凍死過冬的害蟲，放療則可殺滅癌細胞，為此付出一定代價是十分值得的。

詩句．出處	雪虐風饕愈凜然，花中氣節最高堅。（〈落梅．其一〉宋．陸游）
	虐：肆虐。風饕：風凶猛。饕，貪。
解析．應用	風雪越是肆虐凶狂，梅花越是凜然傲立，百花中，梅花的氣節是最高尚堅貞的。
	常用來形容梅花傲霜立雪的景致或讚揚其不懼嚴寒的特質，也用來比喻人堅貞不屈的氣節。
寫作例句	「雪虐風饕愈凜然，花中氣節最高堅。」這是宋代詩人陸游詠梅的名句，它寫盡梅花經風霜、耐嚴寒的不屈性格與無畏精神。所以這一片梅林竟為歷代志士仁人所鑑賞，得以留下他們的雪泥鴻爪，筆走龍蛇，雲煙溢紙。

詩句‧出處	摧傷雖多意愈厲，直與天地爭春回。（〈故蜀別苑在成都西南十五六里，梅至多，有兩大樹，夭矯若龍，相傳謂之梅龍，予初至蜀，嘗為作詩，自此歲常訪之，今復賦一首，丁酉十一月也〉宋‧陸游）
	厲：激勵，振奮。直：直接。
解析‧應用	摧殘傷害雖然多，卻愈發激勵了梅花的意志，它直接與天地抗爭，要把春天早日奪回。
	常用來稱讚梅花抗嚴寒、傲冰雪的堅韌品性，比喻敢向厄運挑戰，越挫越勇。
寫作例句	1. 冰天雪地中，「摧傷雖多意愈厲，直與天地爭春回」就是梅花的堅韌特質。 2.「摧傷雖多意愈厲，直與天地爭春回。」逆境使人從迷誤中猛醒，逆境激人在逆流中奮進，這就是逆境造就人才的第一層含義。

詩句‧出處	無意苦爭春，一任群芳妒。（〈卜算子‧詠梅〉宋‧陸游）
	無意：沒有做某事的想法。爭春：爭占春色。
解析‧應用	梅花本不想苦心爭春，任憑百花去忌妒吧。
	常用來讚揚寒梅無意爭春奪豔，坦然兀立的孤高姿態或純潔本性。比喻人無意爭名奪利，心裡坦蕩，任人議論忌妒也不介意，或比喻無故遭人忌妒的現象。

寫作例句	1. 我喜歡梅。陸游詩說：「無意苦爭春，一任群芳妒。」我敬重它的傲骨。 2. 宋代大詩人陸游的〈詠梅〉詞中，有「無意苦爭春，一任群芳妒」之句，由此推之，「妒」梅花的「群芳」大概也會「妒」杏花的。不過常識告訴我們，草木無情，妒從何來？「詩言志」。陸游的詞，分明是有感於人情世態所作。

詩句·出處	零落成泥碾作塵，只有香如故。（〈卜算子·詠梅〉宋·陸游）
解析·應用	梅花飄落泥中，被碾成塵土，只有它的清香依然如故。
	常用來形容梅花或其他花朵枯落或被踐踏摧殘，但依然散發出芳香；也用來比喻事物或人雖已衰亡，但留下了美好的東西；或比喻人受盡折磨甚至到死，仍保持一貫的高尚品行。
寫作例句	1. 花已經乾枯了，但香氣卻進入了我的夢境裡。我不由得想起了陸游詠梅的詞：「零落成泥碾作塵，只有香如故。」平心說，茉莉的香沒有玫瑰的甜，梅花的清，蘭的幽遠，但是樸素自然，平易近人。 2. 美有時雖然會被踩在腳下，甚至被碾為齏粉，雖然「零落成泥碾作塵」，卻是「只有香如故」。 3. 他生命垂危時，我最後一次見到他，他面前仍然擺著被砸破的墨碗色碟，他正在精心調色配彩，和著他生命的最後一滴汁漿，昂著頭畫著，畫著……我不禁哭了。這是多麼動人的情操，多麼堅強的意志！我久久凝視著捧在手中的這幅遺作，想起陸游詠梅的兩句詞：「零落成泥碾作塵，只有香如故。」

詩句·出處	尋常一樣窗前月，才有梅花便不同。（〈寒夜〉宋·杜耒）
解析·應用	與平常一樣的窗前月色，因為有了梅花的開放，景致便與往日大不相同。
	常用來形容梅花等花朵開放，為平常之景致增添了美麗和情韻。也用來比喻由於有了某種事物或人，情況較前大有改觀。
寫作例句	1. 我從花市買來一樹梅花，特意擺放在牆角邊，想以此來體會古人詠梅的詩韻。嚴冬到了，瑞雪來了，紅梅便也怒放了。夜晚，送客出門，想起杜耒〈寒夜〉中「尋常一樣窗前月，才有梅花便不同」的詩句，心中便萌生一種滿足感，室內，便充滿了春之靈氣。 2. 有了藝術性的作品，就會是一種標記，就會是一種象徵，就會成為品牌，也就能傳之於後世，這就是所謂的「尋常一樣窗前月，才有梅花便不同」。

詩句·出處	雪滿山中高士臥，月明林下美人來。（〈梅花〉明·高啟）
	雪滿山中高士臥：據傳，東漢人袁安在洛陽時，有一天大雪，別人都出門求食，他在家僵臥不起，門外雪深數尺。月明林下美人來：據傳，隋朝名士趙師雄月下林中豔遇美人，與之飲酒，醒後發覺在梅樹之下。後以美人喻梅花。

解析·應用	梅花像大雪滿山，安臥不驚的高士，又像明月之夜林下翩然而來的美人。
	常用來形容梅花或其他花卉的高潔和幽美，也用來比喻人清高脫俗。
寫作例句	1. 文人墨客賞梅吟梅，頗多佳話。他們中有愛其冰肌玉骨，有好其仙姿飄逸，有頌其「凌厲冰霜節愈堅」，有讚美其風采，喻為「雪滿山中高士臥，月明林下美人來」。 2. 父親對我講過，做人要像荷花「出汙泥而不染」，要像梅花傲霜雪而不敗。他隨口唸了兩句詩：「雪滿山中高士臥，月明林下美人來。」

百花

詩句·出處	江山如有待，花柳自無私。（〈後遊〉唐·杜甫）
解析·應用	江山好像期待著人們的重遊，紅花綠柳沒有任何偏私，歡迎所有遊人盡情觀賞。
	用來讚美大自然的美好和對人類的無私奉獻，表達對大自然的喜愛之情。
寫作例句	當走向廣闊的大自然，那蔥綠的山林、浩瀚的海洋、奇異的花卉，種種令人心搖意蕩的美景便撲面而來。「江山如有待，花柳自無私。」大自然不僅以其甜美的乳汁養育著人們，又以其瑰麗的風光愉悅著人們。

<table>
<tr><td rowspan="2">詩句·出處</td><td>黃四娘家花滿蹊，千朵萬朵壓枝低。（〈江畔獨步尋花〉唐·杜甫）</td></tr>
<tr><td>黃四娘：身分不詳，唐時以行第稱人為尊稱，對婦女則在行第後加一「娘」字。蹊：小路。</td></tr>
<tr><td rowspan="2">解析·應用</td><td>黃四娘家的小路上開滿鮮花，千萬朵花把樹枝都壓彎了。</td></tr>
<tr><td>常用來形容繁花垂枝的景色。</td></tr>
<tr><td>寫作例句</td><td>那一叢叢、一盆盆的月季、牡丹、蘭花、美人蕉擺在路邊，在陽光的照耀下五彩繽紛，相映成趣。這情景正如杜甫詩中所寫的那樣：「黃四娘家花滿蹊，千朵萬朵壓枝低。」</td></tr>
</table>

<table>
<tr><td rowspan="2">詩句·出處</td><td>繁枝容易紛紛落，嫩蕊商量細細開。（〈江畔獨步尋花〉唐·杜甫）</td></tr>
<tr><td>繁枝：盛開的花。嫩蕊：含苞欲放的花。商量：有斟酌、考慮之意。細細：指細小緩慢。</td></tr>
<tr><td rowspan="2">解析·應用</td><td>盛開的花容易紛紛飄落，含苞待放的花要酌量慢慢開放。</td></tr>
<tr><td>常用來形容花朵相繼開放，有的花謝紅殘，有的新蕾初綻。也用來表達惜花之情，或說明迅速到達鼎盛即會馬上衰落，倒不如穩步漸進更能持久。</td></tr>
</table>

寫作例句	1. 有的花垂垂老矣，花蔫紅殘；有的花正值旺盛期，競芳吐豔；有的花還處於「青春期」，含苞欲放或花蕾初綻。各種鮮花「你方開罷我登場」，彼伏此起，繼往開來。殘紅將盡，叫我惋惜不已；新花初放，又讓我欣喜若狂。我不禁又想起杜甫的詩：「繁枝容易紛紛落，嫩蕊商量細細開。」 2. 重視自然科學學習的一貫性，莘莘學子才能在深耕與廣耕中受惠，避免「繁枝容易紛紛落」的速成之弊，而展現「嫩蕊商量細細開」的自然生發之美。

詩句·出處	花落花開無間斷，春來春去不相關。（〈月季〉宋·蘇軾）
解析·應用	花兒一會落了，一會又開了，從無間斷，春來春去都與月季開花不相關。
	常用來形容月季花花期長，常謝常開。也用來形容各種花此謝彼發，長開不謝。
寫作例句	1. 只有月季能「花落花開無間斷，春來春去不相關」。哪一種花的花期，都沒有月季那麼長。在北方，它能從五月開到十一月；在南方，如生長在朝陽避風的地方，幾乎可以常年開放，月月花紅。 2. 昆明四季如春，這裡常年是夏。「花落花開無間斷，春來春去不相關。」景洪的花充分自由到了神祕的程度。

詩句·出處	日暮平原風過處，菜花香雜豆花香。（〈安寧道中即事〉清·王文治）

解析·應用	天色將盡，平原上風吹過的地方，菜花的芳香夾雜著豆花的清香撲鼻而來。
	常用來形容田間地野莊稼、蔬菜等農作物生長茂盛，花香撲鼻。
寫作例句	田野的風，輕輕柔柔，我沿著曲折的田間小路，看兩邊的玉米稻穗和菜花透出八月的溫馨和清香，想起「日暮平原風過處，菜花香雜豆花香」的詩句。

詩句·出處	苔花如米小，也學牡丹開。（〈苔〉清·袁枚）
	苔：苔蘚植物的一種，綠色，生長於陰溼的地方。
解析·應用	苔的花只有米粒般大小，但也學著牡丹一樣盡情開放。
	常用來形容苔蘚碧綠，苔花開放的景致，或讚揚苔花雖小，照樣開放的物性。也用來說明事物或人不論大小、貴賤，都有其存在、活動的理由和權利。也用來比喻不自慚形穢，勇於表現，勇於競爭的勇氣或秉性。

寫作例句	1. 我眨眨眼，湊近細看，啊，這才終於看清：綠的是苔，在綠苔深處，有米粒大的苔花，素素淨淨地，開放著，一朵，又一朵，再一朵……古人有詩曰：「苔花如米小，也學牡丹開。」都是生命之花啊，無論大小，也無論是豔麗還是素淨，更遑論是否香氣襲人，都應尊重，都應讚嘆！ 2. 清詩云：「苔花如米小，也學牡丹開。」既然苔花可在百花叢中占一席位，那麼，隨筆之類的小玩意，大概也有資格在文壇上占一席位吧。3. 想成為一朵占盡春光的牡丹固然雄心可嘉，但倘若自己才氣、功力、機遇都不那麼具備，那就甘為溪水邊的一叢薺菜花吧，甚至於「苔花如米小，也學牡丹開」。

第 5 節　動物＋植物

鳥＋花

詩句．出處	魚戲新荷動，鳥散餘花落。（〈遊東田詩〉南北朝．謝朓）
	餘：遺存，殘留。
解析．應用	魚兒在水中嬉戲，攪得新生的荷葉微微晃動；鳥兒從樹上飛散，振得枝上的殘花徐徐飄落。
	常用來形容魚戲荷動，鳥飛花落的景色。

寫作例句	春天，那初出水面的荷葉與蜻蜓、蝴蝶、游魚相襯，以動襯靜，寓靜於動，如楊萬里的「小荷才露尖尖角，早有蜻蜓立上頭」，如謝脁的「魚戲新荷動，鳥散餘花落」……

詩句・出處	江碧鳥逾白，山青花欲燃。(〈絕句二首·其二〉唐·杜甫)
	逾：通「愈」，更加。
解析・應用	江水碧綠，使長著白翎的水鳥顯得更白；山色青翠，襯得紅花像要燃燒一樣。
	常用來形容江碧鳥白，山青花紅的景色。
寫作例句	我們來到石嶺河畔，只見兩岸青山連綿，山上的杜鵑花紅豔豔的，在綠草叢中尤顯得紅，這裡一叢，那裡一撥，就像一堆堆火。河水綠瑩瑩的，微波起伏。我在岸邊拿起一片薄石，向河中扔了個漂石，石頭在水上躍了四、五下，沉入水底。興許是漂石的驚擾吧，不知何處飛出一隻水鳥，掠過河面，飛向遠處。「江碧鳥逾白，山青花欲燃。」爸爸觸景生情，隨口吟出兩句詩。

詩句・出處	桃花細逐楊花落，黃鳥時兼白鳥飛。(〈曲江對酒〉唐·杜甫)
	細：輕微。逐：隨。
解析・應用	桃花輕輕地隨著楊花飄落，黃色的鳥不時與白色的鳥間雜著飛翔。
	常用來形容春夏花絮飄落，群鳥歡飛的景色。

寫作例句	當滿城垂柳掛著金絲、飛花滿地時，我們相邀結伴，欣喜地融入了「桃花細逐楊花落，黃鳥時兼白鳥飛」的春光中。

詩句．出處	間關鶯語花底滑，幽咽泉流冰下難。（〈琵琶行〉唐．白居易）
	間關：鶯啼聲。滑：形容鶯聲婉轉流利。幽咽：此指阻塞不暢的流泉聲。
解析．應用	琵琶聲像花下黃鶯婉轉流利的啼叫，忽然又像泉流冰下一樣艱澀冷凝。
	常用來形容歌聲、樂聲或其他聲音婉轉流暢或沉滯凝重。
寫作例句	男女聲二部合唱，女聲如「間關鶯語花底滑」，男聲如「幽咽泉流冰下難」，聽起來非常悅耳。

詩句．出處	桐花萬里丹山路，雛鳳清於老鳳聲。（〈韓冬郎既席為詩相送因成二絕．其一〉唐．李商隱）
	桐花：梧桐樹的花。傳說鳳凰只棲息在梧桐樹上，以桐實為食。丹山：傳說中鳳凰的棲集之地。
解析．應用	桐花盛開，遍布在迢迢萬里的丹山路上，小鳳凰的叫聲比老鳳凰的清越明亮。
	詩人用比興法，說韓冬郎（偓）的才華勝過他的老父。「萬里丹山」暗說他是「遠到之器」。常用來形容桐花或其他花兒一路開放，耳畔鳥鳴聲清脆悅耳。可引用這兩句詩或只引後一句來比喻後來者居上，晚輩超過老輩，青年勝過老年，學生趕過老師。

寫作例句	1. 春天，走在山野小徑上，看野花處處，聽鳥鳴聲聲，領略「桐花萬里丹山路，雛鳳清於老鳳聲」的景色，愜意無比。 2. 發現萬有引力定律時，牛頓 (Isaac Newton) 才 25 歲，稱得上「桐花萬里丹山路，雛鳳清於老鳳聲」了。 3. 這裡的專欄是為我們的青年作者而設，詩是從他們的來稿中選出的一小部分。他們的水準不一，成就有別，但也不缺風騷雅正之音和剛健清新之氣。我們欣慰，我們鼓舞。「雛鳳清於老鳳聲」，我們已如斯感覺了，我們更如斯期待著。

詩句．出處	風暖鳥聲碎，日高花影重。（〈春宮怨〉唐．杜荀鶴）
解析．應用	春風暖和，鳥聲唧唧喳喳；太陽升高了，花影重重疊疊。
	常用來形容暖風中鳥鳴此起彼伏，陽光下花葉日影重重。
寫作例句	悠悠地，有宛如鳥鳴的聲音水一般流淌在甜爽的空氣裡迴響。杜荀鶴有詩云「風暖鳥聲碎，日高花影重」，彷彿就是這景色的寫照。雖然格桑花還沒盛開，卻有彩蝶翩躚在溪畔的綠葉尖，黃的，藍的，是一團飄曳在陽光下的花影呢！

詩句．出處	花褪殘紅青杏小，燕子飛時，綠水人家繞。（〈蝶戀花〉宋．蘇軾）
	褪：萎謝。

解析·應用	花兒枯萎，紅色衰殘，初長的青杏還很小；燕子翻飛，綠水環繞人家。
	常用來形容紅殘綠盛，水流禽飛的暮春景色。
寫作例句	從沙丘底部滲出來的道道泉水，匯成了小溪，清澈、甘甜，滋潤了眼前的沖積地，上面長滿了茂密的果樹，一片「花褪殘紅青杏小，燕子飛時，綠水人家繞」的景象。

詩句·出處	無可奈何花落去，似曾相識燕歸來。 (〈浣溪沙〉宋·晏殊)
解析·應用	沒有辦法，春殘花已落去，好像曾經見過，燕子又飛回來了。
	常用來形容花落燕歸的春景或表達惜春之情。也用來形容季節變換，景物更替的自然現象；比喻某些事物或人已無可挽回地衰敗或消逝，另一些曾經出現過的事物或人又再次出現。或只引前一句嘆惜過去好景的消失，說明大勢已去；或只引後一句，表達某種事物的再度出現。
寫作例句	1.「無可奈何花落去，似曾相識燕歸來。」百花開放又凋謝，候鳥南來又北往，隨著時間的推移，地球的生物周而復始地呈現出千姿百態的壯美圖景。 2. 很多寫無緣與失落情懷的情景，更使人體會到「紅樓隔雨相望冷，珠箔飄燈獨自歸」或是「無可奈何花落去，似曾相識燕歸來」的情味。3. 物歸故主，云胡不喜？「無可奈何花落去，似曾相識燕歸來」，晏殊詞〈浣溪沙〉中的兩句，恰好可以形容我藏書的失而復得的心情。

鳥＋草

詩句．出處	池塘生春草，園柳變鳴禽。（〈登池上樓〉南北朝．謝靈運）
	變鳴禽：指啼喚的鳥兒變了種類，已由冬天的鴉雀變成了春天的黃鶯之類。
解析．應用	池塘四周長出了青青的春草，園中柳樹上啼叫的鳥兒也變了。
	常用來形容初春草木萌生，禽鳥爭鳴的盎然春意。
寫作例句	春日裡，池塘邊新生春草翠綠欲滴，園中柳樹上鳥兒歡歌，一衍生機盎然，正是「池塘生春草，園柳變鳴禽」的生動寫照。

詩句．出處	映階碧草自春色，隔葉黃鸝空好音。（〈蜀相〉唐．杜甫）
	隔葉：被樹葉遮掩。黃鸝：黃鶯。
解析．應用	襯映著石階的綠草獨占春色，樹葉叢中的黃鶯徒然發出好聽的鳴聲。
	常用來形容庭院、樹林等地草樹碧綠，鳥兒自鳴，十分靜寂。
寫作例句	漫步在古寺的庭院，「映階碧草自春色，隔葉黃鸝空好音」，一幅寧靜而和諧的畫面躍然眼前，彷彿能聽到歲月的輕語，感受到大自然的靜謐。

詩句．出處	花開紅樹亂鶯啼，草長平湖白鷺飛。（〈湖上〉宋．徐元傑）
解析．應用	紅花開滿樹枝，到處都聽見黃鶯的啼叫；岸邊綠草生長，平靜的湖面上白鷺翩翩起飛。
	常用來形容春天花紅草綠，禽鳥飛鳴的景色。
寫作例句	我愛北國春天的這種莊嚴美，因為即使它也披紅掛綠，卻仍有一種凜然的個性。比之「花開紅樹亂鶯啼，草上平湖白鷺飛」的江南春，似少一點柔媚，多一番轟烈；少一分嬌豔，多一分生機。

鳥＋樹

詩句．出處	兩個黃鸝鳴翠柳，一行白鷺上青天。（〈絕句〉唐．杜甫）
解析．應用	兩隻黃鸝在濃綠的柳樹梢上歡樂地歌唱，一行白鷺在晴朗的天空中向上飛去。
	詩句對仗工整，色澤鮮明，詩中有畫，優美動人。可引用這兩句詩來描寫色彩明麗的景物，來形容禽鳥啁啾飛竄的歡悅情景，也有人藉以評論文章。

寫作例句	1. 人們生活在七彩世界中，舉目所及，沒有無色的角落。杜甫詩云：「兩個黃鸝鳴翠柳，一行白鷺上青天。」在小鳥噪林、鷺鳥翔天的動境中，黃綠青白諸色，不只構成了一幅色彩鮮明的畫幅，而且在這些明麗色彩的組合裡，使我們感到詩人歡悅的心情，獲得一種悅人的美感。 2. 清代學者紀曉嵐給一篇文章的批語是唐代大詩人杜甫的「兩個黃鸝鳴翠柳，一行白鷺上青天」的詩句。文章的作者一看，以為自己的文章寫得好，可別人的看法卻與作者相反。後來作者就去請教紀曉嵐，紀說：「兩個黃鸝鳴翠柳，是說你的文章不知所云；一行白鷺上青天，是說你的文章不知所往。」

詩句．出處	幾處早鶯爭暖樹，誰家新燕啄春泥。（〈錢塘湖春行〉唐．白居易）
	暖樹：向陽的樹。
解析．應用	早春的黃鶯爭著飛向幾處向陽的樹上，不知剛飛到誰家的燕子，正忙著啄起春天的泥土準備作巢。
	詩人「隨物賦形」，善於從動態中捕捉錢塘湖上盎然的春意，表達出季節更換時的喜悅。常用來形容早春草木新綠，鳥兒初飛的復甦景象，可引用這兩句詩來描繪初春的美好景物。

寫作例句	這裡，春天是「幾處早鶯爭暖樹，誰家新燕啄春泥」，夏天是「兩個黃鸝鳴翠柳，一行白鷺上青天」，秋天是「長空雁過聲啾啾」，冬天是「草枯鷹眼疾」；入夜有「明月別枝驚鵲」，雨天有「微雨燕雙飛」。

詩句．出處	芳樹無人花自落，春山一路鳥空啼。（〈春行即興〉唐．李華）
	芳：花。
解析．應用	樹上的花兒在無人處自開自落，春天的山裡，一路上只有鳥兒空自啼鳴。
	常用來形容山野芳菲自落，鳥兒空啼的清幽景色。也用來比喻無人關注，自生自滅的冷落情形。
寫作例句	1. 季春，樹木枝繁葉茂，花兒芳褪紅殘，小鳥在林間歌唱。「芳樹無人花自落，春山一路鳥空啼」，道出此地春天山中清寂的幽深的景致。 2. 每聞有青年學者、青年發明家，或因其資歷有限，或因其學歷不高，或因其所遇匪人，致令發明、著作、建議無人問津，不能行於世，未嘗不扼腕為之長太息也，「芳樹無人花自落，春山一路鳥空啼」可為之寫照。

詩句・出處	野鳧眠岸有閒意，老樹著花無醜枝。（〈東溪〉宋・梅堯臣）	
	鳧：野鴨。著花：樹枝上花苞開放。著，附著。	
解析・應用	野鴨睡在河岸上，意態悠閒；老樹開了花，沒有一枝不好看。	
	常用來形容禽鳥棲岸，老樹開花的景色。後一句用來讚揚老年人的文藝作品好，或比喻老年人只要有所作為，不論大小均值得稱讚。	
寫作例句	1. 庭前那棵歷盡滄桑、飽嘗人間酸辛的老樹，雖然傷痕累累，仍舊保持著對季節的敏感，不經意地、盤枝虬桿之間便泛起了新綠。隨著溶溶的暖流，枝權間次第綻放出火紅的花朵，怡人眼目，陶人性情。於是便生發出「野鳧眠岸有閒意，老樹著花無醜枝」的感慨。 2. 這位老年詩人最近寫了不少佳作，真是「老樹著花無醜枝」。	

詩句・出處	朝來庭樹有鳴禽，紅綠扶春上遠林。（〈春日・其一〉宋・陳與義）
解析・應用	早上起來聽到庭院的樹上有鳥叫，放眼望去，紅花綠葉扶送著春色去到遠處的林野。
	常用來形容春天鳥鳴樹梢，花紅葉綠的景色。
寫作例句	那時，「朝來庭樹有鳴禽，紅綠扶春上遠林」的景色是經常可以看到的。樹上和房簷下到處都能見到鳥窩，最常見的是喜鵲窩和麻雀窩。

昆蟲＋花

詩句．出處	穿花蛺蝶深深見，點水蜻蜓款款飛。（〈曲江〉唐．杜甫）
	蛺蝶：蝴蝶的一類。深深見：即若隱若現。見，同「現」。點水：指蜻蜓觸水即起。款款：緩緩。
解析．應用	穿飛花叢的蝴蝶若隱若現，輕點水面的蜻蜓緩緩飛行。
	常用來形容蝴蝶、蜻蜓在花叢中或水面上來回飛舞的景致。
寫作例句	荷是多情的，她請昆蟲做伴，她樂意身旁「穿花蛺蝶深深見，點水蜻蜓款款飛」，她還邀青山與樓閣合影。

詩句．出處	草螢有耀終非火，荷露雖團豈是珠？（〈放言〉唐．白居易）
解析．應用	草叢中的螢火有耀眼的閃光，但終歸不是火；荷葉上的露珠雖圓，但它哪是珍珠呢？
	常用來說明假的終歸是假的，不管它與真的如何相似，也不管有人怎樣掩飾，都改變不了其本質。常用來告誡人們要善於辨識真偽，不為假象所迷惑。
寫作例句	唐代詩人白居易說：「草螢有耀終非火，荷露雖團豈是珠？」假的就是假的，讓這群騙子見鬼去吧！

詩句．出處	相逢不用忙歸去，明日黃花蝶也愁。（〈九日次韻王鞏〉宋．蘇軾）
	明日黃花：指重陽過後逐漸枯萎的菊花。

解析・應用	相逢後不要忙著回去，重陽過後菊花枯謝，便沒有什麼可以賞玩，就連採花的蝴蝶也會發愁。
	常用來說明應珍惜眼前的美好情景，如良辰美景、親朋相聚等等，以免過後徒生悵恨。
寫作例句	菊花是易逝而難留的，由它人們想到「相逢不用忙歸去，明日黃花蝶也愁」，女人們用它來自喻，來勸諭劬勞在野的丈夫珍視殊難再得的青春和情愛，不是再合適不過了嗎？

詩句・出處	小荷才露尖尖角，早有蜻蜓立上頭。 （〈小池〉宋・楊萬里）
解析・應用	小小的荷葉在水面上才露出一點尖尖的嫩角，早就有蜻蜓站立在上頭了。
	詩人善於捕捉自然景物的特徵，以淺近平淡的語句，描繪了一幅小池風光的圖畫。這兩句詩是個特寫鏡頭，常用來形容新荷初長，蜻蜓停立其上的景色，來描述江南或類似江南的景物。也可用來比喻剛出現某種趨向，某些事物或人便占了先機；新事物初露端倪或人才嶄露頭角，便受到人們關注和支持。可引用第一句來比喻某一事物的剛剛出現，但已顯露出無限生機。

寫作例句	1. 特別是那剛剛冒出水面的嫩葉，緊握著綠色的小拳頭，顯示出頑強的生命力。「小荷才露尖尖角，早有蜻蜓立上頭。」小魚喜歡在這新葉下遊戲，蜻蜓也愛其上停立，別有一番情致。 2.「小荷才露尖尖角，早有蜻蜓立上頭」。記者要有這種敏感，在熱門話題的變換中接軌社會生活。 3. 回望當初，「小荷才露尖尖角」的跨境貨幣業務只得到了少數業內人士的關注，如今，關於「貨幣貿易、投資便利化」的話題屢屢見諸報端，大有「接天蓮葉無窮碧」之勢。

詩句·出處	兒童急走追黃蝶，飛入菜花無處尋。（〈宿新市徐公店〉宋·楊萬里）
	走：跑。
解析·應用	小孩快速奔跑，追撲著黃色的蝴蝶，但牠飛入菜花叢中再也找不到了。
	常用來形容兒童在田間地野追捕動物的情態。
寫作例句	我在金黃的油菜花叢中走著，在蜂群蝶陣中穿過，走進花香薰泡的詩境，走進「兒童急走追黃蝶，飛入菜花無處尋」的回憶，竟忘了自己的年歲，又像兒時那樣，踮起腳尖貓著腰，追逐春風戲蝶玩。

昆蟲＋樹

詩句・出處	於今腐草無螢火，終古垂楊有暮鴉。 （〈隋宮〉唐・李商隱）
	腐草：古人認為螢火蟲是腐草變成的。 終古：久遠。垂楊：垂柳。
解析・應用	如今，腐爛的雜草中連螢火蟲都沒有了，只見古老的垂柳上棲息著傍晚飛來的烏鴉。
	常用來形容古代宮殿等遺址草樹叢生，衰敗荒涼。
寫作例句	隋煬帝楊廣被殺，行宮如何？李商隱〈隋宮〉詩道：「於今腐草無螢火，終古垂楊有暮鴉。」可謂淒涼之極。

詩句・出處	花鬚柳眼各無賴，紫蝶黃蜂俱有情。（〈二月二日〉唐・李商隱）
	花鬚：花蕊。花的雄蕊細長如鬚，故名。柳眼：初生的柳葉細長，像初睜的眼睛。無賴：放刁，撒潑。此指恣意撩撥且含有可愛、撒嬌之意。
解析・應用	花蕊柳葉恣意撩逗遊人，紫色的蝴蝶、黃色的蜜蜂在花柳間飛來飛去，對遊人也都含情脈脈。
	常用來形容春天花兒開放，柳葉細長，蝶舞蜂飛的景色。
寫作例句	對於這從東方如常人一般經由灞橋緩步而來的「春色」，誰不雙手歡迎！「花鬚柳眼各無賴，紫蝶黃蜂俱有情」，「無賴」為唐人習用對愛極之人或物的俏罵語。

詩句．出處	鳥下綠蕪秦苑夕，蟬鳴黃葉漢宮秋。（〈咸陽城東樓〉唐．許渾）
	蕪：亂草叢生。苑：專為帝王飼養禽獸，種植草木，供其遊樂射獵的地方。
解析．應用	秦朝禁苑的舊地，夕陽殘照，飛鳥消失在綠色的荒草中；漢代宮殿的遺址，一片秋色，寒蟬在枯黃的樹葉間鳴叫。
	常用來形容古建築遺址的荒蕪破敗或表達面對遺跡的滄桑感。
寫作例句	人已如昨日黃鶴，飛進歷史的深處，鳳閣龍樓安在？天道循環，自然又是一番滄桑了。「鳥下綠蕪秦苑夕，蟬鳴黃葉漢宮秋」，「吳宮花草埋幽徑，晉代衣冠成古丘」，許渾和李白吟哦的傷情，可移於眼前景。

走獸＋植物

詩句．出處	天蒼蒼，野茫茫，風吹草低見牛羊。 （〈敕勒歌〉北朝民歌）
	蒼蒼：深青色。茫茫：遼闊無邊的樣子。見：同「現」，顯現，顯露。
解析．應用	天色碧青，草原遼闊，陣風吹來時，牧草低伏，牛羊才從草中顯露出來。
	詩句著力描寫草原廣闊，牧草豐足和牛羊繁盛，寫出了北方曠野的特有景象。可引用這三句詩來描繪北方草原的景色。

寫作例句	1. 我們正馳行在一望無際天然牧場草原上。風景遼闊，寂寞而美麗，正像古詩上的「天蒼蒼，野茫茫，風吹草低見牛羊」。 2. 站在這空曠寂靜的大漠戈壁之間，迎著狂吹不已的獵獵秋風，面對幽暗無際的衰草荒野，那種「天蒼蒼，野茫茫，風吹草低見牛羊」的意境何處尋覓？

詩句．出處	亂花漸欲迷人眼，淺草才能沒馬蹄。（〈錢塘湖春行〉唐．白居易）
解析．應用	五彩繽紛的野花漸漸要使人眼花撩亂，淺綠的嫩草剛好遮沒馬蹄。
	常用來形容百花盛開，綠草如茵的景色。前一句用來比喻某些現象讓人眼花撩亂，心中迷茫。
寫作例句	1. 山花開得團團簇簇，擠擠擁擁，各有風騷，惹人眼目。花下，是一片片碧茵茵的青草，短短的，淺淺的。不由得想起白居易的〈錢塘湖春行〉中的一聯：「亂花漸欲迷人眼，淺草才能沒馬蹄。」 2. 時下出版的各種管理學書籍，頗有「亂花漸欲迷人眼」之勢。所以對於諸多讀者而言，便面臨著這樣的難題：如何挑選一本合適的管理學書籍來讀？

詩句．出處	馬思邊草拳毛動，雕眄青雲睡眼開。（〈始聞秋風〉唐．劉禹錫）
	眄：斜視。

解析・應用	駿馬一想到邊塞的草原，拳曲的毛都會抖動起來；雕瞥見高空的青雲，瞇縫的睡眼馬上就會睜開。
	這一「動」，一「開」，極為傳神地刻劃出駿馬、雕鷹那種心動神驚的形象。詩人以比興法，借馬、雕形象，顯示出內心潛藏著的力量，集中地抒發了自己不服老，還想為國立功的昂揚鬥志和勇於進取的豪邁情懷。可引用這兩句詩來形容人們奮發進取的精神，常用來形容動物或人喜愛某事物以致一看到或想到就激奮不已，精神倍增。
寫作例句	1.「馬思邊草拳毛動，雕眄青雲睡眼開。」這是唐朝詩人劉禹錫在〈始聞秋風〉中寫下的詩句。是啊，戰馬思念著邊塞的草，身上捲曲的毛都動起來了；雕瞇縫著的睡眼，一看到青天白雲，頓時張開來了。借用這句詩來形容太平洋彼岸的他的心境，是最恰當不過了。 2. 刊物受到廣大年輕讀者的熱烈歡迎，許多年輕人望旌旗而馳驟，聞號角而沸騰，大有「馬思邊草拳毛動，雕眄青雲睡眼開」的意味。

詩句・出處	雷驚天地龍蛇蟄，雨足郊原草木柔。 （〈清明〉宋・黃庭堅）
	蟄：動物冬眠時潛伏在土中或洞穴裡不食不動。
解析・應用	春雷驚天動地，震醒了蟄伏的龍和蛇；春雨充沛，滋潤郊野曠原，使草木變得青綠柔美。
	常用來形容春天的雷雨使萬物復甦，為大地帶來蓬勃生機。

寫作例句	記得有這樣兩句詩：「雷驚天地龍蛇蟄，雨足郊原草木柔。」這是形容春天的，春雷滾過，龍蛇齊出，春雨潤澤，草木同榮，這是自然規律，我們能因為出現毒蛇和野草就否定孕育萬物的春天嗎？

詩句．出處	枯藤老樹昏鴉，小橋流水人家，古道西風瘦馬。（〈天淨沙．秋思〉元．馬致遠）
解析．應用	纏繞著枯藤的老樹上落著幾隻在黃昏中棲息的烏鴉，小橋下是潺潺的流水，有幾戶人家居住，古老的道路上，蕭瑟的秋風中，一個人騎著一匹瘦馬在奔走。
	開頭三句用九個沒有動詞的並列詞，把九種不同的景物連綴在一起，創造出一個蕭瑟蒼涼的意境，深刻而具體地表達出遊子徬徨悲苦的心情。可引用這支曲子或其中的句子來描述蒼涼的秋景，悲苦的秋思之類。第一句常用來形容烏鴉落棲枯樹的蕭索景致，比喻衰朽的事物、人物或窘困的境況；第二句常用來形容民居依橋傍水的景色；第三句常用來形容古道、大漠等地荒涼的景色，比喻冷落衰敗的事物或人物。
寫作例句	1. 這歸心在溫庭筠的「雞聲茅店月，人跡板橋霜」上，也在馬致遠的「枯藤老樹昏鴉，小橋流水人家，古道西風瘦馬」上；無動詞，因詩意已被鄉思貫通了。 2. 積極進取的人，他可以從各種事物中吸取力量。即使在「枯藤老樹昏鴉」的境遇中，他也不會沮喪。 3. 與其說這是個城市，無寧說是農村中的一個小鎮。自然景色美極了，可以入詩入畫，有「枯藤老樹昏鴉」，有「小橋流水人家」，還有「古道西風瘦馬」。

第 6 節　交通工具

坐騎

詩句．出處	射人先射馬，擒賊先擒王。（〈前出塞〉唐．杜甫）	
解析．應用	射人要先射他的馬，擒賊要先擒他們的頭目。	
	常用來說明除敵要先抓首惡，解決問題則要抓住關鍵。	
寫作例句	1. 岳飛說：「賢弟，常言道：『射人先射馬，擒賊先擒王。』我們只要擒拿賊首，救出恩師，以酬素志，何懼那賊兵多寡？」 2.「打蛇要打七寸，放羊要趕頭羊。」、「射人先射馬，擒賊先擒王。」說的都是要善於抓住關鍵。	

詩句．出處	所向無空闊，真堪託死生。（〈房兵曹胡馬〉唐．杜甫）
	無空闊：形容馬跑得極快，空曠的地帶不算回事，一馳而過。堪：可以。託死生：指可靠著牠臨危脫險，化死境為生路。
解析．應用	這匹馬所向之處，無可阻擋，牠奔馳如飛，再空闊的地方也不覺得遙遠，牠能載主人臨危脫險，真可以死生相託。
	常用來形容馬的駿良。

寫作例句	當我第一次被爸爸扶上馬背，只覺得兩耳生風，路旁的小鳥被驚得亂飛，但我並不害怕。媽媽說過，從馬上摔下來，馬會用牠的鬃毛鋪地，託護著你。「所向無空闊，真堪託死生。」後來，每讀起杜甫的這兩句詩，還能使我回想到當時的興味。

詩句．出處	此馬非凡馬，房星本是星。向前敲瘦骨，猶自帶銅聲。（〈馬詩〉唐．李賀）
	房星：二十八星宿之一，古代傳說這是代表馬的星宿。〈瑞應圖〉說：「馬為房星之精。」銅聲：形容骨骼堅勁有力，如銅鐵一般。
解析．應用	這匹馬不是人間的凡馬，牠是天上的房星。向前去敲敲牠的瘦骨，還帶有銅聲。
	常用來形容馬好，精瘦有力，也用來比喻人精瘦結實或剛強不屈。
寫作例句	1. 我們的歷代名馬的筋骨、血脈、氣韻、精神也都遺傳下來了，那種「龍馬精神」，就在這片草原的馬身上：「此馬非凡馬，房星本是星。向前敲瘦骨，猶自帶銅聲。」 2. 李賀的一首詠馬詩寫道：「此馬非凡馬，房星本是星。向前敲瘦骨，猶自帶銅聲。」這可能是他的自喻，繪聲繪色地寫出了好樣的硬骨頭。 3. 這十幾年來我確實「肥」了，肚腹漸隆，體重有增，從一個「向前敲瘦骨，猶自帶銅聲」的 67 公斤重的詩人，變成了一個「暮隨肥馬塵」的 84 公斤的老散人。

詩句·出處	芳草有情皆礙馬，好雲無處不遮樓。（〈綿谷回寄蔡氏昆仲〉唐·羅隱）
	好雲：彩雲與樓臺相互映襯，景色很美，故稱。
解析·應用	芳草有情，絆著馬蹄不讓離去；好雲處處遮住樓臺，不讓人望見家鄉。
	常用來形容芳草萋萋，白雲處處的景致。也用來比喻美好的事物十分誘人，但要獲取卻有障礙。
寫作例句	1. 那一年春天，依然芳草萋萋，白雲片片，但我們已沒有閒情逸致去欣賞「芳草有情皆礙馬，好雲無處不遮樓」的景色，在這個不凡的春天裡，我們經歷了疫情肆虐的時期。 2. 這些問題的重要性和奧妙，像磁鐵一樣把人們吸引在自己的周圍。「芳草有情皆礙馬，好雲無處不遮樓。」為了探索這些問題的奧妙，我們不能不下馬細細觀摩，徘徊流連而不忍去。

詩句·出處	櫪上騂騮嘶鼓角，門前老將識風雲。 （〈上將行〉唐·耿湋）
	櫪：馬槽。騂騮：赤色的駿馬。嘶：鳴。
解析·應用	栓在槽邊的戰馬聽到戰鼓和號角聲就會嘶鳴不已，站在家門口的老將雖然退役，仍能辨識戰局的風雲變幻。
	常用來形容戰馬嚮往戰場，或形容老將軍嚮往、懷念戎馬生涯，並有豐富的戰鬥經驗。也用來比喻老人或行家老手仍期待奮發有為的生活，並有豐富的相關經驗。

寫作例句	1. 將軍們還用古風、對聯、警句等表達自己的情懷，如「櫪上驊騮嘶鼓角，門前老將識風雲」，筆歌墨舞，豪韻天成。 2. 讀完劉教授的新著《老年人才開發研究》一書，腦海中油然浮現出唐代耿湋〈上將行〉中的兩句名詩：「櫪上驊騮嘶鼓角，門前老將識風雲。」也許用這兩句話來概括劉教授退休後關於老年人才開發的知與行最為貼切。 3.「櫪上驊騮嘶鼓角，門前老將識風雲。」他猶似一匹良驥，時刻想著自己肩負的責任；不安於現狀，志在千里，嚮往著風，嚮往著雲，嚮往著鼙鼓沙場的風雲際會。

詩句·出處	好水好山看不足，馬蹄催趁月明歸。（〈池州翠微亭〉宋·岳飛）
解析·應用	一路上好山好水看不夠，可馬蹄聲聲，催我趁月色明亮歸去。
	常用來形容美麗的山水風光讓人看不夠，也用來形容想看的美景很多，但因故只好匆匆離去。
寫作例句	1. 為了這個目標，我甚至還跑到了隔海相望的歐洲大陸，在巴黎、布魯塞爾、慕尼黑、阿姆斯特丹、羅馬等地留下了我的足印。「好水好山看不足，馬蹄催趁月明歸」，我東奔西顛，樂在其中，人雖辛苦，心卻怡然。 2. 為了趕下午的火車，我們中午只花了一個半小時就把城裡最著名的兩處景點參觀完畢，結束了短暫的旅行，我不由得想起了岳飛寫的一句詩：「好水好山看不足，馬蹄催趁月明歸。」

詩句．出處	此身合是詩人未？細雨騎驢入劍門。（〈劍門道中遇微雨〉宋．陸游）	
	合：該當。未：句末表詢問，同「否」。騎驢：古代許多詩人都有騎驢遊走或尋詩的故事，如李白、杜甫、賈島等。劍門：劍門關，在今四川省劍閣縣北。	
解析．應用	我這一生就該是個詩人嗎？在濛濛細雨中，我騎驢進入劍門關。	
	常用來形容騷人墨客等在細雨中行進或遊歷，聯想到古代詩人的遊走情景，便戲謔地自問，是否也像他們一樣算個詩人或作家。	
寫作例句	憶及五年前的筆會，經蓉城，在霏霏秋雨中同遊青城山，回味那「此身合是詩人未？細雨騎驢入劍門」情景；又七年前元夜，於泉城十里長街人山人海中同觀花燈，鞋子被踩掉一隻事，不禁撫掌大笑。	

車船

詩句．出處	天際識歸舟，雲中辨江樹。（〈之宣城郡出新林浦向板橋〉南北朝．謝朓）
解析．應用	水天之際能望到一葉歸舟，雲霧之中依稀可見江岸的樹木。
	常用來形容船行於水天一線，雲霧之中江岸景物隱約可見的景色，也用來形容辨識事物或辨別能力強。

寫作例句	1. 寒霧漠漠的大江上，哪裡是迷途者的津渡？唯有滿目夕照，平海漫漫，展示著渺茫的前程。詩中再現了「天際識歸舟，雲中辨江樹」的意境，只是滲透著久客在外的懷鄉之情以及仕途迷津的失意之感，較之小謝詩寄託更深，也更加渾融完整、清曠淡遠。 2. 不但顯著的事物能辨認清楚，而且細微的事物也都一一瞭然。這正是《中庸》中說的「極廣大而盡精微」，所以能夠「天際識歸舟，雲中辨江樹」。

詩句·出處	仍憐故鄉水，萬里送行舟。（〈渡荊門送別〉唐·李白）
	憐：愛。
解析·應用	依然深愛故鄉的水，不遠萬里載舟為我送行。
	用於形容江河載舟遠流的景致，亦形容離別時對家鄉江河湖泊或其他景物的留戀。
寫作例句	近五十年前的深秋，一艘運河客輪載著我們全家離開了生於斯、長於斯的鄉土。當輪船駛離，城郭漸漸隱去的時候，一直在正襟危坐的祖父，似乎也抑止不住悒悒的離愁，忽然低吟了兩句唐詩：「仍憐故鄉水，萬里送行舟。」

詩句·出處	登艫美清夜，掛席移輕舟。 （〈月夜江行寄崔員外宗之〉唐·李白）
	艫：船頭。美：欣賞讚美。掛席：揚帆。
解析·應用	登上船頭讚美這清涼的夜色，揚起風帆讓輕舟順水漂移。
	常用來形容靜夜泛舟水上的情景。

寫作例句	可惜這次乘坐的是火車，不能像當年的詩人那樣「登艫美清夜，掛席移輕舟」。假若真的能凌波泛舟，橫槊賦詩，那該又是怎樣一幅動人的情景啊！

詩句．出處	人生在世不稱意，明朝散髮弄扁舟。（〈宣州謝朓樓餞別校書叔雲〉唐．李白）
	稱意：滿意。散髮：披散頭髮，以示狂放不羈。 扁舟：小船。
解析．應用	人生在世不能稱心如意，倒不如明天披散頭髮，駕船漂游。
	常用來說明人生不如意，倒不如隱逸山水，放浪形骸。 也用來表達失意者的消沉情緒。
寫作例句	一個人有宏圖大志不得施展，想有番作為卻處處受制，這才要去歸隱，「且自逍遙沒人管」，「人生在世不稱意，明朝散髮弄扁舟」。

詩句．出處	竹喧歸浣女，蓮動下漁舟。（〈山居秋暝〉唐．王維）
	浣：洗。
解析．應用	竹林裡傳來喧鬧聲，洗衣服的村女們回來了；荷葉左右晃動，打魚的小船穿過荷叢，順水而下。
	常用來形容林中喧聲鬧語，行人歡步；水上草葉紛披，舟船穿行。也用來形容鄉村安寧祥和的生活情景。

寫作例句	「竹喧歸浣女，蓮動下漁舟」，今天的鄉村可能再也不會有這樣的場景了，水鄉的詩意也許只在我們這些看客浮光掠影的匆匆行走中才得以洋溢，而這裡的年輕一代，也許是為了將來不用盡日泡在水中用力摔打著衣服，不用終日播種捕魚，紛紛離開了這裡，到外面去尋找他們眼裡更精彩的一切去了。

詩句·出處	永憶江湖歸白髮，欲回天地入扁舟。（〈安定城樓〉唐·李商隱）
	永憶：常常想起。江湖：指隱士的居處。歸白髮：指年老而歸。扁舟：小船。
解析·應用	我一直沒有忘記年老時歸隱江湖，但我要做出一番回天轉地的大事業後，才肯乘一葉扁舟歸去。
	常用來表達建功立業，功成身退的願望，也用來比喻回歸自然的願望。
寫作例句	1. 願政治家們經常想起為古代大政治家王安石激賞的李商隱的名句：「永憶江湖歸白髮，欲回天地入扁舟。」為官一方，造福一方；功成身退，逍遙林下。 2. 當生活在鋼筋水泥的森林中，藍天白雲快成了人們眼中自然最後恩賜的美景時，自然卻在人們的意識深處牢牢地扎下了根，正所謂：「永憶江湖歸白髮，欲回天地入扁舟。」

<table>
<tr><td rowspan="2">詩句・出處</td><td>君家何處住？妾住在橫塘。停船暫借問，或恐是同鄉。（〈長干曲〉唐・崔顥）</td></tr>
<tr><td>君：對對方的尊稱。妾：古代女子的謙稱。橫塘：在今江蘇省南京市西南。借問：請問。或恐：或許。</td></tr>
<tr><td rowspan="2">解析・應用</td><td>你家住在哪裡？我家住在橫塘。停下船來暫且問一聲，或許我們還是同鄉哩。</td></tr>
<tr><td>常用來形容在外的人聽到鄉音感到親切，便與人搭訕，欲認老鄉以解寂寞。</td></tr>
<tr><td>寫作例句</td><td>「異鄉人」這三個字，聽起來音色蒼涼，「他鄉遇故知」則是人生一快。一個怯生生的船家女，偶爾在江上聽到鄉音，就不覺喜上眉梢，顧不得嬌羞，和隔船的陌生男子搭訕：「君家居何處？妾住在橫塘。停船暫借問，或恐是同鄉。」遼闊的空間，悠邈的時間，都不會使這種感情褪色：這就是鄉土情結。</td></tr>
</table>

<table>
<tr><td>詩句・出處</td><td>車如流水馬如龍，花月正春風。（〈望江南〉南唐・李煜）</td></tr>
<tr><td rowspan="2">解析・應用</td><td>園林中車如流水，馬如遊龍，又正是春風和煦，花好月圓的時節。</td></tr>
<tr><td>常用來形容車來人往，繁華熱鬧且景色美好的景象。</td></tr>
<tr><td>寫作例句</td><td>從來沒有夢想過更沒有羨慕過「車如流水馬如龍，花月正春風」的繁華，也許那有幸的龍馬單屬於別一世界的宮苑，但也少不了一副玉勒雕鞍吧？</td></tr>
</table>

詩句·出處	小舟從此逝，江海寄餘生。（〈臨江仙〉宋·蘇軾）
	逝：去，往。餘生：後半生或晚年。
解析·應用	我駕小舟從此遠去，退隱到江海上，以寄託餘生。
	常用來形容漂浮於江河湖海的水上生活，也用來比喻退避官場，遠離名利紛爭或遁世隱居。
寫作例句	1. 我們索性都躺在船裡，收了槳任它浮蕩，看白雲掠望，魚跳水面，那種清閒怡然之態，真是大有蘇東坡「小舟從此逝，江海寄餘生」的意味。 2. 李清照慶幸自己與明誠終於能從冠蓋如雲、喧囂塵上的天子腳下，從爾虞我詐、烏煙瘴氣的官宦場上，從勾心鬥角、動輒得咎的大家庭羈絆中脫身出來。那種輕快愉悅的心情，使她多次想起東坡居士那傳誦一時的詞句：「小舟從此逝，江海寄餘生。」

詩句·出處	無情汴水自東流，只載一船離恨、向西州。（〈虞美人〉宋·蘇軾）
	汴水：古河名，其一支自開封向東流，於泗州入淮水。西州：泛指西邊的州郡。
解析·應用	無情的汴水自此向東流去，我心裡卻滿載一船離恨，獨自向西邊的州郡行進。
	常用來形容帶著滿腹離愁別恨離去。
寫作例句	歷史的誤會導致了夫妻的誤會、家庭的誤會，悲慘的政治遭遇和骨肉離異交織在一起。傷心事，離人淚，如夢，如夢。「無情汴水自東流，只載一船離恨、向西州」！

詩句·出處	獨駕一舟千里去，心與長天共渺。（〈念奴嬌〉宋·秦觀）
	渺：遠。
解析·應用	獨駕一葉小舟漂泊千里，心像遼闊的天空那樣高遠。
	常用來形容遊歷或歸隱於山水之間，心懷高遠空明。
寫作例句	終日陷身於世網塵勞、困厄於名韁利鎖，營營役役過日子，誰還能「獨駕一舟千里去，心與長天共渺」呢？

詩句·出處	玉鑑瓊田三萬頃，著我扁舟一葉。（〈念奴嬌·過洞庭〉宋·張孝祥）
	玉鑑：玉磨成的鏡子。瓊田：美玉鋪成的田地。瓊，美玉。著：附著。扁舟：小船。
解析·應用	平靜清澈的湖面像白玉磨成的鏡子，像美玉鋪成的田地，有三萬頃那麼寬闊，湖上只漂浮著我的一葉扁舟。
	常用來形容一葉小舟漂浮於明靜廣闊的水面。
寫作例句	「玉鑑瓊田三萬頃，著我扁舟一葉。」湖水靜靜地橫在下面，水底現出藍藍的天和皓皓的月，天空嵌著魚鱗似的一片一片的白雲，水面泛著一道一道的月光，月光在一晃一晃地流動。

詩句·出處	春雨斷橋人不度，小舟撐出柳陰來。（〈春遊湖〉宋·徐俯）
	斷橋：指橋被水淹，通行中斷。度：過。
解析·應用	春雨過後，大水淹沒了小橋，遊人過不去，正在這時，一葉小舟從柳蔭下悠然撐出。
	常用來形容雨天水漲橋斷，河中小舟悠然撐出。

寫作例句	小木橋被洪水沖壞了，幾名同學在對岸望著河水發愣，一籌莫展。「春雨斷橋人不度，小舟撐出柳陰來」，當焦急萬分的同學們忽然看到一葉小舟撐出樹蔭，老師來接他們了，激動得招手大聲喊著：「老師！老師！」

第 7 節　建築風情

樓

詩句・出處	明月照高樓，流光正徘徊。（〈七哀〉三國・魏・曹植）
	流光：像水一樣流動的月光。
解析・應用	明月朗照高樓，月光如水，流連徘徊。
	常用來形容朗月高照，月華似水的夜景。
寫作例句	睹此月圓花盛，頓覺心曠神怡。25 年來，直到今夜才發現高原上的小城竟是這樣出奇的美！曹植「明月照高樓，流光正徘徊」的詩句，用來描繪今夜的西寧，不是也很貼切嗎？

詩句・出處	欲窮千里目，更上一層樓。（〈登鸛雀樓〉唐・王之渙）
	窮：盡。更：再。
解析・應用	要想看盡千里風光，還要再上一層樓。
	常用來說明登高方能望遠的道理，也用來比喻看問題或做事情立足點高，才能目光遠大。或比喻要想獲得更大的成就，就必須更加努力。

寫作例句	1. 唐詩云：「欲窮千里目，更上一層樓。」登上香爐峰環顧四周，才知道：還有更遠的路程，還有更高的山峰在前頭呵！ 2. 看著他筆下的傳神佳作，聽著他那「不斷否定自己」的心聲，記者又想起了那句膾炙人口的古詩：「欲窮千里目，更上一層樓。」

詩句．出處	危樓高百尺，手可摘星辰。不敢高聲語，恐驚天上人。（〈夜宿山寺〉唐．李白）
	危：高。
解析．應用	高樓有百尺之高，站在上面，手可以摘到天上的星星。不敢高聲說話，怕驚動了天上的仙人。
	常用來形容建築物或山峰聳立高空。
寫作例句	懸空寺真是名不虛傳，不僅寺廟本身懸在半天空中，連那些支撐在巉巖峭壁上的細木支柱竟然也是懸空的！到這時我才真正體會到，民謠「懸空寺，半天空，三根馬尾空中吊」，對它的描述並非誇張；李白的詩句「危樓高百尺，手可摘星辰。不敢高聲語，恐驚天上人」，對它的讚頌也並不過分。

詩句．出處	暝色入高樓，有人樓上愁。（〈菩薩蠻〉唐．李白）
	暝色：暮色。
解析．應用	暮色進入高樓，有人正在樓上發愁。
	常用來形容屋內的人憂愁不安。

寫作例句	靜悄悄的夜晚，成了我悲嘆人生、憐惜自己的黃金時間。無論是月明星稀的良宵，還是雨疏風緊的苦夜，都是李白那句詞：「暝色入高樓，有人樓上愁。」

詩句·出處	昔聞洞庭水，今上岳陽樓。（〈登岳陽樓〉唐·杜甫）
解析·應用	過去聽說過洞庭湖，今天登上了岳陽樓。
	常用來形容過去只是聽說洞庭湖，如今真的來到了洞庭湖，登上了岳陽樓。
寫作例句	總想有一天能站在岳陽樓上飽覽那「銜遠山、吞長江，浩浩蕩蕩，橫無際涯」的壯觀。而這一天終於來到了，真可謂「昔聞洞庭水，今上岳陽樓」。

詩句·出處	欲為平生一散愁，洞庭湖上岳陽樓。（〈岳陽樓〉唐·李商隱）
解析·應用	想要驅散一生的憂愁，我來到洞庭湖畔，登上岳陽樓。
	常用來形容為遣鬱解愁，到洞庭湖等風景名勝遊覽散心。也用來說明自然風光能使人心曠神怡，緩解或消除煩愁。
寫作例句	1.「欲為平生一散愁，洞庭湖上岳陽樓」，這是很多遊人的共同體會。觀賞著綺麗的洞庭風光和千古名樓，誰不心曠神怡，留連忘返？ 2. 在我的意念裡，即使是旅行記事吧，正如李商隱的名句「欲為平生一散愁，洞庭湖上岳陽樓」所表達的，欣賞名勝古蹟有時也是為了排遣積鬱。

詩句．出處	紅樓隔雨相望冷，珠箔飄燈獨自歸。 （〈春雨〉唐．李商隱）	
	珠箔：珠串編成的簾子，借指雨簾。	
解析．應用	隔著春雨遙望紅樓，但見人去樓空，倍覺清冷，珠簾般的細雨在手提的燈籠前飄過，伴我獨自歸來。	
	常用來形容思人懷遠，悵惘寂寥。	
寫作例句	「咫尺蓬山，可望而不可即。」「我明白了！」她點點頭也說：「『紅樓隔雨相望冷，珠箔飄燈獨自歸』，其情自然難堪。」	

詩句．出處	昔人已乘黃鶴去，此地空餘黃鶴樓。黃鶴一去不復返，白雲千載空悠悠。（〈黃鶴樓〉唐．崔顥）
解析．應用	昔日的仙人已乘坐黃鶴飛去了，此地只剩下一座著名的黃鶴樓。黃鶴一經飛去，便再也不飛回來了，而黃鶴樓上空的白雲，卻千載不去，長久飄蕩著。
	常用來形容黃鶴樓久負盛名，美輪美奐，可引用這四句詩來抒寫黃鶴樓思古之幽情，或只引前兩句來表達人已離去，此地空留的感慨。前兩句可形容人去樓空，後兩句可形容事物或人一去不返，銷聲匿跡。

寫作例句	1. 每次路過這山腳下，就會想起崔顥的千古佳句——「昔人已乘黃鶴去，此地空餘黃鶴樓。黃鶴一去不復返，白雲千載空悠悠。」我多想有一天自己也能登上享有「天下絕景」盛譽的黃鶴樓呀！ 2. 我們來到大學英文系的一間普通房間，門口的牆上鑲著一塊銅牌，上面刻著：安格爾（1908——1991），這裡便是「國際寫作中心」的辦公室了。我們真有「昔人已乘黃鶴去，此地空餘黃鶴樓」的感慨。 3. 林業廳勘探隊不相信黑竹溝的神祕傳說，技術員老陳和助手小李揹著工具勇敢地闖進了關門石，豈料，「黃鶴一去不復返，白雲千載空悠悠」，兩人進去後就再也沒有出來。

詩句·出處	獨上高樓望帝京，鳥飛猶是半年程。（〈登崖州城作〉唐·李德裕）
解析·應用	獨自登上高樓眺望陛下所在的京城長安，從這偏遠之地到那裡，就是鳥飛也要飛上半年。
	常用來形容地處偏遠，遠離京畿腹地。也用來形容身在荒鄉，思念京都。
寫作例句	千百年來，海南島孤懸海外，故有「獨上高樓望帝京，鳥飛猶是半年程」之說，歷代被稱為蠻荒之地，當作流放之所。

詩句·出處	高樓誰與上？長記秋晴望。往事已成空，還如一夢中。（〈子夜歌〉南唐·李煜）
解析·應用	現在有誰能與我同上高樓？總記起以前在晴朗的秋天登高遠望。往事已成空，就像人的夢一樣。
	常用來形容憶起往事，知其不可再現，惆悵不已。

寫作例句	想到星散的朋友，心情惆悵，想起李煜的詞：「高樓誰與上？長記秋晴望。往事已成空，還如一夢中。」

詩句·出處	我欲乘風歸去，又恐瓊樓玉宇，高處不勝寒。（〈水調歌頭〉宋·蘇軾）
	瓊樓玉宇：指月中宮殿。不勝寒：忍受不了寒冷。
解析·應用	我想要駕著風回到天上宮殿中去，又恐怕月宮太高，忍受不了寒冷。
	常用來形容高峻之處清寂寒冷的景象，或形容嚮往高處，但又害怕那裡高聳清寒，適應不了。也用來比喻想實現某一願望，但又怕因此遇到種種困難，自己不堪重負，或達到目標後，又面臨新的困難。或引「高處不勝寒」一句來說明「高不可攀」一類的意思。
寫作例句	1. 我們邊走邊看，抬頭見高入雲端的塔頂上，有女工的矯健身影。聽說，她們是乘電梯登上「天宮」的。我仰首而望，蘇軾那「我欲乘風歸去，又恐瓊樓玉宇，高處不勝寒」之句，一下闖入胸懷。 2. 一位退休老工人感慨地說：「現在物價上漲，學費上漲，培養兒子上大學，需要摔鍋賣鐵呀！」大學是廣大工人及農民子女嚮往的「瓊樓玉宇」，但身在其中，不少人又覺得「高處不勝寒」。

詩句·出處	未到江南先一笑，岳陽樓上對君山。（〈雨中登岳陽樓望君山〉宋·黃庭堅）
	江南：指作者家鄉江西。君山：在洞庭湖中，與岳陽樓隔水相望。

解析·應用	還沒有到達江南故鄉，禁不住先一笑，登上岳陽樓，正與君山遙遙相望。
	常用來形容岳陽樓上眺望君山，或形容即將回到家鄉的喜悅心情，也用來形容岳陽樓與君山遙相對望的秀麗景色。
寫作例句	1. 我告訴他，我也在湖南工作過，三湘四水如今變化可大呢，有機會，希望他回去瞧瞧。他說：那當然，此生終歸是要「未到江南先一笑，岳陽樓上對君山」。 2. 自古以來，君山就逗引著不少遊人，特別是古代的詩人作家，談到君山的景物時，都是讚不絕口的。宋代詩人黃庭堅就這樣說過：「未到江南先一笑，岳陽樓上對君山。」

詩句·出處	昨夜西風凋碧樹，獨上高樓，望盡天涯路。（〈蝶戀花〉宋·晏殊）
	凋碧樹：使碧樹凋零，指秋風把樹葉吹落了。西風：指秋風。天涯路：通往天邊的路，指極遠的路。
解析·應用	昨天夜裡秋風吹落了碧綠的樹葉，我獨自登上高樓，望到了天邊路的盡頭，也不見離人歸來。
	常用來形容期盼戀人或伴侶歸來，望眼欲穿，也用來形容秋冬之季高處望遠。或比喻目光遠大，有志向，有理想。也用來比喻人在成就事業或追求美好生活的過程中，所經歷的飽嘗孤獨、徬徨、悽苦滋味的階段。

寫作例句	1. 為愛，為希望，我們甘願為之付出代價而歷盡磨難。「衣帶漸寬終不悔，為伊消得人憔悴」是一種境界，「昨夜西風凋碧樹，獨上高樓，望盡天涯路」也是一種境界。 2. 冬天，由我臥室的窗子，隔著落盡霜葉的樹林，往遠處望，使我又想起晏殊的「昨夜西風凋碧樹，獨上高樓，望盡天涯路」的境界。 3. 有人說，古今成大事業、大學問者必經三種境界，我們已經經歷過「昨夜西風凋碧樹，獨上高樓，望盡天涯路」的第一種境界，正在經歷著「衣帶漸寬終不悔，為伊消得人憔悴」的第二種境界，相信那「眾裡尋他千百度，驀然回首，那人卻在，燈火闌珊處」的第三種境界必然到來。

詩句・出處	小樓一夜聽春雨，深巷明朝賣杏花。（〈臨安春雨初霽〉宋・陸游）
解析・應用	住在小樓裡，聽過一夜淅淅瀝瀝的春雨聲，早晨放晴，小巷中的賣花女孩正在叫賣杏花。
	此情此景，正可消除種種惱人心緒。詩句寫得清麗動人，有聲有色。可引用這兩句詩來描述春日雨後的美好景象，常用來形容一夜春雨使得花兒驟然開放，或用來比喻一種情形緊隨另一種情形而出現。

寫作例句	1. 記得我們來時，桃枝上猶滿綴以絳紫色的小蕊，不料夜來過了一場雨，便有半株緋赤的繁英了，「小樓一夜聽春雨，深巷明朝賣杏花」，可見自來春光雖半是冉冉而來，卻也盡有翩翩而集的。 2. 我看看用鐵絲網攔著的五盆鮮花，紅的雍容華貴，白的婀娜多姿，黃的幽人深致，綠的名士風流，紫的脈脈含情，一夜雨露，使它們更顯得容光煥發，生氣蓬勃。「小樓一夜聽春雨，深巷明朝賣杏花」，我低唸著陸放翁的詩句。 3. 我們有理由要求，如果作品是有時間性的話，雜文作者應該敏捷地寫，報刊應該敏捷地發表。「小樓一夜聽春雨，深巷明朝賣杏花。」如果是隔了十天八天，花就黃了蔫了。強烈的新鮮感，常是某部分優秀雜文的特色。

詩句．出處	喚作主人元是客，知非吾土強登樓。 （〈登荔枝樓〉宋．陸游）
	喚：稱喚。元：原來。
解析．應用	被人稱作主人，卻原來只是個客居的人，分明知道這裡不是故土，仍要勉強登上樓閣。
	常用來形容異國他鄉的人想到自己的客居身分或家鄉時，心境黯然。
寫作例句	熟客似的，我走入大閱覽室，在那裡寫著日記。寫著寫著，忽然憶起陸放翁的「喚作主人元是客，知非吾土強登樓」的兩句詩來。細細咀嚼這「喚」字和「強」字的意思，我的意興漸漸地蕭索了起來。

臺

詩句．出處	萬里悲秋常作客，百年多病獨登臺。（〈登高〉唐．杜甫）
	作客：羈留於他鄉。百年：古人認為人生不過百年，常用「百年」指一生。這裡指年歲已暮。
解析．應用	身在萬里之外，感傷這蕭瑟的秋天和常年客居他鄉的生活，年老多病，我獨自一人登上高臺。
	常用來形容客居他鄉的人（多指老人）體弱多病，孤苦伶仃的境況。也用來形容獨自登高，悲感秋天。
寫作例句	他無家無小，不知如何打發鄉思鄉愁。年近遲暮，重病纏身，晚景悽切，真個是「萬里悲秋常作客，百年多病獨登臺」啊！

詩句．出處	報君黃金臺上意，提攜玉龍為君死。（〈雁門太守行〉唐．李賀）
	黃金臺：戰國時燕昭王在易水東南十八里築臺，臺上放許多黃金，以招攬天下人才。意：深恩厚意。玉龍：指寶劍。
解析．應用	為報答君王黃金臺上的知遇之恩，決心手提寶劍為君王戰死。
	常用來形容感恩圖報，願為國家或為他人效死。
寫作例句	令我焦躁不安的，是遺憾自己沒有建功立業的機會，是不能「報君黃金臺上意，提攜玉龍為君死」。

詩句．出處	近水樓臺先得月，向陽花木易為春。（〈斷句〉宋．蘇麟）

解析·應用	臨水建造的樓臺，先得到美好的月色，向陽生長的花木，最容易萌生發育。
	原是作者藉比喻含蓄曲折地發牢騷，說范仲淹只提拔親近，而不錄用他。可引用前一句來比喻近便而獲得優先的機會。
寫作例句	1. 當然，近也有近的好處。俞文豹《清夜錄》載：「范文正公（仲淹）鎮錢塘，兵官皆被薦，獨巡檢蘇麟不錄，乃獻詩云：『近水樓臺先得月，向陽花木易為春』。」這「近水樓臺先得月」，與「遠來和尚會念經」，真是天然一副巧對。因為相處日久，相知便深，「內舉不避親」，原無可厚非。然而倘只在親信中選「千里馬」，一味讓身邊的「兵官」「先得月」，而只見樹木，不見森林，就屬於「近視眼」患者，難免要誤國害事的。 2. 他充分利用了近水樓臺先得月的優勢，搶占了先機。

詩句·出處	笙歌歸院落，燈火下樓臺。（〈宴散〉唐·白居易）
	笙歌：奏樂唱歌。
解析·應用	吹笙唱歌的樂工歌伎回到了院落裡，一盞盞燈火從樓臺上撤了下來。
	常用來形容宴席或歌舞戲樂結束時人散物撤的情景。
寫作例句	凝碧池邊，有土維這樣的舊臣，更有青雲得志的新貴，絲竹管絃間輕揚長袖，曼啟朱唇的，則既有新收的舞女歌伎，也有留用的舊班底，照樣的「笙歌歸院落，燈火下樓臺」，照樣的「舞低楊柳樓心月，歌盡桃花扇底風」了。

亭

詩句‧出處	何處是歸程？長亭更短亭。（〈菩薩蠻〉唐‧李白）
	長亭：指古時設在路旁供行人休息的亭子，各亭之間距離不一，故有長亭、短亭之說。更：換。
解析‧應用	哪裡是我回家的歸路呢？ 過了長亭又是短亭，不知有多遠。
	常用來形容歸途或其他目標遙遠，令人茫然。
寫作例句	從雲端傳來緩緩馳過的鴉聲，在寂無人聲的雨夜，隱現出另一種淒涼與茫然。「何處是歸程？長亭更短亭。」

詩句‧出處	不用憑欄苦回首，故鄉七十五長亭。（〈題齊安城樓〉唐‧杜牧）
	七十五長亭：古代三十里設一驛站，驛有亭，供人休息。齊安離長安二千三百五十五里，正是七十五亭。
解析‧應用	不用憑闌苦苦回頭悵望，從這裡到故鄉有七十五座長亭的路程，心裡明明白白。
	常用於表現思念故鄉的情緒。
寫作例句	獨行異鄉，夜色漸濃，月華如水灑滿孤徑。我輕嘆一聲：「不用憑欄苦回首，故鄉七十五長亭。」遙遙相望，難掩心中那份揮之不去的鄉愁與思念。

詩句·出處	遊人不管春將老，來往亭前踏落花。（〈豐樂亭遊春〉宋·歐陽脩）
	亭：豐樂亭，在滁州（今安徽省滁州市）西南琅琊山幽谷泉上，是作者在那裡做官時所建。
解析·應用	遊人不管春天將要過去，在豐樂亭前來來往往，踏著落花，欣賞暮春景色。
	常用來形容遊人來往，觀賞春景的情景。也用來形容暮春落英繽紛的景色。
寫作例句	愛晚亭前，路邊有桃花盛開，這大概正可比照杜牧詩中的「二月花」吧。花期不長，在我的記憶裡，從樹下經過，都有花瓣在飄落。落花舖地，成了花徑，這像是陶淵明所說的「落英繽紛」。年輕時候不大有歲月流逝的慨嘆，看著「遊人不管春將老，來往亭前踏落花」，心裡想著的，還是「明年花更好」，在明媚的春光裡，對未來充滿了信心。

房屋

詩句·出處	眾鳥欣有託，吾亦愛吾廬。（〈讀山海經〉晉·陶淵明）
	託：可以託身的鳥巢。廬：村屋，小屋。
解析·應用	鳥兒們因有鳥巢而欣喜，我也像牠們一樣，喜愛自己的小屋。
	常用來形容動物或人對住所或家的喜愛和依戀。

寫作例句	「眾鳥欣有託，吾亦愛吾廬」，漁舟唱晚，夕照歸鴉，芸芸眾生，都要回家。回家，是回到生的根底 ——「沒有家哪有你」；回家，是回到愛的搖籃 ——「我想有個家」。

詩句．出處	戶庭無塵雜，虛室有餘閒。久在樊籠裡，復得返自然。（〈歸園田居〉晉．陶淵明）
	虛室：空闊安靜的房屋。餘閒：十分安閒。樊籠：鳥籠。樊，柵欄。
解析．應用	門戶庭院沒有塵埃雜物，空闊的房屋裡清靜安閒。長久被困在樊籠一樣的世俗生活中，今天得以復歸自然。
	常用來形容擺脫世俗束縛，遠離奔勞，寄身山水田園的清閒幽靜的生活。前兩句常用來形容房屋庭院乾淨、寬大和安靜。
寫作例句	1. 在現代社會，像陶淵明那樣「戶庭無塵雜，虛室有餘閒。久在樊籠裡，復得返自然」的生活，除大富翁和大閒人之外，一般人難以求得。 2.「戶庭無塵雜，虛室有餘閒」，我在這清幽、寬敞的居所中，每日讀書寫字，享受著寧靜與自在。

詩句．出處	有家皆掩映，無處不潺湲。（〈睦州四韻〉唐．杜牧）
	掩映：指房屋藏於樹叢之中。潺湲：水緩慢流動的樣子。
解析．應用	每戶人家都在綠樹的遮掩下，無處不見潺湲的河流。
	常用來形容綠樹蔭庇人家，到處水流潺潺的景色。
寫作例句	在河水上游的兩個村莊，都是「有家皆掩映，無處不潺湲」的封閉峰叢窪地。

<table>
<tr><td rowspan="2">詩句·出處</td><td>門前冷落鞍馬稀，老大嫁作商人婦。
（〈琵琶行〉唐·白居易）</td></tr>
<tr><td>鞍馬：這裡是借代，指人。</td></tr>
<tr><td rowspan="2">解析·應用</td><td>門前冷落，車馬稀少，年紀也大了，就嫁給了一個商人。</td></tr>
<tr><td>常用來形容非凡（色相、技藝、家族等不凡）女子因年老色衰等緣故，風光不再，遭受冷遇，落魄下嫁。前一句常用來形容來往人少，門戶冷清，或比喻某一事物很少有人過問或關心。</td></tr>
<tr><td>寫作例句</td><td>1. 令她看破人生雖可能明豔煊赫一時，卻終不免「門前冷落鞍馬稀，老大嫁作商人婦」之悲劇命運的，正是那宦海沉浮、飽讀詩書的東坡先生。
2. 她不是「老大嫁作商人婦」的風塵女子，也不是「悔教夫婿覓封侯」的深閨貴婦，她有她自己的奇特的想法。
3. 過去，文物館是「門前冷落鞍馬稀」的地方，近幾年多是「車如流水馬如龍」，參觀者每年都在大幅度增加。</td></tr>
</table>

<table>
<tr><td>詩句·出處</td><td>人家逼江岸，屋柱入滄波。（〈舟過桐廬〉宋·楊萬里）</td></tr>
<tr><td rowspan="2">解析·應用</td><td>人家逼近江岸，木屋的柱子插入江波裡。</td></tr>
<tr><td>常用來形容房屋緊靠水邊，木柱等基腳立於水中的景致。</td></tr>
<tr><td>寫作例句</td><td>繼續行舟，水靜波平，隔山村落正如楊萬里的兩句詩：「人家逼江岸，屋柱入滄波。」吊腳樓裡雞犬相呼，恍若桃花源。</td></tr>
</table>

詩句·出處	茅簷低小，溪上青青草。（〈清平樂·村居〉宋·辛棄疾）
解析·應用	小小的茅屋，屋簷低矮，溪水邊長滿了青綠的小草。
	常用來形容房屋或村莊依傍著溪水、草樹的景致。
寫作例句	「茅簷低小，溪上青青草」，阿婆的家還真是這樣一個世界。

庭院

詩句·出處	戶外一峰秀，階前眾壑深。（〈題義公禪房〉唐·孟浩然）
	壑：山溝，山谷。
解析·應用	房門外，一座山峰秀美挺拔；臺階前，幾條山溝深入谷底。
	常用來形容面峰臨壑的山居景色。
寫作例句	梔峰山莊傍巖而築，北有人家。「戶外一峰秀，階前眾壑深」，孟浩然的這兩句詩，直似題寫眼前山景。

詩句·出處	庭樹不知人去盡，春來還發舊時花。（〈山房春事〉唐·岑參）
解析·應用	庭院中的樹木不知道人已走完，春天到來時仍開著和往年一樣的花兒。
	常用來形容人已離去，景物依舊。

寫作例句	我在玻璃窗外向裡面窺視了一會，看見陳設還是依舊。主人到哪裡去了呢？我不禁納悶，只得在階前佇立了一會，看見一樹桃花正在盛開，自然湧上了「庭樹不知人去盡，春來還發舊時花」的感慨。

詩句．出處	雕欄玉砌應猶在，只是朱顏改。（〈虞美人〉南唐．李煜）
	砌：臺階。朱顏：青春、健美的容顏。
解析．應用	雕花欄杆和玉石臺階應該還在，只是人紅潤的容顏已經改變。
	常用來形容景物依然，人的容顏已變。或形容景物雖在，但已破敗凋敝，不像從前那樣好了。也用來比喻山河景物雖在，但已不屬於原來的主人。
寫作例句	1. 手術後的她請人照了一張相，照片上的她與墜樓前相比憔悴了不少。她提筆在照片背面寫下了李煜的詞句：「雕欄玉砌應猶在，只是朱顏改。」簡單的一行字，蘊藏了多少苦澀和辛酸。 2. 文學館坐落於西城，是一座宮廷與寺廟相結合的龐大建築群，但由於年久失修，顯得有些破敗了。時序初春，院內樹木花草尚未萌芽，更顯出幾分荒蕪。「雕樓玉砌應猶在，只是朱顏改。」用李後主的這一名句來形容眼前的景象，也許是最恰當的了。 3. 他輕聲背誦起來：「雕欄玉砌應猶在，只是朱顏改。」並說：「面對這被侵吞的山河，這些名句多麼符合現實情況啊！」

詩句·出處	茅簷長掃淨無苔，花木成畦手自栽。（〈書湖陰先生壁·其一〉宋·王安石）
	畦：用土埂圍著的一塊塊排列整齊的田地，多為長方形。
解析·應用	茅屋的簷下經常打掃，乾乾淨淨沒有一點青苔，花木一畦一畦的，都是湖陰先生親手栽的。
	常用來形容宅第、院落等地庭院清潔，花木豐美、整齊。
寫作例句	路過幾個庭院，精緻整潔，花團錦簇，真可謂「茅簷長掃淨無苔，花木成畦手自栽」。

詩句·出處	中庭月色正清明，無數楊花過無影。（〈木蘭花·乙卯吳興寒食〉宋·張先）
解析·應用	庭院中月色正是清冷明亮的時候，柳絮紛紛從月下飛過，卻不見它的影子。
	常用來形容月華清明，花絮飄飛的月夜之美。
寫作例句	「中庭月色正清明，無數楊花過無影」，綠樹婆娑，月華似水，柳絮飄飄揚揚，過幽雅恬靜之境，絕無影聲，空負卻美景良辰，這又是何苦呢？

詩句·出處	明月不諳離恨苦，斜光到曉穿朱戶。（〈蝶戀花〉宋·晏殊）
	諳：熟悉。戶：門。
解析·應用	明月不懂離別的痛苦，斜射的月光一晚到天亮都照進虛掩的紅門。
	常用來形容月夜的離愁別苦。

寫作例句	「明月不諳離恨苦，斜光到曉穿朱戶。」一輪圓月，偏偏露出嫵媚恬靜的笑臉，透過窗戶，靜靜地瞅著他，讓他更加心煩意亂，無法入眠。

詩句・出處	庭院深深深幾許？楊柳堆煙，簾幕無重數。（〈蝶戀花〉宋・歐陽脩）
	幾許：多少。堆煙：一層層像煙一樣的霧氣。無重數：即無數重。
解析・應用	深深的庭院到底有多深？棵棵楊柳籠罩在層層煙霧之中，庭院裡的簾幕一重重，數也數不清。
	常用來形容庭院寬大幽深，樹木叢叢。
寫作例句	她當初買這個房子的時候，特別要一個有樹木濃蔭的院落，如今，當她孤獨地佇立在窗口，就覺得這院子是太大了，大得淒涼，大得寂寞，倒有些像歐陽脩的蝶戀花中的詞句：「庭院深深深幾許？楊柳堆煙，簾幕無重數。」

村落

詩句・出處	曖曖遠人村，依依墟里煙。狗吠深巷中，雞鳴桑樹顛。（〈歸園田居〉晉・陶淵明）
	曖曖：昏暗不明的樣子。依依：煙霧輕柔飄忽的樣子。墟里：村落。顛：頂端。
解析・應用	遠處的村莊依稀可見，那裡升起裊裊炊煙。狗在深巷中吠叫，雞在桑樹上啼鳴。
	常用來形容炊煙裊裊，狗吠雞鳴的村居景色。

寫作例句	看那盤石磨，那盤石碾，鬧紅揚碧的畫卷中倏然一幀鄉村小景，陶淵明「曖曖遠人村，依依墟里煙。狗吠深巷中，雞鳴桑樹顛」的名句怎不立現胸臆？

詩句・出處	空村唯見鳥，落日未逢人。（〈東屯北崦〉唐・杜甫）
解析・應用	空空的村莊，只見到樹上的鳥，落日西下，也沒有遇到一個人。
	常用來形容村莊荒涼冷落，不見人煙。
寫作例句	「空村唯見鳥，落日未逢人。」戰亂給人民帶來的是貧瘠和饑荒，是沉重的枷鎖。

詩句・出處	千村萬落如寒食，不見人煙空見花。（〈自沙縣抵龍溪縣值泉州軍過後村落皆空因有一絕〉唐・韓偓）
解析・應用	許許多多的村落像過寒食節一樣，不見人煙，只能看到些野花。
	常用來形容戰禍、災害等造成的農村杳無人煙的破敗景象。
寫作例句	除了少數皇親國戚、富貴人家，對於絕大多數老百姓來講，也還不是「四海無閒田，農夫猶餓死」，也還不是「千村萬落如寒食，不見人煙空見花」的慘敗景象？

寺廟

詩句·出處	寺憶曾遊處，橋憐再渡時。（〈後遊〉唐·杜甫）
	憶：想。憐：愛。渡：過河，此引申為經過。
解析·應用	曾經遊歷過的寺廟使我十分想念，再次經過石橋令我對它更加憐愛。
	常用來形容美好的景物讓人難以忘懷，或者形容再次看到舊景故物，令人感到親切、愉悅。
寫作例句	美的震顫不會隨時間的流逝、空間的阻隔而減弱，相反，會歷久常新，彌遠彌佳。杜甫詩云：「寺憶曾遊處，橋憐再渡時。」這是說，美的事物在回憶中，在久別重逢時變得愈加美麗了。

詩句·出處	鳥宿池邊樹，僧敲月下門。（〈題李凝幽居〉唐·賈島）
解析·應用	鳥兒在池塘邊的樹上棲宿，僧人在月光下輕敲寺門。
	常用來形容水邊鳥宿樹上，月下人來敲門的靜夜之景。
寫作例句	月色如水，輕籠著眼前的一切。河堤一線，泊著些許竹筏。河堤之上，是廣闊的田野，濃淡不一，迷迷離離的分不清莊稼還是灌木。……回首山莊，燈火闌珊，只有服務臺的燈光還亮著，遠處不時傳來狗的叫聲。這樣的背景，使我恍若置身於夢幻之中，是賈島「鳥宿池邊樹，僧敲月下門」的意境。此地無池，只有川流不息的河水，我非僧人，一個過客而已，也敲門了。

詩句·出處	曲徑通幽處，禪房花木深。 (〈題破山寺後禪院〉唐·常建)
	禪房：僧侶的住所。
解析·應用	竹林中的小道通向幽靜的地方，禪房掩隱在花木深處。
	常用來形容寺廟、亭園等地花木茂密，小徑通幽的景致。
寫作例句	寺內曲檻迴廊，松柏疊翠，還有不少五葉松和櫻花樹，頗有「曲徑通幽處，禪房花木深」的意境。

詩句·出處	南朝四百八十寺，多少樓臺煙雨中。 (〈江南春絕句〉唐·杜牧)
	四百八十：非實指，形容非常多。樓臺：指寺院的建築。
解析·應用	南朝修建的那麼多寺廟，有多少座樓臺籠罩在這迷濛的煙雨中啊。
	常用來形容煙雨中廟宇、教堂或高樓大廈林立的景色。
寫作例句	羅馬從中古以來便以教堂著名。〈羅馬遊記〉中引杜牧的詩「南朝四百八十寺，多少樓臺煙雨中」，光景大約有些相像的，只可惜初夏去的人無從領略那煙雨罷了。

詩句·出處	姑蘇城外寒山寺，夜半鐘聲到客船。 (〈楓橋夜泊〉唐·張繼)
	姑蘇：即今江蘇省蘇州市。寒山寺：在今蘇州市，建於南朝梁，唐初詩僧寒山曾居於此，故名。
解析·應用	姑蘇城外寒山寺的鐘聲，夜半時分傳到了客船上來。
	常用來形容江邊等處夜晚四周寧靜，遠處傳來廟堂鐘聲的情景。

寫作例句	夜晚，我爬到停靠在江邊的漁船上，聽濤聲陣陣，看漁火點點。夜深人靜的時候，偶爾會隱約聽到遠處寺廟還是什麼地方傳來的鐘聲，那情景，真像唐詩裡所寫的：「姑蘇城外寒山寺，夜半鐘聲到客船。」

橋梁

詩句・出處	二十四橋明月夜，玉人何處教吹簫。（〈寄揚州韓綽判官〉唐・杜牧）
	二十四橋：唐時揚州繁華，城內有二十四座橋。一說即揚州原來的吳家磚橋，因古時有二十四個美女在橋上吹簫而得名。玉人：美女。教：使。
解析・應用	正是二十四橋上明月當空的夜晚，你卻在哪裡讓美女為你吹簫作樂呢？
	常用來形容揚州等地橋的美麗，也用來形容月夜有橋之地的幽美景色，或形容橋上明月當空，傳來裊裊樂音的情景。
寫作例句	1. 湖的西北角，還有一道拱橋，名為廿四橋，像一條繡帶輕輕束著湖的纖腰，情致極美。「二十四橋明月夜，玉人何處教吹簫？」我們來到揚州，不禁一腳栽進古人的詩境中去了。 2. 月明之夜來到橋上，耳邊隱隱傳來大門口廣場歌舞晚會的簫管聲聲，你會情不自禁地低吟唐代詩人杜牧的佳句：「二十四橋明月夜，玉人何處教吹簫？」

詩句．出處	朱雀橋邊野草花，烏衣巷口夕陽斜。（〈烏衣巷〉唐．劉禹錫）	
	朱雀橋：六朝時位於金陵（今南京市）秦淮河上，是市中心通往烏衣巷的必經之路，今已不存。野草花：指野草叢中開花。花，動詞。烏衣巷：在秦淮河的南岸，東晉時是高門士族的聚居區，王導、謝安兩大世族都住在這裡。	
解析．應用	朱雀橋邊雜草野花叢生，烏衣巷口夕陽斜照。	
	常用來形容昔日繁盛之地荒涼冷落的景象。也可以引用第一句來比喻身分地位的普通，不為人們所重，「野草花」，言不登大雅。	
寫作例句	1. 歷史上，南京曾是「六代帝王國，三吳佳麗城」的金粉之地，也曾有過「朱雀橋邊野草花，烏衣巷口夕陽斜」的悽惻景象，伴著各代詩人的淺吟低唱，歷盡了人間滄桑。 2. 澆花鋤草的人愈多，園林也會愈茂密，連我這「朱雀橋邊野草花」也分領了一些滋潤與修剪之勞。	

詩句．出處	獨立小橋風滿袖，平林新月人歸後。（〈鵲踏枝〉南唐．馮延巳）
	平林：一排排平整的樹木。 新月：農曆月初形狀如鉤的月亮。
解析．應用	獨自站在小橋上，涼風灌滿衣袖，一直待到樹林枝頭新月升起，路上行人歸去之後。
	常用來形容風中佇立於小橋等地靜觀景物或沉思感懷。

寫作例句	「獨立小橋風滿袖，平林新月人歸後。」儘管昔人已去，過往無追，但空無中似乎仍有許多可堪回味、可堪深思的不名之妙。於是「古人無復洛城東，今人還對落花風」，於靜默中，傾聽著，遠古的風輕輕訴說。

詩句・出處	夢魂慣得無拘檢，又踏楊花過謝橋。 （〈鷓鴣天〉宋・晏幾道）
	慣得：慣常，一貫。拘檢：拘束，束縛。謝橋：謝娘家的橋。唐代有名妓謝秋娘，後世常以謝娘指美麗的女子。此以謝橋借指女子居住之地。
解析・應用	人的夢魂向來無拘無束，在夢中又能像上次那樣踏楊花，過謝橋，與心上人相會了。
	常用來形容非常想念戀人或親友，夢中得見也感到欣喜。
寫作例句	1. 常人也慣被異性弄得魂不守舍：「夢魂慣得無拘檢，又踏楊花過謝橋。」 2.「夢魂慣得無拘檢，又踏楊花過謝橋。」朋友，我想念你，也在為你祝福。

詩句・出處	驛外斷橋邊，寂寞開無主。（〈卜算子・詠梅〉宋・陸游）
	驛：驛站。無主：指無人培護，無人欣賞。
解析・應用	驛站外斷橋旁邊，一朵孤梅寂寞地開放，無人欣賞。
	常用來形容花兒開放在偏僻之處，無人理會，備受冷落，也用來比喻孤獨無伴或無人理解的境況。

寫作例句	1. 轉過一座山崖，崖下向陽處，倚著一株十分娟秀的櫻花，很像一位婷婷的村姑。雖是「驛外斷橋邊，寂寞開無主」，卻笑盈盈地向過往行人報告花訊。 2. 從屈原到孫中山，不乏抗爭的英雄，他們無不是「心懷天下事，不言家與身」的勇士。但是，到頭來，不是「壯志未酬身先死，常使英雄淚沾巾」，就是變成「驛外斷橋邊，寂寞開無主」的孤梅。

詩句·出處	二十四橋仍在，波心蕩，冷月無聲。 （〈揚州慢〉宋·姜夔）
	二十四橋：唐時揚州繁華，城內有二十四座橋。一說即揚州原來的吳家磚橋，因古時有二十四個美女在橋上吹簫而得名。
解析·應用	二十四橋仍然還在，水波中搖盪著冷月的倒影，四周悄然無聲。
	常用來形容橋下水波蕩漾，天上冷月當空的靜謐夜景。也用來形容目睹蕭索沉寂之景而觸發了對往日繁盛的感懷，或某種事物或現象仍然存在。
寫作例句	1. 古城中心地段還存有七、八座古石橋，特別精緻。漫步其中，小橋猶在，遙想當年繁華，不免想起前人詞句：「二十四橋仍在，波心蕩，冷月無聲。」 2. 整日裡烏眼雞式的搏鬥是有些漸行漸遠，當今看來是有些背影依稀了，然而「二十四橋仍在，波心蕩，冷月無聲」，「鬥」和「窩裡鬥」作為一個處世習慣和生存情結經歷了數千年，不會在一個早晨消失的。

城郭

詩句·出處	黑雲壓城城欲摧，甲光向日金鱗開。（〈雁門太守行〉唐·李賀）
	黑雲：暗喻兵臨城下，大戰在即的緊張形勢。
解析·應用	黑雲濃重，向城頭壓來，城牆好像要被摧垮，鎧甲在陽光下如魚鱗一般，閃動著金光。
	常用來形容兵臨城下或大兵壓境的危急形勢。可引用第一句來形容反動勢力一時來得猖獗，也有借來寫氣候現象的。
寫作例句	1. 當年雄踞紫禁城中的統治者，也許沒想到過最壞的情況，就是敵兵蜂擁城下，「黑雲壓城城欲摧，甲光向日金鱗開」。 2. 強敵壓境，城內人心惶惶，氣氛緊張至極，真可謂是「黑雲壓城城欲摧」，形勢危急萬分。 3. 今天早晨8時30分左右，上空烏雲密布，天黑似鍋底，大有「黑雲壓城城欲摧」之勢。

詩句·出處	回樂烽前沙似雪，受降城外月如霜。（〈夜上受降城聞笛〉唐·李益）
	回樂烽：回樂縣的烽火臺。回樂縣故址在今寧夏回族自治區靈武市西南。受降城：唐代有三座受降城，為抵禦突厥所築，位於今內蒙古自治區。

解析·應用	回樂縣烽火臺前的沙漠，在月光映照下，像白雪似的；受降城外的月色，銀白如霜。
	常用來形容沙漠、沙灘等地月冷沙白的景色。
寫作例句	白日裡那金黃色的沙丘，這時卻變成了瑤池瓊山，一切都沐浴著柔軟的月色。啊，多麼美麗充滿魅力的夜色！唐朝詩人李益寫道：「回樂烽前沙似雪，受降城外月如霜。」傳神極了！

詩句·出處	野雲萬里無城郭，雨雪紛紛連大漠。 （〈古從軍行〉唐·李頎）
	城郭：城市，內城為城，外城為郭。大漠：沙漠。
解析·應用	荒野萬里雲天，竟不見一座城郭，雨雪紛紛，與沙漠連成茫茫一片。
	常用來形容北方邊塞、沙漠等地荒漠寒冷，雨雪紛紛。
寫作例句	「野雲萬里無城郭，雨雪紛紛連大漠。」如果沒有他們的征戍屯墾，拓展鞏固北方疆域，我們能有今天的泱泱大國嗎？

第3章　記人

第1節　外貌氣質

美貌

詩句·出處	窈窕淑女，君子好逑。（《詩經·關雎》）
	窈窕：容貌美好的樣子。淑：善良美好。君子：古時對男子的美稱。逑：配偶。
解析·應用	美麗賢淑的女孩，正是年輕小夥子的好配偶。
	可引用這兩句詩來表示男子對女子的愛慕追求，或比喻對美好事物的追求。
寫作例句	郎才配女貌，英雄配美人，是才貌上的對等；「窈窕淑女，君子好逑」，講的是品貌的對等。

詩句·出處	手如柔荑，膚如凝脂，領如蝤蠐，齒如瓠犀。螓首蛾眉，巧笑倩兮，美目盼兮。（《詩經·碩人》）
	柔荑：白茅柔嫩的芽。領：頸。蝤蠐：天牛的幼蟲，白而長。瓠犀：葫蘆子，色白，排列整齊。螓：一種小蟬，額廣而方正。蛾眉：蠶蛾的觸鬚，細長而彎曲。巧笑：笑得很美。倩：兩腮顯出酒窩。盼：眼睛清朗，眼波流轉。

解析·應用	手像白茅柔嫩的芽；皮膚白皙而豐腴，像凝結的油脂；脖頸又白又長，像天牛的幼蟲；牙齒潔白整齊，像葫蘆的子。像小蟬一樣開闊豐滿的前額，蠶蛾觸鬚一樣細長彎曲的眉毛，動人的一笑，露出漂亮的酒窩，美麗的眼睛黑白分明，流盼有神。
	常用來形容女子容貌俏麗，肌膚白嫩，微笑、顧盼等神態優美動人。
寫作例句	洪承疇俯視眼前這個楚楚動人的尤物，瞥見她的風鬟霧鬢，柔膩的臉蛋，滿含溫媚委屈的眼眸，潔白的脖頸，凝脂樣的酥胸，不由得心馳神往。這時，他甚至記起了詩經〈碩人〉的詞句：「手如柔荑，膚如凝脂，領如蝤蠐，齒如瓠犀。螓首蛾眉，巧笑倩兮，美目盼兮。」

詩句·出處	靜女其姝，俟我於城隅。愛而不見，搔首踟躕。（《詩經·靜女》）
	靜女：文靜美麗的少女。姝：美好。俟：等待。隅：角落。愛：隱蔽。踟躕：徘徊不定。
解析·應用	溫柔的女孩那麼漂亮，等我到城牆根去約會，卻又故意藏著不出來，急得我搔著頭皮，左右徘徊。
	常用來形容男女約會時焦急等待對方的情狀。
寫作例句	一個沒有過愛情經驗的人，當然也不會從《詩經·靜女》中「靜女其姝，俟我於城隅；愛而不見，搔首踟躕」的詩句聯想到自己和戀人的一次約會。

詩句·出處	一顧傾人城，再顧傾人國。（〈北方有佳人〉漢·李延年）
	顧：回頭看。傾：傾倒。一說為傾覆，即能使城池失守，國家覆亡。
解析·應用	美人一顧盼，能讓全城的人為她的美色而傾倒；再一顧盼，能讓全國的人為之傾倒。
	常用來形容女子有絕代之美，世人無不為之傾倒。也用來比喻某人出類拔萃，令眾人傾慕。
寫作例句	1. 那善睞的明眸顧盼多情，竟使人產生眩暈陶然之感，不知今夕何夕。當年李夫人「一顧傾人城，再顧傾人國」的風姿，應當就是這樣的吧！ 2. 只要狀元進來，一筆獎勵即可達到 4 萬，獲得國家奧林匹克競賽一二三等獎者，都有 1 萬以上的獎勵。狀元狀元，真可謂「一顧傾人城，再顧傾人國」，令小生想煞了也。

詩句·出處	行者見羅敷，下擔捋髭鬚。少年見羅敷，脫帽著帩頭。耕者忘其犁，鋤者忘其鋤。（〈陌上桑〉漢樂府）
	髭：嘴唇上邊的鬍子。著：通「著」，接觸到。帩頭：古代男子束髮的頭巾。
解析·應用	過路的人看見羅敷，不禁放下擔子，捋著鬍鬚，凝視她的美貌。少年見到羅敷，故意脫下帽子整理髮巾，想吸引羅敷的注意。因為貪看羅敷，耕田的人忘了犁田，鋤地的人忘了鋤草。
	常用來形容女子貌美，引人注目。也用來說明美貌人皆愛之。

寫作例句	美貌確是感人的力量。漢樂府詩〈陌上桑〉有云：「行者見羅敷，下擔捋髭鬚。少年見羅敷，脫帽著帩頭。耕者忘其犁、鋤者忘其鋤。」可看出以貌動人的作用。

詩句·出處	娉娉嫋嫋十三餘，荳蔻梢頭二月初。（〈贈別〉唐·杜牧）
	娉娉嫋嫋：形容女子身姿輕盈美好。荳蔻：多年生草本植物，初夏開花，二月初含苞待放。
解析·應用	身姿輕盈婀娜，芳齡十三有餘，就好像早春二月在枝頭含苞欲放的荳蔻花。
	常用來形容少女姿容姣好，青春勃發。
寫作例句	漫步於古鎮的青石板路上，春風輕拂，我遇見了一位少女，她正是詩中描繪的那般「娉娉嫋嫋十三餘，荳蔻梢頭二月初」，身姿輕盈，面容嬌美，如同初春裡最動人的風景，彷彿整個世界都因她而變得更加溫柔和明媚。

詩句·出處	春風十里揚州路，捲上珠簾總不如。（〈贈別〉唐·杜牧）
解析·應用	春風中走過揚州的十里長街，把沿街歌樓舞榭的珠簾捲起來，覺得裡面的那些佳麗總不如你漂亮動人。
	常用來形容女子美貌或才能出眾，也用來形容揚州風景優美、街市繁華。
寫作例句	1. 她人才出眾，色藝俱佳，正如杜牧詩云：「春風十里揚州路，捲上珠簾總不如。」 2. 此時正是「草長鶯飛二月天」，「春風十里揚州路，捲上珠簾總不如」，在車中，油綠的郊原不停地從車窗外飛過，還未進入揚州城，我已經心醉了。

詩句·出處	天生麗質難自棄，一朝選在君王側。（〈長恨歌〉唐·白居易）	
	麗質：美麗的體貌。	
解析·應用	天生美麗的姿容自己想捨棄也難以辦到，終於有一天被選到君王的身旁。	
	常用來形容女子天生美麗，讓人發現後被選送到帝王或顯貴富豪身旁。也用來形容天生美麗聰明的人或天然美好的事物即使自甘寂寞，也難免被發現而受到人們的賞識。前一句常用來形容天生美麗聰穎的人不會自甘埋沒，要爭取脫穎而出。	
寫作例句	1. 史書上記載，楊玉環精通胡旋舞，身段飄搖，翻躍如風，令人眼花撩亂。在白居易的〈長恨歌〉中描述其為：「天生麗質難自棄，一朝選在君王側。」 2. 在商界的廣闊舞臺上，他憑藉卓越的能力和不懈的奮鬥，「天生麗質難自棄，一朝選在君王側」，引領了行業的潮流。他的成功，是才華與機遇的完美結合，證明了只要勇於挑戰，就能創造出屬於自己的輝煌篇章。 3. 有一天，她偶然發現了《紅樓夢》劇組徵求演員的廣告，不禁怦然心動了，正所謂「天生麗質難自棄」，她決心要參加這次全國性的挑選青春佳麗的角逐，力爭去圓了那童年就有的演員夢。	

詩句·出處	回眸一笑百媚生，六宮粉黛無顏色。（〈長恨歌〉唐·白居易）
	回眸：回頭轉眼看。六宮：妃嬪們的住處。粉黛：婦女的化妝品，代稱婦女。

解析·應用	楊貴妃回頭轉眼一笑，便生出百種媚態，皇宮裡面所有的妃嬪與她相比都黯然失色。
	常用來形容女子姿色出眾，千嬌百媚，相形之下，其他女子黯然失色。也用來比喻人或事物十分出色，同類者相形見絀。
寫作例句	1. 這個參加選妃的女子，美貌無法形容，借用古人之詞，即「巧笑倩兮，美目盼兮」，「回眸一笑百媚生，六宮粉黛無顏色」。 2. 北歐國家的水果，號稱從世界各地選最好的運來，但說實話，貨架上的李子，我連正眼都不想瞧一下，家鄉的大水李那才是「回眸一笑百媚生，六宮粉黛無顏色」。

詩句·出處	珠纓炫轉星宿搖，花鬘抖擻龍蛇動。（〈驃國樂〉唐·白居易）
	纓：衣服上的穗狀飾物。炫：光彩奪目。星宿：星座。這裡指滿天星星。鬘：美麗的頭髮。
解析·應用	舞女佩戴的明珠彩纓絢爛奪目，她們不停地旋轉，就像滿天的星星在搖曳，她們頭髮上的花朵抖動著，彷彿龍蛇在起舞。
	常用來形容服飾華麗，珠光寶氣的人行走或舞蹈時流光溢彩，豔美動人的姿態。
寫作例句	他們演出的二十幾個富有緬甸民族特色的節目，就像這個國家盛產的寶石一般，璀璨奪目。只見舞臺上「珠纓炫轉星宿搖，花鬘抖擻龍蛇動」，真使觀眾大飽了眼福。

詩句・出處	人間無正色，悅目即為姝。（〈議婚〉唐・白居易）
	正色：美色。悅目：看著愉快。姝：美好。
解析・應用	人世間沒有固定標準的美色，只要看著愉快就是美好的。
	原意是對當世崇尚的婚姻觀提出異議，詩人認為「悅目」的標準，既含容貌美，尤含心靈美。後用於說明應當樹立正確的價值觀，不能活在別人的標準裡，同時，要尊重他人的標準，不以自己的標準來要求別人，更不能有「雙重標準」。
寫作例句	白居易詩云：「人間無正色，悅目即為姝。」美不美，很難說有什麼統一固定的標準。生活閱歷不同，形成了審美觀點各異，而審美觀點不一樣，對美和醜的感受就大不同。

詩句・出處	勸我早歸家，綠窗人似花。（〈菩薩蠻〉唐・韋莊）
解析・應用	琵琶的聲音好像在勸我早日回家，家裡綠窗下等待的人，像花兒一樣美。
	常用來形容男人在外，家有美婦盼歸。
寫作例句	朋友送行，別緒依依，我體會著當地人山一樣的稜角、雨一般的柔情。韋莊詞云：「勸我早歸家，綠窗人似花。」我卻將心留在了那裡。

詩句·出處	紅顏勝人多薄命，莫怨春風當自嗟。（〈和王介甫明妃曲·其二〉宋·歐陽脩）
	紅顏：女子美豔的容顏。勝：優越。薄命：命運不好。嗟：嘆息。
解析·應用	美貌出眾的女子大多命運不好，不要埋怨東風無情，應當自嘆命苦才是。
	常用來說明美貌女子往往命苦。
寫作例句	馬致遠在《漢宮秋》第三折中寫道：妾身王昭君，自從選入宮中，被毛延壽將美人圖點破，送入冷宮；甫能得蒙恩幸，又被他獻與番王形象。今擁兵來索，待不去，又怕江山有失；沒奈何將妾身出塞和番。這一去，胡地風霜，怎生消受也！自古道：「紅顏勝人多薄命，莫怨春風當自嗟。」

儀態

詩句·出處	紛吾既有此內美兮，又重之以修能。 （〈離騷〉戰國·屈原）
	紛：盛多的樣子。重：加上。修能：「修」通「秀」，「能」通「態」，指秀美的儀容，一說指卓越的才能。
解析·應用	我既有許多內在的美好品性，又有外在的秀美儀態。
	常用來形容人或事物既有內在美又有外表美。

寫作例句	外在美和內心美是形式和內容的關係，形式由內容所制約並決定。每個人風度上的種種特徵總是可以從他的內心世界找到根源。屈原在〈離騷〉中說：「紛吾既有此內美兮，又重之以修能。」

詩句·出處	氣岸遙凌豪士前，風流肯落他人後？（〈流夜郎贈辛判官〉唐·李白）
	氣岸：氣概，意氣。凌：超越。風流：此指縱酒狂飲的不羈之態。肯：此為豈肯的意思。
解析·應用	氣概遠遠超過那些豪放之士，風流豈肯落在他人之後？
	常用來形容忘情豪飲或狂放風流的樣子，也用來形容志氣昂揚，不甘人後的精神面貌。
寫作例句	1. 他覺得天氣陰悶，索性把胸前的搭扣都解了，敞出鐵鑄一般的胸膛，迎雨急行。走得興起，拿過腰間葫蘆仰頭就是一口，縱聲而歌：「昔在長安醉花柳，五侯七貴同杯酒。氣岸遙凌豪士前，風流肯落他人後。」 2.「氣岸遙凌豪士前，風流肯落他人後？」為了超越世界科學技術水準，孜孜不倦地學習新知識，是擺在我們面前的迫切任務。

詩句·出處	白頭搔更短，渾欲不勝簪。（〈春望〉唐·杜甫）
	搔：用手指撓。渾欲：簡直要。簪：簪子，古人挽頭髮於頭頂，用簪子別住。
解析·應用	頭上白髮越撓越少，簡直都快插不住髮簪了。
	常用來形容頭髮日漸稀少。

寫作例句	「白頭搔更短，渾欲不勝簪。」隨著歲月的流逝，人對於自己的頭髮，更多的是感嘆與留戀。

詩句·出處	醉貌如霜葉，雖紅不是春。（〈醉中對紅葉〉唐·白居易）
解析·應用	醉後的面容就如霜後楓葉一般紅，雖然紅，卻不是萬紫千紅的春天。
	常用來形容酒後滿臉通紅的樣子，也用來比喻某種似是而非的假象。
寫作例句	近年來，以不惑之軀，對喝酒已著實恐懼。「醉貌如霜葉，雖紅不是春」，一場大醉，如恙十天，心境全壞，何樂何益何趣之有？

詩句·出處	記得綠羅裙，處處憐芳草。（〈生查子〉唐·牛希濟）
	羅裙：絲綢的裙子。
解析·應用	如果你記得我穿的綠羅裙，走到哪裡你都會憐愛綠色的芳草。
	常用來說明人的移情現象，即因為喜愛某人或某事物，便連帶喜歡跟其有關的人或事物。
寫作例句	1. 想起那句宋詞：「記得綠羅裙，處處憐芳草。」愛到深處的人，一顆心盛不下飽脹的情感，它洋溢流布開來，便能夠消弭事物間的界限，時時處處發現對方的存在。 2.「記得綠羅裙，處處憐芳草。」劉女士十幾歲即離開家鄉到西方，她特別思鄉，因此格外愛東方藝術品。

<table>
<tr><td rowspan="2">詩句·出處</td><td>小兒誤喜朱顏在，一笑那知是酒紅。（〈縱筆·其一〉宋·蘇軾）</td></tr>
<tr><td>小兒：蘇軾第三子蘇過。朱顏：青春的容顏。那：同「哪」。</td></tr>
<tr><td rowspan="2">解析·應用</td><td>小兒子看我紅光滿面，誤認為我容貌年輕，十分高興，一笑起來才知道原來是酒後的臉紅。</td></tr>
<tr><td>常用來形容酒後滿臉紅光，好似青春年少的樣子，也用來比喻外表相似而實質不同。</td></tr>
<tr><td>寫作例句</td><td>當蘇軾被流放到蠻荒的海南島上時，人生彷彿已走到了宿命的盡頭，他更是和酒結下了不解之緣。「小兒誤喜朱顏在，一笑那知是酒紅。」</td></tr>
</table>

<table>
<tr><td rowspan="2">詩句·出處</td><td>面蒼然，鬢皤然，滿腹詩書不直錢。（〈長相思〉宋·陸游）</td></tr>
<tr><td>蒼然：蒼老的樣子。皤然：頭有白髮的樣子。詩書：喻學問。直：通「值」。</td></tr>
<tr><td rowspan="2">解析·應用</td><td>面容蒼老，鬢髮白了，滿腹學問卻不值錢。</td></tr>
<tr><td>常用來形容讀書人蒼老衰弱，貧窮潦倒的樣子。</td></tr>
<tr><td>寫作例句</td><td>貧困的朱自清無錢買糧活生生地餓死。這些歷史上的傷痛，使得作家們每每談起苦衷時，就會用「面蒼然，鬢皤然，滿腹詩書不直錢」來形容自己。</td></tr>
</table>

第 2 節　性格心態

秉性

詩句·出處	少無適俗韻，性本愛丘山。（〈歸園田居〉晉·陶淵明）	
	韻：性情，風度。丘山：指山林田野等自然風光。	
解析·應用	自小就沒有適應世俗的性情，生性就愛好山林。	
	常用來形容對世俗名利不感興趣而喜愛大自然的本性、志趣。	
寫作例句	我們的詩人高士，很多是「少無適俗韻，性本愛丘山」的。如果用現在的統計方法去算古今詩集裡關於山水的詩句，恐怕字數可過千萬吧？	

詩句·出處	直如朱絲繩，清如玉壺冰。（〈代白頭吟〉南北朝·鮑照）
	朱絲繩：琴上紅色的弦。玉壺：玉製的壺。
解析·應用	像琴上紅色的弦一樣筆直，像玉壺中的冰塊一樣清白。
	常用來形容人的性格剛直，品格高潔。
寫作例句	雖然英年早逝，可悲可嘆，但是他「直如朱絲繩，清如玉壺冰」，永遠活在千千萬萬人的心中。

詩句·出處	自古聖賢盡貧賤，何況我輩孤且直。（〈擬行路難〉南北朝·鮑照）
	聖賢：才能非凡、德行高尚的人。孤：孤寒，身世寒微。

解析・應用	自古以來，聖賢們都是生活貧窮，地位低下，何況我們這些出身寒微而又耿直的人。
	常用來說明才高德美的人往往困頓不得意，出身寒微或孤高耿直的人也是如此。
寫作例句	不久，他在選舉中落敗。我只好勸道：「自古聖賢盡貧賤，何況我輩孤且直。」

詩句・出處	天生我材必有用，千金散盡還復來。 （〈將進酒〉唐・李白）
解析・應用	老天生下我這塊材料，一定有可用之處。千金之財算得了什麼，散盡用光，還可以再得到。
	表達了詩人對於人生的樂觀信念和不重金錢的豪放情懷，常用來形容自信才學必會有用，錢財用盡還能再賺回來。
寫作例句	1. 他雖經歷挫折，但心中始終堅信「天生我材必有用，千金散盡還復來」，相信自己的才華終將得到世人的認可。 2. 面對股市的起伏，他淡然一笑，心中默唸「天生我材必有用，千金散盡還復來」，堅信只要自己不放棄，財富終將再次匯聚。

詩句・出處	一點浩然氣，千里快哉風。（〈水調歌頭・黃州快哉亭贈張偓佺〉宋・蘇軾）
	浩然氣：古人認為浩然之氣是一種至大至剛的正氣，最高貴的節操。快哉風：令人心神爽快的清風。

解析・應用	胸懷一點浩然正氣，就會像身披吹拂千里的爽快清風那樣舒坦適意。
	常用來說明持有一股正氣，就能使人胸襟開闊坦蕩，精神昂揚爽朗。也用來形容氣爽風清，令人舒暢。
寫作例句	1. 俠客的形象，是「俠之大者，為國為民」的浩然，抑或「身許汗青事，男兒長不歸」的決絕；是「一劍萬鈞，情思寸兩」的紅塵滾滾，抑或「一點浩然氣，千里快哉風」的飄逸灑脫，躍然紙上，清晰而又模糊。 2. 一陣涼風吹來，萬頃碧波粼粼，我的薄薄的衣衫，飄舞的長髮都沾上了涼涼的水氣，頓覺神清氣爽，只有自然與我同在，不禁脫口而吟：「一點浩然氣，千里快哉風。」

詩句・出處	不恨古人吾不見，恨古人不見吾狂耳。（〈賀新郎〉宋・辛棄疾）
	恨：遺憾。耳：語氣助詞，跟「了」的意思相同。
解析・應用	不可惜逝去的古人我見不到，只遺憾古人看不見我的狂態了。
	常用來形容豪邁自得或疏狂高傲的情態或性格。
寫作例句	我曾讓一個習書法的同事向外婆送過一個條幅，上書「不恨古人吾不見，恨古人不見吾狂耳」。外婆非常高興，一個勁地引我為知音，末了還說自己是「老樹著花無醜枝」，說完朗聲大笑。

詩句·出處	牡丹花下死，做鬼也風流。（〈正宮·醉西施〉元·朱簾秀）
解析·應用	死在牡丹花下，做了鬼也風流。
	常用來形容男子為追求愛情或貪戀女色而寧死不辭，也用來形容牡丹花的豔美華貴，招人喜愛。
寫作例句	1. 據說漢帝當年迷戀趙合德，稱之為溫香軟玉，也不枉了他「牡丹花下死，做鬼也風流」。 2. 牡丹，花中王者，國色天香，諺云：「牡丹花下死，做鬼也風流。」我現在還不想死，要死，我真想死在牡丹花下，值得！

詩句·出處	我是個蒸不爛、煮不熟、捶不扁、炒不爆，響噹噹一粒銅豌豆。（〈南呂·一枝花·不伏老〉元·關漢卿）
解析·應用	我就是那蒸不爛、煮不熟、捶不扁、炒不爆的響噹噹的一顆銅豌豆。
	常用來形容百折不撓或倔強固執的性格。
寫作例句	「金豌豆」這個綽號源自借關漢卿〈南呂一枝花·不伏老〉中一句：「我是個蒸不爛、煮不熟、捶不扁、炒不爆、響噹噹一粒銅豌豆。」如果了解她的身世和承受的磨難，她要比銅豌豆更令人欽佩讚嘆！

情趣

詩句．出處	振衣千仞岡，濯足萬里流。（〈詠史〉晉．左思）
	仞：古時七尺或八尺叫做一仞。岡：山岡。濯：洗。
解析．應用	在千仞高崗上抖衣，在萬里江流中洗腳。
	常用來形容登高下水，心情舒暢，氣概豪邁；亦形容遁世隱居或回歸自然，超凡脫俗，氣質清高；或形容胸懷壯闊，志向遠大。
寫作例句	1. 登塔頂，俯瞰波濤洶湧的錢塘江，真有「振衣千仞岡，濯足萬里流」的壯闊氣概。 2.「振衣千仞岡，濯足萬里流。」如此悄行獨步，方為真正的處世高潔。魏晉名士在心靈超越及對鄉愿社會深惡痛絕的方面，都是後人所遠遠不及的。 3. 我們曾在科學研究組裡自以為是「振衣千仞岡，濯足萬里流」，能做出一番事業。

詩句．出處	山中何所有？嶺上多白雲。只可自怡悅，不堪持贈君。（〈詔問山中何所有賦詩以答〉南北朝．陶弘景）
	怡悅：愉快。堪：能。持：拿。君：您，對人的尊稱。
解析．應用	山中有什麼？山嶺上有許多白雲。這只可供我自己觀賞，怡悅身心，卻不能拿來贈給您。
	常用來形容山中白雲飄浮繚繞的景色，或表達對白雲的喜愛之情。也用後兩句說明某種東西只可自己受用，對外人未必適用，不能或不值得介紹、贈送。

寫作例句	1. 白雲有時成絲成縷，淡若輕紗；有時成團成堆，密如棉絮；有時翻湧深谷為海濤；有時悠然嶺上成奇峰。千變萬化，令人百看不厭。這時，我不禁唸出前人詠的白雲詩：「山中何所有？嶺上多白雲。只可自怡悅，不堪持贈君。」 2. 俗話說「秀才人情紙半張」，藉助文字，留個依稀的影子，會有什麼價值嗎？昔人有云：「只可自怡悅，不堪持贈君。」

詩句．出處	水流心不競，雲在意俱遲。（〈江亭〉唐．杜甫）
	競：爭。俱：都。遲：緩。
解析．應用	江水奔流，而我的心情平靜無爭；白雲慢慢飄移，像我的心意一樣舒緩閒適。
	常用來形容水流匆匆，白雲飄飄的景色，也用來形容心境閒適自在。
寫作例句	1.「水流心不競，雲在意俱遲。」這是一種很好的、很理想的意境。當晴天時，偶一抬頭，在滿窗陽光的藍天上，正有兩朵白雲，便會自然引起你的遐想，思緒會忽然想到萬里之遙的人與事，或幾十年前的舊事、舊情。如在水邊，你會注意到水不斷地流，雲的倒影停在水中，流者自流，停者自停，悠閒自在、互不干擾。 2. 詩人悠閒地躺著，欣賞那一團團帶雨的青雲從空中飛過。這真有點像杜甫〈江亭〉詩所云：「水流心不競，雲在意俱遲」，充分表現出一種以自然之眼觀物的曠達襟懷。

詩句．出處	少年樂新知，衰暮思故友。（〈除官赴闕至江州寄鄂岳李大夫〉唐．韓愈）
	新知：新朋友。衰暮：晚年。
解析．應用	人在年輕時樂於結交新朋友，年老時常常懷念老朋友。
	常用來說明年輕人喜歡新交，老年人看重舊友。也用來說明人生在世，無論何時都需要朋友。
寫作例句	在這個世界上，有許多人牽掛著你，你的生命就有了綠意，就有了雋永的詩味。誰不願意生活在友情的暖流裡呢？「少年樂新知，衰暮思故友。」韓愈的這句詩很耐讀。

詩句．出處	身無綵鳳雙飛翼，心有靈犀一點通。 （〈無題〉唐．李商隱）
	綵鳳：有彩色羽毛的鳳凰。靈犀：犀牛角中心的髓質像一條如線的白紋，直通兩頭，古人稱為「通天犀」，把犀牛角視為神奇靈異之物。
解析．應用	雖然身上沒有五彩鳳凰那雙能飛的翅膀，飛不到你身邊，但彼此的心卻像犀牛角的白紋線一樣息息相通。
	前句暗示愛情的阻隔，後句比喻心靈的契合與感應。常用來說明愛戀著的男女，於遠離久別之時，儘管無法相聚，但卻心心相印，感情相通；或只引後一句來比喻情人或志趣相合的人心心相通。

寫作例句	1. 我就是憑藉最初的印象，一下子愛上了她。「身無綵鳳雙飛翼，心有靈犀一點通。」我真佩服李商隱，寥寥兩句詩，就描繪出男女戀情上的一個神祕而優美的境界。 2. 為什麼有些人在別人的發明創造面前無動於衷，一籌莫展，而有作為的科學家卻「身無綵鳳雙飛翼，心有靈犀一點通」？這一方面是因為科學家有廣博的知識基礎，另一方面是他們在不斷的實踐中形成了高度的科學敏感性。 3. 資料新聞曾是報導的「配角」，今天要讓其唱主角，還須依託資訊圖表中的關鍵字和主要資料的「連結」，不斷地給予讀者直接的暗示及刺激，使之發揮「心有靈犀一點通」的作用。

詩句·出處	水能性淡為吾友，竹解心虛即我師。（〈池上竹下作〉唐·白居易）
	解：懂得。 心虛：竹子中心是空的，喻虛懷若谷，曠達通脫。
解析·應用	水能夠天性淡泊，這就是我的朋友；竹子懂得心懷虛空，這即是我的老師。
	常用來形容喜水愛竹，願與之為伴。也用來表達淡泊超脫的心願，或用來表達與寧靜淡泊之士、虛懷若谷之人相交的願望。

寫作例句	1. 正中牆面還掛著一幅水墨畫，畫中群峰疊嶂，雲霧飄渺，斷崖飛瀑，竹林四野，畫角還題有兩句詩：「水能性淡為吾友，竹解心虛即我師。」 2. 與什麼樣的人為友，拜什麼樣的人為師？我欣賞白居易提出的一個標準：「水能性淡為吾友，竹解心虛即我師」。這也算交友求師之道：人能性淡，不追逐名利，有淡泊之風，當可作「君子之交」；人能虛心，有真才實學，不好為人師，就應該移樽就教。

詩句．出處	故國神遊，多情應笑我，早生華髮。（〈念奴嬌．赤壁懷古〉宋．蘇軾）
	故國：此指三國赤壁大戰的古戰場。神遊：在想像或夢境中遊歷，此指在想像中經歷了赤壁大戰。華髮：花白的頭髮。
解析．應用	在赤壁古戰場神遊一番，人們大概會笑我多情善感，早生華髮吧。
	常用來形容弔古、懷鄉等時候，神遊某地並且為此情動神傷。
寫作例句	蘇軾〈念奴嬌．赤壁懷古〉云：「故國神遊，多情應笑我，早生華髮。」我羈外幾十年，思鄉念切，神遊故里，「多情」可算「多情」了，但我並不是「早生華髮」，而是「滿頭白髮」了。

詩句．出處	萬物靜觀皆自得，四時佳興與人同。（〈偶成〉宋．程顥）
	佳興：好興致，一說指美好景致。

解析．應用	靜靜觀賞天地萬物，我都頗有體會並獲得樂趣，我對四季美景有著和別人一樣的好興致。
	常用來形容自然風光讓人得以陶情悅性，或形容對大自然的喜愛，也用來說明世間萬事萬物的變化有其自然規律。有時候形容靜觀萬事萬物，保持達觀的態度和恬淡自適的心境。
寫作例句	1. 你或者躺在草地上，感受輕風微微拂面和泥土中的溫溼；或者坐在崖石上，仰看浮雲緩緩地流動、變幻；或者於晚霞中觀看西邊火燒一樣的雲團 —— 此時的你，必是感覺到極大的快樂，你會忘懷一切，心曠神怡。其實「萬物靜觀皆自得，四時佳興與人同」，只要你喜歡用心，對萬物採取「靜觀」的態度，必定會「自得」，一樣地獲得美的感受的。 2.「春有百花秋有月，夏有涼風冬有雪；若無閒事心頭掛，便是人間好時節」，這首禪詩中包含著樸素的真理。他在散文中所引的宋人的詩，「萬物靜觀皆自得，四時佳興與人同」，表達的也同樣是這種欣悅。

詩句．出處	少年哀樂過於人，歌泣無端字字真。（〈己亥雜詩〉清．龔自珍）
	歌泣：主要指言論和文章中表現的強烈感情。無端：無緣無故。
解析．應用	少年時代，不管哀傷還是快樂，表現都比別人強烈，歌唱或哭泣好像沒有來由，但每字每句流露的都是真情實感。
	常用來形容青少年容易激動，感情率真的性格。

寫作例句	我常常想起兩位古代詩人的名句：一是李賀的「少年心事當拏雲」，二是龔自珍的「少年哀樂過於人，歌泣無端字字真」。少年人的心事，更容易真實地流露出來，也更富有浪漫主義的夢幻色彩；少年人的哀樂，更自然，更敏感，也更容易激動。

詩句·出處	不惜千金買寶刀，貂裘換酒也堪豪。（〈對酒〉清·秋瑾）
	貂裘換酒：漢代司馬相如、晉朝阮孚都有貂裘換酒的故事。裘，毛皮的衣服。
解析·應用	不惜用千兩黃金去買寶刀，拿貂皮大衣換酒喝也堪稱豪爽。
	常用來形容豪爽輕財，也用來形容不惜代價獲取自己喜愛的東西。
寫作例句	1. 這個北方人真夠豪爽的了。不是有那樣一句古詩嗎：「不惜千金買寶刀，貂裘換酒也堪豪。」我感到他身上有一些公子哥的浪蕩和油滑，也有貂裘換酒、一擲千金的爽快。 2. 他不惜重金買下了這個古董，真可謂「不惜千金買寶刀，貂裘換酒也堪豪」。

第 3 節　德才志向

節操

詩句·出處	善不由外來兮，名不可以虛作。（《九章·抽思》戰國·屈原）
	善：美，美德。兮：啊。虛作：憑空產生。

解析·應用	美德不是由外人賦予的，名譽不能憑空產生。
	常用來說明美德和榮譽要靠自身的努力上進而獲得，不會憑空產生，徒有虛名是不可取的。
寫作例句	屈原說：「善不由外來兮，名不可以虛作。」這是告誡後人要追求真實的榮譽。希望得到別人的尊重，並不錯，但這種尊重的基礎是自己的有作為，而絕不是弄虛作假。

詩句·出處	亦余心之所善兮，雖九死其猶未悔。（〈離騷〉戰國·屈原）
	亦：句首語氣助詞，無實義。余：我。善：美好，這裡作動詞用，以為善。九：言其多，非確指。
解析·應用	我心中認為是美好的東西，就是為它死去多次我也不後悔。
	反映出詩人堅持正義，不怕犧牲的精神。可引用這兩句詩來表示對於自己所追求的事業，充滿信心，一定要堅持到底，至死不悔。
寫作例句	九年囚禁，他沒有屈服和氣餒，仍孜孜不倦地追求著。他常用屈原〈離騷〉中的詩句激勵自己：「亦余心之所善兮，雖九死其猶未悔。」

詩句·出處	洛陽親友如相問，一片冰心在玉壺。（〈芙蓉樓送辛漸〉唐·王昌齡）
	冰心：比喻心地純潔。西晉陸機〈漢高祖功臣頌〉有「心若懷冰」。玉壺：玉製的壺。南朝宋鮑照〈代白頭吟〉有「清如玉壺冰」。「玉壺冰」比喻人清白、高潔。

解析·應用	洛陽的親友如問起我的情況，請告訴他們，我的心就像玉壺中的冰一樣潔淨。
	含蓄地反映了詩人遭受打擊的憤懣和孤寂心情。「一片冰心在玉壺」是表示心地明淨純潔的名句。可引用這兩句詩來表示心地明潔，不受功名富貴的牽擾。
寫作例句	1.「洛陽親友如相問，一片冰心在玉壺」，這是唐人王昌齡的一句詩。王老師一生行事也可以說是冰心一片，純淨無瑕。 2. 對於曾經的友誼和感情，我內心一直嚮往著「勸君更盡一杯酒，西出陽關無故人」的豁達，一直欣賞著「洛陽親友如相問，一片冰心在玉壺」的誠摯。

詩句·出處	無人信高潔，誰為表予心？（〈在獄詠蟬〉唐·駱賓王）
	高潔：高尚，清白。予：我。
解析·應用	沒有人相信我的高潔，有誰能夠為我表白我的清白無辜呢？
	常用來形容想表白自己的高尚品行或清白，但無人相信或理睬，為此苦悶不已。
寫作例句	在獄中，他總是唸著「無人信高潔，誰為表予心」這樣兩句詩。他是受人陷害被關進監獄的，因此口裡總唸著這兩句詩，來希望別人相信他清白無辜。

詩句·出處	甘從鋒刃斃，莫奪堅貞志。（〈睢陽感懷〉唐·韋應物）
	奪：喪失，失去。志：節操。

解析．應用	甘願在鋒利的刀刃下死去，也不能失去堅貞的節操。
	常用來說明節操比生命更重要。
寫作例句	英雄豪傑面對正義的死亡，從來毫無畏懼。如古詩所說：「甘從鋒刃斃，莫奪堅貞志。」為了自己所鍾愛的事業，心甘情願地去死，即使粉身碎骨也在所不惜。

詩句．出處	男兒徇大義，立節不沽名。（〈胡無人行〉唐．聶夷中）
	徇：通「殉」，為追求理想而犧牲生命。沽名：獵取名譽。
解析．應用	好男兒甘願為正義而獻身，勇於樹立節操而絕不沽名釣譽。
	常用於讚頌英雄人物依從大義，立定節操，不要手段謀取名譽。
寫作例句	這些英雄在和敵人的戰鬥中，犧牲了自己的生命。「男兒徇大義，立節不沽名。」他們的精神會永遠活在國民心中。

詩句．出處	平生德義人間誦，身後何勞更立碑？（〈經故翰林楊左丞池亭〉唐．徐夤）
	誦：述說。更：再，又。
解析．應用	一生堅持的品德和正義自有人間評說，死後何用勞人再立碑呢？
	常用來說明人一生的德行好壞自有世人評說，不必為自己樹碑立傳。

寫作例句	吳大猷走了，但他的風範還活在許多科學家的心中，唐人徐夤曾言：「平生德義人間誦，身後何勞更立碑。」的確，吳大猷這個名字就是科學史上的一座豐碑！

詩句·出處	清心為治本，直道是身謀。（〈書端州郡齋壁〉宋·包拯）
解析·應用	居心清正是做人的根本，正直守道是立身的良策。
	常用於說明無私和正直這是修養處世的根本。
寫作例句	詩言志，這首五言詩是包公的人生座右銘。縱觀包公的一生，無論做地方官還是做中央大員，他都嚴格恪守「清心為治本，直道是身謀」這一為官做人的準則，因此受到歷代人民的感戴和讚頌。

詩句·出處	富貴不淫貧賤樂，男兒到此是豪雄。（〈偶成〉宋·程顥）
	淫：邪惡。一釋為迷亂。
解析·應用	富貴的時候不做邪惡的事，身處貧賤仍感到歡樂，男子漢能做到這樣就是英雄豪傑。
	常用來說明能做到富貴時不胡作非為，貧賤時身心快樂，就很了不起。
寫作例句	心靜生禪意，空靈飄逸，恬淡超脫，但並非心灰意懶，而是靜中有動，寄寓著高遠的人生志向。「萬物靜觀皆自得」，人生的達觀正在於靜心、靜氣、靜觀之中。程顥說得好：「富貴不淫貧賤樂，男兒到此是豪雄。」

<table>
<tr><td rowspan="2">詩句・出處</td><td>時窮節乃見，一一垂丹青。（〈正氣歌〉宋・文天祥）</td></tr>
<tr><td>時窮：危急的時刻。見：顯現。垂：留傳。丹青：繪畫用的紅色和青色，借指史冊或畫功臣的圖畫。一說丹青不易褪色，喻堅貞品質。</td></tr>
<tr><td rowspan="2">解析・應用</td><td>在危急關頭，最能看出人的氣節；能夠恪守節操的人，才能名垂青史。</td></tr>
<tr><td>常用來形容英雄志士在危險緊急的時刻，顯示出了高尚的氣節，名垂後世。也用來說明在危急關頭就能看出一個人的節操。</td></tr>
<tr><td>寫作例句</td><td>舊時文人即使身處「屋小如船」之中，依舊保持「人淡似菊」的操守。漢代蘇武被迫牧羊，在冰天雪地中凜然持漢節而不改其志。「時窮節乃見，一一垂丹青」，所有這些，都留下了具有特色的佳話。</td></tr>
</table>

<table>
<tr><td>詩句・出處</td><td>粉骨碎身渾不怕，要留清白在人間。（〈石灰吟〉明・于謙）</td></tr>
<tr><td rowspan="2">解析・應用</td><td>粉身碎骨全都不怕，要把清白留在人間。</td></tr>
<tr><td>詩人 17 歲時就借詠石灰以言志，表現了不畏艱險、勇於自我犧牲的獻身精神和坦蕩襟懷。可引用這兩句詩來表示做人要清白正直，也常用來形容寧死也要保持清白純潔的高尚人品。</td></tr>
</table>

寫作例句	1. 作為帶兵人，要像石灰那樣，「粉骨碎身渾不怕，要留清白在人間」。只要把自己的品行搞正、形象樹好、官德扶直，育人便成了一件很簡單的事情。 2. 國人歷來推崇「寧為玉碎，不為瓦全」的英雄節操，讚揚「富貴不能淫，貧賤不能移，威武不能屈」的浩然氣節，寄情「要留清白在人間」的美德，看重「出汙泥而不染」的品格。

詩句·出處	鋒鏑牢囚取次過，依然不廢我絃歌。死猶未肯輸心去，貧亦其能奈我何？（〈山居雜詠〉明·黃宗羲）
	鋒鏑：鋒即刀刃，鏑是箭頭，合起來泛指兵器。這裡借指屠殺。囚：監禁。取次：隨便。絃歌：隨著琴瑟的曲調節奏詠詩，這裡喻保持民族氣節。輸心：投誠，投降。其：表示反詰語氣，相當於「豈」。奈我何：拿我怎麼辦。
解析·應用	屠殺、囚禁都經歷過，我等閒視之，它依然不能阻止我隨著琴弦的曲調節奏詠詩。就是死也不能叫我投降，貧窮豈能拿我怎麼樣？
	常用來形容貧窮、囚禁甚至屠戮都不能使人喪志屈節。
寫作例句	我們讀黃宗羲的〈山居雜詠〉：「鋒鏑牢囚取次過，依然不廢我絃歌。死猶未肯輸心去，貧亦其能奈我何？」能夠保守名節，雖死猶榮，這是倫理美學中的梗概風骨，它經過文學的獨特處理，充滿了情感，充滿了文采，這類詩篇構成了文學中的悲愴風格。

志向

詩句．出處	老驥伏櫪，志在千里；烈士暮年，壯心不已。（〈龜雖壽〉漢．曹操）
	驥：千里馬。櫪：馬槽，馬棚。烈士：有志於功業或剛正不阿，重義輕生的人。不已：不止。
解析．應用	千里馬雖然老了，終日伏在馬棚之下，但是牠的志向仍在馳騁千里；有志之士即使到了晚年，他的壯志雄心也不會消沉。
	詩句表達了人壽有限而壯志無窮的豪邁氣概，常用來形容老人年紀雖老，壯志未衰的精神面貌。
寫作例句	1. 如果形容此時此刻的精神狀況，正是「老驥伏櫪，志在千里；烈士暮年，壯心不已」。他心中只有一個執著的念頭：讓綠色鋪滿每一寸土地。 2.「老驥伏櫪，志在千里」，還尚年輕的你我，為何不務實，為何不努力？

詩句．出處	丈夫志四海，萬里猶比鄰。（〈贈白馬王彪〉三國．魏．曹植）
	四海：天下，全國各地。古人認為四周有海環繞，故稱。比鄰：近鄰。比，緊挨著。
解析．應用	大丈夫志在四方，與人相隔萬里，也感到猶如近鄰一樣。
	常用來形容男子志在四方，四海為家的胸懷。
寫作例句	雖然他贊成「丈夫志四海，萬里猶比鄰」，內心卻總有一絲難以忍別的離愁。

詩句．出處	猛志逸四海，騫翮思遠翥。（〈雜詩〉晉．陶淵明）
	逸：超越。騫：高舉。翮：鳥的翅膀。翥：飛。
解析．應用	雄心壯志超越四海，就像大鵬展翅意在遠翔高飛一樣。
	指人有遠大的志向，力求有所作為。常用來形容壯志凌雲，抱負遠大。
寫作例句	1. 少時讀陶淵明「猛志逸四海，騫翮思遠翥」的詩句，便也跟著興起「撫劍獨遊行」的豪氣，想要把世界捏在掌中，恨不得在肩頭長上一雙強勁的翅膀，迴翔於浩渺的宇宙。 2.「猛志逸四海，騫翮思遠翥。」讓我們放眼未來，勇於開拓，朝著新世紀的太陽奔去。

詩句．出處	大鵬一日同風起，扶搖直上九萬里。（〈上李邕〉唐．李白）
	大鵬：傳說中的大鳥。扶搖：由下而上的旋風，這裡指乘風盤旋而上。
解析．應用	大鵬有朝一日乘風飛起，將會盤旋直上九萬里雲天。
	此為詩人自比，表現了狂傲自負的性格，很有氣勢。可引用這兩句詩來比喻氣魄之大，前途之遠；也比喻抱負遠大的人，一旦時機成熟，就會奮勇向前，施展自己的本領。也可用來形容禽鳥奮飛直上的情景，或比喻事業蒸蒸日上或突飛猛進。

寫作例句	1. 李白一生以大鵬自比。少年時，李白在〈大鵬賦〉中抒發他要「斗轉而天動，山搖而海傾」的遠大抱負；青年時期，李白在〈上李邕〉詩中說「大鵬一日同風起，扶搖直上九萬里」；晚年〈臨路歌〉，「大鵬飛兮振八裔，中天摧兮力不濟」，大鵬再也飛不動了，則是李白的長歌當哭。 2. 回首顧，千秋青史；抬頭望，無限關山。讓我們吟哦唐代偉大詩人李白的名句「大鵬一日同風起，扶搖直上九萬里」，讓我們舉起垂天之翼，作一番長空的逍遙遊！ 3.「大鵬一日同風起，扶搖直上九萬里。」我們將在新的起跑線上起飛，向更高的目標衝刺！

詩句·出處	長風破浪會有時，直掛雲帆濟滄海。（〈行路難·其一〉唐·李白）
	會：應當。直：直接。雲帆：高大的船帆。濟：渡。
解析·應用	乘著長風破浪前進的一天總會有的，那時我將直接掛上高大的風帆，橫渡滄海。
	詩人因政治上的抱負不得施展，為懷才不遇而發出「行路難」的慨嘆。但他最後仍然唱出了「長風破浪會有時，直掛雲帆濟滄海」的豪邁歌聲，表現了詩人樂觀豪放的精神，為全詩帶來了燦爛的積極浪漫主義的光彩。可引用這兩句詩來比喻施展自己遠大抱負的時日一定會到來。

寫作例句	1. 李白有詩云：「長風破浪會有時，直掛雲帆濟滄海。」只要我們把生命植根於希望的沃土，讓她與奮鬥為伍，那我們就一定能開拓出一條人生的坦途。 2. 我們的國家也是一艘航船，有過風暴鞭笞的血跡，也有暗礁撞擊的傷痕。但是，「長風破浪會有時，直掛雲帆濟滄海。」

詩句·出處	丈夫貴兼濟，豈獨善一身？（〈新製布裘〉唐·白居易）
	濟：有利，有益。獨善一身：《孟子·盡心上》曰：「窮則獨善其身，達則兼善天下。」善，好。
解析·應用	大丈夫能使天下百姓都生活得好才是可貴的，哪能只顧自身的安好？
	常用來說明有志男兒應有普濟大眾的胸懷，不能只管好自己而不顧他人。
寫作例句	「我的財富取之於民眾，應用回到民眾。」這位以「丈夫貴兼濟，豈獨善一身」為人生信條的商業鉅子，不僅是這樣說的，更是這樣做的。

詩句·出處	磨劍莫磨錐，磨錐成小利。（〈雜曲歌辭·出門行〉唐·元稹）
解析·應用	磨礪寶劍，不要磨礪錐子，磨礪錐子只能獲得小利。
	指做人應當立大志，成大器。
寫作例句	他常引用古人的一句話「磨劍莫磨錐，磨錐成小利」，立志要做一番大事業，改變山溝裡的落後面貌。

詩句・出處	烈士不忘死，所死在忠貞。（〈韋道安〉唐・柳宗元）
	不忘死：有不怕死的意思。忠貞：此指忠誠而有節操。
解析・應用	剛正的義士不會忘記死的，但是死，是死在忠貞不屈上。
	常用來形容英傑志士捨生取義、忠貞不屈的氣節。
寫作例句	秋瑾環顧四周一片漆黑，但覺悽風拂面，冷雨沾衣，思及起義失敗，壯志未酬，遺恨終生，遂揮筆寫下「秋風秋雨愁煞人」之句，將一腔熱血，灑於中華大地。這正是柳宗元所說的「烈士不忘死，所死在忠貞」。

詩句・出處	良馬不念秣，烈士不苟營。（〈西州〉唐・張籍）
	秣：飼料。念：眷戀，留戀。烈士：有志於建功立業的人。苟營：苟且鑽營。
解析・應用	好馬不會留戀草料，志士不會苟且鑽營。
	用來稱讚有志之士以國家、人民的利益或事業為重，不會短淺地只圖個人私利。
寫作例句	「良馬不念秣，烈士不苟營。」司馬光雖然離開了朝廷，但仍然是大宋的朝臣。為了讓歷代君王能制定出一些符合民情的治國綱領，他就必須寫好《資治通鑑》。

詩句・出處	生當作人傑，死亦為鬼雄。（〈夏日絕句〉宋・李清照）
解析・應用	人活著要成為人中的豪傑，死了也要做鬼中的英雄。
	表現出女詩人的豪邁氣魄和剛毅性格，是千古名句。可引用表達雄心壯志，用來說明人活著要像英雄豪傑那樣有一番作為，就是死也要死得英勇壯烈。

寫作例句	1. 李清照的一生，飽嘗人世滄桑，看盡戰事匆忙，她具有極度的愛國熱忱，對於人生，特別是孤獨的後期生活，她拿張良、韓信、屈原、項羽自比，「生當作人傑，死亦為鬼雄」。 2. 身為一個年輕人，應該有自己遠大的抱負。正如李清照的詩句：「生當作人傑，死亦為鬼雄」。人生的道路是短暫的。唯其短暫，它才分外可貴。應該珍惜它，讓它留下一個堂堂正正、有益社會的人的足跡。

詩句・出處	上馬擊狂胡，下馬草軍書。 （〈觀大散關圖有感〉宋・陸游）
	胡：古代對北方或西方各民族的泛稱，此指金兵。
解析・應用	上馬能緊握刀槍抗擊狂虐的金兵，下馬又能拿起筆桿起草軍中公文。
	常用來形容既能打仗又能寫文章，或形容其他方面的能文能武。
寫作例句	1. 他是一個勤奮的人，戰爭年代，「上馬擊狂胡，下馬草軍書」，文才武略，相得益彰。 2. 人們歷來佩服那種「上馬擊狂胡，下馬草軍書」文武雙全的角色，因而，總統能寫詩，就如同將軍善作賦，商人能填詞一樣，一向被傳為美談。

詩句・出處	良驥不好櫪，美玉不戀山。 （〈自淘上至竹西〉清・吳嘉紀）
	驥：好馬。好：愛好。櫪：馬槽。

解析·應用	好馬不喜歡老待在食槽邊，美玉不留戀它的出產地。
	比喻人才志在建功立業。
寫作例句	古人尚且懂得「良驥不好櫪，美玉不戀山」，作為現代人，怎麼能守著家門、留戀安樂窩呢？大丈夫應當闖蕩世界，有所作為才對。

奮鬥

詩句·出處	不言春作苦，常恐負所懷。（〈丙辰歲八月中於下潠田舍獲〉晉·陶淵明）
	作：耕作。負：背棄。所懷：所想望的，此指一貫的志趣。
解析·應用	不說春天耕作的辛苦，常怕背棄了自己一向的志趣。
	常用來形容不怕辛勞，只怕背離了自己一貫的追求。
寫作例句	「不言春作苦，常恐負所懷。」如果單純為了自己而忙碌，那是自私的快樂和滿足。要做個對社會有用的人，為創造美好的新生活而奮鬥。

詩句·出處	丈夫生世會幾時，安能蹀躞垂羽翼？（〈擬行路難〉南北朝·鮑照）
	蹀躞：小步走路的樣子。
解析·應用	大丈夫生在世上能有多少時日，怎能像小步行走，垂翼不飛的小鳥呢？
	常用來說明男子漢應抓緊寶貴的時間奮發進取，不能畏縮不前。

寫作例句	「丈夫生世會幾時，安能蹀躞垂羽翼？」應當與時間賽跑。一個人的青年時期如鮮花盛開，應當樹雄心，立壯志，充分利用大好的青春時光，把得天獨厚的「年齡優勢」轉化為「才能優勢」，做出一番有益於社會的事業來。

詩句．出處	少年負壯氣，奮烈自有時。（〈少年行〉唐．李白）
	負：抱持。奮烈：振奮、威武的樣子。
解析．應用	青少年懷抱著豪壯的氣概，自會有振作奮起的一天。
	常用來說明年輕人滿懷豪情壯志，終會奮發有為。
寫作例句	「羅馬不是一天建成的」，少年時代的諾貝爾獎得主就表現出不同凡響之處。他們或「少年負壯氣，奮烈自有時」，或聰穎早慧、鑿壁增光，或磨難礪英才、重鞭催烈馬，林林總總，不一而足。

詩句．出處	十年磨一劍，霜刃未曾試。今日把示君，誰有不平事？（〈劍客〉唐．賈島）
解析．應用	十年磨成一劍，白亮如霜的劍刃還沒試過鋒芒。今天把劍給你看看，告訴我誰有含冤不平的事。
	常用來形容某人具有多年精製的武器或練成的武功，欲一試身手，剷除不平。也用來比喻將運用某種新的事物或練就的本事，懲惡揚善，伸張正義。

寫作例句	1.「十年磨一劍，霜刃未曾試。今日把示君，誰有不平事？」俺路見不平，即拔刀相助;片言不合，那肯佛眼相看？ 2. 經理慷慨陳詞，要大家找社會焦點，發民眾呼聲，把新節目辦成社會良心，正義之劍。最後，他還吟誦了那首詩：「十年磨一劍，霜刃未曾試。今日把示君，誰有不平事？」

詩句・出處	少年心事當拏雲，誰念幽寒坐嗚呃？ （〈致酒行〉唐・李賀）
	心事：志向。拏雲：淩雲。念：顧念，念叨。幽寒：指處境困厄。坐：徒然。嗚呃：悲嘆聲，嗟嘆。
解析・應用	少年的心中應當有淩雲壯志，誰會可憐只會在困境中徒自悲嘆的人呢？
	常用來說明青少年應有雄心大志和堅強意志，不要碰到困難挫折就悲觀嘆息。
寫作例句	「少年心事當拏雲，誰念幽寒坐嗚呃？」年輕人應具有上天摘取彩雲的壯志，哪能聽任不理想環境的擺布，坐在那裡悽悽涼涼地長嘆唏噓呢？

詩句・出處	烈火非不猛，不耗百鍊金。寒霜非不嚴，不凋竹柏林。 （〈同范景仁寄修書諸同舍〉宋・司馬光）
解析・應用	烈火並非不猛，卻不能使百鍊金受到絲毫損傷；寒霜並非不冷，卻不能使竹柏林凋零。
	指傑出人才禁得起一切艱難險阻的考驗。

寫作例句	「烈火非不猛，不耗百鍊金。寒霜非不嚴，不凋竹柏林。」在歷史長河中，曾經湧現出無數忠心赤膽的愛國志士，愛國名將祖逖就是其中的一個。

詩句・出處	將相本無種，男兒當自強。（〈神童詩〉宋・汪洙）
	種：族類。
解析・應用	王侯將相本不是天生的，男子漢應當自強。
	常用來說明人的富貴顯達並非天生或遺傳，有志氣的人應該無所畏懼地去建功立業，都會大有作為。
寫作例句	心的本色該是如此：成，如朗月照花，深潭微瀾，不論順逆、不論成敗的超然，是揚鞭策馬、登高臨遠的驛站；敗，如清水穿石，匯流入海，有窮且益堅、不墜青雲的傲岸，有「將相本無種，男兒當自強」的倔強。

詩句・出處	了卻君王天下事，贏得生前身後名。（〈破陣子・為陳同甫賦壯詞以寄〉宋・辛棄疾）
	了卻：完成，解決。君王天下事：指收復中原，統一國家的事業。封建正統觀念認為天下歸帝王所有，所以說成是君王的事。
解析・應用	完成了君王統一天下的大事，贏得生前的功勛和死後的美名。
	常用來形容忠於統治者或某一首領，為其宏圖大業建立功勳，揚名天下。

寫作例句	辛棄疾被迫再次閒居後，表面看來安靜閒適，像一個隱士，但他心中燃燒著一團火，他心存報國之志，希望有一天能「了卻君王天下事，贏得生前身後名」。

詩句．出處	男兒行處是，未要論窮通。（〈臨江仙〉元．元好問）
	行：行為。處：處世。是：正確。窮：困厄，不得志。通：得志，顯達。
解析．應用	男子漢只求行為處世正確，不必計較得志與否。
	指有志男兒無論在什麼情況下都要為正義而奮鬥。
寫作例句	「男兒行處是，未要論窮通。」真正的男子漢，不管是窮還是富，也不管得勢還是失勢，隨時隨地都應該具有正義感。

詩句．出處	金入洪爐不厭頻，精真那計受纖塵。（〈論詩〉元．元好問）
	精真：精粹純真。纖塵：細小的灰塵。
解析．應用	真金不怕在洪爐裡反覆地燒煉，精純的物品不計較蒙受細小的灰塵。
	比喻真正的人才不怕艱難困苦的磨練。
寫作例句	「金入洪爐不厭頻，精真那計受纖塵。」、「金玉之性，歷久不渝。」真金不怕火煉，真理不怕考驗。磨難愈多，愈現英雄本色。

讀書

<table>
<tr><td>詩句·出處</td><td>得知千載外，正賴古人書。（〈贈羊長史〉晉·陶淵明）</td></tr>
<tr><td rowspan="2">解析·應用</td><td>我得知千百年以外的事情，正是全靠古人寫的書。</td></tr>
<tr><td>常用來說明書籍的重要性，能讓人知道未曾經歷或知曉的事情。</td></tr>
<tr><td>寫作例句</td><td>讀書有助於增長見聞，開闊視野，正如陶淵明詩云：「得知千載外，正賴古人書。」</td></tr>
</table>

<table>
<tr><td rowspan="2">詩句·出處</td><td>讀書破萬卷，下筆如有神。（〈奉贈韋左丞丈二十二韻〉唐·杜甫）</td></tr>
<tr><td>破：盡，遍，透。萬：謂其多，非實指。</td></tr>
<tr><td rowspan="2">解析·應用</td><td>書讀得多了，寫作時就像有神力相助，能夠得心應手，有如神助。</td></tr>
<tr><td>詩人這裡是向前輩自述才學，大有躊躇滿志之慨，但絕非狂妄之語。它道出了讀書與創作的關係，讀書如採花，創作如釀蜜，確是經驗之談。可引用這兩句詩來說明讀與寫的關係，或只引後一句來說明才思敏捷，寫作神速。</td></tr>
<tr><td>寫作例句</td><td>1. 杜甫說得好：「讀書破萬卷，下筆如有神。」讀書和練筆兩者統一，才能達到「神」的境界。只讀書不練筆，是囫圇吞棗，泛泛而讀，結果只能是收效甚微；只練筆不讀書，是無水之源，最終只能落個山窮水盡的地步。
2. 有些考生一拿試卷就走馬看花地看一遍，下筆如有神，似乎有一種神奇的力量在幫助他們一樣。</td></tr>
</table>

詩句·出處	富貴必從勤苦得，男兒須讀五車書。（〈柏學士茅屋〉唐·杜甫）
	須：應當。五車書：形容極多的書，語出《莊子·天下》：「惠施多方，其書五車。」
解析·應用	富貴一定是從勤學苦練中獲得的，男人應當閱讀五輛馬車那麼多的書。
	常用來說明生活富足、地位尊貴來自勤奮學習，有志男兒更應多讀書。
寫作例句	「富貴必從勤苦得，男兒須讀五車書。」社會不發展進步，需要我們不斷學習和補充新的知識，才不至於落後；一個民族要自立於世界民族之林，也必須掌握不斷出現的最新科學技術方法，才不致落伍。

詩句·出處	三更燈火五更雞，正是男兒讀書時。黑髮不知勤學早，白首方悔讀書遲。（〈勸學〉唐·顏真卿）
	五更：舊時把黃昏到拂曉一夜間分為五更，一更約兩小時。五更天即天亮時分。
解析·應用	在夜半三更的燈火下，在清晨五更雞鳴時，這一晚一早正是男孩讀書的好時候。年少時不懂得抓緊時間勤奮學習，到老就會後悔讀書太遲了。
	常用來說明讀書和學習要勤奮和趁早，否則老了再後悔也晚了，也用前兩句形容起早摸黑勤奮讀書的情景。

寫作例句	1. 勤奮讀書，必須緊緊抓住時間駿馬的韁繩，最充分地利用當前的時間。顏真卿詩云：「三更燈火五更雞，正是男兒讀書時。黑髮不知勤學早，白首方悔讀書遲。」 2.「三更燈火五更雞，正是少年讀書時」。「學富五車」的代價，是付出時間和精力。舒舒服服地喝咖啡，喝出來的「學者」，也有，然而卻是冒牌貨。

詩句・出處	舊書不厭百回讀，熟讀深思子自知。（〈送安惇秀才失解西歸〉宋・蘇軾）
	舊書：指讀過的書。子：你。
解析・應用	讀過的書即使讀上百遍，仍令人百讀不厭；一邊熟讀一邊深思，自然就能領悟其中的道理。
	指讀書要反覆精讀，深入思考。也用來比喻反覆學習、實踐和深入思考，就會有所得。亦用前一句說明好書百讀不厭。
寫作例句	1. 記得蘇東坡有句詩說：「舊書不厭百回讀，熟讀深思子自知。」熟讀而不深思，又怎能從文學作品裡吸取到豐富的養料，營養自我呢？ 2. 審美主體只有不斷進行審美調節和建構，以不斷更新的心理結構去不斷地吸收那些曾經受到誤解、忽視或排斥的美的刺激訊息，才能不斷地接近審美客體。人們常講「好書不厭百回讀，熟讀深思子自知」，「書讀百遍，其義自見」等等，都與此同理。

詩句·出處	退筆如山未足珍，讀書萬卷始通神。（〈柳氏二外甥求筆跡〉宋·蘇軾）
	退筆：禿筆。讀書萬卷始通神：指學好書法不僅要多寫多練，而且要加強文化修養，重視字外功夫。萬卷，謂其多，非實指。通神，神妙，高明。
解析·應用	寫禿的筆堆成小山也不值得珍惜，讀書萬卷才能揮寫自如，運筆神妙。
	常用來說明學書法或做其他事，不能囿於一隅，只練技巧，要多讀書，豐富文化知識，加強學養累積，才能最終做好。
寫作例句	古人說的「退筆如山未足珍，讀書萬卷始通神」就很有道理。現在，我們不是缺少技巧，可以說，我們缺乏的和最急需的或者說是最困擾我們的卻是文化根基、生活閱歷、思想境界、藝術修養。

詩句·出處	蹉跎莫遣韶光老，人生唯有讀書好。（〈四時讀書樂·春〉宋·翁森）
	遣：消遣，打發。韶光：指青少年時期。
解析·應用	不要讓美好的青春年華白白地流逝，讀書是人生中最美好的事情。
	常用來說明年輕時更應發奮學習。

寫作例句	一項調查顯示：學生家中藏書 100 本以上的占 58%，不足 20 本的占 14%，個別學生家中僅有幾本書。「蹉跎莫遣韶光老，人生唯有讀書好。」古人常把書齋比作家庭中的綠洲。今天，現代電器、時髦家具不斷更新換代，塞滿擁擠的空間，而多少家庭尚存一塊文化的綠洲？

詩句·出處	誰知對床語，勝讀十年書。（〈欽夫子明定與夜話舟中欽夫說論語數解天地之心聖人之心盡在是矣明日賦詩以別〉宋·張孝祥）
解析·應用	誰能想到，與友人對床暢談典籍，收穫實在大，簡直勝過讀十年書啊。
	這是詩人對友人的博學多才的讚語，今人常引常用來說明透過交談得到的收穫很大，勝過讀書。
寫作例句	1. 有朋友來訪，促膝長談，互訴友情，交流思想，是生活中的一大樂事。宋朝著名詞人張孝祥在跟友人夜談之後，不禁發出「誰知對床語，勝讀十年書」的感嘆。 2. 一言可以興邦，一言可以悟道，一席話可以驚醒夢中人，一席話可以「勝讀十年書」，一句話可以發隔夜之嘔，一句話也能引來滿門抄斬。

詩句·出處	讀書切戒在慌忙，涵泳工夫興味長。未曉莫妨權放過，切身須要急思量。（〈讀書〉宋·陸九淵）
	涵泳：沉浸其中細細體會、思索。

解析·應用	讀書一定要避免慌慌忙忙，潛心體會就會感到興味無窮。有些不懂的地方不妨暫且放過，但自己需要的東西必須立即抓住，認真思索。
	常用來說明讀書不能急於求成或不求甚解，書中的道理要鑽研思索，細心體會，對自己有用的、重要的地方更要用心思索，弄懂弄通。
寫作例句	怎樣才能找到一本書的精華呢？宋代理學家陸九淵有首詩寫道：「讀書切戒在慌忙，涵泳工夫興味長。未曉莫妨權放過，切身須要急思量。」他告訴我們，讀書通常要慢而透澈，不要急於求成，不要沒有耐性。碰到有些暫時難懂的地方，可以先放過去，等讀完全章以後再返過頭來讀，這時可能就不感到難並容易理解了。特別是書中自己需要的東西，重要的地方，要立即抓住絕不可放過，並且要用心去思量。這就是提倡積極的思考式的閱讀。

詩句·出處	書卷多情似故人，晨昏憂樂每相親。（〈觀書〉明·于謙）
	書卷：書籍。古代的書多做成卷軸形，故稱。相親：彼此親愛友好。
解析·應用	書跟我感情深厚，就像老朋友一樣，不論早晨還是晚上，不管憂愁還是快樂，它都和我相親相伴。
	常用來形容酷愛讀書，感覺書跟自己就像感情深厚，朝夕相伴的親友一樣。
寫作例句	于謙的詩句「書卷多情似故人，晨昏憂樂每相親」最能反映我讀書的心境。

詩句·出處	讀書如樹木，不可求驟長。（〈讀書〉清·法式善）
	樹：栽。木：樹。驟：急速。
解析·應用	讀書如同栽樹一樣，不能急於求成。
	常用來說明知識主要靠點滴累積、循序漸進。
寫作例句	「讀書如樹木，不可求驟長」，唯有拿出懸梁錐股的意志，鍥而不捨，方能融會貫通，正所謂「埋頭讀書，抬頭做人」。前者要的是一股「呑」的虔誠與韌性，後者講的是一種挺直脊梁的骨氣。

求知

詩句·出處	路漫漫其修遠兮，吾將上下而求索。（〈離騷〉戰國·屈原）
	其：語氣助詞，無實義。修：長。
解析·應用	路途遙遠而漫長，我將走遍天下去尋求志同道合的賢人。
	表現了詩人為追求理想而不畏困難的奮鬥精神。可引用這兩句詩來表示對理想的執意追求，或說明任務艱鉅，還要作許多艱辛的努力才能達到目標。常用來形容為實現理想或達到某一目標，不懼任重道遠，不斷尋求探索。

寫作例句	1.「路漫漫其修遠兮，吾將上下而求索。」這是古代偉大的愛國主義者屈原的著名詩句，表達了他追求真理的決心和毅力。求索，即追求探索的意思。兩千多年來，它一直激勵著許多有識之士，無畏地探索人生之路，為我們樹立了為真理而爭的榜樣。 2.「路漫漫其修遠兮，吾將上下而求索」，先生抱著此番信念，執著而且十分堅定。他無悔自己的選擇，即使再孤獨、再清貧、再默默無聞，先生從無遺憾也從不抱怨，他總是說如果自己的觀點、思路能使後來人有所啟發，有所感受，有所思索，能夠拋磚引玉，那麼他就是最大的成功，先生一生都在甘願為他人作嫁衣裳。

詩句·出處	自謂頗挺出，立登要路津。（〈奉贈韋左丞丈二十二韻〉唐·杜甫）
	謂：以為。挺出：挺秀，突出。登：升。要路津：重要的道路和渡口，喻重要的官職。
解析·應用	自以為才華很突出，踏上仕途馬上就會升任要職。
	常用來形容自以為才華出眾，可當棟梁，堪任要職。
寫作例句	當時杜甫少年氣盛，自視甚高，以為功名唾手可得，正如他後來自己講的那樣：「自謂頗挺出，立登要路津。」但事實卻未能像他自己想像的那樣順利、美好。

詩句·出處	人之能為人，由腹有詩書。（〈符讀書城南〉唐·韓愈）
解析·應用	人之所以能成為人，是由於肚子裡有學問。
	常用於說明知識對人的重要性。

寫作例句	生命是有限的，知識是無限的，只有當你把有限的生命投入到無限的知識中去時，生活才顯得充實。「木之就規矩，在梓匠輪輿。人之能為人，由腹有詩書。」

詩句·出處	黃金未是寶，學問勝珍珠。（〈黃金未是寶〉唐·王梵志）
解析·應用	黃金和珍珠雖然珍貴，但與學問相比，還算不上寶物。
	指學問才是世間無可比擬的寶物。
寫作例句	「黃金未是寶，學問勝珍珠。」有形的財富，一般人都能看得到，而無形的財富，只有睿智的人才能悟得透。

詩句·出處	腹中貯書一萬卷，不肯低頭在草莽。（〈送陳章甫〉唐·李頎）
	腹中貯書一萬卷：指滿腹經綸。草莽：民間。
解析·應用	肚裡藏有萬卷書，想要出仕，不肯埋沒在民間。
	常用來形容很有學問或才幹，想出仕做官，不甘只當平民百姓。
寫作例句	古代文人不願意老當文人，喜歡往仕途上擠。「腹中貯書一萬卷，不肯低頭在草莽。」

詩句·出處	看似尋常最奇崛，成如容易卻艱辛。（〈題張司業詩〉宋·王安石）
	奇崛：奇特突出。

解析·應用	看上去似乎很平常，其實非常奇特，寫成這樣好像很容易，實際上飽含著艱辛。
	這兩句詩讚美張籍詩作奇特不凡，得之不易。可引用這兩句詩來讚美某種作品或某一成就看上去很平常，其實卻有獨特之處，得來不易，飽含著艱辛的勞動。
寫作例句	1. 藝術家向來把刻苦的技巧訓練與不露刀斧之痕的無技巧境界結合起來。「看似尋常最奇崛，成如容易卻艱辛」，這是大多數作家畢生孜孜兀兀追求不止的藝術境界的寫照，也是他們藝術道路的寫照。 2.「看似尋常最奇崛，成如容易卻艱辛。」冰雕雪造之中，鏤出千姿百態的美，裝扮了北國壯麗的風光和人民的新生活，那是創造性的勞力帶來的。 3. 世界上最難寫的文章恐怕也莫過於公文了——大家都會畫瓢，你若想脫穎而出，畫出個性、畫出特色來，那就「看似尋常最奇崛」，不是一件容易的事了。

詩句·出處	舊學商量加邃密，新知培養轉深沉。（〈鵝湖寺和陸子壽〉宋·朱熹）
	舊學：已有的知識。商量：討論，切磋。邃密：深遠精密。培養：繼續鑽研、鞏固的意思。深沉：深刻。
解析·應用	對已有的知識，相互切磋，使它更加深遠精密；對於新知識，努力鑽研，以求認識更加深刻。
	指無論是對舊的學問，還是新的知識，只要刻苦鑽研，深入探討，都會有新的收穫。常用來形容治學求知上探討切磋，溫故知新，深刻鑽研。

寫作例句	1. 史學有所謂鑑古知今，亦即一般學問之所謂溫故而知新。朱子詩曰：「舊學商量加邃密，新知培養轉深沉。」新知即從舊學來，此舊學新知之一貫相承，即自然科學亦不能例外。 2. 這本書的問世，特別引人注目。它不僅展示出了程先生的學術精華，而且還顯示出他的治學方法的特殊活力。這種方法如果借用古人之言來表述，就是「舊學商量加邃密，新知培養轉深沉」。

詩句·出處	古人學問無遺力，少壯工夫老始成。（〈冬夜讀書示子聿〉宋·陸游）
解析·應用	古人做學問不遺餘力，年輕時就下工夫，到老才有所成就。
	常用來說明做學問或做其他事業需要全力以赴甚至付出畢生精力，往往年輕時就刻苦努力，到老才見成就。
寫作例句	1. 希望你們在少年時代珍惜「一寸光陰一寸金」的黃金時光，以嚴肅的思考堅韌的毅力刻苦的精神在學海中打拚，明白「古人學問無遺力，少壯工夫老始成」的道理，為自己、為國家、為民族打下堅實的基礎。2.「古人學問無遺力，少壯工夫老始成。」放翁老人的名句，道出了學業的艱辛，在知識爆炸已經進入資訊時代的今天，我們只能更加刻苦，以只爭朝夕的精神進行學習，才可能出現「驀然回首，那人卻在燈火闌珊處」的境界。努力吧，學無止境！

詩句・出處	近來始覺古人書，信著全無是處。（〈西江月・遣興〉宋・辛棄疾）	
	信著：完全相信。是：對。	
解析・應用	近來才發覺，對古人書一味相信，是完全不對的。	
	常用來說明不能迷信書本或盲從別人，或形容對這個道理的頓悟。	
寫作例句	1. 有些學生形成了崇尚書本、「死讀書」的極壞風氣。我們的教育應該在教給學生所需的書本知識的同時，讓學生對書本知識保持一種客觀清醒的認識，能夠「讀書而不為書累」，達到辛棄疾「近來始覺古人書，信著全無是處」的境界。 2. 有時候聽某某某的話，奉若聖旨，最終卻會有一種在愚人節上當受騙的感覺。早在八百年前，辛棄疾就說了一句話「近來始覺古人書，信著全無是處。」	

第 4 節　人生態度

生活觀

詩句・出處	舉世皆濁我獨清，眾人皆醉我獨醒。 （〈漁父〉戰國・屈原）
	舉：全。

解析·應用	世上到處都混濁，只有我一人清淨；所有的人都醉了，只有我一人清醒。
	常用來形容潔身自好，不隨世沉浮，不同流合汙，或形容在別人都糊塗昏昧之時獨自保持清醒。
寫作例句	詩人表現了他對世俗社會的極端蔑視，表現了他「舉世皆濁我獨清，眾人皆醉我獨醒」的無比超脫，而他那種堅守節操、永不回頭的態度也就不言而喻了。

詩句·出處	晝短苦夜長，何不秉燭遊？ （《古詩十九首·生年不滿百》漢）
	秉燭：指夜以繼日。秉，拿著。
解析·應用	既然苦於白天短夜晚長，那麼，為什麼不手拿燈燭夜間出遊呢？
	常用來表達因時光倏忽而想抓緊時間享樂或做其他事的願望。
寫作例句	詩人縱有萬般惜花之情，他也不能拖住春天歸去的腳步，更不能阻止突如其來的風雨，這又如何是好呢？古人說過：「晝短苦夜長，何不秉燭遊？」那麼，趁著花兒尚未被風吹盡，夜裡起來把火看花，不也等於延長了花兒的生命嗎？

詩句·出處	棄捐勿復道，努力加餐飯。 （《古詩十九首·行行重行行》漢）
	棄捐：捨棄，忘掉。勿：不。復：又，再。

解析·應用	算了吧，不再說了，還是努力多吃點飯，保重身體吧。
	用來勸人不要再說或再想不愉快的事，還是多保重身體。
寫作例句	為了我們的朋友能早日恢復健康，我送你兩句古詩：「棄捐勿復道，努力加餐飯。」

詩句·出處	閒居非吾志，甘心赴國憂。（〈雜詩〉三國·魏·曹植）
	吾：我。
解析·應用	過清閒的生活本不是我的志向，我甘願奔赴前方，為國分憂。
	常用來形容不願過清閒逍遙的生活，甘願為國分憂解難。
寫作例句	在為這本文集命名的時候，我想起了曹植的兩句話：「閒居非吾志，甘心赴國憂。」雜文是感應的神經，憂患的產物，與民同樂，與國同憂，也是許多雜文作者的共同特點。他們以強烈的社會責任感，鼎新革故，激濁揚清，為國為民，聚解憂之力，探解憂之途。

詩句·出處	志士營世業，小人亦不閒。（〈贈徐幹詩〉三國·魏·曹植）
	營：謀求。世業：傳世之業，指著書立說。一說指功業。小人：曹植作為晚輩的戲稱。
解析·應用	有志之士謀求傳世的大業，而我等小輩也不閒著。
	常用來形容人們各自都在忙碌，或形容有的在為事業奮鬥，有的則為個人生計、名利或家庭在奔忙。
寫作例句	曹丕有詩云：「志士營世業，小人亦不閒。」人們各有理想，都在奔忙。不過有的人是為國家的大事、人類的進步而奮鬥，有的人卻在為個人的安樂而奔波。

詩句·出處	縱浪大化中，不喜亦不懼。應盡便須盡，無復獨多慮。(〈形影神·神釋〉晉·陶淵明)	
	大化：指自然界和人世間的一切變化，亦作「生命」的代稱。	
解析·應用	縱身於自然和人生變化的大浪之中，不高興也不害怕。該結束時便結束，用不著自己過多憂慮。	
	常用來形容對世間的一切，如生死榮辱、興衰貧富等等順其自然，泰然處之。亦用於形容聽天由命，逆來順受。	
寫作例句	1. 我成了陶淵明的志同道合者，他有幾句詩我很欣賞：「縱浪大化中，不喜亦不懼。應盡便須盡，無復獨多慮。」我現在就是抱著這種精神，昂然走上前去。 2. 所謂「胸襟曠達，返璞歸真」的境界，實際上只是一種蒼白無力、不死不活的表現。「縱浪大化中，不喜亦不懼，應盡便須盡，無復獨多慮。」從這裡，我們還能感覺到一絲的抗爭情緒嗎？	

詩句·出處	莫思身外無窮事，且盡生前有限杯。(〈絕句漫興·其四〉唐·杜甫)
解析·應用	不要去想自身以外那些無窮無盡的事，還是先乾了生前這有限的幾杯酒吧。
	常用來說明人生有限，不要多想與個人或眼前生活無關的事情，且圖眼前之樂。
寫作例句	如果他「莫思身外無窮事，且盡生前有限杯」，以他的學歷、身分和才能，完全可以與老母、嬌妻、幼子過上富裕、祥和的生活。

<table>
<tr><td rowspan="2">詩句．出處</td><td>十年一覺揚州夢，贏得青樓薄倖名。（〈遣懷〉唐．杜牧）</td></tr>
<tr><td>覺：睡醒。贏得：博得。薄倖：薄情，負心。</td></tr>
<tr><td rowspan="2">解析．應用</td><td>十年的揚州放蕩生活已成過去，如一場大夢醒來，只博得個青樓薄情郎的名聲，真是可嘆。</td></tr>
<tr><td>詩人不滿於自己沉淪下僚，寄人籬下的境遇，追憶昔時的放蕩生活，並不能感到愜意，於是發出內心的感嘆，調侃之中含有辛酸、自嘲和追悔的味道。可引用這兩句詩來為杜牧的放蕩生涯寫照，或只引第一句來表示對過去某段生活的否定。</td></tr>
<tr><td>寫作例句</td><td>1. 然而當著國家危急存亡的關頭，和千百萬人民都在流離失所的時候，他們尚在那裡「十年一覺揚州夢，贏得青樓薄倖名」。
2. 在我們的短暫人生中，它只是一小截，只是二十世紀下半葉處於中間位置的一小截，十年而已。「十年一覺揚州夢」，轉眼就過去了。</td></tr>
</table>

<table>
<tr><td>詩句．出處</td><td>我生本無鄉，心安是歸處。（〈初出城留別〉唐．白居易）</td></tr>
<tr><td rowspan="2">解析．應用</td><td>我一生本無故鄉，讓我心神安寧的地方便是我的歸處。</td></tr>
<tr><td>常用來形容四海為家的生活或不戀故土，但求身心安適的情懷。</td></tr>
<tr><td>寫作例句</td><td>從老家歸來之後，他的情緒沉穩了許多。「我生本無鄉，心安是歸處」，何況，那之後不久，他周圍的環境又有了新的變化。</td></tr>
</table>

詩句．出處	今年歡笑復明年，秋月春風等閒度。（〈琵琶行〉唐．白居易）
	復：再。等閒：輕易地。
解析．應用	今年歡笑，明年歡笑，多少個秋夜春日就這樣隨隨便便地度過了。
	常用來形容在安逸歡快中度日，亦形容在安樂中虛度年華。
寫作例句	她相信青春的花常開不敗，「今年歡笑復明年，秋月春風等閒度」。

詩句．出處	蝸牛角上爭何事？石火光中寄此身。（〈對酒〉唐．白居易）
	蝸牛角：喻極小的境地。石火光：敲擊燧石發出的火光，閃現的時間極短。寄：暫居。
解析．應用	在蝸牛角一般微小的事情上爭什麼呢？人生本來就短暫，就像是在燧石的火光中暫時寄放這身子一樣。
	常用來說明人生短暫，不值得為小事爭鬥。
寫作例句	那是昨夜醉後，我想起了白居易的詩句：「蝸牛角上爭何事？石火光中寄此身。」為什麼在過年的時候，我會想起這兩句詩來呢？摸摸自己下巴上刺手的鬚髭，我不禁笑了起來，真的是少年弟子江湖老了，把許多事情都看淡了，像杯一望見底的白開水，喝起來就沒有多大味道。

詩句·出處	因過竹院逢僧話，偷得浮生半日閒。（〈題鶴林寺僧舍〉唐·李涉）	
	僧：和尚。話：閒談，聊天。浮生：指虛浮短暫的人生。	
解析·應用	因為路過有竹林的寺院，碰見僧人，聊了一陣，於是在這浮蕩的人生中偷尋了半日的清閒。	
	常用來形容因某種機會得到一段閒暇時光，形容日子清閒散淡。	
寫作例句	1. 對於一個忙人來說，即使是伴著音樂做五分鐘健康操，或者凝視一會牆上的風景照片，他的心情都是快樂的。倘若他突然有了機會，比如「因過竹院逢僧話，偷得浮生半日閒」，那當然最好。 2. 古代的讀書人，家中有兩間大瓦房，米缸裡的米是滿的，他就感到很滿足了，「因過竹院逢僧話，偷得浮生半日閒」，悠哉遊哉，他可以作文寫詩，已經是相當滿足了。	

詩句·出處	滿眼兒孫身外事，閒梳白髮對殘陽。 （〈代鄰叟〉唐·竇鞏）
	身外事：自身以外的沒法倚靠或無足輕重的事物。
解析·應用	雖然兒孫滿堂，卻不在身邊，像身外之事一樣沒法依靠，只好面對殘陽閒坐著，梳理稀疏的白髮。
	常用來形容老人兒孫雖多，但不在身邊，孤苦伶仃。也用來說明不必過多為兒孫操心，應善自珍重。
寫作例句	古人詩云：「滿眼兒孫身外事，閒梳白髮對殘陽。」只有白髮是自己的，愛憐子孫，實是痴態。

詩句·出處	紛華暫時好，淡泊味愈長。（〈讀書〉宋·歐陽脩）
	紛華：指榮華富貴。淡泊：不追求名利。愈：越。
解析·應用	榮華富貴只是暫時快樂，名利淡泊意味愈加深長。
	常用來說明紛華只是一時快樂，淡泊才能得到長久快樂。
寫作例句	宋代大文豪歐陽脩有名句說：「紛華暫時好，淡泊味愈長。」只有淡泊名利，才能腳踏實地，任勞任怨，勤勤懇懇，兢兢業業。

詩句·出處	人生何適不艱難，賴是胸中萬斛寬。（〈早春出遊〉宋·陸游）
	何適：到哪裡去。斛：古代一種口小底大的量器，一斛為十斗，後改為五斗。
解析·應用	人生到何處沒有艱難呢？只不過仰賴胸懷寬廣，能夠包容萬物罷了。
	常用於說明心胸開闊的重要性。
寫作例句	有歌詞說：生活像一團麻，總有那解不開的小疙瘩。誰家都有一本難念的經，正如陸游所說：「人生何適不艱難，賴是胸中萬斛寬。」想開一點就是了。

詩句·出處	有人問我事如何？人海闊，無日不風波。（〈中呂·喜春來〉元·姚燧）
解析·應用	有人問我世間的事情怎麼樣？我回答說，人海寬闊，無日不在掀起風波。
	字裡行間，流露出人生不易的厭倦之情。可引用這幾句曲來說明世事複雜，人生坎坷。

寫作例句	1.「用一句話說，這叫『欲加之罪，何患無辭』！」他滿腔悲憤，拿起手邊的一本古書，指著一首元曲說：「一位古人說得好：『有人問我事如何？人海闊，無日不風波。』」 2. 他拍攝的是一個鳥類生存領地之爭的故事，令人聯想到人類，「人海闊，無日不風波」，為了個人或群體的生存利益 —— 名譽、情感、觀念等等，大大小小的戰鬥不息，當因此而失去生命與愛之後，就剩下戰爭雙方咀嚼和消化戰爭的苦果了。 3. 人類社會熙熙攘攘，無日不風波，哪有安靜的時候？

詩句·出處	萬事不如杯在手，一年幾見月當頭？ （〈中秋〉明·朱存理）
解析·應用	什麼事都不如一杯酒在手中，一年中能有幾天看到明月當頭照？
	常用來說明人生良辰美景難遇，應當趁此及時享樂。
寫作例句	你去看看周圍的食客，一碗牛肉湯，一碗陽春麵，有的外加二兩酒，淺斟細酌，品味著小市民式的饜足。面對那種悠然自得的神情，你會不由得從心裡嘗味到一種酸辛苦澀又微甘的世味，同時想起那俗濫的詩句，真的是：「萬事不如杯在手，一年幾見月當頭？」

生命觀

詩句・出處	人生非金石，豈能長壽考？ （《古詩十九首・回車駕言邁》漢）
	長：長久。壽考：即老壽，壽命長。考，老。
解析・應用	人生不是金屬和石頭，哪能長壽無盡期？
	常用來說明人的壽命再長也有盡頭，不可能長生不死。
寫作例句	處在苦悶的時代，而又悟到了「人生非金石，豈能長壽考」的生命哲理，其苦悶就尤其深切。

詩句・出處	浩浩陰陽移，年命如朝露。 （《古詩十九首・驅車上東門》漢）
	浩浩：無窮無盡。陰陽：指四季。古人常用陰陽解釋自然現象，如認秋冬為陰，春夏為陽。年命：人的壽命。
解析・應用	無盡的四季轉移交替，人的生命卻像朝露一樣短暫。
	常用來形容歲月無窮，人命苦短。
寫作例句	數十載的歲月似乎於剎那之間就紛紛飄散，我怎麼會變得這樣衰老了？《古詩十九首》裡所寫的「浩浩陰陽移，年命如朝露」，真形容得絲毫也不差，讓人感到驚心動魄。

詩句・出處	人生忽如寄，壽無金石固。 （《古詩十九首・驅車上東門》漢）
	忽：急速。寄：寄居，暫住。
解析・應用	人生匆匆，好像旅客寄居，人的壽命沒有金屬、石頭那樣堅固長久。
	常用來形容人生短暫。

寫作例句	雖然「世間公道唯白髮」，誰也無法抗拒「人生忽如寄，壽無金石固」的自然規律，但是隨著醫學科學的進步和社會物質文明與精神文明的提高，人類現在的平均壽命是可以繼續延長的。

詩句．出處	服食求神仙，多為藥所誤。 （《古詩十九首．驅車上東門》漢）
解析．應用	服食丹藥，想做長生不老的神仙，結果多被丹藥傷了身體，害了性命。
	常用來形容服藥以求長生不老或延年益壽，結果反被藥物所害。
寫作例句	嘗見一人服松脂十餘年，無藥可醫，竟困頓至死。又見一服硫磺者，膚裂如礫，置冰上，痛乃稍減。古詩「服食求神仙，多為藥所誤」，豈不信哉！

詩句．出處	人生天地間，忽如遠行客。 （《古詩十九首．青青陵上柏》漢）
	忽：急速。
解析．應用	人生在天地之間，就像匆匆遠行的過客。
	常用來形容人生短促。
寫作例句	「人生天地間，忽如遠行客。」青春不過是人生中短暫的一瞬。

詩句·出處	生年不滿百，常懷千歲憂。 (《古詩十九首·生年不滿百》漢)
	生年：人生活的年限。千歲憂：指身後的種種考慮，如為子孫的打算等。
解析·應用	人的一生，活不到一百年，卻常常憂慮身後各式各樣的事情。
	常用來說明人生在世不長，而考慮和擔憂的事情卻太多。
寫作例句	「生年不滿百，常懷千歲憂。」傅雷先生常以這句古詩作為自己的寫照。如今傅雷先生有知，當會喜勝於憂，含笑於九泉！

詩句·出處	盈縮之期，不但在天；養怡之福，可得永年。(〈龜雖壽〉漢·曹操)
	盈縮之期：指人的壽命長短。盈縮，指滿虧、長短、升降等。不但：不只。養怡之福：保養得好，心情平和愉快。養怡，即養和，指保養人體的元氣，不為利慾傷神。永年：長壽。
解析·應用	壽命的長短，不僅在於天意，保養得好，身心愉悅，就可以得到長壽。
	常用來說明壽命長短不是天生注定，保養得法，精神開朗愉快，就能夠延年益壽。後兩句常被引用來說明養生之道在於樂觀，在於保養。

寫作例句	1. 追求健康，延年益壽，是人之常情，健身之術，乃養生必需。誠如曹孟德所言：「盈縮之期，不但在天；養怡之福，可得永年。」養怡健身，可終生得益，而養生之法，又非一端。 2. 曹操在〈龜雖壽〉詩中說：「養怡之福，可得永年。」這是身心和涵養的總和，絕非僅是長壽而已。

詩句·出處	人生處一世，去若朝露晞。（〈贈白馬王彪〉三國·魏·曹植）
	處：在，存。晞：乾。
解析·應用	人活一世，去得也快，就像早晨的露水一樣容易乾。
	常用來形容人生短促。
寫作例句	人的一生是短暫的，古詩云：「人生處一世，去若朝露晞。」

詩句·出處	有生必有死，早終非命促。（〈擬輓歌辭·其一〉晉·陶淵明）
	促：時間短。
解析·應用	有生就必定有死，所以早死也不算命短。
	用來表達對生死的曠達看法，認為人早晚一死，早死不必驚恐亦不足為惜。
寫作例句	「有生必有死，早終非命促」，我們從此便算告別了。天意畢竟不可違的，我已經認了命，雖死之日，猶生之年。

詩句．出處	人生直作百歲翁，亦是萬古一瞬中。（〈池州送孟遲先輩〉唐．杜牧）
	直：就算，即使。翁：老頭。萬古：千年萬代。
解析．應用	人生就算活到一百歲，在悠悠萬古的歷史中也只是一瞬間而已。
	常用來說明人生短暫，一個人活得再長，跟無窮無盡的歷史長河相比較，都是瞬間即逝。
寫作例句	「人生直作百歲翁，亦是萬古一瞬中。」但有些特殊環境中特殊的人和事，卻使我永遠不能忘懷。

詩句．出處	人生有酒須當醉，一滴何曾到九泉？（〈清明日對酒〉宋．高翥）
	須當：應當。九泉：指地下。
解析．應用	人的一生有酒就應當喝醉，人死後，兒女的祭酒何曾有一滴到過地下？
	常用來說明人活世上能樂盡樂，死後什麼也得不到。也用來說明待人好，須在其生前有所表現，等人死後，再怎樣追補都毫無意義。

寫作例句	1.「好一個酒館，我今日要一醉方休。古人說的『人生有酒須當醉，一滴何曾到九泉？』」說著話，由外邊進來，正是濟公長老。 2.「人生有酒須當醉，一滴何曾到九泉。」「人生有酒須當醉」的人生態度固然不足取，但祭祀時極盡鋪張燒各種祭品，其實都是虛應故事，而不是真正的孝敬。相反，清明時節，草木萌生，春意盎然，平添這許多烏煙瘴氣，變得不清也不明，實在算不上一件好事。

詩句．出處	縱有千年鐵門限，終須一個土饅頭。（〈重九日行營壽藏之地〉宋．范成大）
	限：門檻。須：需要。土饅頭：指墳墓、墳堆。
解析．應用	人的壽命縱然有一千年那麼長，像鐵門檻一樣經久不壞，但最終還是會死，要用一個饅頭似的土墳堆來掩埋。
	常用來說明人的壽命再長也終有一死。
寫作例句	平凡人、偉人、好人或壞人，都會離開塵世歸於岑寂。「縱有千年鐵門限，終須一個土饅頭。」這就是苦短的人生。

價值觀

詩句．出處	見客但傾酒，為官不愛錢。（〈贈崔秋浦〉唐．李白）
	但：只。
解析．應用	見到客人只管倒酒同飲，當官卻不愛慕錢財。
	常用來形容某人慷慨好客，雖為官員卻不愛慕錢財。

寫作例句	父親本著「我以不貪為寶」的儒家古訓，從來是「見客但傾酒，為官不愛錢」，甚至不置恆產，連房子也是當時工作單位提供的。

詩句．出處	春蠶到死絲方盡，蠟炬成灰淚始乾。（〈無題〉唐．李商隱）
	絲：諧「思」音。蠟炬：蠟燭。淚：蠟炬燃點時流溢的脂油叫做「燭淚」。
解析．應用	春蠶直到死才把絲吐盡，蠟燭燒成灰淚才流乾。
	常用來讚揚蠶或蠟燭奉獻、執著的稟性。也用來形容對愛情的忠貞不渝，或比喻人鞠躬盡瘁，死而後已的崇高品格或鍥而不捨的精神。
寫作例句	1. 世人多是只知享用絲綢，而對吐絲的蠶很淡漠。但在詩人文士筆下呢，備受讚美的卻是蠶兒了。家喻戶曉的例子便是李義山的名句：「春蠶到死絲方盡，蠟炬成灰淚始乾。」 2. 我望著那一根將要燃盡的蠟燭，不禁想起了李商隱寓意深沉的詩句：「春蠶到死絲方盡，蠟炬成灰淚始乾。」我們孜孜以求的光明，不正是這蠟燭精神的堅持所獲得的嗎？ 3.「春蠶到死絲方盡，蠟炬成灰淚始乾」，一句流傳了千年的詩句深深地詮釋了我們生命的意義與偉大，而泰戈爾的「一沙一世界，一花一天堂」又給了我們另一份對生命的感悟。關於生命，諾貝爾（Nobel）說：「生命，那是自然拿給人類去雕琢的寶石。」而我看來，生命，不僅是呱呱墜地的那一聲啼哭，而且是母親十月懷胎的辛苦；生命，不僅是你我擁有的一筆財富，而且是培育我們的所有人的心血灌注。

詩句·出處	草色人心相與閒，是非名利有無間。（〈洛陽長句〉唐·杜牧）
解析·應用	荒涼的草色和我心境一樣閒暇，是非名利只在那似有似無之間。
	常用來形容草地青青，小草漫生的荒涼、散漫的景致。也用來形容風光景物使人身心安閒，淡漠了世俗雜念，或形容心境散淡無為。
寫作例句	1. 伏案久了，抬眼便是數行煙柳、一帶清流，那天也淡、雲也閒。下得樓來，入目青青，正是「草色人心相與閒，是非名利有無間」。 2. 作者把不同時空發生相互無關的幾件事通通納入自己淡泊閒和的心境，讀來頗有「草色人心相與閒，是非名利有無間」的內涵。

詩句·出處	身多疾病思田里，邑有流亡愧俸錢。（〈寄李儋元錫〉唐·韋應物）
	思田里：想辭官回歸鄉里。邑：城市。這裡指韋應物任滁州刺史時所管轄的地區。俸錢：俸祿，國家發給官吏的薪水。
解析·應用	一身多病想退休回鄉，自己管轄的地區還有流亡的百姓，拿著國家的俸祿實感慚愧。
	常用來形容官員年老有病想辭職退休，看到百姓貧苦，感到有愧薪酬。

寫作例句	有這樣兩句唐詩：「身多疾病思田里，邑有流亡愧俸錢。」我現在老了，身體不健康，應該退休還鄉了。但現在人民還有不能安生的，我們每月卻領高的薪資，因而不能不有點慚愧。

詩句．出處	林園手種唯吾事，桃李成陰歸別人。（〈代園中老人〉唐．耿湋）
	陰：樹蔭。
解析．應用	林園中動手栽種只是我一個人的事，桃樹和李樹長大成蔭了，則歸別人享受。
	常用來形容某人辛勤勞動，但勞力成果卻歸別人享用。也用來形容不圖報酬，甘於奉獻的行為。
寫作例句	有一次讀到唐代詩人耿湋的〈代園中老人〉，其中兩句是「林園手種唯吾事，桃李成陰歸別人」，頗有澹泊之意，又有一種悠然之趣。聯想到每日的編輯工作，似有靈犀一點通，便提高一點境界，將其改為「筆墨耕耘唯吾事，桃綻李笑為他人」。

詩句．出處	浮名浮利過於酒，醉得人心死不醒。（〈傷時〉唐．杜光庭）
解析．應用	虛浮的名利比酒還厲害，醉得人心到死也不醒悟。
	常用來說明名利對人有很強的誘惑力和腐蝕作用，常使人身陷其中不能自拔。

寫作例句	酒醉自有酒醒時，還有一種比烈性酒濃度更高的麻醉劑，那就是總想踩著實做者的肩膀向上爬追名逐利的投機狂。他自己失重，對客觀情勢猜想失度，幾乎達到無藥可救的地步。這正是「浮名浮利過於酒，醉得人心死不醒」。

詩句・出處	唯願孩兒愚且魯，無災無難到公卿。（〈洗兒戲作〉宋・蘇軾）
	魯：魯鈍。公卿：指朝廷的大官。
解析・應用	只願孩兒愚蠢魯鈍，無災無難一直做到公卿的高官。
	常用來形容希望兒女平庸乏才，但仕途平坦。也用來形容寧願兒女愚鈍平凡，但能無災無難，安樂一生。
寫作例句	1. 蘇東坡有詩云：「唯願孩兒愚且魯，無災無難到公卿。」其實也不必公卿，我希望孩子當個不受氣的小官，平平安安過一輩子最好。 2. 如果在歡娛的人生和慘切而成功的文學中選一種，相信只要不是道學先生，恐怕都毫不猶豫地選擇前者。蘇軾甚至「唯願孩兒愚且魯，無災無難到公卿」。

詩句・出處	自古功名亦苦辛，行藏終欲付何人？ （〈讀史〉宋・王安石）
	行藏：人的行止，此指人的一生經歷。 行，出仕。藏，退隱。

解析·應用	自古以來博取功名總是很辛苦的，一個人的言行事蹟最後將交給誰來敘述才好呢？
	常用來說明獲取功名要歷盡苦澀艱辛，或說明一個人的言行舉止、生平事蹟能被後人真實客觀地記載敘述很不容易。
寫作例句	這些在美術史上沒有留下名字的藝術大師們，默默地為我們造就了如此規模驚人、流金溢彩的畫幅。王安石詩云：「自古功名亦苦辛，行藏終欲付何人。」當我們走出千佛洞的時候，我們不禁對那些付出了極大「苦辛」的匠師們，致以深深的敬意！

詩句·出處	忍把浮名，換了淺斟低唱。（〈鶴沖天〉宋·柳永）
	浮名：指登第為官。
解析·應用	怎麼忍心拿虛浮的名聲去換淺斟美酒、低聲吟唱的享樂生活。
	常用來形容不願為追逐仕宦、名利而捨棄安逸的生活，或形容功名無望，退而消閒享樂。
寫作例句	1. 有客辭官返故里，有生疏狂如柳永，「忍把浮名，換了淺斟低唱。」這是人世間真正的瀟灑。 2. 這一種人，進則中舉應闈、做官行道；退而傳經授徒，弄月吟風，「忍把浮名，換了淺斟低唱」。

詩句·出處	唱徹陽關淚未乾，功名餘事且加餐。（〈鷓鴣天·送人〉宋·辛棄疾）
	陽關：即〈陽關三疊〉，唐人送別時所唱的歌曲。餘事：次要的事情。且：姑且。

解析．應用	唱完了〈陽關三疊〉，淚水還沒乾，功名都是次要的事情，不必多想，還是多吃點飯，保重身體吧。
	常用來說明功名利祿是身外之物，不必看重，倒是應當善自珍重。也用來表達願望未成而產生的消沉情緒。
寫作例句	一時間，我驟然體察到作為一位浪跡天涯的遊子之悲涼，而辛棄疾的「唱徹陽關淚未乾，功名餘事且加餐」，更讓人肝腸寸斷 —— 我何苦為這幾堂講學賺幾個錢而滯留呢？

詩句．出處	閒來只寫青山賣，不使人間造孽錢。（〈言志〉明．唐寅）
	寫：畫。造孽：做壞事。
解析．應用	閒暇時就畫青山去賣，絕不靠骯髒勾當賺錢。
	常用來形容賣畫或靠其他正當營生賺錢，不賺黑心錢。
寫作例句	「閒來只寫青山賣，不使人間造孽錢」是一個知識分子、一個文人清高自愛的人生宣言。人都是要謀生的，但透過什麼方式，什麼手段謀生能見出一個人的人生品質、人生境界。

詩句．出處	人生富貴豈有極，男兒要在能死國。（〈奉送大司馬劉公歸東山草堂歌〉明．李夢陽）
解析．應用	人生的富貴哪有極限？男兒的重要之處在於能為國而死。
	常用來說明人生對榮華富貴的追求沒有止境，作為男兒，要為國家奉獻或犧牲才活得有尊嚴，有意義。
寫作例句	古詩云：「人生富貴豈有極，男兒要在能死國。」我們應該時時刻刻把國家興亡放在心中。

第 5 節　人生境遇

順境

詩句·出處	春風得意馬蹄疾，一日看盡長安花。（〈登科後〉唐·孟郊）
解析·應用	春風中我得意洋洋，打馬飛馳，一日之內看完了長安城內繁華美景。
	詩人活靈活現地描繪出登科後自己神采飛揚的得意之志，酣暢淋漓地抒發了他心花怒放、喜不自勝的得意之情。常用來形容心情愉快，行動敏捷，興致或幹勁大增，或用來形容得意洋洋的樣子。也可引用第一句來形容一個人遇事順暢，心情愉快。
寫作例句	1.「春風得意馬蹄疾，一日看盡長安花。」詩人得意洋洋，心花怒放，便迎著春風策馬奔馳於鮮花爛漫的長安道上。 2. 馬是人類摯友。牠自遠古走來，與人類休戚與共，早就成為心心相印的夥伴：歡喜時，「春風得意馬蹄疾，一日看盡長安花」；失落時，「古道西風瘦馬，斷腸人在天涯」，詩人的描繪，道盡了人與馬之間的親密關係。 3.「春風得意馬蹄疾」。新年伊始，願你乘著和煦的春風，朝著燦爛的前景，馬不停蹄，奔騰前進！

詩句．出處	五陵年少爭纏頭，一曲紅綃不知數。（〈琵琶行〉唐．白居易）	
	五陵：長安城外漢代五個皇帝的陵墓。後來貴族富豪多遷居於五陵附近居住。因此有錢有勢人家的子弟被稱為五陵年少。爭：爭送。纏頭：送給歌女、舞女的錦帛之類的物品。紅綃：精細輕美的絲織品。	
解析．應用	富家子弟爭著向我送纏頭，彈奏完一支曲子，得到的精美織錦不計其數。	
	常用來形容女子相貌或才藝出眾，追求者、追捧者眾多，也用來比喻某人被眾人巴結攀附。	
寫作例句	1. 本來這樣一位風靡帝京的絕代佳人，不應該「五陵年少爭纏頭，一曲紅綃不知數」麼，可是她的命運卻完全相反。 2.「閒看兒童捉柳花」也不錯，這種淡泊超脫的心情，便於養性，便於延年，它比起「五陵年少爭纏頭，一曲紅綃不知數」要好得多，自由得多，自在得多。	

詩句．出處	青雲道是不平地，還有平人上得時。（〈自遣〉唐．李頻）
	青雲：高空。平人：平常人。
解析．應用	都說高空不是平地，難以上去，但還是有平常人上得去的時候。
	指困難再大，有志氣的人也能克服它，奪取最後勝利。
寫作例句	「青雲道是不平地，還有平人上得時。」他們也都是極平常的人，卻有著非凡的意志和膽識，從而攀登上一個又一個事業的高峰。

詩句．出處	久旱逢甘雨，他鄉遇故知。洞房花燭夜，金榜題名時。（〈神童詩〉宋．汪洙）
	洞房：新婚夫婦的房間。金榜：科舉時代俗稱殿試錄取的榜。殿試是科舉制度中最高一級的考試，在皇宮內大殿上舉行，由皇帝親自主持。
解析．應用	久旱終得甘甜的雨水，他鄉遇見舊日的知交。洞房點著花燭度過新婚之夜，殿試揭曉榜上有名。
	常用來形容生活中令人高興的「四大快事」。
寫作例句	「久旱逢甘雨，他鄉遇故知。洞房花燭夜，金榜題名時」被稱為「人生四大喜事」。

逆境

詩句．出處	眾女嫉余之蛾眉兮，謠諑謂余以善淫。（〈離騷〉戰國．屈原）
	蛾眉：眉如蠶蛾，形容女子長而美的眉毛，亦比喻好的特質。兮：啊。謠諑：造謠誹謗。善：愛好，善於。淫：淫蕩，邪惡，無節制。
解析．應用	眾多女子嫉妒我秀美的蛾眉，造謠誹謗，說我喜歡淫邪無度。
	常用來形容遭到別人忌妒而被造謠中傷的現象。

寫作例句	一般員工升遷，生不出什麼流言；當你要成為領導核心的候選人時，你的一切隱私都突然沸沸揚揚流布四域了。〈離騷〉中名句有云：「眾女嫉余之蛾眉兮，謠諑謂余以善淫。」

詩句・出處	憂心悄悄，慍於群小。覯閔既多，受侮不少。（《詩經・柏舟》）
	悄悄：憂愁的樣子。慍：這裡為怨恨的意思。群小：一群小人。覯：同「遘」，遇見，遭遇。閔：病痛困苦。既：已然，已經。
解析・應用	我憂心忡忡，因為得罪了一群小人，遭受他們的怨恨。我遭遇的困苦已經很多，還受到不少侮辱。
	常用來形容因得罪了小人或壞人，遭受不幸或屈辱，心裡憂苦不安。
寫作例句	「憂心悄悄，慍於群小，覯閔既多，受侮不少。」惶惑、苦惱、煩躁……真是我錯了嗎？錯在何處，為什麼不容許申辯？為什麼當事人沒有簽字就定案了？

詩句・出處	文章憎命達，魑魅喜人過。（〈天末懷李白〉唐・杜甫）
	文章：古人所說的「文章」常包括詩或詞，有時單指詩或詞。達：顯達。魑魅：古代傳說中山上和水裡的鬼怪，常喻壞人。這句喻壞人誣陷李白，使他被流放夜郎。

解析·應用	文章憎惡命運顯達的人，山神水怪喜歡人經過，以便吞食。
	這一聯是千古名句，喻指大詩人李白命運不佳，長流夜郎，是遭受奸邪小人的陷害。議論中含有情韻，比喻中帶有哲理，具有感人的藝術力量，道出了自古以來有才智的文人的共同命運。常用來說明身世坎坷的人才能寫出好作品或有成就的作家往往命運多舛，也用來形容壞人就愛陷害好人。
寫作例句	1. 杜甫有兩句名詩：「文章憎命達，魑魅喜人過。」千古宏文偉著，很多是作者在困窘失意中完成的，似乎文章的成就，與命運的顯達恰好成反比，故曰「憎」；魑魅這種山鬼，好在別人失誤時，伺機食人，故曰「喜」。 2.「文章憎命達，魑魅喜人過。」杜甫在〈天末懷李白〉中，用沉痛的筆，寫下了這樣彰善癉惡的詩句。歷來文才橫溢之士，往往命運崎嶇，魑魅攫而吞食。亦即所謂「小人爭害君子，猶魑魅喜得人而食之」。

詩句·出處	田園寥落干戈後，骨肉流離道路中。（〈自河南經亂，關內阻飢，兄弟離散，各在一處。因望月有感，聊書所懷，寄上浮梁大兄、於潛七兄、烏江十五兄，兼示符離及下邽弟妹〉唐·白居易）
	寥落：指土地荒蕪冷落。干戈：代指戰爭。
解析·應用	戰亂過後田園荒蕪，逃亡途中，骨肉同胞流落離散。
	常用來形容戰禍或災荒後田園荒廢破敗，難民或災民流離失所的慘象。

寫作例句	李清照雖然到了丈夫身邊，結束了流離兵燹的動盪生涯，但只要一閉上眼睛，那連天的大火，那燒成紙灰的楮葉，那運河中擠滿流民的大小舟楫，老人們絕望無告的愁顏和婦孺們驚慌失措的神色，就一齊來到面前。「田園寥落干戈後，骨肉流離道路中」，她常常想起白樂天這兩句詩。

詩句．出處	誰瞑啣冤目，寧吞欲絕聲。（〈有感〉唐．李商隱）
	瞑：閉上眼睛。銜：含。寧：豈。吞：嚥回去。
解析．應用	屈死的人誰甘心閉上含冤的雙眼，活著的人又豈肯忍住悲憤欲絕的哭聲。
	用來表達不甘含冤受屈、忍氣吞聲的憤怒心情和反抗情緒。
寫作例句	我想起詩人李商隱的名句：「誰瞑啣冤目，寧吞欲絕聲？」覺得自己畢竟手裡有著一支筆，縱然曾被剝奪了寫作權利達十年之久，現在終究還能揮動，怎麼甘願吞聲沉默？

漂泊

詩句．出處	人生無根蒂，飄如陌上塵。（〈雜詩〉晉．陶淵明）
	蒂：瓜、果等跟莖、枝相連的部分。陌：田間東西方向的道路，泛指道路。
解析．應用	人生一世無根無蒂，飄忽不定，猶如道路上飛揚的塵土。
	常用來形容人的一生漂泊無定。

寫作例句	「人生無根蒂，飄如陌上塵」，很多人終是免不了如飄萍般的生活。

詩句・出處	此處不留人，自有留人處。 （〈戲贈沈后〉南北朝・陳叔寶）
解析・應用	這裡不留人，自會有留人的地方。
	常用來說明這裡不能容留人，別處總會有容留人的地方，常於不被接納時用來自慰或勸人。
寫作例句	先生道：「若要奉承人，卦就不準了，若說實話，又惹人怪。『此處不留人，自有留人處』！」嘆口氣，收了卦鋪，搬在別處去了。

詩句・出處	嶺外音書斷，經冬復歷春。（〈渡漢江〉唐・宋之問）
	嶺外：即嶺南，五嶺以外或以南的地方，包括今廣東、廣西一帶。音書：音信。
解析・應用	貶謫到嶺外，與家人的音信便已中斷，過了一個冬天，如今又經歷了一個春天。
	常用來形容遠離親人，久無音訊。
寫作例句	現代通訊技術讓千里之遙剎那間可成咫尺，不必像古人那樣嘆息「嶺外音書斷，經冬復歷春」了。

詩句・出處	人生到處知何似？應似飛鴻踏雪泥。泥上偶然留指爪，鴻飛那復計東西。（宋・蘇軾〈和子由澠池懷舊〉）
	那：同「哪」。復：再。計：算清。

解析．應用	人生所到之處知道像什麼嗎？應該像那飛翔的鴻雁停踏積雪的泥土。泥上偶然留下鴻雁指爪的痕跡，鴻雁又馬上飛走了，哪裡記得清曾經到過東還是去過西。
	常用來說明人生不可預測，每個人為了各自的生活目的將東奔西走，行蹤無準，不定在什麼地方會留下一些生活印跡。
寫作例句	1. 當年報考大學時，我的志願之一就是某外國語學院德語系，可是沒有被錄取。當時做夢也沒有想到，十多年後，命運之神又將我拋到德國著名的圖賓根大學學德語。我不禁想起蘇東坡的幾行詩句：「人生到處知何似？應似飛鴻踏雪泥。泥上偶然留指爪，鴻飛那復計東西。」 2. 宋代大詩人蘇東坡寫過一首膾炙人口的詩篇，詩曰：「人生到處知何似？應似飛鴻踏雪泥。泥上偶然留指爪，鴻飛那復計東西。」若用這首詩的詩意來形容戴愛蓮與維利一段短短的初戀以及分手睽別，是最恰當不過的。

詩句．出處	萬里因循成久客，一年容易又秋風。（〈宴西樓〉宋．陸游）
	因循：拖沓，延遲。
解析．應用	在萬里之外逗留拖延，我已成了久客他鄉的人，一年很容易就過去了，又到了秋風蕭颯的時節。
	常用來形容久客異鄉，歲月蹉跎。後一句常用來形容時光飛快。

寫作例句	1.「萬里因循成久客，一年容易又秋風。」志士無所作為，英雄年華空拋，沉醉享樂，衣香鬢影，消磨鬥志，這正是對「陸游們」的精神折磨。 2.「一年容易又秋風」，時間是一瞬即逝的。

貧寒

詩句．出處	無衣無褐，何以卒歲？（《詩經．七月》）
	褐：粗布，此引申為粗布衣服。卒歲：度過一年。卒，終，結束。
解析．應用	沒有粗布衣裳，怎樣度過這個冬天？
	常用來形容生活貧苦，沒有禦寒的衣服過冬。
寫作例句	「無衣無褐，何以卒歲？」奴隸們到了冬天，連最粗劣的麻布衣裳也穿不上，還談得到講究樣式？

詩句．出處	朝扣富兒門，暮隨肥馬塵。（〈奉贈韋左丞丈二十二韻〉唐．杜甫）
	扣：敲擊。富兒：指富貴人家的子弟。肥馬：富貴人家所乘的好馬。
解析．應用	早上敲開富豪人家的大門，拜見權貴，晚上又跟隨在他們的馬後，風塵僕僕地歸來。
	常用來形容依附權貴，寄人籬下。

寫作例句	如果「朝扣富兒門，暮隨肥馬塵」，為達官貴人、老爺太太、少爺小姐們治病保健，說不定還會有洋房汽車。然而，魯迅為救治中國人麻木的精神，毅然棄醫從文，雖丟了富裕日子，卻有了《魯迅全集》。

詩句·出處	野蔬充膳甘長藿，落葉添薪仰古槐。 （〈遣悲懷〉唐·元稹）
	膳：飯食。藿：豆類作物的葉子。薪：柴。仰：依靠。
解析·應用	拿野菜、長長的豆葉當飯吃，還吃得很香，靠老槐樹的落葉添柴燒火。
	常用來形容生活貧苦，缺吃少用，家計艱難。
寫作例句	他出身於貧寒之家，「野蔬充膳甘長藿，落葉添薪仰古槐」，正是他童年時家境的寫照。

病弱

詩句·出處	艱難苦恨繁霜鬢，潦倒新停濁酒杯。（〈登高〉唐·杜甫）
	苦恨：非常痛恨。繁霜鬢：耳邊白髮增多。繁，多。霜，形容髮色之白。鬢，鬢髮，一說代指頭髮。新停濁酒杯：重陽節本應登高飲酒，現在因病戒酒，含竟不能以酒澆愁之意。新停，近來停止。 濁酒，未過濾的酒，亦泛指酒。
解析·應用	世事艱難，令人痛恨，使耳邊白髮日見增多，潦倒中又生病，於是剛剛戒了酒。
	常用來形容生活的艱難苦痛使人潦倒悲愁，白髮漸多。

寫作例句	幾天後，更多的白髮又出現了，他對鏡苦笑了笑，再沒有拔去的心思了。「艱難苦恨繁霜鬢，潦倒新停濁酒杯。」他細細地品味著杜甫的這句傷感之詞，沉浸在杜詩那特有的蒼涼意境中。

詩句·出處	不才明主棄，多病故人疏。（〈歲暮歸南山〉唐·孟浩然）
	不才：自謙之詞。明主：對皇帝的諛詞。故人：故友。
解析·應用	我沒有才華，被英明的君主棄置不用，身體多病，與老朋友們也疏遠了。
	常用來形容懷才不遇，無人賞識，或形容身體多病，與人疏遠。
寫作例句	歷史上，「不才明主棄，多病故人疏」的懷才不遇的事例，不也屢屢發生嗎？

詩句·出處	因病得閒殊不惡，安心是藥更無方。（〈病中遊祖塔院〉宋·蘇軾）
	殊：很。惡：壞。更：再。
解析·應用	因生病得閒暇也很不錯，安心養病，這就是藥，再沒有什麼藥方了。
	常用來說明因病得閒休養，可聊以自慰，安心即是養病的良方。
寫作例句	偏有人能苦中作樂，從病痛裡濾出快活來，使健康的消失有種補償。蘇東坡詩就說：「因病得閒殊不惡，安心是藥更無方。」

詩句·出處	年年不帶看花眼，不是愁中即病中。（〈曉登萬花川穀看海棠〉宋·楊萬里）
解析·應用	年年都沒有心思賞花，不是憂愁就是在生病。
	常用來形容長期被憂愁、病痛困擾、折磨，對許多事都沒有心思和興趣。
寫作例句	「年年不帶看花眼，不是愁中即病中。」也許這正是父親的寫照，也許這就是我生活的氛圍。

歸隱

詩句·出處	結廬在人境，而無車馬喧。問君何能爾？心遠地自偏。（〈飲酒〉晉·陶淵明）
	結廬：建造房屋。人境：人煙密集處。爾：如此。
解析·應用	我把房屋建在人煙稠密的地方，而沒有感到車馬的喧囂。有人問，你為什麼能夠這樣？那是因為我心思遠離塵世，自然就覺得住地偏遠僻靜了。
	常用來形容身處喧鬧之地或身陷塵寰，但心境寧靜安然，不感到吵鬧或受世俗的煩擾。前兩句常用來形容城市或住地繁華且安靜。

寫作例句	1. 真正內心寧靜的人，也還是可以在萬丈紅塵中保持一點精神淡泊的。在商戰的滾滾硝煙中，在官場的酒肉杯盤中，留一片赤子之心，不必心浮氣躁，不必輾轉於名利。心中平和，便有了寧靜。「結廬在人境，而無車馬喧。問君何能爾？心遠地自偏。」陶淵明最能欣賞此間真意。 2. 福州當時是個有三、四十萬人口的中等城市，面積很大，從市中心區到南臺，足足有十多里路，卻安靜得出奇，連雞鳴狗吠之聲都很少聽到，更不用說汽車和無軌電車的噪音和汙染環境的有害氣體了。真是有點如同陶淵明的詩中所描繪的：「結廬在人境，而無車馬喧。」

詩句·出處	始知真隱者，不必在山林。（〈玩新庭樹因詠所懷〉唐·白居易）
	始：方才。隱者：隱士。
解析·應用	才知道真正的隱士，不一定身在山林。
	常用來說明內心真正淡泊寧靜的人，不在乎居所的清靜與否。
寫作例句	這些年，恬淡培養了我的性情，靜漠安頓了我的精神。我想起了白居易的一句詩：始知真隱者，不必在山林。

詩句·出處	一臥東山三十春，豈知書劍老風塵。（〈人日寄杜二拾遺〉唐·高適）
	臥：指隱居。東山：東晉謝安曾隱居於會稽東山。高適年輕時也曾隱居漁樵，以謝安自比。三十：言時間長，非確指。書劍：喻文武才能。風塵：指紛擾的宦途生活。

解析·應用	早年隱居不仕，一晃便是三十個春秋，豈知後來空有才能而無所作為，竟至在宦途的風塵中衰老。
	常用來形容空有抱負和才能，無法施展，以致老而無為。
寫作例句	人們願意在改革中有所作為，不想「一臥東山三十春，豈知書劍老風塵」，並且深知：唯有改革，才是排除塞車之道，嘆息、埋怨和吵嚷，都是無用的。

詩句·出處	身是菩提樹，心如明鏡臺。時時勤拂拭，莫使惹塵埃。（〈無題〉唐·神秀）
	菩提樹：桑科常綠喬木，原產印度，中國南方也有栽種。「菩提」為梵文音譯，意譯為正覺，即明辨善惡，智慧覺悟之意。據傳，當年佛祖釋迦牟尼在一棵樹下覺悟成佛，後來便用「菩提」命名這種樹。明鏡臺：裝有鏡子的臺子。
解析·應用	身子像是菩提樹，心靈好似明亮的鏡臺。要時時不斷地拂拭，別使心中沾惹塵埃。
	常用來說明要時常修身養性，以淨化心靈。
寫作例句	因打拚有了名位，要看到「名利之河風濤多」，嚴於防範，永不忘本，做到「身是菩提樹，心如明鏡臺。時時勤拂拭，莫使惹塵埃」。

詩句·出處	菩提本無樹，明鏡亦非臺。本來無一物，何處惹塵埃？（〈無題〉唐·慧能）

解析·應用	菩提原本就不是樹，明鏡也不是臺。本來就沒有什麼東西，哪裡會惹上塵埃呢？
	常用來說明心中真的清淨虛無，就不會產生什麼俗思雜念。也用來說明某事物本不存在，所謂由它引起的其他事物或現象自然也不存在。
寫作例句	1.「菩提本無樹，明鏡亦非臺。本來無一物，何處惹塵埃。」此時此身，早已跳出三界外，不在五行中。塵世間的愛恨情仇、功名利祿都隨這鐘聲飄蕩而去。 2.「菩提本無樹，明鏡亦非臺。本來無一物，何處惹塵埃。」沒錯，「菩提本無樹」，本來就沒有什麼國有資產，談什麼國有資產流失呢？要知道，資源名義上可以國有，但因為交易費用的緣故，不可能讓每個人都行使所有權。

詩句·出處	山中無曆日，寒盡不知年。（〈答人〉唐·太上隱者）
	曆日：曆書。
解析·應用	山裡沒有曆書，寒冬過去了，但我不知道到了哪一年。
	常用來形容高山深林等地幽深寂靜，與世隔絕，不知年月。也用來形容封閉於某處，對外界不聞不問，也不記日子，或形容不愛記或記不住時日。

寫作例句	1. 某人入山求仙，由於「山中無曆日，寒盡不知年」的緣故，恍恍惚惚不知度過了若干年。等仙修成後，偶然動了凡心，回家一看，早已山河依舊人事全非了。 2. 搬到新居後，三年多沒有住院，趁此，我就埋頭在書山筆陣裡面，真有點「山中無曆日，寒盡不知年」的味道。3. 我向來慣過「山中無曆日，寒盡不知年」的日子，一切日常生活的經過都記不住時日。

壯志難酬

詩句．出處	志士幽人莫怨嗟，古來材大難為用。（〈古柏行〉唐．杜甫）
	幽人：隱士。
解析．應用	有志之士和幽居隱士都不要怨憤嗟嘆，自古就是可堪大用的人難以得到重用。
	可引用這兩句詩來表達大材不受重用的感慨，用來說明能人才士由於曲高和寡、懷才不遇或遭人忌妒等原因，往往得不到重用而遭埋沒。

寫作例句	1. 歷史上因嫉妒而進讒，造成壓抑人才，屠戮無辜的情況就更多了。諸如孫臏刖足，韓非自盡，屈原投江，商君分屍等歷史悲劇產生的原因，無一不主要來源於嫉妒。故唐代詩人杜甫曾以感慨的筆觸，寫下了「志士幽人莫怨嗟，古來材大難為用」的詩句。 2. 就字面而言，也屬於傳統歌詩意象表達路數，杜甫有名的〈古柏行〉，就是藉描述深山古柏，因山路險阻，不能被採伐去做大廈棟梁，而抒發「古來材大難為用」的慨嘆。 3. 在封建社會，李白的「天生我才必有用」只不過是一種空想，杜甫的「古來材大難為用」倒是實話。那時，多少仁人志士，報國無門，或怒髮衝冠，或歸隱山林。

詩句·出處	塞上長城空自許，鏡中衰鬢已先斑。（〈書憤〉宋·陸游）
	塞上長城：喻自己是抗擊金兵，收復失地的國家棟梁。典故出自〈南史·檀道濟傳〉，南朝宋大將檀道濟能抵抗北魏的侵略，後被宋文帝所殺，檀在臨死前怒叱道：「乃壞汝萬里長城！」自許：很有信心地期待自己。
解析·應用	年輕時以塞上長城自許，誰知空有一腔熱血，如今鏡中的我衰顏可見，兩鬢已先斑白。
	常用來形容欲從戎衛國而不能，徒見老去。也用來形容空有理想抱負，無法實現或不去實現以致老大無成。

寫作例句	1.「塞上長城空自許，鏡中衰鬢已先斑」，陸游的這兩句詩道盡了無數志士仁人的隱痛。他們有驚天動地之能，抱定國安邦之志，又恰逢邊疆不靖國家動盪，正是所謂「滄海橫流方顯英雄本色」之大好時機也。可是，這些人卻彷彿明珠暗投一般，時時受到壓制，很難才竟其用。 2. 老大無成者，常常哀嘆自己「塞上長城空自許，鏡中衰顏已先斑」。

詩句．出處	此生誰料，心在天山，身老滄洲。（〈訴衷情〉宋．陸游）
	天山：山名，在新疆維吾爾自治區，這裡借喻南宋抗金前線。滄洲：近水的地方，古時常指隱居之處，這裡指作者退隱之地紹興鏡湖邊。
解析．應用	這一生誰曾料到，心在天山疆場，身卻老於滄洲之地。
	常用來形容心向疆場，但卻滯留後方，老無作為。也可用後兩句比喻心往甲地而身留乙地，或心想甲事卻做著乙事。
寫作例句	1. 可以想像，如果岳飛不是一位領導著千軍萬馬的統帥，即使他具有報效國家，收復山河的理想，也只能是像陸游那樣「此生誰料，心在天山，身老滄洲」。 2. 他總是在不停地跳槽，遊走於業內各個企業中，「人在曹營心在漢」，最後也只能落得個「心在天山，身老滄洲」的結局。

<table>
<tr><td rowspan="2">詩句．出處</td><td>把吳鉤看了，闌干拍遍，無人會，登臨意。（〈水龍吟．登建康賞心亭〉宋．辛棄疾）</td></tr>
<tr><td>吳鉤：春秋時吳國造的一種彎刀，後泛指寶刀。會：理解，懂得。</td></tr>
<tr><td rowspan="2">解析．應用</td><td>把腰間寶刀看了又看，拍遍了賞心亭的欄杆，卻沒有人懂得我此時登高遠眺的心意。</td></tr>
<tr><td>常用來形容無人理解，無人賞識，報國無門的境況，或表達由此而生的苦悶。</td></tr>
<tr><td>寫作例句</td><td>不學無術之輩打著博士的名號更加有利於大幹蠅營狗苟的勾當，而真正品學兼優的博士卻苦於英雄無用武之地，「把吳鉤看了，闌干拍遍，無人會，登臨意」。</td></tr>
</table>

<table>
<tr><td>詩句．出處</td><td>才自精明志自高，生於末世運偏消。（《金陵十二釵正冊．賈探春》清．曹雪芹）</td></tr>
<tr><td rowspan="2">解析．應用</td><td>原本就聰明有才，志向也很高遠，只是生於末世，命運偏偏不好。</td></tr>
<tr><td>常用來形容有才有志者恰逢末世或遭遇禍亂，以致才志埋沒或命運不佳。</td></tr>
<tr><td>寫作例句</td><td>明朝雖然到最後關頭出了一個崇禎皇帝，企圖力挽敗局，他的作為也確實並不全然像一個亡國之君，然而他卻還是成了那個「才自精明志自高，生於末世運偏消」的賈探春。他那來得太晚的改革，只是加速了亡國的程序。</td></tr>
</table>

詩句・出處	氣寒西北何人劍，聲滿東南幾處簫。 （〈秋心〉清・龔自珍）
	幾處：猶言處處。簫：此處也比喻幽怨的詩文。
解析・應用	西北邊陲是誰在揮舞著寒氣四射的寶劍？而我只能閒坐在處處充滿低迴簫聲的東南故鄉。
	常用來形容有心邊域從戎，衛國禦敵，卻只能閒居後方，心中憂傷憤懣。也用來比喻心中理想、願望無法實現，而只能做些其他事情，心緒沉鬱。
寫作例句	1. 龔自珍寫道：「氣寒西北何人劍，聲滿東南幾處簫。斗大明星爛無數，長天一月墜林梢。」這是對清廷腐敗無力的呼號。 2. 這位可敬的流浪漢即使在「氣寒西北何人劍，聲滿東南幾處簫」的境況中，仍然沒有忘記為皇帝竭盡綿薄之力。

人生結局

詩句・出處	千秋萬歲名，寂寞身後事。（〈夢李白〉唐・杜甫）
	身後：死後。
解析・應用	李白即使有享譽千秋萬歲的盛名，那也是他寂寞潦倒一生，死了以後的事了。
	常用來形容某人死後名垂青史，生前坎坷落寞。也用來感嘆人死了雖名垂後世，但畢竟已是死後的事了，無法改變其生前的孤苦命運，而且身後留名本人也無從知曉，所以對其本人已無多大意義。

寫作例句	1.「千秋萬歲名，寂寞身後事。」我深信他生前雖憔悴寂寞，但他的勛業與情操，將永垂青史。 2. 巴哈（Bach）可憐的遺產並沒有保佑他們度過貧寒，他唯一活到 19 世紀的最小的一個女兒，最後淪落到和她的母親一樣，也不得不領取救濟金生活。真是縱有「千秋萬歲名」，畢竟「寂寞身後事」。

詩句．出處	紈褲不餓死，儒冠多誤身。（〈奉贈韋左丞丈二十二韻〉唐．杜甫）
	紈褲：富貴人家子弟穿的細絹做成的褲子，作貴族富豪子弟的代稱。紈，細絹。儒冠：即儒巾，古代沒有進入仕途的讀書人戴的帽子，這裡代指讀書人。
解析．應用	富家子弟養尊處優，不會餓死，而讀書人往往窮困潦倒，耽誤了自身。
	常用來形容紈褲子弟富足得意，有知識有才能的人貧困失意的現象。也用來說明迂腐的讀書人往往耽誤了自己的一生，也常用作讀書人的自嘲或自哀。
寫作例句	1. 在那個「紈褲不餓死，儒冠多誤身」的時代，任何一個「自謂頗出眾」的窮青年，即使滿腔抱負，壯志凌雲，也都無濟於事。在社會上闖來闖去若干年，最後不能不落到「青冥卻垂翅，蹭蹬無縱鱗」。 2. 今天的文人卻只能兀兀窮年，進退失據，鬧不起來，悶揮不走，在潦倒落魄中，任憂傷和窮困摧殘身心，而束手無策。「紈褲不餓死，儒冠多誤身」——杜工部說的。

詩句·出處	茫茫來日愁如海，寄語羲和快著鞭。 （〈綺懷〉清·黃景仁）	
	羲和：神話中替太陽趕車的神。著鞭：指趕車。著，同「著」。	
解析·應用	茫茫無盡的來日愁苦如海，我想託話給羲和，叫他把太陽乘坐的車趕快些，讓時光飛逝。	
	常用來形容想到將來愁苦深重，便恨不得這樣的日子快點過去或早點結束生命。	
寫作例句	很多絕望的人，都可能從心底湧出這樣的詩句：「茫茫來日愁如海，寄語羲和快著鞭。」	

詩句·出處	忽喇喇似大廈傾，昏慘慘似燈將盡。（《紅樓夢·第五回》清·曹雪芹）
	忽喇喇：倒塌聲。
解析·應用	忽喇喇一聲似大廈傾倒，昏暗悽慘像油燈將滅。
	常用來形容人奄奄一息，行將死亡。也可比喻大勢已去，日暮途窮或土崩瓦解。
寫作例句	1. 他睜大眼睛注視著這個世界，注視著自己生命的最後過程……「忽喇喇似大廈傾，昏慘慘似燈將盡。」 2. 這部著作誕生於封建統治盛平康泰之時，誕生於文字獄的極端專制的高壓之下。偉大的曹雪芹為這個紅得發紫的時代揭示了瞬息慘變的悲劇：「忽喇喇似大廈傾，昏慘慘似燈將盡。」

<table>
<tr><td rowspan="2">詩句·出處</td><td>威赫赫，爵祿高登，昏慘慘，黃泉路近。（《紅樓夢·第五回》清·曹雪芹）</td></tr>
<tr><td>爵祿：官位和俸祿。黃泉：地下的泉水，借指人死後埋葬的地方。</td></tr>
<tr><td rowspan="2">解析·應用</td><td>往昔聲威顯赫，做高官享厚祿；如今昏暗陰慘，已快命喪黃泉。</td></tr>
<tr><td>常用來形容原先有權有勢、顯赫一時的人物現在將要或已經敗亡。</td></tr>
<tr><td>寫作例句</td><td>《紅樓夢》中一首曲子說：「威赫赫，爵祿高登，昏慘慘，黃泉路近。」這就是對這幫歷史小丑的絕妙寫照。想當初，他們不是「威赫赫」地不可一世，而現在已經「昏慘慘」地墮入眾人喊打的怒濤之中了嗎？</td></tr>
</table>

<table>
<tr><td rowspan="2">詩句·出處</td><td>枉費了意懸懸半世心，好一似，盪悠悠三更夢。（《紅樓夢·第五回》清·曹雪芹）</td></tr>
<tr><td>意懸懸：指為達到某一目的而擔驚受怕。</td></tr>
<tr><td rowspan="2">解析·應用</td><td>枉費了半輩子的盤算和擔心，真好比半夜三更悠盪虛幻的一場夢。</td></tr>
<tr><td>常用來形容費心勞神，結果白忙一場。</td></tr>
<tr><td>寫作例句</td><td>他做了一場美滋滋的皇帝夢，結果「枉費了意懸懸半世心，好一似，盪悠悠三更夢」，落了個身敗名裂的可恥下場。</td></tr>
</table>

詩句．出處	好一似食盡鳥投林，落了片白茫茫大地真乾淨！（〈紅樓夢曲．收尾．飛鳥各投林〉清．曹雪芹）	
解析．應用	就好像食物已被吃光了，鳥雀們忽剌一下散了去，飛往荒郊野林之中，只剩下一片白茫茫的大地，乾乾淨淨，一無所有了。	
	可引用這兩句或只引後一句來說明家境一片破落衰敗的淒涼景象。	
寫作例句	1. 雪的含義，有時，要看它落在什麼地方了。比如說，落在曹雪芹的金陵，它就是「好了歌」——「好一似食盡鳥投林，落了片白茫茫大地真乾淨！」 2. 我似乎從「烈火烹油，鮮花著錦」的賈府黃金歲月，墮入「食盡鳥投林，落了片白茫茫大地真乾淨」的下梢。	

第 4 章　敘事

第 1 節　衣食住行

衣著

詩句・出處	青箬笠，綠蓑衣，斜風細雨不須歸。 （〈漁歌子〉唐・張志和）
	箬笠：用竹篾、箬葉編製的斗笠。蓑衣：用草或棕毛編織的雨衣。
解析・應用	漁父戴上青青的斗笠，披著綠色的蓑衣，斜風細雨中悠然自在，不用回家躲避。
	常用來形容某人身著雨裝在微風細雨中悠然自若的樣子。
寫作例句	幾個漁民，戴著斗笠，披著雨衣，駕著扁舟，悠悠然穿行在細雨之中。他們揮動著有力的雙臂，撒出張張漁網，播下了點點的希望。「青箬笠，綠蓑衣，斜風細雨不須歸。」

詩句・出處	縱使晴明無雨色，入雲深處亦沾衣。（〈山中留客〉唐・張旭）
解析・應用	即使天氣晴朗，沒有下雨跡象，但走進雲霧深處也會沾溼衣裳。
	常用來形容外面晴朗，而山林裡雲霧飄渺，水氣濃重。

寫作例句	登山遠眺，只見山色空濛，雲霧繚繞，我心中默唸「縱使晴明無雨色，入雲深處亦沾衣」。果不其然，即使天空晴朗，深入雲海之中，衣襟依舊被霧氣打溼。

詩句·出處	細雨溼衣看不見，閒花落地聽無聲。（〈別嚴士元〉唐·劉長卿）
解析·應用	細雨打溼了衣裳，卻看不見一縷雨絲；閒花凋落在地上，聽不到一點聲音。
	常用來形容細雨濛濛，殘花飄落的寂靜景象。
寫作例句	春風輕拂，花香襲人，時而有花瓣輕輕地飄零下來，寂然無聲地落在遊人的頭髮上、肩背上、胸襟上、草地上，使人不由得想起唐代詩人「細雨溼衣看不見，閒花落地聽無聲」的佳句來。

詩句·出處	春山多勝事，賞玩夜忘歸。掬水月在手，弄花香滿衣。（〈春山夜月〉唐·於良史）
	勝事：指優美的景物。掬：雙手捧。
解析·應用	春天的山裡有許多優美的景色，我只顧遊玩，天黑了也忘了回去。捧起一汪清水，明月映在手中；撫弄山花，花香溢滿衣袖。
	常用來形容遊賞山水，撫弄花草，玩到夜晚仍無歸意。也用後兩句形容月明花香的夜景。

寫作例句	1. 我目不轉睛地望著洱海的明月，頗有點「春山多勝事，賞玩夜忘歸。掬水月在手，弄花香滿衣」的意境了。 2. 清風明月，花香陣陣，我忽然想起了一句詩：「掬水月在手，弄花香滿衣。」

詩句・出處	沾衣欲溼杏花雨，吹面不寒楊柳風。 （〈絕句〉宋・僧志南）
解析・應用	杏花般的細雨，飄落在遊人身上，欲溼而又不溼；楊柳般的柔風，吹拂在遊人臉上，一點不覺其寒。
	詩人寫遊春的感受，巧設比喻，繪出春風春雨的特點，又交代出時令特徵，景中有情，物中著色，構成一幅春意盎然的畫面，令人喜悅。常用來形容春日細雨柔風的景色，也用來比喻某事物像春風化雨那樣令人感到溫馨、舒暢。
寫作例句	1. 我愛純潔無瑕的白雪，愛金黃飄香的碩果，愛鬱鬱蔥蔥的綠蔭，但我更愛暖意融融的春風，因為它有「沾衣欲溼杏花雨，吹面不寒楊柳風」的溫暖，有「鏡前飄落粉，琴上響餘聲」的柔和，更有「東風便試新刀尺，萬葉千花一手裁」的神奇，它具有不可抗拒的生命力，它既能為自然帶來新生，又能替人帶來新的希望。 2.「沾衣欲溼杏花雨，吹面不寒楊柳風。」最新舉措春風化雨，為新興市場喚來了無限生機。3. 一個春光融融的日子，我迎著「吹面不寒楊柳風」，回到了五陵原上。登頂之後，一霎時卻又春雲舒捲，細雨如絲，立刻又成為「沾衣欲溼杏花雨」的境界了。

餐飲

詩句．出處	何以解憂？唯有杜康。（〈短歌行〉漢．曹操）
	何以：以何，用什麼。杜康：即少康，傳說中釀酒的發明者。後即把酒稱杜康，借代辭。
解析．應用	用什麼來解除憂愁？只有靠酒。
	常用來形容借酒消愁，常帶有自嘲的意味。也用作喝酒的藉口。
寫作例句	1.「何以解憂，唯有杜康。」她想，丈夫為了排遣胸中的怨恨和憂傷，也許此時正在酒灌愁腸。 2. 自從有了酒，這杯中之物就被老祖宗們演繹出無數的精彩故事。「何以解憂，唯有杜康」，這千百年來廣為流傳的「酒幌子」，家喻戶曉。

詩句．出處	舉杯邀明月，對影成三人。（〈月下獨酌〉唐．李白）
解析．應用	舉杯相邀明月一同飲酒，明月、我和我對著的影子恰好是三個人。
	常用來形容月下獨飲的情狀，也用來形容孤身一人，形影相弔。
寫作例句	1. 泡上一杯清茶，「舉杯邀明月，對影成三人。」淡淡的清香在夜空中浮動，茶不醉人人自醉，怎禁得起再呷上一口。掀開杯蓋，一輪圓月蕩悠在茶芽間。 2. 我獨自一人，靜靜地待在書桌旁，想起李太白「舉杯邀明月，對影成三人」的冷清與孤寂，不禁欲潸然淚下。

詩句・出處	人生得意須盡歡，莫使金樽空對月。 （〈將進酒〉唐・李白）
	得意：當指摯友相聚，互訴心曲，心氣相通，而並不是指志得意滿。樽：古代盛酒的器具。
解析・應用	人生在世上，當摯友相聚、心氣相通的得意之時，便應當抓緊時間盡情地歡樂，不要舉著金盃美酒空對著月光的流逝。
	看似宣揚及時行樂的思想，而實際上是詩人失意後發出的慨嘆，流露出作者懷才不遇的憤懣心情。後人卻常引用這兩句詩來表達及時行樂的思想，常用來說明人應在境況、心情良好的時候盡情歡樂，不要辜負良辰。
寫作例句	1. 酒的確是個很奇妙的東西，高興的時候要飲它，「人生得意須盡歡，莫使金樽空對月」；憂傷的時候也需要它，「何以解憂，唯有杜康」；聚會時要喝酒，「兄弟相逢一碗酒」；獨處寂寞時也要飲酒，「舉杯邀明月，對影成三人」。 2. 在我看來，人生貴在「得而不喜，失而不憂」，有時候比「人生得意須盡歡」更重要的是「人生失意莫惆悵」。

詩句・出處	蘭陵美酒鬱金香，玉碗盛來琥珀光。 （〈客中作〉唐・李白）
	蘭陵：在今山東省棗莊市。鬱金香：一種香草，古人常用來浸酒，浸的酒帶金黃色。琥珀：一種樹脂化石，呈黃色、褐色或赤褐色，晶瑩剔透。

解析·應用	蘭陵產的美酒是用鬱金香加工浸製的，盛在玉碗裡發出琥珀般的光澤。
	常用來形容美味酒水盛於精美的杯碗中晶瑩泛光。
寫作例句	「蘭陵美酒鬱金香，玉碗盛來琥珀光。」當杜女士用精緻的酒杯盛滿醇香的美酒遞給我們時，我們真切感受到了這位企業家火一般的心。

詩句·出處	但使主人能醉客，不知何處是他鄉。 (〈客中作〉唐·李白)
	但使：只要。客：指作者。
解析·應用	只要主人能讓我歡飲而醉，我便會忘記身在他鄉了。
	常用來形容在外受到熱情接待，生活舒適愉快以致不覺得身在他鄉或樂不思蜀。也用來形容只要能享樂，便不顧其他。
寫作例句	1. 這位外國友人為朋友悉心張羅，確實使我們如坐春風，如飲醍醐。「但使主人能醉客，不知何處是他鄉。」誠哉是語也。 2. 在酒席上，大家總是習慣說這樣的話：來來來，乾乾乾。「對酒當歌，人生幾何？」及時行樂，一醉方休。人生能有幾回醉，「有酒不飲奈明何！」、「但使主人能醉客，不知何處是他鄉。」

詩句·出處	我醉欲眠卿且去，明朝有意抱琴來。 (〈山中與幽人對酌〉唐·李白)
	卿：古時對朋友的愛稱。

解析・應用	我醉了，要睡覺，你暫且回去吧，明天有興趣的話，抱上古琴再來相會。
	常用來形容酒後懶散欲睡或意興已盡，便直言謝客。也用來比喻懶惰消沉，對什麼都沒有興致，推託了事。
寫作例句	1. 好在他這回知趣，約過了半小時，打一個響亮的飽嗝，吟一句：「我醉欲眠卿且去，明朝有意抱琴來。」搖搖晃晃地走了，我連忙向他遞過枴杖，如釋重負，與友人的聚餐活動，這才宣告開始。 2. 上班時一杯清茶，一張報紙，一場閒話就拖到下班的時間，效率既差，態度也消極，真是不可同日而語了，難怪為人詬病。李白有兩句詩：「我醉欲眠卿且去，明朝有意抱琴來」，可作為許多懶漢寫照。

詩句・出處	夜雨剪春韭，新炊間黃粱。（〈贈衛八處士〉唐・杜甫）
	新炊：剛煮好的米飯。間：摻雜。黃粱：小米，摻和飯中噴香可口。
解析・應用	冒著夜雨割來了春天新發的韭菜，剛煮熟的米飯裡摻了些小米，滿鍋噴香。
	常用來形容現採摘新鮮蔬菜，現淘米煮飯，做成可口的飯菜。
寫作例句	有一個多年不見的老友叩關而入，正在寂寞中的你，豈不歡喜？於是，你招呼家人稚子「夜雨剪春韭，新炊間黃粱」來款待他。

詩句．出處	盤飧市遠無兼味，樽酒家貧只舊醅。（〈客至〉唐．杜甫）
	盤飧：指菜餚。飧，熟食。兼味：兩種以上的菜餚。樽：盛酒的器具。醅：沒有過濾而有浮渣的酒。
解析．應用	遠離街市，菜餚沒有第二樣；家境貧寒，杯中只有過去釀的濁酒。
	常用來形容酒菜的簡單低廉。
寫作例句	我總覺得，相知，少則三二，多則三五，相聚，把酒閒談，詩意總是與下酒物的簡約有不解緣的，所謂「盤飧市遠無兼味，樽酒家貧只舊醅」是也。

詩句．出處	晚來天欲雪，能飲一杯無？（〈問劉十九〉唐．白居易）
	無：用法同「否」、「嗎」，疑問詞。
解析．應用	天快黑了，看來要下雪了，你能來與我對飲一杯酒嗎？
	「無」字之用，雖然帶有商量口氣，但邀友之情卻很真摯，饒有風趣。後人在寫到晚上飲酒時，常引用這兩句詩，為文章增加詩意之美。常用來形容冬夜與親友圍坐爐旁，同餐共飲的恬適生活情景，或表達這種願望。

寫作例句	1. 酒逢知己千杯少，那推心置腹，把酒共飲的情景，確也平添生活的情趣，令人心醉。「綠蟻新醅酒，紅泥小火爐。晚來天欲雪，能飲一杯無？」暮雪將降的壞天氣，本是寒意襲人，而呈現在我們面前的卻是這麼一幅溫暖明亮、富於情趣的生活畫面，原因無它，酒與友情而已。 2. 萬籟俱寂的群山環繞中的山村，不管是雪中的東北平原，還是鍾靈毓秀的皖南古居，總會有家犬幾隻，紅燈初懸，溫馨依舊。雪在畫家的畫中不是清冷的，而是暖融貼心的，是關懷中「晚來天欲雪，能飲一杯無」的親切召喚；是「柴門聞犬吠，風雪夜歸人」後的一壺老酒，半碗熱湯；是失魂落魄遊子回家後「夢暖雪生香」的一枕思念……

詩句．出處	葡萄美酒夜光杯，欲飲琵琶馬上催。 （〈涼州詞〉唐．王翰）
	夜光杯：相傳周穆王時，西域少數民族進獻的以白玉精製的酒杯，光能照夜，故名。此指精美的酒杯。琵琶馬上催：騎在馬上，奏琵琶催飲。古人有奏樂勸酒之俗。
解析．應用	舉著盛滿葡萄美酒的夜光杯，正欲痛飲，馬上傳來琵琶聲，催人快飲。
	常用來形容歡會、餞行等場合飲酒的情形。也用來形容酒的醇美，酒杯的精美。

寫作例句	1. 你變得一言不發，只顧自喝那瓶紅酒。「葡萄美酒夜光杯，欲飲琵琶馬上催。」這晚你出乎意料地醉態百出，我從來沒見過一個人會醉成那般失魂落魄。 2.「葡萄美酒夜光杯，欲飲琵琶馬上催」，唐詩的佳句流傳已久，葡萄美酒的釀造歷史，自然更為久遠了。

詩句・出處	今朝有酒今朝醉，明日愁來明日愁。（〈自遣〉唐・羅隱）
	今朝：今天。
解析・應用	今天有酒今天就喝個醉，明天遇到什麼愁事，等到明天再去愁吧。
	常用來形容苟安且樂，暫不考慮其他事情。可引用「今朝有酒今朝醉」一句詩來形容得過且過、消極苟且的生活態度。
寫作例句	1. 有些人「今朝有酒今朝醉，明日愁來明日愁」，有些人則當快意之時，想得較深，就有愁思相伴；想到他年將追思今日之樂而不可再得，反成為興悲下淚之由。 2. 他生性樂觀，「今朝有酒今朝醉」，沒錢花了能立刻賣掉自己的皮衣或者手錶，首先買幾瓶酒，然後拿其中的一瓶去河邊和釣魚的人換一簍魚，回去呼朋引伴，開懷暢飲。

詩句・出處	三日入廚下，洗手作羹湯。未諳姑食性，先遣小姑嘗。（〈新嫁娘詞〉唐・王建）
	三日入廚下：古代習俗，女子嫁後第三天要下廚做菜。羹：濃湯。諳：熟悉。姑食性：婆婆的口味。小姑：丈夫的妹妹。

解析·應用	新娘進門的第三天就下廚房，洗了手便開始燒菜做湯。不知婆婆的口味，就先叫小姑嘗嘗味道。
	常用來形容過門的媳婦在婆家操持家務，待人接物周到小心。或比喻做完某事，待人鑑別評判。前兩句常用來形容下廚燒菜做飯。
寫作例句	1. 新媳婦大約還可以從唐詩學到為人處事的靈機慧心:「三日入廚下，洗手做羹湯。未諳姑食性，先遣小姑嘗。」 2.「三日入廚下，洗手作羹湯。未諳姑食性，先遣小姑嘗。」小姑，成了一切烹調的權威。一篇文章出來，不是首先看是否合乎實際，或者遠一點，看若干年後仍為真知灼見還是胡言屁話，而是首先看眼前的行市，看能否獲得「小姑」與「姑」的首肯，彷彿那才是衡量真理的唯一「標準」。 3. 多少女人們，自從「三日入廚下，洗手作羹湯」起，大半生就消磨在這樣的廚房裡。

詩句·出處	今宵酒醒何處？楊柳岸、曉風殘月。 （〈雨霖鈴〉宋·柳永）
	曉：拂曉。
解析·應用	今夜酒醒時該在何處？料想是在楊柳依依的岸邊，見曉風習習，殘月高掛。
	常用來形容月夜清風吹拂，楊柳依依的景色。也用來形容酒醒或離別後滿目冷落淒涼的情景。

寫作例句	1.「今宵酒醒何處？楊柳岸、曉風殘月。」好一個詩句，一切景語皆情語；好一個柳永，不愧是婉約派開創者。夏天，人們苦覓風的蹤影，卻遍尋不著，原來，她就躲在楊柳岸、殘月身旁。 2. 大凡有過同類經驗的人都知道，離別不懼速就怕慢，只須一拖，便勢必會有「今宵酒醒何處？楊柳岸、曉風殘月」的落寞，甚至有「此去經年，應是良好景虛設」的淒涼。

詩句．出處	新酒又添殘酒困，今春不減前春恨。（〈蝶戀花〉宋．晏幾道）
	殘酒：喝剩的酒。困：有醉意，想睡。前春：前一個春天，即去年。
解析．應用	已經喝醉了還接著喝，又增添了醉意，這樣濫飲，是因為今年的離愁不少於去年。
	常用來形容借酒遣愁或愁恨增添、鬱積。
寫作例句	她從沒有經歷過四十歲，不會了解那種年華將逝，歲月堪驚的敏感，更不會了解那份「新酒又添殘酒困，今春不減前春恨」的情懷。

詩句．出處	昔年多病厭芳尊，今日芳尊唯恐淺。（〈木蘭花〉宋．錢唯演）
	芳尊：精緻的酒杯，亦指美酒。尊，古代的盛酒器具，同「樽」。
解析．應用	往年多病厭惡飲酒，今天要借酒消愁，唯恐杯中美酒太少。
	常用來形容往日因病或因事戒酒，如今酒興大發。

寫作例句	寫這篇瑣記時，我久病初癒，酒戒又開。回想上述情景，酒興頓添。正是「昔年多病厭芳尊，今日芳尊唯恐淺」。

詩句・出處	乍暖還寒時候，最難將息。三杯兩盞淡酒，怎敵他晚來風急？（〈聲聲慢〉宋・李清照）
	乍：忽然。將息：調養，調理。
解析・應用	深秋時節，忽熱忽冷，最難調理。兩、三杯淡酒，怎麼抵擋得住晚上急勁的寒風。
	常用來形容天氣忽冷忽熱或初暖還寒，或說明這樣的天氣尤難適應。前兩句可用來比喻情況不明，似好似壞，讓人不知如何是好。
寫作例句	1. 元宵節過後，有幾天熱得穿短袖襯衫還汗流浹背。可到了農曆二月中旬，忽然又冷了起來，晚間睡覺時蓋一張毛毯，半夜醒來凍得直哆嗦。怪不得李清照有一句名句：「乍暖還寒時候，最難將息。三杯兩盞淡酒，怎敵他晚來風急？」 2. 在本書出版以後的半年之內，對我來說是「乍暖還寒時候，最難將息」。我沒辦法使「天氣」明朗起來，只能等待。

詩句・出處	新來瘦，非干病酒，不是悲秋。（〈鳳凰臺上憶吹簫〉宋・李清照）
	新來瘦：這幾句暗指因離愁消瘦。新，最近。干：關係到。病酒：指飲酒過量而致身體不適。
解析・應用	近來消瘦，不是過多地飲酒，也不是因秋天到來而悲哀。
	常用來形容心中煩惱愁苦而致消瘦。

寫作例句	李清照中年再嫁，不料遇人不淑，要依賴男人都很難。只留下「新來瘦，非干病酒，不是悲秋」一類的幽怨的詞章，讓後人低徊吟誦。

詩句·出處	欲買桂花同載酒，終不似，少年遊。（〈糖多令〉宋·劉過）
	載：裝載。
解析·應用	想買桂花，帶上美酒，與友人一同重遊安遠樓，但終歸不像少年時的遊賞了。
	常用來形容重回故地，但境遇、情感已和年輕時不一樣了。
寫作例句	談到他重返大學，他笑了笑。但笑容還沒有消失，一縷辛酸又似乎被勾引上來，他感慨地背誦了幾句宋詞：「二十年重過南樓……欲買桂花同載酒，終不似，少年遊。」

詩句·出處	寒夜客來茶當酒，竹爐湯沸火初紅。（〈寒夜〉宋·杜耒）
	竹爐：外面有竹殼做套子的爐子。湯：熱水。
解析·應用	寒夜裡有客人來，用熱茶當酒招待他，竹爐上開水沸騰，爐中炭火剛剛燒旺。
	常用來形容寒夜裡屋內因有火爐或其他取暖器物，暖意融融，賓主坐著品茶聊天，閒適陶然。
寫作例句	在薄寒的夜裡，或微雨的窗前，和兩三暱友，徐徐共啜，並吃些蜜餞和清淡的茶食，隨隨便便談些瑣屑閒話，真是陶情愜意，這時什麼塵氛俗慮，都付諸九霄雲外了。前人詩云：「寒夜客來茶當酒，竹爐湯沸火初紅。」這種情味，到了親自嘗到時，才深深地感覺到它的妙處。

詩句．出處	早晨起來七件事，柴米油鹽醬醋茶。（《玉壺春·第一折》元·武漢臣）
	柴米油鹽醬醋茶：代指家庭日常生活的必需品。
解析．應用	每天早晨起來，就要考慮七件事，這就是柴米油鹽醬醋茶。
	常用來形容考慮或操持日常生活必需的事務或家務。
寫作例句	俗話說：「早晨起來七件事，柴米油鹽醬醋茶。」家務事繁雜瑣碎，操持十分辛苦，但母親任勞任怨，並且籌劃有方，精打細算，把衣食住行安排得井然有序，顯露出她的精明能幹。

宴席

詩句．出處	我有嘉賓，鼓瑟吹笙。（《詩經．鹿鳴》）
	嘉賓：尊貴的客人。鼓：彈奏。瑟：古代的一種絃樂器，像琴。笙：古代的一種管樂器。
解析．應用	我家有嘉賓貴客，酒宴上，家人為他們彈瑟吹笙。
	常用來形容為客人奏樂表演，也用來形容熱烈歡迎或盛情款待賓客。
寫作例句	1. 一邊品嘗孔府菜，一邊欣賞古樂舞表演，可充分感受到儒家待客之道，正所謂「我有嘉賓，鼓瑟吹笙」。 2. 肚子不需要而仍上菜不止，主人的心態大概是，熊掌已經吃不下，還要上駝蹄羹，只有這樣才能表現「我有嘉賓，鼓瑟吹笙」的盛意。

詩句·出處	人之好我，示我周行。（《詩經·鹿鳴》）	
	人：此指參加宴會的嘉賓。好：喜歡。示：指示，顯示。周行：大道。比喻道理、正理。	
解析·應用	嘉賓喜歡我，向我講明道理。	
	常用來形容得到別人的好感或喜愛，從而獲得幫助。	
寫作例句	上面記敘的這三位，我都是在他們晚歲之期與之相識的，總也算有緣契。對於己身的影響，具體說，是關乎我做人與為文的兩方面，應當是善莫大焉。詩曰「人之好我，示我周行」，可以傳達我心中的感念。	

詩句·出處	對酒當歌，人生幾何？譬如朝露，去日苦多。（〈短歌行〉漢·曹操）
	當：對著，與「對」互文見義。幾何：多少。苦多：苦於太多。
解析·應用	對著美酒歡歌，人生能有多少時光？人生本來就像早上的露水一樣短暫，而已經流逝的時日又是那麼多。
	詩人感嘆人生的短促，但絕非「今朝有酒今朝醉」的消極意念，而是借酒「解憂」，抒寫年華已逝，而功業未立的感慨。前兩句也常用來勸人及時行樂。
寫作例句	1. 人生非常短暫，猶如「白駒過隙」，一晃就過去了，不能虛度。三國時代的曹操曾在詩中寫道：「對酒當歌，人生幾何？譬如朝露，去日苦多。」 2. 這是一種既寶貴安樂又滿懷憂禍的生活，即使為一代帝王，也難免有「對酒當歌、人生幾何」（曹操）、「人跡有言，憂令人老，嗟我白髮，生亦何早」（曹丕）的嘆惋。

詩句 · 出處	新豐美酒斗十千，咸陽遊俠多少年。相逢意氣為君飲，繫馬高樓垂柳邊。（〈少年行 · 其一〉唐 · 王維）
	新豐：在今陝西省臨潼縣東北，古時產美酒。斗：古代盛酒的器具。咸陽：指唐都長安。遊俠：古代稱好交遊，輕生死，重信義，救困扶危的人。意氣：志趣和性格。
解析 · 應用	新豐的美酒一斗要值十千文錢，咸陽城裡的遊俠多是少年。彼此相逢，意氣投合，大家開懷暢飲，把騎的馬拴在酒樓旁的柳樹邊。
	常用來形容年輕人喜好交遊，豪爽仗義的性情和風貌。也用來形容年輕人相聚一堂，豪縱不羈，開懷暢飲的情狀。
寫作例句	1.「新豐美酒斗十千，咸陽遊俠多少年。相逢意氣為君飲，繫馬高樓垂柳邊。」多麼瀟灑，多麼豪邁，真是英姿煥發。這令在碌碌凡塵中混沌度日的我，好生欽羨。人生如白駒過隙，不過百年；倘能如此意氣不羈，一任性情，也真不枉少年一場。 2. 一幫年輕科技工作者都是剛從大學裡走出來的。面對著搪瓷缸裡的渾濁得難以下嚥的開水，痴呆呆地久久不願端起。而他，忽地端了起來，高聲吟到：「新豐美酒斗十千，咸陽遊俠多少年，相逢意氣為君飲，繫馬高樓垂柳邊。來，乾！」一飲而盡，連說，「好酒，好酒！」整個帳篷始之一驚，繼之一震，接著騰起一陣叮噹的碰杯聲，一陣歡笑聲。

詩句．出處	樽罍溢九醞，水陸羅八珍。果擘洞庭橘，鱠切天池鱗。（〈輕肥〉唐．白居易）
	樽罍：盛酒的壺罐。九醞：美酒名。羅：羅列。八珍：八種珍貴的食品，如鯉尾、豹胎、熊掌等，泛指美食。擘：同「掰」。洞庭橘：江蘇太湖洞庭山所產的橘子，味鮮美。鱠：把魚肉切細做菜。天池：海的別稱，《莊子．逍遙遊》：「南冥者，天池也。」鱗：指魚。
解析．應用	壺裡的美酒滿得溢出來了，桌上擺滿水陸出產的各色珍饈。掰開的水果是洞庭山的金桔，切細的魚片是海裡捕來的魚。
	常用來形容宴席豐盛，醇酒鮮果，美味佳餚一應俱全。
寫作例句	宴客，特別是宴請外賓的時候，菜餚的豐盛，舉世聞名，那著實有「樽罍溢九醞，水陸羅八珍，果擘洞庭橘，鱠切天池鱗」的氣派。

詩句．出處	桑柘影斜春社散，家家扶得醉人歸。（〈社日〉唐．王駕）
	柘：一種樹，葉子可餵蠶。春社：古代祭祀土神的日子，在立春後第五個戊日。
解析．應用	太陽西下，桑樹、柘樹的影子已斜，春社散了，家家都扶著喝醉的人回家去。
	常用來形容節慶或婚喪等事的筵席上，人們酒醉飯飽後散去的場景。
寫作例句	唐人留下了「桑柘影斜春社散，家家扶得醉人歸」的詩句，說明酒那時已與偏僻的山鄉的人民結下了不解之緣。

詩句·出處	莫笑農家臘酒渾，豐年留客足雞豚。（〈遊山西村〉宋·陸游）
	豚：小豬。
解析·應用	不要笑話農民家臘月釀製的酒渾濁，豐收之年，他們會熱情地挽留來客，用好多雞肉、豬肉來款待客人，讓你吃個夠。
	常用來形容鄉下人熱情好客，以酒肉款待來賓。
寫作例句	鄉下人素來好客，殺一隻雞，也要煎煎炒炒，與近情人家分而食之。陸放翁詩云：「莫笑農家臘酒渾，豐年留客足雞豚。」

童趣

詩句·出處	牧童歸去橫牛背，短笛無腔信口吹。（〈村晚〉宋·雷震）
	無腔：不成調。
解析·應用	牧童放牧歸去，橫臥在牛背上，手拿短笛，不成曲調地信口亂吹。
	常用來形容牧童橫臥牛背，信口吹笛的憨態，也用來形容兒童天真調皮的性格，或寧靜、悠閒的鄉村生活情調。
寫作例句	1.「牧童歸去橫牛背，短笛無腔信口吹。」讀到這些親切而溫馨的詩句，你不能不回想起那曾經有過的天真無邪的童趣，發出會心的一笑。 2. 古典詩詞中那種「牧童歸去橫牛背，短笛無腔信口吹」的田園情趣以及蘊藉含蓄的格調，與高速公路、電腦、氣墊船的流韻呈現一種不調和。

詩句·出處	大兒鋤豆溪東，中兒正織雞籠。最喜小兒亡賴，溪頭臥剝蓮蓬。（〈清平樂·村居〉宋·辛棄疾）
	亡賴：此指頑皮，無貶義。蓮蓬：荷花開過後的花托，倒圓錐形，裡面有蓮子。
解析·應用	大兒子在小溪東頭的豆田裡鋤草，二兒子正在編織雞籠。最逗人喜歡的是小兒子的頑皮勁兒，他躺在小溪邊剝蓮蓬吃。
	常用來形容農村孩子在田間或村莊勞動、玩耍的生活情景。亦用後兩句形容小孩兒吃東西、玩耍時嬌憨天真，逗人喜愛的樣子。
寫作例句	「大兒鋤豆溪東，中兒正織雞籠。最喜小兒亡賴，溪頭臥剝蓮蓬。」我們的生活，雖不如詩中寫的那麼輕鬆，但一年四季在壟野裡奔波的艱苦，卻也未能阻止我們自己產生出來的樂趣。

詩句·出處	晝出耘田夜績麻，村莊兒女各當家。童孫未解供耕織，也傍桑陰學種瓜。（〈四時田園雜興·其三十一〉宋·范成大）
	耘：田裡除草。績：把麻搓成線。當家：擔當農事。童孫：年幼的孫子。供：從事。傍：依傍。

解析・應用	白天去田間除草，夜晚在家裡搓麻線，村莊的成年男女各有自己的農活。年幼的孫兒還不懂得耕田織布，卻也在桑樹的樹蔭下學著種瓜。
	常用來形容農村男女老少各司其職，從早到晚忙於農活，連小孩也來幫忙或跟著模仿。也常用來說明人的生長環境對其興趣、愛好、才能的形成有重要影響。後兩句可形容小孩兒模仿成人做事或善於模仿的天性，或只引後一句來說明跟他人學做某種事情。
寫作例句	1. 作為社會性的動物，人的才能的形成首先決定於一定的社會環境。請看南宋傑出詩人范成大寫的詩：「晝出耘田夜績麻，村莊兒女各當家。童孫未解供耕織，也傍桑陰學種瓜。」生活在農村的孩子，不會耕田織布，自己也要在樹下挖土種瓜玩。他們像這樣耳濡目染、自幼模仿，當然易於形成種田的才能。 2.「童孫未解供耕織，也傍桑陰學種瓜」，桑樹旁成了他們種瓜的試驗田。他們悠閒地躺在大自然的懷抱裡，親近鳥獸魚蟲，親近花草樹木，親近山川河流，緊緊地牽著大自然母親的手。 3. 有一個官員把私房蓋到公路的路基上，甚至將行道樹圈入他的牆院，公然無視公路兩側三公尺之內屬路權範圍的規定。別人「也傍桑陰學種瓜」，紛紛在他兩側蓋起了私房，竟達半里地長。

詩句．出處	草長鶯飛二月天，拂堤楊柳醉春煙。兒童散學歸來早，忙趁東風放紙鳶。（〈村居〉清．高鼎）
	拂：掠過。春煙：春天水澤、草木間蒸發的霧氣。東風：春風。紙鳶：紙風箏。鳶，老鷹。
解析．應用	青草茂盛，黃鶯飛舞，正是二月天氣，輕拂堤岸的楊柳沉醉在早春的煙霧中。小孩們放學回來得早，忙趁著春風放起了風箏。
	常用來形容人們在明媚的春光中放飛風箏的情景。亦用前兩句形容草長鶯飛，煙霧繚繞的春景。
寫作例句	「草長鶯飛二月天，拂堤楊柳醉春煙。兒童散學歸來早，忙趁東風放紙鳶。」每當清明前後，春光燦爛，暖風拂煦的時日，孩子們喜歡以自己的靈心巧手製成的形形色色的風箏，來到碧草如茵的村頭郊外，乘風放飛，享受那無盡的歡樂情趣。

詩句．出處	兒童不解春何在，只向遊人多處行。（〈田間〉清．汪楫）
	解：知道。
解析．應用	兒童不知道春天在哪裡，只往遊人多的地方走。
	常用來形容兒童天真好奇，喜歡熱鬧的天性。也用來比喻不知真情或目的不明，只是瞎湊熱鬧。

寫作例句	1.「兒童不解春何在，只向遊人多處行。」這兩句詩又把我這遊興不盡的人牽動了。我又急急奔走，向那邊人多的地方去了。 2.「兒童不解春何在，只向遊人多處行。」對於當今高中生作文不堪承受的貧乏，這兩句詩可移作說明。顯然，對這類套作、仿作，立意上已無法再作要求。

梳洗

詩句·出處	自伯之東，首如飛蓬。豈無膏沐，誰適為容？（《詩經·伯兮》）
	伯：周代女子稱丈夫為伯。之：往。膏沐：面脂、潤髮油之類。適：舒適，暢快。容：整容，打扮。
解析·應用	自從丈夫東征後，我的頭髮就亂得像飛散的蓬草。怎麼會沒有面膏髮油，只是丈夫不在家，打扮好了又讓誰高興呢？
	常用來形容女子因伴侶不在身邊，鬱鬱寡歡，懶於梳妝打扮。
寫作例句	你把戒指換了，我聽得心中難受，這都是我作為丈夫，卻不能寄錢回家的過錯。古人說得很對：「自伯之東，首如飛蓬。豈無膏沐，誰適為容？」

詩句·出處	當窗理雲鬢，對鏡帖花黃。（〈木蘭詩〉北朝民歌）
	雲鬢：女子烏亮柔美的鬢髮。帖：同「貼」。花黃：魏晉南北朝時的一種婦女裝飾，把金黃色的紙剪成星、月、花、鳥等形狀貼在額上，或在額上塗點黃顏色。
解析·應用	對著窗戶梳理柔美的鬢髮，照著鏡子貼上花黃。
	常用來形容女子梳妝打扮。
寫作例句	演員們一個個「當窗理雲鬢，對鏡帖花黃」。小李用一層薄薄的粉底霜遮住南國烈日在面頰上留下的痕跡，在特意帶來的一大箱衣服中選了一件大擺細腰風衣，正好襯出她窈窕的身材；小馬的時裝當然展現著首都等級，深色套裙，黑白相間的珍珠項鍊……

詩句·出處	卻嫌脂粉汙顏色，淡掃蛾眉朝至尊。 （〈集靈臺〉唐·張祜）
	卻嫌脂粉汙顏色：這句的主角是楊貴妃的三姐，她曾被封為虢國夫人。顏色，指容貌。掃：描。蛾眉：女子長而美的眉毛。至尊：皇帝。
解析·應用	虢國夫人嫌脂粉反會玷汙了自己的天生美貌，只淡淡地描了描眉毛，就去朝見皇上了。
	常用來形容女子不願濃妝豔抹，喜歡素雅大方的打扮。 也用來比喻自然清雅，不事雕琢的事物或風格。

寫作例句	1. 紫砂壺素面素心，不著釉，也無須彩繪。正如楊貴妃的姐姐虢國夫人，「常銜美色，素面朝天」。詩人張祜嘆道：「卻嫌脂粉汙顏色，淡掃蛾眉朝至尊。」 2. 唐詩有云：「虢國夫人承主恩，平明騎馬入宮門。卻嫌脂粉汙顏色，淡掃蛾眉朝至尊。」一部美的作品也應在「淡掃蛾眉」中表現自己的天生麗質。

詩句·出處	妝罷低聲問夫婿，畫眉深淺入時無？（〈近試上張籍水部〉唐·朱慶餘）
	夫婿：丈夫。入時無：合不合當時的風尚。
解析·應用	梳妝打扮完低聲問丈夫，眉毛的濃淡怎樣，合不合時尚？
	常用來形容女人在丈夫或戀人面前刻意打扮時的嬌羞之態，也用來形容情人、夫妻間調歡弄情的親暱之舉，或比喻做完某事徵求他人意見和等待評判。
寫作例句	1. 新婚燕爾，「妝罷低聲問夫婿，畫眉深淺入時無？」 2.「妝罷低聲問夫婿，畫眉深淺入時無？」寫作原也是極欲得到他人首肯的一種累人工作。好在文章問世之後，各路評判也都不見打出低分，倒使我免於汗顏，手裡卻捏了一把汗。

詩句·出處	春寒賜浴華清池，溫泉水滑洗凝脂。（〈長恨歌〉唐·白居易）
	華清池：即驪山（在今陝西西安市臨潼區境）上華清宮的溫泉。唐開元十一年（西元 723 年）建溫泉宮，天寶六年（西元 747 年）改名華清宮。凝脂：形容美人皮膚細白滑膩，好像凝固的脂肪一樣。

解析・應用	春日裡餘寒未盡，唐明皇恩賜楊貴妃在華清池裡沐浴，溫泉中水流柔滑，洗浴著美人細白滑膩如凝固的脂肪一般的皮膚。
	在談及華清池或唐明皇楊貴妃的愛情生活時，常引用這兩句詩來表達李對楊的恩寵。
寫作例句	1. 昔日開元盛世，唐玄宗每年十月駕臨西安華清宮沐浴溫泉。「春寒賜浴華清池，溫泉水滑洗凝脂」，白居易作〈長恨歌〉，以其生花妙筆，使明皇、貴妃哀豔纏綿的愛情故事傳至婦孺皆知，華清池乃得以名聞四海，傳頌千載。 2. 秦始皇建驪山湯，唐玄宗建華清宮，詩人白居易一曲〈長恨歌〉:「春寒賜浴華清池，溫泉水滑洗凝脂。」華清池溫泉從此聞名天下。 3. 這是一座充滿了陽剛和生猛之氣的城市，似乎只有當年李隆基和楊玉環「春寒賜浴華清池，溫泉水滑洗凝脂」的華清宮帶有那麼一點點稀有的「脂粉氣」，除此之外，秦俑、碑林、大雁塔、鐘樓、鼓樓，都和女人沒什麼關係。

聲音

詩句・出處	嚶其鳴矣，求其友聲。（《詩經・伐木》）
	嚶：鳥鳴聲。矣：助詞，相當於「啊」。
解析・應用	鳥兒嚶嚶地鳴叫，是在尋求同伴的聲音。
	常用來形容鳥兒鳴叫以尋伴或求援等，也用來比喻其他動物或人尋伴求友。

寫作例句	1.「嚶其鳴矣，求其友聲。」一般的解釋是，鳥兒所謂「求友」，其實就是求偶。牠們整日動情地叫呀，唱呀，原是展現一種情感的需求、生命的追求。 2. 人之交友出於天性，「嚶其鳴矣，求其友聲」，為的是人生路上能有幾位同行的夥伴，走得不寂寞，如周華健的歌：「朋友一生一起走，那些日子不再有，一句話一輩子，一生情一杯酒。朋友不曾孤單過，一聲朋友你會懂……」

詩句．出處	風蕭蕭兮易水寒，壯士一去兮不復還！（〈易水歌〉戰國．荊軻）
	蕭蕭：風聲。易水：水名，源出於河北省易縣，是當時燕國的南界。
解析．應用	風聲蕭蕭啊易水寒冷，壯士一去啊不再回來。
	詩句以景襯情，表示出勇士的訣絕之志。可引用這兩句詩來表示某種帶有悲壯色彩的離別；或只引前一句表示悲涼的心境；或只引後一句表示去而不返。

寫作例句	1. 他整裝南渡易水奔赴前線時，望著滾滾東去的波濤，心潮澎湃，情不自禁地吟誦起壯士荊軻悲壯的詩句：「風蕭蕭兮易水寒，壯士一去兮不復還！」 2. 說起風，腦海中常憶念有「楊柳岸，曉風殘月」的婉轉，「風蕭蕭兮易水寒」的悲涼，「任爾東西南北風」的豪邁……而古長城烽火臺邊的南口的風，給人的感覺卻是另一番情景。 3. 戰士們雖然作戰是勇敢的、頑強的，終因寡不敵眾，加上敵人居高臨下，最後不得不撤退。犧牲是慘重的，「壯士一去兮不復還」！

詩句．出處	非必絲與竹，山水有清音。（〈招隱．其一〉晉．左思）
	絲與竹：絲，絃樂器；竹，管樂器，絲竹代指音樂。
解析．應用	不必聽什麼管絃之樂，山水自有清妙的聲音。
	常用來形容自然界的聲音清妙優美，如泉水聲、溪流聲等。也用來說明不獨音樂歌舞，山水自然的清音美景也能使人怡情賞心。
寫作例句	1. 水石相激，曲折跌宕，錚琮叮咚，如鐘磬齊鳴，若八音齊奏，因名八音澗。如此這般山水美景，借用左思「非必絲與竹，山水有清音」之句來形容，無疑是神妙而得體的。 2. 昭明太子西元 520 年來此築臺讀書，年方 20 歲，有人勸他以歌舞為樂，他吟左思詩句以答：「非必絲與竹，山水有清音。」

詩句·出處	巴東三峽巫峽長，猿鳴三聲淚沾裳。（《水經注·江水·引漁歌》南北朝·酈道元）
	巴東：古時郡名，在今湖北省西部。三峽：指長江上游的瞿塘峽、巫峽、西陵峽，修三峽大壩前，峽中江流湍急，兩岸高山險峻。
解析·應用	巴東三峽中巫峽最長，兩岸的峭壁上經常有猿猴鳴叫，聽到兩、三聲淒厲的叫聲，就會使人淚水沾溼衣裳。
	常用來形容過去長江三峽一帶山高水急，岑寂陰森，人煙稀少，也用來形容其他峽谷的類似景象。
寫作例句	1.「巴東三峽巫峽長，猿鳴三聲淚沾裳。」猴子現在雖說看不見了，山峽中山水的險惡形勢，我想和往日是沒什麼不同的。 2. 酈道元《水經注》云：「巴東三峽巫峽長，猿鳴三聲淚沾裳。」兒時常讀《水經注》，今日俯視百丈灘，信然。百丈灘千險百怪撲朔迷離，百丈灘詭祕莫測險惡怪異。

詩句·出處	蟬噪林逾靜，鳥鳴山更幽。（〈入若耶溪〉南北朝·王籍）
	噪：蟲鳥鳴叫。逾：越發，更加。幽：深遠，僻靜。
解析·應用	蟬叫聲中樹林越發寂靜，鳥鳴聲裡山中更顯得幽深。
	常用來形容闃無人聲，只有蟲鳴鳥叫或風聲雨點等聲響，相襯之下，愈加顯得寂靜。也用來說明襯托對比的作用，或形容事物或人一方越鬧，另一方越靜的情形。

寫作例句	1. 雖然已是秋暮，但山中氣溫還比較高。鳴蟬在樹，山鳥啁啾，此刻真正體會到了「蟬噪林逾靜，鳥鳴山更幽」這兩句詩的妙諦。 2.「稻田鳧雁滿晴沙，釣渚歸來一徑斜。」一羽飛禽作陪，溫庭筠的郊居多麼愜意自在；「蟬噪林逾靜，鳥鳴山更幽。此地動歸念，長年悲倦遊。」以動襯靜，這是南朝王籍傾聽鳥鳴的感覺；「人閒桂花落，夜靜春山空。月出驚山鳥，時鳴春澗中。」王維由明月、落花、鳥鳴，帶人領略幽靜迷人的春山景色，一片生機。 3. 媛媛雖愛開玩笑，但學習卻一絲不苟，認認真真。這種情況在數學上尤為突出。一起做題，無論旁邊召開幾人大會，她都是「蟬噪林逾靜，鳥鳴山更幽」。

詩句·出處	春眠不覺曉，處處聞啼鳥。（〈春曉〉唐·孟浩然）
解析·應用	春夜熟睡，天亮了也不知道，醒來後，聽見處處都有鳥叫。
	常用來形容春天裡早晨的情景，描述睡醒後聽到群鳥爭鳴歡叫。前一句常用來形容春睏難耐或酣睡不醒，也可形容人的懶散。
寫作例句	1. 清晨，兩隻黃鸝對著望，似乎正在和唱著，使人不禁想起了一句詩：「春眠不覺曉，處處聞啼鳥。」 2. 這邊幾個托腮凝神，那邊幾個已伏案而睡，真是「春眠不覺曉」啊。

詩句·出處	夜來風雨聲，花落知多少？（〈春曉〉唐·孟浩然）
解析·應用	昨夜傳來陣陣風雨聲，不知花兒又飄落了多少？
	常用來形容風雨過後落花滿地的景色或表達惜春憐花之情，也用來比喻經過動亂、劫難，事物或人遭受摧殘和創傷。
寫作例句	1. 一聯古詩裹風挾雨，躍上心頭：「夜來風雨聲，花落知多少？」哦，樓外那株含苞待放的早桃不知怎麼了，真叫人擔心。 2.「春眠不覺曉，處處聞啼鳥。夜來風雨聲，花落知多少。」那美妙的春在窗外鳥鳴中醒來，一夜風雨，滿處落花，春天的清晨是如此嫵媚動人。 3.「夜來風雨聲，花落知多少？」這一夜，那些被劫持的人質必將遭匪徒們摧殘，而自己卻被囚於此無法相救。想到這裡，李警官的心都要碎了。

詩句·出處	月出驚山鳥，時鳴春澗中。（〈鳥鳴澗〉唐·王維）
	澗：山間流水的溝。
解析·應用	月亮出來驚嚇了山鳥，偶爾會在春天的山澗中鳴叫。
	常用來形容月夜山林寂靜，偶有鳥飛鳥鳴。
寫作例句	在這裡，聽不到任何喧鬧，只有被車輪的鳴響聲驚飛的山鳥在月光裡飛過，能讓人感受大山的律動。友人吟出王維的詩：「月出驚山鳥，時鳴春澗中。」

詩句·出處	古木無人徑，深山何處鐘。（〈過香積寺〉唐·王維）
解析·應用	古木參天，小徑無人，深山裡何處傳來鐘聲？
	常用來形容山深林密，人跡稀少，隱隱能聽到山寺的鐘聲。
寫作例句	我們行走在山間雜草叢生的樹林裡，四周古木參天，濃蔭密布，遠處傳來宏福寺的鐘聲，很有「古木無人徑，深山何處鐘」的意境。

詩句·出處	山風吹空林，颯颯如有人。（〈暮秋山行〉唐·岑參）
	颯颯：形容風吹樹葉的響聲。
解析·應用	山風吹進空寂的樹林，樹葉颯颯響，好像有人進入林中。
	常用來形容風吹空林，樹葉颯颯的景象。
寫作例句	「山風吹空林，颯颯如有人」，確實是曠古岑寂，渺無人煙。唯有山鳥嚶嚶，野猿亂啼，為這古老幽邃的亞熱帶雨林帶來了生趣。

詩句·出處	高枝低枝風，千葉萬葉聲。（〈秋夕貧居述懷〉唐·孟郊）
解析·應用	大風吹動樹上高高低低的樹枝，千萬片樹葉發出沙沙的聲響。
	常用來形容風吹枝葉，沙沙作響的景象。
寫作例句	這是曠野上迎風挺立的大樹，正如孟郊詩云：「高枝低枝風，千葉萬葉聲。」

<table>
<tr><td rowspan="2">詩句·出處</td><td>柴門聞犬吠，風雪夜歸人。（〈逢雪宿芙蓉山主人〉唐·劉長卿）</td></tr>
<tr><td>柴門:用散碎木柴、樹枝等做成的簡陋的門，與籬笆門相似。</td></tr>
<tr><td rowspan="2">解析·應用</td><td>籬笆門邊聽見有狗叫，想是風雪之夜有人來投宿。</td></tr>
<tr><td>常用來形容風雪寒夜有人外歸的情景。</td></tr>
<tr><td>寫作例句</td><td>「柴門聞犬吠，風雪夜歸人」是江南雪夜、更深人靜後的景況。</td></tr>
</table>

<table>
<tr><td>詩句·出處</td><td>千呼萬喚始出來，猶抱琵琶半遮面。
（〈琵琶行〉唐·白居易）</td></tr>
<tr><td rowspan="2">解析·應用</td><td>再三地呼喚，她才走出來，還抱著琵琶遮住半邊臉。</td></tr>
<tr><td>寫琵琶女心懷「天涯淪落」之恨，既不願拋頭露面，又不甘埋沒身世的複雜心境，逼真而生動，常用來形容女子羞澀靦腆的樣子。也用來比喻人或事物盼望很久才出現，出現後遮遮掩掩、隱隱約約或朦朦朧朧，使人看不真切。或形容文藝作品筆法曲折，耐人尋味，或形容某人藏頭露尾，故作姿態等。</td></tr>
</table>

寫作例句	1. 古代的少女深居幽室時，閨閣關不住她們的千里春心，她們沒有西方少女的袒露，往往是「半掩窗扉懷春遠，何人能解玉關情」。就是在外飄落的女子也絕不毫無顧忌，白居易〈琵琶行〉裡的琵琶女不就是「千呼萬喚始出來，猶抱琵琶半遮面」的麼？ 2. 在裡面乾坐了一個多小時後，泰森總算和別的旅客一起走了出來 —— 頭上頂著藍色絨線帽，泰森使勁地拉著帽子遮住臉上的紋身，頗有些「千呼萬喚始出來，猶抱琵琶半遮面」的味道。 3. 這份「千呼萬喚始出來」的召回公告，卻因「猶抱琵琶半遮面」的諸多細節，在業界再一次引起軒然大波。

詩句．出處	春山磔磔鳴春禽，此間不可無我吟。（〈往富陽、新城，李節推先行三日，留風水洞見待〉宋．蘇軾）
	磔磔：鳥鳴聲。
解析．應用	春天的山林中禽鳥磔磔鳴叫，這裡不能沒有我來吟誦詩句。
	常用來形容想在山林原野或某地吟誦詩詞或做其他文藝表演，也用來比喻不甘落於局外，定要參與其中的態度，或表現一種缺我不可的自許。

寫作例句	1. 你帶著你的笛、簫、笙、巴烏、口笛和那個用泥做的梨狀的又古老又新鮮的陶壎，去美國三所大學演講演奏，吹呆了那些洋藝術家洋教授們，吹出了我們民族器樂的魅力。「春山磔磔鳴春禽，此間不可無我吟」——你實現了你的這一夙願。 2.「春山磔磔鳴春禽，此間不可無我吟」，一切有志者都會不甘於只讓別人來做貢獻的。在堂堂的史上，留下自己貢獻血汗的痕跡，是多麼值得自豪的啊！

詩句・出處	始知鎖向金籠聽，不及林間自在啼。 （〈畫眉鳥〉宋・歐陽脩）
解析・應用	才知道把畫眉鳥鎖在金色籠子裡聽牠啼叫，遠不及牠在樹林間自由啼叫時好聽。
	常用來形容圈養的鳥獸遠不如野外的自在活潑，常藉以說明受到束縛、限制的事物或人，其天性的發揮及自身的發展總不如天然、自在的條件下那麼好。也用來表達身遭束縛後的後悔心情或擺脫羈絆，重返自由的願望。

寫作例句	1. 那兩隻黃鸝若有所思地呆立在籠子裡，不但看不到牠們那特有的輕盈飄逸的舞姿，而且牠們的歌聲細聽起來，也隱約含著一股曠怨之情。真如古詩所云：「始知鎖向金籠聽，不及林間自在啼。」 2. 古詩云：「始知鎖向金籠聽，不及林間自在啼。」要引導學生將目光投向校外，去感受、體會、認識大自然和豐富多彩的生活，拓寬視野，擴大寫作空間。 3. 請看，一縷陽光、一絲清風、普通百姓的生活……這些最簡單的要求，對貪官而言居然成了奢望。撫今追昔，天壤之別，真的是「始知鎖向金籠聽，不及林間自在啼」了，怎能不悔恨交加？

詩句．出處	人家在何許，雲外一聲雞。（〈魯山山行〉宋．梅堯臣）
	何許：何處。
解析．應用	人家在何處？這時白雲外傳來一聲雞鳴。
	常用來形容山林幽深，遠處傳來雞鳴聲，使人知道山林中住有人家。
寫作例句	「人家在何許？雲外一聲雞。」循著雞鳴聲，我們翻過蒼黛巍峨的松山，踏著雨後鬆軟的泥土，去深山中的人家採訪。

詩句．出處	平生最識江湖味，聽得秋聲憶故鄉。（〈湖上寓居雜詠〉宋．姜夔）
	平生：一生。江湖：指四方各地。憶：思念。

解析．應用	我這一生最懂得流浪江湖的滋味，聽到秋天的聲音便想起故鄉來。
	常用來形容遊子飽嘗漂泊的辛酸，尤其想念故鄉。
寫作例句	有些華人生活也相當富裕穩定，唯有內心深處仍時時有「此間雖好非故土」之感，因為畢竟那是別人的家園。故園東望路漫漫，漂泊生涯何時何處是頭呢，「平生最識江湖味，聽得秋聲憶故鄉。」

言行

詩句．出處	昔聞長者言，掩耳每不喜。（〈雜詩〉晉．陶淵明）
	言：談論舊事的話。
解析．應用	過去聽到老人追憶往事，總是掩上耳朵不高興聽。
	常用來形容不願聽老人憶舊或不願聽老人的話。
寫作例句	陶淵明詩云:「昔聞長者言，掩耳每不喜。」我也犯這個毛病；我曾經全部接受了母親的慈愛，但不會全部接受她的訓誨。

詩句．出處	近鄉情更怯，不敢問來人。（〈渡漢江〉唐．宋之問）

解析 · 應用	靠近了家鄉，心裡更加害怕，怕聽到家人不好的消息，因此不敢向來人探問。
	詩人在流放期間作此詩述感。「近鄉」二字點題，暗指渡過漢江，「怯」字寫出遭際不幸客久還鄉的歸人的心境。常用來形容歸來的人快到家時的矛盾心情，既想早點知道那裡的情況又怕聽到不好的消息。
寫作例句	1. 故鄉對於杜甫，是「即從巴峽穿巫峽，便下襄陽向洛陽」的歸心似箭；故鄉對於宋之問，是「近鄉情更怯，不敢問來人」的糾結。 2. 可能是由於自小學戲的緣故吧，長大後，對舞臺有一種說不出的感覺，彷彿遊子久不歸，「近鄉情更怯」。

詩句 · 出處	一種愛魚心各異，我來施食爾垂鉤。（〈觀游魚〉唐 · 白居易）
	施：給予。爾：你。
解析 · 應用	同是一樣的喜歡魚，但想法各不相同，我是來向魚兒投食，你是來垂鉤釣魚。
	常用來形容同樣一種行為，但不同施事者的動機、目的或心情不一樣。
寫作例句	我們新村裡，三十年來喬木成蔭，雜花吐芳，流鶯酬唱。想不到恬靜安適的居住環境，卻傳來一陣陣槍聲，群鳥亂舞，血肉橫飛，其情可憐。原來，這裡被一群青少年選中為他們的擒獵之處。「一種愛魚心各異，我來施食爾垂鉤」，白居易當年的情懷，頓時重現在我的心頭。

詩句·出處	含情欲說宮中事，鸚鵡前頭不敢言。 （〈宮詞〉唐·朱慶餘）
	不敢言：指宮女害怕鸚鵡學舌傳出去，招來不測。
解析·應用	宮女含著怨情想訴說宮中的事情，但在鸚鵡的面前又不敢開口。
	常用來形容想說些什麼，但當著某人的面又不敢說或不便說。
寫作例句	在那個時代，「含情欲說宮中事，鸚鵡前頭不敢言」，人與人之間都不談「宮中事」，怕「言多有失」。

詩句·出處	野夫怒見不平事，磨損胸中萬古刀。（〈偶書〉唐·劉叉）
	野夫：粗野、鄙俗的人，此為作者自稱。萬古刀：喻斬滅邪惡的正氣。
解析·應用	野夫見到不平的事，心中憤怒而又不能相助，把胸中萬古長存的正義之刀都磨壞了。
	常用來形容見到不平之事，不能伸張正義，只好強壓怒火。
寫作例句	「野夫怒見不平事，磨損胸中萬古刀。」怒而不言，只是在胸中磨一磨刀，猜想是不會掉腦袋的。然而在懲治「思想犯」的年代，那憤怒之刀也只能悄悄地磨，若是不小心磨出了聲，結局恐怕不妙。

詩句・出處	忽聞河東獅子吼，拄杖落手心茫然。（〈寄吳德仁兼簡陳季常〉宋・蘇軾）
	河東獅子吼：河東，柳姓世居之地，暗指陳季常妻柳氏。獅子吼，佛家以喻威嚴，陳季常好談佛，故作者借佛家語戲之。
解析・應用	忽然聽到老婆的吼聲，嚇得枴杖從手中落下，心裡茫然不知所措。
	常用來形容老婆凶悍，男人懼內。
寫作例句	這位書卷氣十足的副教授卻要找一個瘋狂而又強悍的老伴，令人耳目一新。「忽聞河東獅子吼，拄杖落手心茫然。」一位學者居然置如此沉痛的「歷史教訓」於不顧，他所追求的也正是夫婦的能力互補效應。

詩句・出處	風流不在談鋒勝，袖手無言味最長。（〈鷓鴣天・張園作〉宋・黃升）
	風流：指有才學。談鋒：談話的勁頭。一說指言語精銳，如有鋒芒。勝：健旺。 袖手無言：不說話而胸有成竹的樣子。
解析・應用	有才學不在於談鋒健旺，坐在一邊袖手無言而又成竹在胸，才最有味道。
	常用來說明人有才學、風度不在於能否誇誇其談，或許沉默寡言者更有學問或風采。也用來形容沉默不語或少許精練的語言文字勝過雄辯高談或長篇大論，更有風韻、趣味。

寫作例句	1. 韓非子的才情過人，雖然不善道說，其人格與文采古今不朽矣。「風流不在談鋒勝，袖手無言味最長。」 2. 疏雲筆致、淡墨文章，自有一種詩魂神韻，流漾其中，讀來溫馨熨貼，口角餘香，這恰恰應了黃升〈鷓鴣天〉中「風流不在談鋒健，袖手無言味最長」這兩句詩的內涵了。

路徑

詩句·出處	卻顧所來徑，蒼蒼橫翠微。（〈下終南山過斛斯山人宿置酒〉唐·李白）
	卻顧：回頭看。蒼蒼：暮色蒼茫或指山林蒼翠。橫：有充塞、籠罩之意。翠微：青翠的山峰。
解析·應用	回頭看看來時的小路，只見蒼茫暮色籠罩著青翠的山林。
	常用來形容山林暮色蒼蒼或一片青綠。
寫作例句	走在山林間，忽然想起李白的詩句：「卻顧所來徑，蒼蒼橫翠微。」由此對這山林公園的翠，感受更加深入。

詩句·出處	山路元無雨，空翠溼人衣。（〈山中〉唐·王維）
	元：本來。空翠：山色空明蒼翠。
解析·應用	山路上本來並沒有下雨，但山色澄淨，草木青翠欲滴，彷彿會弄溼人的衣裳。
	常用來形容山林樹蔭濃郁，蒼翠欲滴。

寫作例句	一路但見松柏杉槐之類的參天古木，在濃蔭四合、鳥鳴山幽的仙境裡，聽不見半點人聲。偶爾有星星點點的陽光透過深林密葉漏到衣襟上來，顏色也是綠的，正如唐詩裡說的：「山路元無雨，空翠溼人衣。」

詩句·出處	千山鳥飛絕，萬徑人蹤滅。（〈江雪〉唐·柳宗元）
	千、萬：虛指，形容其多。
解析·應用	群山中，不見一隻飛鳥的影子；眾多的小路上，沒有一個行人的蹤跡。
	常用來形容冬天寒冷空寂的景象，也用來形容不見人煙，不見鳥獸的荒蕪景象。
寫作例句	1.「千山鳥飛絕，萬徑人蹤滅。」繁華落盡，欲望凋零，但冬天以它的豪放與瀟灑在天空與大地揮寫詩行。 2. 他們有種到了天涯海角、被紛繁喧囂的世界拋棄了的感覺，這裡十分荒蕪，大有「千山鳥飛絕，萬徑人蹤滅」那麼一種淒涼景觀。 3. 其他人搭完工棚後就回去了，把他一人撂在這「萬徑人蹤滅」的大森林裡。

詩句·出處	遠上寒山石徑斜，白雲生處有人家。（〈山行〉唐·杜牧）
	寒山：深秋，山有寒意，故稱寒山。白雲生處：白雲生成、繚繞的地方，指山的深處。「生」一作「深」。
解析·應用	一條石頭小路彎彎斜斜，遠遠地通向寒冷的山中，在那白雲生成的地方，住著人家。
	常用來形容山道彎曲，通向雲霧深處的人家。

寫作例句	踏著蜿蜒的石徑，我彷彿置身於詩句「遠上寒山石徑斜，白雲生處有人家」所描繪的景致中，那寒山之巔，白雲繚繞，隱約可見山間人家，宛如世外桃源。

詩句．出處	青山繚繞疑無路，忽見千帆隱映來。 （〈江上〉宋．王安石）
	隱映：忽隱忽現。
解析．應用	江岸青山逶迤盤繞，遮住了視線，使人懷疑前面無路可走，忽然江回水轉，看到江上片片白帆隱隱顯現。
	常用來形容河流蜿蜒於群山之間，迴環曲折，忽隱忽現，也用來比喻困境中忽見希望或絕處逢生。
寫作例句	1. 黔東南的重安江，三彎九轉，逶迤於大山峽谷之間，乘船航行，常能看到「青山繚繞疑無路，忽見千帆隱映來」的景象。 2. 事情總算順利地解決了。「青山繚繞疑無路，忽見千帆隱映來。」新的前景，又呈現在他的面前。

離別

詩句．出處	此地一為別，孤蓬萬里征。（〈送友人〉唐．李白）
	孤蓬：蓬草，又名飛蓬，常隨風飄轉，古時候常用蓬散萍飄形容離散。這裡亦比喻獨自遠行的友人。
解析．應用	此地一別，你將孤單一人踏上萬里征途。
	常用來形容分別後某人將遠行或四處漂泊。

寫作例句	沒想到我們上次分別竟真的成了「此地一為別，孤蓬萬里征」，至今整整 52 年了。

詩句．出處	浮雲遊子意，落日故人情。（〈送友人〉唐．李白）
	遊子：離家在外或久居他鄉的人。故人：指詩人自己。
解析．應用	天上浮雲就像遊子的心意，漂泊不定；徐徐落日就像我的惜別之情，遲遲不去。
	常用來形容白雲飄浮，夕陽徐下的景色或表達對浮雲、落日的喜愛之情。也用來形容遊子遠行、漂泊，親朋惜別、眷念的情景。
寫作例句	1. 臨別的時候，他站在異國的街頭，孤零零地一個人，向我遙遙揮手。自然而然，我吟起「浮雲遊子意，落日故人情」。這些詩句，雖已有一千兩百歲了，仍新得令人感極涕下。 2. 記憶裡只有綠，綠得不能再綠的綠，萬般的綠上有一朵小小的白雲。想著、想著，思緒就凝縮為一幅油畫。乍看那樣的畫會嚇一跳，覺得那正是陶淵明的「停雲，思親友也」的「圖解」，又覺得李白的「浮雲遊子意」似乎是這幅畫的注腳。

詩句．出處	揮手自茲去，蕭蕭班馬鳴。（〈送友人〉唐．李白）
	茲：此。蕭蕭：馬叫聲。班馬：離群的馬。班，別。
解析．應用	揮著手，你便從此離去，我們那兩匹馬也不禁蕭蕭悲鳴。
	常用來形容親友分別時的悲涼氣氛。

寫作例句	中秋節剛過，紀曉嵐與家人灑淚而別，「揮手自茲去，蕭蕭班馬鳴」，以他的待罪之身，束裝起行了。

詩句・出處	請君試問東流水，別意與之誰短長？（〈金陵酒肆留別〉唐・李白）
	別意：別情，離別時產生的情意。
解析・應用	請你問問那東流的江水，離別的情意與它相比，究竟誰短誰長？
	常用來形容離別引起的愁情綿延不斷。
寫作例句	一向以豪放達觀著稱的李白，也有「請君試問東流水，別意與之誰短長」的名句，離別時憂愁悵惘的情感，如同東流之水，源遠流長，綿綿不斷。

詩句・出處	昔別君未婚，兒女忽成行。（〈贈衛八處士〉唐・杜甫）
	君：你。忽：嘆時間之快亦含驚詫之意。
解析・應用	當初分別時你還沒成婚，忽然間，你竟已兒女成行。
	常用來形容當年未婚者多年後與人相見，已有眾多兒女。
寫作例句	一位分別多年的戰友自外地來訪，為了他的到來，幾個老戰友小聚敘舊。三十多年過去，此時的情景，真是「昔別君未婚，兒女忽成行」。豈止是兒女成行，有人還帶了外孫兒來。

詩句．出處	春草明年綠，王孫歸不歸？（〈山中送別〉唐．王維）
	春草明年綠：此二句化用《楚辭．招隱士》中「王孫遊兮不歸，春草生兮萋萋」。王孫：指將離別的友人，一說友人是貴族子弟。
解析．應用	春草明年又綠的時候，朋友，你回不回來呢？
	用來詢問離去的人是否還回來，並且表達盼歸的心情。
寫作例句	「春草明年綠，王孫歸不歸？」你倚在窗前痴痴地守候，守候那個無果而終的愛情。而他終於離你遠去，在那個大雪紛飛的早晨。從此以後，你便陷入了輪迴般的等待，你想告訴他，你心中還有愛。

詩句．出處	蠟燭有心還惜別，替人垂淚到天明。（〈贈別〉唐．杜牧）
解析．應用	蠟燭真像有心人一樣，還懂得依依惜別，替離人流淚到天亮。
	常用來形容燭光之夜的離愁別情。
寫作例句	我將眼睛閉起，想像在一間小房之內，兩人面對面俯首坐著，黯然無語；時間是深夜，空氣極靜謐，燈油盡了，臺上只有一根洋燭，被從沒有關緊的窗隙中透進的夜風吹得火焰搖搖不定，一顆顆的白熱的融蠟只是從上面繼續淋下。「蠟燭有心還惜別，替人垂淚到天明。」

詩句．出處	故人一別幾時見，春草還從舊處生。（〈贈遠〉唐．顧況）

解析·應用	故人一別幾時才得相見？春草還是在原來的地方生長。
	常用來形容故人不見，景物依舊或表達對親故的思念。
寫作例句	學校裡舊屋仍在，我真是少小離校白髮還。如煙往事一幕幕重現眼前，不禁有「故人一別幾時見，春草還從舊處生」之感。

詩句·出處	長路關山何日盡，滿堂絲竹為君愁。（〈送盧舉使河源〉唐·張謂）
	關山：關隘山岳。絲竹：絃樂和管樂，代指音樂。
解析·應用	漫漫長路和關隘高山哪天才能走完？滿堂的絲竹樂音好像都在為你的遠行而憂愁。
	常用來形容餞行送別時，離留雙方惜別感傷，氣氛哀愁。
寫作例句	即使在賓朋滿座，絲竹盈耳之時，憂傷的遊子亦無法表現出一絲歡顏，正是「長路關山何日盡，滿堂絲竹為君愁」。

詩句·出處	別離歲歲如流水，誰辨他鄉與故鄉？（〈失題〉唐·李頎）
解析·應用	離別年復一年，歲月如流水般逝去，深沉的鄉思使人迷離，誰也分不清是在他鄉還是在故鄉了。
	常用來形容分別既久，鄉愁愈重，以致神情恍惚或精神麻木，地域觀念模糊了。
寫作例句	每年春節同鄉歡聚時，他都感嘆著「別離歲歲如流水，誰辨他鄉與故鄉」。

詩句．出處	心曲千萬端，悲來卻難說。（〈古怨別〉唐．孟郊）	
	心曲：心事。	
解析．應用	臨別時心事萬端，悲痛襲來時竟難以訴說。	
	常用來形容非常悲痛，以致許多想說的話說不出來。	
寫作例句	在悲愴中，我淚如泉湧，「一聲腸一絕」，幾乎不能自已了，那真是「心曲千萬端，悲來卻難說」啊！	

詩句．出處	故國三千里，深宮二十年。（〈宮詞〉唐．張祜）
	故國：故鄉。深宮：幽深的後宮。
解析．應用	我的家鄉在三千里之外，我在深宮裡幽居了二十年。
	常用來形容宮女、婢女等人遠離家鄉，長期生活於皇宮王室等幽閉之地。
寫作例句	「故國三千里，深宮二十年。」多少良家女子，一朝選入深宮，其中大多數人既不得君王寵幸，又不能出宮歸去。

詩句．出處	浮雲一別後，流水十年間。（〈淮上喜會梁州故人〉唐．韋應物）
解析．應用	分別後各自像浮雲一樣飄忽不定，十年時間就像流水一樣地流走了。
	常用來形容日子太快，不知不覺已相別多年。
寫作例句	「浮雲一別後，流水十年間。」時間過得真快，一晃眼，離開故鄉已十年了。

詩句·出處	故人江海別，幾度隔山川。（〈雲陽館與韓紳宿別〉唐·司空曙）
	故人：老朋友，老相識。幾度：幾次，猶言幾年。
解析·應用	老朋友在江海上一別，便山川阻隔，歷經數年。
	常用來形容舊友一別便相隔遙遠，歷經多年。
寫作例句	我又和他在首都見面，闊別十一載，一旦重逢，大有「故人江海別，幾度隔山川」的情懷。

詩句·出處	丈夫非無淚，不灑離別間。（〈別離〉唐·陸龜蒙）
	丈夫：此處指成年男人。
解析·應用	男人不是沒有眼淚，只是不在離別的時候拋灑。
	常用來說明男人性格剛強，不在離別時流淚，也用來形容男人間慨然而別的情景。
寫作例句	現在他就要走了，我心中的離情別緒無可言表。「丈夫非無淚，不灑離別間。」此時此刻，我只有把與他幾年來的那份真摯的友情珍藏在心裡。

詩句·出處	離愁漸遠漸無窮，迢迢不斷如春水。（〈踏莎行〉宋·歐陽脩）
	迢迢：遙遠綿長。
解析·應用	離家漸行漸遠，離愁也慢慢變得無窮無盡，就像綿綿不斷的春水一樣。
	常用來形容離家越遠，離愁越多，思念越切。

寫作例句	寂寞是無處不在又無法攆走的鬼怪，離鄉越遠思念越甚，「離愁漸遠漸無窮，迢迢不斷如春水」，只要是人遠遊著，靈魂與肉體就分離著，那就免不了常常會有痛苦。

詩句·出處	執手相看淚眼，竟無語凝噎。（〈雨霖鈴〉宋·柳永）
	執：拿著。凝噎：氣結聲阻，悲傷得說不出話來。
解析·應用	兩人手握著手，淚眼相視，喉嚨哽咽，一句話也說不出來。
	常用來形容分別、重逢等場合，淚眼相看，哽塞無語的情狀。
寫作例句	記得兩年前重返故鄉與你相見，闊別三十秋，「執手相看淚眼，竟無語凝噎！」

詩句·出處	此去經年，應是良辰好景虛設。（〈雨霖鈴〉宋·柳永）
	經年：很多年。
解析·應用	這一去，年復一年，想必縱有良辰美景也無心欣賞，形同虛設。
	常用來形容長久的離別使人心灰意懶，對什麼事都沒有興趣。
寫作例句	大凡有過同類經驗的人都知道，離別不懼速就怕慢，只須一拖，便勢必會有「今宵酒醒何處？楊柳岸，曉風殘月」的落寞，甚至有「此去經年，應是良辰好景虛設」的淒涼。

詩句·出處	夕陽西下，斷腸人在天涯。（〈天淨沙·秋思〉元·馬致遠）

解析．應用	傍晚的太陽已經向西落去，滿腹愁腸的遊子正遠離故鄉到天涯去流蕩。
	常用來形容遊子漂泊遠方，孤獨憂愁的景況，或形容對遠地離人的思念。
寫作例句	一水相隔、雲水茫茫，思鄉的痛楚使他不由得悵望故鄉，然而愈望愈愁，不由得產生「夕陽西下，斷腸人在天涯」的遊子之痛。

詩句．出處	問君何事輕離別，一年能幾團圞月？（〈菩薩蠻〉清．納蘭性德）
	何事：為何。團圞：團圓。圞，圓。
解析．應用	問你為什麼輕易地離別？一年裡能有幾回月圓的時候啊？
	常用來說明人生能遇到的良辰美景或歡聚團圓很少，應當珍惜。
寫作例句	船兒只管乘風破浪地一直走，走向那素不相識的他鄉。琴聲中的哀怨，已問著我們這般辛苦的載著萬斛離愁同去同逝，為名？為利？為著何來？「問君何事輕離別，一年能幾團圞月？」我自問已無話可答了。

相逢

詩句．出處	今夕復何夕，共此燈燭光。（〈贈衛八處士〉唐．杜甫）
解析．應用	今晚又是一個什麼樣的夜晚呢？我倆竟能坐到一起，共享這束燭光。
	常用來形容久別重逢的驚喜或感嘆相逢之難。
寫作例句	兄弟二人多年來各自東西，今夜竟不期而遇，「今夕復何夕？共此燈燭光」，那十分喜悅，都在眉上心頭。

詩句．出處	夜闌更秉燭，相對如夢寐。（〈羌村〉唐．杜甫）
	夜闌：夜深。秉燭：此指點燭續燃。秉，拿著。夢寐：睡夢之中。
解析．應用	夜深了，妻子又點上一根蠟燭，我倆對坐凝視，依然懷疑是在夢中相會。
	常用來形容久別的重逢使人驚喜得不敢相信，懷疑是在夢裡。
寫作例句	在外八年的丈夫忽於一個晚上回到家中，那情景真像杜甫當年感嘆過的「夜闌更秉燭，相對如夢寐」。

詩句．出處	馬上相逢無紙筆，憑君傳語報平安。 （〈逢入京使〉唐．岑參）
	憑：請求。君：你。傳語：帶口信。

解析・應用	途中在馬上相逢，沒有紙和筆，只好託你捎個口信，向我家中報個平安。
	常用來形容外出的人擔心家人掛念，託口信報平安。
寫作例句	在兵荒馬亂的歲月，遠離家鄉的遊子，總是要設法寄上一封家信，以讓家人知道自己平安無事。「馬上相逢無紙筆，憑君傳語報平安」，捎個口信固然能使親人消釋懸念，但如有一家書報平安，確實可以抵得上萬金之貴了。

詩句・出處	問姓驚初見，稱名憶舊容。 （〈喜見外弟又言別〉唐・李益）
解析・應用	先問起姓氏，好像是初次見面，但又有些驚疑，待說出名字才知是表弟，慢慢回憶起他舊時的容貌。
	常用來形容闊別多年的人對面相逢，竟一下子認不出來了，經提示或回憶，才慢慢想起來。
寫作例句	校園裡，到處都是老同學，「認出來了沒有？」「真的是你呀！」特別是當年那些亭亭玉立的少女們，如今相見，真可謂「問姓驚初見，稱名憶舊容」了。

詩句・出處	乍見翻疑夢，相悲各問年。（〈雲陽館與韓紳宿別〉唐・司空曙）
	乍：忽然。翻：反。
解析・應用	忽然相見反倒懷疑是在夢中，相互悲嘆不已，探問起對方的年齡。
	常用來形容久別忽然重逢，將信將疑，悲喜交集。

寫作例句	和她的這一次相逢，時間只隔了一年，但因為在這一年之內，國事家事的變化太多了，身世悠悠，真有點「乍見翻疑夢，相悲各問年」的感覺。

詩句·出處	別來滄海事，語罷暮天鐘。 （〈喜見外弟又言別〉唐·李益）
	滄海事：世事變化極大，如滄海變桑田一般。
解析·應用	自分別以來，事情變化很大，就像滄海變桑田一樣，我們敘完話時，天色已晚，遠處傳來寺院的鐘聲。
	常用來形容久別重逢，暢敘不止的情景，也形容分別後發生的事情或變化太多，說也說不完。
寫作例句	「別來滄海事，語罷暮天鐘。」我們曾經相聚過，闊別多年，老友重逢，多少往事，歷歷在目，直談到暮色降臨，直談到北斗高掛，情感的閘門一旦開啟，想說的話太多。

詩句·出處	縱使相逢應不識，塵滿面，鬢如霜。（〈江城子·乙卯正月二十日夜記夢〉宋·蘇軾）
解析·應用	縱然相逢也不認識我了，我風塵滿面，兩鬢如霜。
	常用來形容風塵滿面，容顏衰老，熟人相見恐怕也認不出來了。
寫作例句	接船的親人就只好舉著寫上名字或者貼有相片的牌子到碼頭來迎候，否則，彼此會晤，也「縱使相逢應不識，塵滿面，鬢如霜」了。

詩句·出處	金風玉露一相逢，便勝卻人間無數。 （〈鵲橋仙〉宋·秦觀）
	金風玉露：代指七夕，即農曆七月初七。金風，秋風。玉露，白露。
解析·應用	在每年金風送爽，白露為霜的七夕之時，牛郎織女才相逢一次，但卻勝過人間無數次的相聚。
	常用來形容戀人或親友間難得的相會非常寶貴，令人激動。也用來比喻二者（事物或人）一旦結合，便相得益彰，產生出強大作用或突出效果。
寫作例句	1.「金風玉露一相逢，便勝卻人間無數。」久別重逢，確實別有一番深情。親人遠別歸來，夫妻團聚，闔家歡喜，說不完的貼心話，敘不盡的別後情，有多少鼓勵，又有多少柔情！ 2. 把個人興趣融於本職工作，會產生一種奇異的合力。這蘊含著強大能量的合力能移山填海，造福人類。「金風玉露一相逢，便勝卻人間無數。」

詩句·出處	今宵剩把銀釭照，猶恐相逢是夢中。 （〈鷓鴣天〉宋·晏幾道）
	剩：只管，屢次。銀釭：銀質的燈臺。釭，油燈。
解析·應用	今晚頻頻舉銀燈照看，還怕與你的相逢是在夢中。
	常用來形容久別重逢讓人驚喜不已，生怕不是真的。
寫作例句	在古代，離別之時，難免有此生再難相逢之慨。即使相逢，還每每難以置信，所謂「今宵剩把銀釭照，猶恐相逢是夢中」。

夢境

詩句．出處	落月滿屋梁，猶疑照顏色。（〈夢李白〉唐．杜甫）	
	顏色：容顏。	
解析．應用	夢醒後落月的銀輝灑滿屋梁，朦朧之中彷彿照見了你的容顏。	
	常用來形容懷人殷切，日思夜想。	
寫作例句	「落月滿屋梁，猶疑見顏色。」這是杜甫懷念李白的詩。傷離與念遠，是人的常情，而詩人所感的，尤為沉痛真摯。	

詩句．出處	情知夢無益，非夢見何期？（〈江陵三夢·其一〉唐·元稹）
	情知：心裡明明知道。
解析．應用	明明知道美夢無益，只是空歡喜一場，但不在夢中相見，又在什麼時候相見呢？
	常用來形容某種願望急切但又不能實現，便覺著能夢上一回也好。
寫作例句	1. 古往今來，諸多詩人吟詠世事多艱、夫妻分別、兩地牽掛之苦，留下多少感人至深之名句。元稹有云：「情知夢無益，非夢見何期？」 2. 及至發育成長，夢海中又增加了新的漣漪，開始做起了甜蜜的夢。雖說好夢不長，但卻是令人嚮往的，叫人迷戀的。這是一生夢幻中最為美好的境界。說句真心話，那時對夢的憧憬，正如詩人元稹所感嘆的：「情知夢無益，非夢見何期。」

詩句・出處	一春夢雨常飄瓦，盡日靈風不滿旗。（〈重過聖女祠〉唐・李商隱）	
	盡日：整日。靈風：春風。一說古代稱神靈來去時的神風。	
解析・應用	一個春天都夢見細雨飄灑到屋瓦上，然而整天的微風連廟前的旗幡都吹不動，毫無下雨的跡象。	
	常用來形容細雨微風，迷濛飄忽的景致，也用來比喻現實與願望不符。	
寫作例句	1. 此刻窗外微雨如酥，四圍青山蒼翠欲滴，遠處樓臺忽隱忽現。不知為什麼，我竟想起「一春夢雨常飄瓦，盡日靈風不滿旗」這極富詩情的中國古詩名句來，那「秀色可餐」四字，這一回我可是真正領略了。 2. 這位專家歷數了大學中存在的種種問題，並指出不解決這些問題，其結果只是「一春夢雨常飄瓦，盡日靈風不滿旗」而已。	

詩句・出處	打起黃鶯兒，莫教枝上啼。啼時驚妾夢，不得到遼西。（〈春怨〉唐・金昌緒）
	教：讓。妾：古代婦女的自稱。遼西：遼河以西地區，在今遼寧省西部。
解析・應用	趕飛黃鶯，不讓牠在枝上啼叫。啼叫時驚醒了我的好夢，使我不能到遼西跟丈夫相見了。
	常用來形容女子對伴侶寤寐不泯的思念，也用來形容驅趕鳥雀，以免啼叫影響睡眠。

寫作例句	1.「打起黃鶯兒，莫教枝上啼，啼時驚妾夢，不得到遼西。」她一思念出國的丈夫，便輕輕地唸著這首閨怨詩來。 2. 春眠人總是倦慵不起，「打起黃鶯兒，莫教枝上啼」，古代女子不得不用竹竿驅走亂啼的晨鳥，怨牠們驚破了一覺好夢。

詩句．出處	閒夢江南梅熟日，夜船吹笛雨蕭蕭，人語驛邊橋。（〈夢江南〉唐．皇甫松）
	蕭蕭：形容雨聲。驛：驛站。
解析．應用	閒來夢見江南梅子成熟的日子，夜晚在船上吹奏竹笛，船外細雨瀟瀟，驛站旁的橋邊有人在喁喁私語。
	常用來形容雨中舟浮水上，人立橋邊的景致，或形容人在雨中泛舟或私語橋邊的情狀。
寫作例句	夜宿船中，雨打船篷，瀟瀟之聲就在頭上，頗覺稀罕。那時往往想起皇甫松的詞：「閒夢江南梅熟日，夜船吹笛雨蕭蕭，人語驛邊橋。」

詩句．出處	不知魂已斷，空有夢相隨。除卻天邊月，沒人知。（〈女冠子〉唐．韋莊）
	魂已斷：靈魂離開軀體，形容因思念深切，極度哀傷而致失魂落魄。空：徒然。
解析．應用	你不知道我想你想得斷了魂，我倆不能相逢，我只能徒然地在夢中與你相隨。除了天邊的月亮，沒人知道我的相思之苦。
	常用來形容心中隱藏著深切的相思或想念。後兩句常用來形容事情隱祕，不為人知。

寫作例句	1.「不知魂已斷，空有夢相隨。除卻天邊月，沒人知。」我再也支撐不住，趴在他昔日的書桌上，嚎啕痛哭，哭過之後又是呆呆的、空空的感覺。 2. 誰知此詞，卻真引出了一段「除卻天邊月，沒人知」的心緒。而且，此段思緒，夢牽魂繞，已有多年。

詩句·出處	夢裡不知身是客，一晌貪歡。（〈浪淘沙〉南唐·李煜）
	身是客：指自己被俘後囚於汴京，遠離故國。一晌：片刻的工夫。
解析·應用	夢裡不知道身為囚徒，於是貪得片刻的歡娛。
	常用來形容人處境悲苦，心情愁痛，只在夢裡才能得到暫時的歡樂。也用來形容暫且忘卻自己悲苦的處境，圖一時之歡。
寫作例句	「夢裡不知身是客，一晌貪歡。」在與同年的朋友的鬨然的談笑中，能使我突然啞了口不開或悄悄地避走去的，除了能觸起我個人的悲懷的話以外，便是提到回家的事了。每提到了「家」，我總止不住黯然有感，不敢再談下去。

環境

詩句·出處	人間四月芳菲盡，山寺桃花始盛開。（〈大林寺桃花〉唐·白居易）
	芳菲：花木，這裡指春花。恨：遺憾，惋惜。

解析·應用	人間四月，繁花落盡，而山上古寺的桃花卻剛剛盛開。
	常用來形容當其他地方花謝春盡時，某地正是花開春到時節，春天來得晚些。可引用這兩句詩來說明地理位置高低的不同會影響物候的自然現象，以及環境的特殊性。也用來比喻一處困頓衰敗，而另一處發達興盛。
寫作例句	1.「江南二月試羅衣，春盡燕山雪尚飛。」這句詩反映了緯度愈高的地方，天氣就暖得愈晚的情景。「人間四月芳菲盡，山寺桃花始盛開。」這句詩則描繪了海拔愈高的地方，春天也到來愈遲的物候。 2. 都說「人間四月芳菲盡」，而山上的杜鵑卻得天獨厚，「春來杜鵑花似海，夏日泉畔松濤聲。」 3. 夥計，這叫「人間四月芳菲盡，山寺桃花始盛開」。你們快離開那鬼地方到這裡來吧，這裡好，這裡有希望，這裡需要你們！

詩句·出處	長恨春歸無覓處，不知轉入此中來。（〈大林寺桃花〉唐·白居易）
解析·應用	一直怨恨春天歸去無處尋覓，殊不知竟轉到這山裡來了。
	常用來形容某處竟有意想不到的春景，也用來比喻正為某事物或人的消失而抱怨，不料卻在某處發現了，或比喻某種意想不到的轉變。

寫作例句	1. 那數不盡的清泉，伴隨著微微的山風，為遊覽者送來了在別處只有春天才能享受到的涼爽。唐代詩人白居易「長恨春歸無覓處，不知轉入此中來」的名句，好像就是為召喚人們盛夏遊山而寫的。 2. 這些年來，我們常常慨嘆世風日下，人情淡薄；但在這一家人身上，我們卻看到了那種全心全意、無私奉獻的精神。這正是「長恨春歸無覓處，不知轉入此中來」。 3. 我退出了新聞界後，天天編呀、改呀、寫呀、校呀，忙得「不亦樂乎」的生活從此告一段落。於是，我正如白居易寫的兩句詩：「長恨春歸無覓處，不知轉入此中來。」原來眼前又換了另外一個天地。

詩句．出處	萬籟此俱寂，但餘鐘磬音。（〈題破山寺後禪院〉唐．常建）
	萬籟：一切聲響。鐘磬：寺院中誦經、齋供時發訊號用的響器，發動用鐘，止歇用磬。磬，形狀像缽，用銅製成。
解析．應用	各種聲響此時都已沉寂，只剩下鐘磬的敲擊聲。
	常用來形容廟宇寺院等地一片寂靜，只能隱隱地聽到鐘聲。
寫作例句	幽靜的群山只有細細的風聲和隱隱的鐘聲，真是「萬籟皆俱寂，但餘鐘磬音」。

詩句．出處	出入唯山鳥，幽深無世人。（〈竹里館〉唐．裴迪）
解析．應用	山林只有山鳥飛進飛出，幽深得看不見人。
	常用來形容山林等地唯有鳥獸出入，人跡罕至。

寫作例句	山影水色融入霧裡，虛無縹緲間，我想起「出入唯山鳥，幽深無世人」兩句詩。但這晨霧下，連山鳥都知趣地不來驚擾這無人的幽境了。

詩句·出處	春風疑不到天涯，二月山城未見花。（〈戲答元珍〉宋·歐陽脩）
解析·應用	我懷疑春風吹不到這遠似天涯的地方來，已經二月分了，山城還沒看到花開。
	常用來形容高原、高山等地較冷，春天花開得晚。
寫作例句	高處一般比低處冷，所以比起低處來，花開要遲，葉落要早。這種地勢或地區影響冷暖，冷暖影響花開葉落時間的現象，在古詩詞中多有反映，比如歐陽脩〈戲答元珍〉中的「春風疑不到天涯，二月山城未見花」。

詩句·出處	城市尚餘三伏熱，秋光先到野人家。（〈秋懷〉宋·陸游）
	三伏：夏末初秋最熱的時節。
解析·應用	城市還有三伏一樣的酷熱，秋涼的光景已先來到鄉野人家。
	常用來形容城市炎熱，鄉野則像秋天般涼爽。
寫作例句	坐在堂屋的蒲團上，涼風習習而來，十分快意，不禁使人想起陸放翁的詩句：「城市尚餘三伏熱，秋光先到野人家。」

詩句·出處	山靜似太古，日長如小年。（〈醉眠〉宋·唐庚）
	太古：遙遠的古代。小年：日子相對較少的年分。

解析·應用	山裡靜得像遠古時代，一天長得猶如一年。
	常用來形容與世隔絕般的寂靜。
寫作例句	這個湖把我過濾了，把我的雜質沉澱了，留下來的是悠然又惆悵，舒坦又沉滯。我在那裡坐了不過三五分鐘，竟走入一種境界：「山靜似太古，日長如小年。」

家居用品

詩句·出處	床前明月光，疑是地上霜。舉頭望明月，低頭思故鄉。（〈靜夜思〉唐·李白）
解析·應用	床前是一片潔白明朗的月光，彷彿是地上下了一層清霜。抬頭看那高掛中天的明月，低頭又不覺思念起家鄉。
	此篇為詩人在漫遊途中所作，寫的是遊子在寂靜的夜晚思念故鄉的感受，重在抒情。其節奏起伏，富於虛實變化，用白描法，於平淡中見濃郁。可引用這首詩或只引用後兩句來表達思鄉之情。
寫作例句	1.「床前明月光，疑是地上霜。舉頭望明月，低頭思故鄉。」李白的低頭，帶著靜夜的孤獨，帶著思念的執著，呈現了詩人對故鄉深深的眷戀。 2. 李白的〈靜夜思〉如今是三歲小兒都會牙牙背誦了，而那「床前明月光，疑是地上霜」的絲絲體會，那「舉頭望明月，低頭思故鄉」的綣綣深情，曾打動過風風雨雨中多少遊子的心。 3.「舉頭望明月，低頭思故鄉。」喧囂的異國都市夜空中的一輪皎月，勾起了我無限心事。

詩句．出處	春風不相識，何事入羅幃？（〈春思〉唐．李白）
	何事：為何。羅幃：絲織的帳子。
解析．應用	春風啊，我和你不相識，你為何跑到我的羅帳裡來了？
	常用來描寫春風吹進屋內，或形容一心思念或愛戀著某人，絕無旁顧，也不願外界打擾。也用來比喻闖進了無關的人或事物，使人驚疑。
寫作例句	1.「春風不相識，何事入羅幃？」春思，春恨，春怨，伴著昨日春潮今日收，卻不知誰伴我沉與浮？「月上柳梢頭」，卻再不能「人約黃昏後」。 2. 習習的春風，吹拂著那張不變的面孔，擾亂了我的思緒，耀眼的陽光，牽動著那顆永恆的心靈，撫平了我的情懷。柔情似水，最愛那時節的一草一木。李白有云：「春風不相識，何事入羅幃？」

詩句．出處	人行明鏡中，鳥度屏風裡。（〈清溪行〉唐．李白）
	明鏡：比喻清澈的清溪。度：越過。屏風：比喻清溪兩岸的群山。
解析．應用	人像在明鏡中行走，鳥彷彿在屏風裡穿越。
	常用來形容綠水青山，風景如畫。
寫作例句	來到這片山水間，「人行明鏡中，鳥度屏風裡」，我是步入畫中來了。

詩句．出處	玉戶簾中捲不去，搗衣砧上拂還來。（〈春江花月夜〉唐．張若虛）
	玉戶：門的美稱。砧：搗衣石。

解析・應用	月光無處不在，門中的簾子怎麼也捲不去，搗衣石上拂去了又回來。
	常用來形容月光普照大地的景色。
寫作例句	對於女主角來說，月圓人缺，夫妻相隔千里，縱然能共對明月，卻不能笑語相聚。這「玉戶簾中捲不去，搗衣砧上拂還來」的月光，是多麼撩人思緒啊！

詩句・出處	銀燭秋光冷畫屏，輕羅小扇撲流螢。天階夜色涼如水，臥看牽牛織女星。（〈秋夕〉唐・杜牧）
	銀燭：白蠟燭。輕羅小扇：輕薄的絲織團扇，亦稱紈扇。天階：皇宮中的石階。
解析・應用	銀燭在秋夜裡發出的光冷冷地映照著彩繪的屏風，宮女手拿輕羅小扇撲打飛來飛去的螢火蟲。宮中石階前的夜色清涼如水，宮女閒坐在石階上仰望夜空中的牛郎織女星。
	常用來形容人在初秋涼爽的星夜乘涼消閒的情景。
寫作例句	晚飯後，我有時坐在綠蔭掩映之中，聽母親講故事；有時就和小朋友一起在月光下追著螢火蟲的亮點，跑啊，笑啊。有一次，我面對眼前的景色吟誦起「銀燭秋光冷畫屏，輕羅小扇撲流螢。天階夜色涼如水，臥看牽牛織女星」這首詩來，幾個蹦蹦跳跳的小傢伙一下子都站住了，靜靜地站著。

詩句・出處	岸似雙屏合，天如匹練開。（〈夜入瞿塘峽〉唐・白居易）
	練：白綢子。

解析·應用	兩岸陡壁好似一對合攏的屏風，中間僅留的一線天空猶如一匹白綢子。
	常用來形容山崖壁立，天留一線的峽谷景色。
寫作例句	沿江兩岸，重巒疊嶂，絕壁對峙，奇峰突兀，雲霧繚繞，或壁立千仞若刀劈斧削，或形態嶙峋如朵朵珊瑚，渾然一幀巨幅的山水畫。此刻，再讀白居易的「岸似雙屏合，天如匹練開」的詩句，就更是一番別樣的滋味了。

詩句·出處	珊瑚枕上千行淚，不是思君是恨君。 （〈長門怨〉唐·劉皂）
	珊瑚枕：以珊瑚為飾物的枕頭。君：指皇帝。詩的主角是一位幽禁宮中失寵的妃嬪。
解析·應用	珊瑚枕上流下千行淚，不是思念君王而是痛恨君王。
	常用來形容女人在愛情上失意，如失寵、失戀、相思等，悲傷流淚，怨恨男方。
寫作例句	有一首描寫宮女生活的〈長門怨〉寫道：「珊瑚枕上千行淚，不是思君是恨君。」這實際上是宮女們不滿宮中非人的生活，以及對皇帝忿恨之情的寫照。

節日節氣

詩句·出處	入春才七日，離家已二年。人歸落雁後，思發在花前。 （〈人日思歸〉隋·薛道衡）
	入春才七日：指農曆正月初七，南北朝時稱為「人日」。傳說鴻雁正月起自南歸北。思發：歸思萌發。

解析．應用	進入早春才七天，而我離開家已有二年。我的歸期落在南雁北飛之後，而我回家的打算在春花含苞之前就有了。
	常用來形容離家日久，早已歸心似箭，但回得太晚或仍未回家。
寫作例句	對於對家的思念之苦，長期旅居的人是最有感受的。隋朝薛道衡有詩云：「入春才七日，離家已二年。人歸落雁後，思發在花前。」詩人的情感多麼深切啊！

詩句．出處	獨在異鄉為異客，每逢佳節倍思親。（〈九月九日憶山東兄弟〉唐．王維）
	異客：客居他鄉的人。
解析．應用	獨自一人流落他鄉為異地之客，每逢佳節倍加思念親人。
	寫出了詩人漂流異鄉的遊子心境，抒發出佳節思親的真摯感情。「獨」字發端，兩「異」字襯托，益發能表現遊子的悽苦。「倍」字用得尤其恰到好處，極寫思鄉之切。可引用這兩句詩來說明身居異地的思鄉之情，或單引前一句來說明身居異地之苦，或單引後一句來說明佳節思親之切。

寫作例句	1. 鄉愁是什麼？鄉愁是遊子對故鄉記憶的眷戀和思念，愁之所生者多元，有「獨在異鄉為異客，每逢佳節倍思親」的遊子之愁；有「偶閒也作登樓望，萬戶千燈不是家」的工人之愁；有「日暮鄉關何處是，煙波江上使人愁」的文人之愁，有「若為化得身千億，散向峰頭望故鄉」的士大夫之愁。不論哪種愁，其源均出於異鄉的孤獨、思想的愁苦和歸鄉的尷尬。 2. 住在外地的時候，我往往會忘了我是在外地，會感到仍然居住在自己的城市裡，這可以使人在相當程度上消除「客居」之感。「獨在異鄉為異客」，已經是一種很少見的情態了，走到任何一個地方，都可以「認他鄉為故鄉」，也許正是一種很好的狀態。 3. 不久就是新年。「同是天涯淪落人」，「每逢佳節倍思親」。於是苦中作樂，就各自買了酒菜在宿舍裡歡聚。

詩句．出處	遙知兄弟登高處，遍插茱萸少一人。（〈九月九日憶山東兄弟〉唐．王維）
	登高：農曆九月初九重陽登高是古代的一種風俗。茱萸：一種有香味的植物，重陽節這天古人佩插茱萸以驅邪避災。

解析・應用	在遙遠的異鄉，我想像兄弟們今天相偕登上高處，身上都插著茱萸，可就是少了我一個人。
	詩人這樣寫，好像遺憾的不是自己未能和家鄉的兄弟共度佳節，反倒是兄弟們佳節未能完全團聚；似乎自己獨在異鄉為異客的處境並不值得訴說，反倒是兄弟們的缺憾更須體貼。寫得曲折有致，出乎常情。常用來形容親友團聚，獨缺一、二人在外未歸，令人遺憾。
寫作例句	1. 明年，小姪兒就要上大學了。姐姐說等小姪兒考上大學，她就來這裡和家人團聚。每逢佳節，我也不用再替她發出「遙知兄弟登高處，遍插茱萸少一人」的感嘆了。 2. 一杯水端放於書桌之上，在燈光的照射下，泛著晶瑩，襯托著相思的情懷。不禁想起王維的那首〈九月九日憶山東兄弟〉——「獨在異鄉為異客，每逢佳節倍思親。遙知兄弟登高處，遍插茱萸少一人。」感懷的詩句，牽長的思念。時難聚首，離鄉的人兒漂泊在千里之外的異地，想著家中節日的情景，偏偏只有自己不能回去和家人團聚，無限慨然！

詩句・出處	清明時節雨紛紛，路上行人欲斷魂。（〈清明〉唐・杜牧）
	清明：二十四節氣之一，在公曆 4 月 5 日前後，民間習慣清明時掃墓。斷魂：極度傷心悲愁。
解析・應用	清明時節細雨紛紛，路上的行人悲愁萬分。
	常用來形容清明時節春雨瀟瀟的景色，也用來形容清明時節或其他時候，路人在濛濛細雨中行走，心情憂愁的情景。

寫作例句	清明時節往往多雨，所以唐詩中有「清明時節雨紛紛，路上行人欲斷魂」之句。

詩句・出處	借問酒家何處有？牧童遙指杏花村。（〈清明〉唐・杜牧）
解析・應用	想詢問一下，附近什麼地方有酒館呢？放牧的孩子沒有開口，而是用手指著遠處盛開著杏花的一帶村莊。
	「遙指」二字，引讀者生發聯想，杏花村莊深處，酒旗斜矗，詩境美妙，意味雋永。可引用這兩句詩來說酒館、談杏花之類，用來形容打聽、尋找酒館或其他事物，得到了別人的指點。
寫作例句	1. 多少鄉間往事、兒時趣事，變得詩意盎然。牧童的身影總在酒精的伴隨下由清晰變得朦朧，又由朦朧變得清晰——「借問酒家何處有，牧童遙指杏花村。」 2. 公共廁所的安排，需要有一定的藝術手法。既不宜於顯著張揚，又不宜於隱蔽難見。我想借用兩句唐詩的意境來作比擬，詩曰：借問「酒家」何處有？牧童遙指杏花村。

詩句・出處	露從今夜白，月是故鄉明。（〈月夜憶舍弟〉唐・杜甫）
	露從今夜白：適逢白露節，故覺露水變白。白露，二十四節氣之一。
解析・應用	露水從今夜變白，月亮雖很明亮，但總覺得沒有往日在故鄉時那樣明亮。
	常用來形容故鄉的月夜清涼宜人，月光明亮。可引用這兩句詩或只引後一句來表達遠離家鄉親友，湧起鄉思，故覺得故鄉風物更加美好情親之意。

寫作例句	1. 以前讀杜甫〈月夜憶舍弟〉詩「露從今夜白，月是故鄉明」，杜牧〈宣城贈蕭兵曹〉詩「花時去國遠，月夕上樓頻」，總覺言過其實，然而當遠離故鄉獨處異地後，才真正理解了其中的蒼涼。 2. 女兒雖然出生在國外，但從小受到曾祖父思鄉情懷的薰陶，在她幼小的心靈裡，早就播下了「月是故鄉明」的種子。

詩句．出處	春城無處不飛花，寒食東風御柳斜。（〈寒食〉唐．韓翃）
	寒食：寒食節，古代傳統節日，在清明節前一天。從這天起，三天不生火做飯。節後另取新火。相傳此俗源於紀念春秋時晉國的介子推，晉文公焚山以求他出仕，介子推堅決不從，抱樹而死。東風：春風。御柳：皇帝宮苑中的柳樹。
解析．應用	春天的長安城內外，到處都飄揚著柳絮楊花。寒食節的時候，東風吹拂，御苑中的楊柳飄然起舞。
	常用來形容花絮紛飛，和風吹拂的春景。「春城無處不飛花」一句寫長安春景，生動具體，廣為傳誦。也可引用第一句來描繪春天來臨的景色，比喻到處欣欣向榮，形勢喜人，或形容四處雪花紛揚的情景。

寫作例句	1. 清明節在農曆的三月分，東風送暖，春意正濃，盛開的花，飄落的花，觸目沁鼻。唐代韓翃詩云：「春城無處不飛花，寒食東風御柳斜。」描述的都是這種情狀。 2.「春城無處不飛花」，即使在寒冷的冬季，道旁耐寒的杜鵑仍然繽紛吐豔，院裡報春的山茶已經含苞欲放。 3. 紛紛揚揚下起大雪了，凍得毫無準備的我們只好躲在旅館的房間裡，站在玻璃窗前欣賞「春城無處不飛花」的雪景。

詩句·出處	一年將盡夜，萬里未歸人。 (〈除夜宿石頭驛〉唐·戴叔倫)
解析·應用	一年將盡的除夕夜，還有人滯留於萬里之外，不能回家。
	常用來形容歲末年終或除夕之夜，有人羈旅他鄉，不能回家團聚。
寫作例句	多麼熱鬧歡暢的除夕之夜啊！然而此時，我心中卻升騰起一種莫名的惆悵之感、落月屋梁之思。我忽然想起古人的兩句詩：「一年將盡夜，萬里未歸人。」

詩句·出處	火樹銀花合，星橋鐵鎖開。(〈正月十五夜〉唐·蘇味道)
	合：形容燈火連成一片。星橋：裝飾著明燈通往京城的橋，平時夜間上鎖，不許通行。
解析·應用	四處燈火明豔，就像一片火樹銀花，裝飾著花燈的橋也打開了鐵鎖，任人通行遊覽。
	常用來形容燈會或放煙火等場合燈火輝煌，遊人如織的景象，也用來形容槍射炮擊形成的流光曳彈的景象。

寫作例句	1. 晚七時，萬燈齊明，瞬時，溪畔、路邊、橋上兩側的碧樹和竹竿上銀花閃爍，照耀如同白晝。遊人摩肩接踵，翹首觀賞，爭相留影，歡歌笑語彙成一片沸騰的海洋，可謂遊人如織，燈海似潮。我不由吟起蘇味道〈正月十五夜〉詩句：「火樹銀花合，星橋鐵鎖開。」 2. 一時間，「火樹銀花合，星橋鐵鎖開」，那紛飛的流光，勝於宵夜的煙火，那密集的槍聲如爆炒米花，一條條火龍噴向靶船，打在船體鋼壁上，濺出菊花大的朵朵點點。

詩句．出處	寒隨一夜去，春逐五更來。（〈應詔賦得除夜〉唐．史青）
	逐：跟隨。五更：舊時把黃昏到拂曉一夜間分為五更，一更約兩小時。五更天即天亮時分。
解析．應用	寒冬將隨著夜晚的過去而消逝，春天將跟著天亮的到來而出現。
	常用來形容除夕之夜，歲寒即去，新春將到。或形容嚴冬將盡，春天即將來臨。
寫作例句	1.「寒隨一夜去，春逐五更來。」除夜，正是親朋好友歡聚一堂，迎新送舊，暢談理想，展望未來的美好時刻。 2. 嚴冬將過，「寒隨一夜去，春逐五更來」的明媚季節就要到了。

詩句．出處	亂山殘雪夜，孤燭異鄉人。（〈歲除夜有懷〉唐．孟浩然）
	亂山：指山峰重疊參差。
解析．應用	冬夜亂山參差，殘雪未融，屋裡一根孤燭陪伴著異鄉人。
	常用來形容雪夜或寒夜客居山鄉的孤獨情景。

寫作例句	在山上徘徊了半天，冷雨悽風中，遠行人的心裡別有一番滋味！回來的時候，山下已是萬家燈火。想起了唐人詩句：「亂山殘雪夜，孤燭異鄉人。」兩個時代，一樣心情。

詩句·出處	爆竹聲中一歲除，春風送暖入屠蘇。 （〈元日〉宋·王安石）
	除：去。屠蘇：屠蘇草浸泡的酒。古時風俗，新年喝屠蘇酒，據說可避瘟疫。
解析·應用	爆竹聲中，舊的一年過去了，春風把新春的溫暖送入屠蘇酒，人們喝得全身暖暖的。
	常用來形容新年到來，人們放鞭炮，喝美酒，除舊迎新的情景。
寫作例句	「爆竹聲中一歲除，春風送暖入屠蘇。」拂面的春風，暖人的春意，震耳的爆竹，醉心的美酒，處處洋溢歡樂、喜慶、熱烈、祥和的節日氛圍。

詩句·出處	千門萬戶曈曈日，總把新桃換舊符。 （〈元日〉宋·王安石）
	曈曈：光明燦爛。桃符：古代風俗，每到春節，人們在大門上掛兩塊桃木板，上面寫上門神的名字或畫上門神，藉以驅鬼壓邪。後來逐步演變為春聯。
解析·應用	旭日燦爛，普照千門萬戶，大年初一這天，人們總會用新桃符換下舊桃符。
	常用來形容新春佳節人們在門上新掛桃符或貼春聯、年畫的情形。

寫作例句	王安石的詩「千門萬戶曈曈日，總把新桃換舊符」記述了新春佳節時民間掛對聯之盛。

詩句·出處	梨花風起正清明，遊子尋春半出城。（〈蘇堤清明即事〉宋·吳唯信）
	遊子：指遊人。
解析·應用	春風吹開梨花的時節正是清明，遊人們都去郊外尋春賞春，城中的人一半出了城。
	常用來形容人們紛紛到郊外春遊的情景。
寫作例句	「梨花風起正清明，遊子尋春半出城。」 三月，我們踏青去。

詩句·出處	東風夜放花千樹，更吹落，星如雨。（〈青玉案·元夕〉宋·辛棄疾）
	東風：春風。
解析·應用	眾多的綵燈、煙火像春風在一夜之間催開了千百棵樹的花朵，又像吹落了天上如雨的繁星。
	常用來形容燈會、煙火晚會等場合燈火輝煌的夜景，第一句用來比喻新人好事驟然湧現。
寫作例句	1.「東風夜放花千樹，更吹落，星如雨。」正月十五夜，大街小巷張燈結綵，燃放煙火，彷彿是駘蕩的東風吹開千樹火花，凌空怒放，又吹落如雨繁星，滿天飄散。 2. 商業 4.0 即將降臨，這將是一個不平凡時代的開端。「東風夜放花千樹」，且讓我們拭目以待。

第 2 節　各行各業

士農工商

詩句・出處	晨興理荒穢，帶月荷鋤歸。（〈歸園田居〉晉・陶淵明）
	晨興：早起。理荒穢：除雜草。穢，雜草。
解析・應用	清早起來到田裡剷除雜草，晚上披戴月光扛著鋤頭回家。
	常用來形容做農事，早出晚歸。
寫作例句	三十年前，我與莘莘學子同歸田園，正所謂「晨興理荒穢，帶月荷鋤歸」，當上了一介農夫。

詩句・出處	平疇交遠風，良苗亦懷新。（〈癸卯歲始春懷古田舍・其二〉晉・陶淵明）
	疇：田地。交：接合。懷：孕育。
解析・應用	平坦的田野上飄蕩著遠處吹來的風，茁壯的秧苗正孕育著新芽。
	常用來形容風拂平野，莊稼茁壯的景色。
寫作例句	立於嶺上，前眺鄱陽湖萬頃碧波，後望良田平展，稻浪滾滾，村落棋布，農人點點。「平疇交遠風，良苗亦懷新」，莫非即指此地？

詩句・出處	相見無雜言，但道桑麻長。（〈歸園田居・其二〉晉・陶淵明）
	桑麻：桑樹和麻類植物，泛指農作物或農事。

解析．應用	相見後沒有其他閒話，只是談論莊稼的生長。
	常用來形容鄉親們在一起不談別的，只談農事。也用來比喻人們話題一致。
寫作例句	1. 這個季節，村民們大約正忙於農事，以至於常常「相見無雜言，但道桑麻長」吧？ 2. 家中人來人往，都是討論學問。「相見無雜言，但道桑麻長。」

詩句．出處	春蠶收長絲，秋熟靡王稅。（〈桃花源詩〉晉．陶淵明）
	靡：沒有。
解析．應用	春天養蠶，收穫長長的蠶絲，秋天莊稼成熟了，也不用繳納賦稅。
	常用來形容人人勞動，自給自足，沒有剝削，不交賦稅的生活。
寫作例句	在這個理想社會中，人們友好相處，沒有剝削，沒有賦稅，「春蠶收長絲，秋熟靡王稅」，人人勞動，自給自足。

詩句．出處	春種一粒粟，秋收萬顆子。（〈憫農．其一〉唐．李紳）
	粟：小米，此泛指一般穀物。
解析．應用	春天種下一粒種子，秋天可收到萬顆糧食。
	常用來形容莊稼春種秋收，由少變多，也用來比喻經過辛勤勞動，使事物或人由少變多。

寫作例句	1.「春種一粒粟，秋收萬顆籽。」時令由春至秋，籽粒由一化萬。 2. 老一輩醫學家「春種一粒粟，秋收萬顆子」，名醫代有才人傳，各領風騷譜新篇。

詩句．出處	四海無閒田，農夫猶餓死。（〈憫農．其一〉唐．李紳）
	四海：天下。
解析．應用	天下沒有荒閒的田地，農夫還是被餓死。
	常用來說明農民終年辛勤耕作，莊稼遍地，卻還是不能養活自己。常用來抨擊殘酷的封建剝削制度或為農民勞而不獲，貧困不堪鳴不平。
寫作例句	當地的農民生活異常貧苦，「四海無閒田，農夫猶餓死」的慘狀，在這裡是還存在的！

詩句．出處	鋤禾日當午，汗滴禾下土。誰知盤中飧，粒粒皆辛苦。（〈憫農．其二〉唐．李紳）
解析．應用	農民們頭頂著炎熱的太陽，為莊稼鋤草，辛勤的汗水一滴滴落在田裡。誰能想到盤中的飯食，每一粒都是辛辛苦苦換來的呢。
	詩人挑選中午烈日下辛勤鋤禾的一個典型場面，用樸素的語言、生動的形象，描繪了農民在田間的苦情，從而告誡人們要愛惜糧食，理解農民的不易。可引用這首詩或只引其中的句子來表述類似的意思。

寫作例句	1. 農作是艱辛的，「鋤禾日當午，汗滴禾下土。誰知盤中飧，粒粒皆辛苦」，農民用身體與土地打交道，一些關鍵環節的勞動量之大之重，凡有過切身體驗的人都一定印象深刻。 2.「鋤禾日當午，汗滴禾下土。」面向黃土，背朝藍天，幾千年來，這就是農民的形象。 3. 他們在勞動中深知：「誰知盤中飧，粒粒皆辛苦。」一粥一飯，當思來之不易；半絲半縷，恆念物力維艱。

詩句·出處	稻米流脂粟米白，公私倉廩俱豐實。（〈憶昔〉唐·杜甫）
	稻米：稻米。流脂：新收的稻米白而滋潤。粟米：小米。粟，穀子，去殼後就是小米，黃白色。倉廩：糧倉。倉為穀倉，廩為米倉。豐實：豐足。
解析·應用	稻米又白又潤澤，小米白淨，官府和百姓的糧倉都裝得滿滿的。
	常用來形容糧食豐收，米白倉滿。也用來形容國家富裕、人民富足的景象。
寫作例句	1. 自三國到隋唐時期，江南地區進一步開發，「稻米流脂粟米白，公私倉廩俱豐實」，成為聞名遐邇的魚米之鄉。宋元時期，民間曾流傳著「蘇湖熟，天下足」的諺語。糧食豐收倉廩滿，而糧倉又免不了招引麻雀覓食，守倉兵丁便捕雀取樂，既驅除麻雀又驅趕煩悶之情。 2.「稻米流脂粟米白，公私倉廩俱豐實」的盛唐，文學藝術空前璀璨。

詩句．出處	田家少閒月，五月人倍忙。（〈觀刈麥〉唐．白居易）
解析．應用	種田人家很少有閒暇的月分，到了五月，人更是倍加繁忙。
	常用來形容農民終年辛苦，到了農忙季節更是忙碌。
寫作例句	麥子打完了，該鬆一口氣了，又得趕快去替秋苗追肥、澆水。「田家少閒月，五月人倍忙」，他們的肩上挑著夏秋兩季。

詩句．出處	可憐身上衣正單，心憂炭賤願天寒。 （〈賣炭翁〉唐．白居易）
解析．應用	可憐賣炭老人身上衣裳正單薄，但他生怕木炭賣價太低，寧願天氣更冷些。
	常用來形容賣煤炭的人或其他人為了買賣好，多賺些錢，寧可多吃苦多受累。
寫作例句	但我看到他有些佝僂的樣子，不免擔心他搬了沉重的煤球爬樓，是否吃得消。當他明白了我的這種擔心後，笑說：「沒問題，吃賣煤這碗飯，還能怕爬高樓嗎？只是每層樓要替每塊煤多加一分錢的。」從他的話中，我卻彷彿聽到了白居易在〈賣炭翁〉中的兩句詩：「可憐身上衣正單，心憂炭賤願天寒。」賣煤人如何不知道樓高難爬，只是為多賺幾個餬口的錢罷了。

詩句．出處	美人首飾侯王印，盡是沙中浪底來。 （〈浪淘沙〉唐．劉禹錫）

解析．應用	美人的金首飾和王侯金印所用的金子，都是從浪底沙子中一粒粒淘洗出來的。
	常用來說明黃金的來歷或淘金的過程，也用來揭露剝削階級或貪官汙吏的奢靡生活是靠榨取人民辛勤的努力成果得來的。或比喻某一事物來之不易，是透過艱苦勞動換來的。
寫作例句	1. 採金多是從沙裡淘取，劉禹錫詩云:「美人首飾侯王印，盡是沙中浪底來。」 2. 那時節，連不可遠離京師的閹人出遊，也大肆鋪陳，一路上的賄賂車載船裝不說，頓頓還要大碟八碗，水陸並陳。「美人首飾侯王印，盡是沙中浪底來。」他們只管汲取民脂民膏。 3. 作家固然重要，但是，沒有大批有膽有識的編輯，作家們寫得再好的書，能和讀者見面嗎？「美人首飾侯王印，盡是沙中浪底來。」編輯也是淘金人，沒有優秀編輯的辛勤努力，哪有出色的圖書？

詩句．出處	桑柘廢來猶納稅，田園荒後尚徵苗。（〈山中寡婦〉唐．杜荀鶴）
	柘：落葉喬木，葉厚而尖，可餵蠶，功用與桑葉相同。徵苗：徵收青苗稅。青苗稅是唐代所收的一種田畝附加稅，莊稼未成熟時徵收，故稱。
解析．應用	種桑柘的地荒廢了，還要繳納絲稅；田園荒蕪了，官府還要徵收青苗稅。
	常用來形容災荒年頭農民仍然賦稅沉重，苦不堪言。

寫作例句	從前洪水一來，或海潮倒灌，沿河的大部分莊稼即使不致盡付東流，也要損失慘重。而洪水、鹹潮一退，催租逼債的地主惡霸就接踵而來，於是造成了一幕幕人間慘劇。「桑柘廢來猶納稅，田園荒後尚徵苗。」

詩句・出處	苦恨年年壓金線，為他人作嫁衣裳。 （〈貧女〉唐・秦韜玉）
	苦恨：最恨，深恨。苦，極。壓：用手指按著，刺繡的一種手法。
解析・應用	最痛恨的是，年年用金線刺繡，卻盡是為別人縫製出嫁的衣裳。
	常用來形容為了生計，辛苦地為別人刺繡、縫製衣物或做其他工作。也用來比喻白為他人忙碌，成全了別人，自己得不到什麼好處。
寫作例句	1. 刺繡女工的手指，靜靜地，緩緩地移動著。她們的祖母、母親、姑姑、姊姊們，曾經在幽暗的繡窗下送走一輩子的光陰，還是不得溫飽。「苦恨年年壓金線，為他人作嫁衣裳。」 2. 有些年輕人現在不大喜歡做編輯了，「苦恨年年壓金線，為他人作嫁衣裳」，感覺似乎有點吃虧。

詩句・出處	牧人驅犢返，獵馬帶禽歸。（〈野望〉唐・王績）
	驅：趕牲口。犢：小牛，此泛指牛。 禽：此泛指獵獲的鳥獸。

解析 · 應用	牧民趕著牛回家，獵人牽著馬歸來，馬背上馱著捕獲的鳥獸。
	常用來形容牧民或農民勞動後趕著牲畜回家的情景。
寫作例句	也許你還可以想像一下，當年納西人在這片壩子上如王績所描述的「牧人驅犢返，獵馬帶禽歸」的閒適生活場景。

詩句 · 出處	江上往來人，但愛鱸魚美。君看一葉舟，出沒風波裡。（〈江上漁者〉宋 · 范仲淹）
	但：僅，只。鱸魚：一種身體扁狹，頭大嘴大鱗細，味道鮮美的魚。君：你。
解析 · 應用	江上來往的人，只愛鱸魚的鮮美。請看那一葉小舟，正為捕魚而出沒在風波裡。
	常用來說明魚雖鮮美卻來之不易，是漁民辛勤捕撈得來的，也用來形容漁民船工駕船出沒於驚濤駭浪之中的情景。
寫作例句	1. 這幾年市場上的西非鯛魚都是我們在遠海打來的。西非鯛魚是海水魚中的上品，營養高於黃魚、帶魚。「江上往來者，但愛鱸魚美。君看一葉舟，出沒風波裡。」張總經理回顧遠洋漁業的創業之路，瞻望遠大前程，神色中洋溢著自豪，也蘊含著艱辛。 2. 在這條河裡打魚，不僅需要嫻熟的駕船本領，更需要大無畏的英雄氣概和頑強的戰鬥精神。宋朝文學家范仲淹詩云：「江上往來人，但愛鱸魚美，君看一葉舟，出沒風波裡。」今日始信。

詩句 · 出處	誰道田家樂，春稅秋未足。（〈田家語〉宋 · 梅堯臣）

解析．應用	誰說種田的人家快樂，春天的租稅到了秋天也繳不上。
	常用來形容農民賦稅沉重，生活貧苦。
寫作例句	「誰道田家樂，春稅秋未足。」都市人收入在達到一定數額後才繳納個人所得稅，而農民，即使種地虧本，也要固定地繳納各種稅費、人頭稅。

詩句．出處	萬般皆下品，唯有讀書高。（〈神童詩〉宋．汪洙）
	品：等級。
解析．應用	世上各種行業都屬於下等之列，只有讀書最為高貴。
	常用來形容輕視其他行業，只看重讀書。
寫作例句	在我的思想裡，「萬般皆下品，唯有讀書高」。聽到還可以讀書的消息，我就趕快回到家中。

詩句．出處	鄉村四月閒人少，才了蠶桑又插田。（〈鄉村四月〉宋．翁卷）
	了：了結，完結。插田：插秧。
解析．應用	鄉村的四月閒人很少，才忙完採桑養蠶，又要插秧。
	常用來形容鄉村初夏既種植又養殖的農忙景象。
寫作例句	「鄉村四月閒人少，才了蠶桑又插田」，語氣輕鬆明快，畫出了一幅四月農忙圖。確是家家如此，鄉鄉如此。

詩句．出處	深處種菱淺種稻，不深不淺種荷花。（〈吳興雜詩〉清．阮元）
	菱：俗稱菱角，一年生草本植物，生在池沼中，果實供食用或製澱粉。

解析·應用	深水中種菱角，淺水中種稻子，不深不淺的地方種荷花。
	常用來形容水鄉種植業發達或富饒美麗的景象，也用來比喻因地制宜，因材施教，根據不同情況辦不同的事。
寫作例句	1. 宋室南渡，不少詩人文士常常往返於建康、蘇州、湖州、臨安間，吟詠之作逐漸多起來，湖州的風貌透過他們的筆墨也逐漸為人所知。到了清代，阮元的詩「深處種菱淺種稻，不深不淺種荷花」更為水鄉景色描下一幅清晰的素描。 2. 清人阮元說過：「深處種菱淺種稻，不深不淺種荷花。」教學有法，但無定法。成功的教學，有經驗的老師都善於根據教學的目標和要求、教學的條件、師生的情況等，靈活的運用各種教學工具、策略和方法，充分激發學生的主動參與意識，讓學生最大限度地參與到教學活動中來，用有限的時間和空間創造出最大的教學效率。

教育師道

詩句·出處	別裁偽體親風雅，轉益多師是汝師。（〈戲為六絕句·其六〉唐·杜甫）
	偽體：專事模擬而無真實內容的詩作。風雅：《詩經》中的〈國風〉和〈小雅〉，喻指反映現實、內容真實的詩作。轉益：博取眾長使自己受益。多師：向許多人拜師求教。汝師：你們學習的榜樣。

解析·應用	區別、裁汰徒具形式而無真實內容的詩，親近、學習〈國風〉、〈小雅〉、〈大雅〉那種內容真實豐富的詩篇，博採眾長，向許多人拜師請教，這是你們應當效法的。
	常用來說明從事文藝創作或做其他學問，應區別優劣，向好的看齊，要多方面地學習，向更多的人學習。
寫作例句	「別裁偽體親風雅，轉益多師是汝師。」多年來，他自覺地與作家、詩人、學者、教授結交，既不蔑視權威，亦不崇拜名人。他認為人與人的相知相通是超越年齡界限的，只有做朋友，才能真正交流。

詩句·出處	鶴翎不天生，變化在啄抱。（〈薦士〉唐·韓愈）
	翎：羽毛。啄抱：指禽鳥幼雛破殼而出。
解析·應用	仙鶴的羽毛不是生來就有的，是經過孵卵孕育而成的。
	比喻人才不是天生的，需要精心培育。
寫作例句	魯迅先生說過：「即使天才，出生時候的第一聲啼哭，也和平常兒童一樣，絕不會就是一首好詩。」韓愈〈薦士〉詩曰：「鶴翎不天生，變化在啄抱。」因此，要想使人才茁壯成長，我們大家都應該爭做培養人才的「泥土」和培育人才的「園丁」。

詩句·出處	村村皆畫本，處處有詩材。（〈舟中作〉宋·陸游）
解析·應用	指現實生活中到處都有創作的題材，關鍵在於會不會觀察思考。
	常用來說明觀察思考對創作的重要性。

寫作例句	宋朝大詩人陸游有詩曰：「村村皆畫本，處處有詩材。」他認為每個鄉村都可以作為美術寫生的藍本，每個地方都可以挖掘出創作詩文的題材。對於有心人來說，亂磚堆裡也能找出花紋來。

詩句・出處	汝果欲學詩，工夫在詩外。（〈示子遹〉宋・陸游）
解析・應用	你如果真要立志學習寫詩，就應該在詩本身以外的生活中下工夫。
	說明詩人從事創作，應積極投入社會，認真觀察生活，到生活中去收集素材，發掘主題，因為生活是創作的泉源。可引用這兩句詩來說明創作對於實踐的依賴關係，也用來比喻要做好一門學問，須廣泛涉獵與之相關的其他知識技能，乃至包括提高自身的思維和素養。
寫作例句	1. 陸游晚年曾經諄諄告誡他的兒子：「汝果欲學詩，工夫在詩外。」既然寫詩，就必須講求遣詞造句和聲韻格律，這是完全必要的。但詩歌不僅是時代生活的反映，同時也是詩人的思想和人格的表現，所以做詩之外還要做人。 2. 陸游說：「汝果欲學詩，工夫在詩外。」學習任何學問，都必須廣泛涉獵，在廣的基礎上求高。 3. 要想有口才，就必須做出多方面的努力。正如宋代愛國詩人陸游所說：「汝果欲學詩，工夫在詩外。」培養口才固然要學習和訓練表達的技巧，但更重要的還在「詩外」工夫，即「務重其身而養其氣」。

詩句·出處	須教自我胸中出，切忌隨人腳後行。（〈昭武太守王子文日與李賈嚴羽共觀前輩一兩家詩及晚唐詩因有論詩十絕子文見之謂無甚高論亦可作詩家小學須知·其四〉宋·戴復古）
	須：應當。教：使，讓。
解析·應用	應讓詩句從自己的心中吟出，切不要跟在別人腳後亦步亦趨地走。
	常用來說明寫詩作文或藝術創作應自出機杼，表現個性和風格，切忌一味因襲模仿。亦說明凡事貴在獨創。
寫作例句	詩人歷來重視詩的獨創性，認為作詩最忌模擬。梅聖俞說：「若意新語工，得前人所未道者，斯為善也。」戴復古說：「須教自我胸中出，切忌隨人腳後行。」

詩句·出處	一語不能踐，萬卷徒空虛。（〈飲酒〉明·林鴻）
	踐：實行。空虛：毫無意義，毫無用處。
解析·應用	書上的話一句也做不到，那麼讀了一萬卷書也是白搭。
	常用來說明書上學到的道理、知識必須付諸實踐才有意義。也用來說明應當言出必行，光說不做等於零。
寫作例句	1. 學習的目的全在於應用，「一語不能踐，萬卷徒空虛。」 2.「一語不能踐，萬卷徒空虛。」願喜好集座右銘的人能思而錄之，躬而行之。

詩句·出處	新蒲新柳三年大，便與兒孫作屋梁。（〈己亥雜詩〉清·龔自珍）
	蒲：蒲柳，也叫水楊，秋天很早就凋零。

解析．應用	新栽的蒲柳樹才長了三年，就被人砍來替兒孫們蓋房子作屋梁用。
	常用來形容砍伐幼樹，毀壞林木的行為。也用來比喻不從長遠考慮，不重視培育，使事物或人遭致夭折或埋沒。
寫作例句	1. 銀杏樹，種的是遠見卓識；小白菜，種的是眼前實惠。做出犧牲，付出代價，為後人考慮是重要的，想得長遠些是要緊的，千萬不可「新蒲新柳三年大，便與兒孫作屋梁」。 2. 清代著名思想家龔自珍在〈己亥雜詩〉中借道旁所見「新蒲新柳三年大，便與兒孫作屋梁」的景況，發出了「誰肯栽培木一章」的浩嘆。但是，他不可能看到，埋沒人才正是剝削制度本身造成的。

詩句．出處	落紅不是無情物，化作春泥更護花。（〈己亥雜詩〉清．龔自珍）
	落紅：落花。
解析．應用	落花不是沒有情義的東西，它化作春天的泥土後，還會更好地滋養新生的花朵。
	詩人是以落花自比，說他像落花一樣離開了官場，但對於自己的理想仍然執著地堅持，還要「化作春泥」，培育新花成長。這兩句詩可用來讚美落花落葉或枯枝朽木化為養料，滋養新的花草樹木，可引用來比喻老一代退出歷史舞臺，但仍然關心國家、關心事業，培養新人成長起來，或表達愛才、惜才之情。也用來比喻事物或人雖已陳舊、衰亡，但是卻為其他事物或人提供了有益的東西。

寫作例句	1. 路邊的樹葉褪去青綠色的衣裝，換上了金銀色的美麗的衣服，偶爾飄落的幾片樹葉，讓人不禁想起「落紅不是無情物，化作春泥更護花」。 2. 有多名德高望重的老專家，作為特邀代表，共同商定城市跨世紀的奮鬥目標。「落紅不是無情物，化作春泥更護花」，是這些老專家的真實寫照。 3. 在老師百日忌辰之際，我寫就了此文，同時也想起了他常吟誦的兩句古詩：「落紅不是無情物，化作春泥更護花。」這兩句詩，某種意義上可以當作他這個人的寫照。

音樂歌舞

詩句・出處	誰家玉笛暗飛聲，散入春風滿洛城。此夜曲中聞折柳，何人不起故園情？（〈春夜洛城聞笛〉唐・李白）
	玉笛：笛子。洛城：洛陽城，今河南省洛陽市。折柳：〈折楊柳〉曲，多敘離情別緒。故園：故鄉。
解析・應用	誰家的笛聲暗暗飛揚，隨著春風飄散整個洛陽城。今夜聽到笛子吹奏的〈折楊柳〉曲，哪個人不產生思鄉之情呢？
	常用來形容笛聲或其他歌聲樂曲清越悽婉，悠悠傳揚，引起人的思鄉懷人之情。
寫作例句	我初次遠離家鄉，遠離慈母，隻身一人，舉目無親，觸景生情，十分悲涼。正好此時耳旁忽有一陣笛聲飛過，不由引發我的思鄉之情，隨著笛聲我也低吟起來：「誰家玉笛暗飛聲，散入春風滿洛城。此夜曲中聞折柳，何人不起故園情。」

詩句．出處	客心洗流水，餘響入霜鐘。（〈聽蜀僧濬彈琴〉唐．李白）
	客：作者自稱。入：混合。霜鐘：鐘聲。《山海經．中山經》郭璞注有「霜降則鐘鳴」。
解析．應用	我的心像被流水洗過似的清爽，琴弦的餘音應和著寺廟的鐘聲。
	常用來形容音樂美妙動聽，讓人心爽神清。
寫作例句	「客心洗流水，餘響入霜鐘」，聽民族音樂，人的精神、情操，好像在清水裡漂過似的，似覺純淨起來。

詩句．出處	此曲只應天上有，人間能得幾回聞？ （〈贈花卿〉唐．杜甫）
	花卿：即成都府尹崔光遠的部將花驚定。天上有：極言音樂歌曲的高妙，如天上仙樂一般。一說：「天上」指皇帝禁宮。
解析．應用	這樣好聽的曲子只應該天上才有，人間能聽得到幾回？
	詩句含蓄婉轉，有人認為意在諷刺花驚定在戰火紛飛、民不聊生的年代，不問國事，一味過著豪奢的生活。可引用這兩句詩來讚譽音樂或其他文藝作品的精妙無比，也用來比喻奇怪罕聞的話語論調。
寫作例句	1. 在很多人心目中，鄧麗君天資麗質，她的魅力就流淌在她甜蜜的嗓音、甜美的形象和極富感染力的演唱中。「此曲只應天上有，人間能得幾回聞」，稱她是「錯落凡塵的仙子」。 2. 你的觀點太非主流了，「此曲只應天上有，人間能得幾回聞？」

<table>
<tr><td>詩句·出處</td><td>古人唱歌兼唱情，今人唱歌唯唱聲。（〈問楊瓊〉唐·白居易）</td></tr>
<tr><td rowspan="2">解析·應用</td><td>古人唱歌同時能唱出感情，今人唱歌只是唱出聲音罷了。</td></tr>
<tr><td>常用來形容音樂、詩歌等文藝創作或表演沒有聲情並茂，說明作品要抒發感情才能動人。</td></tr>
<tr><td>寫作例句</td><td>白居易在〈問楊瓊〉的詩裡慨嘆道：「古人唱歌兼唱情，今人唱歌唯唱聲。」詩歌，需要有音樂性和圖畫性。但它感動人心的魅力，卻不獨在於聲韻悠揚，更在於以聲傳情；不獨在於寫景如畫，更在於借景抒情。白居易把情看作詩歌的「根」，作詩譜歌，力圖以濃郁的實感真情動人心魄。</td></tr>
</table>

<table>
<tr><td rowspan="2">詩句·出處</td><td>轉軸撥絃三兩聲，未成曲調先有情。（〈琵琶行〉唐·白居易）</td></tr>
<tr><td>轉軸撥絃：指彈奏前調絃試音。</td></tr>
<tr><td rowspan="2">解析·應用</td><td>彈琵琶的女子轉動絃軸，撥絃試彈了兩、三聲，還沒彈成曲調卻先有了感情。</td></tr>
<tr><td>常用來形容表演者奏曲歌唱或作其他表演之前，先流露出飽含的感情。也用來形容音樂、演講或文學作品等一開始便動人心弦，或比喻還沒有做某事之前，已蘊含著或流露出情感。</td></tr>
</table>

寫作例句	1. 日暮黃昏，藝人們坐在唱臺上，一杯清茶，一把琵琶，琴弦輕撥，聽眾屏息靜聽，真如「轉軸撥絃三兩聲，未成曲調先有情」的意境了。 2. 我一下子就被它所特有的憂傷中的甜美旋律給震住了，不僅僅是因為「轉軸撥絃三兩聲，未成曲調先有情」，主要還是詞曲交融，似訴歌者平生不得志。那是一百多年前愛爾蘭人借託夏日最後一朵玫瑰之口，說盡自己心中無限事。 3.「轉軸撥絃三兩聲，未成曲調先有情」可以描摹初始朦朧的愛情，情成曲調之先，這大概是少男少女都頗有體會的。

詩句・出處	弦弦掩抑聲聲思，似訴平生不得志。（〈琵琶行〉唐・白居易）
	掩抑：絃聲壓抑低徊。思：想念，此處引申為悲傷。不得志：不如意。
解析・應用	一弦弦壓抑的低音，一聲聲悲怨的調子，似乎在訴說她一生的不得志。
	常用來形容樂曲、歌聲等低徊深沉，如訴如泣。
寫作例句	一陣婉轉悅耳的二胡聲從那遙遠的天際悠悠揚揚地飄了過來，「弦弦掩抑聲聲思，似訴平生不得志」，循著樂曲的牽引，一任放飛的思緒穿越多幻的時光隧道，我又彷彿置身於七十多年前的知名城鎮。

詩句·出處	大弦嘈嘈如急雨，小弦切切如私語。嘈嘈切切錯雜彈，大珠小珠落玉盤。（〈琵琶行〉唐·白居易）
	嘈嘈：絃音沉濁舒長。切切：絃音輕幽細切。
解析·應用	粗弦沉濁如急雨，細弦輕幽如私語。一會沉濁，一會輕細，交錯彈奏，就像大珠小珠叮叮噹噹落滿玉盤。
	常用來形容樂器演奏出高低輕重、抑揚起伏的節奏，樂聲清脆婉轉，也用來形容水石琮琤或水滴叮咚的聲音。後兩句用來比喻某種動聽的聲音，或喻抑揚頓挫、妙語連珠、富於變化的藝術效果。
寫作例句	1. 她一會左手一陣重掃，似急風驟雨；一會右手輕爬慢滾，若高山流水。真是「大弦嘈嘈如急雨，小弦切切如私語。嘈嘈切切錯雜彈，大珠小珠落玉盤」。她彈奏的古箏曲〈出水蓮〉，聲聲清朗，節節動人，既把人們帶入了幽雅的音樂境界，又把人們領到了一個風景如畫的優美天地。 2. 近看「梯瀑」三疊而落，跌進深淵，多姿多彩，繞有詩意。若不信，你仔細凝望，靜心傾聽，那白居易的〈琵琶行〉詩句如響耳畔：「大弦嘈嘈如急雨，小弦切切如私語。嘈嘈切切錯雜彈，大珠小珠落玉盤。」 3. 冰涼的葉瓣托在掌心之間，水滴晶瑩像誰在調皮彈撥的玻璃珠子，在荷葉做成的琴盤上跳來跳去，似有叮咚之聲，雖無聲卻勝似天籟，這正是：「嘈嘈切切錯雜彈，大珠小珠落玉盤。」

詩句·出處	銀瓶乍破水漿迸，鐵騎突出刀槍鳴。（〈琵琶行〉唐·白居易）
	銀瓶：古代汲水的器物。迸：沖激，濺射。鐵騎：強悍的騎兵。
解析·應用	琵琶聲音像銀瓶忽然爆裂，水漿迸發；又像穿鐵甲的騎兵突然殺出，刀槍齊鳴。
	這是以比喻之法，形容琵琶在低沉、似乎停頓之後，又突然爆發出清脆的聲音。可引用這兩句詩用來形容樂聲、歌聲等聲音的高亢激昂，也用來比喻詩文筆法的抑而後揚等，或只引後一句來形容某種事物突然顯示出非凡的氣勢。
寫作例句	1. 在琵琶藝術高度發展的隋唐時期，無論在宮廷裡、市井裡，還是民間習俗中，琵琶常以獨奏、合奏相伴，出現了許多琵琶演奏家和琵琶樂曲。此時雖然沒有武曲的正式稱謂，但從詩人的吟詠「霜刀破竹無殘節」、「斷絃砉騞層冰裂」「千悲萬恨四五絃，弦中甲馬聲駢闐」、「銀瓶乍破水漿迸，鐵騎突出刀槍鳴。曲終收撥當心畫，四弦一聲如裂帛」中能感受到武曲雄健豪宕、勢不可擋的氣概。 2. 這篇文章起筆雄奇，開頭便「銀瓶乍破水漿迸，鐵騎突出刀槍鳴」；收筆戛然，似「來如雷霆收震怒，罷如江海凝清光」。 3. 夏日雷雨，一如「鐵騎突出刀槍鳴」。

詩句·出處	楊柳青青江水平，聞郎江上唱歌聲。 （〈竹枝詞〉唐·劉禹錫）

解析‧應用	楊柳青青，江水平靜，聽見阿哥在江上唱歌的聲音。
	常用來形容岸邊楊柳青綠，水中波平浪靜，不時地傳來歌聲或其他聲響。
寫作例句	那河岸依依楊柳和河中隨波蕩漾的扁舟，彷彿徐徐傳來了槳聲，使人不禁墜入唐代詩人「楊柳青青江水平，聞郎江上踏歌聲」的詩情畫意中。

詩句‧出處	不知何處吹蘆管，一夜征人盡望鄉。（〈夜上受降城聞笛〉唐‧李益）
	蘆管：以蘆葉為管製成的樂器。征人：遠行的人，此指出外征戰戍邊的將士。望鄉：指思鄉。
解析‧應用	不知何處有人吹起蘆管，惹得出征的將士一夜都在思念家鄉。
	常用來形容清悠哀婉的樂曲或歌聲觸發了外出者的鄉思。
寫作例句	天將拂曉，當胡笳聲再次響起的時候，那些匈奴人竟「棄圍而走」——這胡笳好生了得！真可謂「悲笳數聲動，壯士慘不驕」，「不知何處吹蘆管，一夜征人盡望鄉」了。

詩句‧出處	古調雖自愛，今人多不彈。（〈聽彈琴〉唐‧劉長卿）
解析‧應用	古老的曲調雖然我自己愛聽，但今天的人大多已不彈奏。
	常用來形容個人雖喜歡古舊的音樂、戲曲，如今卻很少有人演奏、演唱。也用來比喻個別人還喜歡過時、陳舊的東西，但多數人已不感興趣。

寫作例句	1.「古調雖自愛，今人多不彈。」現在要聽一次民族音樂，是很不容易的了。 2. 而今還大喊反自由經濟，真不知會反出個什麼名堂，難怪這許多人在談話中都不願提這個老口號了。所以現在是「古調雖自愛，今人多不彈了」了。

詩句．出處	一聲何滿子，雙淚落君前。（〈宮詞〉唐．張祜）
	何滿子：歌曲名，其調哀切。唐朝白居易〈聽歌六絕句．何滿子〉自注云：「開元中，滄州有歌者何滿子，臨刑進此曲以贖死，上竟不免。」君：指君王。
解析．應用	剛唱出一聲「何滿子」，雙眼的淚水便奪眶而出，滴落在君王跟前。
	常用來形容當發出或聽到某種聲音（歌聲、樂曲、鄉音等）後，不禁傷感落淚。
寫作例句	1. 一曲〈松花江上〉，觸使那些背鄉離井的流亡者，聽來涕淚橫流，產生強烈共鳴。「一聲何滿子，雙淚落君前。」 2. 想起「柳浪聞鶯」，想起「斷橋殘雪」，不禁「一聲何滿子，雙淚落君前」。

詩句．出處	曲終人不見，江上數峰青。（〈省試湘靈鼓瑟〉唐．錢起）

解析・應用	湘水神女奏完樂曲，人也飄然不見了，聽的人回過神來，江上只剩下幾座青翠的山峰。
	常用來形容樂曲、歌聲或影視等戛然而止，營造的幻景、意境隨之消失，人還沒回過神來，一切又恢復原樣；也用來形容音樂、文學等藝術作品創造的優美意境引人入勝，讓人沉醉或回味無窮；或比喻事情過去之後又恢復了原樣。
寫作例句	1 為逞歌喉，她在最後一個字上使了個長腔，宛轉九曲，高下隨心，韻餘裊裊，欲斷還續之際，輕撥四弦作了結束，頗有「曲終人不見，江上數峰青」的意味。 2. 我以為，微型小說的結構，要有空靈感，不可過「實」。也就是說，要十分注意虛實相間，濃淡有致，為讀者留下充分的想像空間，含著「曲終人不見，江上數峰青」的韻味。 3. 這曾經是一條必經之路，舟楫往來，很熱鬧過一時。現在「曲終人不見，江上數峰青」，還了它原來的清靜。

詩句・出處	起舞弄清影，何似在人間。（〈水調歌頭〉宋・蘇軾）
解析・應用	月下起舞，擺弄著清冷的身影，月宮哪像人間那樣溫暖歡樂啊！
	常用來形容景色清幽靜謐，猶如天宮或仙境一般。也用來說明人間比天上或清冷的所謂仙境更美好。

寫作例句	1.「起舞弄清影，何似在人間。」多好的山水，多純樸的山民，終老此鄉有何不可？ 2.「起舞弄清影，何似在人間。」真正美麗輝煌、值得眷念的，還是人間、大地。

詩句·出處	舞低楊柳樓心月，歌盡桃花扇底風。（〈鷓鴣天〉宋·晏幾道）
	桃花扇底風：桃花扇是歌女邊唱邊搖的繪有桃花的扇子。歌舞時間太長，以致歌女的手已經漸漸無力，所以扇下無風。
解析·應用	舞跳到小樓上當空的明月已落下柳梢，歌唱得桃花扇下的涼風已消失。
	常用來形容長時間地跳舞唱歌。
寫作例句	散戲時我幾度回首，望望這古堡式的劇場建築，男女觀眾陸續散出，眉梢眼角，餘歡猶在。回到旅館，已是清晨三點了。我躺在床上，想起宋詞中小晏的麗句：「舞低楊柳樓心月，歌盡桃花扇底風。」

詩句·出處	自作新詞韻最嬌，小紅低唱我吹簫。 （〈過垂虹〉宋·姜夔）
	韻最嬌：指詞的音節清逸柔婉。小紅：歌女的名字。
解析·應用	自己寫的新詞，音調最柔美，一路上小紅低聲吟唱著，我幫她吹簫伴奏。
	常用來形容男女二人一個唱歌，一個伴奏，默契歡洽。也用來形容夫妻或戀人感情和諧，同歡偕樂。

寫作例句	1. 她在我身邊合著笛聲輕輕哼唱，我用笛聲為她伴奏，不由得想起那首「自作新詞韻最嬌，小紅低唱我吹簫。曲中過盡松陵路，回首煙波十四橋」的詩來。 2. 宋朝女人不僅出門，而且還和心上人拉著手一起走。「自作新詞韻最嬌，小紅低唱我吹簫。」男女情投意合，才子佳人的美妙和諧。

第 3 節　地域風物

中原

詩句・出處	洛陽城裡見秋風，欲作家書意萬重。復恐匆匆說不盡，行人臨發又開封。（〈秋思〉唐・張籍）
	意萬重：形容思緒萬千，想說的話很多。
解析・應用	洛陽城裡已颳起了秋風，想要寫一封家信，感到要說的話很多。寫完後又怕匆忙之中沒把話說完，在送信人臨走時又把信拆開再補充一些話。
	常用來形容寫信的人心意重重，寫完信仍覺得言猶未盡，於是又拆封補寫。
寫作例句	烽火連天，荊榛遍地，尺素書來，萬金不易。唐人張籍的〈秋思〉，更細膩地描畫了修書寄遠的心理活動：「洛陽城裡見秋風，欲作家書意萬重。復恐匆匆說不盡，行人臨發又開封。」真是情意纏綿，一唱三嘆。

<table>
<tr><td>詩句・
出處</td><td>洛陽城裡春光好，洛陽才子他鄉老。
（〈菩薩蠻〉唐・韋莊）</td></tr>
<tr><td rowspan="2">解析・
應用</td><td>洛陽城裡風光美好，洛陽的才子卻老於他鄉。</td></tr>
<tr><td>常用來形容家鄉風光美好，遊子卻身老外鄉。</td></tr>
<tr><td>寫作
例句</td><td>「洛陽城裡春光好，洛陽才子他鄉老。」在自我放逐中用鄉愁下酒，這是我的宿命。</td></tr>
</table>

<table>
<tr><td rowspan="2">詩句・
出處</td><td>杳杳天低鶻沒處，青山一髮是中原。（〈澄邁驛通潮閣・其二〉宋・蘇軾）</td></tr>
<tr><td>杳杳：杳渺，形容極遠。鶻：一種凶猛的鳥，也叫隼。</td></tr>
<tr><td rowspan="2">解析・
應用</td><td>在杳渺的天幕低垂處，一隻飛鶻漸漸消失，青山像頭髮絲一樣纖細，若隱若現，那裡一定是中原大地了。</td></tr>
<tr><td>常用來形容遠處天地相接，山水如絲的景色。也用來形容翹首遠望，思念故地。</td></tr>
<tr><td>寫作
例句</td><td>他呆呆地望著落日，「杳杳天低鶻沒處，青山一髮是中原」，那遠遠的天邊，那一髮青山的背後該是省城所在吧。鬱鬱蔥蔥的植物園，別來無恙否？</td></tr>
</table>

<table>
<tr><td rowspan="2">詩句・
出處</td><td>洛陽三月花如錦，多少工夫織得成。（〈鶯梭〉宋・劉克莊）</td></tr>
<tr><td>錦：精美鮮豔的絲織品。</td></tr>
<tr><td rowspan="2">解析・
應用</td><td>洛陽的三月繁花似錦，黃鶯要花多少工夫才能織成啊。</td></tr>
<tr><td>常用來形容洛陽或其他地方繁花似錦，也用來形容衣服、飾物等像花一樣絢麗多彩，或比喻輝煌成果是付出極大辛勞得來的。</td></tr>
</table>

寫作例句	1.「洛陽三月花如錦，多少工夫織得成。」現在洛陽每年舉辦兩次花展：春天叫牡丹花會，秋季叫賞菊花會。花會盛況堪與南國（廣州）花會媲美。 2. 穿過食堂向右拐，便是花壇。那紅的，綠的，綠紅相間，紅綠映襯，摻雜著霧，像天空中的朵朵彩雲，又似一匹華麗的衣飾，「洛陽三月花如錦，多少工夫織得成。」 3.「洛陽三月花似錦，多少工夫織得成。」銷售業績是全公司上下一起努力取得的，凝聚著全體員工的智慧和心血。

江南

詩句．出處	江南佳麗地，金陵帝王州。（〈入朝曲〉南北朝．謝朓）
	佳麗地：一釋為美女薈萃之地。佳麗，美好，美女。金陵：即今江蘇省南京市。帝王州：帝王都城所在地。
解析．應用	江南是美好秀麗的地方，金陵是帝王都城的所在地。
	用來讚美江南富饒美麗或女子漂亮，或誇讚南京是古都名城。
寫作例句	「江南佳麗地，金陵帝王州。」南京，古稱金陵，曾經做過十個朝代的首都。這裡既有自然山水之勝，又有歷史文物之雅，為中國著名的歷史文化名城之一。

詩句．出處	越女天下白，鑑湖五月涼。（〈壯遊〉唐．杜甫）
	越：指今浙江省紹興市一帶，為原古越國地方。鑑湖：又名鏡湖，在今浙江省紹興市。五月：農曆五月。

解析·應用	越地的女子是天下最為白淨的，鑑湖在炎熱的五月裡很涼爽。
	常用來形容浙江一帶女子白皙，紹興鑑湖夏天涼爽。
寫作例句	1.「越女天下白，鑑湖五月涼」，杜甫遊鑑湖時寫下這樣的詩句，這涼是清涼爽快。看著鑑湖「月白風清，淡妝濃抹」的雅景，即使有愁腸苦衷，也能得到暫時的慰藉和舒暢。 2. 她眉眼清秀，身材修長，皮膚細膩嬌嫩，是標準的江南窈窕淑女。細細揣摸，會使人想起杜甫那句著名的詩：「越女天下白。」

詩句·出處	人生只合揚州死，禪智山光好墓田。（〈縱遊淮南〉唐·張祜）
	合：應當。禪智山：在當時揚州的西部，因禪智寺而得名。墓田：墳地。
解析·應用	人生就是死，也應當死在揚州，禪智山風光秀美，是最好的墳地。
	用來盛讚揚州繁華秀麗，是人們生前和死後的樂土。
寫作例句	揚州在歷史上曾經是長期繁榮的商業都會，又是有著強烈吸引力的文化中心。詩人文士歌詠的篇章把這裡形容成一個有如海市蜃樓的所在。這中間最令人吃驚的是唐代詩人張祜的詩句：「人生只合揚州死，禪智山光好墓田。」這就是說，揚州不只是可以縱情享樂的都市，就是死也要死在這裡。

詩句·出處	君到姑蘇見，人家盡枕河。古宮閒地少，水港小橋多。（〈送人遊吳〉唐·杜荀鶴）
	姑蘇：今江蘇省蘇州市的別稱，因西南有姑蘇山而得名。枕：靠著。古宮：春秋吳王的宮廷所在地。吳國曾建都於蘇州。港：與江河湖泊相通的小河。
解析·應用	你到了蘇州就可以看到，人家都靠著河邊。這古代吳國的故都，空閒的陸地很少，小河小橋很多。
	常用來形容水鄉河流、小橋眾多，民居依水而建。
寫作例句	房屋的旁邊，往往流淌著一條小河，風一吹，蕩漾著輕柔的漣漪，就像有人在抖動碧綠的綢子。每隔二、三十步，就有一座小橋。有聳肩駝背的石拱小橋，有清秀玲瓏的石板橋，也有小巧的磚砌橋和油漆欄杆的小木橋。正是唐代詩人杜荀鶴形容過的：「君到姑蘇見，人家盡枕河。古宮閒地少，水港小橋多。」

詩句·出處	人人盡說江南好，遊人只合江南老。（〈菩薩蠻〉唐·韋莊）
	遊人：指遊子。合：應該。
解析·應用	人人都說江南好，外鄉人只應在江南住到老。
	常用來說明江南美好，有口皆碑，最適宜居住。
寫作例句	江南的春光秀色有口皆碑，唐人韋莊說：「人人盡說江南好，遊人只合江南老。」

詩句・出處	無情最是臺城柳，依舊煙籠十里堤。（〈臺城〉唐・韋莊）
	臺城：在今江蘇省南京市玄武湖一帶。從東晉到南朝結束，這裡一直是朝廷臺省（中央政府）和皇宮的所在地。
解析・應用	面對六朝興亡，最不動情的就是臺城的柳樹，依舊佇立在煙雨籠罩的十里長堤上。
	常用來形容河堤湖岸煙籠綠樹的景色，也用來形容山川草木不管人世變遷，仍然風景如故。
寫作例句	1. 出了玄武門，站在長堤邊上，遙望湖中的沙洲，但見一片芳草萋萋、煙籠綠樹，總是使人立時想到詩人所詠的「無情最是臺城柳，依舊煙籠十里堤」那一類的感傷詩句。 2. 光陰荏苒，二十幾年過去了，又是一個初夏，桐花紫豔豔地開，紫豔欲滴，紫得教人心醉，一棵樹開成一處風景，一片林開成一幅畫卷，畫卷好長好長，人在圖畫中，有一種閒適，有幾分疲憊，有些許苦澀，有幾縷思念，還有說不清楚的茫然。我努力整理自己的思緒，還是想起韋莊的詩來：「無情最是臺城柳，依舊煙籠十里堤。」

詩句・出處	東南形勝，江吳都會，錢塘自古繁華。煙柳畫橋，風簾翠幕，參差十萬人家。（〈望海潮〉宋・柳永）
	形勝：地形優越。江吳都會：錢塘位置在錢塘江北岸，舊屬吳國，隋唐時為杭州治所，五代的吳越國建都於此。江吳，一作「三吳」。錢塘：即今浙江省杭州市。參差：指樓房的高低不齊。

解析．應用	東南一帶地形優越，杭州曾是錢塘江畔吳越國的都會，自古以來就很繁華。雲煙中的楊柳排列在雕畫的石橋兩旁，人家住戶都掛著擋風的垂簾和翠綠的帷幕，屋宇樓閣高下不齊，都市裡有十萬戶人家。	
	用來讚美杭州風光旖旎，熱鬧繁華，亦用後三句形容其他都市的秀麗繁華。	
寫作例句	遍想古人詩詞，寫城市面貌的較少，有氣派的要數柳永寫杭州的一首〈望海潮〉:「東南形勝，江吳都會，錢塘自古繁華。煙柳畫橋，風簾翠幕，參差十萬人家。」這裡已是幾百萬人家，柳郎今在，不知有何新詞。	

詩句．出處	暖風燻得遊人醉，直把杭州作汴州。 (〈題臨安邸〉宋．林升)
	燻:氣味侵襲。杭州:南宋國都。汴州:今河南省開封市，北宋國都，南宋時已被金國占領。
解析．應用	陣陣暖風把遊人都燻醉了，簡直把杭州當做故都汴州了。
	詩人書寫杭州美景，旨在借景抒情，巧妙地表達了沉痛的心情，對南宋統治者進行了大膽的諷刺和挖苦。可引用這兩句詩來形容一些人在國家危亡之時，卻仍在尋歡作樂，樂不思蜀，也用來形容風和日暖，遊人沉醉於風景名勝，樂而忘返。或只引前一句來描繪春天的美景。

寫作例句	1. 江淮千里，敵騎縱橫，而臨安城裡，卻是「暖風燻得遊人醉，直把杭州作汴州」，一派歌舞昇平、醉生夢死的氣氛。 2. 那裡在往昔的春時，上面開著絢爛的櫻花，水邊的茶棚裡都鋪著猩紅的氈子，爐邊的女人也打扮得像一些蝴蝶飛來飛去的送茶送點，遊人大都悠然歇著，真有點「暖風燻得遊人醉，直把杭州作汴州」，誰也不想回家了。 3. 陽春三月，杭州西湖是最令人嚮往的，不僅在於湖光山色，桃紅柳綠，還在於湖邊、山裡那些清靜幽雅的喝茶處。龍井是茶客必到之地，清明穀雨時分，來龍井踏青問茶，正應了那句「暖風燻得遊人醉」的詩句。

詩句·出處	上有天堂，下有蘇杭。（〈雙調·蟾宮曲〉元·奧敦周卿）
解析·應用	天上有天堂，地下則有蘇州和杭州。
	常用來形容江南蘇州、杭州一帶風景美麗，物阜民豐，生活像天堂一樣舒適。
寫作例句	江南真好地方，「上有天堂，下有蘇杭」。

嶺南

詩句·出處	五嶺皆炎熱，宜人獨桂林。（〈寄楊五桂州譚〉唐·杜甫）
	五嶺：位於湖南、江西南部和廣西、廣東交界處的越城嶺等五座山嶺，此指五嶺以南地區，即廣東、廣西一帶。

解析．應用	五嶺以南的地方都炎熱，氣候宜人的只有桂林。
	用來讚美桂林夏無酷暑，氣候宜人。
寫作例句	桂林的氣溫年平均攝氏二十度左右，冬暖夏涼，四季宜人。因此唐代詩人杜甫有詩讚道：「五嶺皆炎熱，宜人獨桂林。」

詩句．出處	日啖荔枝三百顆，不辭長作嶺南人。（〈惠州一絕〉宋．蘇軾）
	啖：吃。不辭：不推辭。嶺南：五嶺以南地區，即廣東、廣西一帶，那裡盛產荔枝。
解析．應用	若每天能吃上三百顆荔枝，我願長作嶺南人。
	常用來形容荔枝的鮮美可口或形容某人特別喜歡吃荔枝。
寫作例句	荔枝也許是世上最鮮最美的水果。蘇東坡寫過這樣的詩句：「日啖荔枝三百顆，不辭長作嶺南人。」可見荔枝的妙處。

詩句．出處	試問嶺南應不好？卻道，此心安處是吾鄉。（〈定風波〉宋．蘇軾）
	嶺南：五嶺以南地區，即廣東、廣西一帶。
解析．應用	試著問她，嶺南想必不好吧？她卻說，能使我心安的地方就是我的家鄉。
	常用來說明四海皆可為家，能使人心安體適的地方便是家。
寫作例句	處處江山處處家，煙霞隨臥，意有所適。家不僅僅是物質的東西，更是精神的東西。東坡有一詞云：「試問嶺南應不好？卻道，此心安處是吾鄉。」

川陝

詩句．出處	蜀道之難，難於上青天。（〈蜀道難〉唐．李白）
	蜀道：古代漢中進入四川的道路。
解析．應用	入蜀的道路艱險難行，真是比上青天還要難！
	常用來形容四川或其他地方的道路險峻崎嶇，極難行走，或藉以誇說某種事情之難，也用來比喻做某事困難太大。
寫作例句	1. 李白曾經感嘆「蜀道之難，難於上青天」。而今，成渝鐵路穿越千山萬水，而且還有空運、水運之便，真可謂「蜀道易，易於履平地」。 2. 突然，迎面立著一座幾乎是九十度角，全被雪蓋上了的懸崖。纜車豎起它的全身，也幾乎是垂直地沿著崖壁衝上去了。這時，我想起李白「蜀道之難，難於上青天」的詩句。 3. 調換一間住房，對於某些人卻非常簡單，且不妨一換再換，好像比換一套衣服還方便，輪到我，不知怎麼就變成了「蜀道之難，難於上青天」？

詩句．出處	爾來四萬八千歲，不與秦塞通人煙。 （〈蜀道難〉唐．李白）
	爾來：指有古蜀國以來。四萬八千歲：誇張地形容時間久遠，非確指。秦塞：古代秦國多山塞，地勢險要，故稱。

解析·應用	自有蜀國以後已過了四萬八千年，但蜀地仍與秦地互相隔絕，不通人煙。
	常用來形容四川或其他地方交通閉塞，人煙稀少。
寫作例句	襄渝一線，從鄂西到陝南，峰巒重疊，自古交通閉塞。唐代詩人李白寫過這樣的詩句：「爾來四萬八千歲，不與秦塞通人煙。」

詩句·出處	錦城雖云樂，不如早還家。（〈蜀道難〉唐·李白）
	錦城：錦官城的簡稱，即今四川省成都市。云：說。
解析·應用	在錦城雖說很快樂，但還是不如早早回家的好。
	常用來說明成都或其他某地雖好，但還是不如早回家的好。
寫作例句	有人邀他去 A 城，有人邀他到外地轉轉，他一概謝絕，有時到 B 城開會、改稿，也是辦完事馬上返回生活基地，從不多住。他借用李白的詩句，風趣地說：「錦城雖云樂，不如早還鄉。」

詩句·出處	一叫一迴腸一斷，三春三月憶三巴。 （〈宣城見杜鵑花〉唐·李白）
	三春三月：三春即暮春。暮春三月正是蜀地杜鵑鳴叫的時候，鳴叫的聲音像「不如歸去」。憶：想念。三巴：東漢末劉璋在蜀地設定巴、巴東和巴西三郡，時稱三巴，此泛指蜀地。

解析·應用	杜鵑每叫一聲都令人肝腸欲斷，暮春三月聽到杜鵑鳴叫，不覺而生思蜀之情。
	常用來形容杜鵑鳴叫聲或其他悽切的聲音撩人鄉情，也用來比喻文藝作品悽婉動人，使人產生思念之情。
寫作例句	1. 杜鵑一聲聲「不如歸去」的鳴叫，曾經撩撥起多少詩人騷客和羈旅遊子的思鄉情弦。大詩人李白也曾吟嘆過「一叫一迴腸一斷，三春三月憶三巴」。 2. 余光中以這首「一叫一迴腸一斷，三春三月憶三巴」的〈鄉愁〉，一夜間令千萬讀者傾倒。

詩句·出處	錦江春色來天地，玉壘浮雲變古今。（〈登樓〉唐·杜甫）
	錦江：今四川省境內的岷江支流，流經成都平原。玉壘：山名，在今四川省都江堰市西。
解析·應用	錦江春色從天地的邊際湧來，玉壘山的浮雲變幻無常，猶如古今世事的變化。
	常用來形容春光滿目，浮雲飄動的景色。也用來比喻蓬勃繁榮的局面，或用後一句比喻古今世事變遷。
寫作例句	1. 杜甫曾吟：「錦江春色來天地，玉壘浮雲變古今。」春綠了錦江，春綠了蓉城，在春天裡踟躕的你我他，也感染了綠色吧？ 2.「錦江春色來天地，玉壘浮雲變古今。」回首公司成立以來的五年，是業務蒸蒸日上的五年。 3.「玉壘浮雲變古今。」我就是在這風雲變化中來到這個城市的。

詩句·出處	今夜鄜州月，閨中只獨看。遙憐小兒女，未解憶長安。（〈月夜〉唐·杜甫）
	鄜州：今陝西省富縣，當時作者妻小留居鄜州。閨：女子的臥室。未解：不懂得。憶：想念。
解析·應用	今夜鄜州明月當空，只有你一人在閨房中獨自仰望。遙想我那可憐的年幼兒女，還不懂得想念遠在長安的爸爸。
	常用來形容女子獨守空閨，思念丈夫，而幼小的兒女並不理解。
寫作例句	她可憐懷裡的孩子，又操心丈夫的事業和身體。今天月下獨思，不禁想起杜甫的那首〈月夜〉詩來：「今夜鄜州月，閨中只獨看。遙憐小兒女，未解憶長安。」

詩句·出處	君問歸期未有期，巴山夜雨漲秋池。（〈夜雨寄北〉唐·李商隱）
	君：你。巴山：泛指當時四川東部一帶的山嶺。
解析·應用	你問我何時回家，我還確定不了歸期，此時，巴山夜雨淅淅瀝瀝，雨水漲滿了秋天的池塘。
	常用來形容歸期難定，雨夜裡茫然愁悶的情狀。
寫作例句	有一天夜裡下雨，我起床寫信給在家鄉等待我的妻子，引唐詩描寫自己的心情：「君問歸期未有期，巴山夜雨漲秋池。」我什麼時候離開這裡呢？

詩句・出處	何當共剪西窗燭，卻話巴山夜雨時。（〈夜雨寄北〉唐・李商隱）
	何當：何時能。剪燭：剪去燒殘的燭芯，使燈光更明亮。卻話：再說起。卻，再。巴山：泛指四川境內的山。巴，古國名，在今四川省東部和重慶市一帶。
解析・應用	何時才能和你坐在西窗下，一邊剪去燭芯，一邊追述今日巴山夜雨之時我對你的思念？
	常用來形容期望與親友見面和敘談。
寫作例句	「何當共剪西窗燭，卻話巴山夜雨時。」往事如煙，滄海桑田，李商隱的名句便愈念念於心。我那可敬的朋友，我們還能有幸重逢嗎？我期待著。

邊塞

詩句・出處	秋風吹不盡，總是玉關情。（〈子夜吳歌・秋歌〉唐・李白）
	玉關：玉門關，在今甘肅省敦煌市西北，亦泛指邊地。
解析・應用	秋風吹不盡的，是搗衣女懷念遠戍玉門關的丈夫的一片深情。
	常用來形容懷念之情或其他情思深遠久長。
寫作例句	1. 十年啊，可我還是忘不了他。時間只讓我知道，在這紛擾的世上，是什麼讓我永久地思念，是什麼讓我永久地悲傷。「秋風吹不盡，總是玉關情。」 2. 本書所選編的文字，或隱或顯，那核心皆是一個「情」字。「秋風吹不盡，總是玉關情。」

詩句·出處	羌笛何須怨楊柳，春風不度玉門關。（〈涼州詞〉唐·王之渙）
	羌笛：羌，西北地區少數民族，羌笛為他們使用的一種樂器。楊柳：暗指北朝樂府〈折楊柳〉曲。玉門關：故址在今甘肅省敦煌市西北，是當時涼州最西部。
解析·應用	羌笛何必要吹奏〈折楊柳〉來埋怨楊柳的不青呢，要知道，春風從來吹不到這玉門關的。
	詩人含蓄地指出皇帝不關心遠邊戍卒，抒寫出塞上士兵的苦悶與怨情。常用來形容邊遠地區的寒冷荒涼，也用來說明事情的發生、形成自有其原因，不必無端埋怨。後人說到楊柳或西北邊疆等，常引用這兩句詩。
寫作例句	1.「羌笛何須怨楊柳，春風不度玉門關。」、「勸君更盡一杯酒，西出陽關無故人。」、「大漠孤煙直，長河落日圓。」……說起敦煌，腦海中不由地閃出這些詩句，也曾想像一幅幅精美的壁畫、慢舒廣袖的飛天、浩瀚無邊的大漠戈壁。 2.「羌笛何須怨楊柳，春風不度玉門關。」龍也無辜，蛇也無辜。事在人為。出了好事，是人做的，出了壞事，也是人做的。不過，我倒覺得，怪龍怪蛇固然不可取，像龍年那樣大做文章讚龍讚蛇也不必要。 3. 從敦煌去玉門關的路上，我腦子裡一直盤桓著這些疑問，這段行程有 90 公里，當地的朋友勸我不必作此行，說是要讓我失望的。我說，哪怕是只看到一些土墩，也心甘情願。這樣的情結，緣於唐代詩人王之渙的〈涼州詞〉:「黃河遠上白雲間，一片孤城萬仞山。羌笛何須怨楊柳，春風不度玉門關。」

詩句·出處	可憐無定河邊骨，猶是春閨夢裡人。（〈隴西行·其二〉唐·陳陶）
	無定河：源出今內蒙古自治區，經陝西入黃河，因急流挾沙，深淺不定，故名。春閨：指女子的臥室。
解析·應用	可憐那些將士已變成無定河邊的屍骨，而家中的妻子還在夢想著與他們早日團聚呢。
	常用來形容征戰的將士或背井離鄉的人在外遭遇悲慘甚至已經死去，其家人全然不知，還一直思念著他們。可引用這兩句詩來描述戰爭為人間帶來的悽慘畫面，也用來比喻被一些人輕視、鄙棄的人或事物卻是另一些人所珍視、掛念的。
寫作例句	1. 很多人看歷史喜歡歌頌頻於征伐、開疆拓土的君主，今日之年輕人還為古代專制帝王的虛榮而歡呼。而我卻經常想起「一將功成萬骨枯」、「可憐無定河邊骨，猶是春閨夢裡人」，以及〈弔古戰場文〉、〈兵車行〉等。 2. 初投稿者的心情我是很理解的：一稿寄出，終日翹首，有片言隻語回音也要看了又看，珍貴之至。如果命運是「可憐無定河邊骨，猶是春閨夢裡人」，被一翻而棄，是多麼兩情背反！

神州各地

詩句·出處	五嶽尋仙不辭遠，一生好入名山遊。（〈廬山謠寄盧侍御虛舟〉唐·李白）
	辭：推辭。

解析．應用	到五嶽去尋訪仙人，不怕路途遙遠，我一生都喜歡到各地的名山去遊覽。
	常用來形容愛好遊歷山水，不厭跋涉。
寫作例句	對於名山大川、文物古蹟、神話傳說、民俗風情、詩詞歌賦的偏愛，構成他散文藝術的另一個重要特點。「五嶽尋仙不辭遠，一生好入名山遊」——李白自詡的這句詩用來送給他也是恰當的。

詩句．出處	即從巴峽穿巫峽，便下襄陽向洛陽。（〈聞官軍收河南河北〉唐．杜甫）
	巴峽：嘉陵江上游閬中一帶的江峽。巫峽：長江三峽之一。襄陽：在今湖北省。洛陽：在今河南省。
解析．應用	隨即從巴峽穿過巫峽，便下到襄陽，然後直奔洛陽。
	常用來形容迅速返回家園或旅程匆匆，也用來比喻行動迅速或某種事物、現象很快地向外擴展。
寫作例句	1. 戰爭勝利了，「即從巴峽穿巫峽，便下襄陽向洛陽」的歡樂激勵著所有寓居後方的人們。他拋棄了所有的行李，只帶幾十公斤（飛機最大極限）未託裱的彩墨畫回到了家鄉。 2. 對豬鬃的統購統銷一經撤銷，他立即實施向全國發展的決策，其行動之迅速，大可引用杜甫的名句「即從巴峽穿巫峽，便下襄陽向洛陽」。

詩句・出處	紅豆生南國，春來發幾枝。願君多採擷，此物最相思。（〈相思〉唐・王維）
	紅豆：紅豆樹的果實形如豌豆微扁，鮮紅如珊瑚。相傳古時有人死於邊地，其妻在樹下痛哭而死，化為紅豆，故又叫相思子。南國：南方。擷：摘取。
解析・應用	紅豆生長在南方，到了春天又添幾枝新葉？希望你多多地摘取，因為它最能表達相思之情。
	這是一首借紅豆表達相思之情的詠物詩，「此物最相思」一句結出正意。用它來表達愛情，流傳至今。常用來形容紅豆的美麗可愛，也用來說明人們喜愛紅豆或紅豆樹還在於它是富於情味的事物，能引發或寄託情思。現在常引用這首詩或詩中部分句子來表達對戀人、朋友或對國家的思念。

寫作例句	1. 這就是紅豆啊！「紅豆生南國，春來發幾枝，勸君多採擷，此物最相思。」王維的這首〈相思〉湧上心頭。詠紅豆的詩早已融解於心，但看見紅豆，還是初次。大如小豆，圓似珍珠通身皆紅，像是黏到枝條上去的珊瑚，實在叫人觀興難已。 2. 人們對於紅豆向來有一種特殊的感情，古人替它取了一個異常美妙動人的名字：「相思子」。只是這一個名字就能勾起人們無限的情思。誰讀了王維的「紅豆生南國，春來發幾枝。願君多採擷，此物最相思」那一首著名的小詩，腦海裡會不浮起一些美麗的聯想呢？ 3.「紅豆生南國，春來發幾枝，勸君多採擷，此物最相思。」憶往事和懷親人的心緒雖然熾烈，思故鄉的心情更烈且切。在相思林下的黃昏裡，叫我如何忍得住滿懷激動？

第 5 章　抒情

第 1 節　人際感情

親情

詩句．出處	哀哀父母，生我劬勞。（《詩經．蓼莪》）
	劬勞：勞苦。
解析．應用	悲哀可憐啊，我的父母，生我養我太勞苦。
	常用來形容父母生養子女，操勞辛苦，表達對父母養育之恩的體察和感激。
寫作例句	「哀哀父母，生我劬勞。」父母養育子女所付出的艱辛努力、做出的極大犧牲，不為人父母者很難有徹骨體會。

詩句．出處	兄弟鬩於牆，外禦其務。（《詩經．常棣》）
	鬩：爭吵，爭鬥。牆：指家裡。務：通「侮」，欺侮。
解析．應用	兄弟在家裡雖有爭吵，但能一致抵禦外人的欺侮。
	常用來形容家庭、家族或其他團體內部雖有矛盾爭鬥，但一遇外敵，能團結起來一致對外。

寫作例句	1. 一個村莊一個家族，一個家族就是一個「王國」，自己雖然也鬧彆扭，對外卻是一致的，正所謂「兄弟鬩於牆，外禦其務」。 2. 在亡國滅種緊急關頭，應以「兄弟鬩於牆，外禦其務」的精神，停止內戰，一致對外。

詩句·出處	慈母手中線，遊子身上衣。臨行密密縫，意恐遲遲歸。（〈遊子吟〉唐·孟郊）
	遊子：離家在外或久居他鄉的人。
解析·應用	慈母手中做著的針線，是為遠遊他鄉的兒子縫製身上的衣裳。臨行時密密匝匝地縫了又縫，只擔心他在外面遲遲不歸。
	常用來形容母親對遠行子女的關愛，盼其早歸，也有人用來從另一方面反映遊子遠行之苦。
寫作例句	1.「慈母手中線，遊子身上衣。臨行密密縫，意恐遲遲歸。」可是，這一別就是二十年啊！母親日裡想，夜裡盼，希望有一天兒子能翩然來到身旁。 2. 遊子，自古以來就是吃苦的化身，不然怎麼有千古絕唱「慈母手中線，遊子身上衣。臨行密密縫，意恐遲遲歸」呢？ 3.「慈母手中線，遊子身上衣。」母親的字典裡，最重要的最醒目的就是她的孩子，她永遠怕他們餓著、凍著、累著、委屈著。

詩句．出處	誰言寸草心，報得三春暉？（〈遊子吟〉唐．孟郊）	
	三春暉：三春，指春季三個月。暉，陽光。三春暉喻母親養育撫愛之恩。	
解析．應用	誰說區區小草，能報答得了春天陽光給予它的恩澤？	
	比喻兒女對母親的心意不能報答母親的恩澤於萬一。可引用這兩句詩來表達兒女不能報答母愛，或學生不能報答老師的培養之情，或赤子不能報答國家的養育之恩。	
寫作例句	1. 是的，我們在外面有了工作，有了家，也有無數條理由不能照顧到父母，可是父母的心卻每一刻都隨著我的心在跳動。「誰言寸草心，報得三春暉」，唐代詩人的體驗，是多麼深刻而透澈啊！ 2. 我作為一個學子，深感學校和老師給予自己的很多，而自己的貢獻太少了。雖然自己也做了一些工作，然而正如古詩所寫：「誰言寸草心，報得三春暉。」 3.「誰言寸草心，報得三春暉。」海外同胞這種愛國愛鄉，為國家之崛起而貢獻自己的力量的熱忱和行動，子孫後代是不會忘記的。	

詩句．出處	一行書信千行淚，寒到君邊衣到無？ （〈寄夫〉唐．陳玉蘭）
	君：指丈夫。
解析．應用	在書信上寫下一行字，便流下千行淚水，你那裡天已寒冷，寄去的衣服不知收到沒有？
	常用來形容想念遠方親人，掛念他的冷暖或生活起居。

寫作例句	從前遊子天涯，入冬苦寒，送寒衣寄寒衣的不是慈母，便是愛妻。「慈母手中線，遊子身上衣。」、「一行書信千行淚，寒到君邊衣到無？」這就是古詩中的兩個例子。

詩句．出處	五更歸夢三百里，一日思親十二時。（〈思親汝州作〉宋．黃庭堅）
	五更：舊時把黃昏到拂曉一夜間分為五更，一更約兩小時。五更天即天亮時分。歸夢：歸鄉之夢。十二時：舊時把一天分為十二個時辰，每個時辰兩小時。
解析．應用	夜裡做夢回到了三百里外的家鄉，一天中十二個時辰都在思念親人。
	常用來形容日夜想念故土和親人。
寫作例句	離家出走的少年，老了時總想歸來，「五更歸夢三百里，一日思親十二時。」

詩句．出處	慘慘柴門風雪夜，此時有子不如無。（〈別老母〉清．黃景仁）
	柴門：用木頭、樹枝等紮成的門。
解析．應用	老母倚靠柴門，慘然地目送我在風雪夜離去，此時此景，真是有兒子還不如沒有啊。
	常用來形容風雪夜或其他時候父母與兒女慘然而別，因兒女不能留在身邊而悲哀沮喪。也用來表達兒女無奈而別，不能在家侍奉父母的歉疚心情。

寫作例句	我與父親遠別，重逢的時節也不知道在何年何月，家道又如此，真正叫人想起我們常州詩人黃仲則的名句來：「慘慘柴門風雪夜，此時有子不如無。」

詩句・出處	暗中時滴思親淚，只恐思兒淚更多。（〈憶母〉清・倪瑞璿）
	親：指母親。
解析・應用	我思念母親，暗中不時滴淚，只恐母親思念兒女，淚水更多。
	常用來形容子女和父母相互思念，父母對兒女牽掛尤甚，更為傷心。
寫作例句	弟弟來信說，媽媽常念叨著我，有時夜裡會對著燈發呆，若有所思。我想，在我思念她的夜裡，她大概也在思念百里之外的兒子吧？古人說「暗中時滴思親淚，只恐思兒淚更多」，誠哉斯言。

友情

詩句・出處	結交在相知，骨肉何必親？（〈箜篌謠〉漢樂府）
解析・應用	結交朋友在於相知，何必要骨肉之親才算親呢？
	常用來說明交友要交知己，知交心靈相通，情誼深厚，甚至勝過骨肉之親。也用來說明成為知心朋友並不取決於有無親緣關係。

寫作例句	彼此尊重的人們未必成為朋友，來往密切的人亦未必成為朋友。朋友還必須彼此情趣投合、自然相親，絲毫勉強不得。古詩〈箜篌謠〉云：「結交在相知，骨肉何必親？」骨肉是天屬關係，並非都能產生出友誼。

詩句・出處	相知何必舊，傾蓋定前言。（〈答龐參軍〉晉・陶淵明）
	舊：舊交，故友。傾蓋：古代馬車有蓋，其狀如傘。乘車者相遇交談，車蓋為之傾斜。定前言：證明前面所說的話是對的。
解析・應用	成為知心朋友何必要舊相識呢，兩人乘車相遇，傾蓋而談，就證實這一句話是對的。
	常用來說明初識的人也能很快成為知心朋友。也用來形容雖是初交，[illegible]見如故。
寫作例句	「相知何必舊，傾蓋定前言。」這是陶淵明的兩句詩，寫給他老年新交的一個朋友龐參軍的。我和李老師的交情，也有些相似。我們初次見面，彼此年紀都不小了，但他為人的熱情爽直，讓我留下了很深的印象。

詩句・出處	人生貴相知，何必金與錢？（〈贈友人〉唐・李白）
解析・應用	人生最寶貴的就是朋友相知，為什麼要靠黃金和錢幣呢？
	常用來說明結交朋友，貴在相知，不必看重錢財富貴。也用來說明知交難得，用金錢是換不來的。

寫作例句	1. 他們互相尊重，互相支持，建立了深厚的情誼。李白詩云：「人生貴相知，何必金與錢。」對我們都很有教益。 2. 拜年時送多少禮才好呢？記得孔子管教自己的學生說：「禮，與其奢也，寧儉。」唐代詩人李白也曾道：「人生貴相知，何必金與錢？」有道是：「千里送鵝毛，禮輕情義重。」故我們只有真正做到淡「利」重「情」，才會使拜年達到我們的目的。

詩句·出處	醉眠秋共被，攜手日同行。（〈與李十二白同尋范十隱居〉唐·杜甫）
	共被：二人同蓋一條被子。
解析·應用	秋天，喝醉了便同睡在一個被窩裡，白天總是攜手同行。
	常用來形容朋友間親密無間，形影不離。
寫作例句	對於像杜甫和李白那樣「醉眠秋共被，攜手日同行」的真摯朋友，相互之間不必隱瞞自己的感情。

詩句·出處	海內存知己，天涯若比鄰。（〈送杜少府之任蜀川〉唐·王勃）
	海內：四海之內，指天下，全國。古人以為四面有海環繞，故稱。比鄰：近鄰。比，緊靠。
解析·應用	天下有知心朋友，即使彼此遠隔天涯，也好像近若比鄰。
	常用來形容朋友間友誼深厚，心靈相通，雖遙隔千萬里，也不覺得疏遠。也用來形容到處都有朋友或親人，走到哪裡也不感到生疏。

寫作例句	1.「海內存知己，天涯若比鄰。」他們夫婦跟我相距萬里，心卻貼得那麼近。 2.「海內存知己，天涯若比鄰。」我們走到哪裡也會找到自己的同胞，走到哪裡也不會感到孤單。 3. 學電腦，編寫軟體，上網，不僅能很快就把地球變小，真正感覺什麼叫做「海內存知己，天涯若比鄰」，而且還能促進整個生活方式的改變。

詩句・出處	丈夫不作兒女別，臨歧涕淚沾衣巾。 （〈別韋參軍〉唐・高適）
	丈夫：成年男子。兒女：男孩、女孩。歧：岔路口，指分別之處。涕淚：眼淚。
解析・應用	男人不會像小孩那樣分別，在分手之處哭得淚水沾溼了衣巾。
	常用來形容男人性格堅強，離別時不會痛哭流涕。
寫作例句	自己雖然從小飽經離亂，但還從未有過如此別淚淋漓的情況。想到古代詩人「丈夫不作兒女別，臨歧涕淚沾衣巾」的話，有時心裡不免暗自為自己不夠「丈夫」而道聲慚愧。

詩句・出處	莫愁前路無知己，天下誰人不識君？ （〈別董大〉唐・高適）

解析·應用	不要擔心前面的路上沒有知心朋友，天下哪個人不認識你董大呢？
	詩題名曰別董大，實際上是抒寫個人的不凡抱負和落拓不得其志的處境。語言洗鍊，形象蒼勁，警策動人。常用來說明到處都會遇到了解你的人，到處都能找到知心朋友。可引用這兩句詩來讚譽別人才能出眾，為天下人所賞知，以表示慰勉。
寫作例句	1.「莫愁前路無知己，天下誰人不識君。」只要我們敞開美好的胸懷，捧出那顆誠實的心，那麼真誠的朋友和崇高的友誼就會呈現在自己的眼前。 2. 唐朝詩人高適有詩云：「莫愁前路無知己，天下誰人不識君？」人生遇到挫折，才華得不到施展與重視，這只是暫時的現象，有道是玫瑰，總會開花的。 3. 品牌評價標準還是一個新生的事物，本年度參評的各個企業只是眾多企業的縮影，我們希望有更多的企業參與進來。在此，我借用一句唐詩與大家共勉：「莫愁前路無知己，天下誰人不識君？」

愛情

詩句·出處	求之不得，寤寐思服。（《詩經·關雎》）
	寤寐：醒來和睡著。思服：思念。
解析·應用	追求她又得不到，讓我日思夜想。
	常用來形容追求意中人，日夜思念。也用來形容欲求某事，念念不忘。

寫作例句	1. 我開始回想她的每一句話，希望從她的話裡知道我給她的印象，知道我今天海闊天空的暢聊是否獲得了期望的效果，引起了她的好感。不知到了幾時，方才入睡，同伴們早已酣然入夢了。《詩經》上說「求之不得，寤寐思服」，大概就是指此而言吧。 2. 很多人都在想方設法購得一張入場券，更多人則是「求之不得，寤寐思服」。

詩句·出處	信誓旦旦，不思其反。（《詩經·氓》）
	信誓：誠信的誓言。旦旦：誠懇的樣子。不思其反：一說為沒想到你會違背誓言。反，違反，違背。
解析·應用	誠懇地發誓永遠愛我，不想反悔。
	常用來形容誠懇立誓，忠於愛情，或形容相愛之情一如既往。也用來形容鄭重承諾某事，誓不反悔。
寫作例句	1. 患難見真情，我倆的婚姻品質就這樣 OK ！難怪她「信誓旦旦，不思其反」。 2. 待人接物、處世往來中，做到堅守信用，說到做到，這是我們的傳統美德。《詩經·氓》中說：「信誓旦旦，不思其反。」

詩句·出處	我心匪石，不可轉也。（《詩經·柏舟》）
	匪：同「非」。
解析·應用	我的心不是滾圓的卵石，不可隨便轉動。
	常用來形容對愛情的矢志不渝，也用來形容堅定不移或頑固不化的態度。

寫作例句	1.「我心匪石，不可轉也。」用情專一，堅貞不渝，是一種至高無上的榮譽，男女之間純正的愛，無疑是鼓起征帆的風。 2.「我心匪石，不可轉也。」他明白世界的大潮流，更明白中國。天不變，此道亦不變。

詩句・出處	有女懷春，吉士誘之。（《詩經・野有死麕》）
	懷春：少女情竇初開，愛慕異性。吉士：男子的美稱，此指年輕的獵人。誘：逗引，撩撥。
解析・應用	有位少女春心初動，年輕獵人去逗引她。
	常用來形容女子春情萌動，男子挑逗或追求她。
寫作例句	愛情攻勢中，也不乏單刀直入，主動進攻。「少女懷春，吉士誘之」，女孩的愛情閘門緩緩開啟了。

詩句・出處	死生契闊，與子成說。執子之手，與子偕老。（《詩經・擊鼓》）
	契:合。闊:離，別。子:對男子的尊稱。成說:立下誓言。
解析・應用	我曾對你發誓，無論生死離合都永不變心。我緊握著你的手，要與你白頭偕老。
	常用來形容對愛情的忠貞不渝，或表達山盟海誓。
寫作例句	傑克和羅絲的繾綣柔情，綿長而別有滋味，彷彿那愛已深藏了千年萬年。《詩經》上說的「生死契闊，與子相悅，執子之手，與子偕老」，指的不就是類似這種情感嗎？

詩句．出處	士之耽兮，猶可說也。女之耽兮，不可說也。（《詩經．氓》）
	士：古時對男子的美稱或指未婚男子。耽：沉迷。說：通「脫」，解脫。
解析．應用	男子沉浸於戀愛之中，還可以解脫出來。女子迷戀上男子，就不能解脫出來。
	常用來說明女子比男子更痴情，沉迷於愛情之中便不易自拔。
寫作例句	「士之耽兮，猶可說也。女之耽兮，不可說也。」純情少女已經委身於他，他的肩上就承擔了責任，永遠也不可以拋棄她。

詩句．出處	奈何許，天下人何限，慊慊只為汝。（〈華山畿．奈何許〉南北朝．無名氏）
	奈何：怎麼辦。許：語氣助詞，無實義。 慊慊：心中有所記掛。
解析．應用	怎麼辦啊，天下的人多得很，但我只是想著你。
	常用來形容對愛情的專一，也用來形容對人或事物執著的愛。
寫作例句	1.「天下人何限，慊慊只為汝」；「可愛的只有宇宙，最可愛的只有你」。也許有人對痴情人這種主觀感到好笑，但他這種特殊感受卻是真實的。 2. 他愛這個國家，愛得像著了魔。其愛之專一，宛如古代情詩〈華山畿〉中所說的：「奈何許，天下人何限，慊慊只為汝。」

詩句．出處	郎騎竹馬來，繞床弄青梅。（〈長干行．其一〉唐．李白）
	郎騎竹馬來：這句為女子回憶自己和丈夫的童年生活情景。郎，古代女子稱丈夫。竹馬，小孩用竹竿拖在胯下當馬騎。床：此指凳子之類坐具。
解析．應用	你騎著竹馬來，在我的凳子旁繞來繞去，撫弄青梅。
	常用來形容男女小孩天真無邪，一塊嬉戲玩耍的情景。
寫作例句	「妾髮初覆額，折花門前劇。郎騎竹馬來，繞床弄青梅。」想像裡，溫柔親愛的細節，玩具與情感，均在自然中，是一種境界。

詩句．出處	同居長干里，兩小無嫌猜。（〈長干行〉唐．李白）
	長干：古金陵街巷名，故址在今江蘇省南京市南。里：居民聚居之處稱為里。
解析．應用	同住在長干里，我倆小時候融洽歡快，毫無嫌隙和猜忌。
	常用來形容同住一地的男女孩童相處歡洽，天真無邪。
寫作例句	老屋多麼令人留戀啊！那裡讓我留下了許多甜蜜的回憶，我永遠記得「同居長干里，兩小無嫌猜。十四為君婦，羞顏未嘗開」的那些日子。

詩句．出處	常存抱柱信，豈上望夫臺？（〈長干行〉唐．李白）
	抱柱信：《莊子．盜蹠》載，尾生與一女子相約於橋下，女子沒有來，大水上漲，尾生為了守信，抱著橋柱不走，最後被淹死。後用「抱柱」喻堅守信約。望夫臺：古代許多地方都流傳有男子久出不歸，其妻登山盼望的故事，因而有「望夫山、望夫石、望夫臺」等名稱。

解析・應用	我一直保持著尾生抱柱的信念，願與你形影相隨，哪會想到有與你分離，上望夫臺盼歸的一天呢？
	常用來形容思婦盼歸，或形容女子與伴侶永不分離的堅貞信念。也用來比喻講信用，守誓約。
寫作例句	1. 愛情應該堅貞。從「冬雷震震夏雨雪，乃敢與君絕」到「常存抱柱信，豈上望夫臺」，這裡面，難道沒有一種美好的道德信念嗎？ 2. 自古以來，講信用的人受到人們的歡迎和讚頌，不講信用的人則受到人們的斥責和唾罵。李白曾在他的〈長干行〉中寫道：「常存抱柱信，豈上望夫臺。」

詩句・出處	東邊日出西邊雨，道是無晴卻有晴。（〈竹枝詞・其一〉唐・劉禹錫）
	晴：暗指感情的「情」。
解析・應用	東邊出太陽西邊下雨，說是天不晴卻又有晴天。
	常用來形容又晴又雨的天氣，也用來形容看似無情實則有情的現象。
寫作例句	1. 楊梅雨並不長久，待鮮紅的太陽從雲中探出頭來，雨腳兀地變細了，不緊不慢地下著下著。「東邊日出西邊雨，道是無晴卻有晴。」只有在武夷山，才能真正領略這千古名句的無窮韻味。 2. 有意思的是，生活中許多感情甚篤的人們的口頭禪竟然是「挨千刀的」。這倒真應了一句好詩：「東邊日出西邊雨，道是無情卻有情。」

詩句・出處	在天願作比翼鳥，在地願為連理枝。（〈長恨歌〉唐・白居易）
	比翼鳥：古代傳說中的鳥名，據說只有一目一翼，雄雌兩隻鳥並在一起才能飛。比喻恩愛夫妻。連理枝：兩棵樹的幹或枝連生在一起，好像一棵樹一樣，叫做連理。比喻義與比翼鳥相同。
解析・應用	在天上願作比翼雙飛的鳥兒，在地上願成為枝葉相連的綠樹。
	這是敘述的唐玄宗與楊貴妃在長生殿中表示永遠相愛的心中誓言。可引用這兩句詩來表示愛情堅貞，至死不渝，也用來比喻二者（人或事物）不願分開或密不可分。
寫作例句	1.「在天願作比翼鳥，在地願為連理枝。」這膾炙人口的美好詩句，曾被無數文人墨客用來比喻「恩愛夫妻」。遺憾的是，「比翼鳥」中常有「野鳥搶巢」，「連理枝」頭更有節外生枝。 2. 二樹齊生，枝條你中有我，我中有你，最終合為一個整體，蓬蓬然支撐起一個壯美而奇麗的家。真是「在天願作比翼鳥，在地願為連理枝」。

詩句·出處	還君明珠雙淚垂，恨不相逢未嫁時。 （〈節婦吟〉唐·張籍）
解析·應用	我把明珠還給你，雙眼的淚水忍不住往下淌，只恨我倆的相逢沒在我未出嫁的時候。
	話雖委婉含情，而拒絕的語氣卻堅決明朗。既表明了自己的心跡，又不致傷害對方的感情，確是「拒婚」妙語。可引用這兩句詩來表示婉言拒絕別人的求愛，或表示相逢恨晚，造成愛情上的遺憾。常用來形容女人愛上某人或被人所愛，因某方已婚，只好收心罷手或婉拒對方。也用來形容女人愛上某男，儘管某方已婚，仍然相恨見晚。
寫作例句	1. 我顫動著手指，慢慢抽出信時，展開，竟是無論如何也不敢相信的文字：「還君明珠雙淚垂，恨不相逢未嫁時。」啊，古人的詩句敲響了我愛情的喪鐘！我的眼前一黑，歪倒在椅子上。 2.「還君明珠雙淚垂，恨不相逢未嫁時」，雖然男女互相有情，但女方還是拒絕了對方的求愛。 3. 李文田無奈，只好將梁卷「抑而不錄」，並在卷末批曰：「還君明珠雙淚垂，恨不相逢未嫁時。」表達其惜才而又無奈的心情。此後，梁啟超便絕跡科場，他做《時務報》主筆時，更是痛斥科舉制度扼殺人才。

詩句·出處	枕前發盡千般願，要休且待青山爛。（〈菩薩蠻〉唐·敦煌曲子詞）
	休：罷休，這裡指男女不再相愛。且：暫且。

解析・應用	枕頭前發盡了各種誓願，要我們不相愛，等到青山朽爛再說。
	常用來形容對愛情的山盟海誓。
寫作例句	在戀愛成功後的新婚蜜月中，他們大都是「枕前發盡千般願，要休且待青山爛」，堅信他們將永遠相親相愛，白頭到老。

詩句・出處	兩情若是久長時，又豈在朝朝暮暮？ （〈鵲橋仙〉宋・秦觀）
解析・應用	兩人的感情若是長久不變的，又哪裡在乎朝夕相伴呢？
	這是安慰牛郎織女乍聚還分的話，可引用這兩句詞來歌頌真摯不移的愛情，用來說明堅貞的愛情或深厚的友情不會因為分別而改變，亦可說明愛情或友誼的持久並不取決於能否朝夕相處。
寫作例句	1. 人們常常引用秦觀的詞句讚美愛情：「兩情若是久長時，又豈在朝朝暮暮。」這道理好懂。但邊防軍人的妻子，上有父母，下有兒女，贍養之憂，家務之累，本屬於兩人的擔子，卻由一人承擔，朝朝暮暮，十分艱辛。 2. 秦觀的〈鵲橋仙〉中有兩句說：「兩情若是久長時，又豈在朝朝暮暮。」這雖是描寫男女之情，然而對我們之間的友情也是同樣貼切的呀。 3. 夫妻之間貴在「理解」二字，相互理解，彼此珍惜，縱有千山萬水阻隔，而兩心始終如一。這就應了古人那句「兩情若是久長時，又豈在朝朝暮暮」。

<table>
<tr><td rowspan="2">詩句．出處</td><td>妾擬將身嫁與，一生休。縱被無情棄，不能羞。（〈思帝鄉〉唐．韋莊）</td></tr>
<tr><td>妾：古代女子的謙稱。擬：想要，打算。不能羞：含有被人笑話，也絕不後悔的意思。</td></tr>
<tr><td rowspan="2">解析．應用</td><td>我想要嫁給他，了卻一生的心願。縱然以後被他無情地拋棄，也不會難為情。</td></tr>
<tr><td>常用來形容女子深愛某男，心甘情願嫁給他，哪怕以後遭冷落，被遺棄也不後悔。</td></tr>
<tr><td>寫作例句</td><td>「妾擬將身嫁與，一生休。縱被無情棄，不能羞。」她輕聲喃道。既是如此，丈夫愛她與否又有什麼關係呢？這一生，她已經注定深愛他了，她便永不後悔。</td></tr>
</table>

<table>
<tr><td rowspan="2">詩句．出處</td><td>衣帶漸寬終不悔，為伊消得人憔悴。
（〈鳳棲梧〉宋．柳永）</td></tr>
<tr><td>伊：她。消得：值得。消，一釋為消損，消減。</td></tr>
<tr><td rowspan="2">解析．應用</td><td>儘管瘦得衣帶日漸寬鬆卻始終不後悔，為了她，瘦得面容憔悴也值得。</td></tr>
<tr><td>常用來形容痴愛某人，落得身心憔悴也心甘情願，也用來形容為了事業、理想等，再苦再累都痴心不改。這兩句詞曾被王國維引用以比喻一個人對自己的事業，必須全力以赴，執著追求，鍥而不捨，費盡辛勞，乃至把人累瘦而終無後悔之意。</td></tr>
</table>

寫作例句	1. 他很痴情，死腦筋，認準了一份情就不鬆手，「衣帶漸寬終不悔，為伊消得人憔悴」。 2. 那一階段是我一生中練琴最多、最勤奮刻苦的日子，確實達到了「衣帶漸寬終不悔，為伊消得人憔悴」的地步。

相思

詩句．出處	生當復來歸，死當長相思。（〈舊題蘇武詩〉漢．無名氏）
	復：又，再。
解析．應用	若能生還，一定再回到你的身邊，如果戰死，也一直把你懷念。
	常用來形容旅外的人對愛情的忠貞或戀人的思念，也用來表達對親人、故土的深深眷念。
寫作例句	我願多活些年，或可等到一個相見的機會。「生當復來歸，死當長相思。」我要為此珍重。

詩句．出處	相思相見知何日？此時此夜難為情。 （〈三五七言〉唐．李白）
	難為情：難以描述心情，一說難以抑制情感。難為，難於做什麼。
解析．應用	思念你，要等到哪一天才能與你相見？今夜此時，我的心情真是難以描述。
	常用來形容思念深切，心情難受。

寫作例句	左思右想，把腸子都想斷了，也沒個計策與她相會。半夜醒來，悶坐呆想。正是：「相思相見知何日？此時此夜難為情。」

詩句·出處	孤燈不明思欲絕，捲帷望月空長嘆。 （〈長相思〉唐·李白）
	帷：簾子，帳子。空：徒然。
解析·應用	孤零零的一盞燈火昏暗不明，相思之苦讓我悲愁欲絕，捲起簾子仰望明月，徒然長嘆。
	常用來形容思人思物者欲求不能，惆悵無奈的情狀。
寫作例句	1. 在那嚴酷的歲月，和那共知的原因，你把我的信件和通訊地址都燒毀了。從此，像風箏線斷，相思欲寄無憑。從此，「孤燈不明思欲絕，捲帷望月空長嘆。」 2.「孤燈不明思欲絕，捲帷望月空長嘆。」古都長安，熟悉而陌生，遙遠而咫尺，相思的豈止是李白？

詩句·出處	花自飄零水自流，一種相思，兩處閒愁。（〈一剪梅〉宋·李清照）
	閒愁：莫名的憂愁，此指相思引發的愁情。
解析·應用	花兒逕自飄零，水獨自流。同一種相思，讓兩地的人各自愁苦。
	常用來形容人隔兩地，相互思念，徒增愁情。第一句常用來形容花葉飄落，水自長流的景致，比喻事物或人的衰殘、消逝，或比喻事物或人按自身的規律、習性發展變化，誰也阻止不了。

寫作例句	1. 西方的聖誕，當地所有的學生都會回到溫暖的家中和親人團聚，而留學生們卻是守著窗兒仰天長嘆，他們感慨著「花自飄零水自流，一種相思，兩處閒愁」。 2. 樹上存留著的那些發黃發紅的葉子大多已經被吹落了，偶有一、兩片大難未去的，在這漸轉溫暖的冬陽中，輕輕地飄搖著，不經意間，便悄悄落下來，飄進河中，一點一點地泛起小小的紅色浪花。「花自飄零水自流。」柳如是坐在船後梢，對景傷情，默默咀嚼著古人這句詩中的傷感情懷。

詩句．出處	此情無計可消除，才下眉頭，卻上心頭。（〈一剪梅〉宋．李清照）
	無計：無法。才下眉頭：緊皺的眉頭剛舒展，指相思之情稍稍緩解。
解析．應用	這種相思沒有辦法可以消除，剛剛才舒展開眉頭，它又襲上心頭。
	常用來形容難以排遣的思念之情或其他情感，也用來比喻心中時刻惦記著某事。

寫作例句	1. 愛神尤垂青於年輕人，無論是「夢裡尋他千百度，驀然回首，那人卻在，燈火闌珊處」的苦苦追尋，還是「倚門回首，卻把青梅嗅」的初戀萌動，或是「冬雷震震，夏雨雪，乃敢與君絕」的山盟海誓，抑或「此情無計可消除，才下眉頭，卻上心頭」的別愁離情，都有一份美麗，一份動人。 2. 不要指望一、兩天就能成功，需要的是堅持、頑強和拚命精神。白天攻，晚上鑽，夢中還惦著他們。「此情無計可消除，才下眉頭，卻上心頭。」反正攻不下來就沒個完。 3. 僑民背井離鄉，飄泊海外，每逢中秋之夜，對月思鄉，對月思親，大有「此情無計可消除」之苦。

思念

詩句・出處	一日不見，如三秋兮。（《詩經・采葛》）
	三秋：三個秋天，即三年。兮：啊。
解析・應用	一天不見，就像隔了三年一樣長。
	常用來形容思念殷切，雖然分別不久卻已感到歷時很長。
寫作例句	無時不有一個倩影盤踞在心頭，無時不感覺熱血在沸騰，坐臥不寧，寢食難安，如何能沉下心讀書？「一日不見，如三秋兮！」更何況要等到星期日才能進得城去謀片刻的歡會？

詩句・出處	中心藏之，何日忘之？（《詩經・隰桑》）
	中心：內心。
解析・應用	我把對他的愛戀深藏心中，哪天忘記過？
	常用來形容對人或事物時刻銘記，不曾忘卻。
寫作例句	1. 忠於愛情，珍惜愛情，「中心藏之，何日忘之」受到人們的讚美與歌頌；玩弄愛情，踐踏愛情，朝三暮四，始亂終棄，則受到人們的鄙視與譴責。 2. 他對於《紅樓夢》是「中心藏之，何日忘之」的，卻要他忘卻，豈非難事？

詩句・出處	相去日已遠，衣帶日已緩。 （《古詩十九首・行行重行行》漢）
解析・應用	你離去的日子一天比一天遠了，思念使我一天比一天消瘦。
	常用來形容離別已久，相思或想念令人消瘦憔悴。
寫作例句	「舊恨」者，暗示離別已久，可以說是《古詩十九首》之「相去萬餘里，各在天一涯」，「相去日已遠，衣帶日已緩」詩意的濃縮，乃是遠隔日久的離愁。

詩句・出處	思君令人老，歲月忽已晚。 （《古詩十九首・行行重行行》漢）
	君：你。忽：迅速。已晚：指一年將盡。
解析・應用	思念你使我面容蒼老，歲月倏忽，又快一年了。
	常用來形容思念讓人憔悴衰老，或形容在思念中度日。

寫作例句	在萬念灰滅時偏又遠遠地有所神往，彷彿天涯地角尚有一個牽繫。古詩云：「思君令人老，歲月忽已晚。」使我老的倒是這北方歲月，偶有所思，遂愈覺遲暮。

詩句·出處	思君如滿月，夜夜減清輝。（〈賦得自君之出矣〉唐·張九齡）
	君：古時妻子對丈夫的敬稱。滿月：農曆每月十五日，月亮最圓，叫滿月或望月。
解析·應用	由於思念你，使我面容日漸消瘦，就像十五後的圓月夜夜削減著清亮的光輝。
	常用來形容思念之深使人消瘦憔悴。
寫作例句	「思君如滿月，夜夜減清輝。」有人說死別的痛苦會隨時日的轉移減退，而我對你的懷念卻與日俱增。

詩句·出處	當君懷歸日，是妾斷腸時。（〈春思〉唐·李白）
	妾：古時候女子的謙稱。斷腸：形容悲傷至極。
解析·應用	當你看到春草，心想回家之日，正是我痛斷肝腸之時。
	常用來形容思婦盼郎之苦。
寫作例句	李白詩云：「當君懷歸日，是妾斷腸時。」可是，情人何時能歸來呢？我想像那少女的容顏如同蓮花一般，在一日又一日的無盡等待中，逐漸憔悴枯萎。

詩句·出處	天長路遠魂飛苦，夢魂不到關山難。 （〈長相思〉唐·李白）
	夢魂不到：指夢中也難相逢。關山：關隘山川。

解析·應用	天長路遠，我的夢魂飄飛，苦苦追尋，但還是飛不過那重重關山，飛不到美人的身旁。
	常用來形容相隔遙遠，苦苦思念。
寫作例句	當多少年輕戀人把痴情化做草地上的行行足跡時，和他們有著同樣權利的軍人卻經歷著「天長路遠魂飛苦，夢魂不到關山難」的長相思。

詩句·出處	今夜月明人盡望，不知秋思落誰家。（〈十五夜望月寄杜郎中〉唐·王建）
	秋思：秋天的愁思。
解析·應用	今夜圓月明亮，人人仰望，但不知望月引起的秋思落在誰家。
	常用來說明月明之夜，將會牽動許多人的思鄉懷人之情。
寫作例句	「今夜月明人盡望，不知秋思落誰家。」值此中秋之夜，思國、思鄉、思親之情油然而生。

詩句·出處	憶君心似西江水，日夜東流無歇時。（〈江陵愁望有寄〉唐·魚玄機）
	憶：思念。
解析·應用	想念你的心思好似西江的水一樣，日夜東流，沒有止歇的時候。
	常用來形容長久深切的相思或思念，也用來比喻心裡老惦記著某事。

寫作例句	1. 我們深信，這對夫婦「憶君心似西江水，日夜東流無歇時」的故事，將會在他們的生命中永遠繼續下去。 2. 我們面臨著攻堅戰，這幾個難題成了攻堅對象。白天攻，晚上鑽，夢中還惦著它們。「憶君心似西江水，日夜東流無歇時」，反正攻不下來就不罷休。

詩句·出處	思悠悠，恨悠悠，恨到歸時方始休。 （〈長相思〉唐·白居易）
	悠悠：長久。
解析·應用	思念悠長，怨恨悠長，怨恨要到他歸來時方能休止。
	常用來形容盼歸不得，愁怨難了。
寫作例句	儘管女人她們自己也在外面「山一程，水一程」地苦鬥，回到家裡卻更加「風一更，雪一更」地苦等丈夫歸來。「思悠悠，恨悠悠，恨到歸時方始休。」

詩句·出處	換我心，為你心，始知相憶深。（〈訴衷情〉唐·顧敻）
	憶：思念。
解析·應用	把我的心換成你的心，你就知道我對你的相思之深了。
	常用來形容希望對方了解自己的相思或愛戀之深。也用來說明人與人之間要換位思考，才能體諒對方，增進了解，建立深摯的愛情或友誼。
寫作例句	1. 她含情脈脈道：「在這迢迢春夜中，你又怎能盡知我的相思的深重呢？」大有「換我心，為你心，始知相憶深」的意味。 2. 尊重配偶，還表現在能夠將心比心，處處為對方著想。這正如古詞中所說的：「換我心，為你心，始知相憶深。」

詩句·出處	細雨夢迴雞塞遠，小樓吹徹玉笙寒。 〈浣溪沙〉南唐·李璟）
	夢迴：夢醒。雞塞：雞塞即雞鹿塞，這裡代指邊遠之地。吹徹：吹完一套曲子。玉笙：笙的美稱。笙，竹管製成的樂器。
解析·應用	屋外細雨綿綿，一覺醒來才記起夢中人還在那遙遠的邊塞，獨自坐在小樓裡吹笙消遣，吹完一套幽怨的曲子，心境更加淒寒。
	常用來形容思婦或其他人獨守寒舍，思念遠人的悽苦情狀。
寫作例句	每到夜晚，「細雨夢迴雞塞遠，小樓吹徹玉笙寒。」多少相思盛不下，只能呆倚冰冷的闌干望雲、望月。

詩句·出處	脈脈人千里，念兩處風情，萬重煙水。（〈卜算子〉宋·柳永）
	脈脈：含情相視的樣子。風情：男女相愛的情懷。煙水：煙靄迷濛的水域。
解析·應用	人遠隔千里，脈脈相望。想那兩地的人相思相念，卻隔著萬重煙水。
	常用來形容遙隔兩地的人的相思或懷念之情。
寫作例句	他回信了，說他處處順利，事事如意，請家人放一百個心。信上也引用柳永的幾句詞：「脈脈人千里，念兩處風情，萬重煙水。」

詩句·出處	心似雙絲網，中有千千結。（〈千秋歲〉宋·張先）
	絲：諧「思」，有雙關意。

解析·應用	我們的心好比一張長絲織成的網，中間打了千萬個結。
	常用來形容愛情或其他情感牢不可破。
寫作例句	我俯在你的耳邊，輕輕吟誦「心似雙絲網，中有千千結」。你聽了，白皙俊秀的臉頰上露出甜甜的笑，我們陶醉了。於是，海誓山盟：願結同心比翼飛。

第 2 節　鄉土家國

鄉情

詩句·出處	悲歌可以當泣，遠望可以當歸。（〈悲歌〉漢樂府）
解析·應用	悲歌一曲可以當做哭泣，登高望遠可以當做還鄉。
	常用來形容遊子思念故鄉，欲歸不能，悲痛而無奈或以歌唱、遠望等方式排解愁情，聊以自慰。
寫作例句	你在信中說，你遙望北京，淚如雨下。你又借用了樂府詩中的句子，說：「悲歌可以當泣，遠望可以當歸。思念故鄉，鬱鬱纍纍。」

詩句·出處	胡馬依北風，越鳥巢南枝。 （《古詩十九首·行行重行行》漢）
	胡：古代稱北方或西方的民族。越：指南方越族所居的百越之地，在今兩廣、福建等地。

解析·應用	胡地所產的馬依戀北風，南越所生的鳥築巢也在向南的樹枝上。
	常用來說明動物或人難忘故土的秉性。
寫作例句	1. 古詩云：「胡馬依北風，越鳥巢南枝。」許多動物都有一種對自己出生地的深深依戀，差不多已經構成了一種本能。 2.「胡馬依北風，越鳥巢南枝」，老人想回到離別多年的故鄉的願望終於實現了。

詩句·出處	疲馬戀舊秣，羈禽思故棲。 （〈鴉路溪行呈陸中丞〉唐·孟郊）
	秣：牲口的飼料。羈：停留在外。
解析·應用	疲勞的馬依戀舊時的草料，外飛的鳥想念原先的棲枝。
	常用來說明動物或人都思念故土。
寫作例句	「疲馬戀舊秣，羈禽思故棲」是孟郊的詩句，人與疲馬羈禽無異，高飛遠走，不免懷念自己的舊家園。

詩句·出處	少小離家老大回，鄉音無改鬢毛衰。兒童相見不相識，笑問客從何處來？（〈回鄉偶書〉唐·賀知章）
	鬢毛：兩鬢間的毛髮。衰：衰落，此指鬢髮變白或稀疏。
解析·應用	自小離家到老才回來，一口鄉音還沒改，但鬢髮已經白了。家鄉的小孩見了不認識，笑著問：「客人是從哪裡來的？」
	常用來形容久離家鄉的人，回來時鄉音未變，人卻長大或變老了，當地年輕人不認識。

寫作例句	家門虛掩著，一片靜悄，我正要叩門，吱扭一聲開了，跳出一個胖小子來。他仰起蘋果臉，眨著大眼睛：「您找誰呀？」真可謂「少小離家老大回，鄉音難改鬢毛衰，兒童相見不相識，笑問客從何處來」。

詩句·出處	一枝何足貴，憐是故園春。（〈折楊柳〉唐·張九齡）
	一枝：古人有折柳贈別的習俗。
解析·應用	一枝柳哪值得珍貴？憐愛它是因為它帶著故鄉的春意。
	常用來說明雖是極為常見的事物，但與家鄉和親人有密切的關係，所以值得珍視，常以此表達懷鄉思親之情。也用來說明個別或細小的事物不足為貴，眾多或重大的事物才值得珍愛。
寫作例句	1. 世上賞心悅目的風物頗多，但都不及生於斯長於斯的故土那般叫你刻骨銘心。「一枝何足貴，憐是故園春。」 2.「一枝何足貴，憐是故園春。」應該愛憐的是故園春光、滿甸芳華。比起這來，自己手執的那枝小小的柳條，算得了什麼？

詩句·出處	叢菊兩開他日淚，孤舟一繫故園心。（〈秋興〉唐·杜甫）
	叢菊兩開：杜甫離開成都打算由水路出川回故鄉去，因各種原因一直滯留夔州。到次年秋，已是兩個秋天了，故說「叢菊兩開」。他日淚：因回憶往日而流淚。繫：拴住。故園：故鄉。
解析·應用	去年就想返歸故里，至今叢叢菊花已二度開放，回首往事，傷感流淚，一葉孤舟緊繫著我那思念故鄉的心。
	常用來形容對國家、故鄉的回歸之心或思念之情。

寫作例句	「叢菊兩開他日淚，孤舟一繫故園心。」家鄉的一山一水，一草一木，對於他的兒女來說，都有一種難於向別人盡訴的感情。

詩句．出處	共看明月應垂淚，一夜鄉心五處同。（〈自河南經亂，關內阻飢，兄弟離散，各在一處。因望月有感，聊書所懷，寄上浮梁大兄、於潛七兄、烏江十五兄，兼示符離及下邽弟妹〉唐．白居易）
	鄉心：懷鄉思親之情。
解析．應用	同看明月，分散各地的親人都會垂淚，這一夜兄弟們雖分居五地，思鄉之心卻是一樣的。
	常用來形容離散的親人月夜思鄉或相互思念的情景。
寫作例句	人人有家，家家有書。白居易有詩：「共看明月應垂淚，一夜鄉心五處同。」骨肉之情，離別之苦，都盼著通郵，等著通郵，期待著「家書抵萬金」的時代早日結束。

詩句．出處	遠夢歸侵曉，家書到隔年。（〈旅宿〉唐．杜牧）
	侵：接近。家書：家信。
解析．應用	相距遙遠，夢魂要接近拂曉才能到家，家信更要隔年方可送達。
	常用來形容兩地路途遙遠，音信難通。
寫作例句	現在，你隨手向親友寫幾句話，用滑鼠一點，差不多同一時刻，遠在天涯的收件人就一目了然，哪裡還有什麼「遠夢歸侵曉，家書到隔年」的無奈與惆悵？

詩句·出處	獨有宦遊人，偏驚物候新。（〈和晉陵陸丞早春遊望〉唐·杜審言）
	宦遊：在外地做官。偏：單單。驚：驚詫。物候新：指四季景物的變化。
解析·應用	只有在外做官的人，才會對時令變化這樣驚詫。
	常用來說明身在外鄉的人對異地物候生疏而感到新奇，或由於鄉思縈繫而對季節景物變化十分敏感。
寫作例句	杜審言說得好：「獨有宦遊人，偏驚物候新。」漂泊邊城的遊子，對時令和景物的變化特別敏感。

詩句·出處	若為化作身千億，散上峰頭望故鄉。（〈與浩初上人同看山寄京華親故〉唐·柳宗元）
	若為：假如能夠。千億：形容極多。
解析·應用	假若能將自己身體變成千千萬萬個，就可分散到每座山峰上同時遙望故鄉了。
	常用來形容強烈的懷鄉之情。
寫作例句	「若為化作身千億，散上峰頭望故鄉。」現在我迢迢千里，回到了老家，怎能不叫我從心坎裡湧出熱淚呢？

詩句·出處	孤客一身千里外，未知歸日是何年。（〈望韓公堆〉唐·崔滌）
解析·應用	孤身一人客居在千里之外，不知道回家的日子在哪一年。
	常用來形容遊子孤身在外，不知歸期或形容其思鄉盼歸的心情。

寫作例句	「孤客一身千里外，未知歸日是何年。」離家已久，對故鄉思念甚殷。

詩句．出處	休對故人思故國，且將新火試新茶，詩酒趁年華。（〈望江南．超然臺作〉宋．蘇軾）
	故國：故鄉。新火：古代寒食節要禁火三天，過後生火，稱「新火」。
解析．應用	不要在老朋友面前思念故鄉，還是將新火試煮新茶，共同品嘗吧，吟詩飲酒要趁著好年華。
	常用來形容旅外的人不能回家，為避免鄉愁，便不想、不談家鄉的事，轉而以喝茶飲酒等方式求得自適。
寫作例句	在每一次交談中，我們都能神遊那個夢中的故鄉，因為在我們心中的江南與我們形影不離。那麼就讓我們在遠離江南的地方，沏一壺江南的龍井，打開一本江南的畫冊，讀幾句江南的詩吧：「休對故人思故國，且將新火試新茶，詩酒趁年華。」

詩句．出處	無奈歸心，暗隨流水到天涯。（〈望海潮〉宋．秦觀）
解析．應用	無可奈何，思歸之情又襲上心頭，暗隨流水遠到天涯。
	常用來形容懷歸之情潛滋暗長，揮之不去。
寫作例句	我匆匆離去，她的簫聲長上翅膀一樣緊緊追隨著我。我聽得出，那是一種「無奈歸心，暗隨流水到天涯」的悽切思念。

家國情

詩句·出處	小樓昨夜又東風，故國不堪回首月明中。（〈虞美人〉南唐·李煜）	
	小樓：作者被囚禁之樓。東風：春風。故國：指已滅亡的南唐舊國。不堪：不能承受。	
解析·應用	小樓昨夜又吹起春風，在銀亮的月光中，故國山河更是不堪回首。	
	常用來形容不堪回首的亡國之痛，也用來形容往日情景或往事不堪回想。	
寫作例句	1. 亡國之君南唐李後主的「小樓昨夜又東風，故國不堪回首月明中」，摧人心肝。戰爭時期，李煜的詩在流亡學生中曾經引起過廣泛的共鳴。 2. 這個名字勾起了他對往事的回憶，胸膛裡立即塞滿了痛楚與悵惘。他微微搖了搖頭，彷彿要將這些回憶擺脫似的，嘴裡輕聲吟誦著李煜的兩句詞：「小樓昨夜又東風，故國不堪回首月明中。」	

詩句·出處	無限江山，別時容易見時難。（〈浪淘沙〉南唐·李煜）
解析·應用	故國的無限江山，和她分別時容易，要再見到就難了。
	常用來感慨一旦國家滅亡或國土淪喪，便難以光復了，或形容對故國的深切懷念。也用來感嘆故土一別，難以再見。

寫作例句	1.「九一八」事變之後，東北的一些流亡者，喜歡吟詠李煜的詞句：「無限江山，別時容易見時難。」 2. 當船離開吳淞口時，回顧上海已經看不見了。我忽然記起李後主的詞：「無限江山，別時容易見時難。」誰知道，當時心中默誦的那句詞卻成了讖語，因為我再見故鄉的時候，是 25 年以後的事了。

詩句・出處	遺民淚盡胡塵裡，南望王師又一年。（〈秋夜將曉出籬門迎涼有感・其二〉宋・陸游）
	遺民：指金兵占領區的北方人民。胡塵：戰場上金兵馬隊揚起的塵土。胡，古代稱北方或西方的民族，此代指金兵。王師：南宋的軍隊。
解析・應用	淪陷區的老百姓慘遭金兵鐵騎的蹂躪，眼淚都流乾了，他們向南翹望，盼宋軍北伐，盼了一年又一年。
	常用來形容人民慘遭敵軍鐵蹄蹂躪，一直渴盼收復國土或平息戰爭。
寫作例句	南宋是個南北分裂的時代。陸游所詠的「遺民淚盡胡塵裡，南望王師又一年」，不只是一年而是年復一年，到最後也不是「王師」北上，而是北師南下。

詩句・出處	惶恐灘頭說惶恐，零丁洋裡嘆零丁。（〈過零丁洋〉宋・文天祥）
	惶恐灘：江西省贛州市北章水、貢水合流處到萬安縣界贛江中有十八灘，其一為惶恐灘。零丁洋：在廣東中山縣南有零丁山，山下的海面為零丁洋。零丁：孤單，沒有依靠。

解析·應用	路經惶恐灘頭，不覺湧起心中的慚愧、驚懼，船過零丁洋，難免悲嘆處境的孤獨、無靠。
	詩人歷經此地，而且都當國破家亡之際、兵敗之時、被俘之日，心情與地名正好合一，吟出此句，構思奇巧。可引用這兩句詩來說明心情不佳的處境。
寫作例句	1.「惶恐灘頭說惶恐，零丁洋裡嘆零丁。」儘管寫詩人已去了八個世紀，但他舉袖望故國的顫抖，仍遺落在伶仃洋裡，在雨中，在浪裡，有熱淚點點，橫飛豎灑，激盪不已。 2. 一塊無邊無涯的黑布矇住了天空。夜色，那麼深重，四周的一切，彷彿被潑上了濃墨。「惶恐灘頭說惶恐，零丁洋裡嘆零丁。」一艘電動拖船駛離珠江口，在零丁洋上悄然朝東南方向 —— 香港前進。

詩句·出處	人生自古誰無死，留取丹心照汗青。（〈過零丁洋〉宋·文天祥）
	留取：留得。丹心：紅心，指忠於國家的心。汗青：史冊。古代的書是寫在竹簡上的，製簡時，先將青竹用火烤乾消去水分（出汗），防蛀防腐，這種製作方法叫做「殺青」，也叫「汗青」，後來就用「汗青」代稱書冊。

解析．應用	自古以來誰都難免一死，但要留得一顆赤膽忠心，照耀史冊。
	充分表達了詩人在國破家亡、民族危難面前，忠於故國人民而保持崇高民族氣節的愛國精神。這兩句詩是全篇的警策，傳誦千古的名言，不知影響過後世多少仁人志士。可引用來表達不畏犧牲，願留得一顆紅心光耀於史冊。常用來說明人終有一死，但至死也不能喪失對國家民族的忠心或其他高尚的品格，要讓這些高風亮節彪炳史冊。
寫作例句	1. 那些古聖先賢們，他們都曾懷著美好的理想，為後代子孫們獻出過心血和汗水，甚至獻出了更為寶貴的生命。他們曾為我們留下過「人生自古誰無死，留取丹心照汗青」的悲歌，留下過「打倒列強」的壯語，留下過「天下為公」和「世界大同」的遺囑。 2. 優秀傳統就是人文精神，也就是民族精神，用季羨林先生的話講，歸結起來就是兩點：一是愛國，二是有骨氣。愛國，文天祥講：「人生自古誰無死，留取丹心照汗青。」有骨氣，孟子講：「富貴不能淫，貧賤不能移，威武不能屈。」

第 3 節　悲憤愁怨

孤寂

詩句．出處	古來聖賢皆寂寞，唯有飲者留其名。 （〈將進酒〉唐．李白）
解析．應用	自古以來聖人賢士都孤獨寂寞，只有飲酒的人能留名後世。
	詩人性情奔放，抱負難展，故借古人杯酒，澆自己胸中塊壘，抒發出懷才不遇的寂寞感。常用來勸人喝酒，或為嗜酒者、失意者、玩世不恭者等用來自嘲自慰。可引用這兩句詩，藉以抒發寂寞的情懷等。前一句常用來說明才德出眾者特立獨行，往往不能為世人所理解、包容，或比喻成就事業者埋頭苦幹、默默無聞的奮鬥歷程。
寫作例句	1.「古來聖賢皆寂寞，唯有飲者留其名。」借問酒家何在，美酒何在？杏花村有，黃鶴樓、岳陽樓有，醉翁亭中、泛赤壁的小舟中也有。 2. 大詩人李白云：「古來聖賢皆寂寞，唯有飲者留其名。」誠哉斯言，酒的歷史源遠流長，而喜飲善飲者不乏帝王將相、俠客義士、文人墨客，他們推杯換盞、開懷暢飲之際，卻也從不同側面反映出當時的時代氣息、社會風尚和人物性格。 3.「古來聖賢皆寂寞。」那些創造出輝煌成就為歷代人們所矚目所敬仰的人，往往在年輕乃至年少的時候，就與寂寞結伴而行，心無旁騖孜孜以求終成大器。

詩句．出處	只應守寂寞，還掩故園扉。（〈留別王維〉唐．孟浩然）
	還：回。掩：關。故園：家鄉。扉：門。
解析．應用	只應該耐守寂寞，回家鄉閉門隱居吧。
	常用來形容避開喧囂紛爭，退守清靜的心態或行為。
寫作例句	他跳出名利場，遠離是非地，「只應守寂寞，還掩故園扉。」

詩句．出處	玉容寂寞淚闌干，梨花一枝春帶雨。 （〈長恨歌〉唐．白居易）
	玉容：指女子的美貌。闌干：縱橫散亂的樣子。
解析．應用	楊貴妃美麗的臉上神情寂寞，淚水縱橫，就像一枝春天的梨花帶著雨珠。
	常用來形容女子流淚時嬌弱悽美的姿容，也用來形容梨花或其他花卉沾滿雨露，潤澤柔美的樣子。
寫作例句	1. 女人愛哭，而且哭得很美，「玉容寂寞淚闌干，梨花一枝春帶雨」。 2. 搖一搖「玉容寂寞淚闌干，梨花一枝春帶雨」的梨枝，徘徊繞樹不忍離，一日千遍看無時。靜靜地看，細細地想，天地之間就只有我和梨樹了。

詩句．出處	尋尋覓覓，冷冷清清，悽悽慘慘戚戚。（〈聲聲慢〉宋．李清照）
	戚：憂愁，悲傷。

	尋啊找啊，希望精神上有所寄託，周圍冷冷清清，心中悽慘悲戚。
解析・應用	三句三層，從行為、時令、感受等方面極力渲染愁思之深：「尋」句寫心中若有所失，思索追尋；「冷」句寫當時周圍環境是一片空虛寂寞；「悽」句寫當時無可奈何的悽慘心境。這創造性的疊字開頭，確實加強了感情的渲染，具體生動地寫出了主角百無聊賴地去尋找自己精神上的寄託但又徒喚奈何的悽然寡歡的情態。常用來形容處於孤寂清冷之中，心神無主，悵然悽楚。
寫作例句	1. 這期間，她從不寄片言隻語給我，使得我整日「尋尋覓覓，冷冷清清，悽悽慘慘戚戚」。 2. 西語曰：「孤獨不是人生。」人生來具群體性，一個身心正常的人總是渴望生活在人群中，與他人能夠交流，害怕寂寞與孤獨。「尋尋覓覓，冷冷清清，悽悽慘慘戚戚。」女詞人李清照的這 14 個字，不是已道盡了孤獨者淒涼的心境嗎？

詩句・出處	守著窗兒，獨自怎生得黑？（〈聲聲慢〉宋・李清照）
	怎生：怎麼。
解析・應用	守在窗前，獨自一人，怎麼才能捱到天黑？
	常用來形容極為憂悶、孤寂或無聊，感到日子難熬。
寫作例句	見不到面，甚至長時間音訊杳然，我也不著急，不憂愁，更沒有「守著窗兒，獨自怎生得黑」的萬種閒愁。我全心投入到隨時可能丟掉性命的戰鬥中。

傷感

詩句・出處	感時花濺淚，恨別鳥驚心。（〈春望〉唐・杜甫）
解析・應用	感傷時事，看到花開時淚水濺到花上；怨恨離別，聽到鳥叫也使我心驚不安。
	可引用這兩句詩來表達人逢離亂時的悲切心情，形容因感傷時事或生離死別而悲傷。也用來形容移情現象，即人在傷心悲哀的時候，會移情於物，覺得周圍的一切事物都令人悲愁或與人同悲。
寫作例句	1.「感時花濺淚，恨別鳥驚心」的詩人，感到了流離兵革中的苦痛。 2. 人在悲哀的時候，傷人墮淚，感到心灰意冷，悲觀絕望，看世界的一切都是死灰色，真是「感時花濺淚，恨別鳥驚心」。

詩句・出處	情憂不在多，一夕能傷神。（〈偶作〉唐・孟郊）
解析・應用	情思和憂慮的事情不在於很多，一個晚上就能傷害精神。
	常用來說明情思和憂慮對人影響很大。
寫作例句	「情憂不在多，一夕能傷神。」情思和憂慮對人的傷害很大也很快，一個晚上就能使人憔悴衰老。因此，要切記大怒不怒，大喜不喜，平心靜氣，怡情養性。

詩句・出處	相顧無言，唯有淚千行。（〈江城子・乙卯正月二十日夜記夢〉宋・蘇軾）
	顧：看。
解析・應用	相互凝視著，說不出一句話，只是淚流滿面。
	常用來形容相視無語，淚流滿面的情景。
寫作例句	他頭部重傷休克，躺在病房裡。當腿部輕傷的妻子守候在時而甦醒的伴侶床前時，夫妻倆「相顧無言，唯有淚千行」。

詩句・出處	人到愁來無處會，不關情處總傷心。（〈和陳君儀讀太真外傳〉宋・黃庭堅）
	會：理會，處理。
解析・應用	一個人在憂愁襲來時，會感到無處排解，一些與情感無關的事物也總是讓他傷心。
	常用來說明人的移情現象，人在憂愁時，一些與情感不相干的事物也會引起人的憂傷。
寫作例句	黃庭堅詩云：「人到愁來無處會，不關情處總傷心。」過去的苦難太深了，有些本來與人情無關的風聲、雨聲，也會引起人們傷心，何況三次伴他進牢的黃皮鞋。

詩句・出處	枕前淚共簾前雨，隔個窗兒滴到明。（〈鷓鴣天・寄李之問〉宋・聶勝瓊）
解析・應用	枕頭前的淚水和窗簾外的雨水，隔著一層窗戶都從夜晚一直滴到天明。
	常用來形容雨夜傷心之至，不停地落淚。

寫作例句	秋夜，雨之音更哀怨。你聽那梧桐上或芭蕉上的滴瀝聲，如失意之人在一聲聲嘆息，還有可憐的秋蟲在階下長吟。「枕前淚共簾前雨，隔個窗兒滴到明。」其實到了天明，雨也不會止，你的淚又何嘗會止呢？

詩句・出處	斷送一生憔悴，只消幾個黃昏。（〈清平樂〉宋・趙令時）
	消：需要。
解析・應用	斷送我的一生，令我常年憔悴，只要幾個黃昏就夠了。
	常用來形容黃昏暮色蕭索、慘淡，讓人心神黯然，情緒低落。也用來比喻一件或數量很小的幾件事，就足以給人或事造成極大毀害。
寫作例句	1. 黃昏是充滿惆悵、憂傷的時刻，宋代詞人趙令時甚至追問：「斷送一生憔悴，只消幾個黃昏？」 2. 他一再說自己是驚弓之鳥，怕的就是流言。況且，靈魂高貴者往往脆弱。「斷送一生憔悴，只消幾個黃昏。」

詩句・出處	人間亦有痴於我，豈獨傷心是小青？（〈讀《牡丹亭》絕句〉明・馮小青）
解析・應用	人間也有比我痴情的人，豈是我馮小青獨自傷心呢？
	常用來形容還有與某女同樣痴情或更甚於她的人。也用來形容在某事上產生悲情的不只一人。
寫作例句	湯顯祖的《牡丹亭》問世之初，就曾有女演員觸景生情，激動萬分，死在臺上。「冷雨幽窗不可聽，挑燈閒看牡丹亭。人間亦有痴於我，豈獨傷心是小青？」

愁怨

詩句．出處	心不怡之長久兮，憂與愁其相接。 （《九章．哀郢》戰國．屈原）	
	怡：愉快。兮：啊。	
解析．應用	心情不愉快已經很久了，憂慮與愁苦接連不斷。	
	常用來形容心中一直不愉快，憂愁連連。	
寫作例句	泣憶無數個「客愁西向盡，鄉夢北歸難」的流放日，他「心不怡之長久兮，憂與愁其相接」。	

詩句．出處	悲莫悲兮生別離，樂莫樂兮新相知。（《楚辭．九歌．少司命》戰國．屈原）
解析．應用	再悲哀莫過於活著的時候與親人分離，再快樂莫過於最近交了知心朋友。
	悲、樂對比，映襯出「悲歡離合」的感情變化。常用來說明與親友分別，讓人悲哀；新交了朋友，令人高興。可引用這兩句詩來表達人際間的感情關係。
寫作例句	1. 一對被迫分離的恩愛夫妻，實是一幅人生分離的悲苦圖畫，可在當時有多少夫妻面臨著這樣的分別呢！「悲莫悲兮生別離，樂莫樂兮新相知。」新婚分離，悲苦甚矣！ 2. 人們從來都「喜合厭分」，於是有「悲歡離合」的成語，有「悲莫悲兮生別離，樂莫樂兮新相知」，有「何當共剪西窗燭，卻話巴山夜雨時」等詩句。

詩句．出處	心思不能言，腸中車輪轉。（〈悲歌〉漢樂府）
	思：悲愁。
解析．應用	心中愁思難以向人訴說，只能悶在心裡，像車輪那樣迴環轉動。
	常用來形容有苦無告，愁腸百轉。
寫作例句	那好悽婉好悽婉的話音，幾乎絞碎我的心。「心思不能言，腸中車輪轉。」

詩句．出處	總為浮雲能蔽日，長安不見使人愁。（〈登金陵鳳凰臺〉唐．李白）
解析．應用	總是因為浮雲能遮蔽太陽，看不見京城長安使人發愁。
	常用來形容看不到家鄉、親人等而心中憂愁，也用來比喻壞人當道，一手遮天，情形令人憂愁。
寫作例句	1. 雲橫而不見家，亦不見長安。「總為浮雲能蔽日，長安不見使人愁」，何況天子更在「九重」之上，豈能體恤下情？他此時不獨繫念家人，更多的是傷懷國事。 2.「總為浮雲能蔽日，長安不見使人愁。」禍國殃民的宦官集團像是浮雲蔽日，殘害忠良。

詩句．出處	白髮三千丈，緣愁似個長。不知明鏡裡，何處得秋霜？（〈秋浦歌〉唐．李白）
	緣：因為。個：這樣，這般。秋霜：指白髮。
解析．應用	白髮三千丈，因為心中愁苦才會有這麼長。不知明鏡裡，從何處染上了這一頭白髮？
	常用來形容內心愁苦極深，頭上平添白髮。

寫作例句	當初我所景仰的烏髮如墨的教授，而今竟是一個白頭的老翁了，走過了多少坎坷的生活途程，遭受了多少痛苦磨難，縷縷銀絲上，凝聚著多少嘔心瀝血的日日夜夜？我不禁感慨萬千，想起了李白的詩句：「白髮三千丈，緣愁似個長。不知明鏡裡，何處得秋霜。」

詩句·出處	問君能有幾多愁？恰似一江春水向東流。（〈虞美人〉南唐·李煜）
	問君：這是作者以第二者的口氣問自己。
解析·應用	問我能有多少愁苦啊？恰像那東流的一江春水滔滔不盡。
	常用來形容心中的憂愁無窮無盡，後一句中的「一江春水向東流」常用來借指自然現象，或說明某種動向。
寫作例句	1. 若沒有滾滾的春水，哪有「問君能有幾多愁，恰似一江春水向東流」；若沒有怒吼的長江，哪有「亂石穿空，驚濤拍岸，捲起千堆雪」；若沒有「人比黃花瘦」的李清照，哪有「爭渡，爭渡，驚起一灘鷗鷺」；若沒有汪倫，哪有「桃花潭水深千尺，不及汪倫送我情」。 2. 悠悠千載，一切悲歡怨艾都會讓這橫流的滄海淘洗與淡化，最後都混與大海般的深藍與碧綠，真是「問君能有幾多愁」。

詩句·出處	人生自是有情痴，此恨不關風與月。 （〈玉樓春〉宋·歐陽脩）
	風與月：喻景色。情痴：此指情感豐富。

解析·應用	人生自來就是多情善感的，離情別恨跟風景無關。
	常用來說明多情善感是人與生俱來的本性，不是自然風景等外界事物賦予的。
寫作例句	感情的產生就是如此地難於理喻，雖只是短暫的一瞥，一段動人的風韻卻能深刻在人的心田，一種致命的情思也可能縈繞人的終生。「人生自是有情痴，此恨不關風與月。」說得出這話的人，一定經歷過感情生活的煎熬。

詩句·出處	淚眼問花花不語，亂紅飛過鞦韆去。 （〈蝶戀花〉宋·歐陽脩）
	亂紅：零亂的落花。
解析·應用	眼中含著淚去問花，花兒不回答，只見片片飄落的紅花飛過鞦韆去。
	常用來形容看到落英繽紛引起傷春惜花之情或兼有自傷之意，也用來比喻愁苦良多而又無人理會。
寫作例句	1. 宋人有詞云：「淚眼問花花不語，亂紅飛過鞦韆去。」真是雕肝琢腎才寫得出的句子！見落花而傷情，感到人生無常，當事人自有他的苦衷，未可苛責。而那些在狂風暴雨中倒地呻吟的花瓣，亦頗能賺人熱淚。 2.「淚眼問花花不語，亂紅飛過鞦韆去。」歐陽脩的名句令後世學者難以詮釋的渾然美妙詞句，竟無意中成了他的後世繼承者們生存窘境的絕妙寫照。

詩句·出處	可恨相逢能幾日，不知重會是何年。（〈浣溪沙·重九舊韻〉宋·蘇軾）

解析·應用	可恨的是相逢能有幾天，不知重會又要等到哪一年。
	用來表達對相會短暫，重逢無期的悵恨。
寫作例句	大家目送他的離去，夕陽為這座僻靜的院子，塗上一層淒涼的金色。剛才還在說笑的人們，又都回到了現實。「可恨相逢能幾日，不知重會是何年。」

詩句·出處	試問閒愁都幾許？一川煙草，滿城風絮，梅子黃時雨。（〈青玉案〉宋·賀鑄）
	試問：試著問問，如果要問。閒愁：無端的憂愁，也泛指愁悶。都：總共。幾許：多少。
解析·應用	要問我心中的愁悶有多少？就好比煙靄籠罩的茫茫平川上的野草，又像在風中滿城飛舞的柳絮，還像是黃梅時節的綿綿陰雨。
	常用來形容煩愁無限，亦用後三句形容草長絮飛、煙雨迷濛的景色。
寫作例句	青色的雨，比梅子還小的顆粒，隱在哪一棵樹，哪一片葉子，哪一條枝上？「試問閒愁都幾許？一川煙草，滿城風絮，梅子黃時雨。」草如煙，雨如煙，愁也如煙，溼漉漉地掛滿天際，像一張網網住了江南。

詩句·出處	這次第，怎一個愁字了得？（〈聲聲慢〉宋·李清照）
	次第：光景，情況。了得：了結，了卻。

解析‧應用	面對這般光景，心緒萬千，怎是一個「愁」字能說得盡的？
	常用來形容悲愁深切，心境悽愴。也用來形容思緒紛紜，百感交集。
寫作例句	1. 一往情深而又離別在即，總是愁腸百結的時候。哀婉的離歌輕輕唱起，歌聲好像從心底生出，又蔓延繚繞，悱惻悽愴，更教人肝腸寸斷，難以為懷。李清照說：「這次第，怎一個愁字了得？」李白說：「請君試問東流水，別意與之誰短長？」對離愁別恨的詮釋，各臻妙境。 2. 一旦把牠放飛，總是抱有永訣之情，心情沉重極了。尤其是在告別的剎那，必須壓抑著感情，不敢打一聲牠平時熟悉的呼哨，以免牠去而復歸。此情此景，真所謂「這次第，怎一個愁字了得」！

詩句‧出處	舊恨春江流不斷，新恨雲山千疊。（〈念奴嬌‧書東流村壁〉宋‧辛棄疾）
解析‧應用	舊恨像春天的江水一樣長流不斷，新恨像雲霧和亂山一樣重重疊疊。
	常用來形容舊恨新愁疊加於心，鬱結不去。也用來比喻新舊事物或今昔的事情龐雜繁多。
寫作例句	1. 他的憂國憂民之愁，他的懷才不遇、壯志未酬之愁才那麼多、那麼大：「舊恨春江流不斷，新恨雲山千疊。」 2. 回憶從前的蹤跡，真是重重疊疊，有如辛稼軒的「舊恨春江流不斷，新恨雲山千疊」。但等到寫入文章，卻不能包羅永珍了，必有取捨。

悼念

詩句・出處	死去何所道，託體同山阿。 （〈擬輓歌辭・其三〉晉・陶淵明）	
	何所道：有什麼可說的。託體：把軀體寄託於。 山阿：山陵。	
解析・應用	人死去有什麼可說的呢，不過是把軀體寄託於山陵之中罷了。	
	常用來表達對死亡的達觀看法，認為人的死亡是生命的自然現象，不足為懼，不值得大驚小怪。也用來形容人命微賤，死個人不值一提。	
寫作例句	1.「親戚或餘悲，他人亦已歌。死去何所道，託體同山阿。」如果真有所謂「在天之靈」，老院長也可瞑目九泉了。 2. 也許還沒有到那個時候，就已經像陶淵明說的那樣，「死去何所道，託體同山阿」了。在那個讓人們無法理解的時代裡，多少人已經死去了，一個人的生命又算得了什麼呢？	

詩句・出處	哀哉兩決絕，不復同苦辛。（〈前出塞・其四〉唐・杜甫）
	決絕：永訣。同苦辛：一同過辛苦的日子。
解析・應用	哀痛的是我和你們永別了，不能再一起度過那艱苦日子了。
	常用來形容與人永別以及當時的悲痛心情。

寫作例句	正如杜甫詩句中寫的「哀哉兩決絕，不復同苦辛」，我在山上拾起一塊塊的石頭，把她的骨灰埋葬處嚴密地填補完好，使它更凸高些，形成一個石饅頭的墳塋，然後採了幾枝小黃菊花，插到墳前。

詩句．出處	上窮碧落下黃泉，兩處茫茫皆不見。 （〈長恨歌〉唐．白居易）
	窮：窮盡。碧落：碧空，天空。黃泉：地下的泉水，指地底下。
解析．應用	找遍天上和地下，到處茫茫一片，不見楊貴妃的靈魂。
	常用來形容到處尋找某人或某事物，卻始終找不到。
寫作例句	數學家高斯（Gauss）為證明一則定理，費了兩年的時日卻毫無進展，真可謂「上窮碧落下黃泉，兩處茫茫皆不見」。

詩句．出處	天長地久有時盡，此恨綿綿無絕期。 （〈長恨歌〉唐．白居易）
解析．應用	天再長，地再久，都有窮盡的時候，唯有這種悵恨綿綿不斷，沒有完結的時候。
	這兩句詩極言生離死別之恨難消，可引用這兩句詩或只引後一句來表達遺恨無窮之意。

寫作例句	1.「天長地久有時盡，此恨綿綿無絕期。」這是白居易描寫這場愛情悲劇的名句，我們也借它來形容一下唐玄宗成於憂患、敗於安樂的這場歷史悲劇吧！ 2. 將男人們（尤其是帝王們）的腐敗昏庸引罪於女人，於是，「女人禍水」說便充塞在歷史中。商有妲己，周有褒姒，漢有呂雉，唐有武則天、楊玉環，一路排下來，真是「此恨綿綿無絕期」了。

詩句．出處	曾經滄海難為水，除卻巫山不是雲。 （〈離思．其四〉唐．元稹）
	巫山：在今重慶市與湖北省的邊界，上有神女峰。古代有神女興雲降雨的神話傳說。
解析．應用	曾經見過大海，那麼其他地方的水很難成其為水；若見過巫山的雲，那其他地方的雲簡直就不能算雲。
	詩句用「索物以託情」的比興手法，表達出了作者對妻子的忠貞與愛念之情。「難為水」、「不是雲」，都是情語。可引用這兩句詩來說明除了對方再不愛別人，表示愛情的專一；或比喻人的閱歷廣，見識多，眼界高，對一般的人或事物看不上眼，無動於衷；也可藉以描繪景物，形容大海的浩瀚壯闊或巫山雲雨的飄渺神奇。

寫作例句	1.「曾經滄海難為水，除卻巫山不是雲」，除了她，世界上已不再有別的女孩值得他愛。 2. 對於農村之富貌我已經失去了好奇心和審美欲，因為我看過一些地區的農民、漁民之富。「曾經滄海難為水，除卻巫山不是雲。」 3. 初次知道巫山，是在元稹的詩中：「曾經滄海難為水，除卻巫山不是雲。」索物以託情，感情有如滄海之水和巫山之雲，其深廣和美好世間無與倫比，這是何等的感情、何等的地方啊！

詩句·出處	取次花叢懶回顧，半緣修道半緣君。 （〈離思·其四〉唐·元稹）
	取次花叢懶回顧：比喻因妻子亡故，無意女色，甚至萬念俱灰。取次：隨意。緣：因為。君：指亡妻。
解析·應用	信步走過花叢，懶得顧視花色，一半是因為修行佛道，一半是因為懷念你。
	常用來形容思念深愛的亡妻，別無他想，心如死灰。也用來形容對某人感情專注，心無旁騖。
寫作例句	真正的「愛」卻是「求」不來的，是電光火石之間的頓然神會，是花開剎那之際的領悟與投合，是「取次花叢懶回顧，半緣修道半緣君」的心靈守望。

詩句·出處	衣裳已施行看盡，針線猶存未忍開。（〈遣悲懷·其二〉唐·元稹）
	施：給予。行看盡：眼看要送完。行，行將。
解析·應用	你生前的衣服早已送給別人，眼看沒剩幾件了，唯有你做的針線活還原封不動地保存著，我不忍心打開看，怕引起我無盡的哀思。
	常用來形容不忍看亡故者的遺物，因為一看到便會睹物思人，悲從中來。
寫作例句	處理爺爺的遺物時，爸爸總是默默對著那破藤書架、百寶箱和木襪船，燃了一支菸又一支菸。記得昨晚爸爸翻開唐詩指給媽媽看：「衣服已施行看盡，針線猶存未忍開。」媽媽哭了。

詩句·出處	誠知此恨人人有，貧賤夫妻百事哀。（〈遣悲懷·其二〉唐·元稹）
	恨：遺憾。
解析·應用	誠然知道夫妻永別的遺憾人人都會有，但這發生在一起經歷過貧賤生活的夫妻之間，更顯得事事悲哀。
	詩人把亡妻之痛表達得更加深切感人，可引用這兩句詩來說明貧賤夫妻生活的坎坷，難有順心高興的事，或多災多難；或形容貧苦或患難夫妻生死相隔，哀痛萬分。

寫作例句	1. 家庭收入減少，本來不甚寬裕的生活更是拮据，為了錢，我和丈夫頭一次吵架。有了頭一次，就難免有第二次、第三次……真是「誠知此恨人人有，貧賤夫妻百事哀」。 2. 病重的他看著妻子，自知不久於人世，「誠知此恨人人有，貧賤夫妻百事哀」。 3.「貧賤夫妻百事哀。」這句話不能說沒有一點道理，但能不能反其意而斷言：「富貴夫妻百事樂」呢？

詩句·出處	空床臥聽南窗雨，誰復挑燈夜補衣？ （〈半死桐〉宋·賀鑄）
	挑燈：挑起油燈的燈芯，使燈明亮。
解析·應用	一人躺在空空的床上聽著南窗外的雨聲，不由想起亡妻，現在有誰還能為我夜裡挑燈補衣呢？
	常用來形容想念已故的妻子或女友，憶起以前的恩愛幸福，反思今日的落寞，感傷慨嘆。
寫作例句	他打開鏡匣欲要梳理，忽然又觸到妻子用剩的脂粉，周圍的一切，好像故意向他挑逗，非要他落下眼淚不可。更使他為難的是，衣服破了沒有人補，書籍亂了沒有人整理。他不禁想起賀鑄〈半死桐〉中的兩句詞：「空床臥聽南窗雨，誰復挑燈夜補衣？」

詩句·出處	夢斷香消四十年，沈園柳老不吹綿。此身行作稽山土，猶吊遺蹤一泫然。（〈沈園·其二〉宋·陸游）
	夢斷香消：喻前妻去世。綿：柳綿，柳絮。稽山：會稽山，在今浙江省紹興市東南。泫然：淚水滴下的樣子。

解析·應用	前妻唐氏已死去四十多年，沈園當年的柳樹已老，不會再吹起柳絮了。我也老了，行將變作會稽山下的一堆土，如今憑弔前妻的遺蹤，泫然淚下。
	常用來形容老人懷念或弔祭去世的伴侶或戀人。
寫作例句	看到爸爸練草書，在紙上翻來覆去寫的是陸放翁的詩：「夢斷香消四十年，沈園柳老不吹綿。此身行作稽山土，猶弔遺蹤一泫然。」他隱約明白爸爸的心情，爸爸是在思念媽媽，這種思念隨著年歲的增長而愈來愈深。

詩句·出處	人到情多情轉薄，而今真個悔多情。（〈攤破浣溪沙〉清·納蘭性德）
	人到情多情轉薄：指與妻子過於恩愛，遭到天忌，不能白頭偕老。薄，指情緣淺薄。
解析·應用	人到感情太濃時，情緣反而變得淺薄易逝，而今真是後悔與亡妻感情太深。
	常用來形容深愛的人死別或生離，後悔感情太深遭到天忌，無緣長相廝守，反落得為情所傷。常含有自憐自傷的意味，並非真有悔意。
寫作例句	1. 近年來在美國，忙於工作，忙於數不盡使人心煩的事，若問兒女私情，似已無法重拾舊時意緒，對於過去的這份愛戀更加珍惜。「人到情多情轉薄，而今真個悔多情。」 2.「人到情多情轉薄，而今真個悔多情。」詞人雖是如此說，卻不能如是做，依舊被離恨所擾。

詩句·出處	儂今葬花人笑痴，他年葬儂知是誰？ （〈葬花吟〉清·曹雪芹）
	儂：我。他年：將來某年。
解析·應用	我今天埋葬殘花，別人笑我痴傻，以後埋葬我的又知道是誰呢？
	常用來形容哀物悼人亦自憐自悼。
寫作例句	「儂今葬花人笑痴，他年葬儂知是誰？」悼弔朋友，或者就是他變相的自悼。

第 4 節　人生感悟

感慨心得

詩句·出處	昔我往矣，楊柳依依。今我來思，雨雪霏霏。 （《詩經·采薇》）
	依依：柳條隨風飄拂的樣子。矣、思：助詞，相當於「啊」。雨：作動詞用，像下雨似地降下、落下。一說為名詞。霏霏：雪花飛舞的樣子。
解析·應用	當初我們離家出征時，楊柳依依；如今我們歸來時，落雪紛紛。
	這是一首描述戍邊戰士久歷艱苦，在還鄉的路上又飽受飢寒，痛定思痛，所唱出的哀歌，常用來形容楊柳枝條婀娜或雨雪紛飛飄灑的景象，也用來形容春去冬歸或季節的交替。或引用前兩句詩表述依依惜別之情。

寫作例句	1. 深夜，他輾轉難眠，悄然披衣而起，步出窯洞，遙望南方，任紛揚雪花落滿雙肩。「昔我往矣，楊柳依依。今我來思，雨雪霏霏。」 2.「昔我往矣，楊柳依依。今我來思，雨雪霏霏。」對於我們這些生長在和平年代的人來說，生活上雖沒有太多曲折，時光易逝，容顏易老，仍然讓人感受歲月的無情。 3. 遠在兩千多年前，《詩經》裡就有「昔我往矣，楊柳依依」之句。從漢代開始，送別離長安東行的親友故舊，多在灞橋停步告別。

詩句．出處	蒹葭蒼蒼，白露為霜。所謂伊人，在水一方。（《詩經．蒹葭》）
	蒹葭：蘆葦。蒼蒼：青蒼色。一說指茂盛的樣子。伊人：那個人。
解析．應用	河岸的蘆葦一片青蒼色，銀白的露水凝結成霜。所說的那個心上人，在河水的那一方。
	前兩句常用來形容水邊蘆葦青綠茂盛，深秋露水凝結成霜的景色；後兩句常用來形容與人有水相隔，不能接近，或用來比喻人或事物可望而不可即。
寫作例句	1. 這些細細的葦葉組織成了翠綠的空間。它們像一葉葉小舟，又像一隊纖柔的少女，這讓我想起那首古老的詩謠：「蒹葭蒼蒼，白露為霜。所謂伊人，在水一方。」 2. 目標有時又是「所謂伊人，在水一方」，可望而不可即，可求而不可得，在傾慕的渴望中，使你感到神祕莫測，咫尺天涯。

詩句．出處	高山仰止，景行行止。（《詩經．車舝》）
	止：同「之」，指示代詞，指代高山和大路。景行：大路。景，大。行，道路。行：行走。
解析．應用	仰望高山頂，走在大路上。
	常用來形容仰望高山，行走大路，或形容對高山、大路或不凡事物的仰慕、讚嘆。也用來形容對崇高德行或賢人、偉人的景仰、讚頌。
寫作例句	1.《詩經》有云：「高山仰止，景行行止。」或許那時起，人們便仰慕高山，崇尚大行。 2. 這些學校在國際上可謂地位卓越聲譽斐然，世界各國有無數的學生面對著這些一流大學時，「高山仰止，景行行止。」 3. 太史公曰：《詩》有之：「高山仰止，景行行止。」雖不能至，然心鄉往之。余讀孔氏書，想見其為人。

詩句．出處	繞樹三匝，何枝可依。（〈短歌行〉漢．曹操）
	匝：周。
解析．應用	鳥兒繞樹三周，不知哪棵樹可以依傍。
	常用來形容飛鳥想找地方停歇，但是卻找不到可棲之處。也用來形容無所依傍的境況或徬徨、茫然的心境。

寫作例句	1. 記得那天我和同學們分別爬在公路兩邊的一些大樹上，不停地敲著鑼鼓、臉盆和一切能發出響聲的東西，使疲於奔命、驚魂未定的麻雀繞樹三匝，無枝可依，然後紛紛墜地身亡。如果解剖當年千千萬萬鎩羽就斃的麻雀，我敢說，十有九是急性心肌梗塞，累死的嚇死的。2. 浪子再瀟灑，也有怨憤，也有低迴，也有「繞樹三匝，何枝可依」的悲嘆。3. 麗日當空，悄無聲息，院裡靜極了。在古槐下緩緩踱步，「繞樹三匝，何枝可依？」我這心裡泛起的是說不清的感慨，說不清的滋味。

詩句・出處	此中有真意，欲辨已忘言。（〈飲酒・其五〉晉・陶淵明）
	真意：大自然真實的意趣。辨：辨析。
解析・應用	這裡面有真正的意義和妙趣，想要辨別述說，卻已想不起該用什麼樣的語言來述說了。
	常用來說明事物蘊含的意義和趣味，可以心領神會，卻無法用言語表述。可引用這兩句詩來表達從大自然中得到啟示，領會真意，不可言說，也無待言說。
寫作例句	1. 我呼吸著綠色的空氣，感到無比清新與舒暢，感悟到「此中有真意，欲辨已忘言」的真諦。2. 人生的妙諦，人類的至情，文章的菁華，藝術的真善美，往往蘊育於日常生活的起居、行止、飲食中。「此中有真意，欲辨已忘言」，那自然是臻於化境。

詩句・出處	棄我去者，昨日之日不可留；亂我心者，今日之日多煩憂。（〈宣州謝朓樓餞別校書叔雲〉唐・李白）

解析・應用	一個個棄我遠去的昨日，不可挽留；一個個迎我而來的今日，又令我心緒煩憂。
	常用來形容過去的已無法挽回，眼前現實又令人憂煩。
寫作例句	失去了才知道擁有的可貴，然而既然失去了又如何能夠挽回？得與失總是伴隨著一個人的一生，那又何所謂得，何所謂失？「棄我去者，昨日之日不可留；亂我心者，今日之日多煩憂。」終於所有的夢想，所有的希望漸漸遠去，代之而起的是深深的恐懼和絕望。

詩句・出處	卻看妻子愁何在，漫卷詩書喜欲狂。白日放歌須縱酒，青春作伴好還鄉。（〈聞官軍收河南河北〉唐・杜甫）
	卻看：再看，回頭看。妻子：妻子兒女。漫：隨意地，胡亂地。須：應當。青春：指春天風和日麗，山清水秀的美景。
解析・應用	再看妻子和兒女，原先的愁容不知跑到哪裡去了，我隨手捲起詩書，欣喜欲狂。白天我放聲歌唱，還要縱情飲酒，眼下正是春光明媚，美麗的景色將伴我一路返回家鄉。
	常用來形容聽到喜訊時愁容盡掃，欣喜若狂，歡歌暢飲或愉快地返回家鄉。

寫作例句	1. 將歸鄉行期排上日程，心情更是急切而狂喜：「卻看妻子愁何在，漫卷詩書喜欲狂。白日放歌須縱酒，青春作伴好還鄉。」路上還是心中忐忑，遇見口音相似者，便不管不顧：「君家居何處？妾住在橫塘。停船暫借問，或恐是同鄉。」 2. 難忘那一年山城狂歡之夜，數十萬人湧上街頭，那鞭炮煙火，那歡聲笑語，還有許多人心頭默誦的杜甫那首詩：「劍外忽傳收薊北，初聞涕淚滿衣裳！卻看妻子愁何在？漫卷詩書喜欲狂。白日放歌須縱酒，青春作伴好還鄉……」

詩句·出處	人生莫作婦人身，百年苦樂由他人。 （〈太行路〉唐·白居易）
	百年：一生，人生不過百年，故稱。
解析·應用	人這一生千萬別做女人，要不終生的痛苦與歡樂都要由他人決定。
	常用來說明在奴隸社會、封建社會或其他黑暗勢力統治下，婦女地位低下，任人擺布，苦難尤為深重。
寫作例句	古代的婦女，更是弱者中的弱者，底層下的底層。白居易不就沉重地慨嘆過麼：「人生莫作婦人身，百年苦樂由他人。」

詩句·出處	浮生恰似冰底水，日夜東流人不知。 （〈汴河阻凍〉唐·杜牧）
	浮生：古人認為人生一切無定準，故稱浮生。

解析．應用	人生的歲月就像冰底下的水，日夜不停地向東流去，人們竟不知道。
	常用來形容人生的年華在不知不覺中流逝。
寫作例句	1. 時間就像小偷，往往在你不知不覺中偷走你最寶貴的東西。杜牧詩云：「浮生恰似冰底水，日夜東流人不知。」 2.「浮生恰似冰底水，日夜東流人不知。」轉眼之間，李工程師已近退休年齡，到了更年期的當兒，原本由伏案幾十年養成的平靜習慣反而變得浮躁起來。

詩句．出處	多情卻似總無情，唯覺樽前笑不成。 （〈贈別．其二〉唐．杜牧）
	樽：酒杯。
解析．應用	我對你心有深情，外表卻總像無情似的，只覺得在這離別的筵席上，面對眼前的酒杯，怎麼也笑不出來。
	常用來形容對人或事物飽含感情，但因某種原因，外表卻顯得沉鬱或冷漠。
寫作例句	「多情卻似總無情，唯覺樽前笑不成。」他的情緒，豈止是笑不成呢？簡直有些陰鬱。他唯一的主動，是不時舉起酒杯，要求與我碰杯，好像只有酒這東西，能夠排除離愁別緒。

詩句．出處	夕陽無限好，只是近黃昏。（〈樂遊原〉唐．李商隱）	
解析．應用	夕陽無限美好，只是可惜已接近黃昏。	
	常用來形容夕陽美麗而短暫，或因此表達惋惜之情。也用來比喻人或事物眼前雖有一段好的光景，但不久就將消失。也有人略變其句，反其意而用之，抒發老當益壯的情懷。	
寫作例句	1. 他突然感到流年似水，快四十了，再不抓緊時間做點事情，就只能剩下「夕陽無限好，只是近黃昏」的慨嘆了。 2. 中唐是唐王朝日見式微的時代。與晚唐的「夕陽無限好，只是近黃昏」的桑榆之景相較，中唐雖然還有些「中興」之氣，但是，從整體上看，赫赫的大唐帝國卻是江河日下了。 3.「只是近黃昏」之前的「夕陽無限好」，正是人生登臨絕頂之後的高點，人生的豐美，還有什麼能比的呢？	

詩句．出處	波瀾誓不起，妾心古井水。（〈列女操〉唐．孟郊）
	波瀾：喻情慾。妾：古時女子的謙稱。
解析．應用	我敢起誓，我心中再也不會泛起波瀾，就像那古井中的死水一樣。
	常用來形容女子心如死水，不再為情愛所動。也用來形容萬念俱灰，對一切都很冷漠。

寫作例句	1. 別以為她是「波瀾誓不起，妾心古井水」，這些年來抱定獨身主義並非刻意為了他，而是的確沒遇上個自己真心喜歡的人。 2. 老年人怕的倒是矜持太甚或者淡漠到對什麼都不感興趣，如所謂心如古井，「波瀾誓不起」，這才是無藥可醫的「心死」現象。

詩句．出處	常恨言語淺，不如人意深。（〈視刀環歌〉唐．劉禹錫）
解析．應用	時常怨恨言語的淺陋，不像人的心意那樣豐富深切。
	常用來說明言語詞句不能完全表達出人的思想感情。
寫作例句	我們就常常苦於找不到恰當的語句來表達我們的思想感情。不但我們是如此，就是一些語言藝術家也常常為此而苦惱。唐代詩人劉禹錫也慨嘆道：「常恨言語淺，不如人意深。」

詩句．出處	年年歲歲花相似，歲歲年年人不同。（〈代悲白頭翁〉唐．劉希夷）
解析．應用	每一年開的花都很相似，而每一年賞花的人卻不同了。
	詩句以「花相似」反襯「人不同」，比喻具體，深深地表達出人世滄桑，年華易逝之慨。常用來形容年復一年，景物依舊，而人的體貌、生活等則有了變化。
寫作例句	1.「年年歲歲花相似，歲歲年年人不同。」一年一年，歲月鐫刻著我們的行跡，滄桑了我們的臉龐，改變我們的模樣。 2.「年年歲歲花相似，歲歲年年人不同。」做文明人，過文明節，這是新時代的需求。

詩句·出處	人有悲歡離合，月有陰晴圓缺，此事古難全。但願人長久，千里共嬋娟。（〈水調歌頭〉宋·蘇軾）
	陰晴：指月亮的晦暗與明亮。嬋娟：姿色、形態美好，這裡代指月亮。
解析·應用	人生有悲傷、歡樂、離別和聚合等境遇，月亮有陰、晴、圓、缺等現象，這種種情況自古就如此，難以完滿無缺。只祝願人心長久，健康長壽，雖然身隔千里，卻可以共享明月的清輝。
	詩人以此寄託兄弟情思，表現了不為離愁所苦的達觀思想，但仍可透過詞句窺見作者內心深處掩藏著的無可奈何的悲傷。表達思念之情，纏綿惋惻，曲折動人。可引用這幾句詞來說明人這一生境況和心情有好有壞，世上的事物其狀況也是時好時壞，凡事難有十全十美，或只引後兩句來表達月夜或其他時候對親友的眷念和良好祝福。
寫作例句	1. 坡翁詞云：「人有悲歡離合，月有陰晴圓缺，此事古難全。但願人長久，千里共嬋娟。」十全十美的事是不可能的。 2. 面對著勝利和曲折，成功和失敗，鮮花和荊棘，光明和黑暗，先進和落後，理想和現實，有時感到歡樂，有時感到悲傷；常常是嘴角掛著笑紋，眼中卻流著淚水。難怪古人有「人有悲歡離合，月有陰晴圓缺，此事古難全」的人生感慨了。 3. 我們只好面對當空皓月，舉杯祝願：「但願人長久，千里共嬋娟。」我默默地想，「嬋娟」若不是千里而共，而是同堂共之，那該多好啊。

詩句·出處	春歸何處？寂寞無行路。若有人知春去處，喚取歸來同住。（〈清平樂〉宋·黃庭堅）
	行路：足跡，行蹤。住：停留。
解析·應用	春天到哪裡去了？只見一片寂寞冷清，一點也找不到春天的行蹤。若有人知道春天在哪裡，就把它叫回來，和我們待在一起吧。
	常用來形容春天悄然而逝，無處尋覓，也用來表達戀春、惜春或惜時之情。
寫作例句	「春歸何處？寂寞無行路。若有人知春去處，喚取歸來同住。」在這春末時分，每每讀到黃庭堅的〈清平樂〉，心裡總會生出對時光的感懷，希望春天的腳步能夠在你我身邊停留得長久一些。

詩句·出處	便縱有千種風情，更與何人說？（〈雨霖鈴〉宋·柳永）
	風情：此指深摯的愛情。
解析·應用	縱然是有千萬種柔情蜜意，又能向誰去訴說？
	常用來形容對戀人、伴侶的愛慕相思之情無處表達。也用來形容有很多可說的，但找不到人訴說。

寫作例句	1. 她傾心於大詩人元稹，元稹也曾愛戀過她，怎奈好景不長，元稹貶官遠調他鄉，一別忘情。「獨坐黃昏誰是伴？」、「便縱有千種風情，更與何人說？」薛濤痛苦地穿起道服，閉門幽居，打發她那失戀、孤寂的漫漫歲月。 2. 他日歸國，剪燭西窗，與親友撫掌夜話時，我將向他們一一解說，每張照片的特點與背景，還有拍攝時林間傳來的秋聲，心底泛起的鄉愁。這樣，也許可消除攝影時所感到的「便縱有千種風情，更與何人說」的遺憾。

詩句·出處	悲歡離合總無情，一任階前、點滴到天明。（〈虞美人·聽雨〉宋·蔣捷）
	無情：冷漠，無動於衷。
解析·應用	如今悲歡離合都不能激起我的感情波瀾了，就任隨小雨在石階前滴滴答答到天明吧。
	常用來形容飽經滄桑之後對世間一切都已看淡，情感麻木。
寫作例句	在經歷了那麼多的悲歡離合之後，我的感情還這樣脆弱，還這樣多愁善感。宋人詩云：「悲歡離合總無情，一任階前、點滴到天明。」我離這個境界還遠得很哩，再繼續努力修養吧！

詩句·出處	征鴻過盡，萬千心事難寄。（〈念奴嬌〉宋·李清照）
	征鴻：遠飛的大雁，古代有鴻雁傳書的傳說。
解析·應用	眼看一隻隻遠飛的鴻雁全走了，心中有千萬件心事卻難以向遠方的夫君寄送。
	常用來形容心裡有許多話想說，但由於某種原因，無法寄達或告知對方。

寫作例句	1. 那時我們可真是一個在天涯，一個在海角，正所謂「征鴻過盡，萬千心事難寄」。 2. 我有許多事要告訴你，結果卻只是默無一語，「多少事欲說還休」，所以我遙望著，「征鴻過盡，萬千心事難寄。」

詩句．出處	舊時天氣舊時衣，只有情懷不似、舊家時。（〈南歌子〉宋．李清照）
	舊家時：猶言舊時、從前。
解析．應用	天氣如舊，衣著如舊，只有人的情懷跟從前不一樣了。
	常用來形容景物依舊，但人的情懷已跟昔日不同。
寫作例句	春到人間，江南依舊，可是「舊時天氣舊時衣，只有情懷不似、舊家時」。每讀李易安此句，閉目沉思，流水年華，覺得恍惚間，惆悵十年一夢！

詩句．出處	重到故鄉交舊少，淒涼，卻恐他鄉勝故鄉。（〈南鄉子〉宋．陸游）
	交舊少：因離散死亡，舊友減少。交舊，舊交。
解析．應用	重回故鄉，舊友稀少，心裡淒涼，恐怕還會覺得身在他鄉比回到故鄉更好些。
	常用來形容久別回鄉，因為人事變遷，親故漸少而傷感淒涼，甚至後悔回到故鄉。
寫作例句	為了心緒的寧靜，我很少再回故鄉，是害怕那種故鄉視我為異客的感覺，是害怕陸游那種「重到故鄉交舊少，淒涼，卻恐他鄉勝故鄉」的感覺。

詩句·出處	早歲那知世事艱，中原北望氣如山。（〈書憤〉宋·陸游）
解析·應用	年輕的時候哪知道世事的艱難，北望中原，收復失地的壯心豪氣像山一樣高。
	常用來形容年輕時不知世事的艱難，志高氣揚，滿以為能有一番作為。
寫作例句	「早歲哪知世事艱，中原北望氣如山。」陸放翁的哀嘆，在此時想來，格外能搖震人心。置身社會才知道，少年時脫口而出的那些「拿雲心事」，那些飛揚的神采和風發的意氣，居然離生活這樣遠。

詩句·出處	江頭未是風波惡，別有人間行路難。（〈鷓鴣天·送人〉宋·辛棄疾）
解析·應用	江上的濤尖潮流還不算是險惡，人間的道路走起來才更為艱難。
	常用來說明人生道路坎坷艱難。
寫作例句	古人詩曰：「江頭未是風波惡，別有人間行路難。」人生際遇坎坷，遭逢風浪，是常有的事情。

詩句·出處	少年不識愁滋味，愛上層樓。愛上層樓，為賦新詞強說愁。（〈醜奴兒·書博山道中壁〉宋·辛棄疾）
	層樓：高樓。賦：作詩填詞。強說愁：沒有愁而勉強說愁，即無病呻吟。

解析‧應用	少年時不知憂愁的滋味，愛上高樓。愛上高樓，為了填寫新詞，心中明明沒愁卻硬要抒發一番愁情。
	可引用說明少年涉世未深而「不知愁」，或說明「無病呻吟」的煩惱。也用來形容文藝創作上的矯揉造作，無病呻吟。
寫作例句	1.「少年不識愁滋味，愛上層樓，愛上層樓，為賦新詞強說愁。」我經歷著的，正是這種「愛上層樓」的善感季節，何況遇到了這種猝不及防的打擊。我傷心極了，也憤怒極了，我覺得世界正在我腳底下崩陷。 2. 過分抒情，不加節制，就像不問青紅皂白把奶油堆上去一樣。辛稼軒說，「少年不識愁滋味，愛上層樓，愛上層樓，為賦新詞強說愁」，就是這種作者的心情與實踐的生動寫照。 3. 這種感覺常常是憂鬱的，或濃或淡卻總是有，哪怕在她還應該是個「少年不識愁滋味」的年輕女孩時。

詩句‧出處	悠然心會，妙處難與君說。（〈念奴嬌‧過洞庭〉宋‧張孝祥）
	悠然：閒適的樣子。心會：心領神會。君：你。
解析‧應用	我身心悠然寧靜，領悟到了月下洞庭的美妙之處，但這妙處卻難以向你述說。
	常用來形容美景或其他事物的妙趣、意蘊、韻味等只能意會不能言傳。

寫作例句	1. 亭前低窪處兩方池水碧清，亭後山澗裡一條玉帶飛流，更兼四周古楓崢嶸，香樟濃郁，杜鵑、山茶奼紫嫣紅，杉樹、棕櫚碧綠凝翠。其境之美，使人「悠然心會，妙處難與君說」。2. 曾有朋友問我：它究竟「美」在何處，「妙」在哪裡？我說不出來，只能借用宋人張孝祥的兩句詞來回答：「悠然心會，妙處難與君說。」

感古嘆今

詩句・出處	吳宮花草埋幽徑，晉代衣冠成古丘。（〈登金陵鳳凰臺〉唐・李白）
	吳宮：三國時東吳孫權建都金陵，先後建太初宮、昭明宮等。晉代：指東晉，東晉曾建都金陵。衣冠：指當時的名門世族。
解析・應用	昔日東吳的宮殿已長滿花草，掩埋了幽僻的小徑，往日東晉的王公貴族也都葬身於古墓墳丘。
	常用來形容古代遺跡的破敗或抒發憑弔遺跡時的世事滄桑之感。
寫作例句	這裡，曾是綺羅錦繡的大都會，也曾是硝煙瀰漫的古戰場。「吳宮花草埋幽徑，晉代衣冠成古丘」，千百年來，滔滔江水淘洗了多少人間風流，帶走了幾許慷慨悲歌。

詩句・出處	人事有代謝，往來成古今。 （〈與諸子登峴山〉唐・孟浩然）
	代謝：更替。

解析‧應用	社會人事不斷地更替變化，時間流駛，古往今來就構成了歷史。
	可引用這兩句詩來說明人類的歷史就是在新舊不斷更替的過程中發展前進的，新陳代謝是歷史發展的必然規律。也用來形容人事更迭，古今變異。
寫作例句	1.「芳林新葉催陳葉，流水前波讓後波。」這是自然現象。社會歷史，亦復如此：「人事有代謝，往來成古今。」 2.「人事有代謝，往來成古今。」作為後來者，我輩生逢其時，得天獨厚，應該如何爭取比往昔的先民更多地為歷史留下一些可資憶念的東西呢？ 3. 香港經過三年又八個月的日本人的占領，早已人口劇減，百業凋零，一片破壞的景象。如今雖由英國人重新接收，而戰爭殘破的痕跡，仍然歷歷在目。我這次重來，別的感慨且不說，首先便有「人事有代謝，往來成古今」之感。

詩句‧出處	前不見古人，後不見來者。（〈登幽州臺歌〉唐‧陳子昂）
	古人：指前賢。來者：指後賢。
解析‧應用	前不見古代的賢人，後不見來世的賢人。
	常用來形容荒原、森林等地杳無人跡的景象，也用來比喻人或事物的空前絕後。

寫作例句	1. 我在這個土壇上低徊慢步，想起了許許多多的事情。我們未必「前不見古人，後不見來者」，憑著思想和熱情的羽翼，我們盡可去會一會古人，見一見來者。 2. 無論是攝影大師用鏡頭捕捉畢卡索（Picasso）光輝軌跡時，那高超技藝和敏銳洞察力的展示；還是小丁面對一桌亂球，從容精確地桿桿中的；或是我們舉杯相視的剎那，心靈被怦然一擊的靈光一閃，都讓人明白了一個道理：人的成功並不是「前不見古人，後不見來者」的空前超越，而是不失毫釐掌握住人生的瞬間，並累積成永恆的財富，孜孜不倦地求索。

詩句．出處	山圍故國周遭在，潮打空城寂寞回。淮水東邊舊時月，夜深還過女牆來。（〈石頭城〉唐．劉禹錫）
	故國：此指舊城。周遭：四周殘破的城牆。空城：指石頭城，故址在今江蘇省南京市清涼山。三國時孫權在金陵（今南京）築石頭城，依山臨水，地勢險要，為當時軍事要塞。後江水日漸西移，唐初該城被廢棄，二百多年來已成空城。回：一說指潮水拍打聲的回聲。女牆：城牆上呈凹凸形的短牆。
解析．應用	群山圍繞著這座廢城，四周還有昔日的舊城牆，江潮拍打著荒涼的空城，又默默地退回去。當年從秦淮河東邊升起的月亮，如今仍舊在深夜照到城牆這邊來。
	常用來形容舊日繁盛之地今已衰落破敗，唯有日月山川如故，也用來抒發思古之情或滄桑之感。

寫作例句	劉禹錫有過一首膾炙人口的絕句：「山圍故國周遭在，潮打空城寂寞回。淮水東邊舊時月，夜深還過女牆來。」經過一千多年浪淘沙，石頭城下早已漲出大片泥灘成了陸地，再也找不到昔時的面貌了。雖如此，清涼山還在，古城址還在，若是乘興登臨，鵠立於廢墟之上，飲八面來風，望大江逝去，一種深沉的思古之情，一種對於民族歷史的自豪與懷念，會當油然而生。

詩句・出處	千古興亡多少事，悠悠，不盡長江滾滾流。（〈南鄉子・登京口北固亭有懷〉宋・辛棄疾）
解析・應用	千百年來朝代興亡，不知發生了多少事，往事悠悠，就像長江那奔騰不盡的滾滾江流。
	用來感慨古今興亡交替，歷史悠長。
寫作例句	「千古興亡多少事，悠悠，不盡長江滾滾流。」我默默地背誦著這學生時代就會背的詞。

世態炎涼

詩句・出處	勢家多所宜，咳唾自成珠。（〈疾邪詩・其二〉漢・趙一）
解析・應用	有權勢的人家做什麼都適宜，咳嗽吐出的唾沫也被當成珍珠。
	常用來形容有權有勢者做什麼都是左右逢源，好歹有利。也用來比喻條件成熟了，累積豐厚了，做事很容易成功。

寫作例句	1.「勢家多所宜，咳唾自成珠。」誰掌握了大權，他的言行就是永遠正確。 2. 學問厚了，智慧強了，雄心大了。「勢家多所宜，咳唾自成珠」，你會寫作好作品來的。

詩句．出處	富貴他人合，貧賤親戚離。（〈感舊詩〉晉．曹攄）
	他人：指陌生人。合：此有巴結、趨奉之意。
解析．應用	富貴時，不相識的人都來巴結；貧賤時，連親戚也躲開。
	常用來形容世態炎涼。
寫作例句	你說賈似道起自寒微，有甚賓客？有句古詩說得好，道是：「富貴他人合，貧賤親戚離。」賈似道做了國戚，朝廷恩寵日隆，哪一個不趨奉他？

詩句．出處	世情惡衰歇，萬事隨轉燭。（〈佳人〉唐．杜甫）
	惡：厭惡。衰歇：衰敗沒落。
解析．應用	世態人情厭惡衰落的人，世間萬事的變化就像隨風而轉的燭焰。
	常用來形容世態炎涼，世事無常。
寫作例句	而今你下臺了，不該享受的待遇勿須再強求，他人不再來供奉「香火」或不再來瞻仰更無須計較。你總不能自作「終身制」要求別人對你「從一而終」吧！接著，我引用了杜甫的兩句詩：「世情惡衰歇，萬事隨轉燭。」

詩句·出處	翻手作雲覆手雨，紛紛輕薄何須數？ （〈貧交行〉唐·杜甫）	
	翻手：掌心向上。覆手：掌心向下。紛紛：許許多多。何須：何必。	
解析·應用	手掌向上是雲，手掌向下又變作雨，這種反覆無常，輕薄不誠的人多得很，又何必一個個數出來呢？	
	常用來形容人際往來中勢利多變，情誼淺薄的現象。也用來形容耍手腕，玩權術，興風作浪或反覆無常的現象。	
寫作例句	1. 他「飛黃騰達」的日子到了，還能夠視你如故交，緩急仍肯相助，你當然認為交情很厚。但這必定是少數，有些是「不復顧蟾蜍」，往日如膠似漆，現在反眼若不相識了，不然，何以有「翻手作雲覆手雨，紛紛輕薄何須數」之說呢？ 2. 雖然西方媒體如此「翻手作雲覆手雨，紛紛輕薄何須數」，說嚴肅的報導也好，輕薄的煽情也罷，也還是媒體權力範疇內的是非，然而最近的發展則打破了這個界線，為西方媒體更增添了「新功能」。 3. 筆者對股市向來持敬畏態度，深知其「翻手作雲覆手雨，紛紛輕薄何須數」的脾性，所以斗膽對廣大股民們，尤其是積蓄不多卻彌足珍貴的散戶們吹吹「耳邊風」：股市雖熱心莫熱！	

詩句·出處	長恨人心不如水，等閒平地起波瀾。 （〈竹枝詞〉唐·劉禹錫）
	等閒：無端地。起波瀾：指人與人之間起事端，鬧糾紛。
解析·應用	時常痛恨人心還不如水，會無緣無故地平地起波瀾。
	常用來形容人心叵測，也用來形容有人無事生非，興風作浪。
寫作例句	1. 在熙熙攘攘的人海裡，許多朝夕相處的人，卻互懷戒備，或至勾心鬥角，心靈永遠不能溝通。在聚會應酬、迫不得已需要交談時，也暗自穿上層層鎧甲，提防著舌底射來的毒箭。儘管這樣，依然防不勝防。「長恨人心不如水，等閒平地起波瀾。」 2.「長恨人心不如水，等閒平地起波瀾。」社會上就有這麼一小撮人，喜歡無事生非，造謠惑眾。

詩句·出處	世人結交須黃金，黃金不多交不深。（〈題長安壁主人〉唐·張謂）
解析·應用	世上的人結交朋友要靠黃金，黃金不多交情也就不深。
	常用來形容交友以錢財為前提的不良世風。
寫作例句	關於友情，雖然有管鮑之交一類的佳話，在事實裡，無論誰都難免有許多痛苦記憶吧，所以有「世人結交須黃金，黃金不多交不深」那樣的話。

詩句·出處	世事短如春夢，人情薄似秋雲。（〈西江月〉宋·朱敦儒）

解析·應用	世上的事短暫如春夢，人間的情淡薄似秋雲。
	常用來形容世事短暫易逝，人情淺薄淡漠。
寫作例句	她的多情卻被無情所傷，最後竟走上絕路，真是應驗了「世事短如春夢，人情薄似秋雲」。

詩句·出處	世路無如人欲險，幾人到此誤平生。（〈宿梅溪胡氏客館觀壁間題詩自警二絕·其二〉宋·朱熹）
	幾人：謂不知多少人。平生：一生。
解析·應用	世上的路沒有人的私欲險惡，不知多少人因為難過人欲這關而誤了一生。
	常用來說明人的私欲難以抑制，容易膨脹，許多人因此而毀了一生。
寫作例句	古人云：「世路無如人欲險，幾人到此誤平生。」一個前途無量的「明日之星」，一著不慎，萬劫不復，實在可惜。

詩句·出處	人情旦暮有翻覆，平地倏忽成山溪。（〈梁甫吟〉明·劉基）
	旦暮：早晨晚上。翻覆：翻來覆去，猶言反覆無常。倏忽：忽然。
解析·應用	人之間的情意變化不定，早晚間都會有反覆，就好比平地忽然變成山巒和溪谷一樣。
	常用來形容人情淺薄，反覆無常。
寫作例句	「人情旦暮有翻覆，平地倏忽成山溪。」身處逆境能飽嘗世態炎涼，這時沒有人奉承你，沒有人向你獻媚。

詩句·出處	十有九人堪白眼，百無一用是書生。 (〈雜感〉清·黃景仁)
	十有九人堪白眼：一說為十人中有九人可以對我投以白眼。堪，可以，能夠。白眼，斜著眼睛看人，表示鄙視。
解析·應用	官場儒林中十人裡有九人我對他投以白眼，但如今百事派不上一點用場的卻是我這樣的讀書人。
	常被讀書人用來表達對某種人或事的不滿，同時自傷境遇困頓，地位低下，毫無用處，也用來譏諷或自嘲讀書人的迂腐無能。
寫作例句	1. 約在 20 歲左右，黃景仁就寫過一首自我描繪的詩，內中有「十有九人堪白眼，百無一用是書生」的名句。我曾經作過設想，如果把歷代詩人自悲自嘆的詩篇編纂成史，對知識分子來說將是一面令人哀傷的鏡子。從中可以清清楚楚地看出，他們在精神上都是一些折翅的鳥和網裡的魚。 2. 對於文人或者書生，其無能無用似乎早有定論，古人就說過「十有九人堪白眼，百無一用是書生」。

知音難覓

詩句·出處	當路誰相假？知音世所稀。（〈留別王維〉唐·孟浩然）
	當路：指掌權的人。假：憑藉，藉助。
解析·應用	當權的人有誰來幫助我呢？知音在世上太少了。
	常用來形容無人相助和賞識，知音稀少。

寫作例句	他十分無奈：「當路誰相假，知音世所稀。」他的感嘆是沉痛的。

詩句·出處	欲取鳴琴彈，恨無知音賞。（〈夏日南亭懷辛大〉唐·孟浩然）
	鳴琴：琴。恨：遺憾。
解析·應用	想取出琴來彈奏，遺憾的是沒有知音來欣賞。
	常用來形容想彈琴奏曲，但遺憾沒有知音欣賞，藉以說明知音難覓。也用來比喻因無人了解、欣賞自己的才藝或所做的事業而抱憾。
寫作例句	1. 那白衣女子身前放了一架古琴，只見她伸出纖纖玉手，在琴弦上輕輕一拂，發出一串清音，跟著輕嘆道：「欲取鳴琴彈，恨無知音賞。這位兄臺，適才是你聽我彈琴嗎？」 2. 勞動一天下來，筋骨鬆軟的他面對如豆的油燈，在裝裱和繪畫的天地裡徜徉，其技藝日見增深，這時他越發覺得「欲取鳴琴彈，恨無知音賞」了。

詩句·出處	知音如不賞，歸臥故山秋。（〈題詩後〉唐·賈島）
	知音：指懂得自己的詩的人。臥：隱居。
解析·應用	知音如不欣賞我的詩句，我將歸隱故鄉秋天的山林，再不寫詩了。
	常用來形容盼望自己的詩文等作品有人賞識，否則便會心灰意冷。
寫作例句	我聽不懂，他就再讀一遍，非教我點頭稱許不可，大有「知音如不賞，歸臥故山秋」之意。

<table>
<tr><td rowspan="2">詩句．出處</td><td>欲將心事付瑤琴，知音少，絃斷有誰聽。
（〈小重山〉宋．岳飛）</td></tr>
<tr><td>付：寄予。瑤琴：用美玉裝飾的琴，一說是琴的美稱。瑤，美玉。</td></tr>
<tr><td rowspan="2">解析．應用</td><td>想借彈奏瑤琴訴說滿腹心事，但知音少，即使彈斷了弦，又有誰來聽？</td></tr>
<tr><td>常用來形容想奏樂曲，又怕知音太少，沒人願聽。也用來比喻知己難遇，所說無人聽信，所想無人理解。</td></tr>
<tr><td>寫作．例句</td><td>1. 我暗自猜想：此人興許是浙派琴家的第幾代傳人，高人也。可是，我當時聽不懂，也沒有興致。現在回想起來倒覺得有些慚愧，難怪古人發出「欲將心事付瑤琴，知音少，絃斷有誰聽」的喟嘆，難怪有「伯牙摔琴謝知音」一說。
2.「欲將心事付瑤琴，知音少，絃斷有誰聽？」沒人理會他的意見，這項根本就不應該興修的工程，卻破土開工了。</td></tr>
</table>

<table>
<tr><td rowspan="2">詩句．出處</td><td>莫嫌舉世無知己，未有庸人不忌才。
（〈三閭祠〉清．查慎行）</td></tr>
<tr><td>嫌：嫌怨，怨恨。</td></tr>
<tr><td rowspan="2">解析．應用</td><td>不要怨恨整個世上都沒有知己，沒有哪個庸人不妒忌賢良才士的。</td></tr>
<tr><td>常用來說明世上知己稀少，常見的是庸夫小人嫉賢妒能。</td></tr>
</table>

寫作例句	清代詩人查慎行有云：「莫嫌舉世無知己，未有庸人不忌才。」誰能設想，在一個「卻騏驥而不乘兮，策駑駘以取路」的體制之下，在一個「駑駘燕雀堪何用，仍向人前價例高」的氛圍之中，人才生存尚不可得，遑論什麼「人才強國」？

嗟老

詩句・出處	朝為美少年，夕暮成醜老。（〈詠懷・其六〉晉・阮籍）
	夕暮：晚上。
解析・應用	早上還是美貌的少年，晚上就變成醜陋的老人。
	常用來說明人生易老，青春短暫。
寫作例句	古人嘆人生之無常，誇張地說：「朝為美少年，夕暮成醜老。」

詩句・出處	功業未及建，夕陽忽西流。（〈重贈盧諶〉晉・劉琨）
	忽：迅速。
解析・應用	功業還沒有建立，時光卻像夕陽西下那樣，很快流逝了。
	常用來形容功業未成而光陰飛逝，人漸老去。
寫作例句	他面對滔滔東去的江水，慨嘆時光的易逝，肯定包含著「功業未及建，夕陽忽西流」的悵惋。

詩句·出處	君不見高堂明鏡悲白髮，朝如青絲暮成雪。（〈將進酒〉唐·李白）	
	君：你。高堂：高大的廳堂。青絲：黑色的絲。	
解析·應用	你沒看見人們對著高堂上的明鏡為自己的白髮而悲嘆嗎？那頭髮早上還黑如青絲，晚上就變得跟雪一樣白了。	
	用來感嘆韶光易逝，人生易老。	
寫作例句	半個多世紀的時光匆匆地流過去了。想到這裡，便自然地產生一種人生苦短的感覺。嘆人生之短暫，莫過於李白的千古名句：「君不見高堂明鏡悲白髮，朝如青絲暮成雪！」不上年紀，這樣的感嘆之情是體會不了的。	

詩句·出處	酒債尋常行處有，人生七十古來稀。（〈曲江對酒·其二〉唐·杜甫）
	尋常：平常。行處：所到之處。
解析·應用	我到處欠下酒債，人生能活到七十歲，自古以來就少見。
	常用來說明人能活到七十歲的很少，已算高壽了。也可用來反證今天人的壽命已大大延長，人活七十已不稀奇。
寫作例句	1. 杜甫詩云：「酒債尋常行處有，人生七十古來稀。」的確，「古稀」之年，不易多見，而唐代卻出現那麼多的高壽詩人，其原因何在呢？ 2.2023 年，人口的平均預期壽命為 78.1 歲，看來杜甫說的「酒債尋常行處有，人生七十古來稀」，已經是老皇曆了。

詩句・出處	古來存老馬，不必取長途。（〈江漢〉唐・杜甫）
解析・應用	自古以來留養老馬，不一定要牠長途馱運，可用牠來帶路。
	常用來說明發揮年老的動物或人的作用，主要是取其智慧和經驗，而不是靠其體力。
寫作例句	杜甫在〈江漢〉一詩中說得很有道理：「古來存老馬，不必取長途。」如果以為只有做青壯年做的工作，或者始終在第一線上，才算得「志在千里」，那實在是不足以言詩了。

詩句・出處	晚年唯好靜，萬事不關心。（〈酬張少府〉唐・王維）
解析・應用	我晚年只喜歡清靜，對什麼事都不關心。
	常用來形容到了晚年喜歡清靜，對許多事都不聞不問。
寫作例句	「晚年唯好靜，萬事不關心」的想法，王維以詩抒發於前，後代文人學士也繼之於後，可說是人之常情。

詩句・出處	公道世間唯白髮，貴人頭上不曾饒。（〈送隱者一絕〉唐・杜牧）
解析・應用	世間最公道的就是白髮，人一老就要長出來，即使貴人的頭上也不能逃過。
	常用來說明人無論貴賤，都會衰老。
寫作例句	古人有詩云：「公道世間唯白髮，貴人頭上不曾饒。」這說明了無論是誰都不能違背自然規律，年事日高，就日益精力不濟。

詩句·出處	只言旋老轉無事，欲到中年事更多。（〈書懷〉唐·杜牧）
	旋：轉到。轉：轉入。
解析·應用	只說到老了會變得清閒無事，誰知快到中年時事情更多了。
	常用來形容本以為到中老年後事情漸少，不料卻更多。
寫作例句	前幾天在病中，我所想過的事情，和現在想與你談講的事情，也實在太多了，「滿眼青山未得過，鏡中無那鬢絲何。只言旋老轉無事，欲到中年事更多。」

詩句·出處	近來時世輕先輩，好染髭鬚事後生。（〈與歌者米嘉榮〉唐·劉禹錫）
	時世：風氣，世俗。髭鬚：指鬍子。事：侍奉，伺候。
解析·應用	近來的風氣是輕視老前輩，看來老人只好把白鬍子染黑了去伺候年輕人了。
	常用來形容只重視年輕人而輕視或不關心老年人的現象，也用來形容老年人遭漠視而產生的不滿情緒或失落感。
寫作例句	那些老官員們大多數退居二線了，雖然沒有劉禹錫那種「近來時世輕先輩，好染髭鬚事後生」的心情，但「不在其位，不謀其政」的想法，也很難免。

詩句·出處	與老無期約，到來如等閒。（〈答樂天見憶〉唐·劉禹錫）
	期約：約會。等閒：平常。
解析·應用	和老年沒有約會，它來就來吧，我還跟平常一樣。
	常用來形容以平常心態對待步入老年。

寫作例句	「與老無期約，到來如等閒。」到老時心胸豁達，等閒視之，是長壽的緣由。

詩句．出處	花落還再開，人老無少期。（〈感懷〉唐．戴叔倫）
解析．應用	花兒今年落了，明年還會再開；人老了，就不會再回到少年時。
	常用來感慨青春不再。
寫作例句	一年四季，花開花落，也不知有多少詩人寫下感慨生命倏忽的篇章。但我覺得，對於我這樣一個由少而壯、由壯而老的一生無所成就的人來說，「花落還再開，人老無少期」，實在感觸太深了。

詩句．出處	去日兒童皆長大，昔年親友半凋零。（〈夏夜宿表兄話舊〉唐．竇叔向）
	去日：往日。昔年：往年。凋零：花草凋謝，喻死亡。
解析．應用	當年的兒童現都長大成人，從前的親友半數已去世。
	常用來形容隨著時間推移，往日兒童已長大，老一輩人則衰老亡故。
寫作例句	闊別四十多年，我深知故鄉的人和事有了難以想像的變動，一定是「去日兒童皆長大，昔年親友半凋零」了。

詩句．出處	壯心未與年俱老，死去猶能作鬼雄。（〈書憤〉宋．陸游）

解析・應用	壯志沒有隨年老而衰減，就是死了，也能成為鬼中的英雄。
	常用來形容人老心不老，雄心壯志至死不減。
寫作例句	傳說三國時期的關雲長，怕死後敵人來攻，吩咐手下假扮他的形象以退敵。果然，敵人見「關雲長」夜讀兵書，仍然在生，不敢貿然來攻，這就是精神力量震住了敵人。「壯心未與年俱老，死去猶能作鬼雄。」

詩句・出處	白髮無情侵老境，青燈有味似兒時。（〈秋夜讀書每以二鼓盡為節〉宋・陸游）
	侵：漸漸接近。青燈：油燈。夜裡油燈發出青幽幽的光，故名。
解析・應用	頭上白髮無情，我已漸入老年，但在油燈下夜讀，仍像小時候一樣頗有興味。
	常用來形容中老年人在燈下夜讀，仍像孩提時代那樣興趣盎然，也用來形容人老心不老的狀態。
寫作例句	陸游詩曰：「白髮無情侵老境，青燈有味似兒時。」這種快意境界的獲取，全在於自身的開掘與創造，而首要的是將全副精神狀態浸潤於青春活力的氛圍中，老相只是外形，內心則不斷生發著活力。

詩句・出處	眼前紅日又西斜，疾似下坡車。曉來清鏡添白雪，上床與鞋履相別。（〈風入松〉元・馬致遠）
	白雪：白髮。與鞋履相別：指睡覺。

解析‧應用	眼前的紅日又向西落下，就像下坡車一樣飛快。早上對鏡一照，頭上又添白髮，暫不想這麼多了，還是上床睡一覺吧。
	常用來形容時間飛快，人終老去，或表達對此的慨嘆或無奈。前兩句常用來形容紅日西下的景色。
寫作例句	1.「眼前紅日又西斜，疾似下坡車。曉來清鏡添白雪，上床與鞋履相別。」對歲月的敏感和無奈，古今有相同的心靈，因此這樣的浩嘆，也不能說是無痛呻吟的強說愁吧？ 2.「眼前紅日又西斜，疾似下坡車。」拉薩的落日是美麗的，那美麗是一種震動心魄的壯觀。

詩句‧出處	蒼龍日暮還行雨，老樹春深更著花。（〈又酬傅處士次韻〉明‧顧炎武）
	蒼龍：青龍，古代傳說龍能興雲降雨。更：又，再。著花：樹枝上花苞開放。著，同「著」，附著。
解析‧應用	青龍在天黑時還能興雲作雨，老樹在晚春時節又能開花。
	常用來說明陳舊衰老的事物或人還能發揮作用。
寫作例句	顧炎武有兩句詩：「蒼龍日暮還行雨，老樹春深更著花。」我哪敢自比為蒼龍？比作老樹，也許還是可以的。不管怎樣，我還是想再行一點雨、再著一點花的。我想，其他老知識分子大概也會這樣想吧。

詩句‧出處	美人自古如名將，不許人間見白頭。（〈隨園詩話‧卷四〉清‧袁枚）

解析·應用	自古以來美麗的女人就和有名的戰將一樣，縱然老了，也不願讓世人看到自己白髮滿頭的衰老模樣。
	常用來形容漂亮女人或其他曾風光一時的人，不願讓人看到現在衰老或落魄的樣子。
寫作例句	「美人自古如名將，不許人間見白頭。」宋美齡隱居長島，一去 11 年。在這 11 年中，她很少在公眾場合露面，新聞界也不大報導她的消息。

惜時

詩句·出處	汩余若將不及兮，恐年歲之不吾與。 （〈離騷〉戰國·屈原）
	汩：迅疾的樣子。兮：啊。吾與：與我。
解析·應用	我匆匆前行，好像要趕不上似的，害怕歲月不等待我。
	常用來形容急於做某事，唯恐時間來不及。
寫作例句	「汩余若將不及兮，恐年歲之不吾與。」屈原這句話，可以作為珍惜時間的座右銘。

詩句·出處	百川東到海，何時復西歸？（〈長歌行〉漢樂府）
	川：河流。復：又。
解析·應用	百條江河東流到海，什麼時候看見它又向西倒流？
	常用來形容百川歸海，永不復回，也用來比喻時光、青春等一去不復返。

寫作例句	1. 長江之水西天來，奔流到海不復回。正如古樂府〈長歌行〉所吟詠的那樣：「百川東到海，何時復西歸？」 2.「百川東到海，何時復西歸？」青春是一去不復返的，願你抓住人生的春天，辛勤、無怨地耕耘，金秋便能無愧地摘取一枚豐碩之果。

詩句・出處	少壯不努力，老大徒傷悲。（〈長歌行〉漢樂府）
解析・應用	年輕時不努力，年老時只能空傷心。
	常用來說明應趁青春年華奮發有為，以免到老時一事無成，只能徒自悲嘆。這兩句詩已成為歷代鼓勵年輕人學習的名言，後人經常引用。
寫作例句	1. 青少年時代胸無大志者，做一天和尚撞一天鐘，等到華髮上了頭，才想起來要謀劃一點事，那時候就晚了。人們常說「少壯不努力，老大徒傷悲」，就是這樣一個簡單的道理。 2. 我痴痴地看著院落飄揚的浮塵，慨嘆著城市間縱橫交錯的高架橋上車水馬龍，一次次下著決心，自言自語，「少壯不努力，老大徒傷悲」，重複著「只要功夫深，鐵杵磨成針」，呢喃著「天生我材必有用，千金散盡還復來」的勵志名言。

詩句・出處	四時更變化，歲暮一何速。 （《古詩十九首・東城高且長》漢）
	歲暮：一年將盡。一何：多麼。

解析·應用	四季更替變化，一年又要過去，多麼快呀。
	常用來形容四季變換迅速，光陰似箭。
寫作例句	萬頃稻海轟轟烈烈地黃了，千畝棉田風起雲湧地白了，滿山的葉子狂呼著吶喊著撲落下來。轉瞬之間，風霜高潔，水落石出，「四時更變化，歲暮一何速」！

詩句·出處	志士惜日短，愁人知夜長。（〈雜詩〉晉·傅玄）
	知：感覺到。
解析·應用	有志向的人嘆惜白天太短，憂愁的人覺得黑夜太長。
	常用來說明不同的人或人心境不同的時候，對時間快慢的感受不一樣。
寫作例句	1.「志士惜日短，愁人知夜長。」只有無所事事的人，才以為人生是一條長河。奮發圖強的人，倍覺生命的短促，這就是一些科學家之所謂「兩次生命也是不夠的」。 2. 說句老實話，我覺得時間有點過得太慢，不好受，彷彿時時刻刻都如有所失，而又說不出失掉了什麼。「志士惜日短，愁人知夜長」或許就是這個道理吧。

詩句·出處	少壯輕年月，遲暮惜光輝。（〈贈諸遊舊〉南北朝·何遜）
	年月：歲月。遲暮：暮年。光輝：光陰。
解析·應用	年輕時忽視歲月流逝，到了老年則珍惜光陰。
	常用來形容年輕時不在意光陰流逝，等到老了倍感時光寶貴。

寫作例句	匆匆間已年屆八十，步入耄耋，不覺令人惶悚。古詩云：「少壯輕年月，遲暮惜光輝。」今後更須珍惜自己有限的生命，即使不能做更多的事，也要排除干擾，甘於寂寞，閉門讀書。

詩句·出處	盛年不重來，一日難再晨。及時當勉勵，歲月不待人。（〈雜詩·其一〉晉·陶淵明）
	盛年：壯年。重：再。
解析·應用	年富力強的年齡不會再來，一天中很難有兩個早晨；應當趁著大好時光勉勵自己，歲月是不會等待人的。
	常用來說明青春難再，歲月不居，做什麼都要抓緊時間，時不我待。
寫作例句	「盛年不重來，一日難再晨。及時當勉勵，歲月不待人。」作為一個新時代的學生，一旦意識到自己肩負的歷史重任，是會倍加珍惜這黃金般的年華，搶在這美好的春天裡辛勤耕耘、精心播撒種子的。

詩句·出處	日月擲人去，有志不獲騁。念此懷悲悽，終曉不能靜。（〈雜詩·其二〉晉·陶淵明）
	擲：拋棄。獲：得到。騁：奔跑，此引申為施展、發揮才能。
解析·應用	歲月拋開人匆匆而去，空有志向卻得不到施展才能。想到這些感到悲悽，一夜到亮心裡都不能平靜。
	常用來形容時不我待，而抱負、才能卻得不到施展，心裡悲愁淒涼。

寫作例句	多少人在監獄中、牛棚中度過了那些漫長的歲月。他們有時背誦屈原的「老冉冉其將至兮，恐脩名之不立」和陶潛「日月擲人去，有志不獲騁。念此懷悲悽，終曉不能靜」等等詩句，多少人在這種悲嘆聲中賫志以沒，抱憾千古。

詩句·出處	青春須早為，豈能長少年？（〈勸學〉唐·孟郊）
	豈：難道。長：長期。
解析·應用	青春年少時期就應趁早努力，一個人難道能夠永遠都是少年嗎？
	詩人用反問句對年輕人進行引導和告誡，語重心長，理直言切。常用來勸誡人們趁青春年少應當奮發向上。
寫作例句	孟郊在〈勸學〉中說：「青春須早為，豈能長少年？」他在〈贈農人〉中又說：「青春如不耕，何以自結束？」這都是告誡人們：要趁著青春年華，及時發奮努力！

詩句·出處	勸君莫惜金縷衣，勸君惜取少年時。（〈金縷衣〉唐·杜秋娘）
	金縷衣：金線織成的華麗衣服。君：你。惜取：愛惜。
解析·應用	勸你不要愛惜金線織繡的華麗衣裳，應當珍惜少年時的寶貴光陰。
	常用來說明青春少年無比珍貴，並勸人珍惜。
寫作例句	「勸君莫惜金縷衣，勸君惜取少年時。」這是在力勉年輕人珍惜時間，不要輕拋光陰。

詩句・出處	少壯莫輕年，輕年有衰老。（〈折楊柳〉唐・李端）
	輕：輕視，虛度。
解析・應用	少壯之時不要虛度年華，年輕人總有衰老之時。
	常用來告誡人們要惜時奮進。
寫作例句	有句唐詩說得好：「少壯莫輕年，輕年有衰老。」年輕時如果貪圖享受，荒廢日月，年老時一事無成，後悔就來不及了。

詩句・出處	君看白日馳，何異弦上箭。（〈遊子吟〉唐・李益）
解析・應用	你看太陽在奔馳，就像弓弦上射出的箭一樣。
	常用來形容時光緊迫，不可虛度。
寫作例句	「君看白日馳，何異弦上箭。」時光會使最亮的刀生鏽，會折斷最強的弓弩，會剝去人們的紅顏。真正的行者是追逐太陽的夸父，是勇於和時間賽跑的猛士。魯迅擠出喝咖啡的時間，分秒必爭地與敵人戰鬥；牛頓誤煮懷錶，尋求真理孜孜不倦。

詩句・出處	少年辛苦終身事，莫向光陰惰寸功。（〈題弟姪書堂〉唐・杜荀鶴）
	惰：懶惰。寸功：很小的工夫。
解析・應用	年輕時能否辛勞艱苦，關係到終身的大事；切莫懶惰懈怠，虛度每一寸光陰。
	常用來說明年輕時務必珍惜光陰，刻苦用功。

寫作例句	讓我們用揮霍於網咖的時間去體悟錢鍾書、周作人的睿智，感受黑格爾（Hegel）、佛洛伊德（Sigmund Freud）的深邃，或者是去操場用汗水澆鑄自己的身軀，這些不都更有意義嗎？「少年辛苦終身事，莫向光陰惰寸功。」

詩句·出處	莫等閒，白了少年頭，空悲切。（〈滿江紅〉宋·岳飛）
	等閒：輕易，白白地。少年頭：指年輕時的一頭烏髮。空：徒然。
解析·應用	不要虛度光陰，白白讓滿頭青絲變成白髮，老來時空自悲切。
	常用來說明人年輕時要珍惜光陰，奮發有為，以免年老時一事無成，悲悔莫及。
寫作例句	岳飛詞曰：「莫等閒，白了少年頭，空悲切。」馬馬虎虎，把少年時期浪費掉，等到年紀大了，頭髮白了，再悲傷也來不及了。

詩句·出處	少年易老學難成，一寸光陰不可輕。未覺池塘春草夢，階前梧葉已秋聲。（〈勸學詩〉宋·朱熹）
	一寸光陰：即日影移動一寸的短暫時間。未覺池塘春草夢：這句也解釋為不知不覺中，池塘邊的春草已像夢境一樣枯萎了。未覺，未睡醒。秋聲：秋天的聲音。
解析·應用	少年易老而學業難成，一寸光陰也不可輕易浪費。池塘邊的青草正沉浸在春天的甜夢裡，但轉眼間，臺階前的梧桐已開始落葉，傳來了秋天的聲音。
	常用來說明光陰易逝，學業難成，年輕人要抓緊時間學習。

寫作例句	青少年時期是學習效率最高的年齡階段，並不是說超過了這個階段就不能學習了。有的人年齡很大了，還能學會好幾門外語。宋代教育家朱熹寫過一首詩：「少年易老學難成，一寸光陰不可輕。未覺池塘春草夢，階前梧葉已秋聲。」

詩句·出處	人間只道黃金貴，不向天公買少年。（〈無題〉元·元好問）
解析·應用	世間的人只是說黃金貴重，不願用黃金向上天買取青春少年。
	常用來形容只重金錢，不珍惜青春年華。也用來說明青春無價。
寫作例句	受拜金主義和「金錢萬能」觀念的影響，一些年輕人不珍惜青春年華，不想多學知識，只想憑勞力多賺錢。真是「人間只道黃金貴，不向天公買少年」。

詩句·出處	人生百年幾今日，今日不為真可惜。 （〈今日歌〉明·文嘉）
解析·應用	人一輩子能有多少個「今天」，今天如果不做事情真是可惜。
	常用來說明要珍惜當下光陰。
寫作例句	「人生百年幾今日，今日不為真可惜。」昨天是今天的昨天，明天是今天的明天。所以，一天就是三天，這是一個生活的真諦，我們要善於抓住今天，把一天當作三天過！

詩句·出處	明日復明日，明日何其多。我生待明日，萬事成蹉跎。（〈明日歌〉明·錢福）
	蹉跎：光陰白白地過去。
解析·應用	過了明天還有明天，明天是何等的多啊。我一生中的事如果都要等到明天去做，那麼只會事事落空，光陰虛度。
	可引用這幾句詩來說明時不我待的意思，以勸誡人們抓緊時間讀書、做事。或說明時間無限，人生有限，人當及時努力，不能一天推一天，否則將虛度年華，一事無成。
寫作例句	1. 古詩〈明日歌〉中這樣寫道：「明日復明日，明日何其多。我生待明日，萬事成蹉跎。」人生就是短短幾十載，沒有多少個明日可以等待。當我們需要自我改變時，就應該從現在開始，從自己下定決心那刻做起，按照自己提出的改進方向，時刻提醒自己，警醒自己，克服各種困難，咬緊牙關堅持下來，不斷地自我完善，變得成熟起來。 2.「明日復明日，明日何其多。我生待明日，萬事成蹉跎。」把學習、工作計畫總是往明天推的人，只能落得一事無成空悲切。

詩句·出處	百金買駿馬，千金買美人，萬金買高爵，何處買青春？（〈偶然作〉清·屈復）
	金：古代計算貨幣的單位，秦時二十兩銅為一金。亦引申為貨幣。爵：爵位，封建君主國家貴族封號的等級，有公、侯、伯、子、男等等。

解析·應用	百金可買到駿馬，千金能買到美女，萬金還可以買到很高的爵位，但哪裡能買到青春呢？
	常用來形容青春無價。
寫作例句	人老是個客觀事實，不是你服不服的問題。你不服，就不老啦？沒那回事！「百金買駿馬，千金買美人，萬金買高爵，何處買青春？」

回憶

詩句·出處	此情可待成追憶，只是當時已惘然。（〈錦瑟〉唐·李商隱）
	可待：豈待。惘然：悵惘、失意的樣子。
解析·應用	這樣悽愴的情懷哪會等到今天追憶時才產生，在當時就讓人悵惘不已了。
	常用來說明某種情懷不是追憶往事時才有，而是在當時就已產生。也用來形容某些事情令人追懷，值得回味。
寫作例句	1.「此情可待成追憶，只是當時已惘然。」一片情思豈是等到追憶時才有？對美的得而復失的惆悵感，其實往往在見到時便已產生了。 2. 那些過往的歲月裡，一個經典的畫面讓多少人在孤寂時、在落魄時、在迷惘時，反覆地回味不已——一個女人、一樹槐花、一家人一桌飄香的飯菜……「此情可待成追憶，只是當時已惘然。」女人何時在歲月的磨蝕中變得不漂亮了，男人何時在生活的打拚中變得麻木了，接下來是無休止的怨恨、無道理的爭吵、一地的雞毛，哭了、累了、散了……

詩句·出處	當時明月在，曾照彩雲歸。（〈臨江仙〉宋·晏幾道）
	彩雲：一說喻指歌女小蘋。
解析·應用	當時的明月還在，它曾照著小蘋像彩雲一樣飄然歸去。
	常用來形容日月天地不變而人去事異，或形容回憶起月夜發生的事或往事。也用來比喻事物或人過去曾輝煌一時，至今仍在或仍產生著影響。
寫作例句	1. 記者的思緒也彷彿隨著許老的回憶回到了那個年代：皓月當空的中秋夜，一家人圍坐在桌前，慈祥的父母將月餅擺到桌上時，孩子們迫不及待地拿起月餅吞下肚。「當時明月在，曾照彩雲歸。」 2. 李賀才 27 歲就殂謝於世，但是，他像天空瞬間即逝的流星一樣，閃爍著耀眼的光華，在文學史上留下了難以磨滅的印象。這時候，能不想起宋代晏幾道在他的〈臨江仙〉裡所寫的「當時明月在，曾照彩雲歸」嗎？

詩句·出處	桃李春風一杯酒，江湖夜雨十年燈。（〈寄黃幾復〉宋·黃庭堅）
解析·應用	想當年桃李花開，春風拂面，我倆舉杯歡飲，而今各自浪跡江湖已有十年，雨夜裡，我獨對孤燈思念老友。
	常用來形容回想過去歡聚之日，思念故友。也用來形容回憶從前青春年少，意氣風發，感懷如今歷經艱難世事，漸漸變老，豪氣消減或落寞困頓。

寫作例句	1.「桃李春風一杯酒，江湖夜雨十年燈。」相聚和交流雖然匆匆，但從此結緣，相念於江湖，大概也是一種寄託吧！ 2.「桃李春風一杯酒，江湖夜雨十年燈。」這人生的許多美麗風景，只在青春年少時有，此後的回憶，總是因了烙上歲月年輪的印記，而變成了一首雖然動聽卻大有哀婉情味的歌。

詩句·出處	三十功名塵與土，八千里路雲和月。（〈滿江紅〉宋·岳飛）
	塵與土：指功名成就微不足道。雲和月：猶言日和夜。
解析·應用	年屆三十，建立的功名如塵土般細微，南北轉戰，披雲戴月，行程八千里路。
	這兩句詞，上句概括回憶了岳飛自己半生的戰鬥生活，下句概括了河山的壯美和自己直搗黃龍的願望，以寫景來點染，做到了情景交融，成了千古名句。常用來形容南征北戰，行程千萬里；也用來形容輾轉奔勞，經歷艱辛曲折，而成就甚微；或只引後一句來表示壯行千里，充滿豪情。

寫作例句	1. 江河可以倒淌，星辰能夠逆行，世上卻絕無淡泊功名的軍人。在這一點上，我們比不上老祖宗坦率。「三十功名塵與土，八千里路雲和月。」這是誰說的？是「精忠報國」的岳飛。「了卻君王天下事，贏得生前身後名。」這又是誰？是辛棄疾。 2. 南宋當局在宋軍即將光復中原、剿滅敵寇之際，強令岳家軍逼退鄂州，竟使岳飛十四年的戰績化為塵土，將岳飛「八千里路」收復的失地拱手送給金國，詞中「三十功名塵與土，八千里路雲和月」之句極為痛切。 3. 四、五個寒暑，「八千里路雲和月」，淚水和歌聲伴我們走過了萬里行程。

第 6 章　說理

第 1 節　哲理思辨

自然事物

詩句・出處	它山之石，可以攻玉。（《詩經・鶴鳴》）	
	攻：製作，加工。	
解析・應用	別的山上的石頭，可以用來打磨玉器。	
	常用來說明借用、借鑑別處的事物、事情或人，可以解決此處的問題。可引用這兩句詩來比喻藉助外力（一般多指朋友）來改正自己的錯誤，或借鑑別人的經驗來改進自己的工作。	
寫作例句	1. 即使自己已經有較高或很高的成就，總也有一定的不足和缺點，「它山之石，可以攻玉」，也要繼續吸取別人的長處，使自己不斷走向新的高度，防止由於故步自封而停滯與僵化。 2.「它山之石，可以攻玉。」我們可以從一些國家的抗爭中，得到某些有益的啟示和借鑑。	

詩句·出處	誰揮鞭策驅四運？萬物興歇皆自然。（〈日出入行〉唐·李白）
	鞭策：鞭子。四運：春夏秋冬四季。
解析·應用	是誰揮舞著鞭子驅使著一年四季的運轉？沒有誰，萬物的興起和停歇都是自然而然的。
	常用來說明四季交替或萬事萬物的發展變化都有其自然規律，不以誰的意志為轉移。
寫作例句	「誰揮鞭策驅四運？萬物興歇皆自然。」唐朝的偉大詩人李白早就告訴我們，春夏秋冬，時序更迭，絕無什麼神靈在暗中揮鞭驅趕，客觀世界的一切事物的興亡衰落的運動都按照自身的規律自然而然地進行著。

詩句·出處	始知五嶽外，別有他山尊。（〈木皮嶺〉唐·杜甫）
	始：方才。五嶽：指東嶽泰山、南嶽衡山、西嶽華山、北嶽恆山和中嶽嵩山。尊：高。
解析·應用	才知道五嶽之外，還有別的高山。
	常用來說明五嶽之外還有其他的高山，也用來比喻好中有好，強外有強。
寫作例句	1. 山外有山，正如杜甫詩云：「始知五嶽外，別有他山尊。」在你面前，還有許多未知的名山奇峰，等待著你去探訪和認識。 2. 如果「鼓勵」恰如其分，我們也要「始知五嶽外，別有他山尊」；如果「戴高帽」言過其實，我們就得保持清醒頭腦。

<table>
<tr><td rowspan="2">詩句‧出處</td><td>大都好物不堅牢，彩雲易散琉璃脆。（〈簡簡吟〉唐‧白居易）</td></tr>
<tr><td>琉璃：一種礦石質的有色半透明體材料，常燒製成缸、盆、磚瓦等。</td></tr>
<tr><td rowspan="2">解析‧應用</td><td>世上好的東西大多都不堅固牢靠，彩雲絢爛卻容易飄散，琉璃明麗但質脆易碎。</td></tr>
<tr><td>常用來說明許多好的事物、事情或人，往往存留短暫。</td></tr>
<tr><td>寫作例句</td><td>過不了幾天，紅葉退了色，不經意的萎謝了。我悵然，這麼美的東西，不想生命這樣短促，難道真的是「大都好物不堅牢，彩雲易散琉璃脆」？</td></tr>
</table>

<table>
<tr><td rowspan="2">詩句‧出處</td><td>沉舟側畔千帆過，病樹前頭萬木春。（〈酬樂天揚州初逢席上見贈〉唐‧劉禹錫）</td></tr>
<tr><td>病樹：枯木禿老的樹木。萬木春：各種草木生機勃勃，呈現出一片春色。春，這裡是草木萌發的意思，用作動詞。</td></tr>
</table>

	沉船的旁邊千帆駛過，枯樹的前頭萬木爭春。
解析．應用	詩人自比「沉舟」、「病樹」，雖有感慨，但指出個人的沉埋算不了什麼，「千帆」仍過，「萬木」猶春，世界還是向前發展的，新陳代謝是自然界的規律，比白詩要顯得胸襟開闊些。可引用這兩句詩，一般反用比喻，把腐朽的舊事物或反動勢力的行將滅亡比作「沉舟」、「病樹」，而把新生事物或新生力量的成長壯大比作「千帆」、「萬木」。常用來形容千帆競渡，萬木爭春的景色，或形容欣欣向榮，春意盎然；也用來比喻舊有的、落後的事物或人衰敗消亡，而新生的、先進的事物或人茁壯成長，蓬勃發展；或比喻個別的、局部的停滯落後現象無礙於整體或者全局的向前發展，落後的事物或人阻擋不了新生事物或新興力量的發展壯大。
寫作例句	1. 忽然憶起劉禹錫所言：「沉舟側畔千帆過，病樹前頭萬木春。」其實現在已經是春天了，到處都是欣欣向榮的景象，我們都在為各自的事情而忙碌。 2. 透過競爭，保護和鼓勵先進，推動或淘汰落後。這樣，才能形成「沉舟側畔千帆過，病樹前頭萬木春」的有氣勢的新局面，打破「萬籟俱寂」、「一湖平水」的無差別境界。 3. 我們社會中確有陰暗的角落、腐敗的現象，面對這些醜惡現象，年輕人感到壓抑和憤懣是可以理解的。但是，不要由壓抑而意志消沉，不可因憤懣而失去理智。古詩有云：「沉舟側畔千帆過，病樹前頭萬木春。」年輕人，超越時下的「沉舟」和「病樹」，成為競發的征帆和迎春的秀木！

詩句．出處	千淘萬漉雖辛苦，吹盡狂沙始到金。（〈浪淘沙．其八〉唐．劉禹錫）
	漉：過濾。狂：此處形容數量大。始：才。
解析．應用	經過千淘萬濾，雖然受盡辛苦磨難，但是，吹盡了泥沙才能見到真金的光輝。
	詩人以淘沙見金比喻被讒言所害遭到放逐的人終於洗清罪名，得到赦免，表現出詩人被貶後堅貞不改其節的決心。這兩句詩或比喻真正的學問，經過一番辛苦的探求，才能得到；或比喻科學實驗，經過多次失敗，才能成功；或比喻文藝作品，經過多次修改，方成佳作；或比喻文藝創作對生活中的素材必須反覆提煉，方得精華；或比喻做大事業，必須經過痛苦磨練才能有所建樹等。
寫作例句	1. 在大學入學考狀元們看似偶然的成功背後，其實是腳踏實地的付出與力爭上游的求索。「千淘萬漉雖辛苦，吹盡狂沙始到金」，他們的成功並非偶然。 2. 巴爾札克（Balzac）在「筆鋒竟業」的過程中，有過一次次的退稿，一次次的失敗，有過憂傷，有過苦惱。但是，「千淘萬漉雖辛苦，吹盡狂沙始到金」，他耗費了「百分之九十九的血汗」，才成了 19 世紀最著名的文學家之一。 3. 只要放低身段，潛心做事，堅持不懈，始終如一，是大鵬，終有騰飛時。這就叫：「千淘萬漉雖辛苦，吹盡狂沙始到金。」

詩句．出處	芳林新葉催陳葉，流水前波讓後波。（〈樂天見示傷微之敦詩晦叔三君子皆有深分因成是詩以寄〉唐．劉禹錫）
	芳林：春天欣欣向榮的樹林。

解析·應用	春天的樹林裡，新生的葉子在催換枯黃的舊葉；江河在奔流中，前面的波浪退讓給後面的波浪。
	常用來形容事物或人新陳代謝的現象或規律。
寫作例句	1. 社區陸續建成，而且一個比一個新穎別致，大有「芳林新葉催陳葉，流水前波讓後波」之勢。 2.「芳林新葉催陳葉，流水前波讓後波。」在人類歷史上，任何民族的發展，總是基於一代人對一代人的超越，誰也不能代替年輕人去走向未來。

詩句·出處	不是一番寒徹骨，爭得梅花撲鼻香？（〈上堂開示頌〉唐·黃檗禪師）
	爭得：怎麼能夠。
解析·應用	不經過一番徹骨的寒冷，怎能有梅花那撲鼻的幽香？
	常用來形容寒冬梅花開放，清香陣陣的景象。也用來說明只有經過一番艱苦的磨練，才能有所成就。
寫作例句	1. 漫天飛雪之際，獨有梅花笑傲嚴寒，破蕊怒放，這是何等可愛、可貴！梅花在春寒料峭時開花，越冷越芳香，唐黃檗禪師有詩云：「不是一番寒徹骨，爭得梅花撲鼻香？」 2. 古詩云「不是一番寒徹骨，爭得梅花撲鼻香」，俗語也有「吃得苦中苦，方為人上人」之說。現在，改變正在深入，國力維艱，正需要奮發邁進。

詩句·出處	梅須遜雪三分白，雪卻輸梅一段香。 （〈雪梅〉宋·盧梅坡）
	須：雖。遜：不如。輸：差於。

解析·應用	梅花的白跟雪相比，雖要遜色三分，但雪的香氣卻要差梅花一大截。
	常用來形容雪地梅花開放，爭春競美的景致。也用來說明梅、雪各有千秋，都令人喜愛，或比喻事物或人各有長短。
寫作例句	1. 推戶一看，原來是晴雪壓梅梢，「梅須遜雪三分白，雪卻輸梅一段香」。 2.「梅須遜雪三分白，雪卻輸梅一段香。」梅有耐寒之能，雪有潔白之優，梅雪並美，相輔益彰。 3.〈江城子·乙卯正月二十日夜記夢〉、〈鷓鴣天〉二詞長於潘岳之詩，堪稱古代悼亡篇章中的雙璧。論藝術性蘇詞差勝，評思想性賀作稍優，「梅須遜雪三分白，雪卻輸梅一段香。」

詩句·出處	美酒飲教微醉後，好花看到半開時。（〈簭年老逢春詩〉宋·邵雍）
解析·應用	美酒喝到有點醉意時就可以了，好花看到它半開時就行了。
	飲酒微醉，感覺最好；花到半開，尤為美豔。常用來比喻世上許多事皆以適中為好，達到極限則會物極必反。
寫作例句	「美酒飲教微醉後，好花看到半開時。」盛開的鮮花意味著飄零衰敗，熟透的果實面臨著腐爛發酵，月盈則虧，水滿則溢，登上泰山極頂後再往前走，就是下坡路了。

詩句·出處	花如解笑還多事，石不能言最可人。（〈閒居自述〉宋·陸游）	
	解：懂得，知道。多事：多餘或增加麻煩。 可人：讓人滿意。	
解析·應用	花如果會笑，還真是多事，石頭不會說話才最讓人滿意。	
	常用來說明有些事物無思無言的特性，或因此特性而讓人覺著可愛。也用來說明在某些場合，沒有什麼事物或人能明白意思，能張口說話，這樣才最好。	
寫作例句	1.「花如解笑還多事，石不能言最可人」是說花本就多姿多彩色香味俱全，已可滿足眼、鼻、口之欲，倘再加上多嘴多舌，唧唧喳喳，勢必更加撩人神思，招人嫉妒；石不能言，倒使人覺其可倚重之處，又說明口舌有時的確惹人討厭。 2. 言語不通，在情侶看來只有增加神祕及誘惑力，絕無妨於輕憐蜜愛，此所謂「花如解笑還多事，石不能言最可人」。	

詩句·出處	問渠那得清如許，為有源頭活水來。（〈觀書有感·其一〉宋·朱熹）
	渠：它，指池塘的水。那：同「哪」。如許：如此。
解析·應用	問塘水怎麼會這樣清澈，是因為源頭有活水不斷地流來。
	常用來形容清流潺潺，源源不斷。也用來說明事物或人能保持清新和活力，是由於不斷地攝取或補充新鮮要素。

寫作例句	1. 在田疇裡漾青泛綠的汩汩流水，蜿蜒交錯，波光瀲灩，使這鋪青疊翠的豐腴之地，顯得更加生機勃勃。「問渠那得清如許，為有源頭活水來。」觸景生情，無意之中，我吟出了這首古詩。 2. 宋朝的朱熹在〈觀書有感〉一詩中寫道：「問渠那得清如許，為有源頭活水來。」流水不腐，是由於它不斷在運動，不斷吐故納新。學習科學，也應不斷吐故納新。只有不斷從科學源頭引入活水，方能防止知識老化。

詩句·出處	三分春色二分愁，更一分風雨。（〈賀聖朝·留別〉宋·葉清臣）
解析·應用	三分春色中有二分是憂愁，還有一分是風雨。
	常用來形容春天多風多雨的天氣或由此產生的愁情，也用來比喻生活中有許多不順心的事。
寫作例句	1. 春將半了，但它並沒有給我們一點舒服，只教我們天天愁寒，愁暖，愁風，愁雨。正是：「三分春色二分愁，更一分風雨！」 2. 人生只有一次，歲月不居，青春難再，美好的時光就那麼一點，還「三分春色二分愁，更一分風雨」。

詩句·出處	涓流積至滄溟水，拳石崇成泰華岑。（〈鵝湖和教授兄韻〉宋·陸九淵）
	滄溟：大海。崇：堆積。泰華：泰山和華山。岑：指山峰。
解析·應用	涓涓細流積成滄茫的大海，小小石塊堆成高聳的山嶺。
	常用來說明成就大事業須從小事扎扎實實地做起。

寫作例句	沒有小就不會有大，沒有少就不會有多。要想成就偉大的事業，必須從一點一滴做起。古詩云：「涓流積至滄溟水，拳石崇成泰華岑。」

詩句·出處	從來好事天生儉，自古瓜兒苦後甜。（〈中呂·陽春曲·題情〉元·白樸）
	儉：缺乏，貧乏。一說為困難、磨難的意思。
解析·應用	天生的好事從來就少，自古瓜兒都是先苦後甜。
	常用來說明好事多磨的道理。
寫作例句	「從來好事天生儉，自古瓜兒苦後甜」，苦並不可怕，可怕的倒是怕吃苦而無所作為，最終吃了大苦頭。新時代的年輕人，趁年輕多承受一點痛苦的磨練，將會使你早日打開理想的大門。

人與自然

詩句·出處	人生若塵露，天道邈悠悠。（〈詠懷·其六十二〉晉·阮籍）
	天道：指日月星辰等天體及其運行。邈：遙遠。
解析·應用	人生就如塵埃和露水一樣短暫，日月星辰的存在和運行卻是那麼遙遠悠久。
	常用來說明人生短暫，宇宙永恆。
寫作例句	關於有限的個體生命與永恆宇宙的對立，詩人們不斷發出哀傷的感嘆：「人生若塵露，天道邈悠悠。」人們在自然中感到的，是無限存在對有限人生的壓迫。

詩句·出處	草木有本心，何求美人折？（〈感遇〉唐·張九齡）
	本心：本性，生長習性。
解析·應用	草木美麗芳香，是由本性所至，哪是為求得美人的折取呢？
	常用來說明事物的狀況或人的行為舉止是由其本性所致，並非想求得別人的好感或賞識。
寫作例句	野草、野菜開一朵小花報答陽光雨露之恩，並不求人「勿忘我」，所謂「草木有本心，何求美人折」。一個人不想攀高就不怕下跌，也不用傾軋排擠，可以保其天真，成其自然，潛心一志完成自己所能做的事。

詩句·出處	今人不見古時月，今月曾經照古人。（〈把酒問月〉唐·李白）
解析·應用	今天的人見不到古時候的月亮，可今天這輪明月曾經照過古代的人。
	說「今人不見古時月」，也意味著「古人不見今時月」；說「今月曾經照古人」，也意味著「古月依然照今人」。以明月之永恆，烘托出人生之短促，宇宙之無窮。可引用這兩句詩來描述月夜，或表現宇宙永恆、人生短促之意。常用來形容、感嘆月亮或其他自然景物年代久遠，古今不變，藉此感慨人生短暫。

寫作例句	1. 在月亮底下發一點感慨，是詩人們常有之事，李白的「今人不見古時月，今月曾經照古人」，蘇軾的「此生此夜不長好，明月明年何處看」，對古今變幻、世事無常，都是感慨繫之。 2.「今人不見古時月，今月曾經照古人。」望著這曾洗禮過地球上千萬代人、見證過億萬人生離死別的千古明月，我忽然發現，好多年前，我們共賞的那輪明月還在，可曾經一起賞月的人呢？

詩句・出處	玉經磨琢多成器，劍拔沉埋便倚天。（〈上裴侍郎〉唐・王渙）
	沉埋：埋沒。倚天：古人想像中靠在天邊的長劍，此處指好劍。
解析・應用	璞玉經過思索大多會變成玉器，鐵劍從泥土的埋沒中拔出來便能成為倚天長劍。
	常用來說明某些事物經過磨製煉造，可成為有用或貴重的器物，或說明人經過艱苦磨練，能夠成才立業。
寫作例句	「玉經磨琢多成器，劍拔沉埋便倚天。」正是挫折和艱難的磨練，使他們具備了堅韌不拔的意志，非凡超群的才幹，從而成就了人間偉業。

詩句・出處	不識廬山真面目，只緣身在此山中。（〈題西林壁〉宋・蘇軾）

解析．應用	不清楚廬山的真實面目，只因為自己身在這座山中。
	這是說明「當局者迷」的道理的警句，久傳不衰。可引用這兩句詩來說明自身處在局部的境遇中，不能縱觀全局；形容身處某地，由於地域所限或習以為常，因而不能全面、客觀地認識該地；或說明當事者容易被一些錯綜紛紜的表面現象所迷惑，而不能全面地、清楚地認識事物的本質。
寫作例句	1. 有時，恰恰是自己最不了解自己，此乃所謂「不識廬山真面目，只緣身在此山中」。 2. 水霧連天，渾渾一片。再摸索上天橋去看看，哎，我的天，到此我要每步彎下腰桿才能下腳，半天不知摸去半里沒有？正陷「不識廬山真面目，只緣身在此山中」的窘境時，忽然聽聞水聲，壓住潺潺的雨聲。 3. 這可能是一種常見的社會現象，近在咫尺的珍寶，或視而不見，或見而無動於衷，「不識廬山真面目，只緣身在此山中。」

詩句．出處	耕田欲雨刈欲晴，去得順風來者怨。（〈泗州僧伽塔〉宋．蘇軾）
	刈：割（草、穀類）。
解析．應用	耕田的人盼望雨，收割的人想要晴，去的船順風，乘船的人高興，來的船頂風，乘船的人埋怨。
	常用來說明由於人們所處的立場不同，需求不同，對某一事物的好惡便有了相反的態度。

寫作例句	有一些形上學者堅持問辯證家，下雨對於收穫是有益的還是有害的？他們要求給一個「斬釘截鐵」的答案。辯證家毫無困難地證明這樣提出問題是完全不科學的，耕田者希望及時雨滋潤禾苗，收割者卻盼望天氣晴朗。正如宋代大詩人蘇軾在〈泗州僧伽塔〉一詩中所云：「耕田欲雨刈欲晴，去得順風來者怨。」

詩句·出處	不畏浮雲遮望眼，自緣身在最高層。（〈登飛來峰〉宋·王安石）
	浮雲：古人常用來比喻奸邪進讒矇蔽皇帝陷害賢臣。
解析·應用	不怕浮雲遮住遠望的雙眼，只是因為自己身在山峰的最高層。
	詩人把當時的保守勢力比作浮雲，表示自己胸懷大志，站得高，看得遠，不怕任何阻撓，抒發了一位改革家的豪情。常用來形容身居極高之處，放眼眺望而毫無遮擋；也用來說明站得高，看得遠，就不會被眼前的現象或假象所迷惑；或比喻掌握了正確的立場、觀點，就不會被困難阻礙住前進的道路。
寫作例句	1. 回顧遠近，山青水秀，山城全景，盡收眼底。我不禁心曠神怡，吟誦起北宋詩人王安石〈飛來峰〉詩中的兩句話：「不畏浮雲遮望眼，自緣身在最高層。」 2. 古詩云「不畏浮雲遮望眼，自緣身在最高層」，考察人類歷史，凡是想成大事業者，皆不是坐井觀天、鼠目寸光者，而是高瞻遠矚的人。 3. 王安石詩云：「不畏浮雲遮望眼，自緣身在最高層。」站得高一點，種種迷惑人的現象就擋不住我們的眼睛了。

詩句·出處	山中方七日，世上已千年。（《誤入桃源·第三折》元·王子一）
解析·應用	山裡才過了七天，人世間已經過去了上千年。
	常用來形容深山密林等偏遠之地僻靜閉塞，彷彿時日緩慢。也用來形容在封閉的環境裡，生活還是老一套，而外面的情況已發生很大變化。
寫作例句	1. 不覺已在山上住了八天，看看日曆，真有些「山中方七日，世上已千年」之感。因為家裡還有事，避暑避不下去了，只能黯然而別。 2. 七年的監獄生活，就像停了擺的鐘，而外面卻在一分一秒、一月一年的運行著。古人說黃粱一夢，或「山中方七日，世上已千年」，可能有些類似。

詩句·出處	四海變秋氣，一室難為春。（〈自春徂秋，偶有所觸，拉雜書之，漫不詮次，得十五首〉清·龔自珍）
	四海：天下，全國各地。古人認為四周有海環繞，故稱。 秋氣：以入秋喻清王朝的衰敗。
解析·應用	天下都已變得秋氣肅殺，一室一戶是難以保持春色的。
	常用來形容秋臨大地，春意不再的景象。也用來說明整體變了，局部難以保持原樣。
寫作例句	1. 龔自珍認為，知識分子在腐敗的社會中總難以獨善其身，就像他在詩中寫的：「四海變秋氣，一室難為春」。 2. 冰心替書房取了一個名字，是「難為春室」，那時正是「九一八」之後，滿目風雲，取「四海變秋氣，一室難為春」之意。

人與事物

詩句·出處	往者不可諫，來者猶可追。（《論語·微子》引《楚狂接輿歌》）
	諫：止，挽救。追：補救。
解析·應用	過去的事已不可挽回，未來的事還可以補救。
	常用來說明過去的事已無法挽回，應向前看，把今後的事做好。
寫作例句	古語云：「往者不可諫，來者猶可追。」過去的沒有追回的可能，未來的呢？我們應該要計劃著，而且遵照我們的希望去實行。

詩句·出處	何意百鍊剛，化為繞指柔。（〈重贈盧諶〉晉·劉琨）
	意：料想。
解析·應用	怎能料到經過千錘百鍊的堅剛之物，竟會變得如此柔軟，能繞在指頭上。
	常用來形容鋼鐵等堅硬的事物變得十分柔軟，也用來比喻人的身體、性格等由剛變柔或剛柔相濟。或比喻經過千錘百鍊，技藝或學問已達到爐火純青的境界。

寫作例句	1. 在冷軋廠中，鋼板以每秒鐘三十公尺的速度變成薄片，像織布機上掛下來的布匹一樣。「何意百鍊剛，化為繞指柔。」在這裡，它已是生活中的現實了。 2. 她們的舞姿是那麼柔媚，卻又是那麼剛勁；柔若無骨，剛如利劍。也許只有一句詩可以描述她們：「何意百鍊剛，化為繞指柔。」不經過「百鍊」，怎能如此地頸肩柔轉，臂指圓融呢？ 3. 藝術的醜應含有形式美的因素，要給予人審美愉悅，而不是追求感官刺激。倘若也借用一句古詩來表達，似可化用劉琨〈重贈盧諶〉的詩意：「何意百鍊剛，化為繞指柔。」

詩句·出處	抽刀斷水水更流，舉杯消愁愁更愁。（〈宣州謝朓樓餞別校書叔雲〉唐·李白）
	消：解除。
解析·應用	抽刀要斬斷水流，水更加奔流不止；舉起酒杯想借酒解愁，卻是愁上加愁。
	可引用這兩句詩來形容愁緒是無法以酒消除的，就像流水無法斬斷一樣，飲酒解愁而愁情更甚等。常用來形容想阻止某種事物的發展或消除某種現象，結果適得其反。

寫作例句	1. 有些人每當遇到不順心的事，總願借酒消愁。可是「抽刀斷水水更流，舉杯消愁愁更愁」，在愁悶時喝酒，往往會導致沒有節制，最易喝醉，這種飲酒也最傷身體，並非解愁的良策。 2. 她原以為這樣做了，就可以拋去所有的感情煩惱和糾葛。其實不然。正像古人所說的「抽刀斷水水更流，舉杯消愁愁更愁」那樣，感情這東西，實在太微妙了。你越想斬斷它，它越是糾纏你、困擾你，真是「剪不斷，理還亂」。 3. 相信很多生活在城市裡的人都遇到過這樣的場景：在馬路邊、天橋下的很多地方，警察一來，小攤販就一哄而散；警察一走，小攤販又迅速鋪開攤子，如此循環反覆，似乎有「抽刀斷水水更流」的意思。

詩句·出處	朝真暮偽何人辨，古往今來底事無？（〈放言·其一〉唐·白居易）
	底：什麼。
解析·應用	早上是真的，晚上就成了假的，誰能辨別清楚？古往今來什麼樣的事沒有？
	常用來說明世事錯綜複雜，有些現象反反覆覆，一時難辨真假。也用來說明世上的事無奇不有，什麼樣的事都發生過或可能發生。

寫作例句	1.「朝真暮偽何人辨，古往今來底事無？」許多事情，今天這樣說，明天那樣說，真假之間，究竟能不能辨清呢？ 2. 不徹底剷除這愚昧及其產生的根源，那麼，「朝真暮偽何人辨，古往今來底事無？」各種史無前例的怪事，還可能發生。

詩句．出處	睫在眼前長不見，道非身外更何求？（〈登池州九峰樓寄張祜〉唐．杜牧）
	道：法則、規律，此指寫詩的規律和技巧。更：又。
解析．應用	睫毛就在眼前老是看不見，寫詩的道理和技巧你自身已掌握，又何必到別處去尋求呢？
	常用來說明要尋找的事物就在近處，不必到別處去尋找。也用來形容事物近在眼前，卻往往被人視而不見。
寫作例句	「睫在眼前長不見，道非身外更何求？」許多道理就在自己身邊，就在自己的實際工作中，當然它不是俯身可得的，而需要人們在實際生活中去尋，動腦子去總結，像黑格爾所說的從「熟知未真知」的事物中去挖掘、探求。

詩句．出處	若言琴上有琴聲，放在匣中何不鳴？若言聲在指頭上，何不於君指上聽？（〈琴詩〉宋．蘇軾）
	匣：琴盒。君：你。

解析‧應用	如果說琴上有琴聲，那麼琴放在琴匣裡為什麼不響呢？如果說琴聲發自指頭上，為什麼不到你的指頭上去聽呢？
	常用來說明文學藝術美的產生要依賴主客觀的統一，客觀上，要有能產生美的事物；主觀上，人要有創造美或感受美的能力，缺一不可。也用來說明在其他方面主客觀之間的辯證統一關係。
寫作例句	1. 所謂「物以動情，情以寄物」，客觀現實界與主觀心靈界密切結合，凝為一體，就構成了一個生動的藝術意境，一個具體而獨特的充滿生命力的藝術形象。蘇東坡有一首〈琴詩〉說：「若言琴上有琴聲，放在匣中何不鳴？若言聲在指頭上，何不於君指上聽？」就是說明藝術必須有客觀與主觀兩方面因素的結合，任何強調一面而忽視另一面的理論都是難免失之偏頗的。 2. 蘇東坡寫過一首帶哲理的〈琴詩〉：「若言琴上有琴聲，放在匣中何不鳴？若言聲在指頭上，何不於君指上聽？」我想，用這首哲理詩，來比喻自然美和人類對自然美的感受的道理，也是貼切的。自然美就好比那張琴，欣賞自然美的人就好比那個會彈琴的指頭。

詩句‧出處	紙上得來終覺淺，絕知此事要躬行。（〈冬夜讀書示子聿‧其三〉宋‧陸游）
	紙上：指書本。絕知：徹底、深刻地了解。此事：指書本上學到的知識或知道的事情。躬行：親自實行。

<table>
<tr><td rowspan="2">解析·
應用</td><td>書本上學來的東西終歸是膚淺的，要深刻地了解這些東西還必須親自實踐。</td></tr>
<tr><td>這是詩人學習實踐的經驗之談，常用來說明要真正掌握知識，除了從書本上學，還要親身實踐。可引用這兩句詩來說明實踐出真知的道理。</td></tr>
<tr><td>寫作
例句</td><td>1. 對於讀書，陶淵明是「好讀書不求甚解」，陸游卻認為「紙上得來終覺淺，絕知此事要躬行」，朱熹覺得「問渠那得清如許，為有源頭活水來。」而南宋學者陸九淵則有這樣的體會：「讀書切戒在慌忙，涵泳工夫興味長。」
2. 古人早已懂得實踐出真知的道理。南宋大詩人陸游說：「紙上得來終覺淺，絕知此事要躬行。」</td></tr>
</table>

<table>
<tr><td rowspan="2">詩句·
出處</td><td>向來枉費推移力，此日中流自在行。（〈觀書有感·其二〉宋·朱熹）</td></tr>
<tr><td>中流：江流之中。</td></tr>
<tr><td rowspan="2">解析·
應用</td><td>以往江水低淺時，都是枉費許多力氣也推不動船，今天江水上漲，船不用推就能在江中自由自在地航行。</td></tr>
<tr><td>常用來形容水淺時行船困難甚至擱淺，水深時則暢行無阻。也用來比喻當條件不具備時，做事費力不討好，而當條件具備時，做起來輕鬆自如或事半功倍。</td></tr>
</table>

寫作例句	1. 在沒有其他大型運輸工具的古代，大量的木料都是靠「放排」運出去的。每當新春第一場桃花汛到來的時候，就是人們施展身手的時分。難怪乎朱子有詩雲：「向來枉費推移力，此日中流自在行。」 2. 前些年他雖未嘗一日間斷練筆，卻總是覺得要想突破某種樊籬，進入一種新的境界，是十分艱難的事。但近年來，他漸漸覺得筆力趨於自如了，同時也深深感到「廣益多師」，學習鑽研的重要性。這使我想起了宋人朱熹的兩句詩：「向來枉費推移力，此日中流自在行。」

詩句・出處	踏破鐵鞋無覓處，得來全不費工夫。（〈絕句〉宋・夏元鼎）
解析・應用	有時踏破鐵鞋也找不到，有時得到又完全不費一點工夫。
	常用來形容尋找事物或人有時千方百計都找不到，而有時得到卻毫不費力，也可說明事物的成功帶有偶然性等。
寫作例句	1.「踏破鐵鞋無覓處，得來全不費工夫。」其實，不妨讓我們去清理一下那些被歷史遺忘的角落，或許意想不到的答案就在那裡。這個答案未必能夠指點迷津，但卻可以撥雲見日。 2. 能夠尋覓到一塊集文字、圖案、象形「三位一體」的奇石，是眾多收藏家和奇石愛好者夢寐以求的願望。「踏破鐵鞋無覓處，得來全不費工夫。」十年前，筆者的一位朋友到新疆出差，無意中得到了這塊奇石。

詩句・出處	眾裡尋他千百度，驀然回首，那人卻在，燈火闌珊處。（〈青玉案・元夕〉宋・辛棄疾）
	度：次。驀然：猛然，不經心地。闌珊：稀落，將盡。
解析・應用	在人群中我找了他千百次，驀然回頭，看見那人站在燈火稀落的地方。
	常用來形容長久地尋找人或事物而不可得，卻在無意中或在無人注意的地方找到了。
寫作例句	1. 最近我天天都在電梯口左顧右盼，卻再也沒有見到他，心中一直追悔不迭。而現在，真是「眾裡尋他千百度，驀然回首，那人卻在，燈火闌珊處」。 2. 一個問題，想了很久，不能解決。可是，一個偶然的機會，卻使你「恍然大悟」，發現「原來如此」。宋詞有云：「眾裡尋他千百度，驀然回首，那人卻在，燈火闌珊處。」形容的正是這種情景。

第 2 節　為人處世

交際往來

詩句・出處	將縑來比素，新人不如故。（〈上山採蘼蕪〉漢樂府）
	縑：黃色的絹。素：白色的絹。新人：新娘。
解析・應用	將黃絹來比白絹，新娘的織布手工不如棄婦。
	常用來形容新娘不如前妻或新交不如舊友。

寫作例句	他們本來就沒有什麼非離婚不可的理由。「將縑來比素，新人不如故。」

詩句·出處	同是天涯淪落人，相逢何必曾相識？ （〈琵琶行〉唐·白居易）
	天涯：天邊，指離都市極遠的地方。實際用法，著重「他鄉異域」一層意思。淪落：沉淪流落、遭逢不偶、失意無歡等意思。
解析·應用	同是淪落天涯的人，彼此相逢，傾心而談，又何必在乎過去是否相識呢？
	詩人聞琵琶女彈奏琵琶，又自述身世遭際，知兩人同是來自京都，都有繁華得意生活而轉入淒涼境況的經歷，然後發此感慨。常用來形容遭遇不幸的人相互結識、傾談，同病相憐，或表達這種願望，也用來說明同遭不幸的人容易產生共鳴。
寫作例句	1. 讀了您的徵婚啟事，我彷彿看到一顆苦苦尋覓愛情的心。「同是天涯淪落人，相逢何必曾相識？」我跟您有相似的婚史，在婚姻上也同樣追求真正的愛情。 2. 我們都是命運的棄兒，「同是天涯淪落人，相逢何必曾相識」呢？

詩句·出處	求友須在良，得良終相善。（〈求友〉唐·孟郊）
解析·應用	尋求朋友必須選擇品德好的，結交了好人才能永遠親密下去。
	常用來說明擇友標準。

寫作例句	隨著年齡的增長，孩子的生活範圍不斷擴大，人際關係越來越多。我反覆叮囑他：「求友須在良，得良終相善。」品德不好的人，一定不要交。

詩句·出處	君子忌苟合，擇交如求師。（〈送沈秀才下第東歸〉唐·賈島）
	君子：品行好的人。忌：禁戒，避免。苟合：隨便湊合。擇交：選擇朋友。
解析·應用	品行端正的人結交朋友力戒苟合，他們選擇朋友如同求師一樣謹慎。
	常用來說明結交朋友就像拜師求學一樣，對自己的思想行為有很大影響，所以要慎重選擇。
寫作例句	正如詩人賈島所說：「君子忌苟合，擇交如求師。」朋友並非越多越好，友誼要講究品質。

詩句·出處	平生風義兼師友，不敢同君哭寢門。（〈哭劉蕡〉唐·李商隱）
	平生：平素，一生。風義：即情誼。同君：與你等同起來。哭寢門：據〈禮記·檀弓〉載，哭師應在內室，哭友則在內室的門之外。寢門，內室的門。
解析·應用	說起我們平生的情誼，你是我的老師兼朋友，但我不敢以你的同輩自居，哭弔於寢門之外。
	用來表達對死去的師友的悼念和崇敬之情。
寫作例句	「平生風義兼師友，不敢同君哭寢門。」我的老師慘遭迫害，含冤而逝，迄今已十多年了。

詩句·出處	以文長會友，唯德自成鄰。（〈清明宴司勳劉郎中別業〉唐·祖詠）	
	文：詩與文章。長：常常。以、唯：因為。成鄰：來往密切。	
解析·應用	常因詩文與朋友們相會，由於德行相近，自然來往密切。	
	常用來形容以詩文等結交愛好相同的朋友，因志同道合時常相聚。	
寫作例句	他入住後，我們成為鄰居。過去是「以文長會友，唯德自成鄰」，現在是上下樓走幾步就碰頭的真正鄰居了。	

詩句·出處	人生貴知心，定交無暮早。（〈德山別楊西來〉明·袁中道）
	定交：結為朋友。
解析·應用	人生交友貴在知心，結為知己不在於早晚。
	常用來說明世上知交最為可貴，知交不在乎結識的早晚。
寫作例句	「人生貴知心，定交無暮早。」人的一生交往過多少朋友，又淘汰、選擇了多少？交友貴在相知，而不在結交早晚。

做事

詩句·出處	靡不有初，鮮克有終。（《詩經·蕩》）
	靡：無。鮮：少。克：能。

解析・應用	人們做事無不有個開頭，但很少能堅持到底。
	常用來說明人們做事往往有始無終，做到善始善終是比較困難的。
寫作例句	一般人的興趣停留在直覺和自覺階段，開始的人多，堅持到底的人少，正如古詩所說：「靡不有初，鮮克有終。」

詩句・出處	如切如磋，如琢如磨。（《詩經・淇奧》）
	切、磋、琢、磨：治骨曰切，象曰磋，玉曰琢，石曰磨，均指文采好，有修養。切磋：本義是加工玉石骨器，引申為討論研究學問。思索：本義是玉石骨器的精細加工，引申為學問道德上鑽研深究。
解析・應用	學問切磋更精湛，品德思索更良善。
	常用來比喻互相研討，取長補短。也可指做事要像加工器物一樣精雕細刻，不留紕漏。
寫作例句	1. 有了學友間的「如切如磋，如琢如磨」，我對這個問題的理解更透澈了。 2.「如切如磋，如琢如磨。」新聞寫作就應當推崇這樣的文風，要把新聞中的「水分」擠掉，把套話和空話去掉，做到文簡意達，一個多餘的字也沒有。

詩句・出處	君子防未然，不處嫌疑間。瓜田不納履，李下不正冠。（〈君子行〉漢樂府）
	未然：還沒有成為事實。納履：整理鞋子。正冠：整理帽子。

解析·應用	處事得體的人在事情還沒有發生時就知道防範，不置身於嫌疑之間。瓜田裡不彎腰提弄鞋子，李樹下不舉手整理帽子。
	常用來說明在容易引起嫌疑的地方應謹言慎行，免招別人誤會。
寫作例句	古詩云：「君子防未然，不處嫌疑間。瓜田不納履，李下不正冠。」多看多聽多想，步步自己檢點，盡可能地避免被人家誤會，當然是人人應當努力的。

詩句·出處	寄言立身者，勿學柔弱苗。（〈有木詩〉唐·白居易）
	寄言：託話，傳話。立身：在世上安身立足。
解析·應用	寄言要立身於世的人，不要學那柔弱的樹苗。
	常用來說明在世上安身立足必須自強不息，懦弱、懶惰是不行的。
寫作例句	「寄言立身者，勿學柔弱苗。」人才的成長，也同此理，倘若不努力鍛鍊，以強化「自立力」，就不可能出類拔萃，做出卓越貢獻。

詩句·出處	莫言大道人難得，自是功夫不到頭。（〈絕句·其八〉唐·呂岩）
解析·應用	不要說大道人們難以得到，只不過是功夫還沒練到家罷了。
	指做事只要肯下工夫，就一定能夠成功。
寫作例句	有不少時候，只要再堅持一下，再努力一番，就可以成功了，但有人卻洩氣了、退卻了，因而失敗了。古人說：「莫言大道人難得，自是功夫不到頭。」真是至理名言。

<table>
<tr><td rowspan="2">詩句．出處</td><td>好事盡從難處得，少年無向易中輕。（〈送譚孝廉赴舉〉唐．李咸用）</td></tr>
<tr><td>無：通「毋」，不要。易中輕：從容易做的地方求得輕鬆，指輕取功名。</td></tr>
<tr><td rowspan="2">解析．應用</td><td>成就的獲得都是不畏艱難，奮力打拚得來的，年輕人不應只圖輕而易舉就能獲得成功。</td></tr>
<tr><td>常用來說明好事都是從克服困難中爭取到的，只圖容易和輕鬆是得不到的。</td></tr>
<tr><td>寫作例句</td><td>「好事盡從難處得，少年無向易中輕。」這是說真正的成就都是從艱難中得來的，告誡年輕人不要貪圖輕鬆安逸。閱歷淺的人，總是把複雜的事情想得太簡單了。</td></tr>
</table>

<table>
<tr><td rowspan="2">詩句．出處</td><td>切莫怨東風，東風正怨儂。（〈菩薩蠻．留春〉清．鄭板橋）</td></tr>
<tr><td>東風：春風。儂：你。</td></tr>
<tr><td rowspan="2">解析．應用</td><td>切不要埋怨春風，春風也正在抱怨你呢。</td></tr>
<tr><td>用來告誡人遇到不如意的事不要埋怨客觀，抱怨別人，也應從自身去找一下原因。</td></tr>
<tr><td>寫作例句</td><td>「切莫怨東風，東風正怨儂。」對現在某些人來說，主要問題不是什麼屈才，不是什麼無用武之地，而是不能勝任工作的要求，在生活的考場中交了不能令人滿意的試卷。</td></tr>
</table>

第 7 章　議論

第 1 節　民族民生

愛國

<table>
<tr><td rowspan="2">詩句・出處</td><td>捐軀赴國難，視死忽如歸。（〈白馬篇〉三國・魏・曹植）</td></tr>
<tr><td>捐軀：獻身。忽：不重視。</td></tr>
<tr><td rowspan="2">解析・應用</td><td>不惜獻身，去奔赴國難，把死亡不放心上，只看作回家一樣。</td></tr>
<tr><td>常用來形容為國獻身，視死如歸的愛國精神和英雄氣概。</td></tr>
<tr><td>寫作例句</td><td>自古以來，仁人志士都自覺地將自己的生命無保留地獻給自己的國家，為了國家的安全、富強、進步，他們「捐軀赴國難，視死忽如歸」。</td></tr>
</table>

<table>
<tr><td rowspan="2">詩句・出處</td><td>死去元知萬事空，但悲不見九州同。王師北定中原日，家祭無忘告乃翁。（〈示兒〉宋・陸游）</td></tr>
<tr><td>元：原來，本來。但：只，唯獨。九州：傳說中上古時中原地區的行政區劃，起於春秋、戰國時代，分為冀、兗、青、徐、揚等九個州。後以九州代指全國。同：統一。無：同「毋」，不要。乃翁：你的父親，指陸游自己。</td></tr>
</table>

解析．應用	原本就知道人死去以後，他的一切便化為一空，這倒沒有什麼，唯獨感到悲愁的是看不到山河的統一了。當朝廷的軍隊北上收復中原之日，在家裡祭祀時，一定不要忘記把這勝利的喜訊告訴你的父親。
	前兩句寫得悲壯感人，後兩句寫得樂觀自慰，充分表現出詩人至死不忘收復中原失地的拳拳愛國之心。可引用這首詩或其中的句子來表達不忘國家安危的赤子之情，用來形容某人至死不能看到國家安定統一，傷心悲痛，死而有憾，表現出強烈的愛國之情。
寫作例句	今天倭寇占國土，殺我人民，是可忍，孰不可忍？你要記住陸放翁的詩：「死去元知萬事空，但悲不見九州同。王師北定中原日，家祭無忘告乃翁。」我年紀大了，恐怕看不到收復失地，要看你們這一代人了。

詩句．出處	雙鬢多年作雪，寸心至死如丹。（〈感事六言〉宋．陸游）
	丹：紅。
解析．應用	雙鬢多年前就已白得如雪，但愛國的心到死都和原來一樣紅。
	常用來形容人雖已變老，但愛國之心始終不渝。
寫作例句	我相信，在科技現代化中勇當伯樂的老科學家，他們的心情是豪邁而歡暢的。愛國詩人陸游的詩句：「雙鬢多年作雪，寸心至死如丹」，或可當之無愧。

詩句．出處	布被秋宵夢覺，眼前萬里江山。（〈清平樂．獨宿博山王氏庵〉宋．辛棄疾）
	布被：布面的被子。宵：夜。

解析．應用	秋夜裡從布被中一夢醒來，眼前浮現的仍是萬里江山。
	常用來形容晝夜思念山河或家鄉故土，或形容錦繡山川令人魂牽夢繞。
寫作例句	「布被秋宵夢覺，眼前萬里江山。」每當我午夜夢迴，對著窗外城市裡的萬家燈火，眼前又浮現出遼闊山河，我的心又回到遙遠的東方。

詩句．出處	鏡裡朱顏都變盡，只有丹心難滅。（〈酹江月．和〉宋．文天祥）
	朱顏：青春的容貌。丹心：赤誠之心。
解析．應用	鏡子裡的青春容顏都已消失，只有這顆報國的赤誠之心難以磨滅。
	常用來形容人已變老或歷經磨難，但對國家、人民等的耿耿忠心仍未改變。
寫作例句	經歷了長期的災難後，即使到了晚年，也不能「採菊東籬下」，消沉地打發著剩餘的歲月；而應該挺然直立，昂首前行，「鏡裡朱顏都變盡，只有丹心難滅。」

詩句．出處	人寰尚有遺民在，大節難隨九鼎淪。（〈陳生芳績兩尊人先後即世，皆以三月十九日，追痛之作，詞旨哀惻，依韻奉和〉明．顧炎武）
	人寰：人間。遺民：前朝留下來的人民或改朝換代後仍效忠前朝的人。大節：民族氣節，指自己不仕清廷。九鼎：傳說夏禹鑄九鼎，象徵九州，後來奉為傳國之寶，因以「九鼎」指國家。

解析・應用	人間還有前朝遺民活著，我的民族氣節不會因國家淪亡而喪失。
	常用來說明儘管國土淪陷或國家滅亡，但人們的民族氣節和愛國之心絕不會隨之淪喪。
寫作例句	「人寰尚有遺民在，大節難隨九鼎淪。」戰事雖遠離，鬥志卻並未消沉，特別是負隅「孤島」的新聞和戲劇這兩座精神堡壘，腕底風雷，劇場粉墨，都成了抗敵救亡的羽書號角，長戈利矛。

詩句・出處	杜鵑再拜憂天淚，精衛無窮填海心。（〈贈梁任父同年〉清・黃遵憲）
	憂天：憂慮國家危亡。
解析・應用	再拜杜鵑，流下擔憂亡國的淚水，但我們有精衛填海的精神，要救國救民，不達目的，絕不罷休。
	常用來形容為國家興亡憂傷流淚，立志排除萬難，挽救危亡。
寫作例句	「杜鵑再拜憂天淚，精衛無窮填海心」，在考驗面前，這個古老的飽受苦難的民族和她的人民，在前行的道路上始終有著無與倫比的意志和勇氣，天礙也罷，人阻也罷，無論付出的代價有多大，從來就不會屈服！

詩句·出處	我自橫刀向天笑，去留肝膽兩崑崙。（〈獄中題壁〉清·譚嗣同）
	橫刀：面對鍘刀橫身躺下。一說橫刀為佩帶刀時轉身的動作，表示憤恨、蔑視的態度。《三國志·魏志·袁紹傳》載，袁紹和董卓頂撞後，長揖橫刀，退了出去。去留：去，指康有為在戊戌變法失敗後逃亡日本。留，指自己赴死。兩崑崙：指康有為和自己的行為都同樣崇高。
解析·應用	我自若地對刀橫身，向天大笑，不論是康有為的逃去還是我的留下，我們都有一副忠肝義膽，我們的形象都像崑崙山那樣巍峨高大。
	譚嗣同因戊戌政變失敗而死，梁啟超讚之為「中國為國流血第一烈士」（〈仁學序〉）。政變失敗後，他毅然拒絕東渡日本避難，而堅決留下，以死喚醒民眾，就義前大呼「死得其所，快哉快哉！」（〈臨終詩〉）可引用這兩句詩來表示仁人志士大義凜然、視死如歸的革命精神，形容為了正義事業慷慨赴死的英雄氣概和大無畏精神浩然長存。
寫作例句	1. 譚嗣同說這些話，如同他說「中國未聞有變法且流血者，此國之所以不昌也。有之，請自嗣同始」，高唱「我自橫刀向天笑，去留肝膽兩崑崙」一樣的認真，一樣的心地清白。 2. 自古以來，有人因國家存亡視死如歸：「生當作人傑，死亦為鬼雄」（李清照）；「我自橫刀向天笑，去留肝膽兩崑崙」（譚嗣同）；有人因人民疾苦而沉鬱頓挫：「朱門酒肉臭，路有凍死骨」（杜甫）。

詩句・出處	四萬萬人齊下淚，天涯何處是神州？（〈有感一章〉清・譚嗣同）
	神州：中國的代稱。
解析・應用	四億人一齊落淚痛哭，走遍天涯，哪裡還有我們的地盤啊？
	常用來形容國土被侵占或國家淪亡，人們悲哭、失望的情狀。
寫作例句	西元 1897 年冬，德國派遣艦隊強占膠州灣，沙俄占旅順口、大連灣。瓜分豆剖，迫在眉睫。「四萬萬人齊下淚，天涯何處是神州？」蔡元培失望了。

詩句・出處	一腔熱血勤珍重，灑去猶能化碧濤。（〈對酒〉清・秋瑾）
	勤：常常，多多。碧濤：碧血的波濤。《莊子・外物》載，「萇弘死於蜀，藏其血三年而化為碧。」後用「碧血」指為正義事業而流的血或烈士所流的血。
解析・應用	一腔熱血要多多珍重，灑出去還能化作萬丈碧濤。
	常用來形容平時珍愛自己的才華、精力乃至生命，但在國家、人民需要的時候，毫不猶豫地挺身而出，奉獻一切。
寫作例句	他們當然珍重自己的生命，但是更珍重自己的國家，當他們意識到非一死不能報國時，他們就毅然赴死，這種死，無疑大大地提高了他們生命的價值。正如秋瑾烈士所說：「一腔熱血勤珍重，灑去猶能化碧濤。」

詩句·出處	拚將十萬頭顱血，須把乾坤力挽回。（〈黃海舟中日人索句並見日俄戰爭地圖〉清·秋瑾）
	拚：拚上，豁出去。將：語氣助詞，無實義。乾坤：天地，代指國家。挽回：指收復被帝國主義侵略者占領的國土。
解析·應用	豁上無數人拋頭顱，灑熱血，也要把國家的危局挽回。
	常用來形容寧可流血犧牲也要挽回危局，拯救國家和民族。
寫作例句	「拚將十萬頭顱血，須把乾坤力挽回」，正是為報國獻身的先驅們的強大心聲。

憂民

詩句·出處	白日不照吾精誠，杞國無事憂天傾。（〈梁甫吟〉唐·李白）
	白日：比喻皇帝。杞國：古國名，在今河南省杞縣。
解析·應用	太陽也照不見我的一片赤誠之心，我並非像杞國人那樣無緣無故地擔憂天會塌下來。
	抒發了詩人懷才不遇的憂國憂民之情。可引用這兩句詩來說明憂國憂民，或引用「杞國無事憂天傾」一句來比喻無根據和沒有必要的憂慮與擔心。

寫作例句	1. 李白在安史之亂的前夕作〈梁甫吟〉，長嘯高歌：「白日不照吾精誠，杞國無事憂天傾。」同樣是憂國憂民之情，在所謂「開元盛世」之際，故自稱「杞憂」也。 2.「憂慮」作為一種意識活動，雖人人皆可產生，但其層次上卻有區別，分量上也不是一樣的。「安得廣廈千萬間，大庇天下寒士俱歡顏」，是詩聖對人民疾苦的呼告；「問君能有幾多愁，恰似一江春水向東流」，則是落魄君王對自身命運的哀婉吟哦；陸游「位卑未敢忘憂國」，范仲淹「先天下之憂而憂」，剖白了真正文人的俠肝義膽；而「杞國無事憂天傾」，卻流露出神經過敏者多餘的愁煩。

詩句·出處	朱門酒肉臭，路有凍死骨。（〈自京赴奉先縣詠懷五百字〉唐·杜甫）
	朱門：古代富貴人家住宅的大門漆成紅色。
解析·應用	紅漆大門裡富貴人家吃不完的酒肉都已腐臭，而路旁卻有許多凍死、餓死的屍骨。
	常用來形容貧富懸殊的社會現象。
寫作例句	一方面是地主階級花天酒地，另一方面是千千萬萬農民飢餓、貧困、死亡。唐代大詩人杜甫寫道：「朱門酒肉臭，路有凍死骨。」這正是封建社會兩個階級、兩種生活的鮮明寫照。

詩句·出處	窮年憂黎元，嘆息腸內熱。（〈自京赴奉先縣詠懷五百字〉唐·杜甫）
	窮年：整年，終年。黎元：百姓。腸內熱：內心焦急不安。

解析·應用	一年到頭都為百姓的疾苦憂慮，嘴上嘆息不已，心中焦急不安。
	常用來形容時時為人民的疾苦憂心忡忡。
寫作例句	他的作品直面人生、披肝瀝膽、大氣磅礴，他憂時、憂世、憂濟元元的激情洶湧激盪其中，他的「窮年憂黎元，嘆息腸內熱」的精神，充溢字裡行間。

詩句·出處	興，百姓苦；亡，百姓苦。（〈山坡羊·潼關懷古〉元·張養浩）
解析·應用	一個朝代興起，老百姓苦；一個朝代滅亡，老百姓還是苦。
	常用來說明在奴隸社會、封建社會等專制社會裡，不論一個王朝興起還是滅亡，不論統治者怎樣變換，人民的苦難命運都得不到改變。
寫作例句	以太平天國領導階層的思想境界和行為作風來看，即使推翻了清王朝，也必定會建立起一個大同小異的洪家王朝。至於人民的命運，仍擺脫不了古人總結的路數——「興，百姓苦；亡，百姓苦。」

詩句·出處	但願蒼生俱飽暖，不辭辛苦出山林。（〈詠煤炭〉明·于謙）
	但：只。蒼生：百姓。山林：指埋藏煤的地方。

解析．應用	煤炭只願天下百姓都得飽暖，所以會不辭辛苦從山林裡走出來。
	用來讚頌煤炭對人類的貢獻。常常用來形容為了人民大眾的利益，不辭勞苦，甘於奉獻的品行。
寫作例句	「但願蒼生俱飽暖，不辭辛苦出山林。」我們應當學習煤炭的這種精神，為了民眾的利益，有一分熱，發一分光。

詩句．出處	衙齋臥聽蕭蕭竹，疑是民間疾苦聲。些小吾曹州縣吏，一枝一葉總關情。（〈濰縣署中畫竹呈年伯包大中丞括〉清．鄭板橋）
	衙齋：縣衙書房。蕭蕭：風吹竹葉發出的聲音。些小：微小。吾曹：我輩，我們這些。一枝一葉：比喻民間各種點點滴滴的小事情。關情：關心。
解析．應用	在衙門的書齋裡躺著，聽到風吹竹子的蕭蕭聲，懷疑是民間百姓呻喚疾苦的聲音。我們這些官職低微的州官縣吏，對老百姓的點滴小事都應關心到。
	這是詩人「位卑未敢忘憂國」的寫照，是詩人的自勵，也是與包括的共勉。可引用這首詩或引其中的句子來表示憂國憂民之情，或表示對民情的關心之類。也常用來形容為官者體察下情，關心百姓疾苦。

寫作例句	1. 所有偉大的人，無不具有同情之心。雨果（Hugo）在他的遺囑裡說要把他的財產分給巴黎的窮人，是同情；杜甫在自己顛沛流離的時候寫出：「安得廣廈千萬間，大庇天下寒士俱歡顏」，是同情；小小縣官鄭板橋「衙齋臥聽蕭蕭竹，疑是民間疾苦聲」，也是同情。 2. 百姓貧困，領導者有責呀！他想起了近代人鄭觀應寫的〈盛世危言〉中的一句話：「地方之治亂，視官吏之賢否為轉移。」他也想起了清代人鄭板橋的一首詩：「衙齋臥聽蕭蕭竹，疑是民間疾苦聲。些小吾曹州縣吏，一枝一葉總關情。」

第 2 節　治國理政

識才

詩句．出處	何世無奇才，遺之在草澤。（〈詠史．其七〉晉．左思）
	奇才：傑出的人才。草澤：喻指民間。
解析．應用	哪個時代沒有優秀的人才，只不過往往被遺棄在民間罷了。
	常用來說明人才哪裡都有，但卻往往遭到埋沒。
寫作例句	人才是有的，但是「使驥不得伯樂，安得千里之足」？晉代左思有兩句詩「何世無奇才，遺之在草澤」，也是這個意思。

詩句·出處	時危見臣節，世亂識忠良。（〈代出自薊北門行〉南北朝·鮑照）
解析·應用	時局危急時可以看出朝臣的氣節，世道動亂時能夠辨識人的忠良。
	常用來說明在危難關頭尤能看出一個人的氣節和品格。
寫作例句	對於政治人才的鑑別，應在關鍵時刻進行考驗。鮑照〈代出自薊北門行〉一詩云：「時危見臣節，世亂識忠良。」

詩句·出處	疾風知勁草，板蕩識誠臣。（〈賜蕭瑀〉唐·李世民）
	板蕩：〈板〉、〈蕩〉都是《詩經·大雅》的篇名。〈詩序〉說：「〈板〉，凡伯刺厲王也。」「〈蕩〉，召穆公傷周室大壞也。厲王無道，天下蕩蕩，無綱紀文章，故作是詩也。」因這兩篇詩都反映亂世，所以作為「亂世」的借代。誠臣：即忠臣。
解析·應用	只有經過猛烈大風的考驗，才能知道什麼樣的草是強勁堅韌不可摧折的；政局混亂不安，社會動盪不定，才可以辨識出誰是忠誠的臣子。
	指在險惡的環境下，才能顯示出人的堅定的立場。常用來說明經歷艱難時期的考驗，才能看出事物是否堅韌、牢實，人是否堅定、忠誠。
寫作例句	在特定的環境中，人才的作用才能夠發揮出來。唐太宗有一句話：「疾風知勁草，板蕩識誠臣。」人的才能及優點，有時需要藉助於特定的情形才能更好地施展。

詩句．出處	高者未必賢，下者未必愚。（〈澗底松〉唐．白居易）
	賢：有德有才。
解析．應用	身分高貴的不一定賢明，地位低下的不一定愚笨。
	常用來說明選拔人才不應以出身和地位為標準。
寫作例句	白居易說：「高者未必賢，下者未必愚。」明朝的劉基也指出：「其取材也，唯其良，不問其所產。」他以木工用料為例，啟發人們不要以出身擇人。

詩句．出處	試玉要燒三日滿，辨材須待七年期。（〈放言．其三〉唐．白居易）
	「試玉」句：《淮南子．俶真》：「鐘山之玉，炊以爐炭，三日三夜而色澤不變。」作者自注云：「真玉燒三日不熱。」「辨材」句：《史記．司馬相如傳》正義：「豫，今之枕木也；章，今之樟木也；二木生至七年枕樟乃可分別。」作者自注云：「豫章木生七年而後知。」
解析．應用	試驗玉石的真假，要用火燒到三日期滿；辨認豫樹和章樹，須要整整七年期限。
	詩人表示像自己及友人元稹這樣受誣陷的人，是禁得起時間考驗的，歷史自會澄清事實，辨明真偽。可引用這兩句詩來比喻只有經過長期的觀察和嚴峻考驗，才能真正辨識人或事物的真偽善惡。

寫作例句	1. 只要堅持不懈地努力，孜孜不倦地探求，你就會有被人承認的一天。「試玉要燒三日滿，辨材須待七年期」。時間最能考驗一個人。願天下所有嘆息不得志的朋友，都能禁得起時間的考驗。 2. 有道是「試玉要燒三日滿，辨材須待七年期」，講的就是在紛繁複雜的客觀世界裡，要想真正了解一件事物的本質，需要一個相對長期的過程。

詩句．出處	今日愛才非昔日，莫抛心力作詞人。（〈蔡中郎墳〉唐．溫庭筠）
	詞人：指從事寫詩作詞的人。
解析．應用	今天已不像昔日那樣愛惜人才了，不要白白抛擲心思和才力去做詞人。
	用來表達對輕視文人墨客的不滿，或說明文學藝術創作費心勞神。
寫作例句	溫庭筠詩云：「今日愛才非昔日，莫抛心力作詞人。」原來詩人之所以後悔寫詩作詞，是由於當路者不愛惜人才之故。

詩句．出處	人才自古要養成，放使干霄戰風雨。（〈苦筍〉宋．陸游）
	干霄：直上雲霄，指實踐鍛鍊。
解析．應用	人才自古以來都是培養而成的，應該放手讓他們深入實踐，承受鍛鍊。
	指對人才要積極培養，大膽使用。

寫作例句	「人才自古要養成，放使干霄戰風雨。」樹要栽養，人要培養，曾國藩提出了「勤教」與「嚴繩」並行的方針。教而不管，不如不教；管而不教，雖管無效。

詩句‧出處	世上豈無千里馬，人中難得九方皋。（〈過平輿懷李子先時在并州〉宋‧黃庭堅）
	九方皋：春秋時人，善相馬，後用來比喻善於辨識人才的人。
解析‧應用	世上哪會沒有千里馬，只是人群中難得找到像九方皋那樣能相馬的人。
	常用來說明世上有的是人才，可是能夠辨識、舉薦人才的人並不多。也用來比喻知己難尋。
寫作例句	「世上豈無千里馬，人中難得九方皋。」宋代詩人、「江西詩派」的宗祖黃庭堅，曾這樣為自己、為當時的時代嘆息。然而，這樣的時代已經過去，現在，文壇自有伯樂在，更有千里馬。

詩句‧出處	心畫心聲總失真，文章寧復見為人？（〈論詩‧其六〉元‧元好問）
	心畫心聲：心畫，書籍文章；心聲，言語。西漢揚雄《法言‧問神》曰：「故言，心聲也；書，心畫也。」文章：詩和文章。寧：豈，難道。復見：再現。為人：做人處世的態度。這是評論西晉潘岳的兩句詩。潘岳在〈閒居賦〉裡把自己描繪成恬淡高潔的君子雅士，其實卻是一個趨炎附勢、追逐名利的小人。

解析‧應用	文章、言語也總會不真實，文章難道能再現歷史人物的真正為人嗎？
	常用來說明僅憑文章、言論不能了解一個人的真正為人，因為有的人言行並不一致。
寫作例句	元代元好問詩云：「心畫心聲總失真，文章寧復見為人。」清代魏禧〈日錄〉說：「大奸能為大忠之文。」嚴嵩這樣的大奸也能寫出大忠之文，從他的作品中很難看出他的真正為人。

詩句‧出處	駿馬能歷險，力田不如牛；堅車能載重，渡河不如舟。（〈雜興〉清‧顧嗣協）
	歷險：穿越危險之地。力田：耕田。
解析‧應用	駿馬能夠穿越危險之地，但耕田卻不如牛；堅固的車能載運很重的東西，但是渡河卻不如船。
	比喻人才各有長處和短處，領導者要知人善任。
寫作例句	要強化創新意識，樹立發展的選人用人觀。古人云：「駿馬能歷險，力田不如牛。堅車能載重，渡河不如舟。」選人用人要因事擇人，用人所長，避人所短，力求做到事得其人，人能用其當，人盡其才，才盡其用。

詩句‧出處	江山代有才人出，各領風騷數百年。（〈論詩‧其二〉清‧趙翼）
	江山：指國家。才人：指傑出的詩人。風騷：《詩經》中的〈國風〉和《楚辭》中的〈離騷〉的合稱，這裡代指詩壇。

解析．應用	國家的每個時代都有傑出的詩人出現，他們各自統領詩壇數百年。
	作者從詩的發展上著眼認為詩歌必須隨時代而變化，反映時代精神，每一時代都會有當時的傑出代表人物，可用來形容某些人或事物在歷史上某一時期顯赫一時，獨步天下。可引用這兩句詩或某一句來說明人才輩出，各具影響的意思。
寫作例句	1.「江山代有才人出，各領風騷數百年。」元明清詩繼唐宋詩之後，繼續向前發展，推陳出新，歷久不衰，湧現了許多第一流的詩人和大量膾炙人口的名篇佳作。 2.「江山代有才人出」，何況是需要殫精竭慮、日日承受龐大壓力的公募基金行業，能夠各領風騷十餘年已經實屬不易了。 3. 這副長聯生動地展現了大手筆的卓越才華、非凡功力，為桂林山水增輝生色，堪與歷史上著名的山水長聯媲美，而毫不遜色，可謂「各領風騷數百年」也。

詩句．出處	我勸天公重抖擻，不拘一格降人才。（〈己亥雜詩〉清．龔自珍）
	重：重新。抖擻：振作。不拘一格：不限於一種規格。降：降生，產生。
解析．應用	我勸老天重新振作起來，不局限於一種方式，使大量人才降臨世間。
	用來表達對各種人才的渴求，或說明選拔人才要不拘一格方能使人才湧現。可引用這兩句詩來表達渴望有各種人才出現的心情。

寫作例句	1. 人才應該不拘一格地被發現，被推薦，被承認，使清人龔自珍的詩句「我勸天公重抖擻，不拘一格降人才」，能夠在此地成為史無前例的現實。 2. 面對人才的匱乏，龔自珍抱怨道：「朝無才相，巷無才偷，澤無才盜。」不但缺少有才能的政府官員，甚至連有才能的小偷都沒有，他不禁發出「我勸天公重抖擻，不拘一格降人才」的呼喊。 3.「萬馬齊喑」的沉悶局面早已成為歷史，而伴隨著科學發展觀的貫徹落實，人才強市策略的大規模實施，龔自珍發出世紀感嘆之地鎮江，更是「抖擻」精神，激盪「風雷」，呈現出一派「不拘一格降人才」的勃勃「生氣」。

謀政

詩句·出處	溥天之下，莫非王土。率土之濱，莫非王臣。（《詩經·北山》）
	溥：同「普」。莫非：沒有一個不是。率土之濱：沿海濱所到之處。古人認為四面環海，海濱以內為所有國土，所以借四周的海濱來指全國。率，自，沿。濱，水邊。
解析·應用	天下沒有一塊土地不是君王的領地。四海之內沒有一個人不是君王的臣民。
	常用來形容奴隸社會、封建社會的君主帝王具有至高無上的權力，擁有一切。

寫作例句	中國古代有詩云：「溥天之下，莫非王土。率土之濱，莫非王臣。」法國的皇帝路易十六（Louis XVI）沒有這樣的文采，表達很直白：「朕即國家。」換句話說，國家是他的，他就是國家。

詩句．出處	聖代無隱者，英靈盡來歸。（〈送綦毋潛落第還鄉〉唐．王維）
	聖代：古時候對當代的諛稱。英靈：英才。
解析．應用	在當今聖明的時代，沒有隱居的人，天下英才都來歸順朝廷。
	常用來形容政治開明，各類人才都願意出來為國效力。
寫作例句	今天，烏雲消散，海闊天空，征途寬廣，在其位謀其政，大有可為。古詩云：「聖代無隱者，英靈盡來歸。」

詩句．出處	一封朝奏九重天，夕貶潮州路八千。（〈左遷至藍關示姪孫湘〉唐．韓愈）
	一封：一份奏章，指諫阻唐憲宗迎佛骨的〈論佛骨表〉。朝奏：與「夕貶」對舉，形容被貶之快，「朝」、「夕」非實指。九重天：天的最高層，指朝廷或皇帝。

解析·應用	一封奏章在早晨呈送朝廷，晚上就被貶到八千里以外的潮州去了。
	這兩句詩表面看似乎淡淡寫來，簡單地交代被貶出京的事實，但從「朝奏」、「夕貶」看來，極言其得罪之速，暗透出得罪之重，已預示出後果的嚴重性，必是一去不復返了。後人說到韓愈被貶及說到潮州，或指某一事物被拋棄，也常引用這兩句詩，也常用來形容犯上或犯事，被貶謫和流放遠地。
寫作例句	1. 韓愈有「欲為聖明除弊事」的初衷，卻落個「一封朝奏九重天，夕貶潮州路八千」的下場。 2. 時下，有一種非正常現象，某些單位或某人出了問題，群眾反映了、舉報了，可往往到領導者那兒就沒「戲」了；或大事化小，小事化了；或「一封朝奏九重天」，如石沉大海，杳無音訊。 3. 在多種方案中進行抉擇時，我們往往會受到「希望原則」的誘惑，在不知不覺中抉取眾方案中那個最合乎自己希望的方案。然而事實上，這個方案往往是違背客觀現實的錯誤方案，那種真正合乎客觀規律的正確方案卻「夕貶潮州路八千」了。

詩句·出處	欲為聖朝除弊事，肯將衰朽惜殘年？（〈左遷至藍關示姪孫湘〉唐·韓愈）
	聖朝：對朝廷的諛稱。
解析·應用	要為朝廷革除弊端，怎麼肯為這衰朽之身顧惜殘年呢？
	常用來形容不顧老命，要為國家盡忠效命。

寫作例句	面對危機四伏的朝局，張之洞仍與一千年前的韓愈發出同樣的感慨：「欲為聖朝除弊事，肯將衰朽惜殘年。」垂垂老矣的張之洞，「知其不可而為之」，為延緩清王朝統治的最後崩塌苦苦支撐，在「國運盡矣」悲涼心境中走完生命的最後行程。

詩句・出處	歷覽前賢國與家，成由勤儉破由奢。 （〈詠史〉唐・李商隱）
	歷覽：逐一地看。前賢：前代的聖人或賢人。
解析・應用	縱觀歷代聖賢治國治家，成功是由於勤儉，破敗是由於奢侈。
	可引用這兩句詩來說明應該勤儉持家建國，反對奢侈浪費之意。常用來說明勤儉或奢侈是造成家庭乃至國家興旺發達或破落衰敗的重要原因。
寫作例句	1.「歷覽前賢國與家，成由勤儉破由奢。」歷史上民富國強的「文景之治」時代，就是由漢文帝劉恆率先實施節儉愛民政策所開創出來的。 2.「歷覽前賢國與家，成由勤儉破由奢。」即使到了今天，吏治腐敗仍然對世界社會、政治、經濟帶來了極大的危害，可以說，吏治腐敗就是最大的腐敗。因此，建立新型的公務員管理機制，有效防範吏治腐敗，仍然是世界各國面臨的重大課題。

詩句・出處	自古驅民在信誠，一言為重百金輕。 （〈商鞅〉宋・王安石）
	驅：驅使，差遣。金：古代計算貨幣的單位，秦時以二十兩銅為一金。
解析・應用	自古以來，統治者要驅使民眾就要講求誠信，須知一句諾言的分量比百金還重。
	常用來說明當政者言出必行，一諾千金，才能取信於民，得到擁護。也用來說明為人處世應該講究誠信，恪守承諾，才能取信於人。
寫作例句	1.「自古驅民在信誠，一言為重百金輕。」連古代政治家王安石都知道這個道理，何況現代的官員。2. 北宋大詩人王安石有詩云：「自古驅民在信誠，一言為重百金輕。」其實，社會生活中的「無戲言」，就是莊嚴的承諾，作為一種道德規範，任何人都是必須遵守的。

詩句・出處	官行私曲，失時悔。富不儉用，貧時悔。 （〈六悔銘〉宋・寇準）
	私曲：邪曲，不正派。
解析・應用	當官時徇私舞弊，失節出事時就後悔了；富貴時不知儉用，貧困時就後悔了。
	指做官做事都應及早自律，以免後悔。
寫作例句	北宋名相寇準是今陝西渭南人。他在任時，遇事能夠力排眾議，為民請命，勸諫皇上採納正確主張。雖然屢受排擠，但其剛直不阿的性格深得百姓稱頌。他有一句名言：「官行私曲，失時悔。富不儉用，貧時悔。」

詩句．出處	但得官清吏不橫，即是村中歌舞時。（〈春日雜興〉宋．陸游）	
	橫：橫暴。	
解析．應用	只要官吏清廉，不橫行霸道，便是村中百姓可以安居樂業，載歌載舞的時候了。	
	常用來說明官吏清正廉明就能造福於民，使百姓幸福快樂。也用來表達對橫行霸道、魚肉百姓的官吏的痛恨。	
寫作例句	文官不愛錢，武官不怕死，天下太平矣！陸放翁也有詩云：「但得官清吏不橫，即是村中歌舞時。」	

詩句．出處	諸公誰聽芻蕘策，吾輩空懷畎畝憂。（〈送七兄赴揚州帥幕〉宋．陸游）
	諸公：指在朝廷掌權的王公大臣。芻蕘策：老百姓對政治提出的意見或主張。芻蕘，割草打柴的人，指平民百姓。畎畝憂：指平民百姓對國事的憂慮。畎畝，田地。
解析．應用	諸位王公大臣，有誰肯聽百姓的意見或主張，我們這些人只是白為國事擔憂。
	常用來形容平民百姓為國獻計獻策，不為當權者重視或採納，空懷報國熱情。
寫作例句	「諸公誰聽芻蕘策，吾輩空懷畎畝憂。」這種舊時代的感嘆，應該隨著時間的流逝和民主的發揚，不復見於今日。

詩句．出處	兒時只道為官好，老去方知行路難。（〈歸興〉宋．裘萬頃）
	道：料想、預想。

<table>
<tr><td rowspan="2">解析·應用</td><td>小時候只認為當官好，老了以後方才知道世上行路的艱難。</td></tr>
<tr><td>常用來說明人世艱難複雜，當好官不容易。</td></tr>
<tr><td>寫作例句</td><td>「兒時只道為官好，老去方知行路難。」許多為官者名垂青史，不就是因為他們用畢生心血維護了應有的尊嚴嗎？</td></tr>
</table>

<table>
<tr><td>詩句·出處</td><td>能吏尋常見，公廉第一難。
（〈薛明府去思口號〉元·元好問）</td></tr>
<tr><td rowspan="2">解析·應用</td><td>有才能的官吏很常見，要做到公正廉明才是最難的。</td></tr>
<tr><td>常用來說明官員聰明能幹不稀奇，最難做到和最可貴的是公正廉潔。</td></tr>
<tr><td>寫作例句</td><td>「能吏尋常見，公廉第一難。」張居正既是能吏也算公廉，但公中有私、正中有偏、廉中有瑕，結果授人以柄由榮而辱，死了都不得安寧。</td></tr>
</table>

<table>
<tr><td rowspan="2">詩句·出處</td><td>當官避事平生恥，視死如歸社稷心。（〈四哀詩·李欽叔〉元·元好問）</td></tr>
<tr><td>平生：一生。社稷：社，土神；稷，穀神。古代君主都祭社稷，後用「社稷」代表國家。</td></tr>
<tr><td rowspan="2">解析·應用</td><td>當了官卻逃避事情，這一生都該感到羞恥，視死如歸才是一片愛國之心。</td></tr>
<tr><td>常用來說明當官就應負起責任，為國為民多做事情乃至奉獻生命。</td></tr>
<tr><td>寫作例句</td><td>「當官避事平生恥，視死如歸社稷心。」這是元好問的詩句，他十分喜歡，認為當官應具備「四事」精神——想事，做事，做成事，不怕事。</td></tr>
</table>

詩句·出處	清風兩袖朝天去，免得閭閻話短長。（〈入京〉明·于謙）
	清風兩袖：指不帶任何禮物。朝天：指進京城奏事或拜見皇上。閭閻：里巷的門，小街小巷，借指平民百姓。
解析·應用	我只帶著兩袖清風進京去，免得老百姓說長道短。
	常用來形容為官者廉潔自律，不讓人議論指責。
寫作例句	「清風兩袖朝天去，免得閭閻話短長。」這是明朝民族英雄于謙奉調進朝前寫的兩句詩。作為官員，絕不能只顧眼前，不顧身後，弄得別人在後邊指脊梁骨。

亂政

詩句·出處	珠玉買歌笑，糟糠養賢才。（〈古風·其十五〉唐·李白）
	糟糠：酒糟、米糠，比喻粗劣的食物。
解析·應用	用珠寶美玉買取歌女的歡笑，卻以粗劣的食物蓄養賢士能人。
	用來揭露昏庸腐朽的統治者生活奢靡，糟蹋人才，或形容權貴們花天酒地，而賢人才士卻過著十分貧窮的生活。
寫作例句	中國古代的封建帝王將相，大多過著荒淫無度，奢侈腐朽的生活，很少關心百姓的疾苦。許多有各種才能的人也受不到關心。李白作詩揭露說：「珠玉買歌笑，糟糠養賢才。」

詩句·出處	哀哀寡婦誅求盡，慟哭秋原何處村。（〈白帝〉唐·杜甫）
	誅求：橫徵暴斂。慟哭：即痛哭。慟，悲痛。秋原：秋天的原野。何處：不知何處，猶言處處。
解析·應用	那些哀傷的寡婦被橫徵暴斂搜刮得一無所有，悲痛的哭聲從四周的村莊裡傳出，響遍秋天的原野。
	常用來形容在戰亂時或繁役苛賦的重壓下，百姓生靈塗炭，痛哭流涕。
寫作例句	「哀哀寡婦誅求盡，慟哭秋原何處村。」歷史對人民帶來的是貧瘠和饑荒，幾千年剝削階級對人民帶來的是沉重的枷鎖。

詩句·出處	春宵苦短日高起，從此君王不早朝。（〈長恨歌〉唐·白居易）
	宵：夜。早朝：君王早上到朝廷處理政務。
解析·應用	苦於春宵太短，一起睡到太陽老高才起，從此君王不再上早朝。
	常用來形容統治者或其他人沉湎女色，荒於國務或其他事務。亦形容貪睡不起。
寫作例句	這位皇帝自從把楊玉環弄到手，便「春宵苦短日高起，從此君王不早朝」了。懶覺睡到不上早朝的地步，確實有點過分了。

<table>
<tr><td rowspan="2">詩句·
出處</td><td>漁陽鼙鼓動地來，驚破霓裳羽衣曲。
(〈長恨歌〉唐·白居易)</td></tr>
<tr><td>漁陽：天寶元年河北道的薊州改稱漁陽郡，轄區約在今北京市東面的地區，包括今薊縣、平谷區等境在內，原屬平盧、范陽、河東三鎮節度使安祿山管轄。鼙：古代軍中用的小鼓，騎鼓。霓裳羽衣曲：著名舞曲名。詩人〈霓裳羽衣舞歌〉自注：「開元中，西涼府節度楊敬述造。」一說本名〈婆羅門〉，開元時從印度傳入中國。</td></tr>
<tr><td rowspan="2">解析·
應用</td><td>駐守在漁陽的安祿山反叛唐廷，敲響戰鼓，揮軍殺入長安，聲勢浩大，驚天動地，驚破了唐明皇正在欣賞的〈霓裳羽衣曲〉。</td></tr>
<tr><td>這兩句詩寫安祿山反叛，兵進長安城。可引用這兩句詩來描述安史之亂，戰爭破壞了統治者燈紅酒綠的奢侈生活；或形容內戰的爆發或外敵的入侵驚醒了沉醉於安樂的人們，或只引前一句來形容某一事物的聲勢浩大。</td></tr>
</table>

寫作例句	1. 安祿山叛軍臨長安城下時，玄宗倉皇出逃，行至馬嵬坡前，六軍不發，要求除掉禍國殃民的楊貴妃。玄宗不得不忍痛將楊貴妃縊殺軍前。從此大唐江山便在「漁陽鼙鼓動地來，驚破霓裳羽衣曲」的形勢下衰敗下去。 2. 靖康初年，金兵南下，風雲突變，恰如「漁陽鼙鼓動地來，驚破霓裳羽衣曲」，沒有了平靜與安寧，而生靈塗炭，無一倖免。 3. 周幽王為博褒姒一笑，不惜「烽火戲諸侯」，以致身死國滅；唐明皇寵愛楊貴妃，荒怠朝政、寵信奸臣，以致「漁陽鼙鼓動地來」；明朝萬曆皇帝乾脆數十年不上朝，縱情於聲色犬馬，積弊日深、國事日壞，以致史家感慨「明之亡，不亡於崇禎，而亡於萬曆」。

詩句．出處	商女不知亡國恨，隔江猶唱後庭花。（〈泊秦淮〉唐．杜牧）
	商女：賣唱的歌女。後庭花：南朝陳的後主陳叔寶所作的樂曲〈玉樹後庭花〉。陳後主荒淫奢靡，耽於聲色，終於亡國，人們便把他所作的用於娛樂的這首樂曲看作亡國之音。

解析·應用	那些歌女不懂得亡國之恨，隔著江還在唱〈玉樹後庭花〉這樣的亡國之音。
	詩人從夜泊秦淮所見所聞，聯想到南朝君主的滅亡，又從而想到當時最高統治集團的腐化墮落。敘事中有討論，寄寓著無限感慨，諷刺的矛頭所向是不言而喻的。常用來諷刺國難當頭之際，一些人毫不關心國家安危存亡，仍然過著紙醉金迷的生活。可引用這兩句詩來抒寫愛國情懷，為奢靡者敲警鐘。
寫作例句	1. 在那十里洋場，歌臺舞榭，燈紅酒綠，那靡靡之音，神女歌唱，更是不堪入耳，在外侮入侵、國家存亡之秋，聽了真使人有「商女不知亡國恨，隔江猶唱後庭花」的感嘆，產生悲憤之情。 2. 畸形的繁華仍然如舊，歌臺舞榭仍是客滿，燈紅酒綠，夜夜不歇。「商女不知亡國恨，隔江猶唱後庭花」，杜牧當年的詩似可為今天寫照。

詩句·出處	田家衣食無厚薄，不見縣門身即樂。（〈田家行〉唐·王建）
	衣食：穿衣吃飯，泛指基本生活。厚薄：此指生活的好壞。縣門：縣衙門，代指官府。
解析·應用	種田人家的衣食談不上什麼好壞，餬口蔽體而已，但只要交足賦稅，不受官府的驚擾就感到高興了。
	常用來形容在封建統治下，農民等勞動者遭受殘酷剝削和壓迫，對官府唯恐躲避不及。

寫作例句	即使逃離水鄉，他們的處境也不會好。「田家衣食無厚薄，不見縣門身即樂。」沒有水上徭役，還會有陸上的徭役和租賦，田家遭受著官府同樣的剝削和壓迫。

詩句．出處	今來縣宰加朱紱，便是生靈血染成。（〈再經胡城縣〉唐．杜荀鶴）
	縣宰：知縣。朱紱：繫官印的紅絲繩。加朱紱，指升官。生靈：即百姓。
解析．應用	這次再來時，知縣已升官晉級了，那根繫官印的紅絲繩是老百姓的鮮血染成的。
	用來揭露官僚或貪官汙吏的加官晉爵是靠壓榨、殘害百姓來達到的。
寫作例句	官僚是依靠剝削人民來養肥自己的，剝削得越凶，他的官職爬得越高。晚唐詩人杜荀鶴有一首詩說：「去歲曾經此縣城，縣民無口不冤聲。今來縣宰加朱紱，便是生靈血染成。」

詩句．出處	任是深山更深處，也應無計避徵徭。（〈山中寡婦〉唐．杜荀鶴）
	應：應當。徵徭：租稅和勞役。
解析．應用	任你逃到深山中最幽深的地方，也無法躲避賦稅和徭役。
	常用來形容橫徵暴斂無處不在。
寫作例句	這位老人，本來已經被驅逐到極邊遠極偏僻的地方，勞動之餘下下象棋了此殘生，但在遍及全國的浩劫中，也落得個「任是深山更深處，也應無計避徵徭」。

詩句 · 出處	蓬萊有路教人到，應亦年年稅紫芝。（〈新沙〉唐 · 陸龜蒙）
	蓬萊：傳說中的海中三仙山之一，此指神仙世界。教：讓。紫芝：紫色的靈芝，傳說產於神仙世界。
解析 · 應用	如果蓬萊仙境有路讓人可到，官府也會年年到那裡收繳靈芝作為賦稅。
	常用來形容苛捐雜稅繁重，無所不至。
寫作例句	當時地主拚命蒐括地租，清政府也在湘黔邊境的苗族地區大肆橫徵暴斂，攤派徭役，各種苛捐雜稅名目繁多，真如唐代陸龜蒙所形容的：「蓬萊有路教人到，應亦年年稅紫芝。」

詩句 · 出處	六月禾未秀，官家已修倉。（〈田家〉唐 · 聶夷中）
	秀：指農作物抽穗。
解析 · 應用	六月的莊稼還沒有抽穗，官府已修好糧倉準備徵收田賦了。
	常用來形容統治者重稅聚斂，農民貧困不堪。
寫作例句	農民養活了國人，卻不能養活自己。統治者的橫徵暴斂，導致生靈塗炭。「六月禾未秀，官家已修倉」、「四海無閒田，農夫猶餓死」，唐詩中早就透露了個中訊息。

第 3 節　軍事征戰

尚武精神

詩句·出處	身既死兮神以靈，子魂魄兮為鬼雄。（《九歌·國殤》戰國·屈原）
	兮：啊。神：精神。以：而。靈：指英靈不滅。子：你，你們。魂魄：迷信的說法認為這是附於人體內可脫離肉體而存在的精神。鬼雄：鬼中的英雄豪傑。
解析·應用	壯士們人雖然死了，但精神顯靈，你們的魂魄仍是群鬼中的英雄。
	用來讚頌英雄的死光榮壯烈，軀體雖亡但精神永存。
寫作例句	烈士們的犧牲令人頓足扼腕，烈士們的精神令天下同欽！「身既死兮神以靈，子魂魄兮為鬼雄」，烈士們的自覺、從容、勇敢、堅定譜寫了一曲至悲至壯、最新最美的為國捐軀的英雄之歌！

詩句·出處	男兒何不帶吳鉤，收取關山五十州。（〈南園十三首·其五〉唐·李賀）
	吳鉤：一種吳地出產的彎刀，泛指寶刀。關山五十州：指當時為藩鎮割據的黃河中下游五十多個州郡。
解析·應用	男子漢為何不佩帶寶刀，奔赴沙場，去收復被割據的關山五十州。
	常用來形容男人報國從軍，收復失地的宏願和決心，或表達男人對軍旅生涯的嚮往。

寫作例句	記得一首古詩中有這麼兩句：「男兒何不帶吳鉤，收取關山五十州。」我在填報志願的時候，毅然選擇了軍校。

詩句·出處	不見年年遼海上，文章何處哭秋風？（〈南園十三首·其六〉唐·李賀）
	遼海：指東北邊境，即唐河北道屬地。這一帶割據勢力先後譁變，唐憲宗多次派兵討伐，屢戰屢敗，藩鎮割據照舊。哭秋風：抒發秋天的悲懷感傷。
解析·應用	你難道沒看見，在年年戰火紛飛的遼海上，那些悲秋的文章又能用於何處呢？
	常用來形容戰爭年代文章、文人沒有什麼作用，常用於文人自嘲或諷刺文人。
寫作例句	這些人讀聖賢書，沾朝廷恩，當此國亡家破之時，只有長歌當哭。這不免使人想到李賀的名句：「不見年年遼海上，文章何處哭秋風。」

詩句·出處	寧為百夫長，勝作一書生。（〈從軍行〉唐·楊炯）
	百夫長：下級軍官。
解析·應用	寧願到軍隊裡做個下級軍官，也比做一個讀書人強。
	常用來形容希望投筆從戎，也用來說明戰爭年代軍人的作用比文人重要得多。
寫作例句	「寧為百夫長，勝作一書生。」從高門到寒士，從上層到市井，在初唐東征西討、大破突厥、戰勝吐蕃、招安回紇的「天可汗」時代裡，一種為國立功的榮譽感和英雄主義瀰漫在社會氛圍中。文人也出入邊塞，習武知兵。

詩句·出處	願得此身長報國，何須生入玉門關？（〈塞上曲〉唐·戴叔倫）
	身：生命。何須：何必。生入玉門關：《後漢書·班梁列傳》說，班超戍邊地，年老思鄉，曾上書皇帝：「臣不敢望到酒泉郡，但願生入玉門關。」
解析·應用	願將我的生命報效國家，何必一定要活著回到玉門關裡來呢？
	常用來形容願以生命報效國家，不惜戰死疆場的赤膽忠心和英雄氣概。
寫作例句	若沒有這種愛國深情，怎麼能有「黃河百戰穿金甲，不破樓蘭生不還」、「願將此身長報國，何須生入玉門關」這樣的古人為國獻身之志呢？

詩句·出處	壯志飢餐胡虜肉，笑談渴飲匈奴血。（〈滿江紅〉宋·岳飛）
	胡虜：對入侵金兵的蔑稱。胡，古代對北方或西方各民族的泛稱。匈奴：中國古代北方的一個民族，此代指金兵。
解析·應用	懷著消滅金兵的壯志，餓了，恨不得吃他們的肉；談笑時渴了，恨不得喝他們的血。
	常用來表達對敵人的無比仇恨和痛殺敵兵的願望。
寫作例句	「壯志飢餐胡虜肉，笑談渴飲匈奴血。」如今卻有亂臣賊子依舊在試圖分裂國家，岳武穆的誓言對我們今天仍然有用。

詩句・出處	夜闌臥聽風吹雨，鐵馬冰河入夢來。（〈十一月四日風雨大作〉宋・陸游）
	夜闌：夜深。鐵馬：披上鐵甲的戰馬。冰河：冰凍的河流。
解析・應用	深夜躺在床上聽著狂風吹著暴雨，昔日騎戰馬踏冰河的戰鬥情景又進入夢中。
	常用來形容回想或渴盼戰鬥生活。
寫作例句	「夜闌臥聽風吹雨，鐵馬冰河入夢來。」愛國志士們就連夢中縈懷的，也是報國從軍。

詩句・出處	樓船夜雪瓜洲渡，鐵馬秋風大散關。（〈書憤〉宋・陸游）
	樓船：高大的戰船。瓜洲渡：瓜州渡口在今江蘇省揚州市南部的長江邊。西元 1161 年冬天，金兵南侵，宋將虞允文等造戰船抵抗，金兵不得渡江。鐵馬：披鐵甲的戰馬。大散關：在今陝西省寶雞市西南。西元 1161 年秋天，宋軍吳璘部與金兵在此作戰，擊退金兵，收復大散關。
解析・應用	雪夜裡，戰船在瓜洲渡口巡弋；秋風中，鐵騎在大散關與金兵激戰。
	常用來形容軍人駕船或騎馬與敵對陣或激戰的場景。
寫作例句	我們的英雄依然留戀「樓船夜雪瓜洲渡，鐵馬秋風大散關」的戰場，他們胸懷衝鋒陷陣，為國殺敵的滿腔熱情，穿越幾千年的歲月，我們仍可以感受到「塞上長城」的激烈情緒。

詩句·出處	楚雖三戶能亡秦，豈有堂堂中國空無人？（〈金錯刀行〉宋·陸游）	
	楚雖三戶能亡秦：戰國時，楚國受了秦國欺騙，被秦打敗。楚人十分憤怒，民謠中說：「楚雖三戶，亡秦必楚。」	
解析·應用	楚國雖然只剩下三戶人家還能把秦國滅亡，哪有堂堂中國無人抗金的道理呢？	
	用來表達看到國家、民族等遭受苦難屈辱時所產生的憤慨和不平，堅信一定會有人起來反抗，力挽危局。	
寫作例句	那時只不過十來歲的我，愕然地望著你，朦朧中似也感到你對國難家仇的殷憂，因為你常常和兄姊們悄悄議論國事，最後總是慨嘆著發狠說：「楚雖三戶能亡秦，豈有堂堂中國空無人？」	

詩句·出處	欲挽天河，一洗中原膏血。（〈石州慢·己酉秋吳興舟中作〉宋·張元幹）
	挽：引。天河：銀河。中原：黃河中下游地區。一洗中原膏血：喻收復中原，使百姓免遭蹂躪。膏血，血肉。膏，肥肉。
解析·應用	想要引銀河的水，洗去中原大地被外敵屠戮的血腥氣。
	常用來形容想要收復失地或平息戰亂，使人民不再流血犧牲。
寫作例句	這位「欲挽天河，一洗中原膏血」的將軍，竟蒙如此不白之冤。

詩句·出處	一年三百六十日，多是橫戈馬上行。 （〈馬上作〉明·戚繼光）
	橫戈：橫握著兵器。戈，代指兵器。
解析·應用	一年三百六十天，我都是在手握兵器，騎馬奔走中度過的。
	常用來形容軍人長年的戎馬生涯。
寫作例句	為了抗倭的事業，戚繼光「一年三百六十日，多是橫戈馬上行」，展現了堅韌不拔的愛國愛民的堅強意志和勇於自我犧牲的精神。

詩句·出處	裹屍馬革英雄事，縱死終令汗竹香。（〈軍中夜感〉明·張家玉）
	裹屍馬革：《後漢書·馬援列傳》載，馬援曾說過：「男兒要當死於邊野，以馬革裹屍還葬耳。」汗竹：古代記事的竹簡，代指史書。
解析·應用	身死戰場，用馬皮裹屍而還，這本來就是英雄該做的事，縱然死了，也終究會在史冊上留下美名。
	常用來說明軍人英勇作戰，死於戰場本是分內之事，即使犧牲，也會名垂青史。也用來形容不畏犧牲，誓保名節的英雄行為和精神。
寫作例句	1.「裹屍馬革英雄事，縱死終令汗竹香。」千百年來，古人曾留下多少詠頌軍旅生涯的詩篇，同時又有多少愛國志士在戎馬倥傯的征程中譜寫了一曲曲悲壯的戰歌。 2. 三年牢獄，他堅持節操不改說真話的本色，脊梁仍是直的。「裹屍馬革英雄事，縱死終令汗竹香。」

論戰

詩句．出處	殺人亦有限，列國自有疆。苟能制侵陵，豈在多殺傷？ （〈前出塞．其六〉唐．杜甫）	
	苟：如果。侵陵：「陵」同「凌」，侵犯。	
解析．應用	殺人也應有個限度，各個國家都有自己的疆界。如能制止侵略，也就達到了目的，哪裡在於大肆殺傷呢？	
	常用來說明國與國之間的戰爭，目的應當是抵制侵略，保衛國家，而不是任意擴張，肆意殺人傷命。	
寫作例句	杜甫詩云：「殺人亦有限，列國自有疆。苟能制侵陵，豈在多殺傷。」只要我們能把侵略者驅逐出境，似乎也不必「六七次橫掃過塞北」的。	

詩句．出處	安得壯士挽天河，淨洗甲兵長不用。 （〈洗兵馬〉唐．杜甫）
	天河：銀河。
解析．應用	怎麼能找到一位壯士，挽來天河的水，洗乾淨鎧甲和兵器，永不使用。
	用來表達停止戰爭，實現永久和平的願望。
寫作例句	人們自強不息的努力是為了實現杜甫詩中「安得壯士挽天河，淨洗甲兵長不用」的和平主義理想，尋求兩國和平共處、世代友好、互利合作、共同發展才是我們的最終目的。

詩句·出處	劍外忽傳收薊北，初聞涕淚滿衣裳。（〈聞官軍收河南河北〉唐·杜甫）
	劍外：四川劍門關以南的地方，也稱劍南，指蜀中地區。薊北：泛指唐代幽州、薊州一帶，即今河北省北部，安史叛軍的老巢。涕：眼淚。
解析·應用	劍門關外忽然傳聞官軍收復了薊北，我剛聽到這個消息，不禁淚流滿面，打溼了衣裳。
	常用來形容當得知國土光復、戰亂平息等國家民族擺脫劫難，轉危為安的消息時，人悲喜交加，涕淚縱橫的情狀。
寫作例句	日寇投降了！億萬人民長久盼望的一天，在我們沒有料到的時間提前來到了！億萬人民衷心期待的勝利，在我們最焦急、最憤懣的時刻成為鋼澆鐵鑄的現實了！「劍外忽傳收薊北，初聞涕淚滿衣裳。」杜甫的詩句，雖然被人重複引用，又怎能表達今天喜悅的心情呢？又怎能代替積鬱在心頭的千言萬語呢？

詩句·出處	醉臥沙場君莫笑，古來征戰幾人回？（〈涼州詞〉唐·王翰）
解析·應用	喝醉了躺在戰場上，你們也別笑，自古以來，征戰的人有幾個是活著回來的？
	似寫戰士們借酒消愁，悲傷哀嘆，而實寫醉後豪言，表達出戰士們忠勇報國、視死如歸的大無畏氣概。常用來形容軍人在軍營或戰場慷慨痛飲的悲壯情景或豪邁氣概，也用來說明軍人上戰場時刻都有生命危險。

寫作例句	1. 他是典型的軍人。「醉臥沙場君莫笑，古來征戰幾人回？」、「但使龍城飛將在，不教胡馬度陰山。」這些悲壯慷慨並千古流傳的詩句，無時無刻不在深深激勵著他身上本來就沸騰的愛國主義、英雄主義亢奮的基因。 2.「以身許國」很早以來就成為軍人的一種職業道德。「醉臥沙場君莫笑，古來征戰幾人回？」唐朝詩人王翰的這句詩，明瞭地道出了軍人職業的危險性。

詩句·出處	勝敗兵家事不期，包羞忍恥是男兒。（〈題烏江亭〉唐·杜牧）
	期：預期，預料。包：包容。
解析·應用	戰場上的勝敗，常常是兵家難以預料的事情；面對敗仗能夠容羞忍恥，才算得上男子漢。
	指有志氣的人禁得起失敗，不灰心，不氣餒，能夠重新振作。
寫作例句	「勝敗兵家事不期，包羞忍恥是男兒。江東子弟多才俊，捲土重來未可知。」但項羽畢竟是項羽，而不是劉邦，在生死關頭，他沒有選擇生路，而選擇了死亡。他對江東父老有情，對虞美人有情，對戰馬也充滿了深情。

詩句·出處	一雙笑靨才回面，十萬精兵盡倒戈。（〈浣紗廟〉唐·魚玄機）
	靨：酒窩。倒戈：投降敵人，反過來打自己人，此指放下武器投降。

解析．應用	西施生著一對酒窩的笑臉才轉過來，吳王的十萬精兵已經倒戈投降了。
	常用來形容荒淫的統治者耽於女色以致兵敗國亡，亦形容美色的腐蝕作用。
寫作例句	1. 西施之美，力量如何呢？「一雙笑靨才回面，十萬精兵盡倒戈。」然而，她卻成了吳越之爭中的政治工具。 2.「一雙笑靨才回面，十萬精兵盡倒戈。」「十萬精兵」都抵不上「肉彈」的迅速火力，更何況那些本來就追腥逐臭又視「色」如命的齷齪貪官乎？

將士

詩句．出處	萬里赴戎機，關山度若飛。（〈木蘭詩〉北朝民歌）
	戎機：軍機，指戰爭。度：越過。
解析．應用	從萬里之外奔赴疆場作戰，像飛一樣迅速越過雄關大山。
	常用來形容軍人行軍千萬里奔赴戰場或轉戰南北。
寫作例句	「萬里赴戎機，關山度若飛。」自古以來，軍旅生活就是遠離家鄉，南征北戰，馳騁沙場。

詩句．出處	曉戰隨金鼓，宵眠抱玉鞍。（〈塞下曲〉唐．李白）
	曉：天亮。金鼓：指軍中用於發出戰鬥信號的鼓，擊鼓則進軍。一說「金鼓」為兩物，「金」指軍中鳴金收兵時所用的鉦。宵：夜晚。玉鞍：馬鞍的美稱。

解析·應用	天亮隨著金鼓的號令英勇出戰，夜晚抱著馬鞍和衣而睡。
	常用來形容白天作戰，夜晚和衣而臥的戎馬生涯。
寫作例句	我多麼想去領略一下「曉戰隨金鼓，宵眠抱玉鞍」的邊塞風光和軍旅生涯啊！

詩句·出處	何日平胡虜，良人罷遠征？（〈子夜吳歌·秋歌〉唐·李白）
	平：蕩平，掃平。胡虜：古時對北方少數民族侵略者的蔑稱。良人：此是婦女對丈夫的稱謂。
解析·應用	哪天才能蕩平胡虜，讓我的丈夫不再遠征啊？
	用來表達渴盼戰爭結束，征人早歸的願望。
寫作例句	女主角踽踽涼涼、獨望夜空，多麼希望那象徵著戰爭的天狼星快快隱去，好讓征人早日歸來，鴛鴦成雙。然而那天狼星依舊閃爍夜天，不見有消隱的時候。「何日平胡虜，良人罷遠征？」

詩句·出處	秦時明月漢時關，萬里長征人未還。 （〈出塞〉唐 · 王昌齡）
	秦時明月漢時關：指秦漢時的明月和關塞，互文見義。這句意思是秦代就築關防匈奴，漢代也在關內外與匈奴經常爭戰，設關防禦外敵由來已久。萬里長征：指赴邊關作戰。
解析·應用	秦漢時的明月依舊照著秦漢時的關塞，萬里長征的將士還沒有歸來。
	常用來形容邊關戰事不息，將士長年征戰戍守。

寫作例句	1.「秦時明月漢時關，萬里長征人未還。」秦漢交替，止戈為武，而北方的匈奴卻日益強大，漢人稱其為「天之驕子」。漢武帝誠惶誠恐，繼修萬里長城。 2. 追尋先賢的足跡，我們遠離了都市的喧囂，逐漸深入了寂寥、蒼茫的戈壁灘，偶爾傳來的馬蹄碎步，獨顯弱水兩岸的空曠和廣延。夕陽下，破敗的牆垣、坍塌的烽燧，早已不復有「秦時明月漢時關」的雄渾。

詩句‧出處	但使龍城飛將在，不教胡馬度陰山。 (〈出塞〉唐‧王昌齡)
	但使：只要。龍城：漢代右北平郡郡治所在地。飛將：指漢代名將李廣。不教：不使。胡：古代對北方或西方各民族的泛稱。陰山：即今橫亙於內蒙古自治區南境，東北連線興安嶺的陰山山脈，是北方的天然屏障，匈奴常據此侵犯中原。
解析‧應用	只要有龍城的飛將軍李廣在，就絕不會讓匈奴的騎兵越過陰山。
	常用來表達對勇武善戰的愛國將士的景仰、盼望或懷念；也用來表達一種期望或決心，只要有某人在，就一定能消滅敵人，獲得勝利；或比喻只要有某人或某種事物存在，就能阻止某種現象出現或達到某種目的。

寫作例句	1. 詩家天子王昌齡寫道：「但使龍城飛將在，不教胡馬度陰山。」我想起當年曾在密雲、平谷一帶戰鬥過的將士，他們為國犧牲，永播芳名。 2. 這些英雄的健兒，對唐王朝表現出極大的忠誠。只要一聲令下，他們就向前衝殺。高山難阻，長河難攔。我們好像看到，士兵們揮舞手中鋼刀，搖動手中的旗幟，在吶喊，在宣誓：「但使龍城飛將在，不教胡馬度陰山。」 3.「但使龍城飛將在，不教胡馬度陰山。」加強植物檢疫，紅燈高照「綠色關卡」，病、蟲也就只好望「關」興嘆了。

詩句・出處	黃沙百戰穿金甲，不破樓蘭終不還。 （〈從軍行〉唐・王昌齡）
	穿：磨破。金甲：鐵製鎧甲。樓蘭：漢代西域的鄯善國，故址在今新疆維吾爾自治區鄯善縣東南一帶。這裡泛指侵擾西北邊境的外敵。
解析・應用	在黃沙滾滾的疆場上，將士們身經百戰，磨穿鎧甲，他們不消滅敵人誓不返還。
	常用來形容將士們身經百戰，英勇殺敵，也用來表達不徹底消滅敵人絕不收兵的堅強決心和旺盛鬥志。也用來比喻經歷千辛萬苦，不達目的誓不罷休。

寫作例句	1. 那些「黃沙百戰穿金甲，不破樓蘭終不還」式的古代英雄們，那些幻想以變法維新欲圖富國的近代志士們，他們憂國憂民的心情不可謂不強烈。然而他們一生竭誠報國，這「國」卻總不能崛起。 2.「黃沙百戰穿金甲，不破樓蘭終不還。」他決心選擇一條難於上青天的路，要像古代的勇士一樣，不惜百戰，誓破樓蘭。

詩句·出處	獨立揚新令，千營共一呼。 （〈和張僕射塞下曲·其一〉唐·盧綸）
	揚：傳布。新令：新的號令。
解析·應用	將軍獨自站在軍前，發出新的號令，千百座軍營的兵士同聲一呼，響應號令。
	常用來形容在軍隊誓師、群眾集會等場合一呼百應的場面。
寫作例句	這位女校長嗓音宏大，講起來喜歡一問眾答，往往發問的聲音未落，回答的聲音已起，氣勢之大，真可以用唐人「獨立揚新令，千營共一呼」的軍旅詩來形容了。

詩句·出處	濁酒一杯家萬里，燕然未勒歸無計。 （〈漁家傲〉宋·范仲淹）
	濁酒：混濁的米酒。燕然：即今蒙古國境內的杭愛山。《後漢書·孝和孝殤帝紀》載，竇憲出雞鹿塞，大破北單于並追擊之，登燕然山刻石勒功而還。 勒：刻。計：計策，辦法。

解析‧應用	飲一杯濁酒，想起萬里之外的家鄉，尚未殺敵立功，還無法回家。
	常用來形容軍人征戍遠方或其他人工作在外，雖想念家鄉，但功業未成，不願或不能回家。
寫作例句	「濁酒一杯家萬里，燕然未勒歸無計」的白髮征人，在關山阻隔、萬里戎機之時，怎能沒有自己的家書呢？

軍陣

詩句‧出處	千巖烽火連滄海，兩岸旌旗繞碧山。（〈永王東巡歌‧其六〉唐‧李白）
	巖：指岩石突起形成的山峰。旌旗：各種旗子。
解析‧應用	千百座山岩上烽火滾滾，好像一直連綿到大海上；大江兩岸旌旗招展，環繞青山腳下。
	常用來形容軍隊駐紮或作戰時，山間江岸等地烽火綿延，旌旗彌望的場面。
寫作例句	正像李白詩句所云：「千巖烽火連滄海，兩岸旌旗繞碧山。」雄師百萬突破了長江天塹，克敵致勝。

詩句‧出處	落日照大旗，馬鳴風蕭蕭。（〈後出塞‧其二〉唐‧杜甫）
	大旗：大將所用紅旗。蕭蕭：風聲。

解析・應用	落日斜照軍中的大旗，戰馬嘶鳴，北風蕭蕭。
	詩句寫出了邊地傍晚行軍時凜然莊嚴的場面。著一「風」字，「覺全局都動，颯然有關塞之氣」。可引用這兩句詩來描繪邊關軍旅生活，也常用來形容軍隊或人馬置身於夕陽勁風中的壯闊場景，或用來形容曠野大漠等地日落風號的雄闊悲涼的景色。
寫作例句	1.「落日照大旗，馬鳴風蕭蕭。」入塞的是城樓下四處正在整隊準備安營紮寨的人馬，落日的餘暉夾雜著淡淡的霧氣，為整個城塞籠上一層薄薄的面紗。 2. 只見他正以他那矍鑠的目光，注視著沙漠遠方，注視著正在巍峨的山巒般的雲彩裡變成巨大半圓形的落日。置身在這種景色之中，會使人不由想起杜甫「落日照大旗，馬鳴風蕭蕭」那蒼涼而雄渾的詩句。

詩句・出處	雪暗凋旗畫，風多雜鼓聲。（〈從軍行〉唐・楊炯）
	凋：指脫色。旗畫：軍旗上的彩畫。
解析・應用	大雪瀰漫，天色昏暗，軍旗上的彩畫都顯得褪了色；狂風不停地呼嘯，與軍中的鼓聲交織在一起。
	常用來形容在風天雪地裡作戰或行軍的場景。
寫作例句	儘管只有在「雪暗凋旗畫，風多雜鼓聲」的烽火歲月裡，那些頭插彩翎、胸藏硃砂的男人才有可能成為女性們所仰視的英雄，但我還是願意在這風暖日朗的年代裡，做一個被女士們忽視的書生。

戰場

詩句·出處	夜深經戰場，寒月照白骨。（〈北征〉唐·杜甫）
解析·應用	深夜經過戰場，寒冷的月光照著遍野的白骨。
	常用來形容戰場上屍骨遍地的慘景。
寫作例句	「夜深經戰場，寒月照白骨。」戰爭本是殘酷的。然而，為了民族的生存自由，為了奠定永世的和平基業，我們這一戰是正義的！

詩句·出處	年年戰骨埋荒外，空見蒲桃入漢家。（〈古從軍行〉唐·李頎）
	荒外：遙遠的邊地。蒲桃：即葡萄，西域特產。漢武帝時，為獲得大宛的天馬，派兵伐大宛。漢使從大宛採葡萄、苜宿種回國，遍種於漢武帝的行宮旁。
解析·應用	年年都有士兵的屍骨埋在荒涼的邊地，換來的只是區區葡萄入種漢宮。
	常用來諷刺和譴責反動統治者為了個人私好或好大喜功，窮兵黷武，導致將士無謂犧牲。也用來形容將士戰死疆場，埋屍荒野的慘象。
寫作例句	走出古城，已是暮靄沉沉。作為它的仰慕者，雖渴望古代戍邊人那「白日登高望烽火，黃昏飲馬傍交河」的壯麗人生，卻不希望再有「年年戰骨埋荒外，空見蒲桃入漢家」的殘酷爭戰。

詩句·出處	歲歲金河復玉關，朝朝馬策與刀環。（〈征人怨〉唐·柳中庸）
	金河：即黑河，故址在今內蒙古自治區呼和浩特市南。玉關：即玉門關，漢唐時西北重要防地，故址在今甘肅省敦煌市西北。馬策：馬鞭。刀環：刀柄上的銅環。
解析·應用	每年不是戍守金河便是駐防玉門關，天天都和馬鞭、戰刀相伴。
	常用來形容常年征戰戍守的軍人生涯。
寫作例句	軍中將士過著「歲歲金河復玉關，朝朝馬策與刀環」的生活，十分艱苦，但又被磨練得十分堅強驍勇。

詩句·出處	談笑間，檣櫓灰飛煙滅。（〈念奴嬌·赤壁懷古〉宋·蘇軾）
	檣櫓：船的代稱。檣是船上掛帆的桅桿，櫓是船槳。一作「強虜」。
解析·應用	談笑之間，曹軍慘敗，無數艘戰船被燒光，像飛散的灰塵、熄滅的煙火一樣。
	詞人用寥寥數筆，便勾勒出少年英雄的動人形象，借寫周瑜的戰功以抒發自己年近五旬而功名未立的感懷。常用來形容將帥勝算在握，指揮若定，頃刻間敵軍便土崩瓦解。也用來比喻不費什麼力氣便解決了問題，化解了矛盾。
寫作例句	1. 曹操率軍破荊州，下江陵，舳艫千里，旌旗蔽空。然而「談笑間，檣櫓灰飛煙滅」，數十萬之眾葬身於魚腹了。 2. 有些人卻往往能「談笑間，檣櫓灰飛煙滅」，或者在艱危困苦之中，必有貴人相扶，而能絕處逢生，騰龍起鳳。

詩句．出處	原野猶應厭膏血，風雲長遣動心魂。（〈楚漢戰處〉元．元好問）
	猶應：還應當，表示推測。厭：通「饜」，飽足。膏血：將士的鮮血。長：常常。遣：使。
解析．應用	原野上想必還飽含著將士的鮮血，戰爭的風雲常使人回想起就感到驚心。
	常用來形容戰爭、政權興亡或自然災害等大的社會動盪，對人們心靈上造成強大震撼或創傷。
寫作例句	時代的暴風驟雨雖然不同於自然現象，但那使人們心靈為之震撼的凜然之威，不可預知的力，以及它所遺留下來的傷痕和遺憾卻要比自然力深遠得多，往往是難以修復和彌合的。「原野猶應厭膏血，風雲長遣動心魂。」

戰禍

詩句．出處	白骨露於野，千里無雞鳴。（〈蒿里行〉漢．曹操）
解析．應用	戰死者的白骨暴露在田野，千里之間荒無人煙，連雞叫聲都聽不到。
	常用來形容戰爭或災害造成的屍橫遍野，寂無人煙的慘景。
寫作例句	提到「三國」，小說家筆下還有著「滾滾長江東逝水，浪花淘盡英雄」的讚歌。但是對古代民眾而言，此刻的中原大地卻是一片「白骨露於野，千里無雞鳴」的慘狀，可謂歷史上人口喪亡比例最大的時期。

詩句・出處	車轔轔，馬蕭蕭，行人弓箭各在腰。 （〈兵車行〉唐・杜甫）
	轔轔：車行進時的聲音。蕭蕭：馬的嘶叫聲。 行人：出征者。
解析・應用	兵車隆隆，戰馬嘶鳴，一隊隊被抓來的百姓，換上了戎裝，腰佩上弓箭，正在出發。
	詩人以重墨鋪染，用筆雄渾，如風至潮來，寫出了一幅震憾人心的巨幅送別圖。可引用這兩句詩來描述戰士出征時的威壯情景，或形容軍隊武裝行進時車馬隆隆的陣勢。
寫作例句	1. 長長的步兵隊列以及輜重車、吉普車、炮車、騾馬隊組成龐大的陣勢，一路上，「車轔轔，馬蕭蕭，行人弓箭各在腰」。隊伍過處，不時捲起滾滾煙塵。 2. 站在東端的參觀臺上，縱覽兵馬俑坑的全貌，只見數以千計的武士或結隊馬前，或編伍車後，他們身穿戰袍或者鎧甲，有的挽弓挾箭，有的執矛持戈，似乎只要一聲令下，整個隊伍便會立即出現一幅「車轔轔，馬蕭蕭」的征戰場面，秦始皇橫掃六合、北卻匈奴、南平百越、海內為一的氣概重現眼前。

詩句・出處	去時里正與裹頭，歸來頭白還戍邊。 （〈兵車行〉唐・杜甫）
	里正：即里長。唐制百戶為一里，設里正一人，掌管戶籍、賦役等事。與裹頭：替征丁裹紮頭巾。古時男人常用布裹在頭上作頭巾。里長代為裹紮，形容征丁年幼。戍：駐防。

解析 · 應用	當初去打仗時，里長替他裹紮頭巾，如今頭髮白了才回來，接著又要去守邊關。
	常用來形容統治者窮兵黷武，老百姓征戰戍邊，終身服役。
寫作例句	人們拋妻別子，背井離鄉，「去時里正與裹頭，歸來頭白還戍邊。」對這種不義的戰爭，人們是憤懣的。

詩句 · 出處	人生何處不離群？世路干戈惜暫分。（〈杜工部蜀中離席〉唐 · 李商隱）
	干戈：古代常用的兩種兵器。干，盾。戈，用青銅或鐵製成，橫刃，裝有長柄。「干戈」代指戰爭。
解析 · 應用	人生哪裡沒有分離呢？在這戰亂不息的世道，短暫的分別也使人痛惜。
	常用來說明人生處處會有離別，戰爭或動亂年代更讓人痛離惜別。
寫作例句	「人生何處不離群？世路干戈惜暫分。」全面抗戰爆發三個多月後的這群「童子軍」，今天都還健在嗎？他們都經歷了怎樣的人生途程？

第 4 節　針砭時弊

評人

詩句 · 出處	世胄躡高位，英俊沉下僚。（〈詠史 · 其二〉晉 · 左思）
	世胄：貴族世家的後代。躡：踩，踏。下僚：職位卑下的官吏。

解析·應用	貴族子弟登上了高等的官位，而出身寒微的英才俊傑卻沉沒於低下的官職。
	常用來形容在封建世襲、門閥制度下或受其流毒影響，達官貴胄的子弟占據高位要職，出身平凡的人才職位低下，遭到埋沒。
寫作例句	龔自珍的學養才智是卓越的，可是處於封建末世卻仕途蹇滯，有如左思的〈詠史〉詩形容的「世胄躡高位，英俊沉下僚」，令他才志難伸，憤慨，苦悶。

詩句·出處	問以經濟策，茫如墜煙霧。（〈嘲魯儒〉唐·李白）
	經濟：經世濟民，指治理國家。
解析·應用	問到治理國家的方略，他們茫然無所知，好像掉進煙霧中一樣。
	常用來形容對所問之事茫然不知，或形容不懂治國之策或其他事情。
寫作例句	有些礦山的負責人，連金屬的元素符號都不知道；做日用化工的主管，對牙膏的成分是什麼，說不清楚；有位文化局長，竟然不知道周樹人就是魯迅。真是「問以經濟策，茫如墜煙霧」。

詩句·出處	安能摧眉折腰事權貴，使我不得開心顏！（〈夢遊天姥吟留別〉唐·李白）
	摧眉：低下眉頭，一說低頭。折腰：彎腰。事：侍奉。

解析．應用	怎麼能低著眉頭，彎著腰去侍奉權貴，這樣做絕不能使我開心歡笑！	
	常用來形容鄙於卑躬屈膝，不媚權貴的高貴品行。	
寫作例句	李白「安能摧眉折腰事權貴，使我不得開心顏」，別人去攀附，找靠山，見了皇帝背朝天，他偏要戲萬乘若僚友，視儔列如草芥，鄙棄權勢，保持自我。	

詩句．出處	曾參豈是殺人者，讒言三及慈母驚。（〈答王十二寒夜獨酌有懷〉唐．李白）
	曾參：孔子的學生。據漢代劉向《新序．雜事》載，曾參居鄭國時，有一同名同姓的人殺了人，別人誤以為是他殺人，告知其母。他母親正在織布，不相信自己兒子會殺人，安坐不動。接著又有兩個人來告訴相同的消息，她母親終於產生懷疑，投杼下機，越牆逃走。讒言：誹謗的話。
解析．應用	曾參哪是殺人者，但謠言三次傳來，這位慈母也嚇得驚慌而逃。
	常用來說明流言蜚語會混淆視聽，蠱惑人心。
寫作例句	造謠者利用這種從眾心理以假亂真，信謠者因從眾心理以假為真。李白在〈答王十二雪夜獨酌有懷〉中所說「曾參豈是殺人者，讒言三及慈母驚」，也講的是這個道理。

詩句．出處	寄言痴小人家女，慎勿將身輕許人。（〈井底引銀瓶．止淫奔也〉唐．白居易）
	寄言：寄語，傳話。痴小女：痴情的少女。許：指接受男子的求愛。

解析·應用	寄語普通人家的痴情少女，千萬慎重，不要將自己清白的身子輕許於人。
	用來勸誡年輕女性當自重自愛，切莫輕許他人。
寫作例句	為了防止在愛情上受騙上當，女人切不可貪圖名利，醉心虛榮，輕率從事。「寄言痴小人家女，慎勿將身輕許人。」

詩句·出處	朝露貪名利，夕陽憂子孫。（〈秦中吟·不致仕〉唐·白居易）
	朝露：清晨的露水，喻年輕時期。夕陽：喻年老時期。
解析·應用	官吏們年輕的時候貪圖名利，年老時又為子孫的安樂擔憂盤算。
	常用來形容一生只為個人和家庭的私利打算。
寫作例句	歷朝歷代的封建官吏大都慾壑難填，這毫不奇怪。所謂「朝露貪名利，夕陽憂子孫」，就是對這類人的真實寫照。

詩句·出處	寧為宇宙閒吟客，怕作乾坤竊祿人。（〈自敘〉唐·杜荀鶴）
	宇宙、乾坤：此指社會或世間。竊祿人：白拿俸祿的不稱職的官吏。祿，封建官吏的薪水。
解析·應用	寧做世間一個吟詩作賦的閒人，也不做只拿俸祿不做事的官吏。
	常用來形容寧願閒居也不尸位素餐的正直品行。

寫作例句	人不僅需要衣食住行、功名利祿的滿足，更需要人格的正直，所以他們在不拒絕功名利祿的同時，又不去趨奉。「寧為宇宙閒吟客，怕作乾坤竊祿人。」

詩句·出處	茫茫宇宙人無數，幾個男兒是丈夫？（〈絕句·其十四〉唐·呂岩）
	宇宙：指天地萬物。《淮南子·原道訓》高誘注曰：「四方上下曰宇，古往今來曰宙，以喻天地。」丈夫：即大丈夫，指有志向、有作為或有氣節的男子。
解析·應用	茫茫天地間人有無數，但有幾個男子算得上大丈夫呢？
	常用來感慨世上有大丈夫氣概的男人太少，或譴責男人的卑劣行徑。
寫作例句	南懷瑾先生在《論語別裁》中說：「世界上的男人，夠得上資格免刑於『小人』罪名的，實在少之又少。孔子這一句話，雖然表面上罵盡了天下的女人，但是又有幾個男人不在被罵之列呢？我們男士，在得意之餘，不妨捫心自問一下。」為此，南先生還引用了道家神仙呂純陽的詩「茫茫宇宙人無數，幾個男兒是丈夫」來加強他這個觀點。

詩句·出處	縱然生得好皮囊，腹中原來草莽。（《紅樓夢·第三回》清·曹雪芹）
	皮囊：外表，長相。佛家稱人的軀體為臭皮囊。草莽：叢生的雜草，喻廢物。
解析·應用	縱然生得一副好長相，原來肚子裡什麼學問也沒有。
	常用來形容徒有好看的外表而內質（學問、品德、修養、功用等）很差的人或事物。

寫作例句	關於人的美首先是心靈美，自古以來都是一致的，都不認為「金玉其外，敗絮其中」、「縱然生得好皮囊，腹中原來草莽」的人是美的。

詩句·出處	機關算盡太聰明，反算了卿卿性命。 （〈聰明累〉清·曹雪芹）
	機關：心計，權術。卿卿：古代夫妻或朋友間的暱稱，這裡有諷刺意味。
解析·應用	費盡心機，策劃計算，聰明得過了頭，反而連自己的性命也給算計掉了。
	常用來諷刺自作聰明的人耍盡陰謀權術，反而禍及自身。也用來形容聰明人做了蠢事或自以為做得聰明，結果適得其反。
寫作例句	1. 法律是無情的，「機關算盡太聰明，反算了卿卿性命。」他不但沒有保住「烏紗帽」，反而得到了一副冰冷的手銬。 2. 真是「機關算盡太聰明，反算了卿卿性命」，正是他認為漏洞縫補得差不多的時候，「兄弟們」早已把他供出來了。

詩句·出處	終朝只恨聚無多，及到多時眼閉了。（《紅樓夢·第一回》清·曹雪芹）
	終朝：整天。

解析·應用	一天到晚只恨錢財聚積得不多，等到多的時候，閉上眼睛死去了。
	常用來形容貪婪地追逐錢財或權勢，結果倒楣了或死了，又無福消受，也用來形容吝嗇成性。
寫作例句	1. 何必那麼「機關算盡」去謀取財富呢？到頭來，只能如《紅樓夢》中瘋道人所唱的〈好了歌〉:「終朝只恨聚無多，及到多時眼閉了。」 2. 黃金不能吃，白銀不能穿，聚了財做什麼？也許很少有人思量過，無怪乎《紅樓夢》中跛足道人嘲笑那些守財奴「終朝只恨聚無多，及到多時眼閉了」。

評事

詩句·出處	文籍雖滿腹，不如一囊錢。（〈疾邪詩·其一〉漢·趙一）
	文籍：文章典籍，喻指學問。囊：口袋。
解析·應用	雖然有滿肚子學問，卻不如一袋錢。
	常用來形容賤視知識、人才，看重金錢的社會現象或思想行為。
寫作例句	1. 在那暴虐的年月裡，「文籍雖滿腹，不如一囊錢」，文明人走投無路，直至餓死，而商人卻平步青雲，得高官、享厚祿。 2. 司湯達（Stendhal）的小說《紅與黑》（Le Rouge et le Noir）中被利己主義充斥大腦的主角朱利安（Julien Sorel），正是由於沒有金錢和權勢而感到懊惱和羞恥。在他看來，「文籍雖滿腹，不如一囊錢。」

詩句·出處	眼枯即見骨，天地終無情。（〈新安吏〉唐·杜甫）
	眼枯：眼淚哭乾，眼睛哭瞎。見：露出。天地：喻指朝廷。
解析·應用	即使眼睛哭瞎了，露出骨頭，天地還是一樣地無情。
	常用來形容社會黑暗或境遇悲慘，使人傷痛得眼淚哭乾，但無濟於事。
寫作例句	一個人如果到了連哭都不敢哭，或欲哭無淚的地步，其處境之悲慘，可以想見。杜甫有詩云：「莫自使眼枯，收汝淚縱橫。眼枯即見骨，天地終無情。」在極權統治下，失去自由的百姓，不就是如此嗎？

詩句·出處	逢人不說人間事，便是人間無事人。（〈贈質上人〉唐·杜荀鶴）
解析·應用	逢人不說人間的事情，便是人間無事的人。
	常用來說明不談論、不關心世上的事，自然清淨無事，不會招惹煩惱或是非。
寫作例句	旅遊也好，在家讀書也好，「逢人不說人間事，便是人間無事人。」只要心靈不被名利堵塞，眼睛不被紛繁世象遮蔽，精神的逍遙會使人處忙不亂，而且忙裡偷閒，窺得自然的機趣，獲得世俗的歡樂。

詩句·出處	相逢盡道休官好，林下何曾見一人？（〈東林寺酬韋丹刺史〉唐·靈澈）
	休：停止。

解析·應用	相遇時大家都說不做官好，但樹林下何曾見到一個辭官退隱的人？
	常用來形容嘴上說不願當官，實際上戀棧不捨的流俗世風。
寫作例句	古代雖然有些明達的官員，到了退休年齡能夠善以自處，但畢竟是少數。真是「相逢盡道休官好，林下何曾見一人」。

詩句·出處	君不見擔雪塞井空用力，炊砂作飯豈堪食？（〈行路難〉唐·顧況）
	炊：燒火做飯。
解析·應用	你難道沒看見擔雪填井只是空用力氣，用沙子做飯哪裡能吃？
	常用來說明做某事白費力氣，徒勞無功。
寫作例句	有的人面對如此不白之冤的大新聞不去炒作，伸張正義，反而熱心於炒作低等趣味，正如古詩云「擔雪塞井空用力，炊砂作飯豈堪食」，何必做這種白費力氣而效果不佳的事呢！

詩句·出處	學成文武藝，貨與帝王家。（〈馬陵道·楔子〉元·無名氏）
	貨與帝王家：指為帝王效命，換取衣食或功名。貨，賣。
解析·應用	學成一身文才武藝，把它賣給帝王。
	常用來形容學好文武才能，為統治者或其他人效力，以謀生或求取功業、名利。

寫作例句	「學得文武藝，貨與帝王家。」你把才氣和能耐賣給帝家，帝家把官位與俸祿回給你，這應該說是你情我願，公平買賣。

詩句．出處	月黑殺人夜，風高放火天。（〈拊掌錄〉元．元懷）
解析．應用	不見月亮正好殺人的黑夜，風大正好放火的天氣。
	常用來形容夜黑風高，令人恐怖的天氣，亦形容這種天氣裡壞人趁機作案。
寫作例句	在這寒風怒號的夜裡，什麼人來敲她這個年輕寡婦的門呢？「月黑殺人夜，風高放火天」，她絕不應該開門！

詩句．出處	避席畏聞文字獄，著書都為稻粱謀。 （〈詠史〉清．龔自珍）
	避席：古人席地而坐，避席指離座而起。文字獄：從書中摘取字句，牽強附會，替作者羅織罪名，構成冤獄，叫做「文字獄」。稻粱：指食物。謀：謀求。
解析．應用	文人離座而去，是怕聽到文字獄的事，他們寫書只是為了賺口飯吃。
	常用來形容在封建專制或其他黑暗統治下，人們沒有言論自由，文人不得已而著書撰文只是為了生計。
寫作例句	我不是願意來寫文章，只是因為找不到別的工作。如果有別的事可做，在這種世界，我也不願意寫稿子的。龔定庵的詩「避席畏聞文字獄，著書都為稻粱謀」，也無異為現代文人的寫照。

評物

詩句·出處	煮豆燃豆萁，豆在釜中泣。本是同根生，相煎何太急？（〈七步詩〉三國·魏·曹植）	
	萁：豆秸，豆莖。釜：古代炊具，相當於現代的鍋。是：一作「自」。	
解析·應用	煮豆時燃燒豆秸，豆在鍋裡哭泣、埋怨。本是同根所生，何必如此急火相煎？	
	可引用這首詩或只引後兩句來比喻骨肉相殘等，用來對內部（家庭、民族、階級、同行等）人自相殘害的現象表示痛心或憤慨。	
寫作例句	1.「煮豆燃豆萁，豆在釜中泣。本是同根生，相煎何太急？」這是一千多年前曹植哀怨「兄弟相煎」的詩句，不料，今天有些知識分子也因自己的遭遇觸發類似的慨嘆。 2. 在記者的採訪中，許多負責海外業務的企業領導者都喜歡用「獨在異鄉為異客，最怕他鄉遇故知」、「本是同根生，相煎何太急」來表示對本國企業在海外市場「窩裡鬥」的困惑。	

詩句·出處	驊騮拳跼不能食，蹇驢得志鳴春風。（〈答王十二寒夜獨酌有懷〉唐·李白）
	驊騮：赤色駿馬。拳跼：拳曲。跼，腰背彎曲。蹇：跛。
解析·應用	駿馬拳曲在馬槽下得不到食料吃，跛腳的驢卻躊躇滿志，迎著春風高聲鳴叫。
	常用來比喻志士能人受壓抑，庸才小人反得志的社會現象。

寫作例句	那世道，正如李白形容的那樣：「驊騮拳跼不能食，蹇驢得志鳴春風。」真是人妖顛倒，是非混淆，還談得什麼個人的自由發展。

詩句·出處	顛狂柳絮隨風去，輕薄桃花逐水流。（〈絕句漫興·其五〉唐·杜甫）
	逐：追趕。
解析·應用	瘋癲狂亂的柳絮隨風飄去，輕盈菲薄的桃花順水漂流。
	常用來形容花絮隨風飄舞，順水而流的景致，也比喻人張狂放蕩、輕薄無信。
寫作例句	1. 坦率地說，我是不太喜歡楊花的。讀了幾本書，更是有點瞧不起它。杜甫詩云：「顛狂柳絮隨風去，輕薄桃花逐水流。」可不把楊花品評得夠低的嗎？不過，孩提時代的我卻不是這樣。穿著開襠褲高高興興地在田塍上捕捉白蝴蝶似的楊花，那印象迄今仍拂不去。 2.「顛狂柳絮隨風去，輕薄桃花逐水流。」有這麼一種人物，他們不問是非，毫無原則，成天「辨風向，摸氣候」，聞風而動，看風使舵，這邊人多勢大往這邊倒，那邊人多勢大又往那邊靠，對於同一事物，昨天可以褒它「白如雪」，今天又可以貶它「黑似炭」。這種柳絮桃花一般的人物，就是所謂「風派」。

詩句・出處	火透波穿不計春，根如頭面幹如身。偶然題作木居士，便有無窮求福人。（〈題木居士・其一〉唐・韓愈）	
	火透：雷擊火燒。波穿：雨淋水淹。不計春：不知多少年。題作：題名為，命名為。木居士：木頭偶像。枯木因形狀像人而被人們尊崇為敬奉的偶像。	
解析・應用	一段枯木遭雷劈火燒，又被雨打水淹，經磨歷劫不知多少年，它的樹根變得像人的頭和臉，樹幹像人的身軀。偶然有一天，枯木被命名為木頭偶像，便引來無數拜神求福的人。	
	常用來形容枯木、樹根或木雕、根雕形狀酷似人形或其他物形，讓人稱奇或被視為珍異。後兩句常用來形容迷信鬼神，拜神求福的現象，也用來諷刺人一旦成名得勢，趨炎附勢者眾多。	
寫作例句	1. 韓愈有一首描寫根雕的詩：「火透波穿不計春，根如頭面幹如身。偶然題作木居士，便有無窮求福人。」千百年深埋地底的老樹根一旦被挖掘與雕琢，便是絕妙孤品，古樸俱見天真。 2. 退之詩云「偶然題作木居士，便有無窮求福人」，可謂切中時病。凡世之趨附權勢，以圖身利者，豈問其人賢否，果能為國為民哉！	

詩句・出處	青蠅一相點，白璧遂成冤。（〈宴胡楚真禁所〉唐・陳子昂）
	青蠅：蒼蠅的一種，喻進讒言的人。白璧：潔白無瑕的美玉，喻清白無辜的人。

解析·應用	一旦被青蠅點上汙穢，就是潔白的美玉也會遭受冤屈。
	常用來形容造謠誣陷使人蒙受冤屈。
寫作例句	他謠言惑眾，把「君子」誣為「小人」，如同唐朝詩人陳子昂所寫的詩句：「青蠅一相點，白璧遂成冤。」

詩句·出處	黃金無足色，白璧有微瑕。（〈寄興·其二〉宋·戴復古）
	璧：玉。瑕：玉上的斑點。
解析·應用	黃金沒有成色十足的，白玉也會有微小的斑點。
	常用來說明事物或人都沒有十全十美的。
寫作例句	對待他們，不要如對「塑像」那樣求全責備，「黃金無足色，白璧有微瑕」，要虛心地學習其主導方面，取人之長，補己之短。

詩句·出處	水清詎免雙螯黑，秋老難逃一背紅。（〈墨莊漫錄·卷一引常某蟹詩〉宋·張邦基）
	詎：豈。螯：螃蟹等節肢動物的變形的第一對腳，形狀像鉗子，能開合，用來取食和自衛。老：指成熟。
解析·應用	水再清又怎能洗淨螃蟹汙黑的雙螯，秋天到來，螃蟹膏肥體壯，終究難逃甲背煮紅，讓人食用的下場。
	常用來說明螃蟹雙螯汙黑的生活習性和秋後將被捕食的命運，也用來諷刺橫行霸道、作惡多端的人終究逃脫不了被懲罰的下場。

寫作例句	1. 螃蟹的味道鮮美，老少愛吃，但由於牠形象特異，人們常用牠來比喻諷刺生活中的某些事物。「水清詎免雙螯黑，秋老難逃一背紅」，宋代無名詩人這一絕妙聯句，是諷刺當年那個主持「花石綱」的奸臣朱勔的。 2.「你會占星相，你說說看，和珅會有什麼結局？」劉墉問道。「呵呵，我哪裡會占星相，只是讀了古人的幾本舊書而已。不過據我看來，他不會有什麼好結果的。古人詠蟹詩說『水清詎免雙螯黑，秋老難逃一背紅』，你等著看吧！」

詩句·出處	常將冷眼看螃蟹，看你橫行得幾時？（〈瀟湘雨·第四折〉元·楊顯之）
	冷眼：冷靜、輕蔑的眼光。
解析·應用	常將冷眼觀察螃蟹，看你能橫行到幾時？
	常用來說明螃蟹橫著走的習性，也用來形容冷眼旁觀壞人的惡行，預言他不會有什麼好下場，表示對壞人的憎恨、蔑視和詛咒。
寫作例句	1.「常將冷眼看螃蟹，看你橫行得幾時？」這是對蟹橫行的絕妙寫照。 2. 他做了縣太爺，耀武揚威，甚是得志。「常將冷眼看螃蟹，看你橫行得幾時？」

詩句·出處	一聲震得人方恐，回首相看已化灰。（清·曹雪芹〈紅樓夢·第二十二回〉）

解析・應用	爆竹一聲震天響，人們還在驚恐之中，回頭一看，它已化成了紙灰。
	常用來形容爆竹爆破後便化為紙灰的特性，或比喻事物或人雖威赫一時，但很快就土崩瓦解，銷聲匿跡。
寫作例句	1. 時下某些史學作品，或淺嘗輒止，或自吹自擂，或粗製濫造，或鼠竊狗偷，有的還公然大張旗鼓地宣稱某著作如何橫空出世，驚濤拍岸，但奈何「一聲震得人方恐，回首相看已化灰」。有的雖未成灰，但化為紙漿，也是不爭的事實。 2. 一切霸道者只能霸道一時，他們終究要被正義的鐵拳打倒。「一聲震得人方恐，回首相看已化灰。」《紅樓夢》中的這兩句關於爆竹的謎語，拿來形容橫暴的「蛀蟲」從橫暴走向滅亡的過程，倒是非常恰當的。

評理

詩句・出處	興廢由人事，山川空地形。（〈金陵懷古〉唐・劉禹錫）
	興廢：興衰。人事：人所做的事情。空：徒然。地形：指地勢優越，地形險要。形，形勝。
解析・應用	國家的興衰取決於人的所為，人事不濟，山川的地利形勝也是徒然的。
	常用來說明國家、民族的興亡取決於人的所作所為，地形優越並不是決定因素。也用來比喻事情好壞決定於人，客觀條件的優劣不發揮決定作用。

寫作例句	1. 有哪朝哪代的城牆真的擋住過人民的反抗的怒潮呢？唐人劉禹錫有詩：「興廢由人事，山川空地形。」此言正是歷史的判決。天下興亡，戰爭的最終勝負，取決於人心的向背。 2. 由於種種原因，即使能人出山也回天乏力的企業固然為數甚多，但由於領導不力而造成虧損的企業恐怕也不在少數。「興廢由人事，山川空地形。」

詩句．出處	曲木忌日影，讒人畏賢明。 （〈古意贈梁肅補闕〉唐．孟郊）
	曲木忌日影：歪樹在光天化日之下，其醜將暴露無遺，所以怕日影。讒人：背後說人壞話的人。賢明：有能力、有見識的人。
解析．應用	彎曲的樹木顧忌太陽的影子，說人壞話的人怕賢明的人。
	常用來說明壞人壞事最怕被揭露，而讒言在明辨是非的人面前是無用的。
寫作例句	「曲木忌日影，讒人畏賢明。」作為上司，如果對人對事對自己都表現出賢明，任何時候都能保持清醒的頭腦，就會從根本上杜絕讒言的有機可乘。

詩句．出處	從來名利地，皆起是非心。（〈東門路〉唐．于武陵）
	是非：糾紛，矛盾。
解析．應用	從昔到今，凡有名利可圖的地方，都會有人為了名利惹是生非。
	常用來說明人都有爭名奪利之心，名利場上是非多。

寫作例句	「從來名利地，皆起是非心。」既然名利是眾人都熱愛的東西，在爾虞我詐勾心鬥角之中，難免有人使絆子，有人下套子，潑人汙水者有之，落井下石者有之，很多人、很多時候都守不住好名聲的底線，敗下陣來。

詩句．出處	難將一人手，掩得天下目。（〈讀李斯傳〉唐．曹鄴）
解析．應用	難以用一個人的手，遮住天下人的眼睛。
	常用來說明是事實總會有人知道，誰都不能一手遮天，長期矇蔽眾人。
寫作例句	「難將一人手，掩得天下目。」御用文人雖然筆下生花，但歷史畢竟是歷史，遮不住也諱不掉，是不管什麼「尊者」不「尊者」的。

詩句．出處	勸君不用鐫頑石，路上行人口似碑。（〈偈〉宋．釋道寧）
	君：你。鐫：雕刻。
解析．應用	勸你不用雕刻石碑頌揚自己，路上行人的嘴就像是一座座碑。
	常用來說明為自己樹碑立傳，歌功頌德是徒勞的，一個人的所作所為自有旁人的口碑為證。
寫作例句	古人云：「勸君不用鐫頑石，路上行人口似碑。」歷史總彷彿特別垂青於民間的口碑，每每不看重，甚至不相信官方的所謂白紙黑字、勒石銘金。

第 5 節　論事論人

神話故事

詩句 · 出處	精衛銜微木，將以填滄海。（〈讀山海經 · 其十〉晉 · 陶淵明）
	精衛：古代神話中的小鳥。《山海經 · 北山經》載，精衛鳥是炎帝小女兒女娃在東海被淹死後變成的，牠總是銜西山木石投入東海，想要把大海填平。微木：細小的木枝。
解析 · 應用	精衛鳥口銜細小的木枝，決心要用它來填平大海。
	常用來形容做事有恆心和毅力，困難再大也不怕，有一種類似「愚公移山」的精神和氣概。
寫作例句	「精衛銜微木，將以填滄海。」即使一個人，做著極微小的事，也如轉移乾坤般的氣概。

詩句 · 出處	刑天舞干鏚，猛志固常在。（〈讀山海經 · 其十〉晉 · 陶淵明）
	刑天：古代神話人物。據《山海經 · 海外西經》說，刑天與天帝爭鬥，天帝砍掉了他的頭。刑天乃以乳為目，以臍為口，揮舞著盾和斧。干鏚：盾和斧。固：本來，原來。
解析 · 應用	刑天被砍了頭，仍揮舞著盾和斧，勇猛的鬥志一直常在不衰。
	常用來形容不屈不撓的抗爭精神。

寫作例句	五千年生存的歷史，無不證明我們的民族不是一個懦弱的民族。「刑天舞干鏚，猛志固常在。」我們的民族精神蒸蒸日上，如日中天。

詩句·出處	女媧煉石補天處，石破天驚逗秋雨。（〈李憑箜篌引〉唐·李賀）
	女媧：神話中的女神。《淮南子·覽冥》：「女媧煉五色石以補蒼天。」逗：引。
解析·應用	箜篌聲高亢激越，震得女媧煉石補天的地方石頭破裂，驚動了上天，引出一陣秋雨。
	常用來形容音樂或其他聲響高揚激越，聲勢宏大，驚天動地。也用來形容天像漏了一樣，雨久下不停。
寫作例句	1. 聲如洪鐘的巨響，捲起風聲，托著雨聲，忽而高亢，忽而低沉，恰似「女媧煉石補天處，石破天驚逗秋雨」。 2.「女媧煉石補天處，石破天驚逗秋雨。」秋季雨多，人們常說「天漏了」。

詩句·出處	蓬山此去無多路，青鳥殷勤為探看。（〈無題〉唐·李商隱）
	蓬山：蓬萊山，古代傳說渤海中的三仙山之一，此指所思慕的女子的居處。青鳥：傳說中為西王母傳遞消息的神鳥。
解析·應用	蓬萊仙山離這裡大概路途不遠，但願青鳥能為我殷勤探望我的戀人。
	常用來形容對遠方戀人或親友的惦念和關心。

寫作例句	那不是淚水，而是珍重的心聲：「蓬山此去無多路，青鳥殷勤為探看。」

詩句·出處	青鳥不傳雲外信，丁香空結雨中愁。（〈攤破浣溪沙〉南唐·李璟）
	青鳥：傳說中，西王母出訪漢武帝，命青鳥去報信。青鳥後為信使的代稱。雲外：指遙遠之地。丁香結：丁香的花蕾。古人多用來表示愁思鬱結。
解析·應用	沒有信使帶來遠方的音信，丁香空自在雨中抱蕾凝愁。
	常用來形容丁香或其他花卉雨中嬌弱悽美的姿態，也用來形容未獲音信而悵然、哀愁的情狀。
寫作例句	1. 紫丁香在堤邊含著雨滴，不禁想起南唐李璟的〈浣溪沙〉：「青鳥不傳雲外信，丁香空結雨中愁。」 2. 丁香、海棠、玫瑰等花飽含雨水，溼漉漉，沉甸甸，晶瑩潤澤，雖不如晴天那般嫵媚，卻增添了幾分嬌柔和悽美，頗有「青鳥不傳雲外信，丁香空結雨中愁」的意境。 3.「青鳥不傳雲外信，丁香空結雨中愁。」一日、兩日……日子在一天一天的失望中度過，他在一次次的失望中問天上的星星：「為什麼他的信還沒到？」

歷史事件

詩句·出處	殷鑑不遠，在夏后之世。（《詩經·蕩》）
	殷：即商朝。鑑：鏡子，這裡引申為借鑑。夏后：指夏朝的亡國之君桀。后，君主。
解析·應用	殷商王朝的歷史借鑑並不遠，它就發生在夏桀暴虐而亡的那個時代。
	常用來說明要吸取某一王朝、國家或民族慘遭滅亡的歷史教訓，鑑古知今，引以為戒，也用來說明可資借鑑的歷史事件或經驗教訓並不遠。
寫作例句	1. 對於許多人來說，截斷他們供子女讀書以謀求「出人頭地」的途徑，與奪其飯碗、要其性命幾乎毫無二致，勢必會激起他們各種形式的針對現行社會體制的反彈。「殷鑑不遠，在夏后之世」，歷史上的相關教訓值得我們注意和吸取。2. 高俅到任伊始即向王進尋釁報復，給了王進一個下馬威。王進看出這高俅絕不會就此罷手，早晚還會仗勢籍使藉口收拾自己，不敢坐以待斃，八十萬禁軍教頭也不幹了，連夜和老母遠走他鄉。「殷鑑不遠，在夏后之世。」林沖不免投鼠忌器。於是他不得不忍住辱妻之怒，把揮出去的拳頭硬生生地收回，眼睜睜地看著高衙內一夥揚長而去。

詩句·出處	周雖舊邦，其命維新。（《詩經·文王》）
	周：周朝。命：指天命。維：虛詞，無實義。

解析·應用	周雖是古老的邦國，但卻承受天命建立新王朝。
	常用來說明民族、國家或其他事物有著古老的歷史和傳統，但要承前啟後，續舊創新。
寫作例句	古詩云：「周雖舊邦，其命維新。」建立新文化，離不開舊文化。文化不能白手起家。我們要勇於、善於吸收人類一切有價值的文化成果，來建設有中國特色的新文化。

詩句·出處	力拔山兮氣蓋世，時不利兮騅不逝。騅不逝兮可奈何，虞兮虞兮奈若何？（〈垓下歌〉秦·項羽）
	蓋世：高出當代之上。騅：毛色青白相雜的馬。逝：去。虞：女子名，項羽的侍姬。奈若何：把你怎麼辦。若，你。
解析·應用	我的力氣能拔起一座山啊，我的氣概威猛蓋世，時勢不利啊，我的馬不向前去。馬不走啊可怎麼辦，虞姬啊虞姬我拿你怎麼辦？
	常用來形容時運不濟，英雄末路，徒喚奈何。後人說到項羽或某人、某動物力大氣勇，威猛過人，常引用第一句；或引第二句指命運不濟，大勢已去。
寫作例句	1. 世界冠軍法國隊在小組賽的三場比賽中，球打門柱、門框不下五次，阿根廷人也觸過這種霉頭。楚霸王項羽被圍垓下時，曾唱一曲悲歌：「力拔山兮氣蓋世，時不利兮騅不逝。騅不逝兮可奈何，虞兮虞兮奈若何？」 2. 同是武夫壯士，「力拔山兮氣蓋世」的楚霸王項羽的威儀氣勢，和「聲若巨雷，勢如奔馬」的猛將張飛的勇力雄風並無二致。 3. 當時叱吒風雲，此時階下囚，顯然是「時不利兮騅不逝」，不可同日而語。

詩句·出處	周公恐懼流言日，王莽謙恭未篡時。向使當初身便死，一生真偽復誰知？（〈放言·其三〉唐·白居易）
	周公：姬旦，周武王的弟弟。武王死，成王年幼，周公攝政。管、蔡、霍三叔造謠說他想篡位。周公恐懼，避居於東，不問政事。後成王悔悟，迎他回來。三叔害怕而叛亂，周公奉成王命出征，奠定東南。王莽：西漢人。篡漢自立，改國號為「新」。後被起義的綠林軍所殺。向使：假使。
解析·應用	周公在流言四處散布的時候，也感到過恐懼；王莽在沒有篡奪帝位時，曾經十分恭謙。假使當初真相未明時，這些人便死去，那麼，他們一生行為的真偽又有誰知道呢？
	常用來說明辨別一個人的好壞不能只看一時一事，須長期觀察，而且蓋棺方可論定，因為一個人早死或晚死幾年，其結論也許就不一樣。可引用這幾句詩來說明時間是正邪真偽的最公正的檢驗者等。前兩句常用來說明行為端正的人也怕流言蜚語的攻擊，因為人言可畏；心術不正的人為使其陰謀得逞，常裝出恭謙卑順的樣子，以騙取信任。

寫作例句	1.「周公恐懼流言日，王莽謙恭未篡時。向使當初身便死，一生真偽復誰知？」如果希特勒 (Hitler) 在審判時被處以死刑，如果希特勒在坐牢時被折磨而斃，或在後來的「民主浪潮」中被亂槍打死，那麼希特勒將以什麼面目刻諸史冊？猜想應該是個「民主鬥士」吧，看他那百折不撓的模樣，看他那視死如歸的模樣，看他那旗幟上打出的鮮紅燦爛的標語口號，誰會知道，希特勒是有史以來的頭號惡魔呢？由一個民主鬥士逆轉為獨裁惡魔，大概是因為希特勒當初身未死吧。 2. 古詩云：「周公恐懼流言日，王莽謙恭未篡時。」中國歷史上類似周公這樣大忠若奸，王莽那樣大奸若忠的人物不可勝數，要想弄清楚他們真實的另一面太難了。

詩句·出處	坑灰未冷山東亂，劉項原來不讀書。 (〈焚書坑〉唐·章碣)
	山東：指崤山、函谷關以東地區，即戰國末年秦以外六國的地盤。
解析·應用	秦始皇焚書坑儒後，書的灰燼還沒有冷卻，山東那邊已經有人作亂，為首的劉邦和項羽原本就不是讀書人。
	常用來說明專制統治者禁錮文化，箝制思想，迫害知識分子，妄圖透過愚民政策來以維護其統治，結果是徒勞的，根本不能阻止人民的反抗。
寫作例句	禁書並不能禁止進步思想的傳播，坑儒也控制不了新生力量的崛起。「坑灰未冷山東亂，劉項原來不讀書。」乾隆焚書不足百年，手持鋤頭的農民揭竿而起，爆發了太平天國運動。

詩句·出處	江東子弟多才俊，捲土重來未可知。（〈題烏江亭〉唐·杜牧）
	江東：古稱長江以南蕪湖以下地區。《史記·項羽本紀》說，楚漢相爭，項羽兵敗至烏江，烏江亭長要他渡江，重整旗鼓。項羽不肯，以為無顏見江東父老，自刎而死。
解析·應用	江東的後生中有很多才士俊傑，捲土重來也說不定呢。
	常用來形容不因挫折失敗而灰心喪氣，要東山再起。亦用於貶義，形容壞人或反叛勢力不甘心失敗滅亡，欲再作垂死掙扎。
寫作例句	1. 踏盡失敗之險，便有成功之途。「江東子弟多才俊，捲土重來未可知。」在失敗中奮起，在失敗中追求，在失敗中探索，是當代年輕人應具有的特質。 2. 唐代的杜牧寫過一首弔項羽的詩：「江東子弟多才俊，捲土重來未可知。」捲土重來，無非是白日做夢。但是雖無捲土重來之力，未必無捲土重來之心，世界上被打倒了的東西，真的會心甘情願地退出歷史舞臺嗎？過去沒有，將來也不會有。

詩句·出處	莫言馬上得天下，自古英雄盡解詩。 （〈歌風臺〉唐·林寬）
	馬上得天下：憑藉武功奪取天下。解：懂得。
解析·應用	不要說劉邦只知道馬上得天下，自古英雄都懂得做詩。
	常用來說明草莽英雄、勇將武夫當中，也有很多頗具文才，懂得寫詩作文。

寫作例句	唐末詩人林寬有這樣兩句詩：「莫言馬上得天下，自古英雄盡解詩。」古往今來，確有不少能「解詩」的英雄，唐末農民起義領袖黃巢就是其中突出的一個。

詩句·出處	空嗟覆鼎誤前朝，骨朽人間罵未銷。（〈汴京紀事·其七〉宋·劉子翬）
	覆鼎：指大臣失職誤事。《周易·鼎》：「鼎折足，公覆餗。」這裡指北宋徽宗時的奸臣蔡京、王黼等胡作非為，終至北宋失地亡國。前朝：前面的朝代，指北宋。銷：消失。
解析·應用	空自嗟嘆朝臣失職誤國，葬送了北宋，如今那些奸臣的屍骨雖然都腐朽了，但世上對他們的咒罵聲仍然不絕。
	常用來形容禍國殃民的人死後仍遭人唾罵，遺臭萬年。
寫作例句	龐涓執掌魏國軍權十二年，為了保住自己的權位，其間耍盡了一些自視聰明的狡獪伎倆，但聰明反被聰明誤，最後慘敗馬陵，身敗名裂，落得了應有的下場。「空嗟覆鼎誤前朝，骨朽人間罵未銷。」同樣能表達人們對龐涓誤國的憤恨。

詩句·出處	春愁難遣強看山，往事驚心淚欲潸。（〈春愁〉清·丘逢甲）
	強：強作。往事：西元 1895 年清政府和日本簽訂《馬關條約》，割讓臺灣給日本為其中一條。這首詩作於西元 1896 年，所以說「往事」。潸：流淚的樣子。

解析·應用	春愁難以排遣，強去玩山卻無心觀賞，去年割讓臺灣的事讓人想起就心痛得想流淚。
	常用來形容想起國家的屈辱或其他傷心的往事，愁緒難遣，痛苦欲淚。
寫作例句	自鴉片戰爭始，中華民族歷經磨難，飽經憂患，受屈辱，被奴役，數不清的國恥紀念日，數不清的不平等條約，數不清的割地和賠款。「春愁難遣強看山，往事驚心淚欲潸。」

歷史人物

詩句·出處	醜女來效顰，還家驚四鄰。壽陵失本步，笑殺邯鄲人。一曲斐然子，雕蟲喪天真。（〈古風〉唐·李白）
	顰：皺眉頭，憂愁不樂的樣子。斐然子：指辭藻華麗的文章。雕蟲：比喻小的技能，揚雄《法言·吾子》篇說辭賦猶如「雕蟲篆刻」，是童子所做之事，「壯夫不為也」。
解析·應用	西施病心皺眉，美人更顯得美麗動人；醜女也來模仿，醜得驚動了四周鄰里。壽陵的少年到邯鄲去學習走步，不但沒學成反而失去了自己原來的步法，惹得邯鄲人恥笑。一篇辭藻華麗的文章，由於刻意雕琢造作，結果會失去清新天真的韻味。
	詩人引用兩個典故，對唐初受六朝文學影響而形式主義仍然濃重的文風進行了批評和諷刺。可引用這幾句詩來批評、諷刺只知模仿他人而沒有獨立風格的作品；或批評、諷刺機械模仿，生搬硬套的作法。

寫作例句	1. 何謂多餘的東西？這就是機械模仿、東抄西湊的東西，千部一腔、千人一面、陳詞濫調的東西。唐代大詩人李白曾有詩云：「醜女來效顰，還家驚四鄰。壽陵失本步，笑殺邯鄲人。一曲斐然子，雕蟲喪天真。」這首詩辛辣地諷刺了詩壇上那種因循守舊、蹈襲前人的沒出息作風。 2.「醜女來效顰，還家驚四鄰。壽陵失本步，笑殺邯鄲人。」李白這首詩是說「醜女效顰」、「邯鄲學步」的故事。這兩個故事不外乎為人揭示了一個哲理，就是無論什麼事，都不能生搬硬套。3. 這種知其然不知其所以然，光從形式上模仿別人的做法，其結果只能是「壽陵失本步，笑殺邯鄲人」。

詩句·出處	出師未捷身先死，長使英雄淚滿襟。（〈蜀相〉唐·杜甫）
解析·應用	諸葛亮出師伐魏還沒有獲得勝利，自己卻先死去，這件事一直使後世的英雄淚滿衣襟。
	常用來悼念為人民事業戰鬥、功業未遂而不幸早逝的英雄人物，或表示英雄壯志未酬而身死的遺恨等。也用來比喻事業夭折，令人惋惜。
寫作例句	1. 鄧世昌空有鴻鵠之志，卻報國無門，在彈盡糧絕之時，誓死撞沉日艦「吉野」，被敵人的魚雷擊中，與戰艦「致遠」號共存亡！「出師未捷身先死，長使英雄淚滿襟。」昔日的壯懷激烈，只有這滄海作證，這烽火臺作證。 2.「出師未捷身先死，長使英雄淚滿襟。」光緒變法，有雄心而無善策，很多事情操之過急。

<table>
<tr><td rowspan="2">詩句・出處</td><td>楊家有女初長成，養在深閨人未識。
(〈長恨歌〉唐・白居易)</td></tr>
<tr><td>閨：閨房，女子居住的內室。識：知道。</td></tr>
<tr><td rowspan="2">解析・應用</td><td>楊家有個女兒剛剛長大成人，養在深閨裡還沒有外人知道她。</td></tr>
<tr><td>常用來形容女孩子初長成人，還未與外界接觸，體貌、形態等還不為外人所知。也用來比喻某種事物剛剛長成起來，他的情況別人還不了解；亦比喻某事物剛形成或尚處於封閉狀態中，其作用、價值等還不為外人知道。</td></tr>
<tr><td>寫作例句</td><td>1. 在封建社會裡，女孩長到十來歲就要「避人」，不能「拋頭露面」。正像唐代詩人白居易在〈長恨歌〉中所描寫的那樣：「楊家有女初長成，養在深閨人未識。」
2. 如果說過去我們的產品是「楊家有女初長成，養在深閨人未識」，那麼現在，我們已由初長期步入了成長期，由不與人識而走進市場、名聲在外，逐步有了知名度了。
3. 少兒圖書館不能有「楊家有女初長成，養在深閨人未識」的傲慢和矜持，要主動走出去接近小讀者，不斷深化服務意識，提升服務品質，把更多的未成年人聚到「家」裡來。</td></tr>
</table>

詩句．出處	伏波唯願裹屍還，定遠何須生入關？（〈塞下曲〉唐．李益）
	伏波：指東漢伏波將軍馬援。《後漢書．馬援列傳》載，馬援曾說過：「男兒要當死於邊野，以馬革裹屍還葬耳。」定遠：指東漢的班超，曾封定遠侯。
解析．應用	伏波將軍馬援只願戰死邊野，馬革裹屍而還，定遠侯班超又何必一定要活著回到關內？
	常用來形容誓死保家衛國，不惜戰死疆場邊關的豪情壯志。
寫作例句	「伏波唯願裹屍還，定遠何須生入關？」古代將士為國戍邊，視死如歸的氣魄，是何等壯烈、豪邁！

詩句．出處	自種自收還自足，不知堯舜是吾君。（〈畬田詞〉宋．王禹偁）
解析．應用	自己種地自己收穫，自己養活自己，不知道當代帝王是堯還是舜。
	常用來形容偏僻山鄉的人過著自給自足的生活，對外界情況不了解。
寫作例句	他曾到過一個已經擺脫貧窮且致富的山村，詢問一群農民，知不知道當今國家領導人是誰，結果竟是一問三不知。這一情況，使人不禁想起宋朝詩人王禹偁的一句詩：「自種自收還自足，不知堯舜是吾君。」

詩句・出處	出師一表真名世，千載誰堪伯仲間？（〈書憤〉宋・陸游）
	出師一表：指諸葛亮出兵伐魏前，寫給後主劉禪的〈出師表〉。名世：有名於世。堪：能夠。伯仲間：伯仲為古時候兄弟的次序，伯為長，仲為次。後比喻相差無幾或不相上下。
解析・應用	一篇〈出師表〉真是聞名於世，上千年來，誰堪稱與諸葛亮在伯仲之間呢？
	常用來讚頌諸葛亮精忠報國，鞠躬盡瘁的精神，也用來讚揚〈出師表〉懇切感人，千古流傳。
寫作例句	真正的諸葛亮，為了報答先主，復興漢室，不惜食少事繁，肝腦塗地，以身相殉，這種宏美崇高的人格，只有在〈出師表〉裡，用他自己真情實感的聲音，才能呈現。每次我重讀此文，都不禁「臨表」淚下。也難怪陸游要讚嘆：「出師一表真名世，千載誰堪伯仲間？」

詩句・出處	憑誰問，廉頗老矣，尚能飯否？（〈永遇樂・京口北固亭懷古〉宋・辛棄疾）
	憑誰問：有誰來問。廉頗：戰國時趙國名將。《史記・廉頗藺相如列傳》載，秦國攻趙，趙王想再啟用廉頗，但怕他已衰老，就派人去探看。廉頗在使者面前一頓飯吃一斗米十斤肉，還披甲上馬，以示身體還健壯，還能打仗。但使者因受廉頗的仇人郭開的賄賂，回報趙王說廉頗老了，還能吃飯，但與他坐了一會，他就拉了三次屎。趙王以為廉頗真的衰老了，便沒有再用他。矣：了。

解析．應用	有誰來問，廉頗老了，還能像過去一樣吃很多飯嗎？
	常用來形容雖然人老雄心在，但是終因年老而被棄置不用，也用來形容沒人重視和關心。
寫作例句	1. 曾經跋涉萬里的伏櫪老驥，真的就打算終日蹀躞於湖光帆影之間？剛才酒後盛飯時，我隨口問他胃口如何，他沒有回答，卻微笑著哼了幾句辛稼軒詞：「憑誰問，廉頗老矣，尚能飯否？」 2. 你真的不知道什麼叫苦嗎？學校天地之小，學生管教之難，教師待遇之低，你樂的是什麼呢？「憑誰問，廉頗老矣，尚能飯否？」

詩句．出處	使李將軍，遇高皇帝，萬戶侯何足道哉。（〈沁園春．夢孚若〉宋．劉克莊）
	李將軍：西漢名將李廣，時稱飛將軍。高皇帝：漢高祖劉邦。萬戶侯：漢代享有萬戶農民賦稅的侯。
解析．應用	假使李廣將軍遇到漢高祖那樣的皇帝，封萬戶侯不在話下。
	常用來說明良將逢明主或人才遇伯樂，能建立更大的功勛或功績，獲得更高的報酬。也用來感嘆生不逢時，懷才不遇。

寫作例句	1. 人們知道遇與不遇對人生的重要性。「使李將軍，遇高皇帝，萬戶侯何足道哉。」如果生而有幸，像姜子牙一樣，得到權勢者的賞識，那麼就可以「利澤施於人，名聲昭於時」，成就一生事業。 2. 他在這個時候寫出了這樣一部作品卻未能付梓，恐怕也有一些「使李將軍，遇高皇帝，萬戶侯何足道哉」那樣不逢時的感嘆了。

詩句·出處	吟到恩仇心事湧，江湖俠骨恐無多。（〈己亥雜詩〉清·龔自珍）
	俠骨：剛強仗義，勇武不屈的性格或氣概。
解析·應用	陶淵明吟誦荊軻報恩復仇的事蹟時，心事湧動，感到當時江湖上像荊軻那樣仗義行俠的志士恐怕不多了。
	常用來形容想起歷史上的俠客義士，感慨當今缺少具有俠肝義膽的人。
寫作例句	清人龔自珍早就說過：「吟到恩仇心事湧，江湖俠骨恐無多。」何況是當今這個缺鈣少鐵人欲橫流的時代？因此，鋤強扶弱的俠腸，磊落正直的俠氣，英雄豪傑的俠骨，更令人心嚮往之。

文人入詩

<table>
<tr><td rowspan="2">詩句・出處</td><td>腳著謝公屐，身登青雲梯。
（〈夢遊天姥吟留別〉唐・李白）</td></tr>
<tr><td>著：穿。謝公屐：南朝謝靈運為登山特製的一種木頭鞋，鞋底裝有活動的高低兩個木齒，上山前低後高，下山前高後低，使身體保持平衡。屐，木頭鞋。青雲梯：高入雲霄的石階。</td></tr>
<tr><td rowspan="2">解析・應用</td><td>腳上穿著謝靈運當年特製的木鞋，直登高入青雲的石梯。</td></tr>
<tr><td>常用來形容拾級登高。</td></tr>
<tr><td>寫作例句</td><td>我在遊山時，往往會哼著李太白「腳著謝公屐，身登青雲梯」的詩句，但實際上卻從來不曾穿木屐登山。</td></tr>
</table>

<table>
<tr><td rowspan="2">詩句・出處</td><td>宣父猶能畏後生，丈夫未可輕年少。
（〈上李邕〉唐・李白）</td></tr>
<tr><td>宣父：指孔子。唐貞觀十一年，詔尊孔子為宣父。《論語・子罕》載孔子的話說，「後生可畏，焉知來者之不如今也？」後生：年輕男子。丈夫：成年男人，指李邕。</td></tr>
<tr><td rowspan="2">解析・應用</td><td>孔夫子尚且敬畏後生，您老先生可不能輕視年輕人啊。</td></tr>
<tr><td>常用來說明年輕人是新生的力量，大有作為，不可小看他們。</td></tr>
<tr><td>寫作例句</td><td>李白有言：「宣父猶能畏後生，丈夫未可輕年少。」代表著國家未來的年輕一代，是絕不可小看的。他們身上閃耀著希望之光。</td></tr>
</table>

詩句·出處	借問別來太瘦生，總為從前作詩苦。 （〈戲贈杜甫〉唐·李白）	
	生：語氣助詞，無實義。借問：請問。	
解析·應用	請問分別以來你怎麼這樣消瘦，總是因為以往寫詩太苦的原因吧。	
	常用來形容從事文藝創作等讓人煞費苦心，以致形容消瘦。	
寫作例句	「借問別來太瘦生，總為從前作詩苦。」一個「苦」字，道出了杜甫的詩「驚風雨」、「泣鬼神」的主要原因，道出了在做學問過程中，只有刻苦磨練，永遠進擊，才有希望達到光輝的頂點。	

詩句·出處	李白一斗詩百篇，長安市上酒家眠。 （〈飲中八仙歌〉唐·杜甫）
	斗：古代盛酒的器具。
解析·應用	李白喝完一斗酒，就能作出一百篇詩來，喝醉了就在長安街市上的酒家安歇。
	常用來形容李白或其他人詩才橫溢，或說明酒助詩興。
寫作例句	1.「李白一斗詩百篇」。只要好酒拿來，他的好詩就倚馬可待了。 2. 歷代的文人墨客因酒寫下了大量的詩詞歌賦，所謂「李白一斗詩百篇，長安市上酒家眠」正是具體的寫照。

詩句・出處	天子呼來不上船，自稱臣是酒中仙。 （〈飲中八仙歌〉唐・杜甫）	
	天子：指唐玄宗。據載，玄宗曾泛舟白蓮池，高興之餘，召李白前往寫序。臣：官吏對皇帝的自稱。	
解析・應用	天子召見李白，他卻不肯上船，仍然狂飲不止，嘴裡還自稱是「酒中的神仙」。	
	常用來形容李白嗜酒成性，狂放不羈的性格，也用來形容嗜酒者有酒便不顧其他的情狀或酒後的張狂醉態。	
寫作例句	1. 李白這個狂士早已勘破官場炎涼，乘酒興，竟違旨拂袖離去。後來杜工部在〈飲中八仙〉的詩裡才有「天子呼來不上船，自稱臣是酒中仙」的名句。 2. 他酒量不小，且喝後醉態可掬，大有「天子呼來不上船，自稱臣是酒中仙」的態勢。	

詩句・出處	宗之瀟灑美少年，舉觴白眼望青天，皎如玉樹臨風前。 （〈飲中八仙歌〉唐・杜甫）
	觴：酒杯。白眼：眼睛向上或往旁邊看，現出白眼球，表示蔑視或傲視。皎：白而亮。玉樹：用珍寶製成的樹，比喻人的才貌之美。
解析・應用	崔宗之是瀟灑的俊美少年，飲酒時舉著酒杯，白眼望青天，他白皙清秀，喝醉時步態踉蹌就像玉樹臨風搖曳。
	常用來形容男子瀟灑俊秀，氣度不凡或形容其酒態之美。
寫作例句	我的朋友之中，他堪稱「宗之瀟灑美少年，舉觴白眼望青天，皎如玉樹臨風前」。他的風度很好，喝酒的風度也真好。

詩句．出處	爾曹身與名俱滅，不廢江河萬古流。（〈戲為六絕句．其二〉唐．杜甫）	
	爾曹：你們。不廢：無傷，無礙。	
解析．應用	你們這些人的身軀與名聲都消失了，卻無礙於王、楊、盧、駱的作品像萬古長流的江河那樣永垂後世。	
	這兩句詩透過藝術的形象來闡述道理，把哲理寓於具體的事物之中，讀來染人，故久傳不衰。可引用這兩句詩或其中部分語句來讚美某人的作品成就非凡，將如江河一樣萬古長流等；也用來說明某些人的反對無礙於文學藝術家（亦可指思想家、科學家等）及其作品流芳後世，或比喻無論反對者怎麼樣，都阻礙不了人或事物的發展或社會的前進。	
寫作例句	1. 在歷史上，雖然也有過反孔子的思想與行為，但是，孔子依然是世界歷史上的著名思想家，儒家的聖人。今後再有什麼風雲變幻，也不會改變這種局勢。杜甫有兩句詩很深切：「爾曹身與名俱滅，不廢江河萬古流。」 2. 近年來，國外某些角落，有人妄圖掀起貶低魯迅的浪潮，國內也有人起而嘁嘁喳喳。面對這種情形，我首先想到的就是「李杜文章在，光焰萬丈長」、「爾曹身與名俱滅，不廢江河萬古流」那樣的詩句。	

詩句．出處	寂寂寥寥揚子居，年年歲歲一床書。（〈長安古意〉唐．盧照鄰）
	寂寂寥寥：寂寞冷落。揚子：揚雄，西漢文學家，仕途不得意，閉門著書，著有《太玄》、《法言》。

解析．應用	冷寂寥落，這就是揚雄的居所，年復一年只有一床書與他做伴。
	常用來形容深居簡出，與書為伴的生活。也用來形容住所沉寂簡樸，堆滿書籍。
寫作例句	1. 大學生涯，我過著「寂寂寥寥揚子居，年年歲歲一床書」的生活。 2. 那間頗有初唐詩人盧照鄰的「寂寂寥寥揚子居，年年歲歲一床書」的意味、頗似一個古舊書籍研究所的書房，傳出了年輕人的歌聲。

詩句．出處	李杜文章在，光焰萬丈長。（〈調張籍〉唐．韓愈）
	文章：這裡泛指詩文等作品。
解析．應用	李白、杜甫的詩篇至今仍在流傳，放射出萬丈光芒。
	用來讚美李白、杜甫的詩篇具有強大的藝術魅力和經久不衰的生命力，或讚頌李杜詩歌創作上的偉大成就和文學史上的不朽地位。也用來讚揚某個偉大作家或藝術家的作品和成就像李白、杜甫一樣，大放光芒，永照千秋。
寫作例句	1. 杜甫與李白都是寫詩的，並沒有因此相輕相賤，而是相互敬重，成為莫逆之交。「李杜文章在，光焰萬丈長」，一對同行成為唐代詩壇上兩顆璀璨的明星。 2.「李杜文章在，光焰萬丈長。」他們那種具有浩然正氣和高尚情操的曠古絕唱，都閃耀著偉大精神，是歷史文化遺產中的瑰麗華章。

詩句．出處	堪笑翰林陶學士，年年依樣畫葫蘆。 （〈題玉堂壁〉宋．陶谷）	
	堪：可。翰林陶學士：作者自指，當時他為翰林院的學士。	
解析．應用	可笑翰林院裡的陶學士，年年只會依著樣子畫葫蘆。	
	常用來形容做事單純模仿沿襲，毫無創新。	
寫作例句	這種思考方法不會出格也不會出新，沒有驚人之舉，亦無越軌之過，如一句詩所言：「堪笑翰林陶學士，年年依樣畫葫蘆。」	

詩句．出處	李杜詩篇萬口傳，至今已覺不新鮮。（〈論詩．其二〉清．趙翼）
解析．應用	李白、杜甫的詩篇曾在無數人的口中傳誦，至今已不覺得新鮮了。
	常用來形容舊有的文藝作品或其他事物已不再新鮮。
寫作例句	1.「李杜詩篇萬口傳，至今已覺不新鮮。」這「新鮮」二字，頗有見地。新在何處？在於鮮活。往者已矣，只有把握住今天，我們的筆端才能有蓬勃的生命，才能有躍動的生機。 2. 世界上從來沒有、以後也不會有永恆不變的、適用於一切社會的觀念系統。「李杜詩篇萬口傳，至今已覺不新鮮。」

第6節　詩文書畫

論詩

詩句．出處	筆落驚風雨，詩成泣鬼神。（〈寄李十二白二十韻〉唐．杜甫）	
解析．應用	李白寫詩，落筆時能驚起風雨，詩寫成後能使鬼神哭泣。	
	常用來形容李白或其他人的文藝創作氣勢壯闊或才思敏捷，作品具有強大的震撼力和感染力。	
寫作例句	他的詩是戰鬥的詩，是憤怒的火，是鋒利的劍，給予人力量，給予人勇氣，震撼著魔鬼的宮殿，使魑魅魍魎個個發抖。真是「筆落驚風雨，詩成泣鬼神」。	

詩句．出處	陶冶性靈存底物？新詩改罷自長吟。（〈解悶．其七〉唐．杜甫）
	性靈：性情和心靈，泛指人的精神生活。存：依靠。底物：何物。底，何。自長吟：是為了推敲字句，斟酌聲律。
解析．應用	陶冶人的性情和心靈靠的是什麼呢？新寫的詩改好後，便拖著長腔自己吟誦。
	常用來形容推敲、誦讀或玩味詩詞文章。

寫作例句	1. 修改當然是艱苦的，卻苦中有樂。尤其是那些成功的修改，往往使作者歡喜雀躍，樂而忘苦，其樂無窮。杜甫說：「陶冶心靈存底物？新詩改罷自長吟。」 2. 詩是藝術品，不但要禁得起推敲，還要禁得起欣賞。「陶冶性靈存底物？新詩改罷自長吟。」吟的過程也是欣賞的過程，我們拿到一篇詩，總要吟味一番。

詩句・出處	老去詩篇渾漫與，春來花鳥莫深愁。（〈江上值水如海勢聊短述〉唐・杜甫）
	老去：到老了。渾：完全。漫與：隨意付與，這是作者自謙的話。漫，隨便。愁：一說「愁」的主語是花鳥，詩是隨意而為，因此春天的花鳥不必為詩人會奪去牠們的聲容之美而發愁了。
解析・應用	老來寫的詩都是隨意而作，而不是對著春天的花鳥愁思苦吟。
	常用來形容寫出的詩文或其他創作是隨意而為，並非深思熟慮。也用來形容功力深厚，創作時得心應手，無須深思，揮筆立就。
寫作例句	「老去詩篇渾漫與，春來花鳥莫深愁。」付出艱鉅的努力之後，才能下筆皆成妙語。

詩句・出處	一日不作詩，心源如廢井。（〈戲贈友人〉唐・賈島）
	心源：構思的泉源。
解析・應用	一天不寫詩，構思的泉源便像廢棄的井一樣枯竭了。
	常用來形容寫詩作文或做其他事情間斷後就會感到生疏或枯澀。

寫作例句	1. 他早年幾乎是當作每週每日的作業一樣寫了那樣多的詩，以一種獨特的神色和姿態步上詩壇。他覺得「一日不作詩，心源如廢井」。 2. 當他的手重新按在家裡的鋼琴上時，心中有說不出的愉快。古人說：「一日不作詩，心源如廢井。」、「一日不書，便覺思澀。」彈琴也是如此。他已經將近三年沒有好好練琴了，確實是跌到了低窪中。

詩句．出處	二句三年得，一吟雙淚流。（〈題詩後〉唐．賈島）
	二句：指〈送無可上人〉中「獨行潭底影，數息樹邊身」兩句詩。賈島重視鍊字，以苦吟著稱。
解析．應用	兩句詩思索三年才得到，自己吟誦時不禁雙淚流下。
	可引用這兩句詩來說明寫作的艱辛，或表示寧可慢也絕不粗製濫造的嚴肅的創作態度。
寫作例句	1. 探索獨特的表現方式，在藝術上也不是可以輕易達到的。文學史上記載的許多詩人「苦吟」的事蹟，說明了這種探索的艱苦性。「二句三年得，一吟雙淚流」，這樣的描寫未必就是誇張。 2. 有的作家「為求一字穩，耐得半宵寒」，有的「二句三年得，一吟雙淚流」，還有的是「語不驚人死不休」，直到把詩文改得「豐而不餘一字，約而不失一詞」才肯住筆。

詩句．出處	吟安一個字，撚斷數莖鬚。（〈苦吟〉唐．盧延讓）
	撚：用手指搓。莖：量詞，用於長條形的東西。

解析・應用	寫詩時反覆吟誦，待選定一個字，已經撚斷了好幾根鬍鬚。
	作詩為了吟妥帖一個字，竟達到撚斷數根鬍鬚的地步。極寫詩人寫詩時字斟句酌、苦心經營的情況，說明創作上態度極其認真，為刻意求工而煞費苦心。可引用這兩句詩來形容寫作時用心之良苦。
寫作例句	中國錘字鍊句的傳統源遠流長。《詩經》、《楚辭》就很講究語言的簡練，《文心雕龍》更有〈練字〉、〈鎔裁〉等專門談鍊字鍊意的篇章。杜甫的「為人性僻耽佳句，語不驚人死不休」，盧延讓的「吟安一個字，撚斷數莖鬚」，姚合的「欲識為詩苦，秋霜若在心」等，更被人們傳為佳話。

詩句・出處	吟成五字句，用破一生心。 （〈貽錢塘縣路明府〉唐・方干）
解析・應用	吟詠出一句五言詩，用盡了一生的心血。
	常用來形容文學藝術創作殫精竭慮，頗費心血。亦形容在創作中不斷思索推敲，一絲不苟。
寫作例句	唐人寫絕句，五言才二十字，七言也僅二十八字，但是無不慘淡經營，反覆推敲，賈島說「二句三年得，一吟雙淚流」，方干曰「吟成五字句，用破一生心」，就說明了這個問題。

詩句・出處	天意君須會，人間要好詩。（〈讀李杜詩集因題卷後〉唐・白居易）
	天意：上天的意願。君：你。須：應當。會：知道。

解析·應用	老天爺的意願你應該明白，那就是人間需要好的詩作。
	常用來說明人們需要好詩或其他優秀的文藝作品。
寫作例句	1.「天意君須會，人間要好詩。」白居易說得好，大眾的確是要好詩的，杜甫也確實沒有辜負人們的期望，留下了許多好詩。 2. 一部優秀作品抵得上許多部平庸的作品，一部好影片勝過許多部平庸的影片，它們所產生的積極效果就遠不只翻兩倍了。「天意君須會，人間要好詩。」「天意」，在今天就是大眾的意願。

詩句·出處	世間多少能詩客，誰是無愁得睡人？ （〈秋夕〉唐·杜荀鶴）
	詩客：詩人。
解析·應用	世上那麼多有才能的詩人，有誰能在寫作時心無愁苦，安然入睡呢？
	常用來形容寫詩作文讓人苦思冥想，輾轉難眠。
寫作例句	「世間多少能詩客，誰是無愁得睡人？」寫詩真是一件煩惱的事情！

詩句·出處	詩從肺腑出，出輒愁肺腑。（〈讀孟郊詩·其二〉宋·蘇軾）
解析·應用	詩從內心發出，所以能感人肺腑。
	常用來說明寫詩、寫文章必須有真情實感。

寫作例句	在宦途失意的境況下，詩人飽嘗世態炎涼，窮愁終身，故愈覺親情之可貴。「詩從肺腑出，出輒愁肺腑。」這首詩，雖無藻繪與雕飾，然而清新流暢，純樸素淡中正見其詩味的濃郁醇美。

詩句・出處	作詩火急追亡逋，清景一失後難摹。（〈臘日遊孤山訪惠勤惠思二僧〉宋・蘇軾）
	亡逋：逃犯。清景：在腦中突然閃現的情景。
解析・應用	寫詩時有了靈感要趕緊記下，這就像追捕逃犯一樣火急，腦中的情景一經閃失，過後就難以描摹了。
	可引用這兩句詩來說明創作要抓住時機，靈感來時，趁熱打鐵，不可因懶於思索而錯過良機。
寫作例句	1. 人們都有這樣的體會：思想的火花、靈感等，都應隨手記下來，當時不記，以後很難再回憶起來。科學家關於這方面的論述是很多的。所謂「作詩火急追亡逋，清景一失後難摹」，也是這個意思。 2. 宋朝詩人蘇東坡說得好：「作詩火急追亡逋，清景一失後難摹。」這和攝影不失時機地抓住稍縱即逝的美妙瞬間是一個道理。這張照片的成功，就是恰到好處地抓住了拍攝時機。

詩句・出處	作詩無古今，唯造平淡難。（〈讀邵不疑學士詩卷杜挺之忽來因出示之且伏高致輒書一時之語以奉呈〉宋・梅堯臣）
	無：不論。造：達到。平淡：指樸素無華又具韻味。

解析·應用	作詩不論在古代還是今天，唯有達到平和淡雅的境界才最難。
	常用來說明自古至今，文藝作品要達到純樸清遠，淡而有味的意境很難。
寫作例句	「作詩無古今，唯造平淡難。」之所以難，我想除了在文字上要下千錘百鍊的工夫外，還因為這不單單是文字所能奏效的。平淡不但是一種文字的境界，更是一種胸懷，一種人生的境界。

詩句·出處	揮毫當得江山助，不到瀟湘豈有詩？（〈予使江西時以詩投政府丐湖湘一麾會召還不果偶讀舊稿有感〉宋·陸游）
	揮毫：用毛筆寫字或畫畫，此指寫詩。毫，毛筆。瀟湘：指瀟水和湘江，在今湖南省境內。一說為湘江的別稱。
解析·應用	揮毫寫詩應有山水風光的幫助，不到瀟湘一帶去，豈能寫出好詩？
	常用來說明自然風光對文藝創作具有重要作用，如作為素材、激發靈感、引起創作衝動和為創作提供借鑑等。
寫作例句	陸游說：「揮毫當得江山助，不到瀟湘豈有詩。」廬山之奇麗，瀟湘之壯闊移入他們的作品便得一種特別的美力與魅力。正如自然科學中的「仿生學」一樣，師法自然，實是研究文章寫作的一條重要路子。

詩句·出處	忽有好詩生眼底，安排句法已難尋。 （〈春日〉宋·陳與義）

解析·應用	忽然有好的詩意出現在眼前，正要組織詞句寫下來時，那意境又找不到了。
	常用來形容在從事文藝創作或某種研究時，靈感突發，體悟到某種意境、奧祕，但只是一閃而過，待要寫下來時，又倏然而逝。
寫作例句	「忽有好詩生眼底，安排句法已難尋。」一個人常常遇到這種處境，在無可奈何的情況下，好文章輕輕地過去了。

詩句·出處	草就篇章只等閒，作詩容易改詩難。玉經雕琢方成器，句要豐腴字要安。（〈昭武太守王子文日與李賈嚴羽共觀前輩一兩家詩及晚唐詩因有論詩十絕子文見之謂無甚高論亦可作詩家小學須知·其十〉宋·戴復古）
解析·應用	草草地寫好詩篇很容易，但作詩容易改詩難。玉要經過雕琢才能成為玉器，詩句要意蘊豐富，字詞安妥。
	常用來說明寫詩作文修改比初寫更難，要做到句意豐富，文字妥帖凝練，非認真修改不行。
寫作例句	作詩能使人瘦，正說明詩人殫精竭慮，一字一句都要花費不少心血，在文字上下工夫。戴復古說得好：「草就篇章只等閒，作詩容易改詩難。玉經雕琢方成器，句要豐腴字要安。」

詩句·出處	詩家總愛西崑好，獨恨無人作鄭箋。（〈論詩·其十二〉元·元好問）
	西崑：宋初楊億、錢唯演等人寫詩仿效晚唐李商隱，以用典、華麗為特色，被稱為西崑體，這裡指李商隱的詩。 鄭箋：《詩經》難懂，東漢經學家鄭玄為之作箋注。這裡喻指李商隱的詩晦澀難解，而沒有人能為之注釋。
解析·應用	詩人們都喜歡李商隱的詩，認為寫得好，唯獨遺憾的是沒有人能像鄭玄注釋《詩經》那樣來為李詩作箋注。
	常用來形容李商隱的詩或其他詩文意旨晦澀難懂。
寫作例句	對一首朦朧隱晦的意象詩，要作出清楚的解析，又確實是一件費力不討好的事。無怪乎元遺山詩論要嘆息一聲：「詩家總愛西崑好，獨恨無人作鄭箋。」

詩句·出處	池塘春草謝家春，萬古千秋五字新。（〈論詩·其二十九〉元·元好問）
	池塘春草：南朝宋謝靈運〈登池上樓〉中有「池塘生春草，園柳變鳴禽」的句子。謝家春：指謝靈運的詩是描繪春景的。
解析·應用	「池塘生春草」是謝靈運描寫春景的詩句，這五個字清新自然，傳誦萬古千秋。
	用來讚頌謝靈運這兩句詩清新自然，千古流傳，也用來形容文詞字句或文藝作品新穎清麗。
寫作例句	把生活表現得精練，只是詩對生活改造加工的初步，應當說，不僅要精練，還應當新鮮。「池塘春草謝家春，萬古千秋五字新。」

詩句·出處	國家不幸詩家幸，賦到滄桑句便工。（〈題遺山詩〉清·趙翼）
	滄桑：世事變化很大。賦：用作動詞，指寫詩。工：工整精巧，形容詩好。
解析·應用	國家的不幸卻是詩人的幸事，當寫到親歷過的人世滄桑，不用刻意追求就能寫出感人的好詩。
	常用來說明經歷過苦難艱險的人容易寫出深刻感人的作品，即所謂哀怨起騷人，憤怒出詩人。也用來說明反映憂患的作品與歌頌太平的作品相比，前者容易寫好，也更受人們喜愛。
寫作例句	1.「國家不幸詩家幸，賦到滄桑句便工。」天才而又天性敏感的他早早地感到了這種期待，勇敢地站了起來，痛苦而又激揚地放開了自己的歌喉——一個與時代迴異的歌喉。 2. 歌頌昇平的「臺閣體」、「試帖詩」之類，一向就沒有什麼藝術的生命力而為人們所唾棄。趙翼曾說：「國家不幸詩家幸，賦到滄桑句便工。」這可以代表一種對古典詩詞的傳統看法。這麼一來，李煜這類作品之所以能夠獲得人們的愛好，就成為完全可以理解的了。

詩句·出處	敢為常語談何易，百鍊工純始自然。（〈論詩十二絕句·其五〉清·張問陶）

解析・應用	勇於用常見的詞語來寫詩談何容易，只有千錘百鍊，工夫純熟，才能達到自然天成的境界。
	常用來說明要經過長期的錘字鍊句，才能以平實的語言寫出清麗自然的文學作品。
寫作例句	詩人們提出的作詩標準是很高的，要求能夠長遠地、廣泛地流傳。這就需要對詩句進行錘鍊了。清代詩人更明確地強調錘字鍊句。張問陶說：「敢為常語談何易，百鍊工純始自然。」

詩句・出處	但肯尋詩便有詩，靈犀一點是吾師。（〈遣興〉清・袁枚）
	靈犀一點是吾師：靈犀，指寫詩的靈感。這句說，有了靈感也就像得到老師指點一樣，使我豁然貫通。
解析・應用	只要肯去尋找詩便會有詩，靈感一閃現便是我的老師。
	常用來形容文藝創作或其他方面靈感的重要性，有了靈感使人茅塞頓開，使問題迎刃而解。
寫作例句	1. 心依然溫柔，只是筆卻鈍了。袁枚詩云：「但肯尋詩便有詩，靈犀一點是吾師。」這樣的境界沒有了，有的只是滿滿踏遍的尋詩路徑，枉費了跡痕點點斑斑，卻沒有了那靈犀一點。 2. 這種被稱為「靈感」和「機遇」的東西，在科學發現和創造中有極大的重要性。韓愈說過：「動皆中於機會，以取勝於當世。」袁枚在一首談靈感的詩中寫道：「但肯尋詩便有詩，靈犀一點是吾師。」

詩句・出處	不是無端悲怨深，直將閱歷寫成吟。（〈題紅禪室詩尾〉清・龔自珍）
	無端：無緣無故。直：直接，只。吟：詩體的名稱，如〈白頭吟〉等，代指詩。
解析・應用	不是無緣無故地抒發深沉的悲怨，只是將親身經歷寫成詩罷了。
	常用來說明作品不是無病呻吟，而是將親身經歷如實寫出。
寫作例句	余光中的詩之所以受到推崇，被譽為大家，除了他的天賦和才氣之外，「不是無端悲怨深，直將閱歷寫成吟」，無疑是一個重要因素。

書畫

詩句・出處	詔謂將軍拂絹素，意匠慘淡經營中。（〈丹青引贈曹將軍霸〉唐・杜甫）
	詔：皇帝頒發命令。將軍：指曹霸。拂：展開。素：白。意匠：像工匠那樣運用心思，即構思的意思。慘淡：用盡苦心。經營：布局，設計。
解析・應用	唐玄宗命令曹霸鋪開白絹畫馬，他動筆前用心地構思設計。
	常用來形容繪畫、寫作或進行其他創作時，殫精竭慮地構思設計。常引用後一句詩來說明藝術創作的苦心經營，巧妙構思。

寫作例句	1. 杜甫在〈丹青引〉中有兩句詩：「詔謂將軍拂絹素，意匠慘淡經營中。」這裡指的是繪畫，後來把意思擴大了，泛指所有匠心獨運、認真考慮的情況。我在這裡借用來指散文的創作，我杜撰了一個名詞：經營派。 2. 一切景物的賓主虛實、濃淡深淺交相倚伏，所產生的韻律和節奏也是意境的組成部分，甚至一個鏡頭畫面的遠近，仰俯，正光、逆光，也都會產生不同的意念。杜甫詩云「意匠慘淡經營中」，作畫如此，電影美工設計也一樣。

詩句·出處	意態由來畫不成，當時枉殺毛延壽。 （〈明妃曲〉宋·王安石）
	意態：神情姿態。由來：從來，向來。毛延壽：漢代畫工。據《西京雜記》載，漢元帝以看畫像召見宮女，王昭君不肯賄賂畫工，就被畫得很醜，得不到皇帝召見。王昭君將遠嫁匈奴前，元帝見其美麗嫻靜，後悔不迭。遂命徹查此事，知道真相後殺了一批畫工，包括毛延壽。
解析·應用	最美的神情姿態從來就是畫不出的，當時真是冤枉殺了毛延壽。
	常用來形容人或事物美到極致，難以描摹。也用來說明人或事物的神態、氣韻難以描繪或敘述。

寫作例句	1. 王安石在〈明妃曲〉中說：「意態由來畫不成，當時枉殺毛延壽。」確實，美人那「巧笑倩兮，美目盼兮」的動態姿容是難以透過畫筆表現的。 2. 雲難畫，是以其飄忽不定，神采飛揚；目難畫，是以其傳神阿堵，玄妙莫測；美人的意態難畫，以其儀態萬方，無可名狀。這些事物均是以精神相感，只可意會，不可言傳的。漢元帝相信畫工，結果失掉了傾國之色，使得王昭君遠嫁番邦。於是，一氣之下，他便把畫工毛延壽殺了。只有王安石的〈明妃曲〉道破了天機：「意態由來畫不成，當時枉殺毛延壽。」

詩句・出處	糟粕所傳非粹美，丹青難寫是精神。 （〈讀史〉宋・王安石）
	粹美：精純美好的東西。丹青：繪畫的兩種顏色，即紅色和青色，借指繪畫。
解析・應用	史籍記載和流傳下來的是糟粕而不是精華，正如畫畫一樣，最難描摹的是人的精神實質。
	常用來說明前人記載的史實、所作的論斷往往有錯誤，要認識、揭示人或事物的真相或內在本質很難。也用來說明在繪畫或其他文藝創作上，要表現出人的精神、氣質或事物的特性、氣韻是最難的。

寫作例句	1.「糟粕所傳非粹美，丹青難寫是精神。」近期因日本申請入常，國民對日情緒反常已突激化，鄙人無所作為，唯有多方查閱搜尋資料，追溯歷史真相，加之簡要概括，以時間推移為線，以史書之形式，重現當年抗戰壯舉，以使諸位中華志士能更全面深刻了解當年的這場反侵略抗爭。 2. 每次看畫，總會想起王安石的兩句詩：一句是他在〈讀史〉中的「糟粕所傳非粹美，丹青難寫是精神」；另一句是〈明妃曲〉中的「意態由來畫不成，當時枉殺毛延壽」。王安石這人是否是一個丹青能手，我還不知道，但他對繪畫的評斷，倒是入木三分的。無論人物、山水、花鳥、蟲魚，把它們的輪廓面貌平直地描繪出來，不見得怎麼特別，可是要把它們的「意態」和「精神」都能表現出來，卻是談何容易！

詩句·出處	意足不求顏色似，前身相馬九方皋。（〈和張矩臣水墨梅五絕·其四〉宋·陳與義）
	意：意態，指梅花的神韻姿態。前身：前生。九方皋：《列子·說符》上說，春秋時，九方皋善相馬，他不辨顏色和雌雄，卻能辨識馬的本質。伯樂把他推薦給秦穆公，穆公讓他找馬，三個月後得到一匹千里馬。九方皋說是一匹黃色雌馬，穆公派人去取，卻是一匹黑色雄馬。穆公懷疑九方皋不識馬，伯樂說九方皋相馬是「得其精而忘其粗，在其內而忘其外」。

解析・應用	畫家著力表現梅花的神態，不求顏色相似，他上一輩子就是擅長相馬的九方皋吧。
	常用來說明繪畫、寫作等文藝創作中狀物摹人要著力表現其神韻意趣，不用過多考慮外表的形似。也用來說明觀察辨別事物或人，要重內質，輕外表。
寫作例句	宋代陳與義在〈墨梅〉中說：「意足不求顏色似，前身相馬九方皋。」詞以九方皋相馬重內質而寬於毛色，譬喻為文者應追求意趣高遠，新美獨創，不以鑑銅鏡而泥於古，覓陳跡且扶以繩。我以為，散文創作很需要這樣的精神。

詩句・出處	不要人誇好顏色，只留清氣滿乾坤。 （〈墨梅〉）元・王冕
	好顏色：一作「顏色好」。清氣：清潔芳香的節操。乾坤：指天地間。《周易》中的兩個卦名，指陰陽兩種對立勢力。陽性的勢力叫做乾，乾之象為天；陰性的勢力叫做坤，坤之象為地。
解析・應用	不要人誇墨梅顏色好看，只希望它留下的清香氣味充溢於天地之間。
	這是一首題畫詩，作者透過自畫的墨梅表現出自己清高絕俗的品格。可引用這兩句詩來形容梅花或其他花卉幽雅清香，評價作品格調高潔，或表達清高的操守，形容人樸實無華、默默奉獻的特質。也用來比喻不圖外表的好看，只求寶貴的內在價值。

寫作例句	1. 他強調，畫畫必須「正本」，力求高格調，不能捨棄嚴肅的學藝正途，急進求名，更不能自降畫格，曲意逢迎時俗。這些是他懷抱的理想，也是他固執前進的信念。「不要人誇好顏色，只留清氣滿乾坤」這句詩對他來說，是十分恰當的。 2.「不要人誇好顏色，只留清氣滿乾坤。」她，甘於寂寞，嫵媚脫俗，淡泊名利，默默無聞的付出和奉獻，那香遠益清的幽香，為凝寒的天地帶來一片生機，是塵世間笑霜傲雪之花！ 3. 我們現代人缺乏默默無聞的奉獻精神，凡事都要宣傳到位，唯恐把自己埋沒了。當今社會最需要的就是「不要人誇好顏色，只留清氣滿乾坤」的那種梅花精神。

詩句·出處	四十年來畫竹枝，日間揮寫夜間思。冗繁削盡留清瘦，畫到生時是熟時。（〈題畫竹詩〉清·鄭板橋）
	冗繁削盡留清瘦：也指刪繁就簡，去蕪存菁，抓住本質，求其神似。生：指不拘於成局，隨意創新的境界。
解析·應用	四十年來不間斷地畫竹子，白天揮毫夜晚思考。把冗繁的枝葉削盡，留下清瘦的竹節，等畫到胸無定式、新意迭出的時候，便是畫藝純熟的時候了。
	常用來形容從事文藝創作或鑽研其他學問、技藝，反覆實踐，用心思索，最後達到工夫純熟，脫舊出新的境界。

寫作例句	運動員的高難動作，演唱家的獨特流派，手工藝師的絕活，雜技演員的絕技，文學家的傳世之作……通常所說的「殺手鐧」，都是創造的結果。「四十年來畫竹枝，日間揮寫夜間思」，孜孜不倦，鍥而不捨；待到「冗繁削盡留清瘦，畫到生時是熟時」，苦盡甘來，推陳出新。這腦髓筋骨、心血的結晶，就是那高難動作、絕活、警句，或許只有一點點，但有了它卻「一以當十」，有了它就「蓬蓽生輝」。

創作

詩句．出處	吟詩作賦北窗裡，萬言不直一杯水。（〈答王十二寒夜獨酌有懷〉唐．李白）
解析．應用	我在北窗下吟詩作賦，但洋洋萬言卻連一杯水都不值。
	常用來形容寫的詩篇、文章或提出的理論、主張無人賞識，遭人賤視，也用來比喻文化知識無用。
寫作例句	1. 李白的兩句詩具有跨越時空的意義：「吟詩作賦北窗裡，萬言不直一杯水。」被邊緣化了的主流文學，其誘惑力比得上金融卡和紅玫瑰嗎？ 2. 當年班裡功課差的，如今腰纏萬貫，魚肉鄉里；功課好的卻面有菜色，連書都買不起。真是「吟詩作賦北窗裡，萬言不直一杯水」。

詩句·出處	大雅久不作，吾衰竟誰陳？（〈古風 · 其一〉唐 · 李白）
	大雅：〈大雅〉為《詩經》的一部分，亦指《詩經》中〈國風〉、〈大雅〉一類詩歌反映現實的純正詩風。作：興。陳：呈現，展示。
解析·應用	〈大雅〉那樣的詩篇和純正的詩風很久沒有興盛了，我已年衰，究竟還有誰能寫出那樣的詩篇呢？
	常用來形容文學藝術或其他事物蕭索衰微而又無人振興，令人擔憂。也用來表達做某事捨我其誰的擔憂、自信或狂妄。
寫作例句	1. 李白在一千多年前大聲疾呼「大雅久不作，吾衰竟誰陳」，不也是今天大家對於文學的期待嗎？ 2. 人文品味的低下，自然就有精神境界的萎靡。「大雅久不作，吾衰竟誰陳」是古代有識之士的呼聲，也應是當今有識之士的呼聲。 3. 條件的得天獨厚，使父親相信八卦掌的復興非他莫屬。我想這是他的一廂情願。但他每回說起來，都有種「天降大任於斯人」的悲慨，和「大雅久不作，吾衰竟誰陳」的狂放。

詩句·出處	文章千古事，得失寸心知。（〈偶題〉唐 · 杜甫）
	文章：詩和文章。寸心：內心。

解析．應用	著書立說是千古不朽的大事業，但其中的甘苦得失只有作者心裡明白。
	可引用這兩句詩來說明對於著書立說的認知和態度，說明寫詩作文或創作其他作品，能夠立身揚名，傳之後世，但在這個過程中產生的甘苦得失，只有作者自己知道。
寫作例句	1. 杜甫詩云：「文章千古事，得失寸心知。」因為是「千古事」，所以必須認真嚴肅，同時由於改得好或改得不好只有「寸心知」，所以寫作品的人和改作品的人之間，必須要有一種善意的、平等的、互相切磋求教的態度和關係。 2. 他先後去嶗山二十多次，爬了幾十座主要的山頭，常常從日出畫到日落，共得畫稿百餘幅。寫生畫展的成功，絕不是偶然的。古人說「文章千古事，得失寸心知」，繪畫又何嘗不是如此？

詩句．出處	為人性僻耽佳句，語不驚人死不休。（〈江上值水如海勢聊短述〉唐．杜甫）
	為人：猶言平生。性僻：性格怪異。耽：沉溺，入迷。
解析．應用	我這一生性格有點怪，喜歡妙詞佳句到了入迷的程度，詩的語言不驚人死也不甘休。
	常用來形容寫作或言談中喜歡字斟句酌，力求語言表達盡善盡美，也用來形容喜歡故作驚人之語。

寫作例句	1. 常言道：「慢工出細活。」白居易的詩，有改到原稿不剩一個字的。「為人性僻耽佳句，語不驚人死不休。」杜甫的這種「死不休」的創作態度，是值得終生鏡鑑的。 2.「為人性僻耽佳句，語不驚人死不休。」房地產業一有風吹草動，就一定少不了他的聲音，言辭激烈、觀點廣受爭議是他最大的特點。

詩句·出處	不薄今人愛古人，清詞麗句必為鄰。（〈戲為六絕句·其五〉唐·杜甫）
	薄：鄙薄，輕視。為鄰：接近。
解析·應用	我不輕薄今人，同時也愛慕古人，只要他們有清新明麗的詞句，我就親近他們。
	常用來形容喜歡古今好的詞語、好的文藝作品或優秀文學藝術家，也用來形容既尊重前人的成果也重視今人的成就，學習古今優秀的東西。
寫作例句	1. 我自己雖不作詩，但我從幼年起就愛讀詩；不但愛讀古人的詩詞，也愛讀今人的詩詞，正如詩翁杜甫所詠嘆的：「不薄今人愛古人，清詞麗句必為鄰。」只要是「清詞麗句」，不論古往今來，我一概愛讀。 2. 藝術家需要廣泛吸收前人的藝術美創造的經驗，把前人藝術美創造經驗中與自己的氣質、趣味相搭配的東西吸收融合，形成自己的藝術美創造的特殊風貌，優秀的藝術家往往是從「轉益多師」中形成自己的創作個性的。「不薄今人愛古人，清詞麗句必為鄰。」

詩句·出處	別有幽愁暗恨生，此時無聲勝有聲。 （〈琵琶行〉唐·白居易）
	幽愁暗恨：心中潛藏的哀愁怨恨。
解析·應用	琵琶聲漸漸停歇，平靜中卻別有一種幽愁暗恨，這真是此時無聲勝有聲啊。
	常用來形容音樂或其他文學藝術中的留白、含蓄發揮到了意在言外，餘韻無窮的特殊效果。也用來形容在某些場合，沒有聲音、語言更能表情達意，更顯得意味深長。
寫作例句	1. 白樂天詩云：「別有幽愁暗恨生，此時無聲勝有聲」，以無勝有，含蓄之致也。花喜其初綻，眉憐其淺顰，可以為例。 2. 一位遲到的學生，「砰」的一聲，用腳踢門而過，教師連眼都不看一下，照樣上他的課：「柴門久不開，叩門人還是輕輕地叩、輕輕地叩，足見叩門者的風度是多麼的高雅！」講到此，看了一眼那踢門而進的遲到的學生，一切盡在不言中。設想，此時老師如果暴跳如雷，效果一定會比這好嗎？白居易的「別有幽愁暗恨生，此時無聲勝有聲」，說的也是這個道理。

詩句·出處	文章本天成，妙手偶得之。（〈文章〉宋·陸游）
	文章：詩和文章。妙手：技能高超的人。

解析·應用	好文章本來是天生的，寫作的高手偶然得到了它。
	常用來形容文學藝術作品自然真淳，也用來說明好的文學藝術作品，刻意強求，人為雕琢都不能得到，只能在長期累積的基礎上，在靈感突發時偶然得到；還用來形容偶然創作了好的作品（不限於文藝作品），或發現了好的事物。
寫作例句	1.「文章本天成，妙手偶得之。」這首小詩寫詩人訪友途中的所見所感，隨口吟成，詩思明快，格調清新，語言平易，如行雲流水，頗得自然之趣，給予人輕鬆舒暢的感受。 2. 古詩云「文章本天成，妙手偶得之」，賈伯斯（Steve Jobs）對創新有類似的理解。他曾經拜訪寶麗來相機的發明人，他崇拜的人物，都有一種發現而不是發明產品的特長。

詩句·出處	琢雕自是文章病，奇險尤傷氣骨多。 （〈讀近人詩〉宋·陸游）
	文章：尤指詩。氣骨：指作品的內容和精神。
解析·應用	雕琢字詞本來就是寫詩愛犯的毛病，追求奇特險怪的字詞尤其會損傷詩的內容和精神。
	常用來說明在文字上刻意雕砌，追求奇巧是寫詩作文的大忌，會損害作品的思想內容。

寫作例句	有一些作者不太注意構思立意上下工夫，總是堆砌一些濃妝豔抹的華麗詞藻，在雕琢文字上下工夫、費氣力，其結果好像一個佝僂乾癟的老人穿上一件五光十色的衣裳，弄得不倫不類，貽笑大方。陸游說過：「琢雕自是文章病，奇險尤傷氣骨多。」這是很有見地的精論，值得我們深思。

詩句·出處	天機雲錦用在我，剪裁妙處非刀尺。（〈九月一日夜讀詩稿有感走筆作歌〉宋·陸游）
	天機雲錦：神話傳說中織女所用的織機和織出的像雲霞一樣的錦緞，這裡比喻詩的構思和材料、詞語的運用。
解析·應用	天機織出彩雲般的錦緞，全在於自己的妙用，剪裁的巧妙非一般刀尺可比。
	常用來形容在寫作上技藝嫻熟，獨具匠心，巧妙地組織材料和遣詞造句，創造出美妙的作品，也用來比喻善於巧妙地利用、安排。
寫作例句	1. 自身氣足的人，不僅讀書可以養氣，而且善於吐納，作文時自然就會「天機雲錦用在我，剪裁妙處非刀尺」也。 2. 時間運籌是科學，也是藝術。同樣是幾十年，成功者真理在手，成竹在胸，談笑間，強敵灰飛煙滅。正是：「天機雲錦用在我，剪裁妙處非刀尺。」

詩句·出處	有時忽得驚人句，費盡心機做不成。（〈昭武太守王子文日與李賈嚴羽共觀前輩一兩家詩及晚唐詩因有論詩十絕子文見之謂無甚高論亦可作詩家小學須知·其八〉宋·戴復古）

解析·應用	有時會忽然得到驚人的好詩句，而有時費盡心機也寫不出詩來。
	常用來形容在文學創作或其他事情中，有時會忽來靈感，意外得到好詩妙句或好的創意，而有時著意尋求卻怎麼也找不到。
寫作例句	靈感是在長久思索、艱苦努力過程中突然出現的成果，正如詩人的描述：「有時忽得驚人句，費盡心機做不成。」

詩句·出處	入妙文章本平淡，等閒言語變瑰琦。（〈讀放翁先生劍南詩草〉宋·戴復古）
	入妙：達到美妙的境界。文章：尤指詩詞。等閒：平常。琦：卓異，美好。
解析·應用	美妙的文章原本就是平淡自然的，平常的語言組織起來會變得瑰麗奇異。
	常用來形容好的詩文質樸自然，以普通的詞語創造出奇美的意境。
寫作例句	宋代戴復古詩云：「入妙文章本平淡，等閒言語變瑰琦。」他一語破的道出高手妙文的玄機：至為高妙的文章原本是質樸自然的，貌似平常的詞語組合起來，就產生了奇偉超拔的藝術效力。

詩句·出處	好鳥枝頭亦朋友，落花水面皆文章。（〈四時讀書樂·春〉宋·翁森）
	文章：詩文篇章。一釋為美麗的花樣或圖案。

解析・應用	枝頭那可愛的鳥兒也是我的朋友，落花漂浮水面都成了文章。
	常用來形容鳥棲枝頭，花落水面的景色，或表達對花鳥的喜愛或讚美。也用來說明花鳥等自然景物是人類的良友，並有益於文藝創作。
寫作例句	1.「好鳥枝頭亦朋友，落花水面皆文章。」這是人們對鳥的讚美，花的謳歌，這是美，是詩，是畫。自然美，是離不開鳥，離不開花的。詩與畫，也是離不開鳥，離不開花的。 2.「好鳥枝頭亦朋友，落花水面皆文章。」好鳥和人交友，群芳給予人詩的靈感，人和自然水乳交融，使人和自然形成一種美的連繫，使人時時處處都享受到美的陶冶。

詩句・出處	一語天然萬古新，豪華落盡見真淳。（〈論詩・其四〉元・元好問）
	天然：像天生的一樣自然。豪華：雕飾、浮華的字句。
解析・應用	陶淵明的詩語言自然天成，萬古常新，浮華雕琢之氣一掃而盡，顯出真實純樸的風格。
	常用來讚揚陶淵明的詩或其他文學作品的語言、人的話語平易自然，真實純樸，不刻意雕琢，不矯揉造作，也用來比喻以明白樸素的語言說出了真心實情或表現了誠實純樸的性格。

寫作例句	1. 按理說，送別詩完全可以寫得愁腸百結，纏綿悱惻，令人不忍卒讀，但這首詩卻以明白如話的詩句，舉重若輕，樸實無華地表達了自己的感情，真是「一語天然萬古新，豪華落盡見真淳」，它的強大的藝術感染力，正是這種「天然」「真淳」造成的。 2. 俗話說「題好一半文」，好的題目往往用精警的詞語，對文章內容和主旨做富有特色的濃縮和概括，立意高妙，引人入勝，可謂「一語天然萬古新」。

詩句·出處	字字看來皆是血，十年辛苦不尋常。 （〈回前詩〉清·曹雪芹）
解析·應用	每個字看來都是作者用心血凝成，十年寫作的辛苦真是不同尋常。
	常用來形容創作文藝作品或完成其他事業歷時長久，堅苦卓絕，其成果凝聚著創作者的大量心血。
寫作例句	「字字看來俱是血，十年辛苦不等閒。」曹雪芹寫《紅樓夢》是如此，其實許多重大的成果，也無一不是如此獲得的。李時珍寫《本草綱目》，用了二十七年；孔尚任寫《桃花扇》，三易其稿，十五年才完成。

詩句·出處	滿紙荒唐言，一把辛酸淚。都云作者痴，誰解其中味？ （《紅樓夢·第一回》清·曹雪芹）
解析·應用	滿篇都是荒唐話，其實飽含著一把把辛酸的淚水。都說作者太痴迷，誰能了解這書中的真正意味呢？
	可引用全詩或部分詩句來表述寫作者用心之良苦，以及恐怕不被理解的苦情。

寫作例句	1.「滿紙荒唐言，一把辛酸淚。都云作者痴，誰解其中味。」荒誕派戲劇的產生並不是藝術家們精明的頭腦創造出的一個惡作劇，而是對一個莊嚴問題的回答。自從人類的先哲在遠古時期就開始了這種探詢起，一直到今天，人們還在繼續，這就是：社會是什麼？人生是什麼？ 2. 我們無法揣摩曹雪芹「滿紙荒唐言，一把辛酸淚」的人生心境，無法演繹「情切切良宵花解語，意綿綿靜日玉生香」的婉約情致，無法體會「明媚鮮妍能幾時，一朝漂泊難尋覓」的世態炎涼，無法承載「忽喇喇似大廈傾」的悲壯情感。

創新

詩句·出處	請君莫奏前朝曲，聽唱新翻楊柳枝。（〈楊柳枝詞·其一〉唐·劉禹錫）
	前朝曲：指過去的時代創作的歌詞曲調。翻：按照舊譜製作新詞。楊柳枝：古代曲調名，起於漢樂府〈折楊柳〉，唐開元時為教坊曲名，劉禹錫、白居易翻作新詞。

解析·應用	請您不要彈奏前朝的老曲調了，還是來聽唱新改寫的〈楊柳枝〉詞吧。
	詩人借勸演新制之曲，表現出他反對因循守舊，主張不斷革新的進取精神。這後兩句詩含蘊豐富，饒有啟發意義，常用來說明不要老是演唱、演奏或聆聽過去的、陳舊的音樂作品，也表演或者欣賞一下現在的、新創作的音樂或其他作品。也用來說明不要只是留戀過去的事物或抱著老觀念、舊思想不放，而應當看看今天的新面貌或接受新事物、新思想。
寫作例句	1. 老調子過了時，總不討人喜歡，所以，成語「老調重彈」帶有明顯的貶義色彩。唐代詩人劉禹錫詩云「請君莫奏前朝曲，聽唱新翻楊柳枝」，「前朝曲」想來也就是老調子。 2. 創新絕不是曲高和寡的孤芳自賞，而應該為廣大群眾喜聞樂見。「請君莫奏前朝曲，聽唱新翻楊柳枝。」

詩句·出處	隨人作計終後人，自成一家始逼真。（〈以右軍書數種贈丘十四〉宋·黃庭堅）
	隨人作計：順著他人意旨行事。
解析·應用	跟著別人走，最終只能落在別人後面，只有自成一家才能接近真實美妙的境界。
	常用來說明從事文學藝術或其他事業，步人後塵只會永遠落後，要自出新意，獨樹一幟才能達到更高的境界。
寫作例句	這位畫家以美人喻春色，獨具匠心。歷來作家藝術家都提倡藝術作品要有獨創性，黃山谷曰：「隨人作計終後人，自成一家始逼真。」

<table>
<tr><td rowspan="2">詩句．出處</td><td>傳派傳宗我替羞，作家各自一風流。（〈跋徐恭仲省幹近詩三首．其三〉宋．楊萬里）</td></tr>
<tr><td>傳派傳宗：指當時一些詩人各立宗派門戶，一味模仿前人，又相互詆毀。風流：此指文學藝術作品超逸、美妙。</td></tr>
<tr><td rowspan="2">解析．應用</td><td>那些人各立宗派，專事模仿，我替他們感到羞恥，作家應該寫出具有各自風格的優美詩作。</td></tr>
<tr><td>常用來形容在文藝創作或其他方面，鄙棄因襲模仿，主張自創一家，獨具風格。</td></tr>
<tr><td>寫作例句</td><td>所謂自得，就是要有獨創性，要自出機杼；食古不化，食洋不化，矮子觀場，俯仰隨人，不會有大出息。宋代詩人楊萬里認為「傳派傳宗我替羞，作家各自一風流」，戴復古主張「須教自我胸中出，切忌隨人腳後行」。</td></tr>
</table>

<table>
<tr><td rowspan="2">詩句．出處</td><td>常恨世人新意少，愛說南朝狂客，把破帽年年拈出。（〈賀新郎．九日〉宋．劉克莊）</td></tr>
<tr><td>南朝狂客：指東晉人孟嘉，他重陽這天隨桓溫遊龍山，風吹掉了他的帽子竟然不覺。把破帽年年拈出：指後人常將孟嘉落帽的典故寫入詩詞，以形容性格疏放。藉以諷刺一般文人愛搬弄陳詞濫調，難脫窠臼。</td></tr>
<tr><td rowspan="2">解析．應用</td><td>常常遺憾世人的詩作新意太少，總愛說起南朝狂客孟嘉，年年把落帽的典故搬出來。</td></tr>
<tr><td>常用來形容文藝作品或者其他事物缺乏新意，總是老一套。</td></tr>
</table>

寫作例句	南宋劉克莊有首〈賀新郎〉的詞，批評那些只會「炒剩飯」的文人說：「常恨世人新意少，愛說南朝狂客，把破帽年年拈出。」我們都來記住這位老夫子的意見，多創造一些有新意的東西，莫再把「破帽」年年拈出。

詩句·出處	不依古法但橫行，自有雲雷繞膝生。（〈謁岳王墓作十五絕句·其十一〉清·袁枚）
	不依古法：作者以兵法喻文學創作，反對擬古，提倡直抒性靈。但：只管，任隨。橫行：按照心意靈活應變。雲雷繞膝生：指岳飛的兵法後繼有人。雲雷，岳飛的養子岳雲、兒子岳雷。
解析·應用	岳飛不固守古代兵法，隨機應變，任意縱橫馳騁，他精湛的兵法自有後代繼承。
	常用來說明從事文藝創作或做其他事情不要墨守成規，要大膽創新，自有收益。
寫作例句	1. 他在用筆上一掃點畫撇捺的「古典化」、「規範化」，大膽採用點、線、面的結合之方式，追求力感和動勢。「不依古法但橫行，自有雲雷繞膝生」已成為當代具有辨證思考才能、駕馭書法技巧本領、創造意識強烈的書法家和書法愛好者的主流意識和書法創作的主題思想。 2. 過於嚴格只能循規蹈矩地前進，而善於「不嚴格」卻往往會獲得出奇制勝的成功。「不依古法但橫行，自有風雷繞膝生。」如果是不受舊規的束縛而又合乎客觀規律的「橫行」，這話自有幾分道理。

詩句·出處	滿眼生機轉化鈞，天工人巧日爭新。（〈論詩·其一〉清·趙翼）
	滿眼：所見到的一切事物。生機：生命力，活力。鈞：製陶器所用的轉輪。天工：自然生成的。人巧：人為的創造。
解析·應用	世上萬物生生不息猶如不停的轉輪，自然造化和人工的創造天天都在爭相呈現新意。
	常用來說明客觀世界在不斷變化，因此文學藝術或其他事業也要與時俱進，不斷創新。也用來形容生機勃發，新意紛呈的自然景致或社會局面。
寫作例句	1.「滿眼生機轉化鈞，天工人巧日爭新。」曹雪芹正因為能破「千人一腔，千人一面」的陳舊模式，才創造了奇蹟式的《紅樓夢》；杜甫「語不驚人死不休」，韓愈的「唯陳言之務去」，他們都是因為在創作上刻意求新，才終於成為一代詩聖和宗師的。 2.「滿眼生機轉化鈞，天工人巧日爭新。」我們的時代，是一個深刻變革的時代，一個到處充滿生機、人人都在創造的時代。

詩句·出處	預支五百年新意，到了千年又覺陳。（〈論詩·其一〉清·趙翼）
解析·應用	就算預先有五百年的新意，但到了一千年又會令人覺得陳舊。
	常用來說明社會在發展，文藝作品或其他事物不可能長新不衰，只有不斷地推陳出新，才能持久地繁榮。

寫作例句	古人曾說過：「預支五百年新意，到了千年又覺陳。」即使出新能維持五百年，但一千年後又不新了，這就要求詩人要不斷地更新，要變換新的角度，攫取新的素材，提煉新的主題；同時也說明歷史在發展，在前進，詩人作詩要跟上時代的需求，順應時代的潮流。

詩句‧出處	矮人看戲何曾見，都是隨人說短長。（〈論詩‧其三〉清‧趙翼）
解析‧應用	個子矮的人看戲哪裡能看到什麼，都是跟著別人說長道短。
	常用來比喻文藝創作或其他方面沒有獨創之處，只是人云亦云。也用來形容看不到或看不懂什麼，只能隨聲附和別人。
寫作例句	1. 要寫好文章，必須要善於思考，這樣才能形成自己的獨到見解，寫出「人人心中皆有，個個筆下皆無」的文章來。否則，人云亦云，鸚鵡學舌，不過是「矮人看戲何曾見，都是隨人說短長」罷了。 2. 我們在國外逗留了三個星期，沒有欣賞話劇的機會，也許是一件憾事。但語言不通，真的看了，大概不免陷於「矮人看戲何曾見，都是隨人說短長」的尷尬境地。

詩句‧出處	詩文隨世運，無日不趨新。（〈論詩〉清‧趙翼）
	世運：指時代的盛衰治亂的變化。

解析·應用	詩文寫作總是隨著時代盛衰治亂的氣運而發展變化的，沒有一天不趨向創新。
	這代表著詩人論詩力倡創新，反對盲目擬古的正確觀點。可引用這兩句詩來說明文學創作要隨著時代的發展而日益創新，即詩文必須反映時代精神。也用來說明文學藝術只有不斷創新，才能跟上時代發展的步伐。
寫作例句	1.「詩文隨世運，無日不趨新。」一個時代有一個時代的文學樣式，一個時代有一個時代的文學成就。中國文學的發展，緊隨著時代的發展而發展。 2.「詩文隨世運，無日不趨新。」創新，是每一個不甘平庸的詩作者奮力攀登的藝術峰巒，是詩歌國土上潤澤千花百卉的長流水。

詩句·出處	不創前未有，焉傳後無窮。（〈讀杜詩〉清·趙翼）
	焉：怎麼。
解析·應用	不創造出前所未有的獨特風格，又怎能永久流傳於後世。
	常用來說明文學藝術或其他事物貴在獨創，獨具特色方能傳之久遠。
寫作例句	一部文學史，實際上就是文學不斷創新、發展的歷史。「不創前未有，焉傳後無窮。」詩歌創作，特別貴在創新。

詩句·出處	我手寫我口，古豈能拘牽？（〈雜感〉清·黃遵憲）
	拘牽：即拘束，牽制。

解析・應用	我用手中的筆寫我口中要說的話，古人哪能束縛我？
	常用來形容直抒胸臆，不屑泥古守舊、勇於創新的文藝創作態度。也用來比喻我行我素，不願受束縛。
寫作例句	1. 教師要引導學生開拓思路，要鼓勵學生大膽說出真實的想法或不同的見解，不要怕這怕那，囿於成規。正像清代思想家黃遵憲說的那樣：「我手寫我口，古豈能拘牽？」 2. 他們堅持抱著「我手寫我口，古豈能拘牽」的精神做人、處事，自信是精神的主人，不隨意出賣自己意願，不為五斗米而折腰。

詩詞名句，可讀可背的寫作素材：

寫景 × 狀物 × 記人 × 敘事 × 抒情 × 說理 × 議論，從背誦到運用，讓古詩詞點亮你的文字！

編　　著：張祥斌，閆哲美
發 行 人：黃振庭
出 版 者：崧燁文化事業有限公司
發 行 者：崧燁文化事業有限公司
E-mail：sonbookservice@gmail.com
粉 絲 頁：https://www.facebook.com/sonbookss/
網　　址：https://sonbook.net/
地　　址：台北市中正區重慶南路一段 61 號 8 樓
8F., No.61, Sec. 1, Chongqing S. Rd., Zhongzheng Dist., Taipei City 100, Taiwan

電　　話：(02)2370-3310
傳　　真：(02)2388-1990
印　　刷：京峯數位服務有限公司
律師顧問：廣華律師事務所 張珮琦律師

定　　價：980 元
發行日期：2024 年 11 月第一版
◎本書以 POD 印製
Design Assets from Freepik.com

國家圖書館出版品預行編目資料

詩詞名句，可讀可背的寫作素材：寫景 × 狀物 × 記人 × 敘事 × 抒情 × 說理 × 議論，從背誦到運用，讓古詩詞點亮你的文字！/ 張祥斌，閆哲美 編著 . -- 第一版 . -- 臺北市：崧燁文化事業有限公司，2024.11
面；　公分
POD 版
ISBN 978-626-416-035-3(平裝)
1.CST: 漢語 2.CST: 作文 3.CST: 寫作法
802.7　　113015918

電子書購買

爽讀 APP

臉書